Hubert Kerdellant

poste restante - postlagernd

Ein sozialer Roman

Übertragen aus dem Französischen von Axel Knapp

französische Originalausgabe erschien unter dem Titel
»Il était deux fois un facteur« by Books on Demand

Printed in Germany
Umschlaggestaltung: Noriko Nishiyama & Axel Knapp unter
unter Verwendung eines Fotos von Hubert Kerdellant
Lektorat: Margrit Dencher & Julie Kerdellant
Übertragung aus dem Französischen: Axel Knapp
ISBN 978-3-944979

Nur die Freiheit kann über eine Person in ihrer Gesamtheit Aufschluss geben ... Die Genialität ist nicht eine Gabe, sondern der Ausweg, den man bei den verzweifelten Fällen erfindet; das ist die Wahl, die ein Schriftsteller aus sich selber heraus macht, aus seinem Leben und seinem Verständnis für das Universum bis in die formellen Eigenarten seines Stils und seiner Komposition, bis in die Struktur seiner Vorstellungen und in die Besonderheit seiner Vorlieben."

Jean Paul Sartre: Saint Genet, Komödiant und Märtyrer

Er hatte eine hochmütige Auffassung von seinem Beruf. Der Briefträger trägt in seiner Tasche den Knoten aus den Fäden, die die Menschen miteinander verbinden. Aufgrund welcher Abweichung sollte der, der jeden Tag unfehlbar die Brief zustellt, nicht auch die Fähigkeit haben, in der Menge der Ausflügler einen Übersetzerschinder zu identifizieren?

Erik Orsenna „Inselsommer“

Ils avaient presque fini d´égrener les haricots secs, lorsqu‘ ils entendirent un pas heurter le seuil. La chatte sauta par terre et fila derrière la cuisinière, entre deux cageots de bois. Ils se regardèrent, tous les trois, le geste en suspens. A l‘expression de sa femme, Quantin comprit que comme lui, elle pensait au facteur. Si le facteur montait, c‘était peut-être... C‘était lui. Quantin reconnut sa façon de frapper. Avant de répondre, il regarda encore Denise qui fixait la porte, le visage tendu, la bouche entr‘ouverte. Dès que Quantin eut crié, le facteur entra. Il avait son passe-montagne gris sous son képi bleu. Comme toujours il lança:
— Salut les Quantins!

Bernard Clavel „Le voyage du père“

Die Post: normalerweise eine Brochüre, eine Rechnung, weniger häufig ein handschriftlicher Brief. Und fast jeden Tag zwei oder drei Prospekte, an seinen Namen adressiert, sofern er sich versehentlich in irgendeinen Verteiler verstrickt, im Netz einer Kartei verfangen hatte. Die meisten Mieter werfen diese Traktate blindlings in den großen Gemeinschaftskasten, andere werfen gerade einmal einen Blick darauf.

Jean Echenoz „See“

Erster Teil

Briefträger bei der Französischen Post

Die Arbeit eines Briefträgers, eine kleine nette Arbeit?

» Man muss nicht lange suchen, um zu erfahren, wer mich in diese schöne Lage gebracht hat «, sagte Hervé Nédellec zu sich selber. Es war nämlich mein Briefträger. Mein Briefträger war es, der mich in diese Patsche gebracht hatte, in der ich mich noch immer befinde. Dieser kleine Dicke mit seiner selbst gedrehten Zigarette im Mundwinkel, kaum verständlich, wenn er den Mund aufmacht, um etwas Unverständliches hervorzubringen. Er ist verantwortlich für alles. Für meine Karriere hier und dort, für meine umfassenden Wanderungen in die unterschiedlichen Postämter in Frankreich und Deutschland, für meine komischen und merkwürdigen, spannenden und ärgerlichen Begegnungen, für meine depressiven Augenblicke, wenn ich nicht begriffen hatte, wie mir geschah, oder für die Freude, wenn mir das Glück hold war. Als die Auszahlung der Familienbeihilfe anstand, hatte er ohne mein Wissen alles mit meiner Mutter arrangiert. Durch sie hatte er erfahren, wusste er, dass ich ohne Job war. Die Post suchte junge Leute als Aushilfe im Sommer. Also stellte ich mich vor und wurde genommen – als Hilfsausträger.

Das Schicksal von Hervé glich tatsächlich dem von allen jungen Lehrlingen in der Welt der Arbeit: Außer zu undankbaren und dreckigen Arbeiten schickte man sie beim Bau, Unmengen von Wein zu holen, oder die Zigarettenpackung im Automaten gegenüber für den Dicksack, der seine Sekretärinnen terrorisierte und der seine dicke Wampe gerade bis zu seinem BMW auf den für die Direktion reservierten Parkplatz schleppte. War im Öffentlichen Dienst die Erniedrigung der Neuen auch nicht gerade üblich, war Hervé doch geradewegs die Minna für alles. Sozusagen ein Lückenbüßer, was ihm, wahrheitsmäßig gesagt, nicht besonders missfiel. Er musste also das fehlende Personal an den Schaltern, beim Hauptsortieren und dem Sortieren der Postfächer ersetzen. Aber er hatte seine Hand im Spiel, wenn es darum ging die Briefkästen des Hauptpostamts zu leeren und seine Findigkeit und Sorgsamkeit beim Umgang mit speziellen Objekten unter Beweis zu stellen: Wertbriefe, Einschreiben und Nachnahmen. Ohne zu zögern schöpfte er aus einem ihm bisher unbekannten Repertoire, um *diesen kleinen Damen der Post* seine Dienstbarkeit und Nettigkeit zukommen zu lassen. Diese verabscheuten die physische und staubige Arbeit und überließen ihm mit Hinweis auf ihr Dienstalter die Aufgabe, die mit Briefen prall gefüllten Postsäcke zu ergreifen, diese auf einen ausladenden mit kleinen Löchern versehenen Tisch zu heben, die Kordel mit einem Ruck durchzuschneiden und wie bei einer Wahlurne voll von Wahlscheinen die Tausende von Briefen und Drucksachen lose auszuschütten.

Und dann sehr spät am Abend leistete der Jüngling einem Schalterbeamten Gesellschaft, der sich an einem Tisch sitzend mit einem Bleistift hinter dem Ohr mit der Kontrolle und Zählung der Postsäcke beschäftigte, während Hervé diese verplombte und schonungslos in den Metallwagen verstaute. Am nächsten Tag trat er nach einer kurzen Nacht in den leeren Sortierraum in der ersten Etage und allein als Herr über alles verspürte er Stolz und Befriedigung darüber, das Vertrauen seines Chefs zur Instandhaltung der Stempelmaschine, des Amtsleiters zur täglichen Einstellung der Datumsstempel und das der Personen in den Schaltern sowie derjenigen, die sich noch hier und dort herumdrückten, erhalten zu haben. Dazu noch hatte man ihm eine kleine Anzahl mehr oder weniger interessanter Tätigkeiten übertragen, die er mit Hingabe und Sorgfalt ausführte. Und das Betriebsklima: Zwischen Briefträgern, Schalterbeamten, Kontrolleuren und Inspektoren war es derart gut und entspannt, dass es ihn überaus glücklich machte zu hören, dass sein Aushilfsvertrag erneuert worden war.

Die Briefzustellung insbesondere gefiel ihm in dem Maße, wie nach dem Sortieren und der Beendigung der Vorbereitungen er draußen sein eigener Chef war und er selber die Stunde bestimmen konnte, wann jeweils seine Tour beendet war. Ob er es eilig hatte, ob er zu spät zu einem Termin kam oder vor allen anderen von einer Tour zurückkam, ob er sich damit verlustigte, in den Gässchen nach einem strapaziösen Wochenende zu flanieren, ob er einen Umweg macht, um seine Einkäufe zu erledigen, oder sich entschied, einen Kumpel zu besuchen, ob er einen Kaffee im Bistro an der Ecke oder bei der netten Oma zu sich nahm oder ob ihn sogar die Lust überkam, in den ausgestellten Büchern in der Buchhandlung nebenan zu blättern, niemals hatte er jemandem gegenüber Rechenschaft abzulegen. War einmal die Tour beendet, die Post ausgeteilt, die zurückgegebenen Briefe abgewickelt, die Abrechnungen erledigt und das Geld abgeliefert, war der Arbeitstag beendet. Das konnte am Mittag sein oder ein, zwei Uhr nachmittags – das war unwichtig. Er schaute niemals auf die Uhr und vor dem Nachhauseweg blieb er sogar manchmal im Postamt, um mit einem oder zwei Briefträgern zu schwatzen. Dieses entspannte Betriebsklima, diese mitmenschliche Herzlichkeit zwischen den unterschiedlichen Beamten, diese Solidarität bei der Arbeit und dieses große Verständnis für die Neuen vermittelte ihm trotz der wohlgeordneten Hierarchie dieses neuartige Gefühl in einem gewissen Grade einer Familie und demselben Hause anzugehören. Seit den ersten Monaten hatte er dieses Gefühl. Ohne unbedingt vorzuhaben, eines schönen Tages die Karriereleiter dieser Verwaltung zu erklimmen, konnte er sich vorstellen, dort noch eine gute Weile zu arbeiten. Öffentliche Verwaltung oder Privatsektor, Anstellungsgarantie oder gehobenes Gehalt interessierten ihn kaum. Das Wesentliche war, so sagte er sich, eine gute Wahl getroffen zu haben.

Er war glücklich, Briefträger zu sein und wegen seiner Mutter erleichtert, eine Beschäftigung gefunden zu haben, die seinem Temperament und seinen Anlagen entsprach. Sehr schnell hatte er sich an die Idee gewöhnt, während der ersten Stunden des Tages aufzustehen, Regengüsse und Schauer durchzustehen, seinen Kommissarsregenmantel überstreifen, um eine verschwundene Straße, eine Einbahnstraße oder ein verlassenes Haus in einer unbekannten Gegend aufzuspüren und drei Tage lang den Empfänger einer merkwürdig abgefassten Adresse ausfindig zu machen. Niemals hatte er die Idee, sein Brot im Schweiße seines Angesichts zu verdienen. Nicht vergleichbar mit den vergangenen Jahren, als er mager wie ein Strich in der Landschaft und mit dem

Abschlusszeugnis als Blechschmied in der Tasche permanent mit diesem verdammten Blech, diesem widerspenstigen Altmetall zu kämpfen hatte, das seine Muskeln versteifen ließ und ihn physisch erschöpfte. Zur großen Verzweiflung seiner Mutter und der Enttäuschung seiner Nachbarn, die bei der Suche seines ersten Jobs geholfen hatten, entschied er, dass damit Schluss war und dass er nicht für diesen Beruf gemacht war. Er wollte nicht mehr bei Tagesanbruch in die Bäuche der Schiffe hinein- und schwarz wie ein Kohlenhändler bei Anbruch der Dunkelheit wieder herausklettern. Ebenso hatte er die Schnauze voll davon, die Befehle der Vorgesetzten der nationalen Marine auszuführen. So sagte er am Ende erleichtert zu sich selber:
Schluss mit dem Achtstundentag in den Schotts der englischen Fähren! ... Schluss mit der Arbeit in der Dunkelheit ...! Schluss mit schädlichen Dämpfen durch das elektrische Schweißen in den Räumen der Kriegsschiffe! ... Schluss mit den Anschauzern des Matrosen (Auf der Werft von Brest arbeiteten die Arbeiter immer zu zweit. Ein Matrosenteam wurde im Allgemeinen aus einem Älteren und einem Lehrling gebildet). Schluss mit dem schauderhaften Gehämmer auf dem Blech der Trockendocks! ... Schluss mit der Werft von Brest und der Kriegsmarine! ... Schluss mit der Arbeit als Stahlbauschlosser! ... Auf Nimmerwiedersehn, die *Jean Bart* und die *Duquesne,* die *Clémenceau* und die *Foch* – all diese Kriegsschiffe, die für den nächsten kriegerischen Konflikt zusammengeflickt werden. Guten Tag, Post!!!

Von nun an Briefträger stürzte er sich ganz früh noch vor den Frühaufstehern Rigodon und seiner Geliebten Frau Quéméneur gewagten Schritts in die undurchdringliche Nacht, und noch schlaftrunken flitzte er an der Bäckerei Pérand vorbei, ohne weder das orangefarbige Licht zu bemerken, das an der Decke leuchtete, noch den einladenden Duft von frisch gebackenem Brot, das dem halb geöffneten Fenster von unten her in die *Rue Longue* entströmte, noch die Silhouette des Bäckers und seines Lehrlings, die im Unterhemd den Teig auf einem Holztisch bearbeiteten, wahrzunehmen. In seinem Kopf befand er sich bereits vor seinem Sortierfach oder an einer Straßenecke seiner Tour. Als er sich durch das Portal schlängelte und den Hof überquerte, reihten sich dort schon einige Fahrräder aneinander. Auf der anderen Seite waren die Stellplätze für die Landbriefträger noch leer. Vom Hauptsortieren freigestellt, begannen die *campagneux*, wie sie hier genannt wurden, ein wenig später.

Hervé ging an seinen seinem Platz, nahm seine Post vor dem Aufruf zum Sortieren in Empfang. Noch zehn Minuten, um in die Sprunglöcher zu gehen. Noch zehn Minuten bis zum Kopfsprung. Zehn kleine Minuten, um die Nadel seines inneren Barometers von *low* nach rechts bis auf H wie *high* zu bewegen.

— Kommt in die Hufe! Zum Hauptsortieren, Leute! Ein wenig verloren und zögernd hielt sich der Neue normalerweise an der Seite von Moysan auf, ein kleiner Rotschopf, Menju-Bärtchen, der sein großes Glas Roten schätzte und seine Zeit damit verbrachte, seine Kumpel und Kneipengänger zum Lachen zu bringen. Der Gehalt der Konversation rechtfertigte nicht immer ein so treues Auditorium, aber man musste sich vor Augen führen, dass dieser Rothaarige ein außerordentliches Erzählertalent hatte und keiner war ihm darin ebenbürtig war, die Zeiger der Wanduhr, die oben im Büro des Saalordners aufgehängt war, zum Sausen zu bringen. Nach einer halben Stunde Sortieren ließ dieser in Vorahnung des Erscheinens des Amtsleiters (Letzterer wählte immer jenen Moment, um seine Untergebenen zu begrüßen) diskret seine Zeitung in der Schublade seines Büros verschwinden, erhob sich und steckte seine Nase in die Spindreihen, um sicher zu sein, dass seine ganze Mannschaft an Deck war, dass die Unmenge von Briefen und Drucksachen abnahm, dass die Fächer sich füllten und dass sich Arme und Hände unablässig von Tisch zu Fach hin- und herbewegten. Erstaunt wegen dieser plötzlichen Unruhe sagten sich einige: — Warum misstraut er? Was hatte er zu befürchten? Der Hauptbriefträger war auf der Hut und überhaupt, die Arbeit wurde erledigt, ob mit oder ohne ihn. Das wusste er auch. Dennoch machte das nichts. Er war auf der Hut, angespannt spähte er nach der Gefahr, ängstlich erwartete er das Schlimmste. Erst nach einer Viertelstunde wurde dieser Mensch auf der Lauer auf magische Weise wieder zum Ordner mit seiner ruhigen Miene, der gemütlich sein Büro aufsuchte und sich erneut in den Lokalteil seiner Tageszeitung vertiefte.

Die einen, die Beine gespreizt, aufrecht, als hätten sie einen Stock verschluckt, die anderen mit den Füßen wippend, die Mütze fest auf dem Schädel oder hemdsärmelig, die hier konzentriert und die da verwirrt wegen der Gegenwart einer jungen Schalterbeamtin im Sortiersaal glichen die Postler den in den Pinkelbuden aufgereihten Fußballfans, ungeduldig und in Erwartung des Anpfiffs des Schiedsrichters, die Fortsetzung des Spiels ankündigend.

»Keine Zeitungen übrig? Und eure Nachsendungen? Ja, so ist´s gut! Nun geht's an die Post ...« Rufe und Gebrüll hallten im Saal wieder. Genauso wie beim Ansturm in die Kaufhäuser während des Ausverkaufs stürzte sich jeder Briefträger brav auf die Spinde und wie ein sich geschickt durch die Reihen seiner Klienten schlängelnder Kellner wich Hervé, beladen mit seiner kostbaren Beute, Hindernissen aus und vermied Drängeleien. Und erleichtert darüber, ohne Zank und Streit wohlbehalten angekommen zu sein, ließ er sich auf seinem Schemel nieder und befreite seine Arme aus der enormen Masse der Postsachen, die sich nun wie Schnee auf einem Dach ausbreitete.

Wenn sie fünf Minuten früher, solidarisch und diszipliniert, alle beim Hauptsortieren waren – Heijoheho! Rudern für die gemeine Sache – waren sie jetzt eine aufsässige Mannschaft, die dreist die Autorität des Kapitäns verhöhnte. Rette sich wer kann, und von nun an selber Herren an Bord, hatten die Matrosen das Schiff verlassen, um wieder ihre kleinen Boote zu besteigen, und von nun an nach Gutdünken ihrer Fantasie oder Laune segelnd verstreuten sie sich ohne Vorwarnung im unendlichen Meer. Die Schnellsten beeilten sich damit, ihre Postsachen zu sortieren nach Straße, Allee, Weg, Platz, Avenue, Boulevard, Durchgang, Sackgasse – und so weiter und so fort. Dann gingen sie unmittelbar zum Sortieren nach Straßen über; sie entnahmen ihren Spinden Briefe, Zeitungen und Drucksachen, um sie ein letztes Mal nach Nummern zwischen zwei Stück dreieckigen Hölzern von ungefähr fünfzehn Zentimetern Länge, die sich auf den Arbeitstisch befanden, oder zwischen den Fingern einzusortieren. Die anderen, friedfertig und zwanglos und wenig geneigt, sich den ersten Windstößen und Sprühregen auszusetzen, zogen es vor, vor Beginn ihrer Tour die Zeitungsartikel des Regionalteils zu kommentieren.

Gewisse Briefträger steckten sich im Wartesaal eine letzte Zigarette an, bevor sie ins *Civette* hinuntergingen, einen Kaffee oder *Crema* zu trinken und sich beim Wirt, Schatzmeister des Fußballclubs der Stadt, über die Erfolgschancen ihrer Mannschaft beim Spiel am Sonntag zu informieren. Die Postsachen sortiert, die Brief-, Zeitungs- und Drucksachenbündel zugeschnürt, die Posttaschen vollgepackt, startete jeder Briefträger gutgelaunt in seinem summenden Fahrzeug, seinem quietschenden Fahrrad oder gedankenverloren zu Fuß mit der Posttasche über dem Bauch umgehängt zu seiner Tour. Sind auch alle morgens gegen ungefähr sechs Uhr auf dem Gelände des Hauptpostamts, so werden sie einige Stunden später mit Müh und Not, vereinzelt, manchmal in Trupps zu zweit oder dritt, schließlich gegen Mittag unter der Hitze leidend oder nach einem platten Reifen, einem Regenschauer, einem Hinterhalt eintrudeln. Wie die Rennfahrer der Tour de France nach einer Bergetappe durchschritten sie das große Portal und glücklich darüber, nicht einer unvermuteten Blutprobe unterworfen zu sein, nahmen sie wieder umständlich ihren Arbeitsplatz ein, um geschäftig ihre Abrechnungen zu machen, bevor sie sich mühsam auf den Heimweg machten.

Ohne der Büste von Cornic – dem berühmtem Freibeuter der Stadt, dessen auf das offene Meer und die Bucht gerichteter Blick die Silhouetten der sich im Wasser spiegelnden englischen Schiffe streift – eines Blickes zu würdigen, luden die Briefträger gewöhnlich die Kollegen oder die Schalterbeamten ein, um mit ihnen bei einem Glas Wein oder einem kleinen Bier im *Civette*, einer Dependance des Postgebäudes, einige Worte zu wechseln oder die neuesten Geschichtchen auszutauschen. Oft reichten die Trinkgelder, um mehrere Runden zu zahlen. Einige zogen es hingegen vor, mittags einzuhalten und einen Umweg zum Restaurant an der Ecke zu machen und manchmal mit *einem in der Mütze wiederzukommen.* Weder die Kunden noch die Vorgesetzten und noch weniger die

Kollegen wunderten sich übermäßig über diese *Ausrutscher*, weil dies eines schönen Tages jedem passieren konnte. Am Schalter fand der diensthabende Beamte, der die Aufgabe hatte ihre Abrechnung nachzuprüfen – wenn er schlimmstenfalls befürchten musste die Obliegenheiten des oder der Nachzügler zu ergänzen – nichtsdestotrotz schnell sein Lächeln wieder, denn die Trinkgelder des Tages wurden niemals zur Gänze *vertrunken* und reichten gewöhnlich aus, um bar diese vorübergehende *Indisposition* abzugelten.

Der Stammzusteller wusste ungefähr durch sein Tagewerk und seine physischen Verfassung – nach einer durchzechten Nacht und mit dickem Kopf hatte er verständlicherweise einen schweren Gang und musste ständig Pausen einlegen –, wann er unter geflissentlicher Beachtung aller Unvorhersehbarkeiten und seiner augenblicklichen Laune im Büro zurück sein würde. Die Aushilfe oder der Springer seinerseits musste, wenn sie oder er auf einer neuen Tour den Platz eines erkrankten Kollegen einzunehmen hatte, kaltblütig und routiniert von ihrem oder seinem ganzen Improvisationstalent Gebrauch machen, um nicht vor der Menge der Probleme, die plötzlich auf ihn einstürmten, schlapp zu machen. Vor dem Sortierspind und im Angesicht von unzähligen Namen und Straßennummern, die in seinem Kopf schwirrten, kam der Unglückliche oft in die Bredouille, wenn er so mit zögerlich ausgestreckter Hand wie eine Statue im Park vergebens das richtige Fach suchte. Angesichts dieses nicht abnehmenden Haufen von Briefen, der Minuten, die vergingen, und der Kollegen, die einer nach dem anderen verschwanden, brach der Hilfsbriefträger sehr oft genervt zusammen. Wie kann man das Bild der neuen Aushilfskraft vergessen, mit unbeweglichem Gesicht zusammengesunken an ihrem Tisch, die Augen ins Leere gerichtet und völlig teilnahmslos? Glücklicherweise sind sie nach überstandener Nervenkrise und mit neu wiedergefundener Moral immer wieder zu sich gekommen. Schon genug Zeit verbracht. Wahrhaftig, jetzt hieß es, losgehen. Einmal draußen war der Unglückliche noch nicht außer Gefahr! Wenn er sich während seinem Entfliehen noch die Zeit für ein wenig Lufholen nahm, ließ ihm doch eine Unmenge von Fragen keine Ruhe und er sah sich urplötzlich wie ratlos und unruhig: »Werde ich die Straßen finden, die ich bediene? Mein Depotsack, wird er da sein, wo er sein soll oder habe ich mich im Ort geirrt? Ich bin so spät los, wann wird meine Tour zu Ende sein? Und dann die Schlüssel? Die Schlüssel von meinem Depot und auch die Schlüssel vom Eingang der Sozialwohnungen, sind die in meiner Tasche?«

Mit seinem morgendlichen Dienstantritt traf der Stammzusteller auf seiner Tour *seine Kunden* – eine Welt für sich, die er hofierte und seit unzähligen Jahren kannte. Er machte sie sich zu Freunden und war ihnen dienstbar. Er nahm am Leben des Viertels teil. Er hatte seine Gewohnheiten und führte seine Arbeit mit Routine aus. Demgegenüber musste sich die Aushilfskraft, der diese *intimen und besonderen Beziehungen* mit dem Kunden, diese Orte und eingefahrenen Gewohnheiten fremd waren, mit der Einsicht zufrieden geben, länger zu arbeiten, und akzeptieren, dass sie zu den Letzten gehörte, die das Postamt verließen und von der Zustellung zurückkamen. Die Situation konnte in ihr ein Gefühl von Ungerechtigkeit hervorrufen, angefächert durch das Entstehen einer ungesunden Konkurrenz unter den Springern. Die Kumpeleien und Protektionen konnten manchmal ein Mittel des Saalordners sein, um den hier zu bestrafen und die da zu begünstigen. Während die da mehrere Wochen lang die gleichen Touren hatten, würde ein anderer schlecht gelaunter Protestler sechs Tage lang die Woche wie der Bauer auf dem Schachbrett von einer Tour auf die andere wechseln.

Versetzt in eine neue Stadt, missgestimmt in einem neuen Postamt mit Kollegen, die er nicht kannte, eingesetzt in einem unbekannten Bezirk und mit dem Stadtplan in der Hand, beschämt darüber, einen Passanten nach dem Weg zu fragen – was für einen Briefträger der Gipfel ist –, hatte Hervé tief in seinem Innern eine gewisse schwer zu überwindende oder zu verhehlende Angst verspürt. Eine plötzliches Bedürfnis hatte ihn heimtückisch an der Kehle gepackt – ein jähes Bedürfnis genauso wie das, plötzlich pinkeln zu müssen. Er wollte somit alles auf der Stelle fallenlassen, Paris verlassen, die Stadt nahe am Meer und alle diese Städte, wo er gelandet ist, um im Außendienst zu arbeiten. Wie viele seiner

Kollegen gab er auch zu, diese Angst gekannt zu haben – die plötzliche Angst sich mutterseelenallein im leeren und lautlosen Saal des Postamts wiederzufinden, die lähmende Angst, die verhinderte, normal weiterzuarbeiten, die Angst, die danach dem Zweifel wich. »Aber was mach ich da? Habe ich die richtige Wahl getroffen, Briefträger zu werden? Und vorausgesetzt ich komme nicht zu spät von der Tour zurück. Welche Sticheleien werden mir die Kunden entgegenschleudern, wenn sie mich am Ende des Morgens ankommen sehen?« Alle diese Fragen stellte sich Hervé eines schönen Tages. Erst später, viel später – nachdem er etliche Male die gleichen Szenen erlebt hatte, wie er sie so oft im Verlaufe eine Arbeitstags verspürt und wie ihn ein Gefühl von Wut und Machtlosigkeit gegenüber dieser Unmenge von zu erledigender Post ergriffen hatte, dann die Erleichterung und Befriedigung darüber, diese gefährliche Sache ganz allein bewältigt zu haben, und schließlich die Freude darüber, sein eigener Herr über seine Tour zu sein – begann er dann langsam, diesen Beruf immer mehr zu lieben. Das ist dieses Privileg, über seine Zeit zu verfügen, wie er es wollte, das ihm die Gelegenheit gab, außerordentliche und ungewöhnliche Leute zu treffen, und das er im Laufe der Zeit zu schätzen wusste, und auch dass es nichts nützt wie ein Verrückter in die Pedale zu treten, sondern dass man zum richtigen Zeitpunkt losfahren muss. Die Zeit, diese Zeit, die vergeht und die für gewisse seiner Kollegen für immer verloren scheint. Dieser Zeit, der sie vergebens hinterherliefen, ließ Hervé hingegen, ihren Lauf, um alles besser zu erkennen und zu staunen. Um sie besser in Erinnerung zu behalten und sie in seiner Erinnerung einzugraben. Sich nicht unter Druck setzen lassen wie bei einem Wettbewerb – voilà eine gute Lösung.

»Sie sind alle wie durch einen Windstoß abgehauen. Einer von ihnen macht das Licht aus. Aber ich nehme mir meine Zeit. Nachdem ich meine Bündel in meinen Taschen verstaut habe, setze ich mich vor meinen Spind, lese meine Zeitung, niemand wartet auf mich«, sagte er zu sich.

Jedes Mal bevor die Postler zur Zustellung verschwanden, las der Gruppenführer – das war der mit einem gelben Streifen an seiner

Mütze – die Namen der Empfänger von unrichtig adressierten, falsch angegebenen oder unleserlichen Briefen vor. Tiefe und hohe Stimmen ertönten gleichermaßen im ganzen Saal, die Altgedienten *fingen an zu singen* – sie schleuderten dem Gruppenführer die fehlende Adresse entgegen. Und siehe da, es kam selten vor, dass eine von ihnen keinen Abnehmer fand, weil die Briefträger in der ganzen Stadt im Allgemeinen alle Bewohner kannten, ihre Gewohnheiten, Liebesbeziehungen sowie die intimsten Geheimnisse, den Tag der Kommunion des kleinen Raymond wie den Geburtstag der Großmutter Mével und das Datum der Silberhochzeit der *Bourlès*'. Der Briefträger hatte eine streng postalische Mission: Außer der Austeilung der Post, zahlte er die Rente des Großvaters aus, das Arbeitslosengeld von Papa, die Familienunterstützung und brachte Telegramme mit guten und schlechten Nachrichten. Er verstaute in seiner Tasche die Post seiner Kunden oder die, die er dem Briefkasten auf seiner Route entnommen hatte. Er verkaufte Briefmarken, kassierte die Nachgebühr bei nicht frankierten Briefen oder drückte bei seinen *guten Kunden* ein Auge zu und gab Hilfestellung bei der Eröffnung eines Sparkassenbuchs. Der offizielle Briefzusteller hütete sich davor, eine Empfangsbestätigung auszustellen. Hätte man doch ganz schnell vermuten können, dass er seine Kunden nicht kannte. Wenn er den Empfänger nicht antraf, machte er einen kleinen Umweg über den Markt, das Café an der Ecke oder beim Friseur, um *seinen* Kunden zu treffen, oder er kam am nächsten Morgen wieder. Inoffiziell übte er eine soziale und humanitäre Funktion aus: Er versorgte eine Kranke mit Medikamenten, die er vorher in der Apotheke gekauft hatte, informierte seine Kunden über den neuesten Dorfklatsch, machte gelegentlich kleine Reparaturen bei der alten alleinstehenden Dame und sie drückte ihm als Gegenleistung für das Futter für ihren Hund eine kleine Münze in die Hand.

Früher hatte er Zeit und nahm sich seine Zeit, denn zu dieser Zeit hatte alle Welt Zeit. Für die Tour per Rad stellte die Post den vorderen Gepäckträger und zwei Ledertaschen. Für die Fußgänger reichte eine kleine Ledertasche und für spezielle Gegenstände eine Kartonmappe. In Ermanglung einer Zustelleruniform trugen die Aushilfen eine gelbe Armbinde mit einer blauen Schwalbe am Arm.

Das sah ein wenig wie bei Sanitätern von Roten Kreuz aus, aber na ja ...

Der radelnde Briefträger *Bouboule*

Bouboule, der Briefträger, der seit einer Ewigkeit die Post in der Rue *Longue* austrug, war ein origineller Briefträger, der seine guten und schlechten Gewohnheiten hatte. Die Mütze gerade auf dem Kopf und mit zugeknöpfter Weste, so schritt er aus dem Büro mit seiner Ledertasche vor dem Bauch. Seine Tour begann bei *34, Rue Gambetta*, ein Haus links vom Postamt. Er ging die Straße zu Fuß hinauf, hielt beim erstbesten Café an, um seinen ersten kleinen Rouge zu trinken, dann trug er eine Handvoll Briefe aus und schüttelte eine Anzahl Hände in ungefähr zwanzig Häusern, bevor er im Café *Le Turf* Einkehr hielt, wo ihn schon der Patron erwartete, der ihn auch einlud, mit ihm ein Gläschen zur Brust zu nehmen. Aufgemuntert setzte er beschwingten Schrittes seinen Weg fort, lächelnd und wie ein Politiker all diejenigen grüßend, die ihm an jeder Straßenecke wohlwollend ein *Hallo Bouboule* oder *Guten Tag, Herr Briefträger!* zukommen ließen. Diese ganze offensichtliche Freundlichkeit, diese überschwängliche Anerkennung verursachten bei ihm gute Laune und er hatte auch das angenehme Gefühl, dass ihm eine freundschaftliche Hand warm den Rücken, den Körper, die Seele massierte. Oh, wie fühlte er sich gut und stark. Ja, er bemerkte, dass er ganz unauffällig etwas darstellte. Einmal die Woche kaufte er zwei Pferdesteaks beim Schlachter Boisnard, bevor er die Post beim Floristen und beim Schuhmacher ablieferte und eine Stromrechnung in einen namenlosen Briefkasten stopfte, der schief in einem kaum beleuchteten Flur hing. Hungrig stieg er danach bis in die erste Etage des Postamts, um etwas zu essen und die Sportnachrichten und die täglichen Begebenheiten zu überfliegen. Informationen, die ihm den Spaß erlaubten, diese auf seiner Tour weiterzugeben, wissentlich mit einem Kommentar verziert und hier und da begleitet von einem Brief oder einem Einschreiben. Denn nachdem er die Schalterbeamten besucht und die Hand des Inspektors Dorval geschüttelt hatte, nahm er wieder seinen Arbeitsplatz ein. Mit der Melodie von *On n'a pas tous les jours vingt ans* auf den Lippen und die Arme bis an die Ellenbogen in seiner Tasche reihte er sorgfältig die Bündel der verschnürten Briefe in der Ordnung der Zustellung, drückte zwei kleine Pakete sowie den Unterschriftennachweis für speziale Objekte, die alles senkrecht hielten, hinein, legte den Lederriemen um seinen Hals, ruckte seine Last mit einem Hüftschwung, der gleichzeitig seinen linken Arm freimachte, zurecht und ging zum zweiten Mal auf Tour. Er kam zu zweiten Mal am *Café Civette* vorbei, als – welch merkwürdiger Zufall – Dantec, der für die Postfächer zuständige Beamte, in Ermangelung seiner gelben *Gitanes* und von Arbeit überhäuft, vorschlug, ihren Durst gemeinhin gemeinsam zu befriedigen. In der verrauchten Atmosphäre werden die beiden Postler mit auf der Theke nahe am Eingang aufgestützten Ellenbogen und unter aufmerksamer Betrachtung des Kommen und Gehens der Kundschaft beiläufig und zwischen zwei Bestellungen einer Anzahl von Nutzern der PTT begrüßen. Dann eine halbe Stunde später in einem gegenseitigen Gedankenblitz: — Die Arbeit erledigt sich nicht von selber. Der im weißen Kittel schlurfte davon und missgestimmt machte er sich daran, unausgeglichen die hundert Kästen zu bestücken, die ihm jeden zweiten Morgen entgegenblickten, während der andere sechs von sieben Tagen gemütlich seine Route in Richtung *Impasse au Beurre* verfolgte, wo er die hauptsächliche Zeit *kreuzend* verbrachte (indem er die Straße absolvierte, während er abwechselnd vom einen Haus mit gerader Nummer auf einer Straßenseite zur anderen mit ungerader Nummer querte und so fort). Mit Hunderten von Treppenstufen in den Beinen und beim Herannahen des Mittags hatte er an jedem Fuß einen Amboss und kam langsamen Schrittes mit schwerer Atmung und gerötetem Gesicht zur *Rue Longue* zurück – dieses Mal mit aufgeknöpfter Weste und leicht schief aufgesetzter Mütze. Einmal auf der Höhe der Straße angekommen, war er gar nicht so unzufrieden darüber den Pater Jégou auf dem *Place de Saint-Martin* getroffen zu haben. Einige freundliche Worte und die Zeit, um vor dem Abstieg auf den *hundert Stufen* der *Rue Courte* Luft zu holen. Der Durst kam wieder und er musste seine Schritte beschleunigen bis zum *Relais*, wo er erwartet wurde, um seinen dritten Aperitif zu schlürfen – oder vielleicht mehr, was er selbst nicht mehr wusste. Er händigte ein Bündel Briefe für die drei Häuser der *Passage du Midi* an den Sohn des Wirts aus, der als braver Sohn sich immer freute, ihm zu helfen, aß seinen von einem kleinen Wein begleiteten Schinkentoast mit Käse, steckte das Paket in seine Tasche, das die Wirtin vergessen hatte, zum Schalter zu bringen, als sie am selben Morgen ihre Einkäufe auf dem Markt gemacht hatte, und dann ging er ein wenig beschwipst mit der Kippe im Mundwinkel in Richtung Postamt.

Mit Beginn des Nachmittags bestieg der städtische Briefzusteller zu Fuß nach halber Strecke seinen Drahtesel und sauste schließlich stracks mit 18 km/h regelmäßig zu einer verlorenen Siedlung auf dem Lande. Aber vorher machte er einen Umweg über die Klinik *Sainte Jeanne*, um seinen frisch operierten Bruder zu sehen und um ihm die auf seiner Tour gekauften Orangen zu bringen. Wenn das Wetter mitspielte und der Wind es zuließ, ließ er seine Mütze im Büro, zog seine Weste aus und nahm seinen Regenmantel und befestigte ihn auf dem Gepäckträger seines Fahrrads. Dazu zweifelte man auf den ersten Blick an seinen athletischen und ausdauernden Fähigkeiten, weil seine Leibesfülle sichtbar eine Schwäche für reichhaltige Mahlzeiten und braunes Bier verriet. Aber Rom wurde nicht an einem Tag zerstört. Bouboule, ein alter Radamateur, preisgekrönter Sieger, oft mit dem Ehrenplatz bedacht, hatte noch einiges davon unter seiner Sohle, was zugegebenermaßen ein Trumpf in diesem Beruf ist. Die letzten beiden Briefbündel hüpften in seiner Tasche wie Fische an der Angel, während er in Richtung der Siedlung *Traor ar Velin* radelte, dalli dalli ohne den Fuß auf den Boden zu setzen, schnurstracks von einem Briefkasten zur Stufe einer Treppe, und schon radelte er mit leeren Händen und Wind im Rücken zurück. Im Büro wusste jeder, aber niemand wunderte sich, dass bei einer Fußtour – ob es dem Amtsleiter missfiel oder nicht – die Reihenfolge der Zustellung seiner Tour geändert wurde, um sein *bécane* zu besteigen und einen Umweg von zwei Komma fünf Kilometer zu machen – eine Angelegenheit, – wie er es ausdrückte – um seine Form zu wahren und seine Waden anzukurbeln. Ha! Seine Allüren! Auf seinem Fahrrad war Bouboule nicht derselbe. Wenigstens wie ein Cowboy hoch zu Pferd. Wie im siebten Himmel grüßte er jeden. Als Hervé ihn während seines Urlaubs vertreten hatte, verstanden die Kunden nicht mehr, warum der Briefträger so früh da war und *unnütze Umwege machte*, warum er nicht das Fahrrad nahm, und sie verstanden noch weniger, warum er nicht anhielt, um eine oder zwei Pausen zu machen. – *Bouboule hat das so nicht gemacht, der hatte Zeit*, gaben die Kartenspieler im *Relais* noch hinzu. Aber der junge Postler zog es vor zu schweigen, denn sowieso hätte niemand seine Erklärungen verstanden.

Briefträger in Paris, fern der Familie

Während die Eroberung des Weltalls seine Runde machte – der Mond war schon erobert, der Mars sollte folgen – blieb, uns viel vertrauter, Hervé mit den Füßen auf der Erde und dem Kopf fest auf den Schultern seinem Posten bei der Post treu. Die Klienten schätzen seine Freundlichkeit und sein Naturell. Seine Arbeit an den Schaltern, im Eingangsdienst und natürlich bei der Zustellung befriedigte seine Vorgesetzten. Er hatte das Gefühl, mehr oder weniger *sein (Berufs-) Leben gemeistert zu haben*. Kurz gesagt, er hätte sich nichts Besseres vorstellen können, als dort zu bleiben, seinen Lebensunterhalt zu verdienen, ohne sich kaputt zu machen, und jeden Morgen zu Fuß oder zu Fahrrad herumzuspazieren. Unglücklicherweise dauert die Aushilfe nur eine Zeitlang. Die Stammzusteller waren wieder da, die Hilfskräfte mussten gehen. Der Hauptamtsleiter, ein eher sympathischer und nonchalanter Typ mit glänzendem Schädel, lächelte und schüttelte den Kopf, sobald er des Inspektors Torrente ansichtig wurde, ein Hitzkopf aus Marseille, den, wer weiß, die letzte Flut angeschwemmt haben mag. Er schlug Hervé vor, das Auswahlverfahren zum Postboten in der Hauptstadt seines Departements durchzumachen.
»Sie sind gewitzt und jung. Ich bin sicher, dass wir Sie im Verlauf von drei oder vier Jahren wiedersehen«, sagte er, um ihn zu trösten.

Am Vorabend des Auswahlverfahrens ist er also schon in Quimper. In einem Café in der Nähe der Kathedrale steckt er drei Geldstücke in die Musikbox und trinkt zwei kleine Biere, wobei er zum ersten Mal *Angie*, den Song der Rolling Stones, hörte. Die Musik lässt die Erinnerung an den letzten Flirt, an die Feten auf dem flachen Land, die ersten Trinkgelage, nächtliches Baden und an die Johannisfeuer aufkommen. Bilder blitzen in seinem Kopf auf und kommen wieder und wieder. Er hört noch einmal, ein letztes Mal Mick Jagger, geht durch den Saal und singt mutig:
– But Angie, Angie, ain´t it time we said goodbye.

Im Bett des Drei-Sterne-Hotels in der Nähe des Gebäudes, wo die Tests stattfinden sollen, summt er unablässig vor dem Einschlafen den Refrain.
Zum Auswahlverfahren unter den Nachrückern mit der Nummer 889 angenommen, wird er einige Wochen später an das Postamt Paris 17 als aushelfender Postbote im Praktikum in die Zustellung beordert. Nichts weiter. Mit zwanzig Jahren lockten ihn weder Geld noch eine interessante Karriere. Wie viele Arbeiterkinder aus vielköpfigen Familien mit einer schulischen Laufbahn voller Fallstricke und ohne Abschluss, wusste er nicht besonders, was er im Leben machen wollte. Wie hätte das auch anders sein können? Alles war so unsicher, so prekär, so zufällig, so widersprüchlich zwischen dem, was er in seiner Familie erlebte, und der geordneten äußeren Welt mit ihren Normen, Reglementierungen und Gewohnheiten. Er war nicht besonders unzufrieden abzureisen. Das wusste er. Er wollte das Haus verlassen, das ihm keinen Raum zum Atmen ließ, und das Abenteuer wagen.

»Hervé, du machen wie du willst, du frei, ich versteh«, vertraute ihm seine Mutter mit ihrem Akzent von Modena an. Wenn sie ihn während der Kindheit mit Zärtlichkeit und Liebe überschüttet hatte, verlor sie, kaum einfühlsam und kaum der Sprache mächtig, dagegen diesmal einem jungen Mann gegenüber ihre Geduld, ihre Fähigkeiten, den Draht zu ihm und ihr Latein. Maria hatte alles für ihre Kinder gegeben, aber von morgens bis abends mit häuslichen Arbeiten beschäftigt, verzweifelt darüber, einen Trinker als Mann zu haben, verlor sie Tag für Tag mehr ihre letzten Illusionen. Zwischen den unterschiedlichen täglichen Verrichtungen, verpasste sie indessen nicht die Gelegenheit, Madame Miorssec zu treffen, die Nachbarin von gegenüber, die voller Mitleid und Liebenswürdigkeit ein Gespräch begann oder sich im Lebensmittelladen von Madame Ménez die Zeit nahm, um ihre *bambini*, ihren einzigen Daseinsgrund, zu loben.

Ungefähr im Alter von vierzehn Jahren wurde Hervé bewusst, dass sich sein Vater Joseph nicht mehr für ihn interessierte. Dass er sein Scheitern und seine schmerzliche Vergangenheit in Alkohol ertränkte. Im Verlaufe der Jahre verdunkelte sich sein Gesicht, seine Laune wurde zerstörerisch, um dann einer unerträglichen Stummheit Platz zu machen. Was war ihm da widerfahren? Was für eine Kindheit hatte er durchgemacht? Welches Unglück hatte seinen Vater getroffen? Zufällig wird Hervé während einem Familientreffen durch seinen Onkel erfahren, dass sie regelmäßig von ihrer Mutter geschlagen wurden und dass der Ältere – also sein Vater – *geopfert* wurde, um sich um den Nachzügler, den kranken und geistig behindert geborenen René zu kümmern. Angesichts der Bestrafungen und der Schläge, in seinem tiefsten Inneren beschädigt durch diese Art von strenger Erziehung, rebellierte Joseph, schlief auswärts, ging fort und kam nicht zurück. Er fand Unterschlupf bei einer Frau *mit großem Herzen* im Viertel. „René – das ist die Strafe des Himmels für deine Bösartigkeit“ , schleuderte er seiner zweiten Mutter entgegen, bevor er sie verließ, um sie nicht mehr wiederzusehen.

Verlassen im Durcheinander einer bescheidenen Zweizimmerwohnung öffnete Maria ihr Herz mit guter Miene zum bösen Spiel, soweit es ging. Aber ein Herz ohne Vernunft oder ein Herz, das über die Vernunft die Oberhand gewinnt, war unter gewissen Umständen unzureichend, um zu verstehen, was in den Köpfen ihrer Kinderschar vor sich ging. Sie erwarteten Worte, Erklärungen, Ratschläge oder Vorwürfe. Sie bot ihnen nur Lächeln oder Tränen als Entschuldigung für ihre Ohnmacht oder Unkenntnis gegenüber dem, was sie überforderte. Das reichte nicht aus. Der Vater hatte sich, inmitten der Menge der Aufgaben, die auf ihn warteten, aber überrascht und erleichtert von der Gelehrtheit und Gewitztheit der Älteren, sehr früh zurückgezogen und teilweise auf die Ausübung seiner Autorität verzichtet. Hervé und seine ältere Schwester hatten seitdem ihr Wörtlein mitzureden, um zu versuchen, die Familie aus dem Schlamassel zu holen. Wenn währenddessen ein Konflikt unter den Kindern ausbrach, war Joseph abwesend und Maria, die nichts oder sehr wenig von dem verstand, was ablief, befand sich zwangsweise außer Gefecht. Wenn es manchmal zu Handgreiflichkeiten kam, nachdem Hervé gewaltsam gegen die Tür trat, hinter der sich seine Schwestern verbarrikadiert hatten, wenn Gegenstände durch die Luft flogen, wenn es Schläge hagelte, stieß Maria einen großen Verzweiflungsschrei aus und fing mit einen verzweifelten »*Hört auf, mir ist schlecht!!!*« an zu weinen. Im Allgemeinen reichte dieser Schrei aus, um den beiden Parteien verständlich zu machen, dass für eine unbeschränkte Dauer ein Waffenstillstand zu respektieren war. Auf dem Gipfel ihrer Traurigkeit verschwand Maria im Schlafzimmer und vergrub sich im Bett, um nicht vor Abend wieder aufzutauchen. Wenn sie sich unglücklicherweise einmal bei ihnen einmischte, erschwerte ihre Unkenntnis der Tatsachen und der Auseinandersetzung noch mehr die Situation und brachte Hervé in Rage.

Wenn auch das Verständnis und die Freundlichkeit gewisser Nachbarn und Händler der Straße gegenüber der Mutter die Kinder beruhigte, vermehrten dagegen die spöttischen Blicke und die getuschelten Gespräche auf bretonisch von gewissen kleinen alten Klatschweibern oder noch dazu das unvorhergesehene Eintreffen eines Versicherungsvertreters – eines Vertreters des Bürgermeisteramtes, der angesichts des *Kauderwelschs* der Mutter fassungslos Hals über Kopf davonstürzte – noch ihre Scham und ihre Verzweiflung, was die Mutter anging. Zum Glück traf Maria jedes Wochenende ihre Familie am anderen Ende der Stadt. Über dem Hügel *Coatserho* in einem wohlhabenden Haus. Nach einer guten Stunde Fußmarsch war die ganze Familie auf der anderen Seite der Grenze. In Italien. Beim Großvater Umberto Mazzola, der mit seiner Frau, seinem Bruder Giorgio und dessen Gattin zusammen wohnte – alle aus der Gegend von Mirandola stammend, eine landwirtschaftliche Stadt der Po-Ebene, ungefähr eine Stunde von Modena entfernt. Überglücklich durch den Singsang ihrer Muttersprache, gewiegt in den Wohlgerüchen der gefüllten Wachteln mit dem Duft von *pomodoro* aus der Küche, vergaß Maria für einen Moment ihre Isolation, die Hausarbeiten, die unvermeidlichen Streitgespräche mit Joseph und die Sorgen um die *bambini.*

In der ersten Etage eines Fachwerkhauses in einer schattigen Straße waren die Kinder überaus zufrieden damit, die Stadt für die gute Luft zu verlassen, sich im Garten der Großeltern zu tummeln, sich am Hühnerstall zu ergötzen und sich mit Äpfeln, Birnen und allem, was sie aufheben konnten, vollzustopfen. Nach einigen Stunden fanden die Spiele ein Ende – am häufigsten durch Bauchgrimmen und den Vorläufern eines ausgewachsenen Durchfalls. Hervé durchquerte, sich den Bauch haltend, die Küche in aller Hast angesichts der erstaunten Blicke der *Spaghettifresser*, die auf der Stelle ihre Unterhaltung in *italiano* unterbrachen, um in Gelächter auszubrechen. Schamhaft eilte er an ihnen vorbei, wobei er mit kläglicher Stimme *gabinetto! ... gabinetto! ...* stammelte und dann diesmal mit den Händen an den Hinterbacken mit einem Rette-sich-wer-kann in Richtung Toiletten verschwand.

Wenn heute die Erinnerung an seine Mutter wie ein stets erstrahlender Stern am Himmel erscheint, lässt sich die Erinnerung an seinen Vater in zwei diametral entgegengesetzten Bildern festhalten. Das Bild des guten Familienvaters seiner Kinderzeit und zur Jugendzeit sowie das weniger schöne des alkoholisierten Vaters, dem er wie ein kleiner Hund in die Kneipen der Stadt folgte. Dann hatte er eines schönen Tages keine Lust mehr Grenadine und Limo zu trinken oder ihn später durch die Rinnsteine zu schleifen, um ihm nach Hause zu bringen. Er wollte nicht mehr seine Gegenwart wie ein Nichtvorhandensein erleben oder von seinem Verschwinden träumen und am nächsten Tag mit den Gewissensbissen aufwachen, sich seinen Tod gewünscht zu haben. Mit Erleichterung ergriff er somit die Chance, ihn nicht mehr wiederzusehen und nicht mehr vor Scham zu erröten, weil er sein Sohn war. Ohne zu wissen, was ihn erwartete, zögerte er keine Sekunde mit dem Kofferpacken.

Paris, du hast mich nicht in die Arme geschlossen

In einem ansprechenden Milieu mit verständnisvollen und warmherzigen Leuten zu arbeiten, bei denen er das Gefühl hatte, anerkannt und akzeptiert zu sein, voilà, das war sein heftigster uneingestandener Wunsch! Der brennendste! Gestern noch ein Ausbund an Zweifel, orientierungslos durch soviel Ausflüchte, begriff Hervé nun viel besser die in ihm selbst wirkenden Automatismen und bestärkt durch das Vertrauen der anderen sammelte er auf die Schnelle hier und dort die Trümmer eines geschwächten Ichs auf, das in der letzten Zeit auf einen Schlag älter geworden war. Seitdem war alles viel klarer. Er würde das eingefahrene Gleis verfolgen. Er würde Postler bleiben. Der warmherzige Empfang bei seinem Debut in diesem kleinen Postamt, die Kollegen, der Beruf des Zustellers, den er mit Freude ausübte und der seiner freien, wilden, einsamen und rebellischen Natur gleichkam, ermutigten ihn, seinen Weg bei der Post fortzusetzen und bestärkten dabei den ihm innewohnenden Optimismus. Nun also auf Reisen, nur Hinfahrt, zweiter Klasse, Nichtraucher, im Halbschlaf mit dem Kopf gegen das Glas gepresst, unter einem blauen Himmel mit der Sonne als Begleiter. Einmal im Bahnhof – Stimmen, Jacketts, Mäntel, Taschen, Koffer, alles kam in Bewegung. Auf den Bahnsteigen das Gedränge, Leute, die sich durchschlängeln, eilen, drängeln. Jeder irgendwohin zwischen zwei haltenden Zügen. Er ist einer von ihnen. Er hat auf die Ausschreibung der Oberpostdirektion Paris geantwortet und hat sich zum Hauptpostamt im 17. Arrondissement begeben. Zuvor war er noch nie in der Hauptstadt gewesen. Und so begann er am Ausgang des Gare Montparnasse zwischen all den drohenden Leuten, die auf ihn losgingen, ihm auf die Füße trampelten, wie ein junges Tier mit ausgefahrenen Krallen, elfmal hintereinander »*Pariser sind Kalbsköpp, Pariser sind Hundeköpp*« zu murmeln. Eine Stadt voller Bekloppter mit all diesen in alle Richtungen kreuz und quer fahrenden und für nichts hupenden Fahrzeugen. Verwirrt durch das Lesen der blauen, gelben und roten Hinweisschilder, mit scheußlich schmerzenden Bizeps durch das Gewicht zweier bleischwerer Koffer, verkrampft durch das Gedröhne, das Quietschen der Reifen, den ohrenbetäubenden und in seinem Kopf wiederhallenden Lärm der Züge der Metro, dazu die plötzliche Furcht seiner Papiere beraubt zu werden und seinen Weg nicht wiederzufinden – trotz allem ist er ohne Hindernis in der großen Sortierhalle des Postamts angekommen.

Er erinnerte sich beim Anblick dieser drei Saalordner in ihren hellblauen Uniformen, die in ihrem mit Neon ausgeleuchteten Aquarium hinter Metalltischen standen und mit dem Finger auf eine Namensliste zeigten, an einige Jahre zuvor, als er der Einberufung Folge leisten und sich zu einem Rekrutierungszentrum in eine Kaserne weit hinten in einem Wald begeben musste, um drei Tage lang eine Reihe von Tests über sich ergehen lassen, die darüber zu entscheiden hatten, ob er in der Lage war, ein Gewehr zu halten. Er war da mit mehreren anderen Hinterwäldlern – tief aus dem Hexagon Frankreichs und aus Korsika – einige etwas ratlos, andere sichtlich ermüdet von der langen Reise. Vor seinen zukünftigen Chefs und angesichts dieser Reihen von rechteckigen Sortierspinden, grau und unermesslich, die in der Dunkelheit des Saals verschwanden, wurde ihm mit einem Schlag klar, dass sich vieles in seinem neuen Leben ändern würde. Eine Stadt, die er nicht kannte. Eine postalische Fabrik, wo alle ein- und ausgingen, sich begegneten und drängelten ohne sich noch nicht einmal anzugucken. Alle Kumpel weg, zwanzig Quadratmeter, um sich zurechtzufinden und vor sich hinzudösen. Das war zu viel auf einmal. Er fühlte sich schlagartig so winzig und miserabel, dass er es nicht wagte, einen Schritt nach vorn zu machen, und es vorzug hinten in der Gruppe zu bleiben, die unaufhörlich voranschritt. Er fühlte sich als ein Nichts, weniger als Nichts unter den anderen. Je mehr dieser Gedanke in seinem Schädel hämmerte und ihm unerträglich erschien, so sehr wuchs die Lust ins Unermessliche, seine Koffer zu ergreifen und dalli dalli dahin zurückreisen, von woher er gekommen war. Dort, wo ihm bekannte Gesichter *Guten Tag* wünschten und sich für ihn interessierten. Am liebsten wäre er auf der Stelle das Periskop eines aus dem Wasser auftauchenden

Unterseeboots gewesen, über dem Wasser, über dem Rest, über allem.

Der Verantwortliche für den Empfang, sichtbar älter als die anderen Saalordner, hatte einen kahlen Schädel, ein leutseliges Gesicht, eine Reibeisenstimme und trug den charmanten Spitznamen *Pépé de Rocamadour*. Im Gänsemarsch hinter *Pépé*, dem es schwerfiel, vorwärts zu kommen, ging es zur Vorstellung auf die erste und zweite Etage. »Hallo, das sind wir, die Neuen!« Sie machten einen Rundgang durch die verschiedenen Abteilungen und die Bekanntschaft des Personalchefs. Wie aus dem Ei gepellt erschien ein kleiner Mann – weiße Haare, makellos weißes Gebiss, blitzweißes Hemd – und reichte ihnen ohne zu zögern eine weiße Hand.

»Er scheint für seinen Büroschlaf Reklame zumachen«, rief ein Neuankömmling aus. Sicherlich hatten sie den Chef der Abteilung für den Sortierdienst in fahrenden Zügen geweckt – er kam mit zerzausten Haaren heraus. Sie wurden deshalb gebeten weniger laut zu sein. Tock ... tock ... tock ... an der Bürotür des Amtsleiters. Einen Augenblick lang schauten sie sich mit zweifelnder Miene an. Und wenn auch der eingeschlafen war? In einer quasi religiösen Stille öffnete sich halb die Tür. Mit seinem graugestreiften Anzug, den gelb gefärbten Fingern und den eingefallenen Augen, abgemagert, und mit trauriger Miene hustete der alte Mann einen Moment lang, bevor er für sie einige ausgewählte Worte vor sich hinmurmelte. Mit einem südlichen Akzent drückte er traurig seine Freude darüber aus, sie begrüßen zu dürfen, und wünschte ihnen einen guten Anfang in Paris 17. Danach zählte er die wichtigen Verrichtungen hinsichtlich der postalischen Zustellung auf und schlurfend verschwand seine in einem grauen Anzug verborgene Gestalt wieder in seinem Büro, aber nicht ohne vorher aus seiner Tasche ein silbernes Etui geholt und sich eine Zigarette in den Mundwinkel gesteckt zu haben. *Pépé* hatte auf die gleiche Weise von ihnen Abschied genommen und ihnen den Ort gezeigt, wo sie für die Nacht untergebracht werden sollten.

In diesem Postwohnheim blieb der Bretone noch ungefähr einen Monat, genau die Zeit, um ein bescheidenes Eckchen zu finden, um sich vor der Nacht und der Kälte aber nicht vor der Hitze in der siebten Etage unter dem Dach eines Gebäudes zu schützen. Um ihn herum hörte er Stimmen von überall her. Sie klangen, *sangen*, murmelten, rau, tief und klar. Sie kamen aus der Bretagne, der Auvergne, aus Korsika, vom Norden, vom Südwesten, aus La Ciotat oder Lyon, Lille oder Straßburg. Hervé hatte die Schlafräume der Ferienkolonien, die Wohnheime der jungen Arbeiter, die Schulkantine, das Schlafzimmer, das er mit seinem Bruder und Eltern teilte, und die Küche, in der sich alle Familienmitglieder trafen, kennen gelernt. So war er nicht unzufrieden, sein eigenes klitzekleines Territorium zu haben, wo er sich zurückziehen und eine Intimität genießen konnte, die er vorher nicht gekannt hatte. Nahe am Eingang zum Ordnersaal gab es auf eine Pinwand geheftete Adressen von möblierten Zimmern. Es reichte aus, Kontakt mit dem Briefträger aufzunehmen, der den Neuankömmlingen die Angaben des Vermieters vermittelte, der ein Dienstmädchenzimmer, im Allgemeinen unter dem Dach, vermietete. Beharrlich und auch, weil es aus hygienischen Gründen nicht anders zu bewerkstelligen war, bekam es Hervé immer hin, ein Zimmer in der Nähe der Post zu finden, um seine Wäsche und sich zu waschen.

Heillose Wut und eine schlaflose Nacht

Hervé hat mehrmals sein Domizil gewechselt. Er weiß nicht, warum er aus der *Rue Lévis* in die *Avenue Niel* ausgezogen ist. Gewohnt hat er in verschiedenen Hausnummern der *Rue Cardinet*. Das einzige Mal, dass er sich erinnern kann, überstürzt und gegen seinen Willen ausgezogen zu sein, geschah aufgrund eines Missverständnisses. Ein ärgerliches Missverständnis. Er wohnte damals einige hundert Meter von Postamt entfernt. An der Ecke der *Rue des Renaudes und* der *Avenue Niel*. Mitten in der Nacht wurde er von lärmender Musik geweckt, die aus dem Hof des Gebäudes heraufdrang. Als er sich aus dem Fenster lehnte, um ausfindig zu machen, woher dieser Lärm kam, bemerkte er junge Leute, die zwei Etagen tiefer eine Fete feierten. Da, wo das Licht erleuchtet war. Durch das geöffnete Fenster hallte die Musik durch den gesamten Hof. Er versuchte also in seinen Decken vergraben wieder einzuschlafen, aber das Juchzen nahm an Intensität zu. Der Gedanke, morgens um fünf Uhr dreißig aufstehen zu müssen, ließ ihn wie besessen aufspringen, hochschrecken, umherwirbeln, sich drehen wie eine junge Katze, die sich in ihrer Erregung nur noch steigert, weil sie den eigenen Schwanz nicht zu fassen bekommt. Er sagte sich, um sich zu beruhigen: »Aber entspann dich doch. Die werden schon aufhören. Schlaf ein. Das geht vorbei.« Aber nichts, der Lärm blieb. Ein Wunder erflehend wartete er noch einige Minuten in seinem Bett, bevor er sich erhob. Dann blind vor Wut brachen die Dämme, die seine Aggressionen und seine fünffache Wut in Zaum hielten, und er schleuderte eine kleine an einem Regal hängende Kasserolle durch das Fenster, die in ihrem jähen Fall an der Wand abprallte, bevor sie in der Nähe der Mülleimer im Hof landete. Die Handvoll junger Leute, die zu einem *Glenfiddich* auf einem erbärmlich winzigen Balkon die Sterne betrachteten, zogen sich zurück und wechselten die Schallplatte. Danach machten sie sich freudig daran, *Olé* zu rufen. Ausgerechnet noch *Olé!* Während die anderen in der Wohnung aus vollem Halse ihr Gezeter fortsetzten und ihre bekloppte Musik nichts als sich wiederholendes Bumm Bumm Bumm mit läppischen Texten war, verzehnfachte sich die Lautstärke. Hervé sagt zu sich selber, dass sie ihn ärgern wollten. Also katapultierte er mit aufgestauter Wut alles, was in seiner Reichweite war, auf diese fürchterlichen Gestalten: Bratpfanne, Gabeln, Löffel, Teller, Gläser Mixer, Toaster und sonstige Küchenutensilien, die nach den Gesetzen der Schwerkraft mit einem grauenhaften Lärm auf den Boden oder die Mülleimer im Hof prallten, nachdem sie gegen die verschiedenen Fenster in der Mauer gegenüber gestoßen waren. Der Postler ging dann zu größeren, voluminöseren und mehr Geräusch verursachenden Objekten über, um diese Rowdys zum Schweigen zu bringen, als es ihm, mit wieder hergestellter Atmung und erholtem Geist, auf seinem Bett so erschien, als wenn sich die Töne dieser Diskomusik abschwächten, um nach einigen Minuten fast unhörbar zu werden. Als er zum Fenster ging, bemerkte er zu seiner großen Verwunderung, dass der Hof in Dunkelheit getaucht war und das Treppenlicht des Gebäudes gegenüber erlöscht war. Somit dachte er, dass die durch das Getöse aufgewachten Nachbarn die Polizei gerufen hätten. Neben dem Bett zögerte er einen Moment, bevor er sich wieder hinlegte. »Ein Stündlein hingelegt und entspannt«, so sagte er zu sich, das würde helfen, ihn wieder aufzupäppeln. Zuviel des Guten! Er stellte fest, dass der Kampf beendet war und dass das wiederholte Gähnen für die gestohlene Nacht nichts daran ändern konnte. In der nächsten Viertelstunde begann sein Dienst bei der Post. Um sich zu trösten, machte er einen Umweg über den *Télégraphe*, trank einen extra starken Kaffee und schlang zwei Croissants mit Butter hinunter. »Um meine missmutige Laune zu heben«, dachte er. Am nächsten Tag klopfte sein Vermieter an seine Tür, um ihm anzukündigen, dass er Ende des Monats, sich eine neue Bleibe zu suchen habe. Sein Sohn hatte ihn angerufen, um ihm zu sagen, dass *sein* Untermieter auf der sechsten Etage ein Fenster des Esszimmers zerschlagen und in einem Wutanfall das Geburtstagsfest, das er für seine Freundin Marion veranstaltet hatte, total versaut hatte.

In einem Schuhkarton in der *Rue Guy Mocquet*

In Wahrheit war Hervé gar nicht so unzufrieden damit, dass er ohne Voranmeldung vor die Tür gesetzt worden war. Er hatte sich in eine schöne Pariserin belgischer Herkunft verliebt und das Leben in wilder Ehe zwinkerte ihm zu. Diese schöne Blonde, die in der letzten Klasse des Gymnasiums von Provins war, wohnte in Chelles in der Nähe der Marne. Laurence Ménard hatte das Abitur hingeschmissen und hatte sich einige Monate später als Postlerin wiedergefunden. Die meiste Zeit übernahmen Laurence und Hervé Vertretungen im Viertel von *Clichy*. Nachdem die Zustellung beendet war, mussten sie warten bis sie vollständig waren, bevor sie an der Filiale 117 an der Ecke der *Rue Lévis* und der *Rue Legendre* den Zubringerbus bestiegen. Der Bretone und die Pariserin, die vorzeitig am Versammlungsort waren, wärmten sich in einem Café auf, um nicht ungeduldig zu werden, wenn sie den Verkehr in Richtung *Barbès* beobachten. Es geschah im Verlaufe von zwanzig Minuten bei einem *Expresso*, dass sich ihre Blicke gekreuzt und dass sie bemerkt hatten, dass ihre Herzen unmerklich schneller als gewohnt schlugen. Ohne viel Federlesens überwand Hervé seine Angst, in die Wüste geschickt zu werden, wie man die Tür vor jemandem, der nervt, zuschlägt, und Hervé wagte es, sie zu fragen:

»Du, woher kommst du?«

»Du nimmst den Nahverkehr Richtung Meaux und steigst in Chelles aus.«

»Und die Post gefällt dir?«

»Mal sehen.«

»Mal sehen, was?«

»Mal sehen, und mal was anders machen. Aber du ...?«

»Ich genauso oder auch nicht. Ich bin mir unsicher. Hast du Knatsch mit deinen Eltern?«

»Warum fragst du mich das?«

»Weil ... Ich weiß nicht, weil ich ... Äääh ... Die Pariser, na, weil die Pariser nicht zur Post gehen. Das ist schlecht bezahlt.«

»Doch, ich aber doch.«
»Ja, aber was ich dir sagen wollte ... Ääh ... Nun ... du bist die einzige Pariserin im 17-ten. Fast. Wir kommen sonst alle irgendwo her. Schau dich um. In der Region Paris fehlen Arbeitskräfte. Deshalb holt man uns hier her.« Laurence schaute ihn ein wenig entgeistert an. So zog er es vor zu schweigen, obwohl er sie gerne etwas anderes gefragt hätte als Banalitäten. Ohne Verlegenheit und Scham wäre er gern mit ihr das ganze Inventar ihrer intimsten Fähigkeiten, Vorlieben und Wünsche durchgegangen. Kurz, die Sache beschleunigen.
»Hach, die Verliebten! Draußen wartet man auf euch«, rief Raymond, der Gruppenführer der Gruppe 27, aus, lächelte und zwinkerte Hervé maliziös hinter dem Rücken der Pariserin zu.

Zwei Tage später, nachdem sie ihre Tour beendet hatten, fanden sich die beiden Postler auf der Terrasse eines Café ganz in der Nähe des *Arc de Triomphe* wieder. Angesichts der brummenden Fahrzeuge, die ohne Einhalt in die anliegenden Avenuen hineinbrausten, lächelte Hervé. Er lächelte angesichts der auf dem Trottoir strömenden Touristen und mit einem Lächeln schlüpfte er in sein Überzeug, um im *Bois de Boulogne* zu laufen. Der Postler fühlte sich leichtfüßig. Leichtfüßig und erleichtert, den ersten Schritt getan zu haben, Leichtfüßig und stolz über sich, als wenn er eine Versetzungsprüfung bestanden hätte. Voilà, eine Stunde Dauerlauf, ohne zu merken, dass der Nieselregen ihm das Gesicht angefeuchtet hatte. Die Augen in die Ferne gerichtet, machte er sich einen Spaß daraus, in der Dunkelheit die fahrenden oder stehenden Fahrzeuge zu überholen, deren gelbes Scheinwerferlicht sich in der nassen Fahrbahn widerspiegelte. Berauscht von der Geschwindigkeit machte er noch längere Schritte. Jetzt in der Zeit der Spannung alles in das Sprungbein legend, fühlte er sich sehr stark, sehr groß. In seinem Lauf über den Wolken hatte er mehr als zehn Kilometer zurückgelegt, ohne überhaupt den leichtesten Anflug von Müdigkeit in den Beinen zu spüren. Als er am Ausgang eines Weges den Turm des *Palais des Congrès,* dessen Umrisse sich abzeichneten, erkannte, sprintete er ein letztes Mal und sein Gesicht verzog sich dabei vor Schmerz und Freude.

In den folgenden Tagen dachte Hervé nur an sie und an den Augen der Pariserin konnte man ebenso die Freude, in seiner Gegenwart zu sein, ablesen. Er nannte sie *Lolo*, sie nannte ihn *mein Mignon*, mein Süßer. Seit diesem Tag teilten sie fast alles: die Arbeit, die Mahlzeiten, die Nächte, ihre Freuden. Der Vater von Laurence war Personalchef der Luftfahrtgesellschaft Air Inter. Bevor sie *Lolo* wurde, nahm sie, wenn sie sich unnütz fühlte und nicht wusste, was sie in der Hauptstadt machen sollte, am Sonntagmorgen das Flugzeug nach Nizza, aß einen Sandwich auf der *Promenade des Anglais* und las ein Taschenbuch, bevor sie am Abend wieder den Flieger nach Paris nahm. In Gesellschaft *ihres Mignon* fand sie von nun an langsam die Freude am Leben wieder und war nicht mehr von der beängstigenden Idee gepackt, allein in ihren vier Wänden bleiben zu müssen. In ihrem *Schuhkarton* in der *Rue Guy Mocquet* verbrachten sie die Nacht zusammen. Der Bretone, hoch oben in der siebten Etage, hatte sich unter den Dächern in Sicherheit vor den indiskreten Blicken, vor langen Fingern und dem Lärm der Straße gefühlt, während es für ihn bei Lolo auf gleicher Höhe geradewegs mittenmang in den Massen viel schwieriger war, zu vergessen, dass auch er nur eine Ameise in der Stadt war.

Jedes zweite Mal hatten sie Dienst am Nachmittag. Hervé, nun ohne sein Geschirr, wohnte vorübergehend bei einem Kumpel, einem Briefträger aus Réunion, etwa fünfzig Meter vom Postamt entfernt, dort wo er auch über ein Badezimmer verfügte. Im Souterrain dieses öffentlichen Dienstes duschte er, rasierte sich penibel und zog sich um, kurzum er schmiss sich in Schale, um wieder seine Schöne, nackt ausgestreckt im Bett zu treffen und um zu hören, wie Ferrat die Texte von Aragon interpretiert. Sie machten Liebe oder genauer gesagt, Lolo brachte ihm bei, wie man Liebe macht. Sehr eklektisch in dieser Hinsicht, vermittelte sie ihm die Kenntnis aller Eigenarten der körperlichen Liebe und zeigte ihm die sich steigernde und bereichernde Entdeckung des weiblichen Körpers. Der Jungmann tat sich schwer bei dieser sexuellen Erziehung. Er war noch nicht richtig Herr über seine männlichen Triebe. Er sprintete wie in der Zielgeraden eines Fünftausend-

meterlaufs, während sie noch auf halber Strecke war. Sie behandelte ihn folglich als den kleinen Taps. Er steckte diese Schläge ein, ohne etwas zu sagen, aber gab nicht auf. Danach wurde ihm mit Hilfe der Erfahrung klar, dass in der Liebe meistens der endgültige Erfolg vom Vorspiel abhing. Sie lernte ihm auch wie man Sauerampfersuppe und Lamm mit Tomatensauce kocht aber auch und vor allem, zu zweit zu leben. Was nicht von selbst ging. Die im Schoß seiner Familie gelebte Anarchie hatte sein individualistisches Gespür übersteigert. Sie machte ihm Vorwürfe:
»Du denkst nur an dich, du denkst nicht an die anderen«, sagte sie ein aufs andere Mal zu ihm. Er fasste den Entschluss, sein Verhalten zu ändern, weniger an sich zu denken, um mehr an sie zu denken, ohne jedes Mal für sie zu denken, obwohl – so dachte er bei sich, wenn er zu sehr an sie dachte, sie schließlich Zweifel über seine Absichten haben würde. Er dachte daran, weil es gut gemeint war, dann vergaß er alles. Hervé bemerkte, dass es nicht immer leicht war, das Bild, das sie sich von ihm machte, wiederzugeben. Seine Erziehung oder besser gesagt sein Mangel an Erziehung zwangen ihn auch dazu, mit den verfügbaren Mitteln und abhängig von den sich bietenden Umständen und Situationen dem Dringlichsten abzuhelfen. Laurence rebellierte gegen die Autorität ihrer Eltern, aber sie respektierte sie und hatte nicht alle Brücken zu ihnen abgebrochen. Hervé beneidete sie ein wenig, weil sie die Sicherheit hatte, immer auf sie zählen zu können. Er selber konnte auf niemanden zählen; er musste alles ganz allein lösen.
Sie stellte ihn ihrer Familie vor.
»Ein Bretone!« kreischte ihre Mutter und gaffte ihn an.
»Sie sind also Bretone?« fragte ihn verwundert der Vater von Laurence und betrachtete ihn ein wenig, wie die Besucher die Affen im Zoo von Vincennes betrachten.
— Das ist vergebene Liebesmüh. Was nützt es ihnen Erklärungen zu geben und zu zeigen, aus welcher Ecke der Bretagne ich komme. Sie haben niemals ihren Fuß dorthin gesetzt. Wohl waren sie in der Normandie, aber in der Bretagne, niemals.
»Sie sind ein wenig merkwürdig, diese Bretonen«, unterstrich der Bruder von Laurence, der ebenfalls in einer Luftfahrtgesellschaft arbeitete. Hervé konnte noch soviel sagen wie er wollte, auch dass

seine Mutter Italienerin war, aber da war nichts zu machen. Sie hatten ihre eingefahrene Meinung über das Thema, da sie sich darauf beschränkten, ohne Unterlass zu wiederholen, dass die Bretonen nicht wie die anderen wären. Nach genauem Nachdenken musste er zugeben, dass sie vielleicht recht haben. Nun machte er sich daran, zu erfahren, was denn nun so *Besonderes* an ihm wäre. Er gab zum Beispiel zu, dass er, wenn ihm etwas nicht gefiele, er anstelle zu diskutieren, weggehen würde, wie man in See sticht, oder er tat so, als würde er zuhören. So was war richtig *bretonisch*! Das war zweifelsohne der *bretonische* Stolz, gab er zu, oder vielleicht auch das *typisch bretonische* Temperament? Jedenfalls war das – so resümierte er – was seine *Besonderheit* und seine Originalität ausmachte.

»Sie machen nur, wonach ihnen der Kopf steht«, bemerkte die Mutter von Laurence scheinbar im Scherz, um noch mehr nachzusetzen. Sie kannte nämlich eine Nachbarin aus der Bretagne, die sich niemals an das Pariser Leben gewöhnt hatte. Aus heimlichem Einverständnis mit den ihr Nahestehenden und um den Spaß am Laufen zu halten, setzte Laurence noch Einen drauf, als sie mit schalkgetränkter Stimme einwarf:

»Ja, sie sind ein wenig wild.«

Entwaffnet und in die Enge getrieben, zog es der Bretone – einer gegen vier – vor, sich zurückzuziehen und zwischen den Zähnen zu murmeln:

»*Pariser sind Kalbsköpp, Pariser sind Hundeköpp*«.

Nichts geht mehr, Generalstreik!

Als das Duo eines Morgens das Portal des Postamts durchschreiten wollte, sah es sich etwa zehn gewerkschaftlich organisierten Kollegen gegenüber, die einen Streikposten bildeten.

»Das ist ein unbefristeter Streik für unsere Forderungen auf Gehaltserhöhungen«, kündigte ihnen ein Personalvertreter von der CFDT an. Im Verlaufe von zehn Minuten wuchs die Handvoll von Unzufriedenen zu einer kompakten, turbulenten und bedrohlichen Masse an. Die Jungs von der CGT, gut um ihre Repräsentanten geschart, sorgten für Ordnung und verhinderten die Ein- und Ausfahrt der Fahrzeuge. Es waren zusammen mehr als hundert Zusteller, die die Rue des Renaudes versperrten und ihre Forderungen den erstaunten Parisern, die sich aus den Fenstern lehnten, klarzumachen versuchten. Schilder tauchten auf. Stimmen wurden laut. Man konnte lesen: *Aufhebung des Lohnstopps, unbefristeter Generalstreik zur Aufrechterhaltung des Beamtenstatus'.* Der Gewerkschaftsdelegierte der CGT, ein Südfranzose, ergriff das Wort. Er kündigte den Anfang eines langen Kampfes an, für den es sich vorzubereiten galt.

»Weder die regionalen noch die nationalen Repräsentanten haben sich getroffen, um zu verhandeln; wir nehmen die Arbeit nicht wieder auf«, bestätigte der Delegierte der CFDT mit entschlossener Stimme. In Wallung geraten, riefen sie alle zusammen:

»Das ist nur der Anfang, der Kampf geht weiter.« Während die Gewerkschaftsvertreter sich besprachen, die Modalitäten des Fortgangs der Streikbewegung diskutierten und sich über den Inhalt eines Textes, den sie dem Amtsleiter nach einer Anhörung übergeben wollten, verständigten, zerstreuten sich die Zusteller und nahmen die umliegenden Cafés im Sturm. Laurence und Hervé verstanden die Beweggründe dieses Streiks nicht sehr gut, aber sie waren bereit, dem Appell ihrer Gewerkschaft zu folgen.

Mit ihrem Kollegen Paul, einem Repräsentanten der CFDT, und anderen Zustellern aus unterschiedlichen linken Bewegungen bildeten sie eine kleine Gruppe, die sich im Schoß der CFDT bemühte, ihre Anhänger zu sammeln, um sich der Übermacht der CGT und der Manipulation ihrer Anhänger durch die Föderation entgegenzustellen. Jeden Tag kamen sie zum Streikposten, diskutierten mit ihren Kollegen, buhten die *Gelben* aus, die versuchten nach Hause zu gehen, und nahmen dann ihre Diskussionen im *Café du Télégraphe* wieder auf. Nach einer Streikwoche gaben die Versammlungen und der Marsch in den Straßen von Paris der Bewegung, die langsam an Geschwindigkeit verlor, neue Puste. Laurence und Hervé lachten und freuten sich wie die Kinder. Irgendwie war das wie eine große Party. Auf der Kundgebung, *Place de la Bastille*, schlich sich Laurence zwischen zwei geparkte Wagen, um *ein dringendes Pipi* zu erledigen. Das war die Gelegenheit für die Bande der Kumpel, um Hervé zu folgen und an die Autos zu pinkeln. Sie gebärdeten sich wie Kinder, die für einen kurzen Moment der Aufsicht ihrer Eltern entkommen waren. Die jungen Postler warteten nicht das Ende des langweiligen Vortrags der föderierten Repräsentanten ab und stürzten sich in ein Café, wo sie sich mehrere Stunden aufhielten und sich über den Verlauf des Streiks Gedanken machten. Nach zwei Wochen der Nichttätigkeit hatten sie viele Fragen und erörterten, wie lange er noch dauern würde. Einige bezweifelten das Wiederaufleben der Bewegung und nahmen die Arbeit wieder auf, andere zögerten.

Am folgenden Tag war am Streikposten nur eine Handvoll Briefträger, die die Unterstützung einer Delegation von Metallarbeitern empfing, die gekommen waren, um gesammeltes Geld beizusteuern. Die Forderungen traten auf der Stelle und erst nach Ablauf von drei Wochen erfuhren unsere beiden Freunde durch einen Kameraden, dass die Direktion der Post und die Gewerkschaften eine Grundlage für eine Verständigung und einen Kompromiss gefunden hatten, der mit einer geringfügigen Lohnerhöhung und nicht zu verachtenden Statusvorteilen endete.
»All das für fast nichts«, stellte Laurence konsterniert fest.
»Ja, aber wir haben nicht nachgegeben«, antwortete ihr Hervé.
»Durch das Warten bin ich pleite. Als ich gearbeitet habe, hab‘ ich kein Geld ausgegeben. Drei Wochen lang kleine Cafés, dann das

Kino und das Restaurant machen Mann oder Frau, wie du willst, nicht gerade reicher.«
»Ah, nun übertriebst du aber wirklich. Die Kantine in *Brune* war geöffnet. Da konnte man hingehen, und das Kino, du gehst doch jede Woche dahin. Mich hat es auch nicht gerade gut getroffen und ich bin gezwungen mir vom Amtsleiter einen Vorschuss geben zu lassen.«
»Hältst du das nicht für ein wenig witzig, beim Amtsleiter um Geld zu betteln, nachdem du den postalischen Verkehr drei Wochen lang lahmgelegt hast.«
»Was würdest du an meiner Stelle machen?«
»Als Erstes dich ins Restaurant einladen.«
»Oh, das ist aber nett.«

Am Tag der Wiederaufnahme der Arbeit fühlten sich die beiden Postler unwohl in ihrer Haut, als sie den großen Zustellersaal wieder betraten und waren bass erstaunt von der großen Menge Post, die sich auf den Sortiertischen stapelte. Der Gruppenführer Lefranc, die Augen wie leuchtende Fackeln, machte ein Gesicht wie Dreitage-Regenwetter. Völlig aus dem Häuschen und stumm betrachtete er das Unheil. Auf den Beinen schwankend stand er vor dem Haufen Zeitungen, der sich bis in eine Höhe von ungefähr zwei Metern erhob und sich bis zu den Schaltern, an denen die Zusteller die Einschreibbriefe in Empfang nahmen, etwa fünfzehn Metern lang erstreckte. In diesem Durcheinander wusste niemand so recht, wo anzufangen. Wie zwei Besucher am Bett eines eingeschlafenen Kranken gingen die beiden Postler auf Zehenspitzen voran, als sie den Gruppenführer Akkache, Algerienfranzose, sahen, der ihnen entgegenkam. Als er auf ihrer Höhe war, drehte er den Kopf weg, um sie nicht zu begrüßen müssen. Dieser *Gelbe* musste Tag und Nacht gearbeitet haben. »Das hätte noch gefehlt, seine Schnauze sehen zu müssen«, sagte sich Hervé. Als er seinen Arbeitsplatz wieder einnahm, staunte der Bretone vor den Poststapeln verschiedener Höhe, die sich vor den Spinden aneinanderreihten. Er riß die Augen auf und sein Blick kreuzte sich mit dem von *Babar*, seinem Straßburger Kollegen. Zur großen Verwunderung der anwesenden Briefträger brachen sie beide gleichzeitig in Gelächter

aus. Während der Pause traf er Laurence in der Cafeteria. Sie zog ihn an einen leeren Tisch und murmelte in sein Ohr:
»Hast du das bemerkt?«
»Bemerkt was?«
»Die *Gelben*, die sich sich durch den Notausgang geschlichen haben, um während des Streiks zu arbeiten, müssen sich nicht mehr verstecken. Sie haben diesen Morgen keine Post auszutragen.«
»Gut, das war vorherzusehen. Nein, was mich in Rage bringt, sind die Kollegen, die gestreikt haben und seitdem wie Verrückte arbeiten, um die aufgestapelten Postmengen zu erledigen.«
»Du meinst, dass sie ein schlechtes Gewissen haben?«
»Ja, ein wenig, sie befürchten, sich bei den Kunden erklären zu müssen. Trotzdem waren unsere Forderungen legitim.«

Die Hauptsortierprüfung und der Verkauf von Vierteln

Als letztes Hindernis auf dem Weg zum Beamten der postalischen Zustellung und so zum Stammzusteller zu werden, musste der junge Briefträger mit Erfolg die Hauptsortierprüfung bestehen und in einigen Minuten einige Hundert von Briefen für das 17. Arrondissement in die verschiedenen geeigneten Fächer stecken. Drei Fehler waren erlaubt. Zwei Monate lang musste Hervé seine grauen Zellen zum Arbeiten bringen und unablässig die Straßennamen und -nummern in der Metro, vor dem Einschlafen, während der Zustellung und der Werbung im Kino mit gedämpfter Stimme aufsagen. *Les Batignolles*, von 1 bis 67, Stadtteil 73 oder 79? Und die *Rue Cardinet*, wie viele Parteien? Drei, vier? Rue, Avenue, Platz, Porte Clichy 17-tes oder 18-tes. Manchmal wachte er inmitten der Nacht auf. Er hatte einen fürchterlichen Traum gehabt. Man hatte den *Square Monceau* auf die andere Seite des *Arc de Triomphe* verlegt. Und die *Rue Legendre* war verschwunden! Mit einem Satz sprang er auf, schaltete die Nachtischlampe ein, fixierte die Mauer von gegenüber, überlegte und sagte sich dann:
»Kehren wir um, ohne weiter voranzugehen und so werden wir haargenau den richtigen Weg finden und getreu die verschiedenen Teile des Puzzles zusammensetzen.«

Schließlich gelang es ihm, wenn er sich im Kopf die großen Verkehrsadern und die Viertel des Arrondissement zurechtlegte – das schicke Viertel *Ternes*, das kommerzielle *Batignolles* und das arabische *Clichy* – die geographische Karte des 17. Arrondissement im Geiste vorzustellen und zu unterscheiden.
»Ich beglückwünsche Sie zum Erfolg in der Sortierprüfung«, sagte ihm der Saalordner und schüttelte ihm die Hand.
»Bah, morgen werde ich alles vergessen haben«, dachte Hervé bei sich und lächelte ihm zu.

Nachdem er einige Monate Vertretungen vom *Parc Monceau* bis zum *Place Clichy* vom *Boulevard Péreire* bis zur *Avenue de la*

Grande Armée gemacht hatte, bekam Hervé das Recht, am Verkauf der Viertel teilzunehmen, der jedes Jahr stattfand.
»Das ist witzig! Wie bei einer Versteigerung! Je nach Dienstalter *kauft* man sich einen freien Bezirk.«

Zum ersten Mal in seiner kurzen postalischen Laufbahn, wurde der junge Bretone Stammzusteller einer Tour, die bei der *Rue Brunel zwei* anfing und einige hundert Meter tiefer am *Boulevard Péreire* aufhörte. Der wohlmeinende Zufall hat die Geschicke gut gefügt. Und tatsächlich, als er die Augen diskret in Richtung Trottoir gegenüber richtete, konnte er mit Vergnügen die netten Pobacken seiner Gespielin Lolo erblicken. Zweimal morgens und ein drittes Mal alle zwei Tage, also sechs Mal die Woche eine Tasche um den Bauch gehängt, in der sich drei oder vier Bündel Post tummelten, durchschritt er diese Straße, stieß automatisch die schwere Eingangstür auf, klopfte an die Scheiben der Concierge, die *Fernandez* oder *Ribeiro* hieß – jedenfalls kein Name aus Frankreich – legte den Stapel Briefe und Zeitungen auf dem Küchentisch ab und mit der Hand in der Posttasche beschleunigte oder verlangsamte seine Gangart, um nicht seine herzallerliebste Hälfte aus den Augen zu verlieren, die ihm von der anderen Straßenseite aus zuzwinkerte und lächelte. Vorher hatten sie sich in dem gelben Lieferwagen, der sie mitnahm und auf ihrer Tour absetzte, an den Holzbänken festklammern müssen, um einen Sturz zu vermeiden. Auf der Pflasterung der *Avenue Wagram* gelang es weder der schlechten Aufhängung des Fahrzeugs noch der riskanten Fahrweise des Fahrers die Aufmerksamkeit des großen bärtigen Briefträgers abzulenken, der in die Lektüre des *Parisien libéré* vertieft war. Bevor sie in die *Avenue de la Grande Armée* eingebogen waren, schleuderte eine heftige Steuerbewegung nach links einige Briefträger, getragen von der Zentrifugalkraft, auf die Knie ihrer Kollegen von gegenüber und rief ein allgemeines Durcheinander hervor. Bündel von Briefen donnerten gegen die Scheiben. Schreie der Freude und der Wut lösten sich ab. Am Ende seiner Nerven, erhob sich der große Bärtige, um ihnen abermals für ein und allemal zu sagen, dass man nicht mehr im Kindergarten wäre, und bald war die Ordnung bis zum nächsten Tag wieder hergestellt.

Lebois kann keinen Camembert riechen

B*abar*, der große Straßburger mit den weißen Haaren und den sanften blauen Augen, Laurence, die Pariserin, Lebois, einer aus Martinique, wie alle seine Kumpel von den Inseln fußballverrückt, eine verbissene Guadalouperin, Cadet, Mestize mit indischem Blut aus Réunion mit angenehm femininer Haut und Gestalt, dessen sowohl sanfte als auch aufgerissene Augen ein jugendliches Gesicht betonten, waren in dem Team. Urbain Lebois aus Martinique, Experte des runden Balls und respektiert aufgrund seines Dienstalters, erhielt unablässig im Verlauf des Vormittags Besuch von mehreren Antillianern. Sie klatschten alle in die Hände, erhoben die Stimme, gestikulierten permanent und lachten schallend. Hervé verstand nicht gerade, was sie sagten. Er wusste nicht gerade, ob *sakamaché* Lebois, *sakamaché, couillapapa* – was in jedem Satz vorkam – Beleidigungen oder Ermunterungen waren. Aber eine Sache war sicher: es drehte sich immer um Fußball. Wenn die Vermutungen und die Gewinnchancen ihrer Mannschaft ab den nächsten Spielen der *Ligue 1* oder die Kommentare über die vergangenen Spiele die Kehlen ausgetrocknet hatten, vergnügten sich die Antillianer damit, in kleinen Gruppen mit der Hand oder mit dem Zeigefinger in frenetischem Rhythmus auf die metallischen Sortiertische zu klopfen, die Hüften zu schwingen und kreolische Gesänge zu summen. Dieser Krach brachte bald die Saalordner aufs Tapet, die – peinlich berührt und unbehaglich angesichts einer unvorhergesehenen und unkontrollierbar gewordenen Situation – mit Diplomatie, aber erfolglos, versuchten, Ruhe im Zustellersaal einkehren zu lassen.

Man weckte auch bald den Amtsleiter auf, der in einem Megaphon seine Worte zusammensuchte, sich vorstellte, alle bat, wieder zur Vernunft zu kommen, und die von der anderen Seite des Ozeans gekommenen Gesänge lobte, aber vor allem bat er unter Beifall und Pfiffen einiger Hauptstädter um Ruhe.

Laufsteg? Mondäner Abend? Casting bei den Freunden? Nichts wie hinein! Lebois trat in den großen Sortierraum ein. Er trug seine Zustellerjacke, aber hatte an den Füßen immer ein Paar beige Schuhe mit hohen Hacken, von der Art, wie sie die Golfplätze bevölkern. Eines Morgens versteckte Pineau, ein Kind von der *Canebière* aus Marseille, hinter dem Spind von Urbain zum Amüsement seiner Kollegen einen alten stinkenden Camembert, um Urbain, Anhänger von *Paris St Germain,* zu demütigen. Die *Operation Urbain* wurde gestartet. Seitdem wurde er von allen Seiten aufs Korn genommen:

»Eh, *Schneewittchen*, du könntest auch mal von Zeit zu Zeit deine Klamotten wechseln!« grummelte einer.

Und um seinen Senf dazuzugeben, setzte ein anderer nach:

»Wenn man so schöne Schuhe hat, muss man auch ein neues Paar Socken kaufen!«

Und dann:

»Eh, wasch deine Füße, Lebois, du stinkst!«

Angesichts so einer Flutwelle zählte Urbain, versteckt hinter einer Mauer der Gleichgültigkeit nicht mehr seine Wunden. Bei jedem Schlag zog er sich mit Wut im Bauch in sich zurück, mit Wut, die ihm die Kehle mehr zuzog als der Strang um den Hals eines Gehängten.

»Das ist doch alles Käse, diese Geschichte!« warf ihm amüsiert ein Saalordner zu, der durch das Gelächter alarmiert vorbeikam. Lebois, auf dem Quivive und dünnhäutig gegenüber diesen Attacken, wusste nicht mehr, was er machen sollte, und flüchtete sich in die Cafeteria. Vor einem Café-au-lait stehend, schluckte er ein Schinken-Sandwich und seine Wut hinunter, dann kam er im Laufschritt zurück, um wortlos seine Post zu sortieren. Aus einem Augenwinkel heraus beobachtete ihn Babar. Mehrmals nacheinander beugte sich Urbain diskret nach vorne, fuhr mit der Hand über eine Ecke seines Spinds zur anderen, schnüffelte heimlich einen unangenehmen Geruch, der von der Spindreihe ausging, und betrachtete mit Misstrauen seine Kollegen, aber wütend und verlegen darüber, dass er nicht wusste, was ausgeheckt wurde, zog er es vor, mit dem Sortieren fortzufahren und das Gelächter von Pineau und den anderen zu ignorieren. Aufs Äußerste gereizt, schüttelte er den Kopf und hob die Hand als Zeichen der Abwehr gegen Babar, der sich ihm mit zugehaltener Nase näherte.

Die Tage vergingen, der Gestank blieb. Unbändiger als jemals, ließ Pineau nicht locker. Von Montag bis Samstag nach der neuesten Mode vom Kaufhaus *Printemps* oder von *Tati* gekleidet, wurden Lebois' getüpfeltes oder gestreiftes Hemd, die beige und hautenge Tergalhose oder schwarze Jeans, dazu die Schuhe und passenden Socken, zum Gespött der Postler. Die Ohnmacht gewann die Übermacht über ihn und er verlor die Geduld. Aber was tun? Seine gesamte Garderobe und die seines Cousins war da im Einsatz, aber dennoch roch es schlecht. Seine Kameraden von den Inseln, vom Mitleid geplagt und ein wenig genervt, wollten ihm helfen, aber bevor sie den Mund aufmachen konnten, wurden sie zurückgedrängt. Urbain ließ Stadium und runden Ball unbeachtet, las nicht mehr die Sportnachrichten im *l'Equipe* und verrichtete seine Tour wie der Blitz vor den Augen seiner erstaunten Kunden. Er sprach sehr wenig mit den Kollegen seines Teams, die in der Befürchtung, seine Wut hervorzurufen, von nun an sein trauriges Schicksal bemitleideten. Im Büro war von nichts anderem die Rede. Der Martiniquer, der kein eigenes Hemd mehr zum Anziehen hatte, ließ sich eine Woche krankschreiben, dann zwei, und am Ende seiner Kräfte verlangte er seine Versetzung in ein anderes Pariser Büro. Überrascht von der Wendung der Ereignisse, entschieden seine Kollegen vom Team 7, ihm alles zu gestehen. In der ersten Zeit mauerte er sich noch in sein Schweigen ein, aber nach einigen Tagen war er wieder willens, sie anzusprechen und er lächelte, wenn man ihn an diesen Scherz erinnerte. Er entwickelte unterdessen die Manie jeden Tag die unmittelbare Umgebung seines Sortierspinds zu inspizieren, bevor er mit seiner Arbeit anfing. Das Ganze mit einer Mimik, die er kaum verheimliche konnte: mit der Nase alles Dubiose erschnüffelnd wie ein Hund auf der Lauer. Der Misserfolg von Olympique Marseille und Paris Saint Germain beim nationalen Meistertitel beruhigte die Geister und die winterliche Ruhepause tat ihr Übriges.

Die Verteilung von Kalendern

Zur Weihnachtszeit musste man an den dreizehnten Monat und die Verteilung von Kalendern denken. Ein *Langgedienter* beschäftigte sich damit, sie bei einem spezialisierten Verlag zu bestellen und sie für einige Centimes weiterzuverkaufen. Dann warteten Mitte Dezember am Abend nach der Tour die Briefträger mit Taschen voller Kalender, lächelnd wie die Konfirmanden, nachdem sie an die Tür geklopft hatten. Zu Beginn der 70er Jahre waren die Briefträger fast überall gern gesehen. Die Alten, Witwen und Alleinstehenden machten sich immer einen Spaß daraus, sie zu empfangen. Es beruhigte sie zu wissen, dass es der Briefträger war, der jeden Tag vorbeikam, sich die Zeit nahm, ihnen zuzuhören und einmal im Jahr kam, um ihnen ein gutes Jahr zu wünschen und ihnen Vertrauen und Treue zuzusichern. Ob nun der an der Wand aufgehängte Kalender sofort seinen Platz fand oder nicht, das spielte keine Rolle, alles war ja nur ein Vorwand. Zu Tisch, vor einem oder mehreren alkoholischen und stärkenden Getränken, eine Stunde später mit halbgeschlossenen Augen über den vergilbten Fotos eines abgestaubten Albums verweilend und Punkt Mitternacht ausgestreckt unter der Spüle liegend, um ein verstopftes Rohr zu reparieren, so verging die Zeit im Fluge, aber man musste dienstbereit sein. Schließlich war man ja deswegen da.

Manchmal erwartete man sie überhaupt nicht, diese *netten* Briefträger. So wurde Hervé nach zweimaligem Klingeln und einigen Minuten des vergeblichen Wartens unverrichteter Dinge und auf dem Weg zum nächsten Kunden zwei Etagen tiefer zurückgerufen: »Ah, das sind Sie, der Briefträger. Entschuldigen Sie mich, der Flur des Apartments ist dermaßen lang ... Sie verstehen, ich kann nicht gleich beim ersten Klingeln ...«, entschuldigte sich eine elegante Dame in Unterwäsche, die wie ersichtlich aus dem Badezimmer gekommen sein musste. Sie hatte recht. Der Flur war im Vergleich zu den von ihm bewohnten *Schuhkartons* immens und die

Freizügigkeit, mit der diese Frau exklusiv ihre Formen enthüllte, war dermaßen natürlich, dass der junge Briefträger auf der Stelle diese kleine Verspätung, die Entschuldigungen und einen Geldschein von fünfzig Francs in Kauf nahm.

Nach Jahren hatten das Rote Kreuz, die Feuerwehr, Müllabfuhr und dann mehr als zehn andere Organisationen Lunte gerochen. Die Sammlungen an der Tür, wenn sich Weihnachten näherte, brachten den Leuten Unannehmlichkeiten und Misstrauen. Die wilde Konkurrenz lief zu Hochtouren auf. Ein kurzer Blick in den Spion – vermutete man einen verkleideten Briefträger? Wie dem auch sei, der dreizehnte Monat schmolz von Jahr zu Jahr und stellte nicht mehr als eine kleine Summe dar, um das Gehalt vom Monat Dezember aufzubessern. Wenn auch in der Provinz der Brauch noch lebendig bleibt, ist heutzutage angesichts der Masse von Prospekten, Reklame und der Reduzierung des Aufkommens von Drucksachen, Briefen und Zeitungen der Status des Briefträger als treuer Besucher und Freund der Familie ein wenig verschwunden. Die Überweisungen und Nachnahmen über das Internet machen die persönlichen Besuche bei Privatleuten entbehrlich und seine Rolle als offizieller Repräsentant eines geschätzten öffentlichen Dienstes verschwindet peu à peu. Zweifelte er in einem solchen Moment daran, dass diese Tendenz sich nur verschlimmerte und dass man seinem angeknabberten Prestige wie der Pest aus dem Weg ging? Er glaubte nicht im Traum daran, dass eines Tages ein genervter Kunde ihm ins Gesicht schleudern würde:
»Wir haben die Schnauze voll davon, dass man uns von montags bis samstags die Briefkästen mit diesen Unmengen von Reklame vollstopft. Wir wollen diesen Schmutz nicht. Verschwinden Sie!«

Was erwartet man, um glücklich zu sein

Wie alle Jungs aus der Provinz mit dem Wunsch eine Tages aufs Land zurückzukehren, hatte Hervé bei der Ankunft in der Hauptstadt seinen Versetzungsantrag gestellt, um eines Tages irgendwo innerhalb des nationalen Gebiets versetzt zu werden. Er hing an der Bretagne und hatte immer noch Kontakt mit seinem Bruder, der sich an der Küste von Finistère niedergelassen hatte. Jedoch wollte er nicht an die Orte seiner Kindheit zurückkehren. Die Stadt der Korsaren gehörte der Vergangenheit an, und es war noch zu früh, zuzulassen, dass die Flut der Erinnerungen sein Gedächtnis überschwemmte. Er füllte sein Antragsformular für die vier bretonischen Departements aus. Mal sehen!

»Diese Versetzung kommt vielleicht in zwei oder drei Jahren oder dauert vielleicht noch länger. Das macht nicht viel aus, weil nirgendwo jemand auf mich wartet. Gegebenenfalls kann ich alles absagen, falls ich meine Entscheidung rückgängig machen würde«, dachte er.

Auf lange Sicht wusste er überhaupt nicht, wohin seine Zukunft steuerte, denn er hatte kein klar umschriebenes Projekt. Die Gegenwart von Laurence ihm zur Seite war zweifelsohne angenehm und bereichernd, aber ihre bourgeoise Herkunft, ihre instabilen Launen und ihre mehr oder weniger langen Momente der Melancholie und der wiedergefundenen Lustigkeit konnten ihn nicht länger gleichgültig lassen. Ebenfalls schloss er nicht aus, dass sie von einem Tag zum anderen ihre Beziehung in Frage stellen und dann ihm die kalte Schulter zeigen würde.

Lolo wäre fähig, alles hinzuschmeißen, alles wegen eines Ja oder Nein über Bord zu werfen.

Wenn sie in ihr Milieu zurückkehren würde, so wusste er, dass sie nicht zögern würde, ihn zu verlassen, aber willensschwach, wie er war, wollte er nicht angesichts der mehr oder weniger vorhersehbaren Ereignisse die sich abzeichnende Realität wahrnehmen und zog es vor, die vergänglichen Momente in ihrer Gegenwart auszukosten.

Der wetterwenderische und launische Monat April kam und mit ihm eine ganze Reihe von Niederschlägen, aber auch von unerwarteten Ereignissen und unvorhersehbaren Umwälzungen, die den jungen Postler erschütterten. Er wurde nachdenklich. Die Sorgenfalten im Gesicht zeugten von der zu Tage tretenden Besorgnis. Gerade zur rechten Zeit kam er aus seiner Lethargie heraus. Einer seiner besten Kumpel, Thierry, hatte gerade beim Auswahlverfahren zum Kontrolleur Erfolg gehabt und wurde in das Departement Val-de-Marne versetzt. In seiner kleinen Wohnung in Montreuil machte Hervé die Bekanntschaft seiner im fünften Monat schwangeren Frau. Mit Lolo feierte er diese zwei Ereignisse und traf Pascal, einen Kumpel aus der Vendée, den er aus den Augen verloren hatte. Dieser kündigte ihm an, dass er die PTT am Jahresende verlassen würde, um als Koch im Restaurant seines Bruders in London zu arbeiten.

»Ich hoffe, dass du nicht vorhast, Karriere bei der Post zu machen. Du enttäuschst mich«, schleuderte ihm der zukünftige *Küchenchef* ins Gesicht.

»Ich weiß das nicht, ich habe mir noch nicht diese Frage gestellt«, antwortete Hervé zögerlich. Seitdem säten die Vorschläge von seinem Freund gewaltsam den Zweifel in ihm. Er war bass erstaunt, dass ihm der Gedanke, den Beruf zu wechseln, bislang noch nicht in den Sinn gekommen war. Zwischen zwei Zügen beim längeren Nachdenken eines Schachspiels überlegte er, dass *sein kleiner Beruf, sein kleines Gehalt, sein kleines Dienstmädchenzimmer, seine kleine Existenz,* all diese KLEINEN DINGE ihn nicht auf die Dauer, mit dem Alter und in Abhängigkeit von seinen Bedürfnissen glücklich machen konnten. Immer mehr drängte sich ihm die Frage auf: Woher nahm Pascal nur diesen Elan, kultivierte diese Lust, schürte diese Neugier und rief diesen ihn beherrschenden Wunsch hervor? Immer mehr wurde er von Unverständnis und Panik gepackt. Er hatte den Eindruck wie ein Schiff zu sein, das den Strömungen und Gezeiten ausgeliefert auf dem Meer trieb und seinen Kurs verloren hatte. Er fühlte sich weich, gestaltlos und schlapp. Die Lust fehlte ihm, diese Lust etwas aufzubauen, *mit vollen Händen in das Leben zu greifen*, um dem was er machte, einen Sinn zu geben. Er begriff sehr wohl, dass es vergebens war, sein ganzes Leben lang gegen den Strom zu schwimmen. Hätte er gewünscht, sich den Seinen zu nähern oder die Entscheidung getroffen bei der Post aufzuhören wie sein Freund, hätte er keinerlei Hilfe und Trost erhalten und das hätte ihn darüber hinaus nicht geholfen, aus dieser Sackgasse herauszukommen.

Während Morel, der Briefträger der *Rue du Débarcadère* die Mehrzahl seiner Nachmittage damit verbrachte, um das Auswahlverfahren zum Kontrolleur vorzubereiten, während Dumont den Aufwäscher im Restaurant *Faucher* machte, um sein Gehalt aufzubessern, und während der Saalordner Legrand seine Lebenserwartung um einige Jahre reduzierte, indem er nach der Arbeit die Überstunden im Nachtdienst vervielfachte, traf Hervé, nachdem er Paris diagonal von der Metrostation *Ternes* bis zur *Porte de Vincennes* durchquert hatte, den Telegrammboten Boisnet, der vor dem Gebäude des *Nationalen Sportinstituts* auf ihn wartete. Seitdem sie sich anlässlich eines innerbetrieblichen Laufwettkampfs von sieben Kilometern kennengelernt und sie sich – mit dem Schlamm bis zu den Knöcheln und bei einem absolut schrecklichen Wetter, das aber für diese Übungen im freien Gelände ideal ist, – hart in den letzten Metern einen fürchterlichen Zweikampf geliefert hatten, fanden sich die beiden Postler zweimal in der Woche Seite an Seite für einen Langlauf auf dem *Parcours Jazy* im Wald von Vincennes wieder. An jenem Tag hatte das Mitglied vom *Pariser Postsportverein* den dritten Platz erhalten und den Neuling überholt, der verärgert schwur, im folgenden Jahr auf dem Podium zu stehen.
»Das ist eine gut belaufbare Rundstrecke. Dort hat er sich für die Olympiade in Tokyo vorbereitet«, sagte ihm der Telegrammbote bei ihren ersten Treffen.
»Er, wer ist das?«
»Jazy. Du weißt trotzdem, wer das ist.«
»Ja.«
»Pass auf.«

Ein Bursche, brauner Wuschelkopf, wiegender Schritt, überholte sie mit Leichtigkeit und zehn Meter weiter hob er ohne sich umzudrehen wortlos den rechten Arm, um sie zu grüßen.
»Das ist Dominique Coux. Kennst du den?«
»Nein.«
»Wenn du die Landesmeisterschaften mit uns machen würdest, könntest du ihn nur am Start sehen.«
»Nun gut.«
»Na ja, das ist einer der besten der Region.« Nachdem sie eins Komma sieben Kilometer mit leichtem Schritt abgerissen hatten, schlug ihm Boisnet vor, drei Runden zu machen und jedes Mal das Tempo zu steigern. Hervé liebte es, im Unterholz mit gleichbleibender Gangart zu laufen. Die Zeit verging schnell und die Geschwindigkeit an der aeroben Schwelle berauschte ihn. Die Müdigkeit war gut. Das war kein Scherz, aber das war immer noch nicht die Tartanbahn. Die Bahn, das war was anderes. Nichts für die Neulinge. Boisnet hatte ihm einmal vorgeschlagen, die Spikes anzuziehen, um *Intervalltraining* zu machen, einige tausend Meter.
»Um mal zu sehen«, hatte er gesagt.
»Das sind zweieinhalb Runden. Leg nicht schon auf halber Strecke los, sonst bist du platt«, hatte ihn Boisnet gewarnt. Er fühlte sich gut, atmete stark durch und sein Laufstil war beeindruckend. Er bewältigte die Laufbahn, ohne besonders aus seinen Reserven zu schöpfen. Nach der dritten Runde und einer Pause von vier Minuten im Trott schien Boisnet mit der Stoppuhr in der Hand zufrieden über seine Anfänge an der anaeroben Schwelle, wie er es ausdrückte.
»Gar nicht so schlecht. Du liegst bei etwa drei Minuten, das geht, alles klar?«
»Jo«, stieß Hervé relativ leicht hervor, während er langsam wieder durchatmete.
»Du machst noch zwei Runden. Bei der letzten legst du alles hinein, um im anaeroben Bereich zu landen, unter drei Minuten. Einverstanden?«
»Dja, ich versuch's.« Der Bretone beendete die vierte Runde vollkommen erschöpft in drei Minuten zwölf Sekunden und benötigte mehr als fünf Minuten, um sich wieder zu erholen. Die fünfte – er zog sie durch – die Lungen zum Platzen, die Beine wie in Watte,

und die Pumpe schlug wie wild im Brustkasten und im Schädel, voll die Ohren. Als er Boisnet langsam auf sich zukommen sah, gelang es ihm nach kurzem Einatmen und folgender Ausatmung aus seinem Munde die folgenden Worte hervorzustoßen: »Nein, ich will nichts mehr davon wissen.« Nachdem er sich eine Viertelstunde später erholt hatte, nahm sein Gesicht wieder die gewohnte Farbe an, sein Puls war unter 135 und der Boden schwankte nicht mehr unter ihm. Er näherte sich Boisnet, der sich gerade mit einem Leichtathleten unterhielt, der sich bemühte auf dem Rasen sitzend, *seine Spikes* anzuziehen.

»Das war überhaupt nicht schlecht, weißt du. Jetzt muss ich dir Jean vorstellen«, sagte er ihm.

»Jean?«

»Ja, Jean Fayolle. Kennst ihn?«

»Äh ... nein.«

»Komm her. Du wirst sehen.«

Die Trainingstreffen mit oder ohne Boisnet in Vincennes, an der *Porte de Pantin*, in Villecresnes bestimmen seinen Tagesablauf. Die Leichtathletik lehrte ihn, was er vorher niemals akzeptiert hatte. Die gemeinsame Disziplin und das Leben in der Gruppe. Die gemeinsame Disziplin war für alle gleich. Man musste sich den Trainingsstunden anpassen, die Inhalte der Treffen, den Ort oder die Abfahrtszeit für die Wettkämpfe respektieren und sich ernsthaft auf die Ziele im Verlaufe eines Jahres vorbereiten. Das Leben in der Gruppe und der Mannschaftsgeist weckten im Postler neue Gefühle. Er erfreute sich ebenso am Erfolg eines Teammitglieds, oder an einer Auszeichnung, die beim Sieg oder bei den Wettkämpfen zwischen Vereinen, bei den Staffelläufen oder im Querfeldeinlauf durch die Mannschaft erreicht wurde, als wenn es ein persönlicher Sieg wäre. Wer hätte das gedacht?

Nun war Hervé schon seit mehr als zwei Jahren in der Hauptstadt. Alle zwei oder drei Monate stieg er am Freitagabend in den *Paris-Brest*, wenn er einen Burschen aus dem Nachtdienst fand, der einverstanden war, ihn am Samstag zu vertreten. Unter den Reisenden auf den Bahnsteigen des Bahnhofs von Montparnasse war er zufrieden, seine Eltern zu sehen, die Kameraden wiederzufinden und durch die Stadt zu schlendern. Aber auf der

Rückreise machte er sich Vorwürfe darüber, wegen nichts, rein gar nichts gekommen zu sein. Seine Enttäuschung war riesig, denn zu Hause hatte sich nichts verändert. Warum auch?
»Ich bin ein Arschloch. Ein Blödmann, der nichts verstanden hat! Wie hätte ich glauben können, dass sie, überdrüssig all dieser Konflikte und Streitigkeiten, schließlich erkennen würden, dass das nicht so weitergehen kann, dass ...«, wiederholte er unaufhörlich. Einmal kam er bis nach Rennes und stieg wieder aus. Im Zug sagte er sich: »Scheisse, was hab ich da zu suchen. Warum habe ich immer noch nicht verstanden, dass ich von ihnen nichts zu erwarten habe?« Am Abend nahm er den Rückzug nach Paris. Ein anderes Mal reiste er morgens ab, nachdem er die Nacht bei seinen Eltern verbracht hatte. Die Familie – das waren für ihn zu schmerzhafte Erinnerungen und Sätze, die in seinem Gedächtnis aufblitzen wie die Lichtstrahlen eines Leuchtturms in der Nacht:
»Jo, ich kann nicht mehr. Ich wollen sterben jetzt. Jo ist wieder besoffen, warum? Ich, nicht verstehen. Ich bin am Ende.«
Dieses waren die Worte, die seine verzweifelte Mutter ausstieß, wenn sein Vater nach der Arbeit die Kneipenrunde gemacht hatte und völlig betrunken, unfähig ein Wort zu sagen oder noch einen Schritt zu machen, in der Küche umfiel und mit eingenässter Hose einschlief. Er wollte nicht mehr auf sie hören. Im Zimmer verbreitete er einen Geruch nach billigem Wein und einige Francs, die ihm bei seinem Fall aus der Tasche gerollt waren. Die Zeit verging und für einige Tage kehrte der Frieden zurück. Seine Mutter entschuldigte die Ausrutscher des trinksüchtigen aber arbeitswilligen und eifrigen Vaters. Es stimmte, dass er gut war, arbeitete sogar am Sonntag, »was man von seinen Kumpel nicht gerade sagen konnte«, fügte sie noch hinzu, als wollte sie sich für ihn entschuldigen. Wer würde sich denn darüber beschweren, einen Ehemann zu haben, der zupacken konnte?

In Wahrheit war sie im Grunde ihres Herzens stolz und glücklich darüber, im Lichte ihrer vierunddreißig Jahre den Mann ihres Lebens gefunden zu haben, der ihr süße Kinder geschenkt hatte, die liebenswürdig und nett sind – zwei Adjektive, die in jedem Satz vorkamen, jedes Gespräch beendeten. Komplimente, die die Nachbarn zu ihrer großen Freude wiederholten. Maria, die Ältere hatte das Elternhaus verlassen, sie würde kein älteres Mädchen werden. Sie ist mit heiler Haut davon gekommen! Ein Alptraum, dieser Alptraum würde nicht zurückkehren, um durch ihre Nächte zu spuken. Welch Erleichterung! Welch Freude! Warum denn nicht verstehen, dass Jo, ihr Jo, ihre große Liebe und ihre Vorsehung der unverhoffte Mann ihres Lebens wurde? Wer würde es wagen, etwas gegen sein Verhalten einzuwenden? Sie betet ihn weiterhin an, vergöttert ihn, überhäuft ihn mit Lob, entschuldigt alles und schließt die Augen vor seinen Verfehlungen und Ausrutschern.

Wie alle die Knochenarbeiter am Bau, denen die Jahre hindurch nicht eingefallen war, etwas anderes zu machen, als neun oder zehn Stunden täglich in den Baugruben, in den Fundamenten von Immobilien oder eines Gebäudes Schaufel und Kelle zu schwingen und sich einen hinter die Binde zu kippen, war Jo als ein durch die Knochenarbeit abgestumpfter Hilfsarbeiter zu erschöpft, um sich für die Kinder zu interessieren und an den häuslichen Arbeiten teilzunehmen. Sein Kopf verlor an Gehirnsubstanz, was er an Blödheit hinzugewann. In den späteren Stunden des Tages verbarrikadierte er sich hinter der Tür, beschwipst und mit stumpfsinnigem Schädel, unzugänglich.
»Ab ins Bett! Ohne zu essen!« schrie Maria und voller Wut spuckte sie ihm ins Gesicht. Wenn er schwach und zu betrunken war, um sie abzuwehren, verhielt er sich wie ein kleinlautes Kind, zog Schuhe und Jacke aus und verschwand im Zimmer. Wenn er ein Gefühl verspürte, war es nicht gerade das Bewusstsein von Würde, sondern das Heraufdämmern einer weit entfernten und diffusen Emotion – ein aufflackerndes Gefühl von Freunde und Glück darüber unter den Seinen zu sein, noch geliebt und mehr oder weniger respektiert zu sein –, dann muckte er auf wie ein angeschlagener und allmählich wieder zu sich kommender Boxer und schrie brutal: »Wer hat hier das Kommando?«
Angesichts der missbilligenden Blicke, stieg ihm das Blut zu Kopf, seine Nerven machten wieder nicht mehr mit, und es blieb ihm dann nichts mehr übrig, als mit Türknallen abzuhauen, ohne nicht vorher mit Reibeisenstimme eine Reihe von Flüchen auszustoßen.

Immer noch überreizt machte ihn die Untätigkeit vollkommen verrückt und am Ende von einigen Stunden wurde er unerträglich. Die Bestie im Mensch erwachte. Nichts konnte ihn von nun an aufhalten. In dem Maße, wie auch Ausruhen und Ruhe ihm unerträglich wurden, verlangten ebenso diese Masse an Muskeln, diese enormen Arme, diese breiten Schulter und diese dünnhäutige Nervosität nach Arbeit.

Um den Herd in der Küche anzumachen, war Holz und Kohle notwendig. So ging er in den Keller, holte große Holzstücke heraus und mittels einer Axt und einer Säge verkleinerte er alles in kleine Scheite, die der junge Hervé dann auflas, um sie in einen Schuppen zu werfen. Ein, zwei, drei, vier Stunden am Sonntag beruhigte er unablässig seine Nerven mit diesem Holzhaufen, bis er nicht mehr konnte, bis alles zu kleinen Stücken reduziert war und ein Teppich von Spänen den Boden bedeckte. Bis in die Nacht hinein. Erschöpft mit Schweißtropfen, die die Stirn herunterliefen, und mit einem Hemd, das man auswringen konnte, kam er in die Küche, nahm eine Flasche Rachenputzer – Wasser mit Natron gemischt –, die er mit einem Zug austrank und fand eingemauert in seinem Schweigen die in sich selbst aufgetürmte Leere wieder.

In die Stadt nahe am Meer versetzt

Einen Monat nach der Abreise seiner zwei Freunde wurde Hervé zum Personalbüro beordert. Der Mann mit den weißen Haaren und dem bis zu den Schultern aufgekrempelten weißen Hemd verkündete ihm in einem südwestlichen Akzent, dass er an Anfang der Wunschliste für das Département Morbihan stand. Das Hauptpostamt suchte einen Zusteller, um einen pensionierten Beamten zu ersetzen. Vor Überraschung blieb ihm die Spucke weg.

»Du musst mir in den nächsten drei Tagen antworten, o.k.?« sagte ihm der kleine Mann. Sein Mund blieb halbgeöffnet, ließ weiße Zähne aufblitzen und einen frischen und angenehmen Atem spürbar werden. Hervé nickte zustimmend und machte auf den Absätzen kehrt.

»Ist Herr Francesci da?« fragte er die Sekretärin, die wie behext auf ihre Schreibmaschine hämmerte.

»Weshalb?«

»Wegen meiner Versetzung.«

»Und also?«

»Also ... Wenn es sich um die Stadt nahe am Meer handelt ...« Er schien verlegen und und zögerte, bevor er den Satz beendete.

»Sie interessieren sich nicht mehr für diesen Posten?«

»Doch, doch«, fuhr er fort, um sie nicht zu kränken.

»Unterschreiben Sie bitte hier«, sagte ihm die Sekretärin mit dem üblichen Lächeln auf den Lippen. Im selben Moment trat Francesci durch eine Hintertür ein und ging auf ihn zu. Er roch nach billigem Eau de Cologne.

»Meinen Glückwunsch«, sagte er und streckte ihm die Hand entgegen.

»Meinen Glückwunsch, das freut mich für dich«, sagte ihm Laurence und gab ihm einen Klaps auf den Hintern. Der Bretone, der sich seine Abreise aus der Hauptstadt so nicht vorgestellt hatte, wusste nicht, ob er sich über diese Neuigkeit freuen sollte.

»Du weiß, ich habe die Nase von Paris und seinen Ameisen voll, die man überall sieht, in der Metro, auf den Boulevards, in den Kaufhäusern. Ich habe die Schnauze voll von dem Getrubel dieser großen Stadt, vom Tohuwabohu der Autos, vom Lärm in den Straßen und von den traurigen Sonntagen in der Hauptstadt. Ich bin kein Pariser und das Meer fehlt mir, außerdem ist das hier nervtötend«, sagte er ihr. Was konnte er anderes sagen? Er hatte ihr bis jetzt nie etwas davon erzählt. Nun hatte er ausgesprochen, was ihm durch den Kopf ging.

In der letzten Zeit waren die beiden so weit entfernt voneinander, so distanziert. Im Tagesablauf gefangen, nahmen sie sich nicht mehr die Zeit miteinander zu reden, liebten sich gewohnheitsgemäß. Sie machte ihm Vorwürfe. Er wäre nachlässig, ließe IHRE Schallplatten überall liegen, würde IHRE Lederjacke tragen, ohne sie zu fragen. Natürlich zog er in einer intensiven Phase der Wettkampfvorbereitungen – darauf konnte man ja Gift nehmen – die *Adidas* an, um täglich im *Bois de Boulogne* zu trainieren.
In Wahrheit verstand Hervé nicht besonders, was in ihm vorging. Er hatte den Eindruck, dass sich ihm etwas entzogen hatte und dass sein Leben wie ein Film abgelaufen war, der sich unter seinen Augen abspielte, ohne dass er seinen Ablauf beeinflussen hatte können. Er wollte HALT AN rufen, aber es war zu spät. Er war wie besessen von diesem Gedanken, und die Verwirrung der Gefühle, die er für seine Freundin empfand, überschattete zudem alles. Am nächsten Morgen verließen beide zusammen um fünf Uhr dreißig die Wohnung, aber Laurence wollte ihm nicht bis ins Café *Le Télégraphe* folgen, wo sie gewöhnlich einen Schwarzen und ein Croissant mit Butter zu sich nahmen, bevor sie den Tag begannen. Als sie aus dem Kastenwagen stiegen, um die Zustellung zu erledigen, kreuzten sich ihre flüchtigen Blicke kaum. Nach ihrer Tour ging er den *Boulevard Péreire* hinauf. Laurence vermied seine Gegenwart und durchschritt die *Rue Pierre Demours*, um zum Postamt zu kommen. Am Spätnachmittag kam die Pariserin in die Wohnung, um einige Sachen zu holen, weil sie Beatrice treffen wollte, ihre alte Schulfreundin vom Gymnasium in Provins, die als Sekretärin in einem Haushaltswarengeschäft in der Nähe der *Opéra*

arbeitete. Seit einiger Zeit trafen sie sich regelmäßig an den Wochenenden.
»Mit ihr ist es wenigstens lustig«, deutete Laurence an.
»Was will sie damit sagen? Langweilt sie sich mit mir? Und warum sagt sie mir nicht etwas?« fragte sich Hervé verärgert. »Wenn sie bei ihrem Schweigen bleibt und mir nichts sagen will, wenn ihr meine Abreise egal ist, bedeutet das, dass sie mich nicht mehr liebt«, sagte er sich gekränkt. Vielleicht besser so. Abreisen, ohne was zu sagen, anstatt weiter so Katz und Maus zu spielen.

Aushilfe unter der Befehlsgewalt eines Soldaten

Mit ihrem kleinen Yachthafen und einem für touristische Spaziergänge angenehmen Fußgängerzentrum ähnelte die Stadt nahe am Meer vielen mittleren Provinzstädten, bei denen die heitere und einladende Ansicht im Herzen der Stadt eine andere traurige und scheußliche verbarg. Die oberhalb des Bahnhofs liegende Siedlung *Korrigans*, eine Art Elendsviertel vor den Toren der Stadt mit ihren zahlreichen ungesunden Häusern und die Holz- oder Eternitbaracken in Stadtviertel *Kerkado*, sah der Briefträger nur einmal im Monat, nämlich bei Zahlung der Familienbeihilfe und der Arbeitslosenunterstützung. Hervé war wieder einmal Springer, was in jenem Moment nicht so unangenehm war wie sonst, denn der Springerpool war ausreichend, und so hatte er die Gelegenheit den Stammzusteller drei bis vier Tage auf seiner Tour zu begleiten. Sein Dienstvorgesetzter *Monsieur Prigent* war ein alter Sergeant der Landstreitkräfte, der ins Auge gefasst hatte, bei der Post *seine alten Tage zu verbringen.* Begleitet wurde dieser Gedanke von dem charmanten Gefühl, *seine kleine Karriere gut angegangen* zu haben, wären ihm da nicht das Durcheinander und die Gewerkschaften in die Quere gekommen, die seine Projekte durchkreuzten und seinen Gesundheitszustand verschlechterten. Mit dem Ehrentitel *Zu-Befehl-Prigent* belegt, hörte er nicht auf, den jungen Postler zu piesacken und sein gewerkschaftliches Engagement schlecht zu machen. Für ihm bestand kein Zweifel: Hervé war nicht nur der einzig Verantwortliche für alle Streiks und Arbeitsniederlegungen, die nach ihm *zur Verschlechterung der Qualität des Dienstes führten*, sondern er war auch *der Agitator und Vertreter einer Gewerkschaft mit linker Abweichung*. In dem Maße, wie die Einschüchterungen, Drohungen und Sanktionen als Ausdruck eines Machtmissbrauchs, einer an Geschwindigkeit verlierenden Autorität ein hervorragendes Repressionsmittel für die Eingeschüchterten und Angsthasen waren, so demontierten diese widersprüchlichen und willkürlichen Maßnahmen sein Image und seine Glaubwürdigkeit. Die im Departement stark vertretene Sektion CFDT zögerte nicht, mit einem Protestbrief an den Amtsleiter die Eisenfaust einzusetzen, die gegen ihren Vertreter formulierten Beschwerden in Frage zu stellen und die militärischen Methoden des ehemaligen Sergeanten bloßzustellen. In seiner Ehre verletzt und in seinem Elan gebremst, versuchte der Soldat die Situation zu retten, aber wenn es ihm auch gelang, das Vorgehen der Gewerkschaft teilweise zu bremsen, biss er auf Granit, wenn es um den Versuch ging, *diesen Agitator beruflich zu ruinieren*. Letzten Endes kamen die beiden Männer zum Wohle der Post mit einer stillschweigenden Vereinbarung überein, in Zukunft zu vermeiden, dass sie sich sprachen und trafen.

Der Ersatzmann Hervé erledigte die Zustellung in dem einen oder dem anderen Viertel. Einen Tag im Stadtzentrum, eine Woche später im Viertel *Kerkado* oder *Ménimur*. Zum ersten Mal seit seiner Ankunft hatte er Glück. Er musste vier Wochen lang einen Kollegen im Urlaub vertreten. An der Seite des Hafens, beim Viertel *Conleau,* sah man ihn jeden Tag auf dem Fahrrad. Im Amt fand man ihn allerdings in der letzten Reihe der Sortierspinde, eingezwängt zwischen zwei Zustellern, mit denen er noch nicht einmal Gelegenheit hatte, in Kontakt zu kommen. Sein Nachbar zur Linken hatte ein purpurrotes Gesicht, einen kahlen Schädel und trug eine Brille mit dicken Gläsern hinter der graue Augen sichtbar wurden. Als ersten schüchternen Schritt, um bekannt zu werden, fragte ihn Hervé, wie lange er schon bei dem Hauptpostamt war. Aber dieser, vertieft in das Sortieren, rührte sich nicht. Mit der Nase an einem Brief untersuchte er sorgfältig die Adresse und Namen des Empfängers, drehte das Kuvert mehrere Male hintereinander um und ließ dann den Brief mit einer schnellen und heftigen Geste in ein Fach fallen. Nachdem dies erledigt war, hob er unvermittelt den Kopf, machte ein amüsierte Gesicht ohne seine wulstigen Lippen zu öffnen. Hervé, der sich nicht gerade wohlfühlte, war angesichts dieses pantomimenhaften Lächeln, total baff.
»Ah, du entschuldigst mich«, antwortete der andere mit einer süßlichen Stimme, immer noch ewig lächelnd. Dieser dicke und hässliche Kleine, der auf der Stelle sein Verhalten änderte, wirkte

mit seinem amüsant wirkenden weibischen Aussehen durchaus ein wenig anziehend.
»Äh ja, ich bin einer von den Altgedienten. Im Alter von neunzehn Jahren war ich gläubig und ich wollte dem Ruf, Priester zu werden, folgen. Ich hatte Kontakte, machte Eingaben und dann ... Was weiß ich ... Ich habe nachgedacht. Plötzlich war ich nicht mehr sicher, der Kirche dienen zu wollen. Ich war wohl Kriegsdienstverweigerer gewesen, aber ich hatte immer noch nicht die Gewissheit darüber, was ich eigentlich wollte. Um meinen Lebensunterhalt zu verdienen, habe ich Vertretungen bei der Post in Ploërmel zu machen. Die Jahre vergingen und wie du siehst, bin ich immer noch bei der Post.« Er sortierte die Handvoll Briefe, die er noch in der Hand hatte, machte eine kleine Pause, und dann wechselte er schlagartig wie beim Übergang von Tag zu Nacht die Unterhaltung und fing an, der versammelten Mannschaft von amüsierten Briefträgern schlüpfrige Geschichtchen zu erzählen. Ein Briefträger näherte sich ihm mit belustigter Miene, gab ihm einen Klaps auf den Rücken und fragte:
»He, Jégou, hast du deine Mieze getroffen, die Bedienung?«
Dieser schnalzte mit der Zunge, stellte sich in die Mitte der Bankreihe und fing an, der versammelten Mannschaft der aufgegeilten Briefträger seinen Abend und seine Nacht mit Yvette, der Serviererin des Restaurants *Zum schlafenden Hund* zu erzählen. In einen grauen Kittel gekleidet beschrieb er mit Präzision und Humor die Spiele eines Abends mit seiner Liebschaft. Jégou glich einem alten Anatomieprofessor der sechziger Jahre, der von seinen wissbegierigen Studenten bewundert wurde.

Sein Nachbar zur Linken erschien stets verspätet. Das war ein großer kräftiger Bursche, etwa dreißig oder weniger, der die meiste Zeit angetrunken von seiner Tour zurückkam und einen guten Teil seiner Post im Café *L'Embuscade* zustellte. Zusammengesunken an einem Tisch, mit seinem Fuß die Bündel von Briefen in seiner Tasche gegen eines der Stuhlbeine drückend, war er in die Lektüre einer Zeitung versunken. Steckte ein Kunde seine Nase in die Ecke des Bar-Tabac zum Kauf einer *Ouest-France,* Zigaretten oder um einen kleinen stärkenden Kaffee einzunehmen, unterbrach er prompt seine Lektüre, machte sich dem Neuankömmling durch Stimme und Gestik bemerkbar und senkte als Erstes seinen Kopf, aber diesmal in die Briefbündel. Im Amt war der Amtsleiter nicht gerade besonders entzückt, am anderen Ende der Strippe einen Kunden zu haben, der ihn fragte, ob die Post eine Filiale im Café *L'Embuscade* eröffnet hätte oder ob die Briefträger die Zustellung am späten Nachmittag erledigten. Aber was sollte er sagen? Was konnte er machen? Die Vorschrift sah nicht vor, dass ein Zusteller gehalten war, zu einer genauen Zeit an genau jenem Ort zu erscheinen, noch weniger war ihm verboten, seine Pause dann zu machen, wenn er es vorhatte und wo er es wünschte. Was zum Teufel! Alles das war nur eine Frage der Interpretation! Böse Zungen, einmal mehr. Soweit es keine Beschwerden über sein Büro gab, soweit der Friede in seinem Dienst herrschte, zog er es vor, die Augen zu verschließen.

Mit Ausnahme von drei Landbriefträgern, die in einem anderen Raum arbeiteten und zu denen er keinen Kontakt hatte, machte Hervé schnell die Runde durch diese kleine Welt. Die meiste Zeit fand er sich nach dem Dienst mit Loïc, einem Burschen aus Lorient, und Jean Yves le Pontivyen auf den Terrassen der Cafés im Hafen unter der piekfeinen Kundschaft wieder und am Abend trafen sie sich aufs Neue in dem kleinen Restaurant *Zur gegrillten Sardine* in der Nähe des Marktes. Auf der Arbeit hatte er auch mit einer großen Brünetten sympathisiert, die im städtischen Basketballklub spielte, und einige Worte mit der Landbriefträger von Séné gewechselt, der die Zustellung in diesem kleinen Kaff am Meer per Kraftfahrzeug erledigte. In der Frühstückspause erzählte ihm dieser, dass er der einzige war, der die etwa zwanzig Familien der *Gouasdoué* des Marktfleckens kennengelernt hatte, in dem er die Zustellung erledigte. Wenn er aus dem Urlaub kam, übte er die Funktion eines Hilfspolizisten aus. Seine Mission bestand in den ersten Tagen darin, die Spannungen zu schlichten und die Ordnung in dem Dorf wiederherzustellen. Er musste um jeden Preis alle Provokationen und Scharmützel vermeiden, die Konflikte zwischen den Cousins und den Brüdern herunterspielen und vor allem vermeiden, dass die Post von den Medien in den Schmutz gezogen und angeklagt wurde, dass sie Öl ins Feuer bei den verschieden Familienmitgliedern gegossen hätte, denn die kriegsführenden Parteien, einmal Freund, einmal Feind, nahmen oft einen in den falschen Briefkasten gesteckten kompromittierenden oder vertraulichen Brief zum Vorwand, die Feindseligkeiten wieder aufleben zu lassen.

Es war Sommer. Die jungen Leute stiegen in salopper Kleidung hinunter zum Hafen. Der Wind spielte mit ihrer Haarpracht. Hervé betrachtete seine weißen Beine und sagte sich, dass er sein Fahrrad besteigen, den Hafen entlang fahren und seinen Weg bis nach *Conleau* fortsetzen könnte. Bei der Ankunft in der Stadt nahe am Meer hatte er sich ein Fahrrad der Marke *Peugeot* mit fünf Gängen gekauft und den Verkäufern gebeten, einen vorderen Gepäckträger für die Zustellung zu installieren. Er hatte seit seiner Jugendzeit kein Fahrrad unterm Hintern gehabt, aber aus Angst, sich lächerlich zu machen, wollte er seinem Chef nicht eingestehen, dass er Angst davor hatte, eine Tour per Fahrrad zu machen. Die Konsequenzen: Er hatte zwei Stürze und sich am Knie und am rechten Ellenbogen verletzt. In einer Steigung wollte er einem geparkten Fahrzeug ausweichen, doch mit einer harten Lenkerbewegung hatte sich ein Teil der Post auf der Fahrbahn verteilt, und er machte eine spektakuläre Bauchlandung auf dem Kies. Beim zweiten Mal prallte er gegen ein abgestelltes Fahrzeug, als er versuchte, einen Kollegen auf der Rückkehr von der Zustellung zu überholen. Dieser hatte gewettet, als Erster im Postamt zu sein. Ohne diese Kollision wäre Hervé bei dieser Herausforderung als Sieger hervorgegangen.

Die Treffen mit Boisnet und der Gruppe vom *Postsportverein*, das Training auf der *Laufstrecke Jazy*, beim *INSEP*, im Bois de Boulogne waren die Höhepunkte dieser Tage gewesen, hatten die Wochenenden gefüllt und *sein Pariser Leben* gegliedert. Weit ab von diesen familiären Bande, ohne die Ratschläge seines Trainers, ohne seine Kameraden vom Leichtathletikklub, diese Welt, seine kleine Welt der *Rundenreißer*, die er regelmäßig traf und die ihm eine seinen Ambitionen angemessene Motivation einhauchte, hatte das Training keinen Sinn mehr und der Wettkampf seine Attraktivität verloren. Warum sich auf der Aschenbahn kaputtmachen, wenn man es sich zu Hause bequem machen kann? Warum die Nachmittage in den Stadien verbringen, wenn man sich das Leben am Strand versüßen kann? Und was sein Körper, seine Beine und seine Lungen dort hinten so gut weggesteckt hatten, hier hatte seine innere Leere alles total weggefegt. Er wusste, dass er von nun ab niemals mehr die Atmosphäre wiederfinden würde, in der er Freud und Leid, Sieg und Niederlage, Freundschaft und Einsamkeit geteilt hatte. Man muss sich damit abfinden; ein Leichtathlet ist vor allem ein Kopfmensch. Wo ist bitte der Ausgang? Mit sechsundzwanzig Jahren hängte er die Spikes an den Nagel.

Weit ab von den Stadien war unterdessen seine Leidenschaft für körperliche Übungen nicht abgeschwächt. Den Körper, die Muskeln, und das gesunde Herz eines Sportlers lässt man nicht für lange Zeit brach liegen. Die Freude an der Anstrengung beendete seine Kneipenrunden. Seit seiner Ankunft in der Stadt in Morbihan entdeckte Hervé auch die Freude an einsamen Radtouren entlang des Yachthafens. Er fand Geschmack an dieser Übung und legte all die Geschwindigkeit der Beine eines *ehemaligen Leichtathleten* in die Pedalen. Nach vier Kilometern einer verdeckten Senke und einer kleinen Küste konnte er zu seiner Linken die Bucht erblicken, die von kleinen Inselchen übersät war, größere und kleinere, bewaldet oder felsig, und manchmal vermeinte er eine weiße Mauer, der ein graues Dach übergestülpt war, wieder- zuerkennen. Beim Abstieg nach *Conleau* konnte er den Ausflugsdampfer, der die Touristen herumkutschierte, und die kleinen Segelboote, die den Horizont bevölkerten, beobachten. Die Gegenwart des Meeres, der salzige Geruch des Windes, die Sonne, die seinem Körper erwärmte, die auf den Strand klatschenden Wogen und die Schreie der Kinder, die Drachen steigen ließen, riefen plötzlich in ihm eine sehr lebendige Vergangenheit hervor: die seiner Kindheit, wenn er seine Ferien mit seinen Schwestern in Plougasnou in den Ferienkolonien verbrachte. Nachdem er zu Fuß den kleinen Weg, der den Kiesstrand umsäumte, zurückgelegt hatte, setzte er sich auf eine Bank und beobachtete amüsiert das langsame Gleiten eines Segelbootes, das die Küste entlangfuhr.

Über den Fluten des Meeres, das müde unter einem strahlenden Sonnentag dahinplätscherte, stiegen in seinem Geiste Bilder der Vergangenheit auf, und er verspürte einen süßen Augenblick von Glück.

Während des Haurtsortierens hatte ihm Jean Yves, der die Post in der *Rue du Marché* austrug, einen Brief mit einem Absender aus Paris überbracht. Er wusste, dass Laurence ihm schreiben würde, und seit seiner Ankunft hier verging er vor Ungeduld, etwas von ihr zu hören. Er hatte den Brief in seine Tasche gesteckt, und ohne irgendein Anzeichen von Freude zu zeigen, fuhr er mit dem Sortieren seiner Tour fort, als wenn nichts gewesen wäre. Er wollte den Moment genießen, wo er, allein und verzaubert vom dem maritimen Ambiente, seine ganze Aufmerksamkeit auf die Lektüre konzentrieren würde.

Mein Hervé, Du wirst mich für das lange Schweigen entschuldigen, aber ich wusste nicht mehr, woran ich war. Seit Deiner Abreise fühle ich mich total ratlos und ich suche Dich überall. Am Anfang habe ich gar nicht richtig mitbekommen, dass Du weg bist und erst jetzt verstehe ich, dass Du nicht mehr da bist und das tut mir weh. Ich möchte Dich nicht mit meinem Schmerz langweilen, aber ich lege Wert darauf, Dir zu sagen, dass ich weiterhin mit Dir alles teilen möchte. Ich würde wünschen, dass Du mir die Beleidigungen verzeihst, die ich Dir möglicherweise an den Kopf geworfen habe. Wenn ich daran denke, bin ich darüber beschämt. Mein kleiner Wolf, ich hoffe, dass es nicht zu spät ist und dass wir uns wiedersehen. Ich habe fast alles verdorben und ich glaube, dass Deine Abreise den rechten Augenblick getroffen hat. Ich umarme Dich. Ich liebe Dich.
Unterschrieben Lolo.

Hervé glaubte seinen Augen nicht. In einem Moment, in dem die Einsamkeit ihm schwerfiel und der Gedanke, diese Stadt für einen anderen Bestimmungsort zu verlassen, mehr und mehr in seinem Geiste herumspukte, kam Lolo wieder auf ihn zu. Die Pariserin vertraute ihm an, nicht mehr ohne ihn leben zu können. Betäubt vom Lärm des Meeres, dem Klatschen der Wellen auf die Felsen und fasziniert vom Aufbrausen der vom Winde verwehten Gischt ließ die Rückerinnerung an seine Freundin ein leichtes Zittern vom Kopf bis in die Füße durch den Körper fahren.

Am selben Abend noch schrieb Hervé eine langen Brief, in dem er zugab, Paris ein wenig Hals über Kopf verlassen zu haben, weil er den Eindruck gehabt hatte, sich im Kreise zu bewegen und nicht mehr wusste, wo er war. Auch er empfand immer noch Gefühle für sie und wünschte ihre Gegenwart an seiner Seite. Einige Tage später gab sie zu, dass sie gerne kommen würde, um ihn zu sehen. Er zögerte einen Moment, weil er befürchtete, dass sie die Stadt langweilig finden würde. Dazu noch war es ihm peinlich, sie in einer Mansarde zu empfangen. Währenddessen rief in ihm ein eventuelles Wiedersehen Liebesgefühle hervor. Die Bilder der Vergangenheit, von der Zeit, wo sie beide ausgestreckt auf dem Gras im Schwimmbad von Villecresnes lagen kamen ihm wieder in den Sinn.
»Wir waren ein schönes Paar und viele Freunde beneideten uns. Wir waren wie für einander gemacht«, dachte er. Glücklich wie er war, redete er sich ein, dass alles wieder wie früher sein könnte.

Als sie gekommen war, um ihn in seinem kleinen möblierten Zimmer zu besuchen, war Laurence erstaunt und enttäuscht, als sie sah, wie bescheiden er lebte.
»Wie kannst du nur in so einem Loch wohnen?« fragte sie ihn geradewegs. Lolo dachte, dass er in einer Zweizimmerwohnung wohnen würde. Nun welche Enttäuschung, sich in diesem dunklen Mansardenzimmer ohne Möbel wiederzutreffen! Sie freute sich darauf, ihren Freund in einer anderen Geistesverfassung wiederzufinden, als er sie verlassen hatte. Glücklich wieder in seiner Gegend zu sein und ein anderes Leben aufzubauen. Und dabei gefiel es ihm nicht in der Stadt nahe am Meer. Er schien für diese Stadt, in der er keine Menschenseele kannte, kein Interesse zu haben und hatte weder Lust, sich dort häuslich einzurichten, noch sich Freunde zu machen. Er durchlebte, oder besser, er steckte nur unter Schwierigkeiten, diese deprimierenden Momente weg, in

denen er zu nichts Lust verspürte. Er war ohne Tatkraft, ganz am Ende seiner Kräfte wie ein Langstreckenläufer nach einer guten Anzahl von Kilometern. Gewiss, er gab sich Mühe, scherzte, sprudelte über von Liebenswürdigkeit und Freigebigkeit ihr gegenüber, aber nachdem sie zwei Tage zusammen verbracht hatten, vertraute sie ihm an, dass sie nicht so leben könnte und dass sie in dieser militärischen und klerikalen Verwaltungsstadt ersticken würde. Sie kannte nichts als Paris und Paris war ihr Ein und Alles, das ihr jeden Tag irgendetwas Neues bescherte, sie mit Freuden erfüllte und ihre Stimmung immer wieder hob.

Am Sonntagabend brachte er sie zum Bahnhof. Sie sagte ihm mit einer zärtlichen Stimme:
»Pass auf dich auf, mein kleiner Wolf.« Leise und mit einem so süßen Blick – dann umarmte sie ihn und stieg in den Zug. Da begriff er, dass dieses Gefühl von Mitleid, das sie für ihn empfand, schon eine Entwicklung in ihrer Beziehung wiedergab, gegen die er nichts mehr entgegensetzen konnte. Er zog um, aber es war zu spät. Wäre da noch der Gedanke aufgekommen, dass eine winzig kleine Hoffnung geblieben war, sie wiederzusehen, hätte die Realität alles nur in einen Traum verwandelt. Es würde enttäuschend ausgehen und die raue Wirklichkeit würde ihn wieder einholen.
Er richtete sich in der Nähe des Hafens ein. Oberhalb des Cafés *Au chat perché*. Laurence, die in Urlaub gefahren war, schrieb ihm, dass sie den Kopf voller Pläne hätte und dass sie vorhätte mit ihrer Freundin Béatrice zusammenzuziehen, wenn sie aus Korsika zurückkäme. Sie würde ihrem *Mignon* alles Gute für seine Arbeit wünschen.

Der September kam. Die Nächte wurden frisch, aber die Tage waren noch sonnig. Ein Wochenende fuhr er nach Paris, um eine seiner Schwestern zu besuchen, die in Maisons-Alfort wohnte. Bevor er am Abend mit dem Zug abreiste, wollte er noch Laurence in ihrer Wohnung im 18. Arrondissement besuchen. Als er an ihrer Tür schellte, war sie bass erstaunt, ihn zu sehen, und brachte kein Wort heraus. Erst als er in die Wohnung hineinging, richtete sie das Wort an ihn:

»Weißt du, ich habe Besuch. Du hättest mir trotzdem vorher Bescheid sagen können. Und was willst du eigentlich? Verfolgst du mich?« Als er erkannte, wie Luc, ein Bursche von der Post, der inzwischen Fotograf geworden war, sich Lolo näherte, um sie auf den Hals zu küssen und ihr etwas ins Ohr zu flüstern, verstand er, dass er hier überflüssig war und verließ Paris am Abend.

Gewerkschaftsdelegierter bei der Postzustellung

Nach seinem Dienst traf sich Hervé die meiste Zeit mit Loïc und Jean Yves in den Hafenkneipen. Jean Yves war gerade beim Auswahlverfahren als Saalordner angenommen worden und hatte vor, erneut in den Großraum Paris zurückzukehren. Was Loïc anging, der wartete auf seine Versetzung nach Lorient, wo seine Familie wohnte. Hervé wusste, dass er auf keinen Fall weder in die Stadt der Korsaren zurückgehen noch in die Hauptstadt wollte, noch weniger hatte er die Absicht, sich in der Stadt nahe am Meer einzurichten, wo seine gewerkschaftlichen Aktivitäten seine Nachmittage immer mehr ausfüllten. Als Departementsdelegierter für die Postzustellung gewählt, konnte er einmal pro Woche einen freien Morgen einlegen und seine neue möblierte Wohnung gegen das Lokal der CFDT in der Nahe des Bahnhofs eintauschen, wo er bis zum Ende des Tages arbeitete. Die örtliche Sektion, die einen Repräsentanten der Föderation vorweisen konnte, war sehr dynamisch. Hervé schätzte es sehr zusammen mit Maurice, einem Kontrolleur der Sortierzentrale, und Henri, einem Techniker der Telecom, zu arbeiten. In dem Bulletin für die Mitglieder hatte jeder seine Rubrik. Wenn es darum ging eine Aktion oder einen Streik vorzubereiten, blieben sie bis spät abends im Lokal, um Flugblätter zu drucken, nach links und rechts zu telefonieren, die Kollegen von anderen Ämtern zu mobilisieren, Spruchbänder vorzubereiten, den Ortswechsel von Postlern der kleinen Ämter zu organisieren und das Eingreifen des Kumpels der *Fédé* (Föderation der großen staatlichen Gewerkschaft) zu diskutieren.

Ging es im Lokal hoch her, fühlte sich Hervé in die Nähe der Altgedienten, Maurice und Henri, sehr wohl. Sie bildeten ein solides Team: Der junge Postler profitierte auch von ihren gewerkschaftlichen Erfahrungen und ihren Kenntnissen auf dem Gebiet. Die regionalspezifischen Probleme, die Mentalitäten, die Menschen und die Konfliktlage bargen für sie kein Geheimnis mehr. Hervé wurde sich der Wichtigkeit seiner Funktion bewusst und ihm wurde die Wirkung der Gewerkschaft und der von den Freunden der Sektion jahrelang geleisteten Arbeit deutlich. Dabei verbarg er nicht seine Freude und seinen Stolz, dabei zu sein, als er am Streiktag den langen Zug der Briefträger beobachtete, die vereint hinter dem Transparent der CFDT in Gruppen durch die Straßen marschierten und Parolen riefen. Loïc, Jean Yves und all die anderen Kollegen vom Amt waren da.

Während der Demonstration machte er die Bekanntschaft von Lucien Quéméneur aus Brest, einem Kontrollbeamten für die Schalter, verantwortlich für die Vertretungen im Departement. In diesem Moment sei er im Hauptpostamt, sagte er ihm. Vielleicht weil sie beide aus Finistère waren und linke Ideen hatten, fühlten sie sich sehr schnell voneinander angezogen, weil sie, ohne zu wissen warum, in diese Stadt gekommen waren, in der sie niemanden kannten. Am Abend gingen sie zusammen in einem kleinen Restaurant der Stadt essen und nach einem Spaziergang auf der Stadtmauer fanden sie sich meistens in den Kneipen des Hafens wieder. Die Diskussionen über die Politik, ihre Erfahrungen bei der Post, die gewerkschaftlichen Kämpfe und die Konzerte der keltischen Musik hielten ihren Geist bis spät in die Nacht hinein wach. Da er konsequent war, machte Lucien ihn mit der kleinen Gruppe der Militanten der PSU bekannt und lud ihn sogar zu den Versammlungen der Zelle in Lorient ein. Dank der Gewerkschaft erhielt der Brester eine Sozialwohnung in einem HLM im Stadtviertel *Ménimur*. Er schlug dann Hervé vor, mit ihm in einer Dreizimmer-Wohnung in der sechsten Etage zu wohnen. Überrascht und gerührt von diesem Vertrauensbeweis nahm dieser auf der Stelle an. Als er zum ersten Mal in die Wohnung trat, gab Lucien seine Absichten bekannt:
»Du richtest dich da ein, wo du willst. Was mich angeht, ich komme und gehe meistens bald wieder.«
Der Briefträger nahm die Botschaft ohne Kommentar auf. Jean Yves wollte wissen, wie sie *da oben* in *Ménimur* leben und Hervé vertraute ihm an:

»Lucien hat kein Sitzfleisch. Er rastet aus, wenn er allein in seinen Mauern ist. Die Ruhe wird ihm sehr schnell unerträglich. Er muss dann raus, raus auf's Meer.«
Im Sommer blieb der Kontrolleur mehrere Wochen an der Küste, um Vertretungen in den kleinen Ämtern oder auf den Inseln zu machen, und um die beurlaubten Amtsleiters zu ersetzen. Am Wochenende war er die meiste Zeit in Trinité-sur-mer, um an seinem kleinen Segelboot zu basteln, die Bucht zu durchfurchen und an nichts zu denken.

Ein langes blondes Mädchen auf einem *Holland-Fahrrad*

Das ging nun schon so mehrere Wochen, dass er einen kranken Kollegen vertrat und die Post in der *Rue Jeanne d'Arc* austrug. Um zu seiner Tour zu kommen, verließ er das Amt zu Fuß mit der Ledertasche über dem Bauch. Dieses ruhige, saubere und wenig frequentierte Viertel wurde bewohnt von höheren Beamten, Rentnern oder Freiberuflern. Am Morgen traf er am häufigsten Gruppen von Kindern oder Jugendlichen auf dem Weg zur Schule. Eines Tages bemerkte er auf der anderen Seite der Straße im Eingang zu einem Gebäude ein großes blondes Mädchen – gewiss nicht aus Frankreich –, die aus einer Toreinfahrt kam und sich auf einem *Holland-Fahrrad* in Richtung Hauptgymnasium von *Kerkado* bewegte. Da! Als wenn man ihn gewaltsam aus einer langen meditativen Versenkung wachgerüttelt hätte ... – einerseits ganz schön durcheinander wegen dieser Unbekannten und andererseits mit den Fingern an einem Briefkastendeckel verhakt – und der Tollpatsch reißt sich auch noch ungeschickt einen Nagel ein. Auf dem Treppenabsatz hatte er nur Augen für die schlanke grüngelbe Gestalt, die auf einem Fahrrad tanzte und in der Ferne hinter zwei Fahrzeugen verschwand. Seine flinken und selbstvergessenen Finger steckten tastenderweise einen Haufen Briefe auf gut Glück in die Briefkastenbatterie.

Zwei Tage später stieß er durch einen gänzlich ungewöhnlichen Zufall beim Sortieren auf einen an *12 rue Jeanne D'Arc* c/o Bougeard adressierten Brief für Sybille Strothoff mit dem Stempel: *Stadt des Großschiffbaus*. Er hätte wetten können: eine Dänin, Schwedin oder Deutsche. Gut, das war nun eine Norddeutsche. Genauso wie eine Polaroid-Kamera ein Bild augenblicklich auf Papier auswirft, beschäftigte sich seine Erinnerung damit, das Gesicht des jungen Mädchen nachzuzeichnen. Er stand da, durch seine Träumerei verzaubert und ließ sich von einer Art Abgehobenheit wiegen, als plötzlich wie mit der Heftigkeit eines

direkt ins Gesicht geblasenen üblen Windstoßes eine fieberhafte Unruhe den Saal erfasste. Er wurde gegen einen Tisch gedrängt. Durchdringende Stimmen wurden laut. Alles lief durch die Bankreihen, nervöse Hände griffen nach Packen von Briefen und Einschreiben. Ein verängstigter Blick auf die Wanduhr und ihm wurde klar, dass das Hauptsortieren beendet war und dass er sich beeilen musste, um seine Fächer zu leeren, seine Post zu sortieren und die Taschen zu füllen, um nicht die große Blonde zu verpassen.
»Ist dieser Brief für Sie?« fragte er sie lächelnd, als sie sich ihm näherte, um das Schriftstück zu ergreifen. Sie hatte einen lieben Blick und ihr Gesicht hellte sich plötzlich auf. Sie schien nicht sehr überrascht zu sein, auf diese Weise von einem neugierigen Briefträger angesprochen zu werden.
»Danke, das ist ein Brief von meiner Familie«, antwortete sie, indem sie ihn in ihrer ledernen Schultasche verschwinden ließ. Eingeschüchtert wusste der Briefträger nicht, was er ihr sagen sollte. Obwohl er sie noch gerne einen Moment aufgehalten und größere Geschütze aufgefahren hätte, um ihre Bekanntschaft zu machen. Etwas zu ihr sagen, um ihre Stimme zu hören. Zeit gewinnen, um Ordnung in seinem Kopf zu schaffen, um seine Gefühle wieder zurecht zu rücken.

»Wohnen Sie schon lange in dieser Gegend?« brachte er mit leiser Stimme hervor, bevor sie sich auf ihr Rad schwang.
»In dieser Gegend? Ähh ... Ah ja, in dieser Gegend! Ich bin gekommen, um einen Teil meiner Sachen zu holen, die ich bei den Bougeards gelassen habe. Ich habe drei Monate lang in dieser Familie als Au-pair gearbeitet.«
»Und wo haben Sie seitdem gewohnt?«
»Sie sind aber ganz schön neugierig, Mann«
»Ah, nein nein ... das ist wegen der Post. Ich wollte wissen, was ich mit der Post mache, Sie verstehen«, deutete er mit Kopfschütteln und der Bewegung eines Scheibenwischers mit seinem Finger an.
»Das ist richtig. Sie haben recht, aber was soll ich jetzt machen?«
»Im Prinzip müssten Sie mit einem Identitätsnachweis zum Schalter und einen Nachsendeantrag stellen.«
»Ah, und das kostet was?«

»Ja, aber wenn Sie wollen, können wir das anders handhaben.«
»Wie anders?«
»Äh. Ja ... Sie sagen mir, wo Sie wohnen, damit ich ihre Post dem Kollegen geben kann, der ihre Post an Ihre neue Adresse weiterleitet. Sie verstehen?«
»Ja ... aber sind Sie sicher, dass die Post ankommt.«
»Aber ja, ganz sicher. Das ist nicht genehmigt, aber für *besondere Kunden* drücken wir ein Auge zu.«

Das junge Mädchen runzelte die Stirn. Ganz hatte sie ihn nicht verstanden. Macht nix. Sie vertraute ihm und war einverstanden damit, ihm zu sagen, wo sie wohnte.
»Während der Ferien wohne ich im Gymnasium von *Kerkado* in einer kleinen Wohnung, die mir von Agnès Bozec, der Krankenschwester des Gymnasiums, gratis zur Verfügung gestellt worden ist. Das ist eine nette und freigiebige Frau, *wo* ich vor einigen Monaten kennengelernt habe.«
»Man sagt, eine nette Frau, die ich kennengelernt habe.«
»Ja, richtig. Entschuldigung«, sagte sie errötend.
»Aber sie haben überhaupt keinen Grund sich zu entschuldigen, Sie sprechen ausgezeichnet Französisch. Sie geben also Unterricht?«
»Ja, am Gymnasium und dann noch einige Deutschkurse an der Handelsschule, was mir ermöglicht meinen Frankreichaufenthalt bis Ende September zu bezahlen. Dann muss ich zurück, um mein erstes Staatsexamen vorzubereiten, um Lehrerin zu werden«, antwortete sie mit betrübter Miene.

Mit einem Lächeln auf den Lippen gefiel er sich darin, all das in einem leichten Akzent, gespickt mit kleinen Flüchtigkeitsfehlern von der anderen Seite des Rheins zu hören, aber als Briefträger aus Überzeugung lehnte er es ab, den Lehrer zu spielen. Und wenn man von ihm Englisch oder Deutsch verlangt hätte! Ein wenig bretonisch, ja, aber mehr auch nicht ... Und mit dem Indikativ als solchem geht es ja auch ganz leicht, der Konjunktiv kann doch noch warten. Was soll's. Ihren kleinen netten, so eigenartigen Akzent müsste sie seiner Meinung im Personalausweis eintragen lassen. Besondere Kennzeichen: spricht französisch mit einem zarten germanischen Akzent. Für einen kurzen Moment standen sie sich direkt gegenüber, sahen sich an und lächelten. Gleichzeitig verführt und bewegt konnte der Briefträger nicht verhindern, dass er lange Zeit diese blauen Augen und dieses strohblonde Haar betrachtete. Liebend gerne hätte er dieses berührt, ihr Gesicht gestreichelt. Die Finger auf ihre Lippen gelegt, sich gegen ihren Körper geschmiegt. Aber alles war in ihm aufgewühlt, verstört. Alles wurde unhaltbar, unkontrollierbar. Er fühlte sich ganz verwirrt. Sein Herz schlug so stark, dass es aus der Brust springen wollte. In seinem Körper sprossen Wünsche wie Blasen, die sich ausbreiteten und ins Unendliche vervielfältigen. Wenn er nicht plötzlich die Vorahnung gehabt hätte, gleich alle Treppenstufen auf einmal zu nehmen, und sie in eine peinliche Situation zu bringen, wenn er ihr seine Gefühle gestanden hätte, hätte er sich von dieser Spannung, die ihm die Glieder durchfuhr, befreien können. Und dann fragte er sich ganz blöde, ob sie wohl schon einen Freund hätte. »Und wenn man in ihrem Land nicht auf die gleiche Art anmacht? Wer sagt mir auch, wenn sie mich so graziös anlächelt und mich sympathisch findet, ob ich für sie in Wahrheit nur ein *kleiner* Briefträger und nichts weiter bin?«

„Mit Lolo, da hatte das Abenteuer der Liebe nichts von einem Boxkampf, bei dem sich die beiden Akteure ein oder zwei Beobachtungsrunden liefern und vor Beginn der Feindseligkeiten mehrere Male den Ring durchtänzeln. Ganz anders als die Faustkämpfer ging Lolo gleich auf's Ziel los und schlug stark zu. Lolo machte keine Umschweife, um zu sagen, was sie dachte. Sie war nicht auf den Mund gefallen, um jemand zurechtzuweisen oder ihre Wünsche vorzubringen. Als sie mit siebzehn Jahren so schnell wie möglich ihre Jungfräulichkeit loswerden wollte, hatte sie ihren Bruder bedrängt, damit er ihr seinen besten Freund Bernard vorstellte. Im Verlaufe eines Abends in einem Café nahe der *Porte d'Italie* hatte Bernard gezögert, bevor er sie einlud, den Rest eines baskischen Huhns in seiner Wohnung zu essen. Nach dem Dessert hatte Lolo ihn mit Blick auf die Uhr und nachdem sie ihre Bluse aufgeknöpft hatte, gefragt, ob sie die Nacht bei ihm verbringen könne. Bernard, ein intelligenter und gastfreundlicher Bursche, hatte verstanden und fügte sich. Wie hätte er es auch ablehnen können, der Schwester seines besten Freundes einen Dienst zu leisten? Hervé erinnert sich daran, sich sehr amüsiert zu haben, als ihm Lolo diese Geschichte erzählt hatte.

»Lolo machte nicht soviel Getue. Wenn ihr ein Knabe gefiel, hielt sie sich nicht zurück, sie ging zum Angriff über. Nur bei mir nicht. Da war das gegenseitig«, erinnerte er sich. Sie nannte stets alle Dinge bei ihrem Namen und hatte die Gabe, dem Schlaukopf, der es gewagt hatte, sie anzumachen, ohne vulgär zu werden wie einen Schlag ins Gesicht *schwerverdauliche* Wörter an den Kopf zu werfen.

Hervé, der auf jeden Fall die Abfahrt der jungen Deutschen hinauszögern wollte, fragte:

»Haben Sie Ihr Fahrrad aus Deutschland mitgenommen?«

»Bei uns ist alles flach. Das ist wie in Holland. Man verbringt die Hälfte des Tages auf dem Fahrrad. Die Alten wie die Jungen. Alles fährt Fahrrad.«

»Hier gibt es nur die Briefträger, die in die Pedale treten ... Ja die Briefträger ... Die Radrennfahrer ... Und dann Sie«, sagte er lächelnd. Übrigens, vielleicht hätten Sie Lust, entlang der Küste eine Radtour zur Landzunge von *Arradon* zu machen?

«Ja, warum nicht?« sagte sie leise.

Am nächsten Tag setzten sie ihre Unterhaltung in einem Café der Stadt fort. Hervé erzählte ihr Geschichten aus seinem Leben, über seine Arbeit bei der Post und sein Engagement bei der Gewerkschaft. Sie war sofort sehr interessiert an seiner Militanz. Sie hatte die Bewegung vom Mai 68 in Frankreich studiert und wollte etwas über die Rolle wissen, die die Gewerkschaften in jenem Moment gespielt hatten. Er wusste nicht gerade sehr viel, was er ihr dazu sagen konnte, aber er versuchte, sie über die verschiedenen politischen Tendenzen der verschiedenen Gewerkschaften aufzuklären. Sie lachten beide und erzählten sich Anekdoten über das Studentenleben in der Hansestadt oder über die Arbeit als Briefträger. Sie war allein hier und er kannte niemanden in dieser Stadt.

Eines Tages schlug Lucien vor, zu dritt nach Trinité-sur-mer zu fahren und in der Bucht zu segeln. Als sie den Hafen verließen und das Boot auf das offene Meer zusteuerte, drängte sich die junge Studentin dicht an den Briefträger und streichelte seine Hand. Hervé, durchströmt von einem Glücksgefühl, neigte sich zu ihrem Gesicht und küsste sie auf den Hals, die Wange und schüchtern auf die Lippen. Er schlang seinen Arm um ihre Taille und streichelte ihre im Winde flatternden Haare. Mit glänzenden Augen, die im Widerschein der Sonne auf dem blauen Meer aufleuchteten, bemerkte er, dass sie dabei war, einen Platz in seinem Leben einzunehmen, und er wünschte für immer ihre Gegenwart an seiner Seite.

Wieder zurück in der Zustellung verspätete er sich manchmal noch für ein paar Worte mit Loïc und Jean Yves, aber er ging nicht mehr mit ihnen am Abend essen und lehnte die meisten Einladungen ab. Während Lucien auf See oder an Land hinter dem Schalter war, blieb er mit der jungen Deutschen in der leeren Wohnung in *Ménimur*. Als sie in seinem Zimmer die Matratze auf dem Boden und einige in einer Plastikgarderobe aufgehängte Kleider bemerkte, war sie ein wenig schockiert von der Kälte und Traurigkeit der Gegebenheiten.
»Das ist leer und traurig, und dem Ganzen hier fehlt das Lebendige«, gab sie lächelnd zu verstehen. Ohne weiter zu warten, ergriff sie ein paar Bananenkartons, verstaute seine Sachen und stellte aus Stoffresten Vorhänge her. »Damit der Staub nicht eindringt«, wie sie erklärte. Zum Schluss brachte sie die Küche in Ordnung, damit alles *gemütlicher* wäre.
»Diese Deutschen haben tatsächlichen ein Händchen für das Praktische«, staunte er. Als sie von ihm verlangte, sich von den Sachen im Flur zu trennen, antwortete er, dass diese Lucien gehörten. Ihm gehörte nichts. Oder fast nichts. Nur einige Gegenstände. Sie war verblüfft, das zu hören, riss die Augen auf, aber gab keine Bemerkung zum Besten. War es doch die Wahrheit, dass er aus Paris mit seinem großen grauen Koffer als einziges Gepäckstück gekommen war. Das einzige Ding, das er hatte und an dem er hing, war eine Hifi-Anlage der Marke *Bang&Olufsen*. Aber er

hatte sie weggegeben. Als er eine seiner Schwestern besucht hatte, sagte er seinem Schwager, dass er sie behalten könnte:
»Ich habe keine Möbel und ihr habt mich ein oder zweimal beherbergt.« Das Geld, das er bekam, gab er fast vollständig aus oder gab es seiner Mutter. Er hatte kein Sparkassenbuch. Er hatte keinen Plan für die Zukunft. Warum sollte er Geld auf die Seite legen?

An einem Wochenende, an dem er allein war – Agnès Bozec hatte Sybille in ihr Landhaus eingeladen – nahm er sein Fahrrad, um die Umgehungsstraße entlang spazieren zu fahren. Als er zufällig die Siedlung *Kermaria* durchquerte, bemerkte er hinter einem Metallzaun Maurice und Henri an einem Tisch im Garten sitzend. Vor dem großen stattlichen Granithaus amüsierten sich Kinder mit einem kleinen weißen Hund, vor dem sie herliefen und der nicht aufhörte zu bellen. Hervé zögerte, abzusteigen und seine beiden Kameraden von der Gewerkschaft zu begrüßen. Es war Sonntag und er wollte sie nicht stören. Er erinnerte sich, dass Maurice seinen Nachbarn Henri gefragt hatte, ob er ihm helfen könnte, seinen Dachboden auszubauen und elektrisches Licht zu installieren. Hinter dem Metallzaun wollte er nicht erkannt werden und blieb ein wenig auf Distanz hinter einem Gebüsch. Ein leichter Wind strich über sein Gesicht. Er betrachte sie noch einen träumerischen und verstohlenen Moment lang.
»In der Gewerkschaft dachte ich, dass wir dieselben Ideen hatten und auf der gleichen Seite standen, aber heute weiß ich nicht, ob ich mich ihnen noch so nahe fühle. Im Gegenteil, es gibt viele Sachen, die uns trennen und die mich dazu bringen, zu sagen, dass wir nicht den gleichen Lebensstil haben.« Als er auf seinem Fahrrad saß, tauchte in seiner Erinnerung wieder das Bild der jungen Postler auf, wie sie im Streik solidarisch und in einem langen Zug durch die Straßen von Paris defilierten. »Wir waren Kameraden, alle saßen in der Scheiße, einer nahe beim anderen. Aber hier ...«, dachte er mit einem nostalgischen Gefühl. Er wusste, dass einige Gewerkschaftler sogar rechts wählten. »Aber das war«, so sagte er zu sich, »weil sie falsch informiert waren.« In der Provinz geht alles langsamer und man verfolgt die sozialen und politischen

Ereignissen mit viel mehr Distanz. In die Provinz lässt man sich versetzen, um das Land wiederzufinden und sich niederzulassen und dann kommt der Rest von selbst: die Kinder, das Haus, die Routine, die Langeweile. So ist die Logik. Das ist selbstverständlich. Es gibt keinen Grund, etwas anderes zu machen. Maurice und Henri, sie machen es wie alle, Kontrolleur in der Sortierzentrale oder Inspektor der Telekommunikation. Wie ich mussten sie eine gewisse Zeit in Paris oder ihrer Region verbringen. Wie alle Beamten der PTT. Dann lassen sie sich versetzen. Sie sind konsequent ... »Es gibt eine Kontinuität, in dem was sie gemacht haben und was sie machen, weil sie ihr Ziel erreicht haben, d.h. sich in der Provinz niederzulassen,« wiederholte er unentwegt. Aber er? Was hatte er in dieser Stadt zu suchen, wo er niemand kannte? Sybille, auch sie wird Ende des Monats nach Deutschland zurückkehren, um ihr Studium zu beenden. Das war sonnenklar. Was konnte sie denn auch anderes machen als das, was sie bereits angefangen hatte, d.h. ihr erstes Staatsexamen zu machen. Aber er? Was hatte er vor, später zu machen? An Auswahlverfahren teilzunehmen, um nach Paris zurückzukehren. Das wollte er nicht. Sich in dieser totlangweiligen Stadt niederlassen? Nein, in keinem Fall. Was dann? Er wusste es nicht. Plötzlich hatte er den Eindruck, dass er nicht mehr wusste, was in ihm vorging. Er hatte den Eindruck, wie ein Waggon zu sein, den man von einem Zug in voller Fahrt zum nächsten Bahnhof abgehängt hatte. Er nahm nicht mehr an der Reise teil. Allein in ländlicher Landschaft, überrascht von diesem Frieden und dieser unerträglichen Ruhe unter einem unendlich blauen Himmel, fühlte er sich grausam ausgeschlossen.

Dieses Gefühl des Ausgeschlossen-sein hatte er schon in seiner Kindheit gehabt. Es war auf ewig in ihm festgesetzt. Es war Weihnachten. Die gesamte Familie war bei seinen italienischen Großeltern versammelt. Zum ersten Mal im Jahr traf Hervé seine Cousins und Kusinen wieder. Nachdem sie den Nachmittagskaffee eingenommen hatten, verließen seine Eltern, die zu Fuß nach Hause mussten, das große Haus als Erste. Er selbst musste noch einmal zurückkehren, weil er seinen Ball vergessen hatte. Als er die anderen Kinder sah, wie sie das Geschenkpapier von mehreren

Paketen, die auf dem großen Küchentisch ausgebreitet waren, aufrissen, begriff er aufgrund des erdrückenden Schweigens und der merkwürdigen Blicke, dass man ihm wissen ließ, dass er unerwünscht war, dass er überzählig war und dass er niemals diese Kehrtwendung hätte machen dürfen. Diese Erinnerung war in ihm gegenwärtig und lebendig, und das Schuldgefühl, da gewesen zu sein, wo er niemals hätte sein dürfen, nicht Teilnehmer des Festes zu sein, bewegte ihn weiterhin und ließ ihn seit jener Zeit nicht mehr los. Es war tief in seinem Inneren eingegraben.

Als er Sybille zum Bahnhof gebracht und ihr gute Reise gewünscht hatte, wusste er bereits, dass er nun an der Reihe war und dass auch er die Stadt verlassen würde. Diese Stadt, die für ihn nur Durchgangsstation war. Diese selbstverliebte verschlafene bourgeoise Stadt, zu der er niemals richtig eine Verbindung gehabt und in der er sich fremd gefühlt hatte.
»Wir telefonieren. Wir schreiben uns«, sagte er leise, um sie dann zu umarmen, den Abschied leichter zu machen und sich dann in aller Eile in der großen Bahnhofshalle wiederzufinden. Mehrere Tage lang hatte er die große Leere um sich gefühlt. Aber er wollte darüber mit niemand reden. Die drei Monate, die sie zusammen verbracht hatten, hinterließen ein Gefühl der Unvollständigkeit. Sie hatten lange davon gesprochen und sie wussten, dass ihre *entstehende* Liebe trotz der Entfernung und der Zeit die sich verwischende sommerliche Landschaft überleben würde.

Traurig, aber nicht niedergeschlagen, hatte Sybille – inzwischen an ihr neues Leben gewöhnt – nicht die Hoffnung verloren, ihren Freund wiederzusehen, Als sie die Stadt nah am Meer verlassen hatte, um in die Hansestadt im Norden zu fahren, hatte sie ihm gesagt, dass sie darüber nachdenken würde, ob es ihr genehm wäre, wenn er käme. Eine Woche war verronnen und wie verabredet rief sie ihn abends im Gewerkschaftslokal an. Hervé hatte einen Schlüssel. Oft ging er am Abend vorbei, um die Post zu holen, und erwartete *ihren* Anruf. Einmal wählte er – zu ungeduldig, um zu warten – die Vorwahl des Landes und die Telefonnummer. Mir zugeschnürter Brust und in der Dunkelheit des Raumes an seinen

Stuhl geklammert fragte er sich, was er wohl sagen könnte, wenn sich eine fremde Stimme am anderen Ende der Strippe meldete. Glücklicherweise war Sybille am Apparat. Eines Morgens verlangte Henri, der vom zuständigen Sekretär der Gewerkschaft wegen der erhöhten Telefonrechnungen angemahnt wurde, dass er ihm den Schlüssel zurückgeben sollte, weil er vermutete, dass sich in seiner Abwesenheit merkwürdige Dinge abspielten. Hervé gestand ihm, dass er es wäre, der ins Ausland telefoniere, aber er lehnte es ab, alle Anschuldigungen gegen ihn einzustecken. Fast hätten sich die beiden Männer in den Haaren gelegen. Immer mehr machte sich Hervé rar im Lokal. Einen Monat später wartete er, nachdem er seine Freistellung aufgrund persönlicher Umstände beantragt hatte, im Gare du Nord auf den Nachtzug in die skandinavischen Länder. Er hatte die Zugstrecke auswendig gelernt und wusste, dass er vor der Ankunft in Hamburg, Kiel, Puttgarden um fünf Uhr aufwachen musste, nachdem der Zug die Städte Osnabrück und Münster durchquert hatte – Städtenamen, die er zum ersten Mal aussprach. Dann musste er sich mit seinem großen Koffer an die Türen begeben und in der Hansestadt aussteigen. Diese Stadt, in der er *auf gut Glück* entschieden hatte, ein neues Abenteuer zu beginnen.

ZWEITER TEIL

Postbote bei der Deutschen Bundespost

Ein Bretone bei den Teutonen

Als er aus dem Zug ausstieg und die zu seiner Begrüßung erschienen Sybille eingemummelt in einen Wollmantel sah, konnte er kaum seinen Blick von den schmutzigen Schneehaufen entlang der Bahnsteige abwenden. Es war kalt und Monat Februar. Der schlimmste Monat des Jahres. Der Monat, an dem er zur Welt gekommen war. Er blieb drei Monate bei den Eltern seiner Freundin in der *Groninger Straße* in *Huchting,* einem Viertel im Süden der Stadt, eingezwängt zwischen dem Flughafen und der Eisenbahnlinie, die sich durch die Landschaft von Niedersachsen quält. Drei Monate in seinem kleinen Zimmer. In diesen drei Monaten hatte er das Gefühl, von diesen Leuten adoptiert zu sein. Er verstand ihre Sprache nicht, aber sie gaben sich sehr viel Mühe, um ihm die Anpassung an das Land zu erleichtern. Besonders die Mutter von Sybille hatte den jungen Franzosen wie aus dem Herzen heraus mit offenen Armen aufgenommen, als wenn er schon Teil der Familie wäre. Mit Hilfe eines kleinen Wörterbuchs in der Tasche ließ sie keine Gelegenheit aus, ihm bei Abwesenheit ihrer Tochter mit Unterstützung von Gesten und Mimik die Grundlagen der Sprache beizubringen. Wenn er den Mund öffnete und sie nichts von seinem Kauderwelsch verstand, lachte sie los und rief dann voller Panik: *»Oh, mein Gott!«* Von Schreck und Panik ergriffen blätterte sie, nachdem sie mehrmals den Daumen mit ihrer Zunge befeuchtet hatte, frenetisch die Seiten des *französisch-deutschen* Wörterbuchs durch und nach einigen Anstrengungen wiederholte sie, erleichtert, lächelnd und zufrieden, mehrere Male das Wort auf Deutsch, wobei sie sich Mühe gab, die Silben einzeln auszusprechen und übertrieben und mit Bedacht zu artikulieren. Das Lernen der Sprache, mühsam am Anfang, machte ihm danach Spaß. Besonders die Aussprache bescherte ihm einige Schwierigkeiten. Zwei, drei, viermal musste er dasselbe Wort wiederholen, sooft wie seine *Lehrkraft* es verlangte. Dann ließ sie nach mehreren unfruchtbaren Versuchen ein *»Ja ... Jaaaa ... Guuut«* hören, was ihn sehr beeindruckte.

Sie fand ihn charmant, manchmal amüsant, oft drollig und verdoppelte die Liebenswürdigkeit und Geduld mit ihm. Ihre zwei Schwestern, die einige Meter von ihrer Wohnung wohnten, kamen von Zeit zu Zeit, um mit ihm Kaffee zu trinken und ihm Gesellschaft zu leisten. Die Jüngere, Adele, ein altes Mädchen und verbittert, weil sie nach dem Krieg keinen Mann hatte finden können (Die Männer waren im Kampf gefallen oder Kriegsgefangene), fehlte niemals, wenn es darum ging, stolz diejenigen, die sie wegen ihrer Gemütsschwankungen tadelten, daran zu erinnern, dass SIE auf niemand anderen zählen könne als SICH selbst, um ihre Existenz mit ihrem kleinen Sekretärinnengehalt zu sichern. SIE musste, nur SIE, bis zweiundsechzig arbeiten, um ihr Haus abzubezahlen. Tante Lisa, die Ältere, verheiratet mit dem Schwager, war eine handfertige und kultivierte Frau, die ihre freie Zeit der Töpferei und der Aquarellmalerei widmete. Nachdem ihre Tochter Marion das Haus verlassen hatte, um mit einem Pharmavertreter zusammen zu sein, lebte sie ihr eigenes Leben, Das Paar traf sich manchmal im Verlauf des Tages, meistens im Supermarkt, und wie zwei Fremde kannten sie sich nicht, hatten weder einen Blick noch ein Wort für den anderen. Zu Hause tolerierte sie nolens volens seine Gegenwart zu den Mahlzeiten.
»Karl-Heinz, du machst, was du willst, geh hin, wo du willst, aber geh mir aus den Augen«, schärfte sie ihm ein. Was ihn anging, war er glücklich darüber, um Haaresbreite an der Scheidung vorbeigekommen zu sein, und akzeptierte diese Entscheidung ohne aufzumucken, sehr glücklich gleichzeitig sein Gesicht gewahrt, *sein Essen gesichert* zu haben und erleichtert darüber, weiterhin sein Fahrrad von einer Kneipe des Viertels zur anderen schieben zu können. Oft in einem erbärmlichen Zustand unter dem Einfluss des Alkohols, fasste er den guten Entschluss, nicht mehr zu den familiären Mahlzeiten zu trinken, um seiner Frau keine Schande zu machen. Sein Bruder, Polizist, stieg, wenn er gegen vier Uhr nachmittags von der Arbeit kam, ohne sich die Zeit zu nehmen, sich umzuziehen oder mit seiner meistens in der Küche beschäftigen Frau einige Worte zu wechseln, in den Keller, kam dann mit Bierflaschen in beiden Händen die Treppen wieder hoch, fletzte sich

auf ein Kanapee des Wohnzimmers und ging dann wieder hinunter, um sich erneut einzudecken. Wenn die Temperatur sich der Zwanziggrad-Marke näherte und die Sonne die Aprilschauer einmal vertrieb, setzte er sich in den Garten und verbrachte, Bierdose nach Bierdose, den Abend wie ein alter Mann stumm auf einer alten Bank, die Augen auf die Wipfel der hohen Tannen des Gartens gegenüber gerichtet. In diesem kleinen Haus lebten Hervé und Sybille beengt, aber sie hatten niemals den Eindruck, die Eltern zu stören oder die familiären Gewohnheiten über den Haufen zu werfen. Ohne festes Einkommen gelang es dem jungen Paar unterdessen eine Zweizimmerwohnung zu finden.

Am Endes des Sommers zogen sie am *Buntentorsteinweg* im Viertel *Neustadt,* nahe beim Stadtzentrum, ein. Der geschickte Vater, der als Maler schwarz arbeitete, half ihnen bei der Einrichtung. Um sein Leben zu bestreiten und im Lande zu bleiben, war das Erlernen der Sprache der Knackpunkt, sozusagen der Punkt des Abhebens. Es reichte aus, sich hineinzustürzen, sich von den Fesseln zu befreien, das Ego zu vergessen und der Zukunft zuzulächeln. In der ersten Zeit würde ein kleines illustriertes Büchlein *Deutsch ohne Mühe* ausreichend sein. Die Fortschritte ließen nicht auf sich warten. Er konnte in einigen Wochen die Sätze des Buchs auswendig hersagen. Als seine Freundin ihn in der Küche *»Meine Schwester trägt den ganzen Tag lang durchlöcherte Socken«* oder mehr noch *»Mein Hund Viktor ist ein Stubenhocker, ich bin es nicht«* hersagen hörte, riet sie –- ganz und gar nicht von der Methode *ohne Mühe* überzeugt – ihm netterweise, Abendkurse zu nehmen. Die Aussprache? Sie wachte mit Argusaugen darüber. Ein expandierendes Unternehmen (so die Annonce in der Zeitung) suchte einen Lageristen. Er stellte sich mit wenig Illusionen aber vielen Befürchtungen vor. Die Stelle war schlecht bezahlt. Er war neben einem zweiundsechzigjährigen Taxifahrer, der taub wie ein Maulwurf war und wie ein Schlot rauchte, der einzige Kandidat. Während der Unterhaltung verstand er halbwegs, dass er nicht als Lagerist, sondern als Monteur für eine bestimmte Zeit eingestellt wurde. Reifenmonteur für alle Fahrzeuge mit vier, drei und zwei

Rädern: landwirtschaftliche Maschinen, Fahrzeuge, Fahrräder, Motorräder, Flugzeuge.

Sehr früh am Morgen durchquerte er auf seinem Fahrrad mit gekrümmten Rücken einen dichten Nebel, der weiter unten längs eines Flusses trieb. Dreizehn Kilometer hin, dreizehn Kilometer zurück. Ständig eine Stunde Mühsal vor und nach einer peniblen und schmutzigen Arbeit, die ihm den Gnadenstoß gab. Wenn er zurück war, fiel er vor dem Abendessen auf das Kanapee des Wohnzimmers. Jeden Tag im vollen Luftzug, bildete sich vor der Montagehalle eine eindrucksvolle Schlange von Fahrzeugen. Jedes wartete, bis es dran war, und die Monteure ließen Luft ab, montierten, pumpten auf, nahmen ab, montierten erneut Reifen auf die Felgen, von morgens bis abends ohne etwas Luft zu schnappen. Man musste Mumm in den Knochen haben, um nicht am Ende des Tages total geplättet zu sein. Am Endes des Winter erfuhr er, dass seine Bewerbung für das Sortierzentrum angenommen war. Er atmete auf! Die Reifen waren nicht seine starke Seite, das Sortieren ja, selbst in der Nacht. Er hatte einen Fuß in der Tür und allen Grund zu glauben, dass sich seine Situation allmählich verbessern würde.

Wilfried, ein Original aus Bayern

»*Ewé, du bist ein bisschen dumm, weißt du*«, wiederholte Wilfried ohne Unterlass mit ernüchterndem Unterton den ganzen Tag lang, wenn er ihn, erschöpft davon, jeden Tag die gleich dummen Gesten, jeden Tag die gleichen Handgriffe des Sortierens und Zusammenstellens zu machen, in seinem bayerischen Dialekt nachahmte. Indem er vorgab, ihn nicht zu verstehen, zwang er ihn, mehrere Male hintereinander zu wiederholen, was er dann auch ständig herunterleierte. Völlig ad absurdum geführt durch seine Provokationen und Mätzchen und vor seinen Arbeitskollegen lächerlich gemacht, schrie Wilfried vor Wut, bedrohte ihn und schwur, niemals mehr *mit diesem kleinen französischen Scheißer*, der nur dazu gut war, überall seinen Senf dazuzugeben, zu arbeiten.

Wenn die Fächer voll waren, verband er die Briefe mit *einer Bundschleife*, eine feine aber solide Kordel von fünfzig Zentimeter Länge, die in einem blauen Plastikende von ovaler Form endete, etwa so groß wie ein Zwei-Euro-Stück mit einem Schlitz in der Mitte, in dem man die Kordel befestigte, anstatt einen Knoten zu machen. Dabei durfte man nicht zu vergessen, vorher auf dem Bündel ein gelbes Etikett mit schwarzer Aufschrift mit dem Bestimmungsort zu befestigen. Die verschnürten Bündel gingen dann in einem Wagen zur *Versackung*. Wenn der Bayer gute Laune hatte und dran war, den Wagen voll von Briefbündeln in Richtung Stuttgart zum Abgang zu schieben, ließ der Bretone ohne sein Wissen eine oder zwei Bierdosen und *Flachmänner* in den Wagen gleiten. Ohne überhaupt den Bayern zu grüßen, ergriff Dietrich, der *Gruppenführer*, die Bündel und warf sie in die verschiedenen Säcke, die vor ihm aufgereiht waren. Aber man musste schnell sein! Der Zug um achtzehn Uhr fünfundzwanzig kam gleich an, und es blieben ihm nur acht Minuten, um den Wagen zu leeren und die Postsäcke im Laufschritt auf die Bahnsteige zu bringen. Das war der Moment, dass er sich bückte, um die letzten Briefbündel zu ergreifen, als seine Aufmerksamkeit sich auf die leeren Bierflaschen am Boden

des Wagens richtete. Der Rotschopf ließ einen Schrei wie ein wütender Orang-Utan los, der das Gebäude erzittern ließ.
»**Sag, Wilfried, was ist das hier? Sind dir hier alle egal? Geh hin, wo du herkommst, dreckiger Bayer**«, brüllte er mit einer *Haake-Beck*-Flasche in der Hand wedelnd. »Die scheinen sich hier beim Sortieren gut zu amüsieren! Du musst besser aufpassen, was du uns hier für Scheiße ankarrst«. Er ließ noch was anderes vom Stapel, wobei er wiehernd lachte. Wilfried, der an diese Art von Anmache gewöhnt war, verstand aber nichts, zog es vor zu schweigen und für einen Augenblick im Ruheraum zu verschwinden. Allein mitten im Raum mit einer Flasche Bier in der Hand versuchte er die Bombe zu entschärfen, die jeden Moment in ihm zu detonieren drohte. Dann verließ er später den Raum, stellte seine Bierflasche in einen Kasten in der Nähe des Getränkeautomaten, nahm mit einen forschen Schritt wieder seinen Platz auf dem Hocker ein, auf dem er vorher gesessen hatte, und ohne ein Wort, einen Blick für seine Kollegen zu haben, machte er sich wieder unbeirrbar ans Sortieren.

Mit einem braunen und frisierten Haarschopf und mehr als ein Meter neunzig Größe war der Bayer eine durchaus beeindruckende Erscheinung. Als Beamter des Sortierdienstes war er nicht gehalten eine Uniform zu tragen. Trotzdem trug er Tag und Nacht die Zustelleruniform. Mit einer braunen Aktentasche aus Leder in der Hand, die wie bei der Mehrheit seiner Kollegen eine oder zwei Bierflaschen und eine Thermoskanne, sowie zwei oder drei in *Butterbrotpapier* eingewickelte Schwarzbrotscheiben enthielt, und dem Käseblatt *Bildzeitung* – wie viele Postler kaufte und las er sie, obwohl er nicht ein einziges Wort davon glaubte, was da gedruckt stand – in der anderen Hand begann er seinen Dienst wie vor sechsundzwanzig Jahren, als er bei der Post angefangen hatte. Beim Sortieren stellte er immer seine Halbliterflasche Bier in der Nähe seines Spinds und ungefähr alle zehn Minuten ergriff er sie mit seinen Pranken, um sie nicht für einen langen Augenblick abstehen zu lassen. Nachdem er den Kronenkorken entfernt hatte, den er in die Tasche steckte, führte er den Flaschenhals zu seinen Lippen und zur selben Zeit spitzte er zärtlich die Lippen, als wenn er jemand küssen wollte. Er öffnete dann den Mund und nahm dann drei bis vier Schluck, ließ ein *Aaaaaah* der Verzückung vernehmen, drückte den wieder aus der Tasche geholten Kronenkork auf den Flaschenhals und stellte die halb geleerte Flasche wieder an den selben Ort. Dann machte er sich wieder zufrieden an das Sortieren. All diese Gesten machte er immer unbewusst in der gleichen Ordnung, im gleichen Rhythmus zigmal am Tag. Als ein süßer Moment der Ergötzung war das ein Ritual, das er niemals während der Arbeit unterließ. Zweifelsohne verspürte er während dieser kurzen Augenblicke, in denen ihn die Wiederholung der routinierten und langweiligen Handgriffe nervte, die Notwendigkeit, sich in Gedanken davonzumachen und auf solche eine Art die Monotonie des Sortierens zu unterbrechen. Hervé tat sich gütlich daran, diesen originellen Pfiffikus mit den Manieren eines großen Jungen zu beobachten, und genoss den Moment, wenn er den Mund öffnete und auf bayrisch loslegte. So sehr wie die Beamten der *Deutschen Bundespost*, als treue Dienstleister immer ernst, oft gewissenhaft, manchmal langweilig waren, so sehr sträubte sich Wilfried dagegen, sich dieser Mentalität anzupassen und, auch wenn es den Saalordnern noch so sehr missfallen mochte, wurde er, nachdem er sich an mehreren Bieren *gelabt hatte,* unwiderstehlich und schamlos. In solch einem Moment vergaß er völlig seine strenge Erziehung, die Hausordnung, Sitten und Gebräuche der Postler und die gute Kinderstube.

In der Nacht haben alle Postler Einen intus

Wenn jeden Abend ab neunzehn Uhr in diesen alten Räumlichkeiten mit den gelben und grauen Mauern und Doppelfenstern aus Holz des Sortierzentrums vom *Postamt 5* das große Gewühl begann, verwandelte sich in der Vorweihnachtszeit im *Briefabgang* die große Unruhe innerhalb von Stunden in einen wahrhaftigen Rummel. Der postalische Ameisenhaufen – Alte und Junge, Männer und Frauen, Saalordner, Beamte jeglicher Provenienz, alle im Bewusstsein für die öffentliche Sache zu arbeiten – verzehnfache in einer gemeinsamen und schwindel-erregenden Frenesie seine Gesten, vervielfachte seine Handlungen, vergrößerte von Minute zu Minute das Tempo beim Sortieren, füllte die Wagen und beförderte das Ganze in Richtung *Abgang*.

Beim Hauptsortieren befanden sich etwa sechzig Frauen, dick, dünn, wohlgenährt, rundlich, dicke Hintern, eine neben der anderen in zwei Reihen im großen Saal unter dem aufmerksamen und manchmal neugierigen Auge des Abteilungsleiters, der zur rechten Zeit kam, um die zu sortierenden Briefbehälter zu füllen, sobald sie leer waren. Dann fanden sie sich in den verschiedenen Räumen für das Sortieren je nach Region ein. Wenn der Franzose in einem dieser Räume aufkreuzte, um einen Wagen zu leeren oder beim Sortieren Hand anzulegen, fingen die Frauen an tuscheln und zu kichern wie *Mädchen*, während die jüngsten netterweise ein schalkhaftes Lächeln für ihn übrig hatten. Manchmal war das Personal unzureichend, um die Masse an Post zu bewältigen. Was war dann zu tun? Es war zu spät, um Fremdkräfte herbeizuschaffen. Wie durch ein Wunder kamen am Spätnachmittags unerwartete Verstärkungen. Von der dritten und der vierten Etage stiegen menschliche Wesen wie du und ich, eins nach dem anderen in eleganter Kleidung herunter. *Die Oberpostdirektion! Die Oberpostdirektion*, vollzählig und in Schale geworfen, bitte schön! Alle diese Bürokraten nahmen auf den Plätzen für das Hauptsortieren Platz und in einer quasi religiösen Ruhe machten sie sich daran, Brief für

Brief zu sortieren. Hat denn das die Welt schon mal gesehen! In Frankreich wären die Leute zuhauf gekommen, um das Spektakel mitzuerleben. sie hätten *aaahh* gerufen! Und *oooh!* Was denn nun! Oder Hut ab! Vor Erstaunen. Eine wahrhaftige postalische Revolution schien ihren Lauf zu nehmen. Die Oberpostdirektoren, Inspektoren, Abteilungsleiter, stellvertretende Direktoren und der Hauptamtsleiter verließen für einige Zeit ihren Papierkram, ihr Büro und ihre Einsamkeit, stiegen herab, um denen ohne Dienstgrad eine Hand zu reichen. Ach nein! Schreiben Sie ihnen nicht vor, in einer Höllengeschwindigkeit wie die Verrückten zu sortieren. Trotzdem sollte man nicht alles in einen Topf werfen. Es waren sicherlich nicht die paar von ihnen sortierten Briefe, die einen Zeitgewinn eingebracht hatten. Nein, es war vielmehr die Geste, die man anerkennen musste.

Gegen zwanzig Uhr nahte der Dienstschluss. Das war der Lauf gegen die Zeit. Man musste in die Hufe kommen. Keine Minute zu verlieren! Die Geschwindigkeit steigern! Keine Pause! Schnell! Tempo! Tempo! Und den Hintern hochkriegen! Und den Arsch hoch!
»Herr Kühn, sie sind nicht hier, um eine ruhige Kugel zu schieben! Herr Wagner, wenn ich recht verstehe, ist das hier doch wieder die alte Leier mit Ihnen!« schrieen lauthals die Saalordner. Nachdem dann die Tausende von Briefen sortiert, verschnürt und in Säcken verpackt und auf die Bahnsteige befördert waren, wurde das Sortierzentrum auf einen Schlag seltsam ruhig, wie ein von seinen Reisenden entleerter und in der Nacht dahindämmernder Flughafen. Das Klackern von Absätzen auf dem Hofpflaster und einige voller Hast in der Dunkelheit verschwindende Schatten kündigten den Moment an, ab dem der Nachdienst von nun an seines Amtes walten konnte.

In seinem zweiten Winter im Sortierzentrum des *Postamtes 5* kündigte ihm sein Abteilungsleiter mit ausdrucksloser Stimme und ohne Erklärung bei einem seiner Hin und Her im Laufschritt im Sortierraum an:
»Wir haben schon genug Leute hier ab Mitte Dezember. Hévé, du gehst runter in den Paketdienst.« Im *Paketabgang* war er nie

gewesen. Unterdessen hatte er in der Pause gesehen, wie die Chefs das Personal misshandelten – in der Mehrzahl für die Versackung zugeteilte Hilfsarbeiter. Abgestumpft durch die stupide und erschöpfende Arbeit traf man sie in ihrem marinefarbenen Blaumännern und ihren schimmernden Hemden in der Pause in der Kantine, wenn sie sich von Bier und üblen Scherzen nährten, von Schnaps und Würstchen. Anfang Dezember verschickten die Westdeutschen großzügig Pakete an Verwandte und Freunde, die *auf der anderen Seite (der Mauer)* lebten. Gefüllt mit Spezialitäten, Schokolade, Kaffee, Socken, Back- und Wurstwaren fanden Tausende von Paketen, ordnungsgemäß von den DDR-Grenzlern untersucht, nicht immer den richtigen Empfänger auf der anderen Seite der Grenze, wenn sie überhaupt ankamen. Der Transit in Richtung Polen war genauso intensiv. Die Männer bückten sich, trugen und verstauten jeden Abend zehn Stunden lang schwere Pakete in die Wagen, bevor sie sie dann unter dem Gebell der Aufseher zu den Lastwagen schafften. Hervé erinnerte sich beim Briefdienst in den Gesprächen seiner Kollegen hier und da, an einem oder anderen Tag einen Gesprächsfetzen, eine Anekdote über diesen *Strafdienst* gehört zu haben. Niemals hätte er währenddessen gedacht, dass die Befürchtung eines Tages in diesen Dienst versetzt zu werden, diese Kollegen, insbesondere die Hilfskräfte, abschreckte, der Hausordnung zuwiderzuhandeln. Diese zwei Wochen hier, war das also eine Warnung? Eine disziplinarische und schikanöse Maßnahme gegen ihn? Ließ seine Arbeit zu wünschen übrig? Mit der Akribie eines Detektivs versuchte er die Vergangenheit zu durchleuchten, das Mysterium zu ergründen, oder um etwas zu finden. Vergebliche Liebesmüh. Und zu was sollte das übrigens gut sein? Hätte er einen Fehler oder Irrtum erkannt, den sein beleidigter Chef ihm kategorisch vorenthalten hatte? Nach diesen zwei Wochen war Hervé völlig *kaputt*. Seine Arme waren wie schlaffe Stängel und der Rücken tat höllisch weh, aber um nichts auf der Welt wollte er sich krank schreiben lassen. Wer weiß, ob dann nicht sein Aufenthalt im Straflager ausgedehnt worden wäre.

Im Nachtdienst während der Zehn-Uhr-Pause, wenn sich der Chef in sein Zimmer zurückgezogen hatte, machten sich Wilfried und Hervé – die beiden einzigen Männer *an Bord* – einen Spaß daraus, das geisttötende Geschwätz der Postlerinnen anzuhören, die sich über die schlechte Verteilung der Arbeit beschwerten oder die das frauenfeindliche Verhalten des Abteilungsleiters Detlev Zimmermann anprangerten. Denn sogar im schönsten Fluge der Nacht, wenn der Schlaf die Körper schwächt, die Geister lähmt und das Nervensystem betäubt, da schien es für diese unermüdlichen und unverwüstlichen kleinen Damen von der Post nur die Arbeit zu geben, die sie interessierte! *Arbeit, nur die Arbeit.* Sie hatten eine ganze Nacht voll von Sortieren, Maloche, Schweiß und Schuften vor sich, aber sie dachten bereits an die Hausarbeiten, die sie am nächsten Tag zu Hause erwarteten. Vor Ungeduld und Liebe entflammt bei dem Gedanken, in einigen Stunden ihren Göttergatten wiederzutreffen, schlugen ihre Herzen bis zum Hals. Unglaublich! An der Schwelle des sechzigsten Lebensjahres vervielfachten diese Malocherinnen die Energie, vor Eifer glühend, fanden sie die Frische und Elan ihrer ersten Jugend wieder. Nach drei Monaten Nachtdienst konnte es Hervé nicht mehr ertragen, die immerwährenden Behauptungen und nächtlichen Lobgesänge der Postlerinnen hören, die den Mann bei jeder Gelegenheit vergötterten! »*Mein Mann hat gesagt ...*« oder noch »*Mein Mann meint, dass ...*« Ein Refrain, der in seinem Kopf trommelte und den er gereizt mit Bissigkeit seinerseits in einer anderen Version wieder aufgriff: »*Meine Frau hat gesagt ...*« Aber in ihre Unterhaltung vertieft verstanden Rosie und die anderen nicht so ganz, was er damit andeuten wollte.

Ein wenig später inmitten der Nacht gegen zwei Uhr morgens, wenn der Organismus begann, Zeichen der Ermüdung zu zeigen und ihre Blicke mit steigernder Häufigkeit auf die Wanduhr schielten, waren die Nachtarbeiter vollends glücklich, ein wenig Luft schnappen zu können. Grüppchenweise kamen sie in den Ruheraum für eine Pause, die je nach Postaufkommen, der Laune und dem (guten und schlechten) Willen des Abteilungsleiters eine halbe Stunde dauern oder sich bis drei Uhr morgens verlängern konnte. Die Postlerinnen beherrschten nun erneut die Szene. Aber diesmal in kulinarischer Hinsicht. Auf einem alten Kocher teilten sich

Rosie und Angelika, wahrhaftige Küchenfeen, die Komplimente des einen oder anderen und machten sich mit *Brio* daran, ihren Eingeladenen alle Raffinessen der hiesigen Küche zu enthüllen.
»Ich glaube da gehört noch ein wenig Brühe dran. Was meinst du, Rosie?«
»Ah, nein, überhaupt nicht. Was fehlt, sind Gewürze. Und warum hast du keine Bio-Karotten genommen?«
»Bio, nun übertreibst du aber. Die kosten doch ein Heidengeld!«
In solch einem Moment betrachteten sich all die Männer amüsiert. Sie mussten sagen: »Ha! wie sind sie doch goldig, dienstbereit und mutig, unsere Postlerinnen!« Sie scheuten keine Mühe und getrieben von einer überschäumenden Fantasie zauberten sie abwechslungsreiche und leckere Menüs, weil es für sie eine Herzensangelegenheit war, die Mägen zu sättigen und zu befriedigen.

Vollständig vereint, genoss die um einen Tisch versammelte kleine Familie der Postler *Spiegelei mit Bratkartoffeln* oder probierte bei den ersten Schneefällen *Labskaus*, eine bremische Spezialität: eine Mischung aus Kartoffeln, rote Beete, Corned Beef, Hering und Gurke. Von Zeit zu Zeit bot man sich eine Zigarette an, um die ersten Anzeichen von Müdigkeit zu verscheuchen und dann natürlich Bier, immer Bier für die Männer. Kaffee, viel Kaffee für die Frauen und noch eine Zigarette oder zwei und das die ganze Nacht lang. Der Bretone war sprachlos angesichts dieser nächtlichen Mahlzeiten und diesen Litern an Bier, die nächtens in Strömen flossen! Das war unglaublich! Das glaubt man nicht, aber er hat es gesehen! Mit eigenen Augen! Dieses ganze Fett und diese Liter an Bier und an Kaffee, die diese Deutschen in sich hineinschlangen und die Gurgel hinunterfließen ließen, überstieg seine Einbildungskraft. Dies bestätigte, was er immer gedacht hatte: Diese Germanen mussten ein Verdauungssystem haben, doppelt so mächtig und leistungsfähig wie das seinige – außergewöhnliche Eingeweide! Einen gepanzerten Darm, einen Elefantenbauch, der sie dazu auserlesen hatte, an diesen Schlemmermahlen teilzunehmen. Wie ist nun tatsächlich dieser unglaubliche und unerbittliche Appetit zu erklären? Wie machten sie es, während der Arbeit freudig unermessliche Mengen an Flüssigkeit und Essen hinunterzuschlingen, ohne dass ihnen der Magen platzt? Der *Bayerische Rundfunk* sendete sein Nachtprogramm, die *Tritsch-Tratsch-Polka,* und der *Bayerische Defiliermarsch* wurden pausenlos wiederholt. Wilfried, der Bayer, war außer Rand und Band und *rumtata ... rumtata ...* eine Halbliterflasche mit Bier in der Hand, in seinem karierten Hemd und seiner Zustellerhose war er wie verwandelt. Energiestrotzend frohlockte er wie von einem unergründlichen Kobold besessen, der wohl den Wäldern des Königs Maximilian von Bayern entsprungen sein mochte. Ihrerseits amüsierten sich die Frauen wie die Verrückten dabei, diesem alten Knaben zuzusehen, wie er sich wie ein Karussell in der Mitte des Sortierraums herumdrehte. Alle amüsierten sich wie verrückt, klatschten in die Hände, trampelten mit den Füßen. Rosie, wackelig auf den Beinen, juchzte vor Freude. Stieß eine ganze Reihe von Stühlen an und *Bummmmmm* ...! Und plumps! Sie fiel auf den Rücken und streckte alle Viere von sich, aber nicht ohne im Fall noch die dicke Kornelia mit sich zu reißen, die das gleiche markerschütternde Gebrüll eines in den letzten Zügen liegenden Löwens ausstieß. Rund um den Tisch, Arm rauf, Arm runter, da drehten sie sich im Kreise und brachen in ein *Düdelda ... düdelio* aus. Der Trubel ging erst so richtig los und dann kam es, wie es kommen musste. Angelika, von einer Anwandlung von Unwohlsein ergriffen, wollte sich am Tisch festhalten, aber in ihrem Elan warf sich beiläufig einige Biergläser um und landete kopfüber in einem Haufen von Behältern zwischen zwei Sortierspinden. Allgemeines Gelächter! »Hoch, das ist hier nicht der Moment zum Schlafen!« gab ihr Rosie zu verstehen, während Wilfried auf Teufel komm raus den Refrain eines hinlänglich bekannten Liedes sang. Man amüsierte sich nächtens prächtig ... *Und die Arbeit* oooooh ... Hervé fragte sich in diesem Germany außer Rand und Band, was er da zu suchen hätte. Er, der kleine *Franzose* hatte Lust, wie der kleine Gibus im Krieg der Knöpfe zu sagen: »Wenn ich das gewusst hätte, wäre ich nicht hierher gekommen.« Aber er war da und die Nacht war nicht zum Schlafen da! Los, amüsieren! Und übrigens je doller es wird, desto mehr wird gelacht.

Die Arbeit im postalischen Sortierzentrum war ein wenig vergleichbar einem Rennwagen, der innerhalb von Minuten seine Geschwindigkeit vergrößert und der bei jeder Durchfahrt einer Rennstrecke seine Durchfahrtzeit verbessert, um seine Leistungsfähigkeit zu steigern. In Verhältnis dazu, wie die Post per Zug ankam, musste die Sortiergeschwindigkeit beschleunigt werden. Immer schneller, 60 Briefe in der Minute, dann 65 und 80 und mehr noch ... Und weiter geht's dahin ... Zack! Zack! Weiter! Weiter! Alle verrückt diese Teutonen. Die Kräfte verzehnfachten sich. In den Spinden klackerte und stapelte es sich ... Die halbgeschlossenen Lider konnten nicht mehr folgen ... Finger und Hände waren in voller Aktion ... Und dann wussten Hervé und Wilfried weder ein noch aus: verschnüren, verpacken, die Post in die grünen Postsäcke der *Luftpost* hineinstapeln, dann musste man schnell sein, um zum Flughafen zu sausen, um noch das Ganze mit der *Maschine* – dem Vier-Uhr-Flugzeug – nach München zu schicken und einige Minuten später die *Maschine* von *Frankfurt* zu erreichen und dann zurück zum Sortierzentrum im *Postamt 5*, um die Säcke zu öffnen und die Bündel von Briefen in zugehörigen Behälter zu verteilen. Wenn alles wie vorgesehen ablief und beim Chef das Bett rief, konnten sie um fünf Uhr abhauen, im gegenteiligen Fall ließ dieser Schweinehund das Vergnügen andauern.

»Was hab' ich denn eigentlich davon!« protestierte Hervé. Er erlebte alle diese Arbeitsnächte wie eine Zwangsvorstellung. Weder sein erschlaffter und geschwächter Körper noch sein orientierungsloser und ratloser Kopf wollten sich an diesen erschöpfenden Arbeitsrhythmus anpassen. Seit der Schichtarbeit im Dienst arbeiten die Teams viermal wöchentlich von zwölf bis zwanzig Uhr und einmal morgens von sechs bis mittags, um dann gegen neunzehn Uhr wieder loszulegen und vor dem Ruhetag die ganze Nacht zu arbeiten. Alle fünf Wochen mit Sybille meckernd, gegen die ganze Welt anstinkend, sogar sich selbst verfluchend, so begab sich der Postler erneut am Samstag und Sonntagabend zum Sortierzentrum mit seinen grauen Mauern, den leeren Spinden und diesen welken Gesichtern zurück. Ein Hundeleben!

Auf der großen Kreuzung *An der Weide* mit dem *Herdentorsteinweg*, im allgemeinen schwarz von Menschen und voller Autoverkehr, öffneten gerade die zwei Wurstbuden. Die große Bahnhofsuhr zeigte sechs Uhr zehn. Einige Meter davon auf der anderen Seite der Straßenbahnschienen wartete ein kleiner Mann artig und vergebens vor dem Fußgängerüberweg darauf, dass die Ampel grün wurde. Sicherlich hatte er die ganze Nacht gearbeitet. Einige Pedaltritte und Hervé war auf gleicher Höhe. Mit schwerem Kopf und dem von Müdigkeit geschwächten Körper hatte er nur ein Verlangen: so schnell wie möglich unter die Bettdecke zu kriechen und tief den Rest des Tages zu verschlafen. Aber im selben Augenblick als er einen flüchtigen Blick auf dieses Gesicht warf, blickten zwei kleine runde Augen wie Glaskugeln forschend in die seinigen zurück. Ohne auf eine Antwort des kleinen Mannes zu warten, rief Hervé:
»Ooiii, Lothar! Lothar Kurzweg! Lothar hatte zwei Monate mit ihm in der Versackung gearbeitet. Seit dieser Zeit waren sie untrennbar. Immer trafen sie sich in der Kantine, um die Diskussionsfäden wieder aufzugreifen, die sie im Laufe der Arbeit geknüpft hatten. Dieser Ort war ihnen gleichzeitig genehm, um über den Saalordner Zimmermann herzuziehen, aber auch um sich über die Begebenheiten des Morgens zu unterhalten. Als Wirtschaftsstudent reichte sein Stipendium nicht, um seine Miete zu bezahlen und seinen Lebensunterhalt zu sichern, so arbeitete er auch in den Semesterferien. Seitdem er in einen anderen Dienst versetzt worden war, hatte Hervé ihn aus den Augen verloren.
»Vielleicht können wir uns mal sehen?« fragte er ihn.
»Ruf mich an!« antwortete dieser.
Der Franzose überquerte gerade auf seinem Fahrrad die Straße, als Lothar ihm zurief:
»*Typisch Franzose!* Das ist richtig französisch, bei rotem Licht über die Straße.«
»Typisch deutsch!« entgegnete ihm Hervé, indem er sich umsah, um seine Gestalt zu beobachten und zu konstatieren, dass der Student immer noch auf der anderen Straßenseite an dieser Straßenkreuzung wartete, auf der man zu dieser frühmorgendlichen Stunde kein Fahrzeug erblicken konnte.

»Man kann wirklich nicht auf dich zählen« warf ihm Sybille vor, untröstlich und ein wenig traurig darüber, meistens Ablehnungen auf Einladungen und zum Ausgehen mit Freunden schlucken zu müssen. Ganz bitter enttäuscht war sie, wenn sie sich, von der Uni zurückgekehrt, mit *ihrem Phantom* zu Tisch setzte und nur einen flüchtigen und deprimierten Blick erhielt – meistens begleitet von einem ausgedehnten Gähnen. Sie zog es dann vor, sich nach einem kurzen Augenblick auf dem Sofa des Wohnzimmers in ihre Bücher und Kopien zu vertiefen. Wenn die Nacht kam, lag sie immer noch ausgestreckt und eingeschlafen da. Dann rumpelte die letzte Straßenbahn mit den letzten Passagieren ein letztes Mal in Richtung Kattenturm und setzte ihre Fahrt in Richtung Depot und zur wohlverdienten Ruhe fort. Dadurch in den ersten Stunden des Tages aufgeschreckt, zog sie sich nackt in das Schlafzimmer zurück, in ein leeres Bett. Unter den kalten und zerknitterten Bettlaken machte sie spontan merkwürdige ungezügelte kräftige und lebhafte Streck- und Dehnbewegungen, wobei sie vor dem erneuten Einschlafen Flüche ausstieß, die man kaum wiedergeben mag. In selben Augenblick kämpfte, geblendet vom Neonschein, auf der anderen Seite der Weser *ihr Phantom* mit halbgeschlossenen Augen in einer der großen Sortierräume nicht sehr überzeugend gegen den Schlaf und verfluchte diese verrückte Arbeit, verfluchte Klepsch, den Saalordner, der mit aller Kraft die Beamten anblaffte und seinerseits den Nebel verfluchte, verantwortlich für die Verspätung des Postflugzeugs. Hervé fühlte sich dann wie ein in die Enge getriebenes Tier, das sich kümmerlich in sich selbst verkriecht, den Launen seines Vorgesetzten ausgesetzt und wie besessen von der Acht-Uhr-Pause, während der er sich vor einem stärkenden und wohltätigen Kaffee den Bauch mit Schinken- und Käsebrötchen vollschlug. Er wusste, wenn der Hunger ihn übermannte, dann hatte er alles gestrichen voll.

Sterbenslangweilig in einem Sortierzentrum

An den Sonntagen wenn die wohlgesinnte Sonne erst einen Moment träumerisch schräg auf den Dächern verharrt und dann mit einem wunderbaren Lächeln in den Himmel hinaufsteigt, schwingen sich die Leute jeden Alters auf ihr Fahrrad und fahren die Wege zum *Werdersee* oder zum *Bürgerpark* entlang, oder sie wagen sich etwas weiter, dann entlang des Flüsschens *Wümme.* Es hob nicht gerade die Moral, aber es war so: Allgemein arbeitete ein Bursche von hundert am Sonntag. Und Pech gehabt, dieser Bursche war er. Die anderen, die Glückspilze, die nicht wie er den Drahtesel liebten, beobachtete er durch die Doppelfenster: weißes Hemd, schwarze Hose, Lederjacke und bei den Frauen engen Rock, die frei hatten und in den Straßen beim Hauptbahnhof flanierten. Der Sonntag bei der Post, das war so etwas wie nun schon vor dreißig Jahren das Nachsitzen: Stumpfsinnig hundertmal mit blauer Tinte in einem linierten Heft jeden Fehler, den er im Diktat gemacht hatte, untereinander schreiben, während seine Kameraden Ball spielten oder sich in den WCs einen runterholten.

In dieser *Sortierfabrik* waren sie sieben Postler und ein Abteilungsleiter. Sie fragten sich zu Recht, was sie dort wohl täten und wie sie während des zehnstündigen geistlosen Sortierens die Zeit rumkriegen könnten.
»Als wenn das nicht blöde wär', hier zu sein. Als wenn man am Wochenende nichts anderes zu tun hätte«, wiederholte Wilfried zwischen zwei Schluck aus der Bierflasche. Aus seinem Team plötzlich ausscherend, ging Hervé auf den Bahnsteigen spazieren, während seine Kollegen brav ihre Pause im Ruheraum ableisteten. Was hatte er ihnen zu sagen? Nichts. Was wussten sie von ihm? Nichts. Was dachten sie von seiner Arbeit? Nichts. Was erwartete er in den kommenden Tagen? Alles.

Auf der Werft in Brest hatte er sich hingegen so schnell wie möglich nach draußen gestürzt, während seine Kollegen das

Mittagessen in der Kantine in die Länge zogen, bei einer Flasche Wein Karten spielten, sich auf dem Rasen im Schatten der Gebäude langstreckten, die morgendliche Arbeit kommentierten oder sich noch dazu fragten, was noch zu tun wäre, hatte er, ohne eine Minute zu verlieren und glücklich, allein zu sein, seine Schritte in Richtung Hafen nahe der Anlegeplätze verdoppelt und dann seine Gedanken schweifen lassen, während er das Plätschern des Wassers gegen den Rumpf der großen Schiffe beobachtete.

Im Sortierzentrum. Er wollte, dass man ihn in Ruhe ließ, dass man ihn vergaß, dass man ihn übersah. Einmal am Bahnhof angekommen, blätterte er in den französischen Zeitungen im Kiosk der ausländischen Presse oder er beobachtete diese randständige und *merkwürdige Bevölkerungsgruppe* von Drogenabhängigen, Obdachlosen und Clochards, die unablässig diesen Ort frequentierten. Dann nach seiner kleinen halben Stunde des Ausscherens fand er Wilfried und die anderen im Sortierraum wieder. Wenn während der Woche das Stimmengewirr, der Lärm der Stempelmaschinen, das Klackern der fortlaufend in die Fächer sausenden Briefe und das Quietschen der Wagen teilweise die Musik aus den Radios übertönte, gaben diese schlichtweg sonntags einhellig den Ton an: im Ruheraum, in der Nähe der Sortierspinde, auf den Regalen und den Fensterbänken. Sie liefen in voller Lautstärke und verbreiteten den ganzen Abend freigiebig ihr «*Rumtata*». Mit seiner Hitparade der Volksmusik und seinem *Jodeliii ... jodelaaa* legte *der Bayerische Rundfunk* freudig los, zur großen Erbauung der Postler und zur Wut des Bretonen, der schmollend zu Verstehen gab, dass sie alle Verrückte wären. Er wollte sich verziehen. Schleunigst abhauen. Diesem postalischen Jahrmarkt den Rücken kehren. In Warteposition verlängerte oder vervielfältigte er seine Pinkelpausen, um sich von diesem folkloristischen Treiben Erleichterung zu schaffen. Damit wollte er nichts zu tun haben. Er wollte überhaupt, dass man ihn für immer in Ruhe lässt. Er wollte nicht mehr *Ewé hier! Ewé da!* sein. Und was ihre Idiotenmusik anging, in den Müll damit! ... Er wollte nichts mehr davon hören ... Weder von diesen Nichtigkeiten noch von diesen folkloristischen Blödeleien! ... Er hatte es satt, hier und da den

Kasper zu spielen. Er wollte weg! Sich so schnell wie möglich davonmachen, weit weg von diesen Barbaren, sich vom Acker machen. »Verflixt nochmal! Wo ist der Ausgang?«

Sein Abteilungsleiter Günther war ein ehemaliger Kapitän der Handelsmarine. Seine enormen sommersprossigen nackten Arme bedecken prächtige Tätowierungen: ein von Tauen verzierter Anker und ein prächtiges Heck eines Schiffes. Dieser große ruhige und schweigsame Rotschopf, der sich in den Pausen in seinem Raum zurückzog, um seine Pfeife zu rauchen, stach in den Ferienmonaten mit seinem Segelboot in See, um die Ozeane herauszufordern. Wenn er mit sonnengegerbter Haut und die Lungen voller Seeluft zurückkam, bekam sein Seemannsherz erneut einen Dämpfer. Um in See stechen zu können, machte er Vertretung, sammelte und vervielfachte Überstunden. Einmal Backbord, einmal Steuerbord oder im Großmast, im postalischen Boot klotzte er ran und arbeitete für drei. Als Hervé diesen Dienst für die Zustellung im *Postamt 1* verlassen hatte, erfuhr er vom Plan einer Weltumseglung, der abrupt in einer Nacht im Sortierzentrum zum Scheitern verurteilt war. *Günther gibt es nicht mehr.* Mit viel Krafteinsatz über seine Kräfte hinaus und beim Meistern widriger Winde ist er schweigsam abgetreten. Niemals krank, kam er, die Seemütze auf dem Kopf, seine alte Aktentasche unter dem Arm und ein Lächeln auf den Lippen, um den Raum aufzusuchen, in dem er sich umzog, um forschen Schrittes und Seemannslieder pfeifend herauszukommen. Die Ärmel hochgekrempelt und immer lächelnd grüßte er seine Mannschaft. Wie immer malochte er wie ein Teufel zehn oder zwölf Stunden am Stück. Mit vierundfünfzig Jahren wollte sein Körper diesen höllische Rhythmus nicht mehr mitmachen, wollte ihn nicht mehr über die Ozeane zu entfernten Inseln zu begleiten.

Hervé hatte eine sichere Anstellung und das war das große Plus. Seinen grauen Koffer hatte endgültig auf dem Speicher verstaut. Von nun an musste laufen lernen. Um *seine Sprache* zu perfektionieren, hatte er seine erste deutsche Lektüre, den Roman von Hans Fallada: *Kleiner Mann, was nun?* beendet. Er verschlang auch mit Heißhunger alle Zeitungen, die ihm in die Hände fielen. Unter

Missachtung der Warnungen und Ratschlägen seiner Mutter, die ihm unlängst gesagt hatte:
»Hervé, du machst, was du willst, aber ich an deiner Stelle, nun sei's drum«. Er drang immer tiefer in diese schneckenhausartig abgeschirmte Gesellschaft, dieses superorganisiertes Labyrinth ein, ohne überhaupt zu wissen, wo er sich wiederfinden würde. Das Einzige, was er sicher wusste, war, dass er nicht mehr in dieser Sortierfabrik arbeiten wollte. Die Arbeit fing an, seine Gesundheit und speziell seinen Verdauungstrakt zu schädigen. Die unangenehme und ständig sich wiederholende Arbeit, der Weggang von Lothar, die Schwierigkeit, den ständigen Dienstwechsel mit dem Lebensrhythmus seiner Freundin in Einklang zu bringen, hatten den Optimismus der ersten Monate in einen destruktiven Pessimismus abgleiten lassen. Im Bett machte er nachts kein Auge zu. Tagsüber verschloss er sich in ein wiederholtes Schweigen und verlor den Appetit. Innerlich zerfressen und wie besessen vom Wunsch, alles hinzuschmeißen, wiederholte er unter Unterlass: »Ich möchte Rosie und die anderen nicht wiedersehen.«

Schon seit Monaten vervielfältigte er seine Anträge an die *Oberpostdirektion*, um seine Versetzung in den Zustelldienst zu erlangen. Ohne Erfolg. Ein auf den Monat Oktober 1982 datierter Brief des Ministeriums für Post- und Fernmeldewesen wies ihn darauf hin, dass die Einstellung von Zustellern in Absprache mit den Erfordernissen diese Dienstes erfolgte und dass sich die Kandidaten für diese Anstellungen ausschließlich aus den Beamten, die sich für die Zustellerausbildung vorbereiten, rekrutierten. Er ließ unterdessen nicht locker und nachdem es ihm gelungen war, auf die Warteliste für eine Anstellung in der Zustellung zu kommen, also Anfang Juni, als die Felle weggeschwommen schienen – Überraschung! Freude! Glück! Seine Hartnäckigkeit wurde belohnt. Zu seiner großen Erleichterung, zur großen Freude seiner Freundin und ihrer Familie, die ihn ermunterten, niemals den Kopf hängen zu lassen, wurde er in den Zustellungsdienst versetzt.

Frühling gekommen, von neuem Uniform genommen

Der Amtsleiter Ilgner, ein Mann von gut mehr als sechzig Jahren mit einigen Jahrzehnten bei der Post, groß, sehr groß sogar, denn er musste bei den Eingangstüren den Kopf einziehen, gehörte zu der Generation von Deutschen, die den Krieg und seine Schrecken miterlebt hatte. Wenn nun die Nazi-Größen für nicht schuldig plädiert hatten, brachte er, der mit siebzehn Jahren in den letzten Kriegsstunden in den Kampf geschickt worden war, den Teil seiner Verantwortlichkeit ein.

»Wir können das Böse nicht mehr leugnen, das wir Nationen wie Frankreich mit einer so reichen kulturellen Vergangenheit, seit jeher Verteidiger der Demokratie in Europa, zugefügt haben.« Auf seinem Stuhl im Büro des Amtsleiters fühlte sich Hervé unwohl. Was sollte er ihm antworten? Wie konnte er die richtigen Worte finden, ohne ihn zu ärgern? Er fand seinen Diskurs emphatisch und außerdem den Ton ein wenig zu feierlich und übertrieben; zudem sagte er sich auch, dass er von diesen Worten nicht direkt betroffen war, denn er fühlte sich keineswegs als Repräsentant der französischen Kultur. Er besuchte keine interkulturelle Institution und ging nicht auf Versammlungen wie viele seiner Landsleute. Kurzum, er lebte in seiner kleinen Nische und Punktum. Außerdem war er dadurch peinlich berührt, dass der Amtsleiter persönlich zu seinen Gunsten eingriff. Er hatte niemals etwas verlangt, sein Vater hatte ihn immer ignoriert und in seinem Leben war er nur herumvagabundiert und, siehe da, wie ein Schutzengel schützte ihn ein Gigant unter seinen ehernen Fittichen.

Hinter der immensen Gestalt des Amtsleiters fast verschwunden, stieg er in die erste Etage in den Zustellersaal, durchquerte eine langen Gang und ging in einen großen durch zwei Spindreihen getrennten Raum.

»Hier sind wir. Die Zusteller da bedienen das Viertel *Schwachhausen*. Kennen Sie das?« Hervé schüttelte den Kopf. »Das ist nicht schlimm. Sie werden Heinz Böhm während einiger Tage begleiten.« Als er dann vortrat, um die Hand des Briefträgers zu schütteln, war der Amtsleiter verschwunden.
»Ich bin Heinz«, sagte der große Bursche mit einem grandiosen Lächeln und ergriff seine Hand. Heinz hätte ihm fast den Arm ausgerissen, aber gab es auf, als Hervé schüchtern entgegnete:
»Ich bin Hervé«.
»Ah, Évé ... nun gut, Évé ... nun gut. Du setzt dich da hin. Wir frühstücken und danach schau'n wir mal. Einverstanden?«
»Na klar, was für eine Frage«, bejahte er. Jeden Morgen traf sich der junge Postler mit Heinz, was ihm Vergnügen bereitete, entdeckte seine Tour und machte die Bekanntschaft mit neuen Kollegen des Teams.

Und so erfuhr er, dass sie mehrheitlich aus kleinen Dörfern in Niedersachsen kamen. Heinz war ein stämmiger Bursche, ruhig, der vor seiner Arbeit bei der Post Landwirt war, wie übrigens auch sein Kollege Heinz Lührmann, mit gerötetem Gesicht, der vor ihm nahe am Fenster saß. Und dann war da noch Uwe, ein kleiner Breitschultriger, der die meiste Zeit in seiner Ecke nahe der Tür saß. Ihm gegenüber auf der anderen Seite der Tür packte der dritte Heinz, ein wenig jünger als die anderen, jeden Morgen sein *Butterbrot* aus, nahm die Zeitung aus seiner Aktentasche, breitete sie auf dem Tisch aus, blätterte durch, las die Schlagzeilen und kommentierte sie, bevor er mit dem Sortieren seiner Post begann. Er hatte eine tiefe Stimme und ein eindrucksvolles Lachen, das das Mobiliar erzittern ließ. Während dieser Zeit spielt der Bursche mit dem kahlrasierten Schädel, der einzige Heinz aus der Stadt, den Clown und störte Oskar, seinen Hinternachbarn, wühlte in seinem Beutel herum, aß seine Wurstbrotscheiben, und drohte damit, ihm den Hals umzudrehen, wenn er morgen keinen gekochten Schinken mitbringen würde. »Vergiss nicht mein Würstchen, Oskar, wenn nicht, dann gibt's Senge!« Grimmig, ein wenig einfältig und einfach gestrickt mit schmutzigen Schuhen und schlecht rasiertem Gesicht verließ Oskar sein Kaff, wenn die anderen mit dem Sortieren nach

Straßen ihrer Tour fertig waren, was ihn gar nicht genierte. Der Bauer kam wie immer von seinem Hof und seinen Tieren, und bevor er seine verschmutzte Zustellerjacke anzog, *stürzte* er vor dem Sortieren ein Bier herunter. Gertrud, eine ältere Frau mit faltenzerfurchtem Gesicht, die sich eine Zigarette nach der anderen reinzog, wie andere Gummibärchen in sich hineinstopfen, und der alles scheißegal war, was um sie herum passierte, war immer geistig abwesend.

Von Tour zu Tour, von Viertel zu Viertel, von einem Raum zu anderen, von einem zum anderen machte der junge Briefträger die Bekanntschaft von verschiedenen Briefträgern der Stadt. Sie hießen: *Fidi* und er tanzte auf dem Parkett und verrenkte seine Mannequingestalt, Richard, ein Rebell, großzügig mit festem Charakter, immer auf dem Laufenden bei politischen Intrigen. Er trug seine Meinung immer auf der Zunge und hielt sich nicht zurück, wenn es darum ging, die Vorgesetzten vor Ort zurechtzuweisen oder ihnen seine Meinung zu sagen. Den Finger stets am Abzug, hatte Jens aus *dem anderen Deutschland* überempfindliche Nerven. Für nichts: Ein wenig mehr Post als gewöhnlich, eine geringe Verzögerung bei der Versackung, ein Wort eines Saalordners zuviel, ein Rad seines Wagens, das Gott-weiß-warum im falschen Moment klemmte, kurz ein Sandkorn im Getriebe und er drehte durch. Er feuerte dann seine Briefbündel in alle Ecken, um erst in ein paar Tagen wiederzukommen. Ein wenig aus dem selben Holz geschnitzt aber impulsiver und für seine Umgebung gefährlicher, war *Kolog* – ein *richtiger Zeitzünder*. Am meisten hielt er sich an den Sortierspinden schadlos, die er bei der geringsten unangenehmen Bemerkung zu Boden riss, wobei er ein Gebrumm wie Michel Piccoli in dem Film *Themroc* ausstieß. Beim morgendlichen Sortieren genügte eine Kleinigkeit, damit er alles vom Tisch fegte. Ohne Vorwarnung, ohne ein Wort stürzte er sich in Richtung Regal, wo sich im Allgemeinen ein Radio befand. Er packte es mit zwei Händen, ohne die Schnur aus der Steckdose zu ziehen, hob es über seinen Kopf und *bummmms!* Er schmiss alles aus dem Fenster. Im Briefkastendienst, zwei Etagen tiefer, haben die Sortiererinnen ebenso Transistorradios auf dem Pflaster des Hofes landen sehen.

Sie hatten sogar gehofft, dass *Kolog* sich eines Tages an die Kaffeemaschinen rangemacht hätte, von denen sie gerne eine gehabt hätten. Aber das Mobiliar der Post und die Transistoren, Opfer des Moments, einziges Beruhigungsmittel zur Hand, bremsten glücklicherweise für einige Zeit seine große Wut. Er machte seine Pause in der *Haake-Beck*-Brauerei. Nachdem er ausreichend seinen Durst gestillt hatte – das Bier galt nicht als alkoholisches Getränk – bereitete es ihm dann allergrößte Mühe, die *Wilhelm-Kaisen-Brücke* – die Brücke, die den großen Fluss überspannte – zu überqueren, ohne die ihm entgegen kommenden Passanten anzurempeln. Da Anrempeln nichts mehr für sein Alter wahr, fand er sich, nach einen oder zwei Wortgefechten und abgeneigt, diejenigen zu beleidigen, die ihm den Weg versperren, angewidert vom Wind, der ihm ins Gesicht blies, und benebelt vom Alkohol, der seine armen Beine schwer werden ließ, total erledigt an seinem Arbeitsplatz ein und schlief für einige Stunden mit dem Kopf auf seinem Sortiertisch.

Hervé machte auch die Bekanntschaft von Helga, einem kleinen blonden Frauchen, zerbrechlich wie ein Teeservice, gut dreißig Jahre alt mit Dresdener Akzent, naiv und als *Mädchen* gekleidet. Ihre Kollegen machten sie mit einem dreckigen Grinsen fertig, diese Schweinebande!
Ihrer Meinung nach *lebte sie hinter dem Mond.* Auf der Suche nach dem Mann ihres Lebens war sie nach München verzogen, um in dieser Stadt, in die sie sich hatte versetzen lassen, ihr Glück zu versuchen. Was für eine Desillusion! Die unerbittliche Realität hat nichts von einem Märchen. In der ersten Etage einer Postfiliale am Stadtrand von München und in einem abscheulichen Betriebsklima wurde sie zum Gespött ihrer Kollegen, die sie getreu der Bürodoktrin: Jeder-für-sich und Friss-oder-stirb schließlich innerlich zerbrochen hatten. Von schwacher Konstitution und in einem Amt, in dem es nichts als Touren per Rad gab, hatten die Stürze, die Steigungen, der Schnee und das schlechte Wetter im Winter, die Anmache, die Anspielungen und die verbalen Aggressionen ihre Einfältigkeit und Freundlichkeit überwältigt. Sie ist aus dem Dienst ausgeschieden, aber sie hofft immer noch, dass das Glück diesmal

auf ihrer Seite ist, wenn der liebe Gott mitspielt, um in ihrem neuen Beruf als Bedienung in einem *Biergarten* im Stadtzentrum den Mann zu finden, der auf sie wartet.

Hier und da, von einem Viertel zum anderen und von einem Ende der Stadt zum anderen machte Hervé seine Vertretungen und das gefiel ihm. Gewiss fühlte er sich manchmal in einem Team besser als in einem anderen, aber die Aufnahme war im Allgemeinen positiv und es gab immer einen Kollegen, der bereit war, ihm zu helfen. Ganz sicher verbarg er nicht, dass er seine Präferenzen hatte, und wenn er glücklicherweise die Chance hatte, im Team von Werner zu arbeiten, konnte seine Freude nicht größer sein. Werner, den man auch *Bubele* nannte, war Fußballfan und Unterstützer der *grün-weißen Mannschaft, die nach Fisch stinkt*, wie Unterstützer der gegnerischen Mannschaften behaupteten. Große Schnauze, Spaßvogel, immer guter Laune, hatte er ein Faible für die *fragilen Naturen*. Kein Tag ging vorüber, ohne dass er sich nicht in eine seiner Kundinnen oder eine nette Briefträgerin verliebte. Sein Herz sei so groß, sagte er, und darin sei auch soviel Platz, wie er meinte, dass alle Briefträgerinnen des Postamtes nicht gereicht hätten, um seine amouröse Leidenschaft zu befriedigen. Nach der Arbeit traf Hervé oft *Wolle* (Wolfgang), einen großen Braunhaarigen, der das Medizinstudium abgebrochen hatte, um sich allmorgendlich dem Beruf des Briefträgers und nachmittags seiner Garage in *Hemelingen* zu widmen. Als Multitalent gab er während der Arbeit seine medizinischen Bemühungen bekannt, trat für die sanfte Medizin ein und beriet die Postler über die zu befolgenden Behandlungen und Therapien. Er lobte ein Medikament, riet von einem anderen ab, hob die Wirkungen von Viagra hervor, aber machte auf eine mäßige Dosierung aufmerksam. Aber nur die Medizin interessierte ihn wirklich, das Reparieren von Autos war sein zweites Standbein. Seine Sachkenntnisse machten in der Stadt die Runde. Aber bitte Sondertarif für die Postler! Der Wartesaal seiner Garage stand dem Eingang der Kantine zu Tagen großen Andrangs nicht nach. Für Wolfgang wurde Medizin und Mechanik gemäß den Bedürfnissen der jeweiligen Kundschaft praktiziert, sowohl bei einer Reparatur der Wasserpumpe wie bei der Palpation des Magens. Ihr würdet verdattert blicken, aber es war nicht selten, dass er seine Meinung über die Konstruktion eures Hauses mit allen Details während der Untersuchung eueres Zahnstatus‘ abgab.

Es gab da also den Briefträger Wolle, eine unvermeidliche Persönlichkeit, aber es gab nicht nur ihn. Kennen Sie Rainer? Der Briefträger Rainer – er, das war ein Phänomen, ein gigantischer Bär, der von morgens bis zum Einbruch der Dunkelheit arbeitete. Die Arbeit in der Post brachte ihm nur ein kleines Zubrot verglichen mit den Einkünften, die ihm sein Bauernhof, seine Kulturen, seine Spargelfelder und vor allem seine Weihnachtsbäume einbrachten. *Dieser dreizehnte Monat* dauerte tatsächlich zwei Wochen. So um dem fünfzehnten des Monats Dezember breitete sich sein Tannenladen im Untergeschoss des Postamts aus. Während ein Springer die Post auf seiner Tour austrug, verkaufte Rainer seine Tannenbäume wie warme Semmeln. Der Vierundzwanzigste kam näher, als ein ein wenig zu ungestümer und schlecht gelaunter Inspektor ihn wissen ließ, dass zwei seiner Tannen seinen reservierten Parkplatz besetzt hielten.
»Unter der *Wilhelm-Kaisen-Brücke* gibt es noch freie Parkplätze«, deutete ihm der Riese an, ohne sich umzudrehen. Der andere stand wie erschlagen mit offenem Mund da.
Kurti (Kurt) bewerkstelligte nach einigen Rentenjahren die postalische Zustellung per Fahrrad im großen *Sankt-Jürgen-Krankenhaus*. Die Zustellung, das war für ihn ein schieres Vergnügen. Eine kleine Nebenbeschäftigung. Gerade um ein bisschen lässig zu arbeiten. Nicht wahr, Kurti? Gegen Futter ist es ihm mit dem Aufwand einer mehrjährigen Dressur gelungen dem Hund des Wachmanns beizubringen, sich um sich selber zu drehen und auf den Hinterbeinen zu laufen. So sehr die neugierigen Patienten begeistert darüber waren, den Hund zu sehen, wie er mit seiner Nummer den Briefträger begrüßte, so sehr waren die aufgehaltenen Autofahrer erbost und hupten ohne Unterlass vor dem Eingang zum Krankenhaus. Am Nachmittag Programmwechsel: der Postler Kurti widmete seine Zeit den Haustieren in seinem Hof. *In seinem verlorenen Loch* in Niedersachsen machte er seinen Reibach mit

seinen Schweinen, seinen Kühen und seinen Hühnern; mit den Stiefeln den ganzen Tag in der Jauche ließ er alles locker angehen.

Der Bretone hat sich oft gefragt, ob der Beruf des Briefzustellers aufgrund der damit verbundenen Freiheiten Originale, Eigenbrötler und Marginalisierte anzog. Die Freundschaft oder die beruflichen Beziehungen mit Otto, Manfred, Hermann oder auch Uwe – alles ungewöhnliche manchmal ein wenig exzentrische Briefträger – bestätigte auf jeden Fall seine Hypothese. Aber das sollte ihm nicht missfallen, weil er sich in Wahrheit mit Ausnahme der Minderheit der *Geldzusteller* mit allen bestens verstand. (Bis Anfang der neunziger Jahre zahlten gewisse Zusteller, in der Mehrzahl wegen ihrer Treue belohnte Langgediente, sämtliche Postanweisungen, Erwerbslosenunterstützung, Sozialhilfe, Stipendien usw. aus ... Dieses Privileg hatte ihnen den Kopf verdreht und sie meinten, mit einem besonderen Status ausgestattet zu sein). Ins Abseits in die Nähe des Büros des diensthabenden Vorgesetzten umgruppiert, waren waren diese Handvoll von *Privilegierten* die ersten, denen vor der Privatisierung ein Angebot gemacht wurde, frühzeitig in Rente zu gehen.

Wenn auch die wenigen gegen ihn gerichteten spitzen Bemerkungen ihn gleichgültig ließen, war ihm dagegen die Zuteilung von aller Art Spitznamen unangenehm und verursachte bei ihm Zähneknirschen. Und so war es, dass er urplötzlich zu einem exotischen Artikel, einem seltsamen Exemplar, einem exklusiven Typus wurde. Abwechselnd war er *der Franzmann, der Franzose* oder man versah ihn auch im Laufe der Jahre und aufgrund der gängigen Einbildungskraft mit dem Namen einer bekannten Käsemarke: *Le tartar,* ein französisches Produkt, dazu kam *der Baguettefresser* oder auch *der Pariser*, in Anspielung eines Überziehers. Neugierig darüber, diesen kleinen Braunhaarigen die Post austragen zu sehen, verstanden seine Kunden nicht besonders gut, warum er aus solch einer schönen Gegend wie die Bretagne, wo es sich so gut leben lässt, gekommen war, um hier wie ein Depp zu malochen. Sagt man hier nicht *Leben wie Gott in Frankreich*?

»Mit ein wenig Geld, das Meer jeden Tag vor der Haustür, dieser Wind, der von der offenen See herüberweht und das ganze Jahr hindurch diese milden Temperaturen, die einen faul werden lassen. **Aber was um Himmelswillen hat dich dazu gebracht, hier als Postbote durch die Gegend zu laufen?**«, fragt ihn eines Tages Rüdiger, der Hausmeister von *Linienstraße 22*, wobei er ihm mit einen Kopfschütteln andeutete, dass er mit seiner Abreise nach Norddeutschland großen Blödsinn gemacht hat. Wenn da nicht sein Holzbein und diese Krankheit, die seine Lungen angriff, wären, würde er mit ihm in die Bretagne oder auch in die Normandie kommen.
»Die Kinder in den kleinen Dörfern liefen uns entgegen, um uns nach Keksen zu fragen«, erinnerte er sich. In Folge einer Schulterverletzung wurde er von der Ostfront repatriiert und fand sich einige Monate später an der normannischen Küste wieder.

Alles lief soweit gut mit Ausnahme der wenigen Situationen, in denen er an sich selber zweifelte, weil er nicht richtig verstanden hatte, was sein Vorgesetzter von ihm wollte oder wenn er ungeschickt ein Missverständnis mit einem Kunden zu klären versuchte, der seine persönliche Post nach Hause aber die für sein Unternehmen in das Postfach und die seiner Frau nach Mallorca, wo sie ein Haus besaßen, nachgesendet haben wollte. Außer den Schwierigkeiten sich in den ersten Tagen der Vertretung an die Anweisungen des beamteten Briefträgers zu halten, der ungeachtet der Nachsendevorschriften wollte, dass er die Post für Frau Berger in der Bäckerei *Vor dem Steintor 96* und die für Herrn Weis an Lothar übergäbe, der künftig dessen Briefträger war oder noch dazu die Postsachen für das Unternehmen Koop und Co. an die Sekretärin übergeben sollte, die ihn an der Straßenbahnhaltestelle erwartete, wo er ausstieg, war die postalische Zustellung niemals unangenehm. Hervé entdeckte Ecken, Straßen, Plätze, Orte und neue Landschaften, wohin er niemals seinen Fuß gesetzt hätte, wenn er nicht Springer bei der Zustellung gewesen wäre. In dieser Stadt fühlte er sich wohl. Mit einer harmonischen Mischung von Parks und Grünflächen, modernen Bauten mit ausladenden Schaufenstern und alten Häusern aus dem XVII. Jahrhundert hatte diese zugleich maritime und industrielle Stadt nichts von ihrem Charakter als Freie Hansestadt verloren, offen für die Märkte, andere Völker und Kulturen. Sie trug einen Namen, den wie ein Kaugummi durch den Mund ziehen konnte und der einfach und angenehm auszusprechen war. Als ob er auf dem *Flohmarkt* herumschnüffeln würde, so wagte sich der Bretone nach *Gröpelingen,* ins Arbeiterviertel der Stadt. In die von *einem bunten Publikum* frequentierte *Neustadt.* Er tauchte inkognito in das studentische und universitäre Leben und in den Schoß der türkischen Gemeinschaft im *Ostertor-Viertel* ein, welches sich an der Weser entlangzieht. Wenn er auch sehr wenig *Schwachhausen*, das Viertel der vom Glück Gesegneten und der Großbourgeosie, aufsuchte, ging er oft nach *Findorff*, in ein Viertel, das er sehr liebte – wegen der kleinen Läden und seinen typischen und sauber am Rande des *Bürgerparks* aufgereihten Häusern. An einem Tag hier, an einem anderen dort, eine Woche im Süden der Stadt, eine andere in der *Pappelstraße,* einer Flaniermeile in der *Neustadt.* Er durchschritt die Straßen von der Seite mit ungeraden Nummern zu der mit geraden und umgekehrt oder auch jeweils kreuzend wenn notwendig. Er ging von Tür zu Tür, stieg Treppen hinauf oder nahm den Aufzug. Kam durch den Flur oder durch den Hof. Klingelte am Erdgeschoss oder drehte den Schlüssel im Schloss – in gewissen Vierteln hat der Briefträger verschiedene Schlüsselbunde und besitzt wie der Hausmeister eines großen öffentlichen Gebäudes Hunderte von Schlüsseln. Manchmal geschah es, dass er seine Gegenwart ankündigen musste, indem er an die Scheibe eines Wohnwagens klopfte, in dem ein Ökopärchen wohnte, dass er in den Keller steigen, um den Empfänger eines Briefes zu finden oder in die Küche einer stocktauben Frau stampfen musste.

Früher war der Pool der Aushilfen ausreichend und es war nicht selten, dass sich zwei eine Tour teilten oder auch dass einer davon einfach zu Hause blieb. Die Touren waren sozusagen *human* und die Briefträger hatten genügend Zeit, einen Umweg über den *Domshof* zu machen, um ihre Einkäufe zu tätigen und rechtzeitig zum Mittagessen nach Hause zu kommen. In der Kantine ließen sie sich die Mahlzeit schmecken und ihre maliziösen Blicke kreuzten sich zwischen Gabelhappen mit denen der nicht so heiteren Blicke der Beamten des Untersuchungsgefängnisses und des Landgerichts. Im Amt flossen die Vormittage langsam dahin und die Fächer füllten sich gemächlich. Man konnte in Ruhe sein *Frühstück* einnehmen, friedlich den *Weser-Kurier* lesen oder sich im großen Zustellersaal gemütlich nach einem Gesprächspartner umsehen. Das Glück und die Zufriedenheit, die sich an den Gesichtern ablesen ließen, bestätigten das gute soziale Klima, das im Amt herrschte, und das Gefühl von *dieser neuen postalischen Gemeinschaft* angenommen worden zu sein, war für die gute Laune des jungen Postlers zuträglich. Auch ging es ihm niemals darum zu wissen, ob er eines Tages Stammzusteller würde und welchen Platz er wohl auf der Liste der Anwärter für eine freie Tour einnahm. Warum übrigens hätte er sich eine solche Frage stellen sollen, denn er war mit seiner Lage völlig zufrieden. Wie in seinen Anfängen in der Stadt der Korsaren. Er war frei in seinen Entscheidungen und in der Einteilung seiner Arbeitszeit, wie er es wollte, und er entschied selber über den Rhythmus und die Geschwindigkeit, die während der Zustellung zu herrschen hatten. Aber eine schmerzhafte Begebenheit, unvorhersehbar und unerwartet, ließ die Ereignisse überschlagen und brachte ihn ein wenig ohne sein Zutun an die Spitze der Kandidaten für die Besetzung eines freien Bezirks.

Schlecht dran in einem Krankenhausbett

Vom Himmel, von den Dächern und den Bäumen fiel es herunter, der Wind wehte und nun stand für alle sichtbar der Herbst vor der Tür. Aber den Postler bekümmerte das nicht. Beunruhigt klapperte er verschiedene Orthopädie-Praxen ab, um ein und für alle Mal den Grund der plötzlichen Atrophie seiner linken Wade zu erfahren. Massage, Medikamente, Muskelaufbau, keiner seiner Therapien hatte irgendeine Besserung seines Gesundheitszustands gebracht. Nach einer gewissen Zeit musste er sich der Gewissheit stellen. Es handelte sich nicht um eine Verletzung des Muskels. Aber was hinderte ihn daran, normal zu gehen? Warum zog er das Bein nach? Erst nach einigen Monaten riet ihm der zehnte oder elfte Spezialist, ein in einer Klinik der Stadt praktizierender orthopädischer Chirurg – er erinnerte sich nicht mehr genau an seinen Namen –, einen Neurochirurgen aufzusuchen. In seiner Praxis zeigte dieser ihm ein mit einem Computer-Tomographen aufgenommenes Röntgenbild, auf dem der untere Teil der Wirbelsäule in Höhe der Lendenwirbelsäule aufgezeigt wurde. Mit unbeweglichem Gesicht zeigte der Arzt mit dem Finger auf die Aufnahme und erklärte ihm trocken:

»Da, der schwarze Punkt.« Nach kurzem Zögern schaute dieser ihm einen Moment lang tief in die Augen, als wenn es von der Reaktion des Patienten abhängen würde, was er in der Folge sagen würde. Das Gesicht des Postler war wie versteinert, forschte nach dem geringsten Zeichen, ein Wort, ein Lächeln, ein Zucken in den Mundwinkeln. Die beiden Männer schwiegen einen Augenblick lang. Stehend der eine, stehend vis-à-vis dem anderen. Und rings um sie herum der Raum, die weißen Mauern, die Tür, die Gegenstände, der Schreibtisch, der Stuhl, diese anatomische Darstellung des Rückenmarks und der Wirbelsäule an der Wand, die er sofort beim Eintreten in den Raum bemerkt hatte, waren nicht mehr da. Alle diese Gegenstände waren verschwunden. Alles war zu einem Nichts geworden. Ein Gefühl der Leere wie das Weiße der Tapete hatte ihn beschlichen. Dann musste der Neurochirurg wohl reden und er brach sein Schweigen. Er erklärte mit wohlüberlegten Worten und freundlicher Stimme, dazu noch sehr gelassen – wobei er zum ersten Mal das Wort Lymphom aussprach –, dass das so schnell wie möglich entfernt werden müsste. Eine Woche später wurde Hervé in die *Sankt-Jürgen-Klinik* zur Operationsvorbereitung einbestellt.

Wenn er sich auch nicht sehr gut an diesen Augenblick erinnerte und wenn in seinem Kopf gewisse Gedächtnislücken teilweise die Besprechung mit dem Oberarzt ausradiert hatten, lag das daran, weil er langsam Angst bekam. Und diese ihn beherrschende Angst hatte ihn ganz plötzlich in dem Moment gelähmt, als der Doktor Prinz zu ihm getreten war und ihm detailliert das Verfahren der Anästhesie und des chirurgischen Eingriffs erklärt hatte. Die Angst hatte seine momentanen Gedanken völlig besetzt und ihn ganz und gar ergriffen. Die beruhigende Stimme des Doktor Prinz wurde für ihn unvernehmbar, und er war unfähig, auch nur ein einzige Wort herauszubringen. Ebenfalls sagte er sich, als er aus der Ambulanz im sechsten Stock des Gebäudes herauskam, wie um sich zu beruhigen, dass er eigentlich gar nicht wusste, was er da in diesem Krankenhaus zu suchen hatte, denn er hatte ein gesundes Leben ohne Exzesse geführt; er hatte viel Sport getrieben und sein Lebensstil – wie er damals dachte – schützte ihn vor allen Krankheiten. Achtsam in der Körperpflege, aufmerksam auf die geringsten Signale und jedes kleinste Wehwehchen, war er davon überzeugt, dass diese prächtig eingeübte Mechanik, dieser gut geölte Dieselmotor, der so gut funktionierte und der immer wunderbar seinen Anweisungen Folge leistete, ihn nicht von einem Tag auf den anderen fallen lassen könnte. Aber welche Desillusion! Welche Enttäuschung! Seine Glaubwürdigkeit ließ zu wünschen übrig. Hervé machte die schmerzliche Erfahrung eines Fahrers, der in voller Fahrt gegen eine Mauer rast und gewahr wird, dass er mit mehr als hundert Kilometern in der Stunde in einer Kurve nicht mehr Herr seines Fahrzeugs ist.

Er wurde auf einem Rollsitz in den Operationssaal geschoben. Er erinnert sich noch jetzt daran, wie er anfing mit den Zähnen zu

klappern und sein nackter Körper unter dem Laken vom Kopf bis zu den Füßen zitterte. Um ihn herum beobachteten drei oder vier Anästhesisten in grünen Kitteln einen Bildschirm und legten ihm Venenzugänge, während die Frau unter ihnen seine Hand hielt, um ihn zu beruhigen. Alles lief dann gut ab, als plötzlich ein Mann erschien. Hervé erinnert sich genau daran, wie die anderen ihm den Weg freimachten. Groß, elegant, mit einem sicheren Schritt ging er auf einen der Kranken zu, den man gerade in den Operationssaal geschoben hatte. Wie ein Grandseigneur verbeugte er sich majestätisch, legte ihm seine messianische Hand auf die Schulter, ein klein wenig so, wie es Jesus sehr viel früher wohl mit einem seiner Apostel gemacht hatte, und verkündigte feierlich mit leiser Stimme und mitleidigem Blick:
»Machen Sie sich keine Sorgen. Ich kümmere mich persönlich um Sie.«
»Das ist wahrhaftig der Oberarzt und der ausgestreckte Kranke muss ein *Privatpatient* sein«, vermutete er, aber da hörten seine Überlegungen auf. Wo sind wir? Wer hat das Licht gelöscht? Man sieht ja nichts. Ich bin ja schon so weit weg. Schon fing die Narkose an zu wirken.
Später wird er erzählen:
»Alles ist sehr schnell gegangen. Mein Körper, eine harte Masse, wurde plötzlich weich. Weich und sehr leicht. Ich fühlte mich wie in Watte gepackt. Danach hatte ich den Eindruck, dass ich unter einer watteartigen Masse verschwand und dann war die Leere da.« Eine Nacht träumte er, dass er auf Nimmerwiedersehen verschwände. Vor dem Sterben hörte er die Stimme von Moses sagen: *Lasset mich schlafen den Schlaf der Erde.* Nachdem er aus seinem Bett hochgeschreckt war, fragte sich Hervé: »Welche Worte werde ich denn sagen, wenn meine Stunde geschlagen hat?«

Als er aufgewacht war, begleitete ihn den ganzen Tag ein unangenehmer Geruch von Chloroform, und er hatte das Bedürfnis, sich mehrere Male nacheinander zu übergeben. Am zweiten Tag hatte er immer noch keinen Appetit. Sein Bett war schweißdurchtränkt, aber er war wegen des Katheters und der Drainagen im Rücken unfähig, sich umzudrehen und zu bewegen. Er war harninkontinent. Nachdem er sich liebenswürdig vorgestellt hatte, versuchte ein chirurgischer Assistent ein Loch oberhalb der Blase zu bohren, aber nach der Markierung eines Kreuzes mit einem Filzstift für die Einstichstelle zögerte er. Seine Hände zitterten. Er entschuldigte sich konfus und stürzte dann ohne ein Wort aus dem Zimmer. Von Panik ergriffen versuchte Hervé zu fliehen. Aber wohin? Er fühlte unter sich das schweißdurchtränkte Tuch, aber er konnte nichts machen. Glücklicherweise kam nach einigen Minuten eine Chirurgin und trat an sein Bett. Sie beruhigte ihn zuerst, bevor sie ihm erklärte, was sie vorhatte. Als sie die Lokalanästhesie applizierte, zog er es vor, den Kopf wegzudrehen. Dann stach sie mit einer großen Spritze und brachte einen dünnen Gummischlauch unter der Haut an, um den Urin in einen Plastiksack zu entleeren, der am Fuße seines Bettes hing. Ausgestreckt in seinem Bett im großen Zimmer achtete er schließlich auf nichts mehr. Schließlich waren sie, geschwächt durch Krankheit, alle im selben Boot, man ergab sich seinem Schicksal. Aber außerhalb des Zimmer war das ein anderes Paar Schuhe. Wollte man denn etwa seinen Plastikbeutel zeigen? Die anderen Patienten hingegen verließen ihren Raum leichtfüßig mit ihren Hausschuhen, um im Flur mit ihrem Dings unter dem Bademantel herumzuspazieren. Wenn es unbedingt hätte sein müssen, hätte Hervé es gemacht, aber draußen ... Draußen versteckte man das Ding wie eine Revolver in der Innentasche des Mantels. Ohne weiter darüber nachzudenken, fragte man sich nach einigen Schritten, was das denn bloß sei? Und man steckte die Hand hinein und diese berührte flüchtig den sich unter der Berührung verformenden Plastikbeutel mit der warmen Pisse. An die Idee, dass ... Die Idee, dass ... Nein, das alles war abscheulich, abstoßend. Lieber zurück die Mauer entlang schleichend. Sich langlegen. Gute Nacht.

In den ersten Nächten schlief Hervé praktisch nicht. Die ständigen Schmerzen weckten ihn jedes Mal, wenn er sich im Halbschlaf befand. Am Ende war er erledigt, die quälenden Nächte hatten ihn schließlich platt gemacht. Spätabends kam der von zehn Stunden intensiven Dienstes erschöpfte Tagesdienst aus dem Krankenhaus und dem weißen Kittel heraus, um sich dem wohlverdienten Schlaf hinzugeben, wobei er im Vorbeigehen die Nachtschwester grüßte, die ausgeruht und im gleichen Weiß gekleidet in die Zimmer eintrat, wo die ungeduldigen Patienten warteten: hier für eine Spritze, dort für einen Verband, ein wenig weiter für ein gutes Wort, in der Nähe des Fensters für einen aufmunternden Augenblick. Kurz, für eine schlaflose Nacht. Dann ging sie wie in der Pause im Kino nach einer Zigarette und einem kurzen Blick auf den vom Oberkrankenpfleger verfassten Bericht durch die Reihen. Bonbons, Eis am Stiel, Schokolade. Den Patienten empfahl sie, aufgereiht auf einem großen Tablett, alle möglichen Medikamente: von Schlaf- über Beruhigungsmittel bis zu Stärkungs- und Schmerzmittel, mehr oder weniger statthaft für eine gute Nacht. Da das Ergebnis nicht überzeugend war, lehnte der Postler nach zwei Nächten all diese Drogen ab. Ohne all das fand er ganz natürlich sein Lächeln und den Gefallen an durchschlafenen Nächten sowie die Kräfte wieder, die ihn seit dem Beginn seiner Konvaleszenz verlassen hatten. Eingeschüchtert machte er seine ersten Schritte um das Bett herum. Seine schwankenden und schwächlichen Beine konnten seinen Körper noch nicht tragen, aber der ehemalige Leichtathlet fing schon an, seine täglichen Verrichtungen zur Rehabilitation zu planen. Drei bis viermal um das Bett, hin und zurück. Die Reihe von vier Betten hin und zurück. Dann die ersten Schritte im Flur ohne Hilfe und ohne sich am Geländer festzuhalten. Die Gymnastik wurde auch nicht links liegen gelassen. Die bis zur Schmerzgrenze ausgestreckten Muskeln waren verkümmert und er erreichte mit Mühe die Knie, wenn er sich bei durchgestreckten Beinen bückte. Er übersprang die Etappen wie ein Neugeborener, der die ersten Stehversuche macht. Er wollte immer weiter, seine Schuhe zumachen, Kleidung anziehen, trotz der Schmerzen gehen. Alleine gehen wie ein Großer. Aber vor allem wollte sich Hervé von diesem lächerlichen weißen Nachthemd und den Anti-Thrombose-Strümpfen befreien. In dieser Aufmachung verglich er sich mit den Sträflingen in ihrer gestreiften Kleidung. Wären da nicht seine schmerzenden dünnen und schwachen Beinchen, er hätte nicht gezögert sein Aktionsfeld bis zum Stadtzentrum auszubreiten. Als er zum ersten Mal vorsichtig die Treppe hinunterging und die linde Luft der Wintersonne wie eine streichelnde Hand auf seinem Gesicht spürte, war seine Freude unbeschreiblich. Während seiner Spaziergänge humpelte er um das Gebäude und nach einigen Wochen hatte er seinen Umkreis bis zu den äußeren Gebäuden des Krankenhauses erweitert. Immer mehr näherte sich sein schwankender zögerlicher Gang dem Schritttempo eines Briefträgers. Er gewann wieder Vertrauen in sich, und er wusste, dass der Tag kommen würde, an dem er die Zustellung mit forschem und entschiedenem Schritt ableisten würde.

Er teilte während fast seines gesamten Aufenthalts hindurch den Raum mit sechs anderen Kranken. Diese Zusammenstellung störte ihn nicht weiter, denn die meiste Zeit schliefen diese. Nur etwas machte ihm Gedanken; der Kranke am anderen Ende der Reihe in der Nähe der Tür, der zusammengekauert in seinem Bett lag, zeigte niemals sein Gesicht und blieb den ganzen Tag im Bett. Schon seit geraumer Zeit von einem Krankenhaus in das andere verlegt, wusste niemand, wo er eigentlich hin sollte. Im Raum hatten sie sich an seine Gegenwart gewöhnt. Hier hatte er nie jemanden angesprochen. Aus diesem Grund nahmen seine Zimmergenossen an, dass er stumm wäre. Auch der große Blonde gegenüber von Hervé war mehrere Male verlegt worden, aber von einer Abteilung in die andere innerhalb des Krankenhauses. Als Unfallopfer war er zunächst in die Notfall-Aufnahme gekommen, dann hatte er alle Abteilungen durchwandert aufgrund einer Schädelfraktur, nicht mehr richtig arbeitenden Nieren, eines gebrochenen Beines und eines durchtrennten Armes. Nichts weiter, nur das. Das Bett zu seiner Linken blieb mehrere Tage unbesetzt, bis ein korpulenter Alter es einnahm. Er wurde wegen eines Bandscheibenvorfalls operiert. Um die Laken seines Betts zu wechseln, mussten sich die Krankenschwestern zu zweit bemühen, um ihm zu helfen, sich aufzurichten, und nach all dem Mühsal konnte sich die eine von ihnen nicht zurückhalten, ihm jedes Mal unflätige Bemerkungen zuzustecken. Seit seinen Spaziergängen im Flur hatte Hervé die Bekanntschaft eines jungen Mannes mit langen Haaren gemacht. Bernhard musste etwa zwanzig Jahre alt sein. Eine Art Zyste hatte sich über seiner linken Augenbraue gebildet und sein Auge kam leicht aus der Augenhöhle hervor. Groß, ziemlich schön, matter

Teint, so schien die Deformierung einer Gesichtshälfte das Ergebnis eines Make-ups zu sein. Als wenn man ihn geschminkt hätte, um die Rolle eines Kämpfer in einem Kriegsfilm zu spielen.
»Das ist ein Tumor. Ich hoffe, dass ich diese Woche operiert werde, um Weihnachten bei meiner Freundin verbringen zu können«, teilte er ihm mit, als wenn es sich um eine Routineoperation handeln würde. Hervé besuchte ihn regelmäßig in seinem Zimmer. Die meiste Zeit, wenn er in den Raum eintrat, spielten zwei Kranke im Schneidersitz nahe dem Fenster Karten, während nahe der Eingangstür eine Frau auf Knien vor dem Gitterbett eines in Agonie liegenden Mannes betete. Bernard flüsterte mit leiser Stimme seinem Freund zu, dass man immer den Oberkrankenpfleger aufsuchen musste, um ihr zu sagen, dass die Besuchszeit beendet wäre und sie nun weggehen müsste. Aber mit geschlossenen Augen in ihr Gebet vertieft wollte sie nichts hören. Schluchzend und die Jungfrau Maria anrufend, flehte sie auch den Oberkrankenpfleger an, Verständnis zu zeigen; sie wüsste, dass ihre Gebete nicht auf taube Ohren stoßen würden. Man käme ihr zur Hilfe. Ihr und ihrem armen Mann. Im Raum schenkte man ihr keine Aufmerksamkeit mehr. Hingegen schockierte ihre Haltung den Bretonen. Gerne hätte er ihr gesagt, dass es zu spät, dass die Krankheit ihres Mannes unheilbar wäre und dass die Dinge ihren Lauf nehmen würden. Er hätte ihr gerne gesagt, dass man angesichts des Todes allein ist und dass sie ihren Mann mit *seinem Schicksal* in Frieden lassen sollte. Wenn sie nicht einen Passus der Bibel übersehen hätte, hätte sie lesen können, dass der Allmächtige uns von allen Übel erlöst, warum sich dann weiße Haare wachsen lassen.

Sybille gab sich Mühe, ihn regelmäßig in seinem Zimmer in der Neurologie zu besuchen. Sie brachte ihm die Lokalzeitung und teilte ihm bei einem Besuch ihre momentanen Sorgen mit. Ihre Mutter war mit dem Fahrrad gestürzt und hatte sich das Schlüsselbein gebrochen.
»Ich muss jeden zweiten Tag, um zu kochen, weißt du ... «
» Ich muss hingehen ... «, verbesserte Hervé ihr Französisch.
» Ja, ja, ja ... Ich muss hingehen«, wiederholte sie genervt. Ein im Bett liegender Patient von gegenüber hob den Kopf und sein rechter

Nachbar unterbrach die Unterhaltung mit seiner Frau, die ihn besuchte.
»Was stimmt denn nicht, Sybille?«
»Nichts«
»Wie nichts?«
»Nein, ich sag dir, das nichts ist oder wenn ... «
»Was?«
»Ach, das ist zuviel auf einmal. Du, dann meine Mutter und dann muss ich mich bei einem Rektor einer Schule in *Findorff* vorstellen«.
»Ich versteh das nicht. Du solltest froh sein, für eine Anstellung vorgesehen zu sein. Hast du nicht die Nase voll davon, jeden Abend Kurse in der Volkshochschule zu geben?«
»Sicherlich, aber ich muss mich vorbereiten. Und dann ist die Unterhaltung mit dem Rektor manchmal ...«
»Was manchmal?«
»Ja, versteh doch, es gibt mehrere Anwärter. Ein wenig Erpressung ist immer dabei. Was ich dir sagen will; zum Beispiel fragt er dich: – Ach, Sie könnten das und das doch auch machen, nicht wahr? Du kennst mich doch, ich bin zu ehrlich und ich kann nicht lügen«.
»Jaaa, ich versteh'. Mach, wie du denkst. Komm doch mal näher.«
Hervé richtete sich lächelnd auf und als seine Freundin sich über ihn beugte, ergriff er ihren Hals und umarmte sie lang, streichelte mit seinen Fingen den flaumigen Nacken.
»Bald wenn ich rauskomme ... Wenn ich dann rauskomme, werde ich diese so weiche Stelle stundenlang streicheln. Sie ist warm, ist gut, das bist du.«

Eines Tages erhielt er zu seinem großen Erstaunen Besuch von einem Sozialmitarbeiter der Post, der ihm Orangen und einen Strauß Blumen brachte. Er war gerührt und sprachlos, den Tränen nahe. Das war zuviel für ihn. Dieser Mann, den er nicht kannte, der ihn nicht kannte und der sich die Mühe gemacht hatte, ihm eine gute Genesung zu wünschen. Dieser Mann war gekommen, um sich nach seinem Gesundheitszustand zu erkundigen. Dieser Mann, der ihn freundlich anlächelte und ihm Fragen stellte. Sein eigener Vater hatte sich nie gefragt, was sein Sohn, damals dreizehn, so alles in der Stadt und den Fußballstadien trieb, wie es ihm ging und warum er nichts mehr in der Schule machte. Sein Vater, der an eine Balustrade gelehnt auf ihn aufmerksam geworden war, ihn während eines Fußballspiels auf dem Rasen beobachtet hatte und der wie ein Phantom nach dem Abpfiff verschwunden war. Tatsächlich sprach man zuhause sozusagen niemals. Ihn würde er plötzlich Fragen gestellt haben, die sein Sohn überhaupt verstanden hätte. Hervé war völlig beschämt darüber, dass er dieses so starke Gefühl, das ihn zur Gänze ergriff, packte und erschütterte, nicht unterdrücken konnte. Er hätte es vorgezogen, dass der Besucher ging, dass er auf der Stelle abhaute, dass er ihn allein ließe, denn eine unendliche Traurigkeit schüttelte seinen ganzen Körper und er wollte ihn nicht länger mit seinen Tränen belästigen. Tränen, die über sein Gesicht rollten und ihren Weg suchten wie Wasserstreifen auf den Scheiben an Tagen, an denen es stark regnet.

Allmählich verschwanden die Schmerzen. Hervé freute sich darüber, Ortswechsel vornehmen zu können. Währenddessen wusste er, dass man die Wahrheit hinter den beruhigenden Vorschlägen des behandelnden Arztes versteckte. Er zweifelte daran, ob er jemals wieder normal laufen und gehen könnte wie früher. Dazu machten ihm nicht nur seine Beine Sorgen: Seine Blase entleerte sich nicht vollständig.
»Man muss Geduld haben. Die Nerven brauchen enorm viel Zeit, bevor sie ihre Funktionen wieder richtig aufnehmen«, wiederholte Doktor Klein, Leiter der Neurologie. Nun denn, wenn es sein musste, würde er sein Unglück mit Geduld aushalten.
Eine junge brünette Krankenschwester aus dem Nachtdienst fragte ihn eines Tages, als sie seinen Namen auf dem Krankenblatt zwischen den Gitterstäben des Betts las, ob er aus ihrem Land käme.
»Ja«, antwortete er ihr. Lächelnd erklärte sie ihm in ihrer Sprache, wie sie hierher gekommen war, und im Verlaufe der Unterhaltung bestätigte sie ihm, was der Leiter von seinem Gesundheitszustand dachte.
»Er weiß nicht Genaues. Zur Stunde kann er noch nichts sagen«. Diese Antwort beunruhigte ihn sehr. Er wusste nicht, was auf ihn zukam. Wie er leben würde. Ob er wieder normal arbeiten könnte.

»Zur Stunde konnte er noch nichts sagen«, wiederholte er sich und wiegte den Kopf hin und her.

»Ach! Er konnte nichts sagen ... Er wollte nichts sagen. Voilà, das ist's! Das ist wahr, denn wenn man sich zu sehr aus dem Fenster lehnt, wenn er seine Diagnose verfrüht stellt, riskiert man eben von hoch oben zu fallen. Das ist doch alles nicht zufriedenstellend«, erkannte der Postler. Er kam mit solch einer Diagnose nicht zurecht. Auf der Stelle, abwechselnd in ein Gefühl der Wut und der Ohnmacht getaucht, vergaß Hervé die Krankenschwester zu fragen, ob es Neues von Bernhard gäbe. Um mehr zu erfahren, trat er am nächsten Tag in das Zimmer des jungen Mannes. Verblüffung. Er blieb sprachlos im Türrahmen stehen. Sein Bett war von einer anderen Person besetzt. »Er konnte doch nicht so einfach seinen Entlassungsbrief in Empfang nehmen und das Krankenhaus sang und klanglos verlassen haben, ohne mich wenigsten noch einmal zu sehen?« fragte sich erstaunt der Postler. Zuerst wollte ihm die Krankenschwester keine genaue Antwort geben, aber als er darauf bestand, sagte sie ihm, die Augen auf den Boden gerichtet, mit einer traurigen Stimme, dass er kurze Zeit nach der Operation gestorben war.

Nahe beim Bodensee, weit weg

Anderthalb Monate im Krankenhaus – Zeit genug, um sein Unglück zu verschmerzen, ins Reine mit sich zu kommen, um sich an die orange-halbgetönten Tapeten zu gewöhnen und um von den aufregenden Vorgängen zum langweiligen Alltag, zu der rauen Wirklich um ihn herum zu kommen. Kurz, um einige Tage mit seiner Freundin in der Welt der Gesunden zu leben, dann hieß es für Hervé wieder Koffer packen. In der Nähe von Ulm, an den Gestaden des Bodensees wird er mit seiner Reha in einem speziellen neurologischen Zentrum beginnen. Da unten ist gerade die Fastnacht ausgebrochen, und als er in der Klinik von Allensbach ankommt, steht die ganze Welt kopf. Das Fenster seines Zimmers geht auf eine große grünende Freifläche und jeden Morgen staunt er ohne Unterlass über diese Wälder, die sich bis ins Endlose erstrecken und die hügelige und winterliche Landschaft bedecken. Auf der anderen Seite der Klinik kann man von einer Fensterfront des Speisesaals aus diese ruhende Wasserfläche ausmachen, gelegen am Fuß einer Bergkette, die sich dort spiegelt und sich bis zu den Grenzen Österreichs und der Schweiz erstreckt.

»Das ist wunderbar! Ich hätte nie gedacht, dass sich diese Harmonie der Farben und der so unterschiedlichen Naturelemente, dass sich hier Himmel, Meer und Gebirge in voller Größe meinem Blick als ergreifende Landschaft eröffnen – fast so irreal wie auf den Kalendern der Post«, schrieb er Sybille. Wenige Kilometer vom *Schwarzwald* und der französischen Grenze entfernt hat er das Gefühl, weltentrückt zu sein. Weit weg vom Norden, weg von der strengen, aber belebenden Kälte, weit weg von der Stadt, die ihn mit offenen Armen aufgenommen hatte, und den Leuten, die ihm ihr Herz geöffnet hatten. Hier hatte er das Gefühl, sich in einer mediterranen Region zu befinden, wo die Milde des Klimas, das Vorhandensein dieses abgeschlossen Meeres und dieser Bergspitzen, die sich ausstreckten, als wollten sie die Wolken berühren, einen kleinen Schein des Glücks in sein Herz hereinleuchten ließ. Für einen Augenblick vergisst er, dass er sich in der Reha befindet, umgeben von Kranken, Behinderten und Versehrten mit der treibenden Seele in einer traurigen und ernsten Atmosphäre.

Seit zwei Tagen dringen in die Klinik seltsam ausstaffierte Hexen, Kobolde, Wichtelmännchen und Teufelchen ein. Sie kommen von wer weiß woher mit ihren angsteinflößenden und grotesken Masken, ihren Fackeln, ihren Besen und ihren Holzschuhen in ihren buntgemusterten mit Glöckchen behangenen Bekleidungen. Das Personal und die Insassen der Klinik sind verkleidet und maskiert, mit bemaltem Gesicht, tragen auffällige Haartracht, laufen lärmend auf allen Treppen und allen Etagen des Gebäudes herum und dringen wilde Schreie ausstoßend in die Zimmer ein. Das ist das erste Mal, das sich der Postler in diesem karnevalistischen Ambiente wiederfindet. Er liebt das Schminken und die Masken nicht, aber es ist schwer, sich dem zu entziehen. Diesmal willigt er ein. Eine böse Fee, in Wahrheit eine Physiotherapeutin, schminkt ihm das Gesicht. Im Nu ist er ein Gaukler. Alle wollen und müssen sich amüsieren, tiefbetrübt oder nicht, schreckliche Laune oder schwächlicher Gesundheitszustand. Das ist vielleicht ein Fest! Das ist Rio! Das ist Samba! Das ist Freude! Während er die Gebäude der Klinik umkreist, trifft der junge Postler auf seinem Weg eine als Harlekin verkleidete junge Frau. Aufgrund von Multipler Sklerose an ihren Rollstuhl gefesselt lächelt sie ihm zu und stößt ein unbeschreibliches »Alaaaf ... Alaaaf« hervor. Ein wenig weiter springt wie verrückt sein Tischnachbar, der alte Epileptiker als Clown verkleidet, verzieht das Gesicht zu einer Fratze und schielt. Auf Teufel komm raus in eine Plastiktrompete blasend ist er ganz plötzlich ein frecher Knabe, der sich ausgelassen damit amüsiert, ihn mit seiner Wasserpistole die Füße zu benetzen. Eine dicke Narrenfee wird ihn mit einem Schlag ihres Stocks in einen Narr verwandeln. Das alles ist gleichzeitig verrückt und paradox. Verrückt, weil die sich selbst ausgelieferten Kranken, seltsame Schreie ausstoßend, jederzeit teuflisch aus jedem Winkel, hinter einem Gebäude, einer Tür oder einem Gebüsch auftauchen. Paradox gleichermaßen, denn dieses zu gewöhnlichen Zeiten friedfertige oder vielmehr traurige Gebäude, das Rekonvaleszenten beherbergt, ist aufgrund des Stands der Dinge in eine Theaterplattform verwandelt, auf der Duzende von Personen den Überschwang mit der Freude, und das Lachen mit dem Delirium vermischen, als wenn es ein Ritual wäre, um sich von einem lästigen Übel zu befreien.

Während seiner Reha-Übungen macht er die Bekanntschaft von Helmuth, einem bei einem Autounfall schwer verunglückten jungen Mann. Dieser hat gerade seinen Militärdienst beendet. In die Auswahl der Volleyball-Nationalmannschaft der Junioren gekommen, hatte er eine erfolgsversprechende sportliche Zukunft. Eine vereiste Fahrbahn, vielleicht ein Missgeschick, sicherlich Unaufmerksamkeit und Alkoholmissbrauch haben alles in der Böschung einer Landstraße enden lassen. Seine zwei Fahrgäste sind auf der Stelle tot, er überlebt, ohne sich darüber klar zu werden wie und warum. Während sein grimassierendes Gesicht, sein schiefer Mund, kleine Narben am Hals und Wange fast kaum merklich über die Ernsthaftigkeit seiner Verletzungen Aufschluss geben, muss er – da Apraxie und Paralysen aufgetreten waren – enorme Anstrengungen machen, um mit seiner Umwelt zu kommunizieren. Öffnet er den Mund, versteht man kaum, was er sagen will. Trotz seines Handikaps gibt sich Helmuth alle Mühe, die Sätze zu wiederholen, langsamer zu artikulieren bei Beibehaltung einer kleinen Pause zwischen jeder Silbe. Aber meistens sind die Ergebnisse enttäuschend. »Kein Grund, um mit seinem Latein am Ende zu sein, die Arme sinken zu lassen und aufzugeben«, sagt sich der Postler. Ein Bleistift und ein Notizblock und voilà: Helmuth versteht. Schwerfällig kritzelt er einige Wortfetzen auf seinen Notizblock und alles ist im Lot. Manchmal währenddessen lassen weder die Entzifferung dieser hingekritzelten Worte auf eine Papierseite noch die mehrmals hintereinander artikulierten Töne erraten, was der andere sagen will. Man bleibt dann im totalen Unverständnis. Ihre gleichzeitig erstaunten, lächelnden, liebevollen und wie Weihnachtsschmuck glänzenden Augen lesen gegenseitig die Gefühle auf den Augen des Nachbarn und dieser beiderseitige Austausch ist wie ein unglaubliches Glück für beide.

Nach Beendigung seiner täglichen Therapien bleibt Helmuth, der nur schlecht seine Einsamkeit ertragen kann, kaum in seinem Zimmer. Nachdem Abendessen steigt er ins Untergeschoss, um in einem Raum, der nachmittags für kulturelle Aktivitäten reserviert, fernzusehen. In der Dunkelheit bemüht er sich, seine schlaksige Gestalt von der Stelle zu bewegen. Einmal wirft der Postler ihm, ohne nachzudenken, an den Kopf:
»Weisst du, an wen du mich erinnerst? An King Kong. Aber nicht der auf den Kinoleinwänden. Nein, ein noch viel schrecklicher King Kong, gleichzeitig mit menschlicher Intelligenz und unvorhersehbaren animalischen Trieben ausgestattet.« Der Riese macht sich sofort daran King Kong zu imitieren, während er grauenhafte Schreie ausstösst und sich auf die Brust schlägt.

Eines Abends stieß eine Kranke, die im selben Moment den Fernsehraum verließ, als er in der Dunkelheit von einer Stufe zur anderen hinkte, einen Entsetzensschrei aus, als sie ihn herankommen sah. Aufgeschreckt stürzte sich eine Krankenschwester in das Untergeschoss und bestürzt fand sie die alte Dame bewusstlos ausgestreckt neben ihrem Rollstuhl. Seit diesem Ereignis versprach Hervé der Nachtschwester, die über diesen Vorfall entrüstet war, dass er seinen Freund von nun an auf seinen nächtlichen Wanderungen in den verschiedenen Gebäuden der Klinik begleiten würde.

Am Anfang des Frühlings, wenn der Spargel ungeduldig darauf wartet, seine Spitzen den ersten Sonnenstrahlen auszusetzen, und die Erdreihen durchbricht, ist der Postler nach Auffassung der Ärzte in der Lage, seinen Dienst bei der Zustellung der *Deutschen Bundespost* wieder aufzunehmen. Gewiss, er hat immer noch Schwierigkeiten, normal zu gehen, und er bemerkt, dass der Tumor ein Funktionsstörung der Harnleiter verursacht hat, zu der sich Stuhlgangsprobleme gesellen. Aber er hat keine andere Wahl. Der Sachzwang bringt ihn dazu, seine Harnwegsstörungen mit Geduld zu ertragen. »Die Wiederherstellung des Normalzustands, d.h. die Übertragung der Nervensignale auf die Sphinkter ist eine Sache von mehreren Monaten und man muss sogar mehr als ein Jahr warten, bevor alles wieder in Ordnung ist«, dozieren Chirurg und Urologe einstimmig. Somit schenkt er ihnen Vertrauen und dieses Gefühl hilft ihm, fest an die Verbesserung seines Gesundheitszustandes zu glauben. Hervé wünscht nicht, sich von Helmuth zu verabschieden. Zu betroffen und durcheinander hätte er nicht gewusst, was er ihm sagen sollte. Ihm gute Besserung wünschen? Das bevorstehende Ende seines Klinikaufenthalts? Ein normales Leben? Nicht im Traum daran zu denken.

Im Zug in Richtung Norden kommt ihm auf Umwegen ein Gedanke. Ein Gedanke, der in ihm gemischte Gefühle von Freude und Traurigkeit hervorruft. Allein da unten hatte er sich an diese friedfertige und zum Nachdenken und zur Introspektion einladende Atmosphäre gewöhnt (Seit seiner Ankunft in der Klinik hatte er damit angefangen, seine Gedanken schriftlich niederzulegen). Und wenn ihn auch die Krankheit und die von ihr hervorgerufenen Sorgen wie ein Ordnungsruf oder ein Körpersignal auf gewaltsame Weise gegen die Irrwege seines Bewusstseins mahnen, berühren sie doch unvermeidlich seinen Stolz und stoßen gegen die heitere Zuversicht, die ihm sonst innewohnt. Außerdem ist, trotz der Rückkehr zur Arbeit und der auf ihm wartenden Verpflichtungen, Sybille da und auch ihre Augen glänzen vor Freude.

Wieder auf den Beinen und erneut auf Tour

Nach einer Abwesenheit von drei Monaten und sehr großen Befürchtungen betritt Hervé erneut gegen sechs Uhr morgens den Briefträgersaal auf der ersten Etage des *Postamts 1.* Als wenn er wieder seine Arbeit nach zwei Wochen Urlaub aufnehmen müsste, stellte er sich im Büro der Saalordner vor. Aber zu seiner großen Verwunderung hatte er nicht die Zeit, um sich an einen von ihnen zu wenden, um wegen der Tour nachzufragen, die er machen sollte.

»Guten Tag, Herr Nédellec, wie geht es Ihnen? Kommen Sie, folgen Sie mir. Der Amtsleiter Ilgner streckte ihm die Hand aus und lächelte dabei. Hervé bezweifelte, ob nach mehreren Monaten der Wiederherstellung und Reha die Gegenwart seines Vorgesetzten eine direkte Beziehung mit seiner Rückkehr in die Zustellung hatte. Aber von dort bis zu ... Schließlich war er glücklich, da zu sein. Der Bretone grüßte im Vorübergehen mehrere Kollegen, die, überrascht, ihn wiederzusehen, ihm andeuten, doch während des Morgens wieder vorbeizukommen. Die beiden Männer kamen zu den Reihen der Sortierspinde mit den Nummern 170 bis 180 (Es handelte sich um das *Ostertor*). Dann hielt der Amtsleiter Ilgner plötzlich vor einem Briefträger und stellte ihn vor:

»Herr Thilo Kramer geht in drei Wochen in Rente. Sie werden ihn während dieser Zeit da auf seiner Tour begleiten. Dann werden Sie der Stammzusteller sein. Kommt Ihnen das zupass? Nur Mut!«, sagte er, während er sich zu ihm umdrehte und ständig lächelte. Überrascht und hingerissen wusste Hervé wirklich nicht, was er antworten sollte. Er wollte ihm danken, aber dieser drehte ihm gerade den Rücken zu und ging forschen Schrittes davon.

Thilo Kramer musste auf die fünfundsechzig Jahre zugehen. Er war ziemlich groß, zog ein Bein nach, hatte einen kahlen Schädel und war nicht sehr geschwätzig. Um mehr über seine Tour oder seine Kunden zu erfahren, musste man ihm immer Fragen stellen und Erklärungen abverlangen. Alles erschien offensichtlich und

selbstverständlich. Seit fünfundzwanzig Jahren machte er die Tour 172. Diese umfasste die Straßen und Sträßchen rund um die *Brotfabrik* und das *Fundamt.* Sechs Mal in der Woche konnte man ihn hinkend *Im Krummen Arm,* in der *Taubenstraße* oder in der *Seilerstraße* seine Zustellkarre ziehen sehen. Er überquerte den Ziegenmarkt, um seine Schritte zum Postamt in der *Brunnenstraße* zu lenken, um sein Depot abzuholen und den Rest seiner Tour zu erledigen. Niemals machte er einen Umweg, um zu erfahren, ob es auf dem Markt einen neuen Laden gab oder hielt an, um einen Kaffee im Geschäft von *Eduscho* zu trinken und mit Dietmar, dem Elektriker von der Ecke, zu diskutieren. Nein. Fast immer zur selben Stunde machte er seine Tour, ohne sich besonders darum zu kümmern, was um ihn herum los war, und wenn ein Kunde vergaß, ihn auf seinem Weg anzusprechen, um ihn zu erinnern, dass jemand ihn sprechen wollte, marschierte er wie ein ferngesteuertes Objekt, stieg die Treppen, öffnete die Türen und ließ seine Briefe gleiten, während er an seiner Zigarette zog, maschinenhaft, gleichgültig. Sicherlich konnte man in seinen Augen lesen: »Amt geschlossen. Bitte nebenan nachfragen.« Hervé, der ihn begleitete, sagte zu sich selber schockiert, dass hier ganz einfach das Leben fehlte, die Wärme, die Präsenz.
»Wenn ich ihn ablöse, muss das anders werden und das sind sicherlich nicht die Kunden seiner Tour, die widersprechen werden«, sagte er sich.

»Ah, wie tut das gut, im normalen Leben zurück zu sein! Man wird nicht mehr deinen Tag organisieren, du wird nicht mehr von einem Zimmer ins andere geschickt, von einem Arzt zu einer Physiotherapeutin, von deinem Zimmer in den Speisesaal wie ein Tennisball. Du bist kein Patient mehr, der brav von morgens bis abends macht, was man von ihm verlangt; den Stundenplan und die Hausordnung der Klinik respektieren, deine Medikamente nehmen, die Therapien befolgen, essen, schlafen, aufwachen mit und zur selben Zeit wie die anderen. Du wirst nicht vom Wetter reden, von deinen Schmerzen, vom nicht sehr strengen Winter, vom nahenden Frühling, von deinen Wehwehchen, die dich quälen. In Wahrheit ging es dem Bretonen gegen den Strich, ein Hilfsbedürftiger zu sein.

Jetzt wollte er selber entscheiden. Machen, zu was er Lust hatte. Kapitän an Bord sein.« Ah, welch Erleichterung! Am Morgen kommst du früher, um frühzeitig fertig zu sein. Du liest die Zeitung, während die anderen sortieren, wenn dir das gerade einfällt. Du gehst auf Tour, wenn du meinst. Trinkst deinen Kaffee, wo du es für richtig hältst. Kurz, du machst ein wenig, was du willst. Es ist wahr, wie alle menschlichen Wesen bist du auch ein wenig Hund, du bist ein einsamer Wolf. Ah, endlich! Die guten Zeiten sind zurück!

Uwe Sengstake, Briefträger mit Selbstgesprächen

Als Vertretung hatte Hervé nicht viel Zeit, die Bekanntschaft der Kollegen seines Teams zu machen, noch weniger mit ihnen zu diskutieren und zu scherzen. Bei seinem neuen Bezirk musste er viel mehr Zeit für die Sortiervorbereitung und das Sortieren nach Straßen aufwenden. Aber als Stammzusteller hatte er von nun an alle Muße, die Zeitung zu lesen, zur Kantine zu gehen, um seine Pause zu machen, aber auch, um schließlich besser diejenigen kennenzulernen, die die gleiche Arbeit mit ihm teilten, und vor allem diejenigen, deren Name im Amt seit langer Zeit die Runde machte und die in aller Munde waren. Zufällig oder anlässlich einer Begegnung wird er nun eine neue Welt entdecken, merkwürdige verrückte Kerle, seltsame Persönlichkeiten mit besonderen und skurrilen Gewohnheiten. Seine Aufmerksamkeit wird sich ganz besonders auf einen Briefträger richten, den er jedes Mal trifft, wenn er zum WC geht, Uwe Sengstake.

Auf der Arbeit wie in der Stadt trug Uwe ständig die Zustelleruniform. Eine Ausnahme von der Regel. Die Mehrheit verschmähte diese Verpflichtung oder machte es nach Belieben. Gewiss, Herr Ilgner oder sein Adlatus, Herr Bäring, machten nach der morgendlichen Visite eine Bemerkung, aber liebenswürdig und ohne Kommentar. Nur so, um diejenigen, die ihre Großzügigkeit missbrauchten, daran zu erinnern, dass es trotzdem eine Vorschrift gab, die zu respektieren war. Uwe, das Hemd bis zum Würgen zugeknöpft, die graue Posthose oft zu lang, das ganze Jahr mit großen schwarzen Schuhen und immer postalisch *korrekt* sah nicht ein, warum er Zivilkleidung anlegen sollte, wo er doch, Sommer wie Winter, vom Kopf Fuß gratis von seinem Arbeitgeber eingekleidet wurde. Hätte er die Nase in seine Schränke gesteckt, er hätte kaum etwas Eleganteres gefunden. Wenn sie ihn so sahen, hätten einige schlecht informierte Postempfänger auf den Gedanken kommen können, dass er seine Briefe an sieben Tagen in der Woche austrug, denn es war nicht selten, ihn am Sonntagmorgen in Zustelleruniform auf seiner Tour flanieren zu sehen. Mit bleichem Teint und ausgemergeltem Gesicht mit einem kleinen schlecht ausrasierten schwarzen Bärtchen ähnelte er dem bretonischen Dichter Tristan Corbière.

Wenn Uwe auch gewissenhaft in seiner Arbeit war, minutiös wie ein Uhrmacher in seiner Werkstatt, der sich der Montage von winzigen Uhrteilen verschrieben hat, verriet doch seine extreme Langsamkeit eine gewisse zerebrale Funktionsstörung. Um sich eine Idee von der Langsamkeit zu machen, mit der er arbeitete, war es nicht übertrieben, zu behaupten, dass das Verhältnis von eins zu sechs zur Geschwindigkeit, mit der feine geschickte Frauenhände die Briefe auftürmten, im Vergleich zur Langsamkeit der Bewegung, mit der die Hand und der Arm von Uwe vorsichtig die Post in die Fächer legte, keinesfalls fehlgegriffen war. Wenn auch die Mehrzahl der Briefträger keine Zeit beim Sortieren verlor, hielt sich Uwe selbst für einen Detektiv. Als wenn jeder Brief ein Geheimnis enthalten würde, untersuchte er detailliert die Adresse, wog den Umschlag in seiner Handfläche – wobei er ihn verliebt observierte –, untersuchte die Briefmarke auf das Genaueste, um sicher zu gehen, dass sie nicht schon benutzt worden war, und falls nicht, taxierte er den Brief. Uwe starrte den Datumsstempel an, das Format, erörterte die Schrift und den Namen des Absenders, wobei er mit leiser Stimme die von ihm konstatierten Unregelmäßigkeiten kommentierte. Er benötigte so eine unglaubliche Zeit, um ihn in das richtige Fach zu legen. Manchmal begann er, zögernd und unsicher, die ganze Operation mehrere Male von Neuem.

Einmal erst draußen, an der Haltestelle staunte man schon nicht mehr, wenn man ihn ganz plötzlich umkehren sah. Seine nächtens in Phobie verwandelte Angst ließ ihn niemals schlafen. In seinen Alpträumen suchte er unerschütterlich in allen Ecken, Fach für Fach, hinter aufgehäuftem Staub den Brief, den er vielleicht unverhoffterweise in seinem Fach vergessen haben könnte. Besorgt um das Wohlergehen der *Zustellergemeinschaft* hatte der Amtsleiter auf Ratschlag des medizinischen Dienstes entschieden, ihn ins Abseits zu stellen, um eine ständige Beeinflussung der anderen zu vermeiden. Er war weiterhin Teil seines Arbeitsteams und nahm weiterhin an der gemeinsamen Arbeiten seiner Mannschaft wie zum Beispiel dem Sortieren von Päckchen teil, aber sein Sortierfach und sein Arbeitsplatz befanden sich von nun an nahe am Fenster. Obwohl er nun an anderer Stelle arbeitete, konnte man doch in einer Ecke des Saals seinen schwarzen Haarschopf beobachten, der hinter seinem Spind aufragte und der sich wie die Figur eines Marionettentheaters wie besessen hin- und herbewegte.

Seit seinen Anfängen in der Postfamilie trug er die Post immer auf der gleichen Tour aus. Wie hätte es übrigens anders sein können? Nun sind das schon mehr als siebenundzwanzig Jahre, dass die Bewohner des Viertels *Peterswerder* schon nicht mehr darüber staunten, ihren drolligen und abstrus gekleideten Briefträger zu sehen, der während der Zustellung Selbstgespräche führte. Alle kannten ihn und er kannte alle Kunden seines Viertels. Von der ständigen Furcht getrieben, unaufmerksam einen zur Nachsendung bestimmten Brief in einen Briefkasten zu stecken, nahm er auf Tour alle Nachsendeanträge mit sich, obwohl er sie auswendig konnte. Seine krankhafte und ausufernde Sorgfältigkeit nahm manchmal unvorhergesehene Züge an. Auch konnte man sich zu Recht die Frage zu stellen, wie er es bewerkstelligte, nicht den Kopf zu verlieren, wenn er einmal auf Tour war. Bei der Gangart, mit der er arbeitete, wunderte sich niemand, dass er der Letzte war, der das Amt verließ und dass er, ungefähr gegen sechzehn Uhr zurück von seiner Tour, am Pförtner des Postamtes vorbei musste. Dieser beeilte sich dann gerade seine Siebensachen zu packen und nach Hause zu gehen.

Um mit diesem alle Dienste blockierenden Zuspätkommer ganz sicher zu gehen, wies der Inspektor Bäring einen Saalordner an, sich an Ort und Stelle zu begeben und ihn auf seiner Tour zu begleiten. Welch Missgriff! Am nächsten Morgen lagen sich die beiden Männern fast in den Haaren:
»Also Clement ...?«
»Sprechen Sie mich nicht an!«
»Wieso das?«

»Wirklich ein Alptraum!«
»Erklären Sie sich, Clement«
»Ach, sprechen Sie mich nicht an!«
»Und wenn ich Ihnen befehle zu reden«.
Mit der Hand an der Stirn, wie um anzudeuten, dass es ihm nicht mehr einfiele, und mit einem Gesicht wie sieben Tage Regenwetter stieß der Saalordner einen langen Seufzer aus, bevor er anfing zu erzählen. Uwe hatte die Vorschrift, die besagt, *dass ein Zusteller niemals seine Taschen aus den Augen lassen darf,* wörtlich genommen. Jedes Mal wenn so der Weg frei war, jedes Mal wenn sich eine Tür geöffnet hatte, zog Uwe wie ein Geldtransporteur seine Karre hinter sich in die Gärten, die Flure, in den Aufzug, in die Etagen, in die Küche, unter einen Schuppen, in die Dunkelheit einer Garage.
»Aber das ist nicht alles«
»Wieso, reden Sie!«
»Auf einmal hatte er bemerkt, dass er einen Brief für ein Paar am anderen Ende der Straße vergessen hatte«.
»Und weiter?«
»Und weiter, wir mussten die ganze Straße zurückgehen!«
»Und weiter dann?«
»Und weiter dann mussten wir ungefähr einen Kilometer zurückgehen«.
»Und weiter, wo liegt sein Fehler? Dieser Bursche ist gewissenhaft, Clement. Nehmen Sie sich ein Beispiel an ihm«.
»Ähh ... Ja, Herr Bäring, das ist gerade, was ich Ihnen sagen wollte«.
»Wenn alle Zusteller so wären wie er ...«
»So ist es«.
Clement ging hinaus, um sich auszuruhen und um sich mit der aufbauenden Idee zu trösten, dass Uwe Sengstake ein Einzelfall in der Zustellung bleiben würde. Im gegenteiligen Fall hätte er sofort ohne Zögern seine Entlassung erwirkt.

Wenn seine Arbeitskollegen auch kaum Notiz von *Uwe, dem postalischen Spinner*, nahmen, hatte Hervé, der eines Tages einen erkrankten Teamkollegen vertreten musste, nach einigen Tagen wirklich den Eindruck, neben einem Verrückten herzulaufen. Die ganze Zeit hörte er ihn, wie er ganz allein in seiner Ecke einige Worte vor sich hinmurmelte, ohne besonders mitzubekommen, was er sagte. Auf der Lauer hinter seinem Spind schielte der Franzose nach Uwe, der mit einem Brief in beiden Händen in ein Gespräch vertieft schien. Eines Morgens näherte er sich, ohne seine Aufmerksamkeit hervorzurufen, und meinte einige Brocken dieses mysteriösen Gestammels zu verstehen:

»Ah, mein Briefchen ... Komm gut an ... Frau Drewes wartet auf dich. Ich kümmere mich um dich ... Glaube mir ... Ich gebe mein Bestes«. Den ganzen Morgen fantasierte Uwe völlig abgehoben mit der größten Gleichgültigkeit vor einem Sortierspind. Seine Kollegen tolerierten seine Gegenwart und seine Überspanntheit. Der Amtsleiter gab sich insofern damit zufrieden, dass er seine Arbeit machte, und auch die Kunden hatten ihn nolens volens in dem Maße akzeptiert, wie sie ihre Post erhielten, obwohl sie sich manchmal fragten, warum der Briefträger zum dritten Mal nacheinander kam, um die Briefe in ihren Briefkasten zu stecken.

Eines Tages hielt Uwe vor der Wäscherei Ecke *Nienburger Straße* und *Meininger Straße* an und hatte gedacht, wegen des schlechten Wetters – es regnete – anstatt die Briefe in die Flurtür zu stecken eine Pause zu machen, um sich unterzustellen und sich gegen den Regen zu schützen. Nachdem er die Tür des Geschäfts geöffnet und einen Brief und zwei Drucksachen auf den Ladentisch gelegt hatte, schritt er – erstaunt, dass niemand zu ihn kam – auf einen schwarzen Vorhang zu, der den Zutritt zum Hinterbereich des Laden absperrte. Neugierig schlängelte er sich hinter diesen Vorhang und überrascht blieb er bewegungslos vor zwei großen Bügelmaschinen stehen. Er, der sich gewohnheitsmäßig bei allem, was er tat, alle Zeit der Welt nahm, machte brüsk wie vom Blitz getroffen auf dem Absatz kehrt und stürzte in aller Eile nach draußen. Er entnahm seiner Karre die Briefe, die ein wenig unter dem Regen gelitten hatten und unter dem verdutzten Blick der Wäscherin, die gerade hinter der Ladentheke Platz genommen hatte, drang er erneut in den Hinterbereich ein. Wortlos und im Bewusstsein, nur seine Pflicht als Zusteller zu erfüllen, ergriff er ein Bügeleisen und, als ob nichts wäre, begann er sorgsam – einen nach dem anderen – die Briefe zu plätten, die beschmutzt und durchnässt auf einem großen Tisch und der Fensterbrettern ausgebreitet waren.

Beim Tod seiner Mutter war der Postler gerade sechzehn Jahre. Sie vermachte ihm ein stattliches Vermögen. Ein großes Textilgeschäft und eine Werkstatt im Stadtzentrum von Hamburg. Sein Vormund beschäftigte sich eine Zeitlang mit der Führung und Verwaltung seiner Güter und verkaufte dann alles mit seiner Einwilligung zu einem guten Preis. Von einem Tag auf den anderen wurde Briefträger Uwe zum Millionär. Mit diesem Geld baute er eine Villa hinter dem Deich in der Nähe des *Wümme-Ufers* – dort, wo die Politiker, die Fußballprofis und andere Berühmtheiten und stinkreiche Bürger eine Villa besitzen. Abgeschnitten von jenen unergründlichen Gefilden mit ihren sinnenfreudigen und wollüstigen Begehrlichkeiten, welche für seine fast unstillbaren sexuellen Wünsche unerreichbar waren, verdammten ihn seine Dummheit und Hässlichkeit zum einsamen Vergnügen sowie zu pornografischen Zeitschriften und Filmen. Sein bester Kumpel, der Briefträger *Didi*, hatte ihm eines Tages vorgeschlagen, eine Biege nach Hamburg, genauer gesagt, *Sankt Pauli*, zu machen, *»Um dein männliches Feuer zu wecken«*, wie er es ausdrückte. Uwe biss an und in seiner Begleitung wurden ihm alle Geheimnisse des *Rotlicht-Milieus* gezeigt. Am nächsten Morgen wusste das gesamte Amt, dass Uwe 2000 Mark auf den Kopf gehauen hatte, indem er die Liebesdienste der einen und anderen Dirne in diesem und jenem Bordell in Anspruch genommen hatte.

Wolle, der *Dr. Briefträger* – stets um die Obhut seiner Kunden bemüht – hatte eines Tages ohne sein Wissen auf seinen Arbeitstisch eine pornografische Zeitschrift gelegt. Nachdem er zwei Würstchen, die er von Hermann – dem Briefträger, der sich um das leibliche Wohl der anderen Postler kümmerte – gekauft hatte, heruntergeschlungen hatte, wurde Uwe für einen Moment stutzig und stumm. Mit zugeschnürter Kehle blätterte er rasch die illustrierten Seiten durch. Nachdem er dann einen kurzen Augenblick bei einem Foto von einer Blondine mit rasiertem Venushügel, tätowiert und ausgestreckt auf einer Chaiselongue aus schwarzem Leder, verweilt hatte, ließ er das Magazin in seinem Schreibtisch verschwinden, aber nicht ohne vorher alles, was um ihn herum war, mit seinem Blick zu streifen. Das Briefträgergedächtnis erinnert nicht, Uwe jemals derartig nervös gesehen zu haben. Mit einer Hand ein lebendiges Objekt in seiner Hosentasche bewegend, hielt er nicht inne, seine Schublade zu öffnen und zu schließen. Seit diesem Tag erinnern sich alle, Uwe für einen kurzen Moment mit einem Höllentempo beim Sortieren gesehen zu haben.

Gottbefohlen, Briefträger Otto

Auf seinem alten Fahrrad, Marke Bauer, seine braune Ledertasche mit einem Gummispanner auf dem hinteren Gepäckträger befestigt, die blonden Haare ungekämmt, das Sporthemd meistens aufgeknöpft, fast immer schlecht rasiert und die Fuchsaugen immer auf der Lauer, blieb Otto mit seinen beige Shorts, die er drei Viertel des Jahres trug und die seine feingliedrigen, aber stämmigen Beine zum Vorschein kommen ließen, niemals unbemerkt. In einem Fahrstuhl machte Hervé zum ersten Mal seine Bekanntschaft. Ihm gegenüber stand ein junger Briefträger, der gegen das Schild *Rauchen verboten* gelehnt lässig und provokativ paffte.
Otto donnerte außer sich mit geballten Fäusten:
»Das Rauchen ist hier amtlich verboten«, rief er aus, indem er seine Augen wie Feuerwaffen auf den Schuldigen heftete. Unbeweglich betrachtete ihn der andere ohne ein Wort zu sagen und ärgerte ihn weiter.
»Das ist sehr schlecht für die Gesundheit«, ergriff Otto erneut das Wort und hob seine Stimmlage an. Seiner Mimik konnte man entnehmen, dass sich seine Entrüstung von Minute zu Minute steigerte und dass er zum Angriff blies.
»Wie kannst du wissen, dass das schlecht für die Gesundheit ist, Kumpel, wenn du niemals geraucht hast«, entgegnete der junge Briefträger lächelnd. Otto stieg wütend aus dem Fahrstuhl, wobei er sich die Nase zuhielt und einige unverständliche Worte grummelte, dann ging er nervösen Schrittes davon und flitzte die Treppe hinunter, jeweils zwei Stufen auf einmal.

Als Instandsetzungsbeamter konnte Otto keine ruhige Kugel schieben. Nicht die Rede davon. Immerhin hatte er zwischen Abgang und Eintreffen der Post wie die Mehrzahl seiner Kollegen vom Innendienst mehrere Pausen, um ein wenig Luft zu holen, zum Einkaufen in die Stadt zu gehen oder sich im Ruheraum beim

Pokerspiel auszuspannen. Aber Otto zog es vor zu arbeiten. Er malochte echt hart. Wie für zwei. Überaktiv, er hatte kein Sitzfleisch. Wenn er nicht gerade dabei war, die Postsäcke, einen auf den anderen, zu stapeln, wobei er darauf achtete, die grünen Säcke der Luftpost von den anderen zu trennen, leerte er die Spinde der Briefkästen oder half den Fahrern ihren Lastwagen zu entladen. Otto hörte während seines Dienst nicht auf, sich zu drehen, sich zu rütteln, sich zu schütteln und kreuz und quer durch alle Etagen im gesamten Postamt zu kommen und zu gehen. Er war ein richtiges *Nervenbündel*, das ständig unter Strom stand und das jetzt die ganze Woche vor allem im Nachtdienst die drei Etagen des Postamts wachhielt. Als man Otto am Anfang noch nicht kannte, war man überrascht von den seltsamen Verhaltensweisen dieses ständig Aufgeregten. Man fühlte sich auch ein wenig bedroht von solch einem Berserker. Dieser *Bekloppte*, wie ihn die Kollegen des Innendienstes nannten, war in allen Postdienststellen der Stadt bekannt. Jedoch gewöhnte man sich nach einer gewissen Zeit an die Sachlage der Dinge und man achtete nicht mehr auf ihn. Wenn das Geräusch von Schritten auf den Treppen widerhallte, wenn eine Gestalt mit einem Postsack auf dem Rücken durch die Flure lief, wenn Postsäcke flogen, Türen klappten und Karren dahinsausten, wussten alle, dass Otto nicht weit war. Er ließ sich natürlich von seinen Kollegen ausnützen, die von seinem Eifer und seiner Großzügigkeit profitierten, um Karten spielen zu gehen oder einige Flaschen Bier im Ruheraum zu leeren. Otto erledigte unerschütterlich die Arbeit, ohne zu meckern. Er hatte sogar gelegentlich dabei gute Laune und pfiff sich ein Liedchen. Die Fahrer gaben sich nicht die Mühe auszusteigen und blieben in der Fahrerkabine, um die *Bildzeitung* zu lesen, wenn sie hörten, dass Otto Dienst hatte. Otto, der von Fenster aus ihre Ankunft erspähte, zögerte keine Minute, um herunterzukommen und die Post zu entladen. Wenn er sich einige Minuten Erholung gönnte – was selten vorkam – saß er ganz allein in seiner Ecke, blätterte in einer Zeitung oder rezitierte die Bibel mit äußerster Gleichgültigkeit.

Woher kam diese Energie? Wie lebte er? Was machte er in seiner Freizeit? Keiner interessierte sich tatsächlich für diesen

Wildgewordenen. Was man von ihm wusste und was man im gesamten Dienst überreichlich, mit Klatsch und verrückten Geschichten angereichert, verbreitete, war, dass er in einer katholischen Gemeinde lebte. Das war sozusagen seine Familie. Er führte an diese übrigens auch sein gesamtes Gehalt ab. Otto störte eigentlich niemanden, und niemand war überrascht, ihn nach Dienstschluss mit dem Gehabe eines Gewerkschaftsdelegierten das wöchentliche Blatt seiner Gemeinde verteilen zu sehen. In der Personalabteilung der Post war man sich genau über die Probleme im Klaren, die auftreten würden, sollte er eines Tages in den Zustelldienst versetzt werden. Nicht nur seine Verhaltensweisen und Übergriffe konnten das Image der Post beschädigen, sondern sein fanatischer und exzessiver Enthusiasmus, mit dem er das Wort des Herrn verbreitete, würde zweifelsohne die Standards der Beschwerdestelle sprengen. Als die Post privatisiert wurde, hatte man eher gut als schlecht versucht, ihn zu beschäftigen und vom Zustelldienst fernzuhalten, aber der neue Direktor vor Ort – wenig erbaut vom Sozialplan, der wenige Jahre vorher mit den Gewerkschaften ausgehandelt wurde – nahm einen tiefgreifenden und radikalen Wechsel vor, ohne sich wirklich um die persönlichen Belange eines jeden zu kümmern. Mit stolzgeschwellter Brust gab man in aller Öffentlichkeit die neue Devise des Hauses bekannt: Rentabilität, Flexibilität, Gewinn, Qualität, Leistung. Die noch in der Blüte ihres Lebens stehenden Beamten wurden mit nicht zu verachtenden Vorzügen in den Vorruhestand geschickt und man erleichterte den Abgang der rebellischen *schwarzen Schafe* und derjenigen, die Gesundheits- oder Motivationsprobleme hatten. Alle diese *faulen Säcke* würden Platz machen für ein jüngeres, flexibleres und motivierteres Personal, jederzeit kündbar und eingestellt zu niedrigen Gehältern. Aus dieser Optik heraus wurde *der Fall Otto* für die Personalabteilung überaus heikel und haarig. Wenn auch sein Dynamismus für die Arbeit und seine grenzenlose Hingabe für den Innendienst anerkannt wurde und sich gut in die neue Philosophie des Hauses: *„Alle machen alles immer mit Freundlichkeit und Hingabe“* einpasste, so hatte doch die Automatisierung und Rationalisierung im Postamt nach einigen Jahren seine intensive Geschäftigkeit fast obsolet werden lassen.

Dieser Geschaftlhuber war für nichts mehr gut. Er war unnütz geworden. Währenddessen war er zu jung, als dass man ihn ohne Weiteres loszuwerden konnte. Dazu akzeptierten die Verantwortlichen für die Zustellung, ihn trotz ihrer Befürchtungen zu nehmen, unter der Bedingung ihm auf eine relativ leichte Tour zu setzen, keine Geschäftsstraße, keine Unternehmen, keine Büros, Arztpraxen oder Rechtsanwaltskanzleien, kurz ein Ort, an dem er keinen direkten Kontakt mit der Öffentlichkeit hätte – zum Beispiel in einem Arbeiterviertel der Stadt.

Im Verlaufe der ersten Monate waren seine Vorgesetzten vollkommen mit seiner Arbeit zufrieden und zweifelten nicht mehr an seiner Fähigkeit, den Beruf des Zustellers ausüben zu können. Gewiss behielt er seine seltsamen Gewohnheiten und seine Eigenarten bei, die zum Schmunzeln einluden; denn wenn seine Kollegen in der Winterkleidung verschwanden und die Quecksilbersäule unter Null Grad blieb, tollte Otto, der Eskimo, wie ein Knabe mit kurzer Hose und Sommerjacke von einem Briefkasten zur Eingangstür, stieg im Laufschritt die Stufen mit seinen schweren Wanderschuhen hinauf und hielt plötzlich wie ein Besessener vor dir! Wenige Zentimeter vor deiner Nase! Wie ein Soldat beim Appel, stillgestanden! Ganz genau, wenn man ihn nicht kannte, fragte man sich, *ob er noch alle Tassen im Schrank hätte*. Unterdessen stellte man sich mit der Macht der Gewohnheit darauf ein, denn Otto war nicht böse. Und übrigens war er nicht der Einzige, der im Zustelldienst ein wenig aus dem Ruder gelaufen war. Das Problem mit Otto war folgendes: Wenn man mit ihm zu intim wurde, wenn man ihm das Wort überließ und wenn man vor dem Burschen nicht zu sehr auf der Hut war; dann, ja dann folgte er dir auf Schritt und Tritt. Wie ein Wasserfall brabbelte er mit seiner melodischen Stimme. Umständlich und lästig zitierte er minutenlang auswendig Passagen der Bibel, wobei er die Sätze mit *Der liebe Gott hat gesagt ...* begann. Aber gottseidank brachte sein Verhalten die Zukunft des Hauses nicht in Gefahr. Keinerlei alarmierende Beschwerden zur Person wurden aktenkundig. Nur Klagen von Kunden, die nichts Besseres zu tun hatten, als den Beschwerdedienst für zweifelhafte Lappalien in Anspruch zu nehmen, oder auch ganz einfach, um gegen den Abbau von Briefkästen an Orten, die von der Öffentlichkeit wenig frequentiert wurden, zu protestieren. Seine Teamkollegen hatten ihn übrigens mehr oder weniger akzeptiert und er störte sie nicht beim morgendlichen Sortieren. Kurzum, Otto, als vorbildlicher Beamter, war gewarnt.

Fast ein Jahr war vergangen. Bis zu diesem berühmten zwölften November war Otto ein Vorbild von einem Postboten wie alle anderen Postboten in Deutschland, höflich, liebenswert, mutig, dienstbar, bewusst und pünktlich, in anderen Worten absolut *korrekt*. An diesem Tag hatte er mehrere Male an der Tür eines Häuschens geschellt und war erstaunt darüber, – nachdem er schon fast gerade im Begriff war zu gehen – von dieser verschlossen Tür aus zu sehen, wie in der zweiten Etage Licht brannte. Eine Gestalt bewegte sich hinter einem getönten Fenster. Bei der Post kannten alle das hohe Ethos von Otto, seine Bereitschaft und seine Hingabe für seine buchstäbliche Pflichterfüllung als Zusteller. Für ihn war es unannehmbar, dass die fragliche Person mit der Abholkarte zur Post gehen würde, um den Brief abzuholen. Denken Sie das nicht! Er war im Öffentlichen Dienst! Er musste also auf alle Fälle diesen Brief zustellen! Der Kunde ist König, vergessen Sie das nicht! Er soll nicht gezwungen sein, sich von der Stelle zu bewegen.

Sich an der Regenrinne festhaltend, erreichte er den Balkon und von dort konnte er an die Scheibe klopfen. Schlank und sportlich hatte Otto keiner größere Schwierigkeit, das Fenster zu erreichen und seine Gegenwart durch vorsichtiges Klopfen anzudeuten. Er hatte weder die Zeit, um den wertvollen Einschreibbrief zu übergeben noch den Mund zu öffnen. Die alte Dame, die das Badezimmerfenster in ihrem rosa Bademantel mit Lockenwickler in den Haaren öffnete, fiel angesichts dieses schlecht rasierten Gesichts, dieser strubbeligen Haare und dieser Augen, die jeden wie zwei Leuchttürme fixierten, schlagartig auf den Rücken und in Ohnmacht. Trotz aller Bemühungen des Postboten zur Reanimation und des schnellen Erscheinens der Sanitäter musste die alte Dame für mehrere Tage ins Krankenhaus. Sie hatte einen Herzanfall oder so etwas wie eine Bewusstlosigkeit erlitten. Dieses Ereignis wurde von der neuen Direktion der Post als ein Drama betrachtet. Man musste *den Fall Otto* wieder aufrollen und vor allem die Presse beruhigen.

»Es handelt sich um einen außergewöhnlichen Fall, äußerst selten, noch niemals in unserem Dienst vorgefallen«, rief der Sprecher der Post Karl Hampelmann aus. Er versuchte, so gut es ging, im Radio, im regionalen Fernsehen und in der lokalen Zeitung den Missgriff richtigzustellen und die Affäre herunterzuspielen, aber es ging darum, schnell zu handeln und den Schuldigen zu sanktionieren. Für die Briefträger war das einmal mehr die Gelegenheit, das schon gut von Anekdoten und Schwänken gefüllte Stammbuch des Zustellers Otto zu bereichern. Für ihn war das Urteil unwiderruflich. Er wurde vom einen Tag auf den anderen zum nächtlichen Zugang am Flughafen versetzt.

Der Briefträger Manni merkt, wie er älter wird

Seitdem man die Kantine geschlossen hatte und das Personal, in der Mehrzahl Postbeamte, neu eingestuft, versetzt oder im Durchschnitt in den Vorruhestand versetzt worden war, war die vierte Etage des Postgebäudes an der *Domsheide* völlig verwaist. Seitdem hat niemand mehr einen Fuß dahin gesetzt. Der schlecht instruierte Aufzug kletterte zwar in Einvernahme mit den Sicherheitsvorschriften zu dieser Etage, aber die Schiebetüren öffneten sich zu einer Betonmauer. Das war ein wenig wie vor der Öffnung der Berliner Mauer. In der ehemaligen DDR durchquerte die U-Bahn-West einen Teil von Ostberlin. Sie setzte zum großen Erstaunen der Touristen das Tempo herab und rollte, praktisch vor dem Stillstand, langsam durch dieses *no man's land* an der Grenze, um dann wieder mit normaler Geschwindigkeit ihre Fahrt bis zur nächsten U-Bahnstation-West fortzusetzen. Ein privates Restaurationsunternehmen hatte nach der Privatisierung der Post einen Versuch der Weiterführung gestartet, aber die Abschaffung der Essensmarken für die Postbeamten und die Mittelmäßigkeit der Mahlzeiten hatten diese Unternehmung sehr schnell in den Konkurs getrieben. Seitdem begann die Automaten-Ära. Für fünfzig und achtzig Pfennig hatte man die Wahl zwischen einer lauwarmen Tomatensuppe oder einer Minestrone mit chemischen und zweifelhaften Geschmack. Gewiss gab es den Briefträger Hermann mit seinem Würstchenverkauf, aber nicht jeder liebte Würstchen. War der Winter erst einmal da, bei weniger als zwölf Grad minus mit durchgefrorenen Fingern und Füßen, dann war der Genuss einer guten Suppe, die Stärkung durch ein warmes Mahl jederzeit willkommen. Ah! Das waren noch Zeiten, als die Briefträger mit dem Fahrrad nach Hause kamen – den Bauch vollgeschlagen und voll guter Laune nach Verspeisen eines *Hühnerfrikassees* oder einer *Kohlroulade* in ihrer Kantine.

Wenn Hervé noch heute daran denkt, wiegt ihn sein Gedächtnis in nostalgischen Momenten und guten Erinnerungen. Es gab selten

einen Tag, an denen die Briefträger nach ein Uhr mittags von der Zustellung kamen. Man musste wirklich auf der Tour herumtrödeln und bei *Eduscho* oder bei einem Kunden die Zeit vergessen, um die Mahlzeiten in der Kantine zu verpassen. Für die bescheidene Summe von zwei Mark fünfzig ohne Ansehen des Dienstrangs und der hierarchischen Unterscheidung trafen sich oft Saalordner, Kontrolleure, Inspektoren, Schalterbeamte oder einfache Briefträger am selben Tisch. In der Kantine konnte der Besucher mit Erstaunen und Bewunderung konstatieren, dass sie eine Familie waren, diese Postbeamten. Sie hielten zusammen! Alles Leidensgefährten, in Uniform oder ohne.
»Wir sitzen alle in einem Boot und Einer für alle, alle für Einen!« pflegte Manni, sein Kollege der Tour 78, zu unterstreichen.
»Die kleinen Chefs und die *hohen Tiere*, sie aßen wie wir, dasselbe, und sie setzten sich an unseren Tisch. Sie duzten uns, erkundigten sich nach unserem Privatleben. Kumpel eben. Das ist nicht so wie heute. Sie hatten Zeit und gaben sich Mühe, uns zu verstehen. Menschen wie du und ich«, sagte sich der Franzose mit nostalgiegetränkter Stimme.
»Haben Sie Probleme? Verstehen Sie sich gut mit ihren Kollegen? Wie geht es Ihren Kindern? Erzählen Sie mir!« Der Amtsleiter Ilgner vergass niemals, uns freundlich zu fragen. Man hatte übrigens den Eindruck, dass er sich in seinem Büro langweilte, weil man ihn die meiste Zeit im Zustellersaal herumtrödeln sah. Sonntags nahm der oberste Dienstherr an Radtouren mit *seinen Briefträgern* teil, um die Bande zwischen ihnen zu festigen, aber auch um zu zeigen, dass er einer von ihnen war. Nachdem sie mehrere Stunden in die Pedale getreten hatten, fanden sich dann in einem Restaurant nahe dem Flüsschen *Wümme* wieder. Zu Tisch beim Klatsch und anderen Geschichten zum Einschlafen und zum Totlachen, unterbrochen von mehreren kühlen Bieren, war Duzen und scherzhafte Bemerkungen auf *Plattdeutsch* sowie Schulterklopfen angesagt.

In der Erinnerung des Postboten waren diese Orte, wo man sich zusammen vor einem Teller in Gesellschaft von Lolo, Bannier, Boivin, Lothar und der ganzen Bande der Kameraden traf, niemals wirklich verschwunden. Das war der verräucherte Saal der *Rue des*

Renaudes mit diesen Mauern, bedeckt von einem schwülstigen Gemälde, das an Stellen rissig wurde, und wo sich der Reihe nach die Teams von freudigen Postlern vor einem widerlichen blutigen Steak, einem zu fettigen *Osso Buco* und Seezungenfilets, die unter den Zinken der Gabel zerbröselten, an den Tisch setzten. Das war sicher die leere und verschlafene Kantine von *Paris-Brune*, wo er sich mit Boisnet traf, wenn sie vom *INS de Vincennes* wiederkamen. Das war auch der Speisesaal unter den Dächer des Sortierzentrums mit seinem Geruch nach Kohlsuppe. Und das war schließlich dieser große hell erleuchtete Raum auf der vierten Etage, in dem er sich manchmal für das Frühstück einfand, aber vor allem nach der Zustellung für das Mittagessen an der Seite von Manfred. Man setzte dann die am gleichen Morgen angefangenen Gespräche fort, wobei Hervé mehrere Wochen lang seinen Tischnachbarn vertrat. Manfred, unzufrieden infolge einer Umstellung oder Abänderung auf seiner Tour fuhr heftig mit Hilfe von Gestik und Mimik den Vorgesetzten an, der friedlich ihm gegenüber speiste:
»Das kann doch nicht so laufen, ohne auf meine Mitarbeit für dieses Projekt zu zählen!« protestierte er vehement. »Der da hat aber Schneid, ich glaub's nicht«, dachte der Franzose, der sich solidarisch nicht zurückhalten konnte, zustimmend das Gesicht zu verziehen. Aber täuschen wir uns nicht. Manfred war nicht so von sich überzeugt, wie man es hätte glauben mögen. Aber seine Erfahrung, seine Jahre bei der Post, und sein Alter verliehen ihm Privilegien und er war sich dessen bewusst; eigentlich missbrauchte er das und er verlor keine Gelegenheit, um seinen Senf dazuzugeben, weil früher das Dienstalter schwer wog, das zählte im Denken der Leute! ... Das Dienstalter – das gab Rang und Ansehen! ... Und Respekt noch dazu! ... Obwohl Manni sich tatsächlich aus Respekt und Privilegien nichts machte.

Nachdem er sechs Jahre in Rente war, traf Hervé ihn, den er aus den Augen verloren hatte, eines Tages auf einer Parkbank nahe des *Werdersees* wieder. Wie diesen Moment im Jahr 2000 vergessen! Der Sommer hatte sich noch einmal bis Mitte September hingezogen und zeigte sich auf den ausgeruhten und zufriedenen Gesichtern auf den Balkonen ab, in den Straßen, rund um den See, ausgesteckt

auf dem Sofa, die Hinterbacken auf zwei Rädern, den schwingen den Rumpf auf muskulösen Beinen und beschuht mit einem Inline-Skater, in kleinen Rennwagen auf vier Rädern oder ganz einfach flanierend. Eine unübersehbare Minderheit enthüllte behaarte und tätowierte Beine, dabei einige glatte und gebräunte Rücken und wieder einige muskulöse Schultern und entblößte Brüste. Verwirrt von diesen vielen leicht bekleideten jungen Leuten hatte der Franzose seinen ehemaligen Kollegen nicht erkannt. Mit seinen fünfundsechzig Jahren war Manni noch sehr munter, obwohl – wie er lächelnd sagte – alles ihm seitdem etwas langsamer erschien. Als passionierter Radfahrer konnten es seine Pedalen mit den zwanzig Jahre jüngeren besten Radtouristen aufnehmen. Im Amt wusste jeder: das Fahrrad und Manni, das ist eine wirkliche Liebesgeschichte.
»Ich fahre fast jeden Tag seit April wenigstens sechzig Kilometer. Aber, weißt du, das ist nicht mehr wie früher. Vorher kam ich bis auf 21.000 Kilometer im Jahr. Nein, du siehst, ich bemerke, dass ich langsamer bin, ein wenig weich sogar«, antwortete Manni mit einem leichten von einem Schulterzucken begleiteten Lächeln auf den Lippen. »Und dann altert man mir nichts dir nichts. Die Beine wollen nicht mehr so richtig. Stell dir vor, dass ich einmal dabei war, meine Fahrradkette zu ölen, wobei ich mich mit einem ehemaligen Kunden unterhielt. Er wollte wissen, was aus mir geworden ist. Nachdem wir uns über Gott und die Welt unterhalten haben und er dann Richtung *Buntentorsteinweg* verschwand, bemerkte ich, dass ich das ganze Ölkännchen, das ich noch in der Hand hielt, ausgeleert hatte.«

Manfred erzählte sein Missgeschick mit viel Inbrunst, wobei er ständig den Ton seiner Stimme erhöhte, aber nicht bemerkte, dass er eine feuchte Aussprache hatte und das sein Gesicht allmählich puterrot wurde. Dann fing er wie immer in diesen Fällen ein gutes Stück über seinen Leichtsinn aber auch über sich selber zu lachen. Als Amateurfotograf führte er fast immer seine Kamera mit sich, besonders wenn er seine Fußwanderungen in die Fremde machte.
»Nun gut«, sagte er. »Du bekommst mit, wie da oben in meinem Oberstübchen alles nicht mehr so gut abläuft. Ich habe das erste Mal ohne Film fotografiert. Das war, als ich den Film wechseln

wollte, da merkte ich, dass ich gar keinen Film eingelegt hatte«. Er platzte vor Lachen und beobachtet, wie unten ein Mädchen mit ihren Hund badete. Er erhob den Blick und folgte mit den Augen auf dem Weg am anderen Ufer drei Hunden, die Herrchen Gassi führten.
»Im Alter kommt man nur Schritt für Schritt im Leben voran. Man wiederholt sich. Man dreht sich im Kreis. Man hält sich zu sehr für den, der man nicht ist.«. Manni selbst hatte so einen Schritt getan. Trotzdem blieb in ihm eine kindliche und spielerische Seite erhalten, die er nicht aufgegeben hatte, und er lachte oft über seine Torheiten.

Da saß er nun mit der Mütze auf dem Kopf und betrachtete träumerisch Spaziergänger und Radfahrer, wie sie vor ihm hin und her gingen und sausten. Ein Jogger mit schweißgetränktem T-Shirt, dem der Schweiß auf die Knie tropfte, das Gesicht gerötet und verzerrt, einen Walkman in der Hand, schien sein Bestes zu geben. Nach einem Moment des Zögern fragte Manni:
»Könntest du dem noch folgen?«
Hervé antwortete ihm, dass er diesen Läufer vom Sehen aus der Zeit her kannte, als er seine Runden um den *Werdersee* gemacht hatte. Das war vor seinen Scherereien. Er folgte ihm sogar dicht auf den Fersen. Das war ein Tempo, das ihm gefiel.
»Ich denke, dass er so vier Minuten fünfundvierzig Sekunden pro Kilometer läuft, was nicht langsam ist. Aber heute könnte ich das nicht mehr. Mein Fuß ist im Eimer, kaputt«, fügte Hervé hinzu und zuckte mit den Schultern, wie um sich zu entschuldigen.

Der Laufwettkampf, das war ihr Unterhaltungsthema. Diese gleiche Leidenschaft hatte sie verbunden und verbindet sie noch heute. Anzeichen von Arthrose am Knie sowie eine gewisse Müdigkeit hatten Manfred gezwungen, die Spikes an den Nagel zu hängen. Der Postclub hatte gerade eine Leichtathletik-Abteilung geschaffen. Für die Jungen im Viertel und die Postler kam das gerade richtig. Über seinem Sortierfach war er auf einem Foto zu sehen, beim Einlauf ins Ziel, die Arme zum Himmel erhoben – im Wettkampf auf der Bahn. »Wann?« fragt Hervé. »1967«. »Wie viel?« »18,230 Kilometer«, antwortete der Ehemalige mit einem Anflug von Stolz im Gesicht. »18,860«, entgegnete der Franzose

und zeigte mit dem Daumen auf seine Brust. »Hallo!« sagte der andere mit großen Augen, als wenn er einen Schlag in den Magen bekommen hätte. Aber er richtete sich wieder auf und drängte zu erfahren, wo und wann er diese Leistung abgelegt hatte, die ihn zu seinem großen Erstaunen mehr als sechshundert Meter hinter seinem Rücken gelassen hätte. So beschwor oder bekakelte man ipso facto bei jedem Treffen und bei jeder Unterhaltung mit aller Kraft oder auch mit weniger Einsatz zum x-ten Male die leichtath letische Vergangenheit: die sportlichen Heldentaten, die Leistungen und Anekdoten und überging dabei die Rückschläge und Enttäuschungen, denn das ist wie bei jedermann, will sagen: das Aufgeben, die Verletzungen und der Ärger wurden abgeschwächt, weil man doch kein Übermensch ist. Eines Tages schlug ihm Manni vor, doch einmal beim Klub vorbeizukommen und fragte ihn, ob er nicht Lust hätte, ihn bei seinem Posten als Trainer zu vertreten, denn er fühlte sich zu alt, ein wenig verbraucht auch. Er hatte andere Sorgen, die es ihm nicht erlaubten, sich für die Jugendlichen so einzusetzen, wie er es wollte. Manfred fixierte mit seinen Augen die Oberfläche des Sees und man konnte raten, dass ihm gewisse Gedanken in den Sinn kamen. Im passenden Moment wandte er sich zum Franzosen:
»Joh ... das ist, als wenn heute wäre. Joh, ich erinnere mich. Das war das Jahr der Olympischen Spiele in Tokyo. Mit Kunz fuhr man nach der Arbeit mit dem kleinen Volkswagen eines Freundes los, zu fünft wie die Sardinen. Meistens fanden die Wettkämpfe in Oldenburg oder Verden statt. Für uns ein Katzensprung, aber es ging auch weiter zu dem deutschen Meisterschaften. Heutzutage zögern die Jungen, bevor sie an einem Wettkampf teilnehmen. Sie haben Angst, ungenügend vorbereitet zu sein oder sie planen den Geburtstag von irgendjemandem, die Fete von irgendeiner, einen Film, den sie unbedingt sehen müssen. Und reden wir nicht vom Training, sie kommen, wann sie wollen! Man muss sich fast noch bedanken, dass sie gekommen sind! Das wollen Leichtathleten sein, pfui!« rief Manni wütend.

Hervé zögerte einige Monate bevor er die Nachfolge antrat. Das war ja lange her, dass er die Sport-Szene verlassen hatte. Er erinnerte sich an seine überstürzte Abreise aus Paris, sein willensschwaches Vorgehen und an alle seine unüberlegten und im Anfangsstadium steckengebliebenen Unternehmungen. Unternehmungen, bei denen er nicht daran zweifelte, dass sie unvermeidlich zum Scheitern verurteilt waren. Aber wollte nicht der Boxer sein, der unter den Schlägen seines Gegner wieder aufsteht, um dann erneut zusammenzubrechen. Nein, langsam hatte er die Lektion verstanden. Gewiss hatte sein Selbstvertrauen einen Knacks bekommen, aber all das hatte ihn zu einer langen Überlegung geführt. Er dachte: »Ich kann die Jungen von meiner Erfahrung profitieren lassen. Warum nicht die Herausforderung annehmen? Etwas von langer Dauer aufbauen? Sich um die Jungen des Klubs kümmern?« Er sprach darüber mit Sybille, die ihn ermutigte. Drei Tage später gab er seine Zusage. Seine Ausdauer war gut, und trotz der Jahre der Inaktivität hatte er sich die Gestalt eines Langstreckenläufers erhalten. Nun ja, er hatte die Schererei mit diesem Fuß und die rebellische Blase. Also, das fehlte noch, Selbstmitleid. »Keine Frage«, sagte er sich. »Ich würde sie mit dem Fahrrad begleiten, außerdem gibt es die langsamen Läufe. Die langsamen Läufe, das wird für mich das Mittel sein, um die Form und den Kontakt mit den Jungen zu behalten«, folgerte er. Als er eines Tages nach einem lässigen Lauf mit den Jungen diskutierte, erfuhr er, dass Manfred von ihnen verlangt hatte, dass sie ein Papier unterschreiben sollten, in dem sie akzeptieren, wenigstens dreimal pro Woche zu trainieren und pünktlich im Stadium zu sein. Die Jungen lehnten ab und Manfred hatte bitterlich feststellen müssen, dass seine pädagogischen Methoden nicht en vogue waren.

Nach dem Tode seines Vaters gab man Manfred mit sechzehn zur Lehre in die Bergwerke des Ruhrgebiets. Untergebracht in einem Wohnheim, machte ihn ein Arbeitskamerad mit den Wohltaten der Gymnastik bekannt. Klein, mit starken Armen und Schultern, natürlicher Muskulatur – dazu gesellten sich zu den Bodenübungen, die schon frühzeitig seine Begabung und Veranlagung für diesen Sport zeigten, noch die Geräteübungen. Vor einer Woche hatte er ihm mit einem gewissen Stolz erzählt, dass die Waage morgendliche 63,6 Kilo Körpergewicht anzeigte.

»Schau mal«, sagte er ihm, wobei er auf den Tachometer seines Fahrrads zeigte, »ganz genau 60.500 Kilometer.« In einem kleinen Heft hatte er alles notiert: den Tag, die Stunde, die Anzahl der Kilometer, die Geschwindigkeit und die Etappen. Dank seiner Spaziergänge hatte er Form und Gestalt eines Marathonläufers bewahrt. »Meine Knie sind kaputt und ich kann nicht mehr laufen. Ah, glücklicherweise gibt es noch das Fahrrad!« setzte er amüsiert hinzu, wobei er auf sein Fahrrad schielte. Seine Wanderkameraden: Rüdiger, Wilhelm, Rainer, alle begeisterte Radler, achteten in Andalusien, in der Provence, an den Ufern der Weser, auf den Radwegen von Niedersachsen oder anderswo nicht mehr auf die Zwischenfälle, die ihre Ausflüge mit Manfred begleiteten. Sogar die Neugierigen rissen sich nicht mehr darum, die eine oder andere Erzählung zu hören. Alle wussten davon, dass es sich um die Eskapaden handelte, die der ehemalige Postler unternahm, um mit seiner Kamera Schmetterlinge im Flug auf einer Route aufzunehmen, die völlig vom Vorhergesehenen abwich, dazu Dutzende von Touren um den Häuserblock, zu deren Durchführung er sich zwang, um den gefahrenen 66.755 Kilometern die fehlenden 4245 zusätzlichen Meter hinzuzufügen und um mit Befriedigung zu lesen, wie das Tachometer exakt die runde Zahl von 70.000 anzeigte, während sich seine Mannschaftskameraden im Café an der Ecke verlustierten, oder dazu noch die Verlängerungen, die er ausführte, indem er während der gesamten Strecke auf der Länge der Route Zickzack fuhr, oder einen viel längeren Weg aussuchte, weil nach seinem Geschmack die Fahrweise viel zu langsam war.

Als er als Postbote gearbeitet hatte war die postalische Zustellung sozusagen ein vorzügliches Mittel, um seine Fähigkeiten in puncto Ausdauer zu prüfen. Um acht Uhr zehn herum war er einer der ersten, die das Postamt verließen. Mit großen Schritten ging es auf die *Wilhelm-Kaisen-Brücke.* Er nahm die linke Seite der Brücke in Richtung Rotes-Kreuz-Krankenhaus, während sein Arbeitsnachbar Jürgen, ein großer und eher stämmiger Bursche, die rechte Seite nahm und seine Schritte zur *Rückertstraße* lenkte. Zwischen beiden bestand seit langen Jahren eine freundschaftliche und ständige Rivalität. Manni, klatschfreudig und großsprecherisch, ließ keine

Gelegenheit aus, seinen Kollegen zu provozieren. Dieser, äußerst sattelfest bezüglich der Vorschriften, die er aus dem Effeff kannte, versäumte es niemals, den Älteren zurechtzuweisen oder ihn wegen seiner Wichtigtuereien den Kopf zu waschen. Wie ein altes Ehepaar, das sich wegen der geringsten Lappalie streitet, quälte sich jeder damit, im Wechselschritt das letzte Wort zu haben. Als Moralist und gebildeter als die anderen verhielt sich Jürgen oft mit seiner Umgebung wie ein Pädagoge. Manfred begegnete ihn mit spöttischen Bemerkungen. Diese verbalen und infantilen Wettkämpfe ließen manchmal innere Verletzungen zurück. Und es war nicht selten, dass sie mehrere Tage hintereinander nicht miteinander sprachen.

Wenn sie erst einmal draußen waren, erhöhte Manni – sobald er Jürgen bemerkte – das Tempo, hob die Knie und stieß energisch seine Karre nach vorn. Jürgen beschleunigte ebenfalls die Gangart und versuchte, die andere Brückenseite vor ihm zu erreichen. In der Mehrzahl der Fälle insistierte Jürgen nicht und ließ vor dem Erreichen des anderen Ufers nach. Das hinderte Manni nicht daran, seinen Weg mit einem Lächeln auf den Lippen bis zum *Weserdeich* fortzusetzen, da, wo seine Tour begann. Wenn an den Ufern der Weser der Wind in Richtung Stadt wehte, überraschte den Spaziergänger, der gekommen war, um das bukolische und maritime Ambiente auf der Promenade entlang der Liegeplätze zu genießen, ein wenig die merkwürdige Mischung von Wohlgerüchen, die aus den hohen Schornsteinen der Brauerei *Haake-Beck*, der Schokoladenfabrik *Hachez* und der Kaffeefabrik *Jacobs* entwichen. Manfred selbst störte das nicht. Er war daran gewöhnt, denn er wohnte in diesem Viertel. Seit seinen Anfängen bei der Post hatte er im Viertel *Neustadt* zugestellt und seit dieser Zeit war er auf dieser Tour hängengeblieben. Seit mehr als dreißig Jahren ging er an den selben Häusern vorbei, um seine Briefe abzuliefern! Seit mehr als dreißig Jahren grüßte er jeden Morgen seine Kunden! Seit mehr als dreißig Jahren machte er seine Tour und war bei allen wie ein bunter Hund bekannt. Kraft seiner Routine aber auch der Freiheit, die seine Arbeit ihm bot, verfügte dieser eingeschworene Junggeselle über seine Zeit, wie er wollte. Indem er seine Kollegen mit Schokoladentafeln von *Hachez* versah, hatte Manni wie viele andere Postler auch seinen kleinen Privathandel nebenbei.

Zu Weihnachten war er viel gefragt, und zurück von seiner Tour mit der Zustellkarre voll von Pralinen, weißer Schokolade mit bitterem Geschmack und gefüllt mit Pfefferminz und Haselnüssen gab es eine Schlange von Zustellerkollegen aber auch vom Sortierkollegen und Kollegen aus den Büros, die ihn mit Ungeduld erwarteten, um ihm die Bestellung für den nächsten Tag zu übermitteln. Trotz seiner vielfältigen Aktivitäten dachte Manfred stets daran, seine Kondition zu wahren. Er maß zum Beispiel mit der Stoppuhr die Zeit, die er benötigte, um während seiner Tour zur zehnten Etage eines Gebäudes zu kommen und wieder zurück. Manchmal nahm er zum großen Erstaunen der Bewohner auf seiner Tour zweimal hintereinander im Eiltempo die Treppen, mit der Tasche über die Schulter und mit der Hand die Leute grüßend, die auf- und abgingen. Er lebte allein und das war vielleicht der Grund, dass er sich kaum für die Küche interessierte. Wenn die Kantine der Post geschlossen hatte, musste er sich gezwungenermaßen mit der kulinarischen Kunst befassen. Er erzählte Hervé stolz, dass er die Lebensmittel für eine ganze Woche auf einmal kaufte und diese sechs Mal hintereinander aß. Nach der ersten Mahlzeit fror er alles ein. Wenn er eine Dummheit begangen, d.h. etwas Kostspieliges gekauft hatte, aß er – da er ziemlich knauserig war – die folgenden Tage *Pellkartoffeln mit Quark*, um sein schlechtes Gewissen zu beruhigen.

Im Winter holte er sein *Pinarello* nur selten hervor. Um die Gruppe der Radtouristen des ADFC zu begleiten, zog er es vor, sein *Kogamyata* zu besteigen, ein besser für Radwanderungen geeignetes Fahrrad. Zugegeben, er war Klubmitglied, aber er fuhr nur selten mit ihnen. Einmal erinnerte er sich:
»Man machte fast zweihundert Kilometer am Tag und ohne Pause. Hast du verstanden? Die Burschen haben ein kleines Fahrrad im Kopf! Ohne anzuhalten! Nur um zu sagen, dass sie zweihundert am Tag abgerissen haben!« stöhnte er. Die Versammlungen, die Diskussionen, um den Klub bekannt zu machen, alles das interessierte ihn nicht. Was ihn anging, so träumte er vor allem von

neuem seine Radtouren zu wiederholen. Durch die Provence in Frankreich, das spanische Galizien, entlang des Rheins. Aber er unterstrich: »Bequemer und bummeln, denn ich ermüde schneller als früher.«

In seiner kleinen Wohnung in der *Neustadt* verstand er nicht so richtig all diese Gewerkschaftsproteste und -demonstrationen gegen die Verringerung der Kaufkraft der Lohnabhängigen, wenn er sich die Nachrichten im Fernsehen ansah.
»Das stimmt, ich bin sparsam, aber ich weiß nicht, was ich mit dem Geld machen soll, das ich jeden Monat erhalte. Die Leute haben niemals genug«, sagte er, überzeugt von dieser Feststellung. Was mich angeht, ich habe 1000 Euro Pension und 600 Rente und ich gebe kaum die Hälfte aus!« Hervé hätte ihm gern gesagt, dass dies ungefähr das sei, was er verdiene. Aber er zog es vor zu schweigen. Manfred hatte immer allein gelebt. Er verstand es nicht besser.
»Das ist Einer, der alles für sich beansprucht, machmal exzessiv in seinem Verhalten, aber ich mag ihn, wie er ist«, sagte sich Hervé. Außerdem versäumte er es nicht, ihn jedes Mal zu seinem Geburtstag einzuladen. Im Verlaufe eines Gesprächs erzählte Hervé ihm, dass er den Eindruck hatte, dass seine Blase nicht richtig funktioniere. Kaum im Bilde, antwortete ihm Manfred:
»Das ist normal im Alter. Die Prostata schwillt an und drückt auf die Blase. Deshalb muss man viel trinken, damit die Blase weiterhin normal funktioniert. Ich habe auch solche Probleme. Wenn ich in einem Fahrzeug bin, habe ich oft einen fürchterlichen Drang zu pinkeln. Vorher hielt ich am Straßenrand an, aber jetzt habe ich eine bessere Lösung gefunden.«
»Na gut, welche denn?« fragte Hervé interessiert.
»Ich leere einen Tetrapack Milch und pinkele rein. Mit meinem Kombi hab ich so schon mehr als fünfhundert Kilometer gemacht, ohne zu viel Zeit zu verlieren. Um zu vermeiden, dass ich die Klos sauber machen muss, habe ich schon daran gedacht, das Gleiche in meiner Wohnung zu machen. Bei mir ist immer alles blitzblank!« und er fing gleich an zu lachen. »Man muss wirklich Manni heißen, um so was zu machen«, sagte Hervé zu sich, wobei er seufzte und den Kopf schüttelte.

»Sollte er mich das nächste Mal einladen und von mir verlangen, dass ich meinen leeren Tetrapack Milch mitbringe, werde ich ihm aber sagen, dass er lange warten kann.« hielt Hervé dagegen.

Annemarie, die Postbotin mit dem großen Herzen

Man nannte sie Großmutter, die Oma, die Alte, die Dienstälteste. Annemarie lächelte. Sagte nichts. Denn das war weder ein Kompliment noch eine Beleidigung, das war Fakt. Sie war nicht mehr ganz jung und das war's. Trotzdem sagte sie sich:
»Die Rente, das ist erst in sechs Jahren. Dennoch haben SIE ihren Nutzen daraus gezogen, bevor sie das Alter erreicht haben. Einige waren noch nicht einmal fünfzig Jahre. Wenn das nicht raffiniert ist!«

Sie, das waren die Beamten, die zur Zeit der Privatisierung in den Genuss von interessanten Konditionen gekommen waren, um in Pension zu gehen. Die Post wollte *reinen Tisch machen* und alle diese Postler loswerden, die durch ihren Status und ihre Vorrechte die neue Orientierung der *Deutschen Post World Net* behinderten, die da lautete: Flexibilität, Rentabilität zu günstigen Preisen, konkurrenzfähige Produkte usw... In wenigen Jahren war mehr als zwei Drittel des Personals der Zustellung verschwunden. Annemarie, die vorher als *Arbeiterin*, Hilfskraft beim morgendlichen Sortieren, gearbeitet hatte, musste aufgrund der Automatisierung akzeptieren, dass sie in die Zustellung versetzt wurde. »Ich wollte nicht gerne zu Hause bleiben, also akzeptierte ich es, und machte dies abhängig davon, Stammzustellerin zu werden.« bestätigte sie. Als kleines sehr aktives Frauenzimmer mit energischem Temperament hätte sie es nie ertragen, den ganzen Tag bei ihrem Mann Horst zu Hause zu bleiben. Diesen hatte als Postbeamter eine Arthritis des Knies mit siebenundvierzig Jahren zum Pensionär gemacht. Seit dieser Zeit wusste er nicht so recht, was er mit seiner freien Zeit machen sollte. »Zwar hatte er einen Moment lang daran gedacht, im Kaufhaus *Dodenhof* als Nachtwächter zu arbeiten, um sich ein wenig zu beschäftigen, aber wir haben das Haus abbezahlt und das Haus von den Großeltern geerbt, dazu lebt unsere Tochter seit zwei Jahren nicht mehr im Hause, warum dann arbeiten? Und dann auch noch nachts!« rechtfertigte sie sich.

»Man muss sagen, dass Horst stinkend faul ist«, beeilte sich Erwin, sein Nachbar und ehemaliger Arbeitskollege, hinzuzufügen. Dieser war noch im Postdienst und kannte die Familie Schrader gut. »Als einziges Kind hat Horst niemals etwas zu Hause gemacht. Und mit Annemarie war es dasselbe. Ah, sie ist ein Vorwand! Nun ja, ich bügele auch nicht mehr zu Hause und noch weniger mache ich sauber, aber ich weiß wenigstens, wie Staubsauger und Rasenmäher funktionieren. Das ist unglaublich! Nichts interessiert ihn. Sogar der Garten ... Ein Nachbar kümmert sich darum. Der ganze Rest: Behördenkrams, die Steuern, die Einkäufe usw... Das ist immer die Aufgabe von Annemarie ... Sie hat alles auf ihren Schultern. Außer seinem Fußball, da gibt's nicht viel, was ihn interessiert. Als Fan von *Werder* hat er noch nicht einmal sein Abonnement erneuert, weil er meint, sie spielen mit jedem Mal schlechter und es gibt nur Ausländer in der Mannschaft – Man weiß noch nicht mal, woher sie kommen. Und was ihre Namen angeht, die sind doch unaussprechlich.« All das bekümmerte Annemarie nicht allzu sehr. Sie, die sich anfangs Sorgen um ihren Mann gemacht hatte, fand sich mit der Zeit damit ab, alles allein entscheiden zu müssen, was mit Haushalt und Planung der Nachmittage zu tun hatte. Glücklicherweise hatte sie mit ihrer Arbeitskollegin Sabine jemanden mit den gleichen Interessen wie sie und dem gleichen Verlangen gefunden: Einkäufe im Super-Supermarkt *Dodenhof* zu machen, ein Einkaufszentrum in einem ländlichen Dorf, ganz im Grünen und ganz in ihrer Nähe. Welch Glücksfall!

Annemarie wiederholte sogar unaufhörlich seit einigen Jahren, dass man bei *Dodenhof* alles findet:
»Man muss nicht woanders hingehen. Und darüber hinaus ist es billig«, beeilte sie sich hinzuzufügen. Annemarie und Sabine kannten alle Abteilungen, kannten jeden Verkäufer eines Warenstands und waren ständig auf dem Laufenden über neue Produkte im Schlussverkauf. Fast jede Woche verabredeten sie sich im Einkaufszentrum. Während des morgendlichen Sortierens nahmen sie im Lokalblatt die Anzeigen und Restposten in Augenschein. Sie staunten über die erhöhten Preise für Lauch, verglichen die Preise

für Unterwäsche, begeisterten sich für die neue Mäntel- und Sommerschuh-Kollektion und dann verabredeten sie sich für den Nachmittag. Und wie der Zufall so spielt – sie hatten zur gleichen Zeit ihren freien Tag –, trafen sich die beiden Postlerinnen, um dort Mittag zu essen. Anschließend waren sie wie neugierige junge Mädchen von jeder Neuigkeit ganz aus dem Häuschen.

Annemarie, bei guter Gesundheit und fast niemals krank, liebte die Arbeit bei der Post. Sie fühlte sich dort wohl. In ihrer kleinen Ecke gleich neben dem Fenster:
»Das ist wie in meiner Stube«, teilte sie amüsiert mit. Sie hatte Vasen mit Pflanzen und Blumen aufgereiht, die sie aus ihrem Garten mitbrachte. Die Kaffeekanne hatte ihren Platz bei einem Pfeiler gefunden und dahinter hatte sie Lappen, Serviette und alle Säuberungsartikel verstaut. Vor ihrem Arbeitstisch hatte sie einen kleinen Teppich in den Farben der Post gelegt, denn sie sagte zutreffend: »Im Winter trägt man einen Haufen Dreck unter Schuhen hinein.« Nein, das war richtig gut und *gemütlich*. Sie hatte auch am Anfang vor fünf Jahren – mein Gott, wie die Zeit vergeht! – ein großes Tablett auf der Fensterbank mit einem Service, aber außer an den Geburtstagen und den außergewöhnlichen Ereignissen schmierte sie keine Brötchen mehr und die Kollegen kamen nicht mehr, um gemeinsam zu frühstücken. Sie zog es vor, den Würstchenverkäufer Hermann zu besuchen und bei ihm das Nötige zu bestellen: »Was wollen Sie denn! Man hat doch heute keine Zeit mehr. Man hat's ja bis hier! Und als Zugabe, Arbeit, noch mehr Arbeit!« Sie hob dann die Hand über den Kopf, wobei sie eine ihrer Faxen machte. Keine Zeit mehr für sich zu haben, das macht auch ein wenig traurig.

Aber was sie auch immer mehr in Rage brachte, war diese permanente *Umstellung*: »Es vergeht kein Jahr, ohne dass SIE alles über den Haufen werfen. Nicht nur, dass die Touren länger werden, sondern SIE stellen die Möbel um. Das ist unglaublich! Wir finden uns ganz plötzlich mit einem neuen Nachbarn wieder, den man nicht einmal kennt. Stellen Sie sich das mal vor! Manchmal müssen wir sogar umziehen, völlig woanders hin. SIE haben mir sogar zwei

Kaffeelöffel geklaut! Nein wirklich, wir haben die Schnauze gestrichen voll!« wiederholte sie außer Atem.
Dieses Jahr hatte Annemarie eine Ausnahme von der Regel gemacht. Zum ersten Mal seit fünfundzwanzig Jahren! Sie wird nicht mehr die Ferien in Cuxhaven, diesem Seebad an der Nordsee, verbringen.
»Wir wollen die neue Bedachung klarmachen und dann will Horst auf keinen Fall fahren. Ich habe einmal entschieden zu Hause zu bleiben«, sagte sie. Anstelle von drei Wochen Sommerurlaub wird sie auch nur zwei nehmen. Auch wenn sie es in ihrem Kopf noch nicht so richtig wahrhaben wollte, bemerkte Annemarie, dass sich die Zeiten geändert hatten und das alles nicht mehr so wie früher war. Diese Idee kam ihr am Montagmorgen, als sie den Zug ganz alleine nehmen musste. Ihr Nachbar Erwin – Erwin, ihr Postkollege, Erwin, ihr einziger Reisebegleiter im Zug 12845 um fünf Uhr drei in Richtung Arbeitsplatz – war nicht da! Jetzt wurde ihr klar – ihr, die ein *positives Gemüt* hatte, fast immer gute Laune und nicht um den Pfennig verlegen war, die niemals meckerte, die das Leben liebte, Spaß auf der Arbeit hatte, immer ein Herz für die anderen besaß –, dass für sie – Annemarie, die Betriebsnudel, mit dem Kopf an das Abteilfenster des durch die Nacht eilenden Zuges gelehnt von einer plötzlichen Nostalgie erfasst – dass die Zeiten der versammelten Postlerclique, einer gegen den anderen gedrückt, kreischend und lachend wie Jugendliche auf dem Weg zur Schule, in einem Zug in Richtung Post, auf dem Weg zum *Freimarkt*, dem Volksfest, auf einer *Kohl- und Pinkelfahrt*, der norddeutschen Spezialität oder bei einem *Glühwein auf dem Weihnachtsmarkt* für immer vorbei waren.

Der rebellische Postbote Richard Ditz

Obwohl es schon eine Ewigkeit her war, dass er bei der Post gearbeitet hatte, hielt Richard Ditz den Kontakt zu seinen ehemaligen Kollegen. Trotz seiner Gesundheitsprobleme telefonierte er hier, telefonierte er da, um zu erfahren, was aus Manfred, Jens oder auch seinem Dienstvorgesetzten Bähring geworden sei. Richard interessierte sich ebenso wie Jean-Paul Sartre - den er gelesen hatte - mit Leidenschaft für die Menschen und wollte stets wissen, wie es den ehemaligen Kameraden bei der Post ginge. Diejenigen, die mit ihm den Morgen im großen Zustellersaal verbracht hatten, in der Kantine am gleichen Tisch, in der Straßenbahn in Richtung Tour und zusammen nach der Arbeit, um einen Geburtstag zu feiern. Wenn er Hervé eine E-Mail schickte, wenn er mit ihm telefonierte oder wenn sie sich trafen, waren die ersten Worte, die er ihm auf französisch sagte, immer die gleichen: »Bonjour, mon ami, la vie n'a pas de prix!« (Guten Tag, mein Freund, das Leben hat keinen Preis). Als er im Innendienst eingeteilt war – seine Gesundheit hatte sich verschlechtert und er konnte auch nicht mehr auf Tour gehen – und er bemerkte, dass der Franzose am Raum vorbeiging, in dem er die postlagernden Sendungen für die zum Jahresurlaub geschlossenen Betriebe eintütete, versäumte er es niemals, ihm einen guten Tag zu wünschen, bevor dieser zur Zustellung ging. Und dann kam, immer lächelnd und mit einem leichten germanischen Akzent, seine kleine Erwiderung: »Au revoir, mon ami, la vie n'a pas de prix!« (Auf Wiedersehen, mein Freund, das Leben hat keinen Preis).

Er hatte in der *Volkshochschule* Französisch-Kurse besucht und er machte sich stets einen Spaß daraus, seinem Freund zu zeigen, was er gerade gelernt hatte. Sein Bruder hatte Anfang der fünfziger Jahre eine Frau aus Laval geheiratet, und um seine Verbeamtung bei der SNCF zu erleichtern, hatte er die französische Nationalität angenommen. Seit dieser Zeit lebten beide im Großraum Paris. Sein jüngerer Bruder hingegen hatte es nach dem Krieg vorgezogen, den

Atlantik zu überqueren und als Übersetzer mit den amerikanischen Truppen heimzukommen.
»Was zum Ergebnis führte, dass wir alle drei verschiedene Nationalitäten haben. Aber das hat meinen Vater, der ein eingefleischter Nazigegner war, überhaupt nicht schockiert. Zu Hause sprach man offen darüber, was zu dieser Zeit im Arbeitermilieu, in dem ich groß geworden bin, mehr als selten war«, sagte er stolz.
Als er zur Post gegangen war, nachdem er seinen Beruf als Automechaniker an den Nagel gehängt hatte, wurde Richard nach einigen Monaten Stammzusteller im Viertel Schwachhausen und in sehr kurzer Zeit wurde er treuer Freund, Mann des Vertrauens, Vertrauter und Experte eines großen Teils der Bevölkerung seines Viertels. Offen, direkt, charmant, provokativ, neugierig, klatschhaft, humorvoll und immer dienstbereit, so war er im Postamt eine unvermeidliche Person aber auch zweifelhaft, denn er scheute sich nicht, auszusprechen, was er dachte. Seine Aufrichtigkeit und seine Integrität verlangten Respekt. Hingegen gefiel auf der Arbeit seine Offenheit nicht jedermann und diese wurde manchmal scheel angesehen, besonders in den oberen Etagen des Postdienstes. aber wenn es auch diesen Leuten missfiel, *Richard, mon ami* hatte während seiner sechsunddreißig Jahre in loyalen Diensten bei der *Bundespost* niemals aufgehört, laut zu sagen, was gewisse Leute sich nicht einmal zu flüstern gewagt hätten.

Die Beziehungen zwischen der Hierarchie und den Briefträgern und das Verhältnis der verschiedenen Postler untereinander war währenddessen herzlich und jeder bemühte sich respekt- und verständnisvoll gegenüber dem anderen zu sein. Die guten Arbeitsbedingungen beflügelten die gute Laune und daraus folgte eine tolerante und entspannte Atmosphäre. In diesem Umfeld fand *Richard mon ami* das geeignete Terrain, um sein Talent als Polemiker, Provokateur und Humorist auszuleben. Unglücklicherweise hatten die *schönen Jahre* bald ein Ende und die Post – gleichermaßen mit der wirtschaftlichen Krise konfrontiert und angesichts der rapiden Entwicklung von neuen Kommunikationsmitteln – erwog schon, zu einer wahrhaftigen Revolution ihrer Dienste fortzuschreiten.

Um mit diesem familiären Geist zu brechen und die Geselligkeit eines öffentlichen Dienstes zu überprüfen, den man zu Beginn der neunziger Jahre als anachronistisch ansah – die Post, zu teuer und schlecht an die Ambitionen der Regierung und ihrer Verantwortlichen mit ihren neoliberalistischen Vorstellungen angepasst –, erschien es notwendig, einen Reorganisationsplan über mehrere Jahre zu erarbeiten, damit eine vom Wettbewerbsgeist beflügelte und auf größere Flexibilität der Arbeiter in einem offenen Konkurrenzverhalten bedachte Post die wirtschaftliche Expansion das *Gelben Giganten,* wie die Post zukünftig in Deutschland tituliert wurde, außerhalb der deutschen Grenzen beflügelte. Nachfolgend auf den Amtsleiter Ilgner folgte eine Schar von Abteilungsleitern, die aufmarschierten und sang- und klanglos mit der gleichen Geschwindigkeit von Modemannequins wieder verschwanden, aber ohne Ovationen und Beifall. Die höheren Beamten machten Platz für Manager mit befristeten Verträgen, die die Repùblik durchfurchten, mit dabei in ihrem Aktenkoffer ihre Rationalisierungs- und Abbaupläne und den Kopf voller neuer Ideen. Eine von diesen war insbesondere die Zuteilung einer Prämie beim Nutzeffekt der Zustellung.

Um die *guten* Briefträger zu belohnen, hatte die Post also ein vages Kriterium von Leistung erstellt, das dem erwählten Glücklichen, der eine *Leistung* erbrachte, erlaubte, eine jährliche Prämie von einem von 800 bis 2000 DM variierenden Betrag zu erhalten. Wenn einige Postboten aus dieser Prämie das allergrößte Geheimnis machten, brüsteten sich andere offen damit, diese erhalten zu haben. Für *l'ami Richard* war es klar, dass das Geheimnis um diese Leistungsprämie ein verkapptes, mehr oder weniger ausgefuchstes Mittel war, um die Briefträger zu spalten und den Zwist unter ihnen zu schüren.

Bei Richard kam es niemals zu Beschwerden. Geschätzt von seinen Kunden, war er gleichermaßen von seinen Vorgesetzten wegen seiner guten Dienstleistungen respektiert. Unterdessen hätte er im Traum nicht daran gedacht, dass auch er eines Tages aufgrund *seiner besonderen Leistungen* in den Genuss der Prämie käme, denn nach ihm waren die besondere Aufmerksamkeit, die er seinen älteren Kunden entgegengebrachte, und die von ihm erwiesene warmherzige Hilfe und Wohltaten ein Teil seiner Eigenschaft als Postbote und diese, wie er so schön sagte, *hatten keinen Preis*. Es kam also gar nicht in Frage irgendeine finanzielle Vergütung anzunehmen: eine Prämie, das fehlte noch! Seine Miene verfinsterte sich und er zog verächtlich das Gesicht zu einer Grimasse.

Als er zum provisorischen Dienstleiter Herrn Dudek gerufen wurde und seine Glückwünsche entgegennahm, hielt er sich keinen Augenblick zurück, um ihm ohne Umschweife zu sagen:
»Diese Prämie ist ins Blaue hinein vereinbart. Sie können sie behalten, ich will sie nicht.«
»Wie, Sie wollen sie nicht?«
»Ja, ich möchte nicht auf diese Weise ihre Prämie erhalten.«
»Aber Herr Ditz, Sie wissen, dass Ihr Beamtenstatus es Ihnen nicht erlaubt, diese in Paragraph III der neuen Vorschrift über Arbeitsbedingungen erwähnte Prämie abzulehnen. Übrigens ist sie von der Personalvertretung gebilligt worden.«
»Grunz«
»Ich kann nichts dafür, Herr Ditz. Es ist so beschlossen worden, das ist alles.«
Fuchsteufelswild weil er diese Entscheidung respektieren musste, murmelte *Richard mon ami* leise einige Worte in sich hinein und verschwand türknallend. Einen Monat später wurde er erneut zum vorläufigen Abteilungsleiter ins Büro des *Postamts 1* gerufen. Aber dieses Mal war die Tonlage eine andere. Wer ihn an der Tür seines Büros mit einem Gesicht wie zehn Tage Regenwetter erwartete, war Herr Träger, der neue Chef vor Ort. Ohne ihn überhaupt anzusehen, polterte er los:
»Was ist das für eine Geschichte mit dem Toaster, Herr Ditz? *Richard mon ami* sah ihn an, aber zog es vor zu schweigen In gesteigerter Tonhöhe fuhr Herr Träger fort: »Sie verbreiten überall

Gerüchte und erzählen, dass Sie von unserem Dienst einen Gutschein für den Erwerb eines Toasters erhalten haben. Was ist das für ein Unsinn? Kaufen Sie sich einen Toaster mit Ihrer Prämie, wenn Sie wollen, aber, ich bitte Sie, hören Sie auf mit dieser Art von Scherzen! Auf Wiedersehen, Herr Ditz!« Er war außer sich.
Überrascht und enttäuscht verließ *Richard mon ami* das Büro türknallend. Als er die Treppe hinunterging, um wieder seinen Arbeitsplatz einzunehmen, begriff er, dass die neuen Herren vor Ort in seiner Dienststelle überhaupt nicht den Scherz verstanden hatten und dass seine Tage in der *Bundespost* gezählt waren.

Er war schon seit ewigen Zeiten in Rente und eines Samstags antwortete er ohne zu Zögern auf die Einladung von *son ami.* Trotz des schlechten Wetters legte er die Strecke bis zur Neustadt, dorthin, wo der Franzose seitdem wohnte, im Wagen zurück. Mit sechsundsechzig Jahren lächelte er wie früher, trotz seines zögerlichen Ganges und einer zitternden Hand – die ersten Anzeichen des Parkinson-Syndroms. War auch das Gesicht von Medikamenten aufgedunsen, der Geist war unterdessen intakt und das Mundwerk lose geblieben. Man setzte sich zu Tisch. Als Hervé ihn fragte, wie es ihm ginge, erzählte ihm *Richard mon ami*, dass sein Kardiologe nicht hatte glauben wollen, dass er fast zwanzig Jahre hindurch Briefträger gewesen war. Sein Herz war in einem sehr schlechten Zustand.
»Der Doc hat von einem Burn-out gesprochen«, bemerkte er dazu.
Aber wie es seine Gewohnheit war, wollte er sich nicht lange zu seinem physischen Zustand äußern. Was ihn interessierte war vor allem zu erfahren, ob die Arbeit bei der Post immer noch so auslaugend wäre und dann auch, wie es Hervé ginge. Mit den leicht zitternden Händen hatte der ehemalige Postbote allergrößte Mühe, mit seinem Messer ein Stück Fleisch auf seine Gabel zu schieben, um es dann zum Mund zu führen. Um nicht die Aufmerksamkeit darauf zu lenken, griff er die Unterhaltung wieder auf und fragte:
»Und dein Buch? Was ist mit deinem Buch?« Hervé hatte ihm am Telefon erzählt, dass er ein Buch über die Jahre im Lande schreiben würde.

»Ah, weißt du! Ich komme so müde zu Hause an, dass ich kaum zwei Stunden am Stück hindurch schreiben kann, ohne vor meinem Computer einzunicken. Tatsächlich bin ich ein *Wochenend-Schreiberling*«, sagte er ihm scherzhaft.
»Wenn dir das behilflich sein kann, so habe ich Briefträger-Anekdoten zusammengetragen«, sagte Richard lächelnd.
»Wie, was, Anekdoten?«
»Ja, Briefträgergeschichten!«
»Aber ich schreibe eine Autobiografie. Oder besser gesagt, eine Zusammenfassung meiner Jahre hier.«
»Und das ist nicht anekdotisch?«
»Ja, wenn man so will, aber nicht nur das. Wenn dir nun der Sinn danach steht, erzähle mir deine Anekdoten. Das interessiert mich«.
Beim Verzehren seines Karamellpuddings begann Richard also damit ihm seine Postler-Anekdoten zu erzählen:
»Eines schönen Sommers öffnete ich die Eingangstür eines Hauses, das von einem Doktorenpaar bewohnt war. Überrascht darüber, dass die Spalte in der Tür, wo ich normalerweise die Briefe einsteckte, hinter Blumentöpfen auf einem Regal versteckt war, konnte ich nicht mehr an mich halten, um ohne Nachdenken und in einer etwas unflätigen Sprache zu Frau Doktor zu sagen: *»Ihre Spalte ist buschig.«* Dieses Paar hatte einen Freundeskreis von Medizinern, die sich regelmäßig trafen. An einem Samstagmorgen näherte ich mich im selben Moment der Eingangstür, in dem die Hausherrin die Eingeladenen an der Tür empfing. als sie mich sah, äffte sie mich nach und sagte ihnen mit lauter Stimme:
»Ah, wir sind vollständig. Der Herr Gynäkologe ist schon da.« Sie stellte mich den eingeladenen Ärzten vor und erklärte ihnen, dass meine fachkundigen Beobachtungen und Bemerkungen in der Anatomie überhaupt keinen Raum für Zweifel über meine Kompetenzen auf dem Gebiet ließen.
»Wenn ich dich richtig verstanden habe, dann sind das also nicht die Politiker, das sind die Ärzte, die dein Lieblingsziel sind, nicht wahr?« fragte ihn Hervé belustigt.
»Die Ärzte, die sind sehr offen. Dann geniere ich mich nicht, sie ein wenig zu necken. Weißt du, das geht immer. Sieh mal, ich erzähl die noch was über einen Anästhesisten aus *Greetsiel in Ostfriesland.*

Außerhalb seines Berufs war er in seiner freien Zeit ein in der Region sehr bekannter Ornithologe. Regelmäßig erhielt er spezielle medizinische Zeitschriften sowie einige Hochglanzmagazine über Vögel, einhüllt in hartes durchsichtiges Zellophan. Da der Briefkasten zu klein war, klingelte ich und sagte der Hausherrin: »Ich habe eine Zeitung über Vögel für Ihren Mann.« Wortlos nahm sie die Zeitschrift. Erst als ich mich mit meiner Karre entfernte, rief sie: »Vom Vögeln habe ich auch Ahnung.« Ich hatte die Zustellung der einen Straßenseite beendet und ich war im Begriff zu den ungeraden Nummern zu gehen, als die Frau des Ornithologen mir mit erschreckter Stimme hinterher rief: ‚Oh mein Gott, was habe ich Ihnen da gesagt?' Ich beruhigte sie auf der Stelle und versichert ihr, dass ich genau verstanden hätte, was sie hatte sagen wollen.«

Hervé und Sybille hatten sich fast totgelacht und nachdem ihm ein Glas Wein eingeschenkt worden war, fragte der Franzose ihn, ob er etwas vom Briefträger Philip Kunz gehört hätte, den sie im letzten Jahr im Altersheim besucht hatten.

»Ah, ich besuche ihn nicht mehr. Übrigens erkennt er mich nicht mehr. Seine Frau besucht ihn jeden Tag und erzählt mir, dass er in ganz kurzer Zeit dement geworden sei. Am Rollstuhl gefesselt, kann er noch nicht einmal alleine essen. Stell dir das mal vor ...! Er, Leichtathlet, Mittelstreckenläufer ... Regionalmeister in der DDR auf 3000 Meter Hindernislauf ... ein Naturbursche niemals krank ...« *Auf der anderen Seite* (der Mauer) hatte er als Maurer einige Kilometer von Berlin entfernt gearbeitet. Als das Bauunternehmen, bei dem er gearbeitet hatte, von einem Vertreter des Ministeriums für Bauwesen die Order erhalten hatte, Baumaterial an gewisse Punkte der Stadt, an den Rand der Zone zwischen Berlin-Ost und West zu transportieren, hatte Philip sofort begriffen, *dass man den Laden zumachen wollte*. Am selben Abend noch hatte er seine Koffer gepackt und war mit seiner Frau in den Westen gereist. Er – impulsiv, nervös –, der seinen plötzlichen Anwandlungen nachgab und der seine Briefbündel quer durch den Zustellersaal warf, wenn ihm was nicht passte. Ein für alle Mal haben ihn seine Wutausbrüche recht gegeben. Armer Philip ...

Richard hatte schon seinen Anorak angezogen und seine Baskenmütze auf. An der Tür dankte Hervé ihm aufrichtig und drückte ihm fest die Hand. Ihn wiederzusehen, das hatte ihm außerordentliche Freude bereitet. »*Au revoir mon ami, la vie n'a pas de prix!*« warf ihnen Richard zu, vorsichtig die Treppen mit erhobenem Arm hinuntersteigend. Dreieinhalb Monate später berichtete ihm ein ehemaliger Arbeitskollege, dass Richard ihn in einem Krankenhausbett zum letzten Mal gebeten hatte, ihm auf Wiedersehen zu sagen. Bestürzt wollte Hervé nicht an sein Verschwinden glauben: Er, der so sehr das Leben geliebt hatte, für den das Leben keinen Preis hatte – so einfach verschwinden, das war ein unglaublicher Skandal. Aber Kummer vorbei, neuer Mai. Und Kopf hoch. Ja, Kopf hoch. Wir betrachten intensiv den Himmel. Den Kopf versunken in diesen riesenhaften Glanz, folgt unser Blick den langen Wolkenflocken oder diesen gigantischen Tierformationen, die majestätisch vorbei defilieren. Von einem schwindelerregenden Gedankengang hinfort getragen, sind wir jetzt dort auf diesen weißen schaumartigen Reittieren, weit weg, getragen von einem Glück, das uns überholt. Ich sage einfach, dass er vielleicht auf einer langen Reise ist. Flügelschlagend ist er auf und davon, um seinem Schutzengel da oben die Ohren lang zu ziehen, der zerstreut oder träumerisch angesichts einer Sternschnuppe nicht über ihn wachen konnte.

Der Postbote Hermann, Würstchenverkäufer

Nach einer kurzen Nacht durchquerte Hermann Löw in Zustelleruniform mit guter Laune, die Haare wild durcheinander, den Zustellersaal mit seiner großen Suppenschüssel, ohne sich die Zeit zu nehmen, seine Arbeitskollegen zu grüßen oder seine Jacke auszuziehen. Die erste Sache, die ihn Viertel nach fünf Uhr morgens umtrieb, war, Wasser in einer Suppenschüssel zu holen, um sich seinen Kaffee zuzubereiten aber auch um seine Würstchen heiß zu machen. Vorher war er beim Bäcker vorbeigegangen und dann hatte er mit dem vorderen Korb und den zwei Seitentaschen voller *Brötchen* von *Woltmershausen* – wo er wohnte – bis zum Postamt an der *Domsheide* fünfundzwanzig Minuten in die Pedale getreten. Und nun ja, vor dem Sortieren der Briefe, die sich auf seinem Arbeitstisch auftürmten, der Drucksachen, die in den Behältern stapelten und der Zeitungen, die sich in den Spinden häuften, verkaufte Hermann, der Briefträger der Tour 11, von Montag bis Samstag seine Käsebrötchen, seine Brötchen mit rohem oder gekochtem Schinken, ja sogar mit Fisch.

»Ich habe die Nachfolge eines Kollegen angetreten, der das mehr als zehn Jahre gemacht hat. Denk mal nach, das ist doch notwendig, dass jemand das macht, potzblitz!« entgegnete er, wenn man ihn fragte, woher die Idee käme, Würstchen in der Post zu verkaufen. Samstags und mittwochs konnte man gleichermaßen Würstchen mit Senf genießen. Würstchen waren seit zwanzig Jahren *die Spezialität des Hauses*. Nicht aus der Konserve, sondern frisch. Sie kamen direkt vom Schlachter. Anlässlich von Heiraten, Geburtstagen, Jubiläen, Berentungen und Verbeamtungen fiel ihm das Privileg zu, seine ganze kleine Welt zu nähren. Er hatte sogar ein Heft für Extrabestellungen. Aber man musste sich vor allem vorzeitig darum kümmern, weil es notwendig war, wenn man eine Bestellung von *Brötchen* mit kaltem Fisch, Lachs oder Camembert aufgeben wollte, dass er im Voraus mit seinen Lieferanten Kontakt aufnahm. Denn Hermann – wenn er es auch immer hinbekam, seine

Kundschaft zufrieden zu stellen – musste sich zuvor selbst organisieren!

Hervé hätte es nicht glauben mögen. Als er einmal eine Woche im Voraus eine Bestellung hatte aufgeben wollen, schüttelt Hermann den Kopf, wobei er in den Seiten seines Bestellheftes blättert. »Zwölfmal Sandwich? Nein, wirklich, es geht nicht. Tut mir leid. Für deinen Geburtstag? Nein, unmöglich. Erika heiratet.« Hermann unterstreicht mehrere Male die Ziffer achtzig *Brötchen Schinken Käse*. Hervé drängt nicht weiter, denn Hermann ist gestresst. Er weiß, dass seine Tour seit einigen Tagen verlängert worden ist. Von nun an muss er die Post in einem neuen Viertel des Stadtzentrums austragen. Restrukturierung. Das Wort ist gefallen. Seit der Zeit, dass man sie damit bedroht, haben sich die Postboten an diesen Gedanken gewöhnt. Sie fühlen nicht mehr die Kälte im Rücken wie in den ersten Tagen, sondern tun so, als wenn sie das Ganze nichts anginge. In der ersten Zeit ist das ein Tohuwabohu, aber dann hat man den Kopf über Wasser und lässt sich von der Strömung treiben. Für Hermann ist das kein Drama. Gewiss kommt er ein wenig später nach Hause, aber seine zwei Kinder von zwanzig und vierundzwanzig Jahren haben vor einer Ewigkeit das Haus verlassen. Und was seine Frau betrifft, sie hat sich wohl oder übel an den Gedanken gewöhnt, dass ihr Mann häufig abwesend ist. Er macht ein nettes Sümmchen mit seinen Würstchen und treibt sich nicht in Kneipen rum! Und da sein Geschäft es ihnen erlaubt, über's Monatsende zu kommen, ohne den Gürtel enger zu schnallen, haben sie trotzdem nicht über die Strenge geschlagen.
Als der Postverkehr zunahm, war die Kehrseite der Medaille für den Würstchen-Postler dies: Noch bis spät in den Nachmittag auf Tour, dann verlieren seine Kunden den Appetit. Der wütende Hermann schnaubt Wut, grummelt, beschwört und verflucht seinen Arbeitgeber:
»Ich habe drei Runden von mehr als zehn Etagen mehr auf meiner Tour und das ohne Verzeichnis, mein Alter. Du stehst da vor den Briefkastenbatterien und du suchst minutenlang. Du suchst und die Zeit geht weg. Das ist denen gar nicht klar. Ah, nein! Und dann kommt da sogar noch so ein Arschloch daher, um dich was zu

fragen und sieht nicht, **dieses Arschloch**, dass da Kunden auf mich warten. Ich hab was anderes zu tun, als da ewig lange zu stehen ...!«

Ein gutes Stückchen genervt und den Kopf aus dem Kühlschrank herauslugend, in den er die Gouda-Scheiben für Heiligabend einsortiert, erinnert sich Hermann an die Bestellung. »*Scheisse*«, schreit er, sich am Kopf kratzend. Und auf gut Geschäftsdeutsch erklärt er Hervé:
»Stell dir das mal vor, ich muss die Brote schmieren und dann im Ruheraum den Tisch decken. Nein, nein, das geht nicht ...! Komm besser Freitag. Freitag ist kein Problem. Aber Donnerstag nicht, Donnerstag ist Erika.«
In seiner kleinen Eck-Küche gleich neben seinem Sortierspind war der Ort, an dem er mit Freundlichkeit und Höflichkeit seine Postkollegen versorgte. Sie kamen alle zu ihm. All die Ausgehungerten beim Tagesanbruch: Postboten aber auch Führungskräfte und Manager, die Sortiererinnen der Briefkästen und sogar die Schalterbeamten. Seit er Anfang der achtziger Jahre bei der Post angefangen hatte, war sein Umsatzvolumen bescheiden. Der Würstchenverkauf am Samstag an die Kollegen seines Teams und an einige Freunde war nur ein Zeitvertreib, eine Dienstleistung mehr und einige Mark zusätzlich im Portemonnaie. Aber seit sein kleines Geschäft von Jahr zu Jahr dank der treuen und begeisterten Kundschaft bei den Postlern ins Florieren gekommen war, war seine Arbeit als Briefträger in den Hintergrund gerückt. Seitdem widmete er sich mit Haut und Haaren seinen Würstchen. Dazu muss gesagt werden, dass die Schließung der Kantine die Sache abgerundet hatte. Außerdem konnte er sich die Hände reiben; rund um das Postamt gab es keine Konkurrenz. Gewiss war da eine kleine Bäckerei in einer benachbarten Straße, die sich mit ihren *Berlinern* hervortat, aber weder das Brot noch die *Brötchen* konnten es in Qualität und in Geschmack mit denen von Hermann aufnehmen. Die Postler wollten sich vor allem im Winter den Bauch mit *Brötchen mit Wurst* vollschlanken – eine Wurst in einem kleinen Brötchen, dazu Senf und das Ganze überaus freundlich in einer Papierserviette zu

nur 1,20 DM serviert. Wirklich überhaupt nicht teuer. Preiswert! Und bitte als Zugabe der Service!

Zur Zeit des Abbaus der Sozialdienste in der Post am Beginn der neunziger Jahre stand die Frage im Raum, sein kleines Geschäft abzuschaffen, aber der allgemeine Aufschrei der Empörung bei den Briefträgern und die Gerüchte über eine Vorankündigung eines Streiks hatten gereicht, um dieses Projekt zu Fall zu bringen. Um einer eventuellen Störung im Dienstablauf aufgrund dieser permanenten Versammlungen vorzubeugen und um den aufdringlichen Geruchsausdünstungen von Würstchen zu solch einer frühen Stunde des Tages Einhalt zu gebieten, hatte dann das neue Management daran gedacht, Sandwich-Automaten in einer Ecke des Zustellersaals zu installieren. Fiasko total! Niemand wollte diese Sandwichs. Zu fade, zu teigig und zu teuer für diejenigen, die an die frischen Erzeugnisse aus *Hermanns Laden* gewöhnt waren. Es waren nur die Nachzügler und diejenigen, die auf ihrer Tour trödelten, die in Ermanglung etwas Besserem – kurz nachdem Hermann seine Würstchen im Kühlschrank verstaut, die Herdplatten gesäubert und abgewaschen hatte – mit diesen Erzeugnissen vorlieb nehmen mussten.

Einige Jahre später mussten schließlich alle, sogar die Direktion der Post, bei der Schließung der Kantine wohlwollend anerkennen, dass Hermann die göttliche Vorsehung für die Postgemeinde war und dass es ein Glücksfall war, Nutzen aus seinem kleinen Geschäft ziehen zu können. Gehen sie mal los und versuchen Sie um fünf Uhr dreißig so appetitliche frische *Brötchen* und heiße Würstchen mit Senf zu bekommen! Und bitte mit Service und Lächeln! Man kann es gar nicht genug wiederholen, das war ein Glücksfall! Die Hand Gottes persönlich! Sogar wenn er Urlaub hatte, kam Hermann zur Post, um sein kleines Geschäft zu öffnen und seine Würstchen heiß zu machen. In Uniform, bitte schön ...! Und um sechs Uhr morgens! Sicherlich hätte man denken können, dass der Geruch von Würstchen zu so früher Stunde störend und abstoßend sein könnte ... dass es feindlich gesonnene Stimmen gegen dies kleine Geschäft, Verleumder dieser kulinarischen Riten, Anprangerer von

Missständen, Eifersüchtige gegeben hätte. Kurzum, wütende Gegner und eingefleischte Vegetarier, um sein Geschäft in den Ruin zu treiben. Nichts davon. Genauso wie der Sortierdienst mit seinen polnischen Frauen, die fieberhaft und unablässig die Drucksachen in die Spinde packten, genauso wie der Zu- und Abgang der Post, wo Dimitri und Holger, Lagerarbeiter mit großen tätowierten Armen, die Zusteller mit Post versorgen, so machte das kleine Geschäft von Hermann einen integralen Teil des postalischen Zustellungsdienstes auf der zweiten Etage des *Postamts 1* aus.

Hermann hatte übrigens nur Adepten und Freunde. Wolfgang, Briefträger und gelegentlicher medizinischer Ratgeber, erzählte, dass sogar sein studierendes Patenkind, das in den Sommermonaten in der Zustellung Vertretung gemacht hatte, nach zwei Monaten Schwarzbrot mit Gurkenscheiben und Gouda der Versuchung nicht widerstehen konnte, einmal die berühmten Würstchen zu goutieren. Er ist dann einer seiner treuesten Kunden geworden. Peter selbst, er ist davon verrückt geworden! Völlig abhängig, der Knabe! Morgens um sechs schlang er gleich zwei hintereinander herunter, und wenn er dann von seiner Tour zurückkam, stürzte er sich auf den Spind von Hermann und dort *bestrich* er ein ganz heißes Würstchen *mit Senf.* Wenn er in seinen *Schuhkarton* zurückkam, setzte er sich an den Tisch oder, pardon, noch genauer lümmelte er sich auf die Couch hin und schlief vor dem Fernseher ein, nachdem er die zwei Würstchen verspeist hatte, die ihm Hermann sorgfältig in Papierservietten eingepackt hatte. Er aß sie kalt, aber was soll's. Eben ein Phänomen, dieser Peter. Hervé war am Anfang ein wenig abgestoßen von dem Geruch dieser heißen Würstchen, aber im Endeffekt hatte er sich wie alle daran gewöhnt. Eines Tages sogar hatte er eins davon probiert. Auf seiner Tour hatte er dann einen derartigen Durst bekommen, dass er mehrere Male anhalten musste, um den Durst zu stillen.
»Wenn am Morgen mein Kühlschrank leer ist und ich zur Post komme, ohne gefrühstückt zu haben, besuche ich Hermann. Ich gebe ihm ein Handzeichen und er weiß, was ich will. Dieses Mal kein Würstchen, aber Käse, ohne Butter.« Hervé wusste genau wie auch das gesamte Postvolk, dass mit befriedetem Magen der Tag im

Allgemeinen mit guter Laune begann. Hermann – für seinen Arbeitgeber ein Beispiel an Ernsthaftigkeit, Treue, Ausdauer und Vertrauenswürdigkeit, dem man folgen sollte.

Das Altenheim St. Rembertistift

Wie gut konnte Hervé doch über seine Postkunden berichten, seitdem er viele Jahre lang sechs Tage die Woche Leute traf, die er gut kannte und von denen einige gute Freunde geworden waren! Bei denen, die ihn mit Herzlichkeit empfingen, war er fast Kind im Hause. Bei den älteren, oft alleinstehenden Personen war Hervé als guter Samariter der diskrete Vertraute, derjenige, der immer ein aufmerksames Ohr hatte für ihre Sorgen und Nöte. Für den frankophilen Musikprofessor, für die sich im Kaufhaus abrackernde Klamottenverkäuferin, die medizinische Sekretärin mit dem Chorknabengesicht, für den Wirt des *Café Grün* mit dem Gesicht eines Catchers und für die Architekturstudentin, die sich ständig Sorgen machte, war der Besuch des Briefträgers oft die Gelegenheit ein Wort zu wechseln, den Wetterbericht oder den Klatsch des Tages bekanntzugeben, die Großmutter zu beruhigen, sich in aller Intimität anzuvertrauen – bei einigen auf die Gefahr hin, diese dem Beichtstuhl zu entfremden, ihnen drei *Gegrüßt seist du Maria* und *Vater unserer, der du bist im Himmel* zuteil werden lassen. Im Endeffekt handelte es sich einfach darum, mit ihm zu sprechen, irgendetwas zu sagen, zu sagen, was man gerade so macht, im täglichen Allerlei des Lebens und das tat gut.

Manchmal war dieser Kontakt wegen eines unvorhergesehenen Klingelns, einer unpassenden Situation oder eines verdorbenen Abends eigentlich schlecht oder fand gar nicht statt. Der Funke sprang nicht über und der Briefträger wurde dann als Spaßverderber betrachtet, wurde eine Nervensäge, ein Blödmann, der den Wachhund und die ganze Blage aufweckte, der den griesgrämigen Rentner störte oder der der einzige Verantwortliche für die schlechte Laune des in seinem Hause verbarrikadierten Lehrers war. Einerseits geliebt und geschätzt, manchmal feindselig angesehen oder als das letzte Arschloch behandelt, war es kaum von der Hand zu weisen, dass der Briefträger als Stammzusteller von tausend Haushalten dank der Ortskenntnis eine ziemlich objektive

Einschätzung der Tendenzen, Meinungen und Gewohnheiten der Leute seines Viertels besaß. Fast ein wenig wie ein Soziologe hatte er eine mehr oder weniger präzise Vorstellung vom Lebensstil und den Gedanken *seiner kleinen Welt.* Aufgewacht durch die neuen Marketingstrategien und ständig auf der Lauer nach einer stets neuen Kundschaft haben viele Privatunternehmen, die auf den Verkauf von gewissen Konsumartikeln spezialisiert waren, mangels demografischer Studien den Postdienst in Anspruch genommen, um Auskunft über *ihre potenziellen Kunden* zu erhalten. Glücklicherweise und zum Schutz der Privatsphäre sind diese Praktiken beschränkt, ja sogar verboten worden.

„Bremens älteste soziale Siedlung wirkt in ihrer ruhigen Abgeschlossenheit wie eine klösterliche Anlage. Bei einem Rundgang durch das Rembertistift empfindet man es als eine Oase im Trubel der Großstadt".

Weser Kurier

»Im Rembertistift ist die Zeit stehengeblieben. Sie verläuft im langsamen Rhythmus seiner Bewohner. Jeden Morgen verlasse ich den Breitenweg, die Hauptarterie, die in der Nähe des Hauptbahnhofs entlangführt und sich in drei Verkehrswege teilt, die zu den Autobahnen nach Bremerhaven und Hamburg führen, und ich biege in eine Einbahnstraße ein. Ich lasse den ungestümen Lärm der Autos hinter mir, und siehe da, die Leute laufen nicht mehr in alle Richtungen und treten mir nicht mehr auf die Füße, die Hunde hinterlassen nicht mehr ihre kleinen Haufen, wollen mich nicht mehr während meines Vorbeigehens ablecken oder anknurren. Ich verlangsame meinen Gang. Ja, es ist heiß. Mein Taschentuch? Ach ja, es ist in der Hosentasche. Ich wische mir die Stirn ab. Ich öffne eine meiner Taschen, um meine Jacke darin zu verstauen. Meine schnaufenden Atemzüge nach diesem Lauf quer durch die Innenstadt sind nun wieder normal geworden. Jetzt kann ich aufhören, meine Gangart wie ein Verrückter zu beschleunigen. Das ist immer das Gleiche. Er genügt, dass man sich um mich herum rüttelt und schüttelt, damit auch ich meinen Schritt beschleunige. Das ist richtig blöde. Denn ich habe alle Zeit der Welt. Ich bewerkstellige die Zustellung, als ob man mich aus der Ferne beobachtet. Schließlich bin ich da. Ich bin angekommen. Mit der Hand halte ich das schmiedeeiserne Portal offen und schiebe meine Karre bis zur grünen Bank ganz nahe am alten Kastanienbaum und setze mich. Nachdem ich heute morgen das Postamt verlassen habe, habe ich den Eindruck, dass ich mich während mehr als zwei Stunden, getrieben von einem innersten Wunsch, dermaßen beeilt habe, um mich hier an diesem Platz der Ruhe und Einsamkeit wiederzufinden. Das ist ein wenig, als wenn man in eine Kirche tritt, um sich zu sammeln. Hierher kommt man, um die Ruhe zu finden, um sich auszuruhen und die Sorgen des Tages hinter sich zu lassen.«

Früher Leprahospiz, nimmt der Rembertistift gegenwärtig gut hundert Senioren auf. Er umfasst eine Häusergruppe mit neoklassizistischen Fassaden. Die Mehrzahl der sechs Wohnungen, die sich über zwei Etagen verteilen, sind Zweizimmerwohnungen, die im Allgemeinen von Frauen bewohnt sind. In der Nummer 1 wohnt der Pförtner mit seiner Familie. Um zu den Briefkästen im Flur zu gelangen, hat der Vertreter der Post einen *Generalschlüssel,* mit dem er die Tür der Gemeinschaftshäuser dieser Ansiedlung öffnet. Da sie sehr begehrt sind, muss man in den Sechzigern sein und den Tod eines Bewohner abwarten, um in eine dieser billigen Wohnungen zu kommen. Der Briefträger – Pfadfinder und Führer zugleich an diesem Ort, in dem die Anordnung der Häuser in Schneckenform manchen durcheinander bringen kann – erfüllt hier offenkundig die Diensttätigkeit eines mobilen Auskunftsbüros: er weist einem Besucher den rechten Weg. Oder auch die Aufgabe der Pförtnerloge: dann zeigt er dem anderen, der verärgert ist, weil er nicht weiß, wohin, den nächsten Ausgang. Zurückhaltend und verfroren, sind die Pensionäre im Winter kaum geneigt, die Nase nach draußen zu stecken. Nur in der Jahreszeit der Erdbeeren und Frühlingsblumen trifft man sie, wie bei der Pflege eines kleines Gartens hier, auf den Bänken nahe den Grünflächen dort oder auch weiter weg im Schatten der großen Kastanienbäume, wo sie sich ausruhen, sich vor der Sonne schützen oder freundlich mit ihren Nachbarn schwatzen.

Die Pensionärin Frau Sonnenschein

Allen verrückten Geschwindigkeiten jeder Art abgeneigt – ein geschätztes Vorrecht der Surfer aller Couleur – , kümmern sich Pensionäre des *Rembertistifts* nicht um den massiven Ansturm der neuen Kommunikationsmittel wie der elektronischen Netzpost. Im Gegensatz zu dem, was andernorts passiert, wäre es falsch, hier von einem enormen Umsturz der Denkgewohnheiten und dem dramatischen Niedergang des Postverkehrs zu reden. Hier hatte der elektronische Brief buchstäblich noch nicht die Briefsendung ersetzt. Hervé konnte das bezeugen – er, der er regelmäßig schreibmaschinengeschriebene, mit dem Stift, dem Federhalter und dem Bleistift verfasste Briefe in leserlichen Lettern, hingekritzelter Kursivschrift oder in *Sütterlinschrift* an *seine alten Leutchen* austrug.

Frau Sonnenschein zum Beispiel, Bewohnerin von Nummer 25, tippte dank ihrer treuen *Adler* unablässig ihre Briefe an ihre zahlreichen Freundinnen oder alten Schulkameradinnen. Als Antwort erhielt sie überreichlich Post, besonders Briefe aus Australien oder, genauer gesagt, mit schönen Sammlerbriefmarken bedeckte Drucksachen. Das erste Mal, als die alte Dame dem Postler entgegen kam, fragte sie ihn mit großer Zuvorkommenheit, ob er Post für sie hätte. Nachdem sie dann das Terrain und die Laune des Postlers erkundet hatte, gab sie ihm zu verstehen, dass sie dringend *Post* aus Australien erwartete. Jeden Morgen stand sie vor der Eingangstür, wobei ihr Lächeln ihre roten Bäckchen erglühen ließen. Man war noch bei den Höflichkeiten, den Dankesworten und den kurzen distanzierenden Blicken, aber im Verlaufe von fünf Jahren ging man dazu über, einen Plausch zu halten und in der Vertrautheit des Flurs sich allerlei zu erzählen.

Es kam auch vor, dass sie mitten auf dem Rasen, vor dem Häuschen oder vom Regen überrascht im Salon tratschten. Die Spargelsaison neigte sich dem Ende zu und schließlich kam die Hitze. Sie bot ihm also eines Tages ein Glas Wasser an, dann ein

Eis, und wenn es kalt war – was unverkennbar war, denn er war bis zum Hals eingemummelt – erwartete ihn eine Tasse dampfenden schwarzen Tees im Flur. Sie war zu nett, offen und drollig, so dass der Postler nicht abzulehnen wagte. Immer guter Laune nannte sie ihn *Monsieur Hévé*, um nicht bei der schlechten Aussprache seines bretonischen Namens erröten zu müssen. Ihre Freundin, Frau Kruse, wohnte in der Nummer 2, genau ihr gegenüber, und zusammen mit Herrn Gräber, Bewohner von Nummer 21, trafen sich oft alle drei rund um einen kleinen Campingtisch, um während der Mittagszeit inmitten des Rasens unter dem großen Kastanienbaum zu schwatzen und zu lachen. Frau Sonnenschein machte Ruccola-Salat mit Parmesan und Herr Gräber kümmerte sich um die Getränke. Im Allgemeinen Bier. Und Frau Kruse? Frau Kruse sorgte für gute Stimmung und die Verdauung der Eingeladenen. Unter ihrer Schürze versteckt herbeigeschafft, machte eine Flasche Veterano die Runde. Im Vorübergehen versäumten es die anderen Pensionäre nicht, ihnen einen kriegerischen und missbilligenden Blick zuzuwerfen. In diesem Hort der Ruhe war es verpönt, den Rasen zu betreten, geschweige denn sich dort niederzulassen, um das Mahl zu sich zu nehmen.

Eines Morgens als die Mitteilungen aus Australien immer weniger wurden, fand der überraschte Postler in seiner Post zwischen den Strom- und Gasrechnungen und den Erinnerungsschreiben von Banken einen Brief italienischer Provenienz. Das war ein schöner Brief mit schwarzer Füllfederhaltertinte geschrieben und mit Sammlerbriefmarken.
»Das ist ein Brief von Giorgio. Giorgio ist Journalist in Bologna«, antwortete sie voller Stolz, fast wie ein Mädchen, das sich darüber ein wenig geniert, ihm dieses Vertrauen entgegen gebracht zu haben. Als zwei Diabetiker hatten sie sich über die Annoncen einer Spezialzeitschrift kennengelernt. Und seit dieser Zeit, die Romanze! Plötzlich sagte sie mit ernstem Gesicht:
»Ah ja, der andere war so nett. Das war ein Österreicher. Aber ich weiß nicht, was passiert ist. Am Anfang schrieb er mir nette Briefe, dann fing er an, sich mit allen anzulegen. Er war verbittert, missgünstig. Er beschuldigte eines Tages die Juden, am anderen

Tag die Araber, an den Steigerungen der Lebenshaltungskosten und den ständigen Kontrollen im Bus und am Lärm in der Nacht schuld zu sein. Aber ich, ich weiß eigentlich nicht, was er sagen wollte. Also habe ich es vorgezogen, ihm nicht mehr zu schreiben. Nun ja, sicher, das schmerzt, aber was wollen Sie machen?«
»Buon giorno, Signore Efé, come sta?« rief sie ihm eines Donnerstagmorgens zu und lief ihm entgegen. In der Hand hielt sie einen maschinengeschriebenen Brief. Ein auf italienisch verfasster Brief. »In der *Volkshochschule* lachen die Jungen über mich. Aber das ist mir egal. Können Sie mir sagen, ob er mich verstehen wird?« fragte sie ihn, denn sie wusste, dass Hervé ein wenig Italienisch konnte.

Zweimal die Woche besuchte sie die Abendkurse, und wenn sie manchmal Schwierigkeiten hatte, so schnell zu verstehen wie die Jungen im Kurs, so befleißigte sie sich währenddessen regelmäßig die neuen Wörter auswendig zu lernen, Grammatikübungen zu machen und Texte auf italienisch zu lesen. Alles, was irgendwie mit Italien im Zusammenhang stand, interessierte sie brennend. »Ah, Italien ...! Und Bologna ...« Ihre Augen funkelten und ihr Gesichtsausdruck leuchtete, wenn sie davon sprach. Sie war niemals dorthin gereist, aber dank ihrer Lektüre wusste sie bereits viel über die Halbinsel und sie träumte oft davon. Einmal hatte Giorgio ihr einen Brief mit einer Karte der Stadt Bologna geschickt und bei der Kreuzung von der *Torri Pendenti* und dem *Palazzo Mercanzia* am Ende der *Strada Maggiore* hatte er ein rotes Kreuz gemacht, um zu zeigen, dass er hier wohnte.
Sie erhielt eine kleine Rente, gerade genug um zu leben. Einen Tee mit *Käsesahnetörtchen* einmal im Monat in Begleitung ihrer Nachbarin Frau Kruse bei *Knigge am Wall.* Das war die einzige kleine Dummheit, die sie sich gönnte.
»Wo denken Sie denn hin? Italien ist noch nicht für heute.« Mit seligem Lächeln machte sie einen Schmollmund. Als Hervé nach zwei Wochen Urlaub wieder seine Arbeit aufnahm, war er verwundert, sie eine Woche lang nicht mehr zu sehen. Das Licht leuchtete nicht mehr in ihrer Wohnung und sie kam ihm nicht mehr entgegen.

»Sie muss zum Weihnachtsfest zu ihrer Familie gefahren sein«, dachte er. Der Postler überquerte den Weg und bewegte sich in Richtung Haus Nummer 2, dort, wo Frau Kruse wohnte. Glücklicherweise war sie gerade draußen, ihr Kopf verschwand direkt unter einer Wollmütze. Sie rief ihren Kater Paulus. Sie flehte ihn an, sofort reinzukommen. Aber tief in den Rhododendron versteckt, hatte Paulus nicht die geringste Lust, herauszukommen. Wie sie auch die Stimme erhob, ihm drohte, da war nichts zu machen. Als sie auf dem Absatz kehrtmachte und entschied, ins Hause zu gehen, sah sie, wie ihr der Briefträger entgegenkam. Sichtbar verstört blieb sie einen Moment lang mit offenem Mund wie angewurzelt stehen, dann stürzte sie mit hastigen Schritten auf ihn zu. Als sie auf seiner Höhe war, musterte sie ihn von oben bis unten und sagt mit leiser Stimme und betroffener Miene:
»Frau Sonnenschein ist im Krankenhaus. Sie hatte einen Schlaganfall. Ja, gerade zu Weihnachten.«
»Ach ja, ich habe mich schon gewundert, dass ich sie nicht mehr sehe. Ich dachte, dass sie ihre Familie besucht hätte.«
»Nein, nein. Aber wissen Sie, was das Schlimmste ist. Man hat sie erst Freitag gefunden und das war unglücklicherweise zu spät, um was zu machen. Sicherlich wird sie es schwer haben, wieder auf die Beine zu kommen.«
»In welchem Krankenhaus ist sie?«
»In der Notaufnahme vom *St. Joseph-Stift.*«
»Das tut mir wirklich sehr leid.«
»Das ist dramatisch! Frau Piehl, die ihr direkt gegenüber wohnt, hat bemerkt, dass das Licht noch sehr spät abends an war und die Vorhänge nicht zugezogen waren. Sie war dann beunruhigt, wie Sie verstehen. Gleich, nachdem der Rettungswagen da war, haben wir sie im Krankenhaus besucht. Wissen Sie, sie hat uns noch nicht mal erkannt! Stellen Sie sich das mal vor. Ah, sie wird bestimmt was zurückbehalten. Da bin ich sicher. Da ist keine schnelle Besserung zu erwarten.«
Zwei Tage später traf Hervé den Pförtner Spiller. Mit einem Kehrbesen in den Händen fegte er die Wege.
»Gibt es etwas Neues von Frau Sonnenschein, Herr Spiller?« fragte er ihn.

»Ja, sie ist gestern verstorben.«

»Also, sie hat sich nicht von ihrem Schlaganfall erholt.«

»Nein.«

»Zweiundsechzig Jahre, das ist kein Alter um zu sterben. Sie hatte auch Diabetes, nicht wahr?«

»Öh, ja aber ... Aber warum fragen Sie mich das alles? Kannten Sie sie persönlich?« fragte er ihn erstaunt darüber, dass der Briefträger sich derart direkt für eine seiner Pensionärinnen interessierte. Als Vertreter einer eher diskreten Gattung wachte er über die Sauberkeit der Wege und des Rasens. Erledigte die verwaltungstechnischen Probleme, insbesondere die Umzüge. Kurz, er machte seine Arbeit, ohne sich allzu sehr für die Bewohner zu interessieren.

»Nein, nein. sie hat sich von Zeit zu Zeit mir anvertraut. Das ist alles.«

»Ah gut«.

Seit Frau Sonnenschein tot war, sah Hervé ihre beste Freundin, Frau Kruse, nicht mehr. Herr Gräber, den man gewöhnlich gegen Mittag von seinem Spaziergang zurückkommen sah, blieb auch unsichtbar. Eines Morgens, noch bevor der Postler auf Tour ging, machte er mit zugeschnürter Kehle auf einen an *Signorina* Sonnenschein adressierten Brief aus Italien gleich unter den Sammlerbriefmarken, auf denen die *Pinacoteca Nazionale* von Bologna abgebildet war, ein Kreuz an der vorgesehenen Stelle auf dem Stempel, gleich neben der Rubrik *„gestorben“,* und sandte den Brief an den Absender zurück.

Die Pensionärin Frau Honigmond

Auf ihrem alten Holland-Fahrrad, aufrecht wie eine Eins, ihre enormen Hinterbacken auf den ovalen Sattel gedrückt, blieb Frau Honigmond nicht unbemerkt. Wenn sie ihre Einkäufe auf dem *Marktplatz* gemacht hatte, führte ihr Weg sie in Richtung *Bürgerpark*. Im Sommer fuhr sie sogar bis zum Rhododendronpark hinaus, um das *Blumenfest* zu bewundern und allein in diesem wunderbaren Park zu sein. An einem Samstagmorgen, als er gerade die Zustellung in der *Salvador-Allende-Straße* beendet hatte, war der Postler erstaunt, sie plötzlich aus der neuen Kirche kommen zu sehen – diese Kirche mit den nicht rechtwinkeligen Ecken und der anthroposophischer Architektur in der *Kleinen Meinkenstraße* – zu einer Stunde, in der es keine Messe gab. Sie beeilte sich die Tür abzuschließen und auf ihr Fahrrad zu steigen, als er ihr ein Zeichen gab:

»Wie geht es Ihnen, Frau Honigmond?«

»Öh, ich habe gerade ...«

»Sie haben in der Kirche gearbeitet?« fragte er ganz erstaunt.

»Ach nein, die Arbeit in der Kirche, das ist vorbei. Am Anfang ja, da hab ich mich ein wenig mit der Instandhaltung beschäftigt. Aber jetzt kann ich nicht mehr als eine Stunde stehen wegen meiner schmerzhaften Beine.«

»Sie kommen also, um Andacht zu halten.«

»Ja, so ist es.«

»Sie sind so aktiv und ... Öh ja, ich bin erstaunt ... Nun, ich geniere mich, Sie zu fragen.«

»Was denn?«

»Da gibt es was, das ich Sie gerne fragen möchte. Ich möchte gerne wissen, wie alt Sie sind«

»Oh, Herr Briefträger! Man fragt eine Dame nicht nach ihrem Alter«, sagte sie ihm ein wenig überrascht mit offensichtlich entrüsteter Miene. Aber das war nur ein Spiel und in der gleichen Sekunde lächelte sie ihn strahlend an.

»Also, wie alt bin ich denn Ihrer Meinung nach?« fragte sie ihn mit einem schalkhaften Unterton.
»Zweiundsiebzig, vielleicht dreiundsiebzig, ich weiß nicht genau.«
»Ja, zweiundsiebzig.«
»Wie fühlt man sich in diesem Alter?«
»Ach, wissen Sie, das ist für mich schwer zu glauben, aber das ist in Wirklichkeit, als wenn man auf einem Turm steht. Als wenn man alles sehen würde.« Hervé hatte eine solche Antwort nicht erwartet.
»Und was sehen Sie denn?«
»Ich sehe, dass die Leute alles mit dem Kopf machen. Dass sie zuviel denken und nicht wissen, wie man mit dem Herz spricht.« Sie schüttelte den Kopf. Den ganzen Kopf. Nichts als den Kopf. »Da ist nur der Intellekt, der zählt. Sogar in unserer Gemeinde ist das nicht anders. Ich sage und wiederhole unserem Pastor Hubertus: und das Spirituelle? Wo ist der Part der Spiritualität, bitte schön? Was machen Sie aus dem Glauben der Leute? Dann sagt er mir mit beleidigter Stimme und großen Augen: *Aber den Glauben, den lernt man nicht einfach so.«*

Susette Honigmond war jedes Mal sehr zufrieden den Postler zu sehen. Sie hatte in der französischen Schweiz den Beruf der Krankenschwester ausgeübt und drückte sich so ziemlich gut in ihrer Sprache aus. Französisch sprechen, das war ein Entzücken, eine Freude, die er nicht verstehen konnte. »Oh, mein Gott, das war«, sagte sie, » *die Sprache par excellence!«* indem sie à la Salvador Dalí das Kinn anhob und die Augen weit aufriss, als dieser die *Chocolat Lanvin* in der Filmwerbung anpries. Jovial, mit vollen Wangen und lebendigen und lächelnden runden Augen war sie stets mit einem Wintermantel bekleidet, selbst im Frühling, wenn das Thermometer auf über zwanzig Grad kletterte, und natürlich mit einem schwarzen Topfhut, der bis zur Nase ging.
»Im Winter ist das sehr wichtig, das verhindert gewisse Energien zu verschwenden, gewisse natürliche und so vitale Kräfte. Übrigens sollten Sie es genauso machen«, ließ sie vernehmen, wobei sie ihm leicht auf den Kopf klopfte, so, als wenn sie ihn zur Ordnung rufen würde.

Nach dem Krieg hatte Susette jahrzehntelang in einem Krankenhaus des Roten Kreuzes in der Nähe von Neuchâtel in der Schweiz gearbeitet und aus einem Grund, den sie bis zu diesem Tag nicht kannte, hatte man auf ihren Lohnabrechnungen den Abzug für den Rentenbeitrag vergessen. Um nun also die bescheidene Summe, die ihr die Rentenkasse zahlte zu ergänzen, war sie gezwungen, ihre Dienste anzubieten. Als spezialisierte Krankenschwester für Taubstumme begab sie sich regelmäßig zum *Krankenhaus,* besonders um aphasisch gewordene alte Personen zu pflegen.

Zu ihrer großen Freude zögerte Hervé nicht, ihr bei einer oder mehreren Gelegenheiten Gesellschaft zu leisten. Ihre runden Augen funkelten bald wie zwei glühende Kohlen, als sie von ihren Erlebnissen erzählte. Von der Politik bis hin zur Medizin und dabei den philosophischen Bereich streifend redete man über Gott und die Welt. Aus seinem Zweiwochen-Urlaub im *Harz* hatte ihr der Franzose einen Brief geschrieben, um sich zu entschuldigen, dass er sie nicht vorher benachrichtigt hatte ... Diese Geste hatte sie enorm beeindruckt.

»Ich danke Ihnen unendlich für den Brief, Herr Briefträger! Ihre Schriftweise gefällt mir und dann ist der Stil exzellent ... Ich bin sicher, dass Schreiben Ihr Zeitvertreib ist ... Ich habe doch recht, nicht wahr?«

»Ja, ich schreibe so kleine Sachen.«

»Wenn Sie das interessiert, ich habe da interessante Artikel aus der anthroposophischen Zeitschrift, ich kann sie Ihnen leihen.«

»Gerne.«

»Eines Montags bemerkte der Postler, als er gerade am italienischen Café *Ferrari* vorbeikam, wie sie mächtig in die Pedalen tretend, in seine Richtung raste. Mit einem Katzenbuckel auf *ihrem Holland-Fahrrad* war sie außer Atem und außer sich:

»Ah, wissen Sie, das ist ein Wunder, dass ich noch lebe! Stellen Sie sich das mal vor! Auf dem Fußgängerüberweg in der *Remberti-straße* kam ein Auto angerast ohne anzuhalten. Ich kam von rechts und unglücklicherweise hat der Fahrer mich zu spät gesehen. Erst als ich einige Meter vor dem Vorderrad auf die Fahrbahn gestürzt bin, hat er jäh gebremst.«

»Aber Frau Honigmond, Sie sind in einer Einbahnstraße in der falschen Richtung gefahren!«
»Ah, das wird ja noch schöner! Ich konnte nichts anderes machen, denn sonst hätte ich einen Riesenumweg machen müssen«, sagte sie ihm noch unter dem Schock des Unfalls stehend.

Einige Menschen, die im *Rembertistift* lebten, waren oft närrisch fast bettlägerig und ein wenig *plemplem*, wie sie dem Postler anvertraute. Wenn auch der alte Milke, der auf der ersten Etage der Nummer 21 lebte, eher diskret war, fand sie ihn doch arrogant.
»Ach, diese ehemaligen Lehrer! Sie halten sich wirklich für den Nabel der Welt. Wenn er mich sieht, grüßt er kaum.«
Ihre Beziehung zu Herrn Weber war noch angespannter.
»Er ist laut, Sie glauben es nicht.« Sie erhob die Augen zum Himmel. »Im Sommer hat er Tür und Fenster geöffnet und hört mit einer Bierflasche in der Hand links neben der Eingangstür Radio. Das Haus ist genau an der Ecke, verstehen Sie. Einmal bin ich heruntergekommen. Ich bin durch die Eingangstür in den Flur und habe ihn gefragt, ob er die Freundlichkeit besitzen würde, sein Radio etwas leiser zu stelle. Er ist also aus seiner Küche raus, hat mich neugierig angesehen, aber nix gesagt. Erst nach zwanzig Minuten ... Ah, was für eine Frechheit! Dann ist wieder Ruhe eingekehrt.« Dann zeigte sie mit dem Finger auf ihr Fenster und rief:
»Da, schauen sie mal ... oben ... Bei mir auf meinem Balkon, das ist Frau Ola Fedoskina.«
»Aber was macht sie da?«
»Ach, sie hat ihren Schlüssel in ihrer Wohnung vergessen und sie hat mich gefragt, ob sie von meinem Balkon zu dem Fenster ihres Zimmers klettern könnte.«
»Aber das ist gefährlich und sie ist ja schon älter.«
»Älter? Sie ist zweiundachtzig! aber sie hat in einem Zirkus gearbeitet. Also, machen Sie sich keine Sorgen.«
Und tatsächlich gab es keinen Anlass, die Feuerwehr zu rufen. Olga Fedoskina erklomm mit der Eleganz einer Ballerina die Brüstung des Balkons und ihre schlanke Gestalt hatte keine Schwierigkeit, sich in das Fenster zu zwängen.

Als der Postler nach Niedersachsen versetzt wurde, wollte Susette um jeden Preis seine Adresse haben. Sie wollte ihm antworten und vor allem auf seine Fragen antworten. Im Laufe der ersten Woche erhielt er acht Blätter über die Einführung in die Antroposophie, dann nichts mehr. Bei Anrufen hob niemand ab. Um Klarheit zu haben, beschloss er im folgenden Monat, sie zu besuchen. Mit einem Blumenstrauß in der Hand schritt er eines Nachmittags durch das Portal des Rembertistifts und erkannte beim Durchqueren des Hauptweges einige Pensionäre, die auf dem Weg zum Speisesaal waren. Ein Blick auf die Uhr. Fünfzehn Uhr dreißig. Na klar, Kaffeezeit. Im Vorbeigehen erkannte er Paulus, der in den Gärten herumstromerte. Er stieß das Türchen der Nummer 22 auf und bemerkte, als er sich umdrehte, dass Frau Brinkmann, gegen die Mauer ihrer Eingangstür gelehnt, ihn mit einem verstörten Blick betrachtete. Er war im Begriff bei Susette zu schellen, als er bemerkte, dass auf dem kleinen Schildchen rechts neben der Klingel kein Name stand. Er trat zurück und konstatierte, in der ersten Etage waren keine Vorhänge vor den Fenstern und im kleinen Garten vor den Haus war kein holländisches Fahrrad mehr. Bumm! Er war wie vom Schlag getroffen, es versetzte ihm einen Haken in den Magen:
»Zuerst Frau Sonnenschein und jetzt Frau Honigmond. Scheisse, das ist doch nicht möglich ... beide waren so nett. Sicherlich werden sie einen Ehrenplatz nahe bei der Sonne haben, da oben, wo die glücklichen Leute sich im Lichte ihre Ruhe gönnen«, dachte der Postler und betrachte ein Fleckchen blauen Himmels, umrankt von grauen Wolkenfeldern.

Der Vorsitzende des Mozart-Kreises Bremen

Das Haus war das scheußlichste der gesamten Straße. Es war vollkommen heruntergekommen. Die Farbe an Fenstern und Fensterflügeln war niemals erneuert worden, die Stuckaturen waren teilweise durch Regen und Feuchtigkeit zerbröckelt. Die vom Dach gelösten Ziegel hatten in ihrem Sturz einen Teil der Regenrinne mitgerissen und mehrere Scheiben der Veranda waren gesprungen. Ein Springer unter den Zustellern hatte darauf hingewiesen, dass ein gerüttelt Maß an Nachlässigkeit dazu gehören müsste, ein Haus in einem derartigen Zustand zu belassen. Spaziergänger und Touristen, die das *Fedelhören* durchschritten, um das Stadtzentrum und insbesondere die *Böttcherstraße* zu besuchen, dachten alle, dass das Haus unbewohnt und augenscheinlich zu verkaufen wäre. Wie man dann voller Neugier in ein Museum geht, stießen sie das Türgitter auf, das, von einem Eisendraht gehalten, prompt in den Garten fiel, und gingen forschenden Blickes von einer Ecke zur anderen, auf der Suche nach einem Schild mit der Inschrift *Haus zu verkaufen*. Wenn aus Versehen ein Hund zwischen den Beinen der Besucher hindurch schlupfte und wenn er, oh Schreck, sich anschickte, in den Garten zu pinkeln, dann potztausend und rette-sich-wer-kann, öffnete sich jäh die Tür in der ersten Etage und eine Hexe im Morgenrock mit langen grauen Haaren und einem Schürhaken in der Hand rannte bedrohlich im Sturmschritt auf die Gruppe der Neugierigen zu.

»Aber was habt ihr da zu suchen, Schweinebande ihr? Wenn ihr nicht auf der Stelle verschwindet, rufe ich die Polizei«, ereiferte sie sich. Die überraschten Besucher wussten nicht richtig, wie ihnen geschah, und zogen es vor, angesichts dieser Furie und doch nicht lebensmüde, sich schleunigst aus dem Staub zu machen. Im selben Augenblick trat Herr Riemann, kleines graues Bärtchen und immer ein maliziöses Lächeln auf den Lippen, aus dem Keller – der liebenswürdige Doktor Riemann, Vorsitzender des Freundeskreises Wolfgang Amadeus Mozart und eminenter Musikprofessor an der Universität Bremen. Umständlich die Brille auf seiner Nase zurechtrückend, machte er mit glasigem Blick die Inventur seines Gartens, um zu erfahren, woher dieser Radau denn wohl herrührte. Aber bevor er die Zeit gefunden hatte, sich zu vergegenwärtigen, was los wäre, hatten sich die Neugierigen schon außer Sichtweite und in Sicherheit gebracht. Jedoch, er war nicht umsonst herausgekommen. Sein Briefträger, *sein lieber Briefträger*, kam ihm mit einem großen Bündel Briefe entgegen.

Im Allgemeinen nahm Hervé den Weg, der um die Treppe herumführte und schob vorsichtig, um nicht dem Risiko ausgesetzt zu sein, auf den wackelnden Steinen auszurutschen, die Post durch den Spalt in der Kellertür.

»Sie kommen viel später als gewöhnlich«, rief der Musikprofessor aus.

»Wir sind überschwemmt von Werbung und vor den Osterferien arbeiten die Elektrohaushaltswaren- und Möbelhersteller doppelt so schnell, um ihre Produkte als billig anzupreisen. Das ist der Tanz der Preise, wie es so schön heißt. Schauen Sie mal hier.« Der Postler hielt ihm einen Prospekt hin. Er las: *10% Nachlass für den Kauf eines Kühlschranks, kostenlose Lieferung für eine Einbauküche ...* Er musterte noch einmal interessiert die Reklame, bevor er sie in die Hintertasche seiner Hose steckte.

»Aber sagen Sie, Herr Riemann, wo waren sie in diesen Tagen? Im Allgemeinen lassen Sie ihre Post postlagernd liegen, wenn sie verreisen?«

»Ach ja, das ist wahr, die Post ... Ich war in Ihrem schönen Land. Genauer in der Bourgogne. Das ist eine Weingegend ... Ah, haben die da einen guten Wein!... Aber tatsächlich war das nicht der Grund, dass ich dort war. Man hat mich eingeladen, um einen Vortrag über *„Die Zauberflöte“* von Mozart zu halten.

Hervé schien sich die Hände zu reiben. Riemann war im Begriff, anzubeißen.

»Herr Riemann, ich möchte gerne wissen, wie das Werk Mozarts im Ausland, speziell in Frankreich, rezipiert wird?«

»Ach, ich kann feststellen, dass dank des Erscheinens einiger Bücher und aufgrund des Films von Milos Forman in den Kinos Mozart wieder modern wird.« Er schüttelte den Kopf und zuckte mit

den Schultern. Pressen wir ihn weiter wie eine Zitrone aus, dachte der Postler:
»Haben Sie den Film gesehen?«
»Ach, nein, das nicht ... Es handelt sich um einen Hollywood-Schinken wie leider so oft im Kino. Man sieht dort einen Mozart, der sich die meiste Zeit mit den Frauen amüsiert. ... Müßig ... Übrigens, Mozart war ein Arbeitstier! Ein großer Arbeiter!« Herr Riemann stellte sich auf die Hinterbeine, als wenn man Einen der Seinigen beleidigt hätte. Vorsichtig und gescheit verstand Hervé, dass es ratsamer war, jetzt den Rückzug anzutreten, um besser springen zu können. Zeit für eine kleine Überlegung, aber ... Aber da fuhr der Musikologe prompt fort:
»Wissen Sie eigentlich, was das Werk von Wolfgang Amadeus Mozart darstellt? Haben Sie eine Idee? Nein, davon wissen Sie nichts?« Doktor Riemann erhob seine Stimme um eine Oktave und blickte dem Postler direkt in die Augen. »War das eine Szene aus Don Juan?« dachte der Postler. »Nun gut, ich werde es Ihnen sagen: Die schriftliche Transkription des Werks von Wolfgang Amadeus würde ein Jahr lang drei Personen bei täglich acht Stunden beschäftigen. Ah! Da bleibt Ihnen die Luft weg, was?«

Mit gekreuzten Armen und den Kopf leicht vorgestreckt war der Professor auf hundertachtzig. »Sicherlich liebte er das Amüsement (er bekam einen lustigen Geschichtsausdruck), wenn er sich aus dem Bann seines Vaters befreien konnte. Sie wissen es gewiss nicht: Er ist an der Syphilis gestorben. Aber vor allem war er ein Arbeiter!« Er machte Anstalten, in den Keller zurückzukehren. Das war die Gelegenheit für den Postler, jetzt oder nie:
»Was unterscheidet Ihrer Meinung nach Mozart von den anderen Komponisten?« »Nun, bevor Mozart sich an die Abfassung eines Werkes machte, hatte er schon alles in seinem Kopf! Ja alles! Hätten Sie‘s gewusst?«

Der Professor zeigte Anzeichen von Ungeduld und hatte den Eindruck, seine Zeit zu verschwenden. Er schien sich aus dem Staub machen zu wollen. Zurück in seinen Keller. Aber als er noch zögerte, schien er seine Meinung geändert zu haben. Plötzlich

schaute sein Blick über die Schultern des Postlers hinweg. Er gab mit seinen Armen Zeichen. Von der anderen Seite der Straße, fast ihm gegenüber, beantwortete ihm sein Nachbar den Gruß mit den Händen. Der Postler drehte sich um und sah Mattuldat. Mattuldat aus Manhattan. Mattuldat, der Musiker vom Broadway. Im Jahr 1979, dem selben Jahr, als der der Postler total eingemummt und schläfrig mit seinem ihm gegen die Knie schlagenden großen Koffer aus dem Hauptbahnhof herausgekommen war, stieg weiter südlich der Amerikaner, sehr entspannt und ausgeruht mit zwei Saiteninstrumenten aus seinem Flugzeug. Ein seltsames Zusammentreffen. Verliebt hatten zwei große Blondinen mit blauen Augen und mit Vornamen Sybille die gleiche Idee: ihnen ihre Gastfreundlichkeit anzubieten. Und das musste er machen; einem Lokalblatt hatte sich Mattuldat anvertraut. Er hatte von seiner Romanze berichtet. Eine genau beschriebene Romanze, gespickt mit Anekdoten von jedem seiner Zusammentreffen mit dem Postler.
»Als ich hier ankam, konnte man von der Musik leben, aber heutzutage ist das nicht mehr so. Die Zeiten sind schwierig. Die Clubs schließen und zahlen viel weniger. Glücklicherweise laden mich oft die Grünen ein, Akkordeon auf Feten und politischen Meetings zu spielen.« Wenn ein Brief die Luftreise über den Atlantik gemacht hatte, klingelt Hervé zweimal lang. Der andere kam herunter und lud ihn fast immer zu einem Kaffee ein.
Bevor Doktor Riemann seinem Nachbar den Rücken kehrte, ermahnte er den Postler:
»Bitte schließen Sie vor allem in meiner Abwesenheit die Tür, wegen der Hunde. Ich reise für zwei Monate nach Italien.
„Wegen Mozart?«
»Wieso kommen Sie darauf?« er runzelte die Stirn und kratzte sich das Bärtchen. »Haben Sie einen Nachsendeantrag dabei?«
»Wissen Sie das denn nicht? Wir haben keine mehr dabei. Die muss man am Schalter bestellen.«
»Wie, am Schalter?«
»Ach, das fehlt ja noch. Sie sind gar nicht auf dem Laufenden? Heutzutage ist bei der Post nichts mehr umsonst.« Doktor Riemann schüttelte den Kopf und, den zweiten Satz des Klarinettenkonzerts in Dur K622 summend, verschwand er in den Tiefen seiner Bleibe.

Herr Tzscheetzsch in der Sackgasse

Ehrenfried Tzscheetzsch lebte allein in der *Erlenstraße 34.* Er hatte allerdings einen Untermieter, der auf der ersten Etage seines Hauses in einem Zimmer mit einer Kochnische wohnte, aber dieser autistische Fünfzigjährige blieb die meiste Zeit von Anfang Frühling bis Mitte September in seiner *Parzelle*, ein kleines Grundstückchen, das man für wenig Geld mieten kann und das den weniger Begüterten den Eindruck vermittelt, man wäre auf dem Lande. Sehr früh am Morgen begab er sich dorthin, zog sich zurück, entkam der Stadt, um den Rest das Tages in einem Holzhäuschen mit einem klitzekleinen Garten weder mit Strom noch irgendwelchem Komfort zu verbringen, welches sich neben vielen anderen in einer idyllische Landschaft zwischen Weser und *Werdersee* reiht. Von mürrischem Angesicht und immer auf dem Fahrrad, hatte er ein vom Alkohol gerötetes Gesicht und seine Statur sowie seine enormen geaderten Pranken, die aus seiner abgewetzten Jacke hervorstachen, ließen keinen Zweifel über seine vergangenen Aktivitäten. Diskret, ruhig, reserviert, immer alleine, traute er sich nie in das *Ostertor-Viertel.*

Allmorgendlich überquerte der Untermieter die kleine Brücke über den Werdersee, um sich auf seine *Parzelle* zu begeben. Ein im Schuppen abgestelltes altes Fahrrad Marke *Bauer* kündete seine Gegenwart im Haus an. Man hörte ihn nicht. Man sah ihn nicht. Er bezahlte seine Miete stets am Anfang des Monats. In der Vergangenheit hatte Tzscheetzsch oft afrikanische Athleten bei sich wohnen, die für eine Saison, einen Athletik-Wettbewerb in Europa nächtigten, aber um keine Scherereien mit den Nachbarn zu haben, standen nur zwei Namen auf der Klingel des Hauses in der *Erlenstraße.* Tzscheetzsch bewohnte das Erdgeschoss und einen Teil des Kellers oder genauer ein Zimmer des Kellers, das ihm als Küche diente. Der Rest war, seitdem er dieses Haus Anfang der neunziger Jahre gekauft hatte, ständig im Umbau und sozusagen unbewohnbar. *Er hat zwei linke Hände*, so sagten die ihm

Nahestehenden, um anzudeuten, dass er überhaupt kein Bastler war. Außerdem war er geizig und der Gedanke, jemanden einzustellen, um Renovierungsarbeiten zu machen, brachten ihn davon ab, zur Tat zu schreiten. Gewiss gab es Waldemar, den Polen, der von Zeit zu Zeit vorbeikam, um schwarz das Notwendigste aufzupolieren und das Dringlichste zu flicken, wenn es Schimmel an den Wänden gab, es in den Schornstein regnete oder Tapeten von den Wänden fielen. Aber die notwendigen großen Renovierungsarbeiten hatten nie stattgefunden.

Im großen Wohnzimmer im Erdgeschoss häuften sich, stapelten sich, reihten sich, verstreut und durcheinander auf dem Teppich, einsortiert in den Regalen, zwischen zwei Möbelstücken gekeilt, Papierblätter und zu korrigierende Kopien, Sammleralben, pädagogische Werke, Magazine über Leichtathletik, jährliche Briefmarkenkataloge, jährliche Zeitchroniken von 1983 bis zu unseren Tagen über die weltweiten nationalen und regionalen Ergebnisse in den athletischen Disziplinen, Langspielplatten und CDs, Embleme und Wimpel, zum größten Teil aus der ehemaligen DDR. Bei den Möbel, die das Zimmer ausmachten, stachen zwei riesige Musikboxen an den beiden Seiten einer Schiebetür hervor. Auf dem Esstisch vergammelten Speisereste neben einem Haufen Zeitungen. Ein großes grün-khakifarbiges Sofa im Empire-Stil verbarrikadierte den Eingang. Mit diesen unpraktischen Möbeln und sperrigen Objekten sah der Raum ein wenig wie ein Versteigerungssaal aus. Es war außerdem ein Geschicklichkeitsspiel, wenn man von einer Seite zur anderen wollte, ohne ein Objekt, eine Vase oder einen Bücherstapel umzuwerfen. Das mehr als zwei Meter lange Etagenbett oberhalb der Eingangstür vermittelte dem Besucher den Eindruck, dass er durch einen Tunnel musste, um das Wohnzimmer zu durchqueren. Dieser Eindruck wurde dazu noch durch die fast totale Dunkelheit bestärkt, die im Raum herrschte. Die Jalousien waren stets heruntergelassen und die Fenster niemals geputzt.

Ungefähr gegen dreizehn Uhr kam Tzscheetzsch von der Schule. An der *Grundschule* unterrichtete er Sport und Rechnen.

»Mit diesen Fächern hat er nicht das Risiko überbeansprucht zu sein«, stellten ironisch und ein wenig eifersüchtig seine Trainerkollegen fest, die am *Gymnasium* unterrichteten. Zweieinhalb Stunden später, nachdem er im Stehen Mittag gegessen und eine kurze Siesta gehalten hatte, fuhr er zum Stadium, wo er ungefähr bis zwanzig Uhr blieb. Fünf bis sechs Mal in der Woche trainierte er die Jungen in technischen Disziplinen und im Sprint. Die Leichtathletik war seine Leidenschaft. Der Sport füllte die Leere seines Lebens aus und entführte ihn eine Zeitlang aus der drückenden Atmosphäre, die in seinem Hause herrschte. Nach den ersten Wettkämpfen, die sich bis Mitte Juli hinzogen, fuhren seine Leichtathleten, Gymnasiasten und Studenten, für mehrere Wochen in die Schulferien oder auf Trainingslager. In diesem verlassenen und sonnenbeschienenen Stadium wiederholte der Sportlehrer dann, den Blick gedankenverloren auf die leeren Tribünen gerichtet, im Geiste ohne Unterlass die Siege und Erfolge seiner Leichtathleten. Weder der Flug eines Schwarms wilder Enten, die über den Bäumen schnatterten, noch der plötzliche Einbruch der Dunkelheit schienen ihn zu interessieren. Nur die wiederholten Aufrufe des Platzwarts von der anderen Seite des Rasens, die ihn dazu aufforderten Startblöcke und Speere zurückzubringen und dann sich vom Acker zu machen, rissen ihn aus seiner Traumwelt.
»Ich bin da, falls ein Leichtathlet früher als vorgesehen aus den Ferien kommt oder ein neuer Leichtathlet vorhat, in den Klub zu kommen«, sagte er, um seine Anwesenheit zu rechtfertigen. Aber in der Tat kam niemand.

Wenn er auch fast niemals in die Ferien fuhr, begab er sich als Briefmarkensammler doch gelegentlich in die großen Städte Deutschlands. Er war meistens in Berlin, Leipzig, Potsdam oder Hamburg, um an den Versteigerungen von Postwertzeichen teilzunehmen. Seit mehr als fünfundzwanzig Jahren sammelte er die in der sowjetischen Zone von 1945 bis 1948 gedruckten deutschen Briefmarken.
»Das ist eine gute Anlage und der Fiskus hat kein Auge drauf«, gestand er. Die Sammlermarken waren auch die Rechtfertigung für den regelmäßigen Besuch des Briefträgers.

»Am Anfang war er misstrauisch und unterschrieb die Einschreiben oder die Nachnahmen in seinem Flur, aber im Laufe der wöchentlichen Besuche öffnete sich die Tür immer mehr und schließlich wagte er es, mich in sein Wohnzimmer eintreten zu lassen«, bestätigte Hervé. Tatsächlich war das einem Telefonanruf zu verdanken, den er im selben Augenblick erhalten hatte, als Hervé an seiner Tür klingelte: Er bedeutete ihm, auf seinem Sofa Platz zu nehmen. Der Lehrer suchte vergebens im Papierkram, der sich auf seinem Schreibtisch ausbreitete, eine Einladung zu einer Versammlung im September.
›Nein, ich bin untröstlich, ich finde sie nicht, ich habe Besuch, auf Wiedersehn«, antwortete er kurz, bevor er auflegte.

Am Anfang der Sommerferien hatte er damit angefangen, ein bisschen zu gärtnern, aber tatsächlich beschränkte sich das darauf, das Gestrüpp auf dem Weg um sein Haus herum zu entfernen und um sich einen Durchgang zu verschaffen, weil die Zweige der Linde des benachbarten Parkplatzes, die Wildpflanzen, die Brennnesseln und anderes Unkraut den ganzen Garten überwucherten und den Elektriker daran hinderten, die Telefonleitung zu befestigen, die an der Mauer baumelte. Voller guter Vorsätze und gestärkt vom Enthusiasmus und Elan, der ihn plötzlich packte, hatte er einen Augenblick den Gedanken, dem sich bis in den Vorderflur ausbreitenden Chaos zu entfliehen, um sich in der zweiten Etage seines Hauses niederzulassen und im Endeffekt das die Linde durchdringende Licht zu genießen und ebenso den großen Balkon zum Garten zu betreten.
»Welch ein Ort! Welches Licht! Und dann dieser große Balkon! Du wärest ein drömeliger Simpel, wenn du dich hier nicht ausbreiten würdest«, hatte ihm eines Tages ein Kollege gesagt, der zu Besuch gekommen war. Nach langem Zögern hatte er sich schließlich ein Herz gefasst und Waldemar kommen lassen.

In etwas mehr als einem Monat hatte dieser die Zimmer tapeziert, den Boden mit einem Buchenholzparkett belegt, eine Dusche im Badezimmer installiert, die defekte Heizung repariert und einen Arbeitstisch für seine Küchenecke konstruiert. Kurzum, auch wenn

es noch einiges zu machen gab, konnte er doch schon Möbel, einen Schrank und Stühle hinstellen, um die zwei Räume *gemütlich* zu machen, warme Mahlzeiten oder Grills auf dem großen Balkon vorzubereiten und Freunde einzuladen. All diese kleinen Verrichtungen, die das Leben versüßen und viel angenehmer machen, aber die er seit mehreren Jahren niemals in Angriff genommen hatte. Er zögerte wie immer. Dann begann er, von vorübergehenden Anwandlungen gepackt, ruckzuck die Sportsachen sowie seine Golfausrüstung in einer Ecke des Raums zu stapeln. Er stellte auch einige Kartons mit Poster und Holzstatuen aus Afrika in den Flur. Nachdem er sich vergewissert hatte, dass niemand im Garten war, warf er eine alte sperrige Holztür sowie vom Regen verrostete Eisenstangen über die Balkonbrüstung. Für einen kurzen Moment wollte er sich auf einen Klappstuhl setzen und die Sonne genießen, die das ganze Zinkdach erwärmte, aber eine weibliche Erscheinung auf dem angrenzenden Balkon überzeugte ihn davon, länger zu bleiben. Im Bikini auf einer Luftmatratze ausgestreckt, summte das Nachbarsmädel eine Melodie von Robbie Williams mit, die von einer Stereoanlage durch das halbgeöffnete Fenster drang. Er war sprachlos, setzte an diesem Tag keinen Fuß mehr dorthin. Dieses leidige Zusammentreffen verursachte einen schmerzhaften Schock in seinem Inneren und tagelang hörte er nicht auf, sich wie besessen immer die gleichen Fragen zu stellen:
„Was mach ich eigentlich in meinem Saustall von einhundertvierzig Quadratmetern? Wohin wird mich das alles bringen? Wer interessiert sich wirklich für mich?«

Hund und Briefträger wie Hund und Katz

Der Schleier war von Himmel gewichen und ein blitzblankes klares Blau bedeckte die ganze Stadt. Nach diesen grauen und trostlosen Tagen sagte sich Hervé, dass nach den Schneeschauern des Aprils und den schüchternen Versuchen der Sonne endlich der Frühling ankommen konnte. Es gab nicht zuviel Post und zum ersten Mal hatte er das Büro kurz nach seiner Kollegin Annemarie verlassen. Mit guter Laune durchschritt er wie jeden Morgen, seit er seine neue Tour machte, die *Wallanlage*, ein Park inmitten der Stadt, der sich vom *Ostertorviertel* bis zum Hauptbahnhof hinzieht. Vorher hatte er die vielen Besucher hinter sich gelassen, die sich brav in einer Reihe vor der *Kunsthalle* aufgestellt hatten, um die Ausstellung von Vincent van Gogh zu sehen. Sie warteten brav, bis sie an der Reihe waren, in den Hort der Kunst eintreten zu dürfen. Im Laufe des Morgens erstreckte sich die Reihe bis zu den Ufern der Weser in der Höhe des *Osterdeichs*. Sie waren aus allen Teilen Deutschlands und sogar aus dem Ausland gekommen, um diese Ausstellung zu sehen. *„Einzigartig in ihrer Art"* titelte der *Weser Kurier* auf seiner ersten Seite.

Noch niemals vorher waren soviel Leinwände des Malers mit dem abgeschnittenen Ohr wie bei dieser Gelegenheit ausgestellt. Gemälde aus den Vereinigten Staaten, aus Japan, aus Russland, aus persönlichen Sammlungen oder Leihgaben von Museen befanden sich hier für mehrere Monate unter der strengen Bewachung der Kunstgalerie. In Sonntagskleidern wie zur Messe konnten sich schließlich die Besucher vor allen an diesen Farben ergötzen: das Ockergelb einer aufgehenden Sonne, die Grünschattierungen, die pfeilartig in ein Azurblau und die aufgehäuften Wolken stechen. Auch sich begeistern lassen von diesen Bäumen und Sonnenblumen, die wie kleine Flammen die Landschaft der Provence in rote Glut tauchen oder andächtig vor dem Portrait des Meisters verharren. Abgemagert und fast totenähnlich das Gesicht mit bleichen die eigene Seele befragende Augen. Er starb unbekannt ohne je eins seiner Bilder verkauft zu haben. Seitdem sind Millionen gekommen, um ihn zu sehen. »Die Zeiten ändern sich. Die Leute auch«, bemerkte der Postler.

»Die Van-Gogh-Ausstellung? Ja, dort die *Contrescarpe* entlang.« Wie viel Mal waren sie schon zu ihm gekommen, um ihn zu fragen, wo sich die Kunsthalle befindet. Er wusste es nicht mehr. Jeden Tag gab es mehr Besucher, die ihm den Weg versperrten und jedes Mal seufzte er vergebens. Immer wenn er den kleinen Pfad beschritt, der sich entlang der *Contrescarpe* bis zum *Wall* schlängelte, kamen sie auf ihn zu.
»Wenn sie einen Briefträger oder Verkehrspolizisten sehen, halten sie dich sofort für das Fremdenverkehrsamt. Nicht so, dass ich nicht gerne meine Dienste anbiete, aber alle fünf Minuten, ach nein, das ist zuviel ... Ich habe auch was anderes zu tun«, sagte er sich betreten.

Er hatte gerade die Briefkästen des Hauses *Meinkenstraße 2* gefüllt, als er bemerkte, dass ihm seit geraumer Zeit ein kleiner Bastard folgte und immer stärker kläffte. Als er sich dem Hund, der ihm weiterhin drohte, näherte, versuchte er ihm einen Fußtritt auf die Pfoten zu versetzen, aber da er gewahr wurde, dass sein Frauchen aus der Ferne die Szene beobachtete, beharrte er nicht darauf. Er entschied sich also, im Schutze eines Gehölzes die Gangart zu beschleunigen, um ihn abzuhängen. Aber der hartnäckige Köter verlor nicht an Terrain. Durch sein Gebell alarmiert rannten zwei andere Konsorten, eine Art Waschbär und ein Spaniel mit im Wind flatternden Ohren zu seiner Verstärkung herbei. Genervt, drehte sich Hervé um, drohte, wurde lauter, schimpfte. Aber da war nicht zu machen. Gerade richtig als Spielkamerad, voilà, der Wauwau machte unmittelbar vor seiner Karre kleine Sprünge, was ihn dazu zwang, seinen Schritt zu verlangsamen. Er versuchte recht und schlecht, sich einen Weg zu bahnen und diese bellende Horde loszuwerden, als er plötzlich vor sich in etwa zwanzig Meter Entfernung eine alte Frau sah, die von einer pechschwarzen Dogge mehrere Meter gezogen wurde.
»Nun aber, Fredy, aus!« rief sie.

Aber die Dogge selbst wollte nicht hören. Sie zog und zog an der Leine. Der Geifer lief ihr aus dem Maul und wie eine Verrückte steuerte sie direkt auf den Repräsentanten der Post zu.
»Scheiße«, sagte sich Hervé. »Die werden mir viel Freude bereiten. Aber was wollen sie eigentlich? Ist das meine Uniform, die sie verrückt macht oder wittern sie etwas Verdächtiges? Verrät mein Verhalten eine Aversion gegen die Gattung der Hunde? Ah! Sie machen gemeinsame Sache ... Aber lasst mich vorbei, stinkende vierbeinige Horde ...«, rief er, als wenn er d'Artagnan wäre.

Die Oma selber, außer Atem durch dieses verrückte Gerenne, nährte sich gefährlich ohne Einhalt. Ihr großer Wauwau drängte sie, schüttelte sie, schleppte sie den ganzen Weg lang. Sie verlor ihren Hut, aber die Töle setzte beharrlich die einmal eingeschlagene Richtung fort. Der Postler, hätte er sich einen Ast greifen können, einen Stock, einen Stein, dann wäre er zum Angriff übergegangen ... und auf das Weglaufen hingesteuert ... Aber unbewaffnet war er machtlos. Von nun ab war es unmöglich, einen Schritt rückwärts zu tun. Bedrohlich stand die Dogge vor ihm, standfest auf ihren vier muskulösen Pfoten und knurrte ohne Unterlass. Ein Schritt nach links und der Hund folgte in diese Richtung, ein Schritt nach rechts, und das Untier wich nach rechts. Einmal, zweimal, dreimal, ohne müde zu werden und mit auf sein Opfer fixierten Augen fand der Hund langsam Spaß an diesem seltsamen Schauspiel, dieses Spiel des Stärkeren, wo der kriegsmüde Mensch erkennen muss, dass er seinen Meister gefunden hat.
»Ja, das ist Ihre Vorgängerin ... Ja, Ihre Kollegin ...«, stammelte die Oma außer Atem.
»Was denn, meine Kollegin?« gab Hervé am Lebensnerv getroffen zur Antwort.
Langsam und allmählich sich vom verrückten Gerenne erholend stotterte die Alte:
»Ja, Ihr Kollegin hatte die Angewohnheit ihm Kekse zu geben. Jeden Tag gab die Briefträgerin ihm zu futtern ... Sie streichelt ihn und Fredy liebte das, Sie verstehen das.« Jetzt da der außer Atem gekommene Fredy sich zu beruhigen schien, fragte sie:
»Haben Sie nicht ein klitzekleines Etwas für ihn, nein, gar nichts?«

»Nein, nichts. Ich habe niemals etwas«, sagte er ihr. Und fügte wütend hinzu:
»Sie denken doch wohl nicht, dass ich sämtliche Hunde im Viertel ernähren werde?«
Während ihrer Unterhaltung hatte sich Fredy genähert und schnüffelte aufgeregt an der Hose des Postlers. Sofort schrie Hervé;
»*Weg, weg*« Und die Oma im Kanon:
»*Aus, aus, Fredy!*« Aber der Hund wollte nicht hören und bellte weiter. Wau! wauwau!
»*Aus, aus, Fredy!*«
»*Weg, weg!* Du Köter.« Hervé nützte einen Augenblick der Unaufmerksamkeit, um sich hinter eine Reihe von Mülleimern durchzuzwängen. »Ach, wenn ich doch nur meine kleine Sprühbombe XY3 mit Pfeffer und Öl gegen wild gewordene Hunde hätte! Im Allgemeinen habe ich sie ständig dabei. Aber niemals hätte ich gedacht, in so eine Falle zu geraten«, sagte er außer sich vor Wut.

Am Ende seiner Nerven hatte er das Bedürfnis einen großen Schrei auszustoßen, so als wenn er sich Mut machen wollte, der Gefahr ins Auge zu sehen und die behaarten Viecher in die Flucht zu schlagen, als er plötzlich hinter sich eine bekannte Stimme hörte. Das war Annemarie. Annemarie mit dem großen Herzen, die der Szene aus der Ferne her beigewohnt hatte und ihm zur Hilfe eilte. Vor Ort verteilte sie an diese ganze entfesselte Horde Kekse und andere Leckerbissen, die sie in ihrer Tasche bei sich führte. Der Bretone traute seinen Augen nicht, diese wilden und wütenden Hunde wurden, nachdem ihr Hunger gestillt war, leutselig und friedlich. Sie waren ganz süß, nette Wauwaus, brav wie eh und je. Seine Haut und seine Knochen riefen kein Interesse mehr hervor. Sie hatten etwas Besseres gefunden! Hervé war konsterniert. Erleichtert dadurch, dass er seinen Weg nun in aller Gemächlichkeit fortsetzen konnte, machte er eine Handbewegung des Dankes in Richtung Kollegin und verschwand auf der Stelle. Am nächsten Tag schenkte er Annemarie ein Poster von van Gogh, um ihr zu danken. Auf die Rückseite schrieb er:

»Für meine Beschützerin: eine blühende Landschaft der Provence ohne Touristen und Hunde«

Hervé hatte im Allgemeinen seine Waffe XY3 bei sich. Er hatte sie von einem Kollegen erhalten, als er ihn auf einer *gefährlichen* Tour vertreten hatte.
»Im *Hermannsweg* bekommst du bestimmt Besuch. Weißt du, was ich damit sagen will?«
Der Stammzusteller, ein unsympathischer Typ hatte ihn mit einem ironischen Ton gewarnt, in dem er die Stimme erhoben hatte, damit die Kollegen es hören sollten und boshaft scherzten. Das war nicht daneben getroffen. Wie vorhergesehen erwartete ihn jeden Morgen, zuverlässig und robust wie eine Schweizer Uhr ein Schäferhund am Eingang zum *Hermannsweg* mit einem zerplatzen Ball in der Schnauze.
»Er hat keinen Spielgefährten und will sicherlich mit mir spielen«, dachte der Postler. Mutig ergriff er den Ball, den der Hund vor seinen Füßen hatte fallen lassen und warf ihn so weit wie möglich hinter sich. Er machte das dreimal, um den Quälgeist loszuwerden, aber jedes Mal holte der Hund ihn wieder ein. Nachdem er ihn mehrere Male in verschiedene Gärten und angrenzende Grundstücke sowie auf eine Mauer und einige Zentimeter vorbei an einem gebeugten Rücken, der sich sofort umdrehte, geworfen hatte, dachte der Postler, dass das Tier von diesem Spiel ablassen würde. Aber weit gefehlt, er kam jedes Mal mit seinem Spielzeug, wenn der Postler sich fertig zum Weggehen machte. Eines schönen Tages, dieses Spiels überdrüssig, nahm Hervé seine Waffe und gab‘ s ihm. Voll in die Schnauze getroffen, fing der Hund an wie ein Teufel zu niesen und drängte nicht mehr. Am folgenden Tag war kein Hund mehr zu sichten. Moral von der Geschicht: Ein Hund hat ein Elefantengedächtnis, und wenn man ihn wie einen gemeinen Hund behandelt, erinnert er sich daran.

Das gehörte nicht zu seinen Gewohnheiten und der Postler wollte es nicht wie seine Kollegen machen und auf seine Kosten Tiernahrung kaufen. Mehr aus Realismus als Überzeugung Pazifist, hatte er überhaupt kein Bedürfnis, mit einem dieser Fleischerhunde die Klingen zu kreuzen. Ein Fleischerhund, der an der Straßenecke auf dich wartet, um dir eine üble Viertelstunde zu bescheren. Einer dieser Fleischerhunde, die darauf Wert legen, dich wissen zu lassen, wer hier der Herr ist und dass es nicht gut tut, ihm ins Gehege zu kommen. Nein, Fleischerhunde hatte er schon seit Langem nicht mehr gesehen. Vor allem seitdem die Drogensüchtigen das *Ostertor-Viertel* verlassen und sich vor die Porno- und Reizwäscheläden in der Nähe des Bahnhofs verzogen hatten. Die Polizei machte ihren Job gründlich und man sah nicht mehr, wie sich diese Tierchen in die Gegend wagten, überall die Pfote hoben oder einen Haufen hinterließen, während ihr Herrchen sich hinter einer Mauer übergab. Den einzigen Hund, den er traf, war die winzige Maus von Frau Bertram, Niko. Dieser Wauwau, der draußen bei den Mülleimern schnüffelte, quiekte manchmal, wenn sich der Postler näherte. Aber er, völlig harmlos, hätte noch nicht einmal einer Fliege etwas zuleide getan. Wenn er bellte, hieß das, dass er Angst hatte, bestätigte Frau Bertram. Aber da ein Briefträger auf der Hut für zwei zählt, hatte der misstrauische Postler im Allgemeinen seine Waffe XY3 in der Tasche.

Eines Morgens, als er sich gebückt hatte, um die Post durch den Schlitz unten an der Tür zu stecken, hörte er ein kleines Fiepen. Hinter der Tür wachte Niko. Das Hündchen schien zum Angriff überzugehen. Aber bevor er vor Aufregung in den Brief, den Hervé hindurchgleiten ließ, beißen konnte, murmelte Hervé ihm zu: »*Komm, komm*, komm näher.« Sobald der Hund die Schnauze durch den Spalt steckte, verpasste Hervé ihm eine gute Ladung XY3. Das Ergebnis ließ nicht lange auf sich warten. Gezwungen den Rückzug anzutreten, fing Niko an, zu niesen und trotz des Ungemachs wie ein Teufel zu bellen. Er drehte sich unentwegt, als wollte er seinen Schwanz fangen. Hinter der Tür hörte man einen Blumentopf auf dem Boden zerschellen. Alarmiert von diesem Bellen und dem Höllenlärm kam Frau Bertram aus der Küche, um zu sehen, was passiert war. Entrüstet stieß sie kleine Schreie aus, wobei sie ihrem fürchterlichen Kompagnon in das Wohnzimmer folgte. Sie wollte ihn gerade packen, als plötzlich ... als sie plötzlich Lärm im Flur hörte. Sie stürzte mit Niko zur Tür, dieses Mal Niko hinter ihr her. Als sie die Tür öffnete, stand sie Angesicht zu

Angesicht mit einem Prospektverteiler. Mit misstrauischem Blick fragte sie ihn:
»Wie war doch noch Ihr Name?«
Der drehte sich überraschend um und mit drohenden Augen fand er sofort heraus, dass er mit den Zähnen fletschen konnte.

Allgemeiner Umsturz bei der Post

In der ganzen Stadt kannte Hervé keinen so prosaischen und sterilen Ort. Der Bahnhof von Syke war ein Platz, am dem man sich nicht lange aufhielt. Die Schalter und das Eingangstor waren drei Stunden täglich für die Öffentlichkeit geöffnet. Wenn man den Zug um elf vor fünf nahm, war es besser nicht zu früh zu erscheinen. Wind und Wetter ausgesetzt und schlecht geschützt konnte man sich den Tod auf den Leib holen. Seitdem Sybille eine Anstellung in einer Lehranstalt nicht weit von hier gefunden hatte, dachten beide, dass es in Ordnung sein würde, in einem nicht zu kleinen Örtchen zu wohnen. Und nicht zu weit von der großen Stadt entfernt dort, wo sie noch Freunde hatten, und in der Nähe des Nahverkehrs der Eisenbahnen. In einem zwischen mehrstöckigen Gebäuden eingezwängten Häuschen inmitten einer von allen sozialen und kommerziellen Strukturen losgelösten Siedlung fühlten sie sich ein wenig von der Welt abgeschnitten und weit weg von allem. Aber trotzdem genossen sie die Ruhe und Abgeschiedenheit, die in dem Viertel herrschte.

In der lautlosen Nacht näherten sich nach und nach Punkt Viertel vor fünf exakt die drei Scheinwerfer des Intercity und blieben im Bahnhof stehen. Vom Bahnsteig aus konnte man einige an die Scheiben geklebten Gesichter sehen. Verfroren war Hervé äußerst zufrieden aus dieser so kalten Nacht zu verschwinden und sich auf dem Sitz nahe der übersteuerten Heizung niederzulassen, wobei er Obacht darauf gab, sich nicht zu verbrennen. Während einige morgendliche Reisende noch im Halbschlaf dösten, unterhielten sich andere, besonders die Arbeiter von *Mercedes-Benz* in Grüppchen zu dritt oder viert und lachten lauthals. »Erstaunlich, dass der Kontrolleur noch nicht durch war. Er muss irgendwo vor sich hinduseln oder auf dem Weg sein«, dachte der Postler »Ah, da ist er ja!« Von Sitz zu Sitz, von Abteil zu Abteil weckte er freundlich die Leute, überprüfte die Fahrkarten und Jahreskarten. Die meiste Zeit ging er durch, ohne etwas zu sagen, und setzte seinen Weg fort, wobei er einen *förmlichen* Blick fallen ließ, wenn die Reisenden ihre Brieftasche zur Hand hatten, in ihrer Tasche kramten oder ihre Jahreskarte seit mehreren Minuten am ausgestreckten Arm hielten.

Als er eines Morgens in die erneute Lektüre von *Reise an das Ende der Welt* vertieft war, sah der Postler, wie sich ihm eine Frau näherte, deren Gesicht er sofort wiedererkannte.
»Ihre Fahrkarte ... Öh ... Hervé!«
»**RENATE** ... Was machst du hier?« Die Kontrolleurin beugte sich zu ihm und drückte ihn fest gegen ihren Busen. Überrascht und hocherfreut setzte sie sich neben ihn.
»Wie geht's dir?« fragte sie ihn mit überstürzender Stimme.
»Oh, geht so. Aber sag mal, arbeitest du schon lange als Kontrolleurin bei der *Bundesbahn*?«
»Die Post, das war nicht mehr mein Ding. Man hat meine Tour abgeschafft, und seit der letzten Umstrukturierung bin ich von einem Tag auf den anderen Springer im Team geworden. Ich verstand mich gut mit Jens. Jens, den kennst du doch?« Der Franzose schüttelte den Kopf. »Wir leben seit meiner Scheidung zusammen. Jens hat mir geholfen. Aber die anderen: jeder für sich. Seit einigen Jahren ist das die Hölle. Sie sind verrückt geworden. Anstatt sich gegenseitig zu helfen, vermasseln sie sich alles. Wegen einiger Prospekte, die du nicht mehr austragen konntest, beschweren sie sich beim Manager. Jens hat mir gesagt: – Renate, hör auf. Jens hat einen Bruder, der bei der *Bundesbahn* arbeitet. Er hat gesagt, ich soll mich vorstellen. Das Weitere siehst du.« Renate machte die Frau des Fakirs nach, die nachdem sie sich hat in Scheiben sägen lassen, ganz aus einer mit Goldpapier bedeckten Kiste wieder auftaucht.
»Und Rosie, was ist aus Rosie geworden? Ich sehe sie nicht mehr? Sie war doch in deinem Team. Nicht? Das war doch deine Freundin.« Hervé hatte keine Zeit den Satz zu beenden. Die ehemalige Postlerin – geschockt von dem, was sie gerade gehört hatte – hob die Arme in die Höhe und mit aus den Höhlen tretenden Augen kreischte sie:

»**KOMM MIR NICHT MIT ROSIE** ... **DAS IST EINE HURE** ... Sie geht mit dem *Qualitätsmanager* aus!«
Zwei Köpfe drehten sich erbost nach ihnen um.
»Nun ja ...!«
»Ach, was macht man nicht alles, um die Beziehungen spielen zu lassen und um aus der Scheiße raus zu kommen ...!«
»Aber dein Gehalt ... in Ordnung?« Der Franzose rieb mehrere Male den Daumen gegen den Zeigefinger.
»Oh, das ist ungefähr das Gleiche. Der Unterschied ist, dass du bei der Bundesbahn am Vortag weißt, was du zu tun hast. Ich bediene diese Strecke sowie die Strecke nach Bremerhaven und von Zeit zu Zeit nach Hamburg und das ist's auch schon. Ich weiß, wann ich nach Hause komme und ich muss mich nicht für den nächsten Tag wegen der Post rumplagen. Wenn ich Überstunden mache, ist das nicht wie bei der Post. **DIESE ARSCHLÖCHER!** ... Bei der *Bundesbahn bezahlen sie Einen wenigstens...* Ach, ich bedaure nicht, ausgeschieden zu sein ...! Aber was ist mit dir?«
»Ach, ich mit meiner Gesundheit, das verschlechtert sich. Trotz meiner 40% Invalidität muss ich wie jeder malochen. Gewiss habe ich meine Tour und ich verstehe mich gut mit Annemarie und den anderen, aber das ist nicht mehr so wie früher. Man kommt so spät von der Zustellung und wenn du schnurstracks zurückkommst, sind sie alle wie Hasen auseinander gelaufen ...! Du siehst niemanden mehr. Nun ja ... Ich muss zum Arbeitsmediziner, sonst machen sie mir noch meine Gesundheit kaputt.«
»Ach ja, lass dich nicht von diesen Idioten unterkriegen. **DAS SIND ALLES DRECKSKERLE**«, kreischte sie erneut. Blitzschnell schnellte sie wie von einer Sprungfeder getrieben in die Höhe. »Entschuldige mich bitte, aber ich muss weitermachen ... Viele Grüße an Annemarie. Ich habe sie letztens gesehen, als ich eine Vertretung auf der Strecke nach Hamburg gemacht habe, und ich drücke dir den Daumen!« Renate hatte sich nicht verändert. Immer lächelnd und charmant. In der Uniform der *Bundesbahn* und mit selbstbewusstem Schritt, ihr Rollköfferchen hinter sich ziehend, mit ihren festen Hinterbacken, die frei in einer zu großen marineblauen Hose schlenkerten. In einem Zug, der sie ihre tägliche Arbeit machen ließ, fühlte sich Renate wohl und das war gar nicht ohne!

Wenn man vom unvorhergesehenen Auftauchen von Renate, der ehemaligen Postlerin, einmal absieht, und man eine Entgleisung, eine auf dem Gleis zusammenstürzende Brücke, dazu einige Lokomotivenwechsel, Aufenthalte auf freier Strecke immer häufigere Verspätungen und schließlich die Privatisierung der Bahn einmal beiseite lässt, dann bestand der Morgen eigentlich aus dem alltäglichen Trott. Hier gab es immer die gleichen Abläufe. Zwölf Minuten, nachdem es sich der Franzose auf der Sitzbank bequem gemacht hatte, tat ein bebrillter kleiner Mann, weises und gepflegtes Gesicht und Kollegmappe unter dem rechten Ärmel, das Gleiche. Er öffnete automatisch die rechte Tür des zweiten Abteils und setzte sich nahe des Fensters in den dritten gepolsterten Sitz von rechts in Fahrtrichtung. Er verstaute seine Schirmmütze mit herunterklappbaren Ohrenschützern und entnahm dann die zwischen seinem Essen und den jeweils heißen und kalten Getränken eingeklemmte Lokalzeitung, die er während der gesamten Strecke bis zur Endstation vor sich hielt. Wenn sein gewohnter Platz schon besetzt war, veränderte sich sein weiser Gesichtsausdruck wie bei einem Magier sobald zu einer verdrießlichen Miene, von der er selber nicht genau wusste, woher er sie hergenommen hatte. Zwei Reihen weiter aber auf der anderen Seite nahm ein schon älterer richtig rundlicher Knabe in aller Ruhe sein Frühstück ein. Als wenn er überhaupt nicht seine Küche verlassen hätte, deckte er seinen Tisch über zwei Bankreihen. Hier sein Fahrradkorb, da seine ganze Artillerie für das Picknick, genauer drei Flaschen Mineralwasser, eine Thermoskanne, eine Butterdose, ein Messer, eine Gabel, zwei Plastikbehälter, davon einer mit Würstchen, einer mit Käse, ein großer Teller. Kurz, »warum sich genieren, wenn es niemanden stört«, dachte er. »Das Frühstück nimmt man eben ohne Umstände in der Öffentlichkeit ein. Mal sehen ...«
Nach genau sechsundzwanzig Minuten Imbiss am Bahnhof angekommen, stürzte er sich im Nullkommanichts mit dem Korb unter dem Arm zur Tür, nahm die Stufen zum Ausgang, jeweils zwei auf einmal, und verschwand mit vollem Mund und seinem gesamten Kram in einem überfüllten Bus.

In den Straßen beim Bahnhof gab es einige Nachtschwärmer, die dort herumschlenderten. Ein seltsamer altersloser Mann mit langen Spirallocken auf dem Schädel, in der Hand einen Regenschirm mit einigen zerbrochenen Stangen, verbrachte seine Zeit damit, zwischen dem zu dieser Stunde einzig geöffneten Café und dem Zeitungskiosk vor der Bushaltestelle hin und her zu gehen. Er kreuzte einen mageren und kurios gekleideten Mann. der jeden Morgen den Eingang des Bahnhofs durchfurchte, wobei er unverständliche Worte grummelte. Stiefel bis zu den Knien, eine gelbe Armbinde mit drei schwarzen Punkten auf dem rechten Ärmel seines grünen Anoraks, dicke Brillengläser mit drehbaren dunklen Aufsatzgläsern und eine Schiffermütze der Handelsmarine ergänzten das Ganze. Manchmal wuselte er zwischen den Fahrzeugen umher und fegte unter den verdutzten Blicken der Busfahrer alles, was er fand mit seinem weißen Stock weg. Hervé hatte seit einiger Zeit bemerkt, dass es seit geraumer Zeit immer mehr von diesen Frühaufstehern gab, die um den Bahnhof strichen. Frühaufsteher aller Art. Obdachlose zweifellos aber auch vom Leben Bestrafte, Orientierungslose auf der Suche nach einem Zeichen, einer Geste, einem Lächeln, das sehr oft niemals kommt.

Die große Masse der Personen – in der Mehrzahl junge asiatische Mädchen und slawische Männer –, die sich an der Busstation sammelten, wurde immer bedrohlicher. Sie standen all da, um auf die Busse zu warten, die in Richtung *Gröpelingen* fuhren, Wenn einer von ihnen in Sicht war, bewegte sich die Masse plötzlich in seine Richtung. Kam er in ihre Nähe, verlangsamte er seine Geschwindigkeit und auf einmal öffneten sich krachend die Türen. Das war also der Kampf *Jeder gegen alle*, um einen Sitzplatz zu ergattern.
»Zu dieser morgendlichen Stunde muss man viel Energie und Aggressivität aufbringen, um einen Sitzplatz zu bekommen. Das ist ein wenig so wie auch sonst im Leben. Die Meisten von ihnen stehen mitten in der Nacht auf, um schäbige und anstrengende Jobs zu vier oder fünf Euro die Stunde zu machen«. sagte Hervé sich, als er die Straßenbahn bestieg, die ihn in Richtung Haltestelle *Domsheide* schaukelte. »Im Grunde genommen ist diese Situation

ein wenig die gleiche wie bei den Neuankömmlingen bei der Post: Sie sind unterbezahlt, jederzeit kündbar und verpflichtet, Überstunden ohne Ausgleich zu machen. Ich kann mich glücklich schätzen, einen Status zu haben, der mich mehr oder weniger vor diesen neuen antisozialen Maßnahmen schützt«, atmete er auf.

Er döste vor sich hin und betrachtete in der Dunkelheit die beleuchteten Geschäfte der Straße *Schüsselkorb*, als er sich plötzlich an einen Telefonanruf erinnerte, der ihn gestern Abend vor dem Schlafengehen erreichte. Seine Schwester Joseline hatte ihn angerufen, um ihm mitzuteilen, dass sein Vater vom Gerüst gefallen und nach zweiwöchigem Krankenhausaufenthalt verstorben war. Hervé war nicht zu überrascht von dieser Nachricht; er wusste, dass der Alkohol und die Knochenarbeit seine Gesundheit ruinieren würden und dass er niemals den Ruhestand erreicht hätte. Also keine Überraschung. Er hatte nichts dazu gesagt und auch nicht nach den Umständen seines Ablebens gefragt. Er war seit zwanzig Jahren in Deutschland und hatte seinen Vater so lange nicht mehr gesehen, dass sein Tod ihm fast fremd erschien. Das war, als wenn ihn das nichts anginge. Sein Vater hatte sich nicht mehr für ihn interessiert, seitdem er Jugendlicher war. Er war nie da, wenn er ihn brauchte. Warum also sollte er sich für seinen Tod interessieren? Übrigens fragte seine Schwester nicht, ob er kommen würde. Sie wusste, dass er die Reise nicht antreten würde, um zur Beisetzung zu kommen. Seine Gefühle für ihn hatten ab einem bestimmten Moment der Vergangenheit aufgehört zu existieren. Aber dann, als er schon nicht mehr daran dachte, als diese Nachricht schon in den Tiefen seines Bewusstseins verloren schien, saß er plötzlich am Spätnachmittag fassungslos vor seinem Sortierspind. Er fragte sich, wie drei Fotos ihn plötzlich anstarren konnten. Auf einem gab er seinem Vater während des Jahrmarkts anlässlich eines Spaziergangs die Hand, auf einem anderen, von den Jahren vergilbt, posiert er an der Seite seiner Eltern vor dem Kinderwagen, in dem seine beiden Schwestern lagen, und dann war da noch das traditionelle Familienfoto. Wie aufdringliche Leuchtreklamen in der Nacht drängten sie sich in sein Gedächtnis. Kein Zweifel. Ja, das war es. Sein schlechtes Gewissen. Dieses schlechte Gewissen, das ihn zur Ordnung rief und mit einem anklagenden Finger auf ihn zeigte.

Als er gerade in den großen Zustellersaal in der ersten Etage eintrat, hätte er fast um ein Haar seinen Kollegen Alwin Lottermann umgeworfen, den kleinen Dicken, der die Post auf dem Platz der Stadthalle zustellte, da, wo die Schausteller des *Freimarkts* labyrinthische Alleen, unentwirrbare Wege und Einbahnstraßen gezogen, Kabel, Leitungen, Schläuche direkt auf dem Pflaster ausgerollt, in jeder Ecke ihren Hund oder ein anderes Tier gelassen und in der Luft die Gerüche von Karamell und Zuckerwatte ausgebreitet hatten – aber ebenso von Champignons und Grillwürstchen wie von Pisse und Kotze. Er klebte mit der Nase an einem Plan, auf dem im verkleinerten Maßstab die Standorte der Wohnwagen und Buden verzeichnet war. Der aber tatsächlich nichts mit dem neuen Zustellbereich zu tun hatte. Er motzte also; was hierdurch erklärlich war:
»Ach, das ist doch jedes Jahr das Gleiche. Die Neuen vergessen ihre Standorte anzugeben. Gestern bin ich wie ein Verrückter fast eine Dreiviertelstunde im Kreis gelaufen. Nichts zu machen. Ich weiß nicht, was sich diese Leute einbilden. Schade! Sie müssen auf ihre Post warten.«

Ein Großteil der Briefträger hatten schon mit dem Dienst begonnen. Manni, Sabine, Alfred, Werner und die Kollegen seines Teams hatten schon mit dem morgendlichen Sortieren begonnen. Als er seinen Platz einnehmen wollte, lief Hervé dem neuen Amtsleiter über den Weg. Er war begleitet von zwei ehemaligen Beamten der *Oberpostdirektion*, die ihm die verschiedenen Verantwortlichen für die Zustellung vorstellten. Dirringer, so lautete sein Name, lächelte. Er trug weder Jackett noch Krawatte, sondern einen blauen Pullover.
»Das ist der neue *Look* des Hauses«, rief Lottermann aus, als er sich prustend vor Lachen davon machte.

Dirringer in den Fängen der Privatisierung

Seit seinem Erscheinen im *Postamt 1* hatte Dirringer den Ton angegeben und mit seiner *forschen* Art bei gewissen Leuten Anklang gefunden. Vor allem bei denen, die der Meinung waren, dass es in der letzten Zeit eine gewisse Lockerung in allen Abteilungen und besonders in den höheren Etagen der Posthierarchie gegeben hatte. Tatsächlich sahen viele Führungskräfte, die – nach einigen Jahren in Pension – die neuen Maßnahmen zur Umstrukturierung sowie die Abschaffung ihrer Vergünstigungen nebst Infragestellung ihres Beamtenstatus‘ mit bösen Augen ansahen, kaum dazu genötigt, die Sachen ins Rollen zu bringen. Direkt und überzeugt von dem, was er wollte, vertraute Dirringer als ausgezeichneter Kenner der Lage seinen Angestellten. Seine Erfahrung und Menschenkenntnis erschienen in seinen Augen als wichtiger Trumpf, um seine Mission zu erfüllen und all das Gute zu bestätigen, das seine Vorgesetzten in ihn gesetzt hatten. Wenigstens war er davon überzeugt. Als Saalordner in der Filiale 33, ein Postamt, das schwer zu leiten war, hatte er sich innerhalb von drei Jahren einen Namen gemacht und sich Respekt verschafft. Erfolgreich wie er war, konnte er seitdem ins Auge fassen, in der Posthierarchie auf höchste Stellen aufzusteigen. Im Sport wie in der Bundeswehr hatte er alles kennen gelernt: die Niederlagen und Enttäuschungen wie die Erfolge und die Beförderungen. Nach einer Karriere als Spieler wurde er Trainer einer Handball-Mannschaft, die er nach nur zwei Spielzeiten in die Regionalliga brachte. Mit dreiundvierzig Jahren hätte er nur einige Jahre warten müssen, um in den Genuss einer Rente in einem Alter kommen und ein beschauliches Leben im Ruhestand beginnen zu können, in dem viele gerade die Mitte ihrer Berufskarriere durchlaufen haben, aber statt dessen suchte er eine neue Herausforderung: Die *Bundespost* öffnete ihre Tore einem Soldaten. Er war nicht der Erste, der diesen Schritt unternommen hatte. Sein Übergang von der Bundeswehr zur Post wird sich als schlüssig herausstellen und sein direkter Stil, seine freimütige Ansprache und seine paternalistische, personelle und vereinfachende Art, Probleme zu lösen, wird ihm in der ersten Zeit die Sympathie der Mitgliedern der Familie Postbote einbringen. Groß, mit Schultern fast wie ein Rugby-Spieler, ein passables Gesicht, die meiste Zeit in Jeans mit einem Pullover mit drei weißen Streifen hatte er nichts von einer Führungskraft an der Spitze von mehr als zweihundert Angestellten an sich.

Die Mauer von Berlin war gerade gefallen und ein Hauch der Freiheit begann zu wehen. In der Wirtschaft trat der Neoliberalismus seinen Siegeszug an. Um auf alle Fälle nicht anderen Denkweisen vor den Kopf zu stoßen, zog es die Post vor, nichts zu überstürzen. In diesem Augenblick hatte Dirringer ein ausreichend großes Aktionsfeld, das es ihm ermöglichte, mehr oder weniger buchstabengetreu die neuen Weisungen der Mannschaft vor Ort in die Tat umzusetzen. Der Innendienst umfasste noch sechs oder sieben Personen, mit denen er eine ausreichend flexible und freundschaftliche Beziehung pflegte und die seine Weisungen respektierten. Als Obergefreiter zog er jeweils die Schrauben an oder lockerte sie, wie er es meinte, und als enger Kollege verteilte er generös einmal Schulterklopfen, hier ein diskretes Tätscheln auf die Hinterbacken und dort einen Ulk, der niemanden zum Lachen brachte, weil er nicht jedermanns Geschmack war. In ganz kurzer Zeit hatte *die Methode Dirringer*, auch wenn sie Anhänger fand, die Postler in zwei Lager geteilt. Ein wenig altes Spiel und zu sehr Kavalier, so schürte seine Art die Skepsis und das Misstrauen bei den integren Personen. Man fühlte, man sah, man bemerkte, dass er geradewegs gegen die Wand fuhr, aber man war überaus zufrieden damit, ihm das Steuer zu überlassen. Zur Stunde hatte er gute Laune. Waren die Postboten auf Tour, konnte er sich gehen lassen. Wenn die unteren Dienstgrade es sich am Samstagmorgen gut gehen ließen, nutzte er dies, um sich amüsieren zu gehen. Begleitet von zwei oder drei Beamten des Innendienstes ging er durch den Notausgang, um während der Weihnachtszeit auf dem Markt einen Glühwein zu trinken, und kam zwei Stunden später in einem euphorisierten Zustand wieder, der mit dem gleichen komischen und ungewöhnlichen Benehmen vergleichbar war, das er an den Tag legte, wenn er mit seinen siegreichen Spielern in der

Umkleidekabine das Spielende begoss. Im Sommer, wenn nicht zuviel Postverkehr war, verschwand er den ganzen Morgen. Unmöglich, ihn zu packen bekommen. Die Akten stapelten sich in seinem Büro, aber er fühlte sich nicht recht auf der Höhe, um da Hand anzulegen. Bei jeglichem Straßenlärm stürzte er ans Fenster, um sich selbst hochzurütteln, ging dann auf die erste Etage in einen Raum, in dem Material zwischengelagert wurde, um Lothar und Volker zu besuchen. Da, wo im allgemeinen niemand den Fuß hinsetzte.

»Ich hatte gerade an die Tür geklopft und wollte Lothar besuchen, der mich aufgefordert hatte, ihn aufzusuchen, als ich plötzlich direkt Dirringer gegenüber stand. Dieser schien, mit einem Bier in der Hand zusammengesunken auf einem Stuhl, völlig k.o. zu sein. Aber mein Erscheinen versetzte ihm einen zweiten k.o.-Schlag von hinten und er richtete sich schleunigst wieder auf. Er war ein wenig verlegen, mich zu sehen und alsbald verabschiedete er sich von seinen zwei Angestellten«, wie Ostwald, der Sozialbeauftragte erzählte. Ein anderes Mal wurde *der Soldat* in einer eindeutigen Situation mit einer jungen Postbotin, angetroffen, einer schönen Blondine, die seit einigen Monaten im Büro war. Ausnahmen bestätigen die Regel: Letztere hatte seit ihren Anfängen eine vakant gebliebene Tour inne. Wenn er auch seine Gunst denen zukommen ließ, die sich durch Schwäche oder Opportunität seiner Sache angeschlossen hatten, so war Dirringer im Gegenteil unnachgiebig, distanziert und manchmal verächtlich gegenüber den anderen. Diese widersprüchliche Haltung gegenüber dem Personal und seine Parteilichkeit in den Konflikten mit gewissen Beamten wurde immer mehr von seinen Vorgesetzten in Frage gestellt. Seine Fehltritte häuften sich, er kompromittierte sich, aber was schlimmer war: Indem er Partei für seine Schützlinge ergreifen oder gewisse Fakten unter den Tisch kehren wollte, überschritt er seine Kompetenzen und fand nicht die Schriftstücke wieder, die bei ihm angefordert wurden.
»Sie scheinen müde zu sein«, sagte ihm ein Vorgesetzter mit undurchdringlichem Gesicht anlässlich einer außerordentlichen Besprechung.

»Ich ... öh nein ...«
»Aber ja.«
»Ach ja?«
»Nehmen Sie Urlaub!« befahl der andere.
»Meinen Sie?«
»Allerdings meine ich das.«
Dirringer hatte die Andeutung durch die Blume verstanden, doch es war schon zu spät. Für die *neuen Herren* an Bord drängte die Zeit und es kam, was kommen musste. In Zukunft durfte Dirringer keine Rolle in der neuen Führungsriege mehr spielen.
Ausgeruht und drei Wochen später, bemerkte er, dass sich in seiner Abwesenheit viel verändert hatte. Der mit dieser neuen Situation konfrontierte *Soldat* wusste dann nicht mehr, wo ihm der Kopf stand. Desorientiert, genervt und gestresst brachte er sich in Misskredit, indem er widersprüchliche Entscheidungen fällte. Seine Stellvertreter oder diejenigen, die, in verständliches Schweigen gehüllt, noch auf ihrem Posten waren, zeigten Zeichen der Niedergeschlagenheit und Betrübnis, während die Aufseher und Saalordner als Opfer dieses Bumerang-Effekts sich weigerten, die Maßnahmen ihrer Vorgesetzten zu tragen. Das war eine derartig zugespitzte Situation, die niemand wollte, und wie immer hatten die Zusteller darunter zu leiden.

Diese Kaltstellung machte ihm bewusst, dass er die Schwierigkeit seiner Aufgabe unterschätzt hatte, und seitdem er seine Felle wegschwimmen sah, schien ihm alles, was um ihn her geschah, gleichgültig zu sein. Die Wochen vergingen und Dirringer hielt sich versteckt. Angeekelt von allem und allen ging der *Soldat* nicht mehr jeden Morgen hinunter, um die Postboten zu begrüßen. War er verschwunden? Man sah ihn nicht mehr. Dann platzte eines Tages – vom wem von wo, weiß man nicht – die Nachricht wie eine Bombe herein: Dirringer heruntergestuft und gedemütigt, wurde in ein Postamt nach Lüneburg versetzt. Einige Monate später, als die Privatisierung auf Hochtouren lief und die Post zu einem wahrhaften Umsturz und einer Umbildung ihrer Führungskräfte schritt, schwirrten die Gerüchte, dass er aufgrund disziplinarischer Maßnahmen aber auch wegen der Ineffizienz seines Dienstes erneut versetzt worden war, aber dieses Mal in ein mehr als hundertfünfzig Kilometer von seinem Heimatort entferntes kleines Postamt. Aber er musste den Kelch bis zur Neige austrinken. Als letzte Station seiner Rundreise fand er sich an einem Ikea-Tisch in einem großen Raum mit fünf anderen *Unerwünschten* wieder. Wenn das Telefon klingelte, musste er Präsenz zeigen. Ohne ihr Wissen wurden sie von morgens bis abends von einer Überwachungskamera observiert. Als erklärte *persona non grata*, zum Nichtstun verdammt, am Rande eines Nervenzusammenbruchs und mit dem Damoklesschwert der Entlassung über sich, bestand für Dirringer kein Zweifel daran, dass es an diesem Ort, wo er zum ersten Mal eine Niederlage erlebt hatte, demjenigen, der ihm die Stirn geboten hatte, kaum besser erging. Tatsächlich, aus Gesundheitsgründen musste Hervé beim Arbeitsmediziner vorstellig werden.

Bahnhofsstraße 12, Arbeitsmediziner

In der *Bahnhofsstraße* standen die Leute dichtgedrängt vor den erleuchteten Schaufenstern oder wuselten entlang der Straßenbahnlinie 1, die den Bahnhof mit der Fußgängerzone der Innenstadt verbindet, auf dem Trottoir herum. Hinter der gläsernen Schiebetür der Nummer 12, inmitten des Flurs zwischen zwei großen Glasfenstern, die zum zweiten Gebäude führten, betrat Hervé den roten Teppich mit khakigrünen Motiven und steuerte auf die Fahrstuhltür zu. Zu einer Stunde, in der viele Leute mit ihrer Arbeit in den Büros begannen, traf er zu seinem Erstaunen dort niemanden an. Auf einem chromglänzenden Schild rechts neben dem Fahrstuhl klebte ein schräges schwarzes Kreuz und die Firma Neddermann und Co, die ihren Sitz auf der ersten Etage hatte, schien diesen Ort verlassen zu haben. Das Schild der vierten Etage selbst war nicht mehr vorhanden. Vor der Tür des Fahrstuhl drückte der Postler den Knopf der siebten Etage beim Doktor Holzbein – Arbeitsmediziner. Mit einem entsetzlichen Quietschen löste sich die Fahrstuhlkabine nur quälend vom Boden, wackelte ins Leere und zögerte bei jeder Etage, um ihre Fahrt in den Himmel fortzusetzen. All diese Transmissionsräder, Kabel und Metallteile, Schutzbleche gaben Knirschen, Quietschen, Klappern wie Folterinstrumente von sich.
»Ich habe fast damit gerechnet, steckenzubleiben. Beim Rückweg nehme ich die Treppe«, stöhnte der Postler erleichtert, als er aus der Kabine stürzte.

Auf ihrem Sitz wie festgenagelt, bat ihn die Sprechstundenhelferin, während sie auf ein Schriftstück starrte, im Wartezimmer Platz zu nehmen. »Da ist ja niemand und für eine Arztpraxis ist das merkwürdig ruhig hier«, dachte er und ließ sich dennoch auf einen Sessel plumpsen, der ihm geradewegs verschlissen vorkam. Nach ungefähr einer Viertelstunde gab die Helferin ihm ein Zeichen, den Flur links und die Tür geradeaus zu nehmen. Tock ... tock ... Er klopfte. Nichts. Er wartet vier bis fünf Sekunden und klopfte erneut, diesmal etwas lauter. Tock ... tock ... Er glaubte eine Stimme zu hören. Also trat er ein. Ganz am Ende eines Raumes zwischen einem Tisch auf dem ein vorsintflutlicher Computer der ersten Generation – verlässlich aber laut – stand und einer Reihe fast leerer Regale war er. Besser gesagt, stand er in der Dunkelheit. Der Doktor Holzbein in Person. Langsam näherte er sich und hielt ihm schüchtern die Hand hin. Hervé hatte gerade die Zeit, seine Finger zu streifen, als dieser mit einer raschen Geste die Hand wieder auf dem Tisch ruhen ließ. Mit seiner runden Brille, der gestrickten Weste in Regenbogenfarben und den Sandalen Marke *Birkenstock* sah er aus wie ein überalterter Öko. Was den Postler zudem erstaunte, war die extreme Langsamkeit seiner Gesten und die Sanftheit seiner Augen. Doktor Holzbein betrachtete ihn einen langen Augenblick. Wie stumm schien er nach Worten zu suchen. Dann bat er ihn, sich an einen Schreibtisch an der anderen Seite des Raumes zu setzen. Mit leiser Stimme begann er, die Aufforderung zur Vorstellung und den Bericht des Urologen und Orthopäden vorzulesen. Als Arbeitsmediziner war Doktor Holzbein dazu befähigt, den Schweregrad seiner (partiellen) Arbeitsunfähigkeit für den Zustellungsdienst bei der Post festzustellen. Ihm oblag es zu entscheiden, ob eine Erleichterung seiner Tour gerechtfertigt war oder nicht. Er hob den Kopf. Und im selben Moment, als den Mund öffnen wollte, klingelte das Telefon.

»Ja, Doktor Holzbein ...« Dann folgte eine lange Pause. »Ja, Eberhart, sicherlich, Eberhart, aber glaubst du nicht, dass es besser wäre, bis zur offiziellen Ankündigung ein wenig zu warten«, murmelte er ins Telefon.

Der Doc klebte noch einen ziemlich langen Moment am Hörer. Nachdem er dann seinen Gesprächspartner verabschiedet hatte, bedeutete er dem Postler, sich zu entkleiden, wobei er an seiner Jacke herumfummelte und in dem Moment »*Ist gut*« sagte, als der Postler noch Socken und Slip ausziehen wollte. Vorher hatte er die Jalousien heruntergelassen und damit die Sicht auf den grauen und leeren Himmel und die Zugvögel versperrt.

»Gehen Sie auf der Markierung in meine Richtung«, forderte er ihn auf. Darauf folgte nach reiflicher Überlegung: »Ach ja, ziehen Sie doch ihre Socken aus.« Er hatte ungefähr alle fünfzig Zentimeter weiße Plastikkreise auf den Boden geklebt. In Schweigen gehüllt beobachtete er die Beine. Er beugte den Kopf zur Seite und bückte sich leicht, um besser das Abrollen der Füße auf dem Boden untersuchen zu können. Als Hervé dann unbeweglich vor ihm stand, machte er eine halbe Kehrtwendung nach rechts, dann eine halbe Kehrtwendung nach links. »Mhh ... Mmhh ... Sie haben eine witzige Art zu gehen und dann ist Ihr linker Fuß total verdreht«, staunte er. Perplex stand er einen Moment da. »Und Ihre Wade?« rief er verdattert aus. Der Postler sagte nichts. Das waren nun schon einige Jahre, dass er sich daran gewöhnt hatte, das Bein auf diese Art nachzuziehen. Jahre, in denen er gearbeitet hatte, ohne zu klagen. Jahre, in denen sich sein Gesundheitszustand nur verschlechtert hatte. Doktor Holzbein hatte recht. Sein Fuß war richtig hässlich anzusehen. Die Fußwölbung hatte sich komplett gesenkt und auf der Höhe des Metatarsus hatte sich nach außen eine dicke Hornhaut gebildet. Sein Fuß ähnelte tatsächlich einem verdrehten Holzstück. Die Wade? Er hatte tatsächlich keine Wade mehr. Sie war völlig atrophiert. Von hinten gesehen sah das richtig drollig aus. Eine sich ausbuchtende Wade und dann die andere ganz dünn wie ein Lineal. Ganz gerade. Ohne Form. Da war fast nichts. Und sein Schritt? Wie ging er? Wenn er sich auch aufgerappelt hatte, die Entwicklung seiner Krankheit nach der Entlassung aus dem Krankenhaus weiter verfolgt und sein Menschenmöglichstes gegeben hatte, um die Heilung zu beschleunigen, kam Hervé zu der Erkenntnis, dass seitdem keine Besserung in Sicht war. Enttäuscht, resigniert und in seinem Innern verletzt, strafte er nun seinen Körper damit, indem er ihn mehr oder weniger sich selber überließ. Er betrachtete sein Bein bald mit der Aufmerksamkeit, die eine Mutter ihrem Kind zuteil werden lässt, bald mit der überheblichen Verachtung eines jungen Parvenüs gegenüber seinen Eltern. In den Nächten verging er ohne Unterlass vor Angst, am Tag vergaß er seinen schlimmen Fuß. Zum zweiten Mal klingelte das Telefon:

»Doktor Holzb ... Ja, Eberhart, sicherlich Eberhart«, äußerte er sich mit leiser Stimme am Hörer. Aber dieses Mal konnte man erraten, dass der Doktor ein wenig geniert war. Vielleicht legte er deswegen auf, sogar ohne seinen Satz zu Ende zu sprechen. Er drehte sich zu Hervé und sagte:

»Die Muskeln des linken Beines funktionieren nicht gut. Das kommt von den Nerven, die sich seit der Operation nicht mehr richtig regeneriert haben.« Dann zwickte er einen langen Moment an seinen unbeweglichen Lippen. Er versuchte etwas auf ein Blatt Papier zu schreiben, begann einen Satz und strich dann alles durch. Er begann von neuem und schrieb zwei Sätze, dann legte er verwirrt seinen Schreiber weg. Er erhob sich mühsam und forderte ihn auf:
»Gehen Sie einmal hin und zurück.« Der Postler leistete der Aufforderung Folge.
»Haben Sie den Eindruck, dass Sie nach der Operation immer schlechter gehen und den Fuß abrollen können?«
»Ja, ich gehe immer schlechter und dann habe ich den Eindruck, dass ich mein rechtes Bein in Übermaß beanspruche, wenn ich eine Anstrengung mache, was mir Schmerzen in der Hüfte bereitet«, antwortete ihm vorsichtig der Postler.
»Mmmhh ... Mmhh ... Gut, ziehen Sie sich wieder an.« Dann nach einer langen Pause. »Ja, ich werde Ihren Arbeitgeber darüber unterrichten, dass Sie von Extraarbeit und Vertretungen freigestellt sind. Dagegen, und das wissen Sie besser als ich, ist mir zu Ohren gekommen, dass die Touren verlängert werden. Ich stehe also vor vollendeten Tatsachen, wissen Sie. Sie verstehen mich?« Hervé verstand vollkommen, was er sagen wollte. Er war kein Beamter, er hatte also nichts zu erwarten. Trotz seines Handicaps musste er weiter malochen und schweigen.

»Du musst bei der ärztlichen Begutachtung mit zwei amputierten Beinen kommen«, sagte ihm eines Tages *Richard mon ami.* »Vielleicht werden sie dann deine Invalidität anerkennen.«
Hervé wusste von nun an, woran er war. Es hieß Friss-oder-stirb. Nachdem er seine Schuhe zugebunden hatte, verabschiedete er sich vom Doktor Holzbein. Er musste sich nicht beeilen, um zu seinem Arbeitsplatz zu kommen, denn sein Chef hatte ihm angedeutet, dass eine Vertretung da war. Auf der Straße, er hatte keine zwei Schritte gemacht, fing es an zu regnen. Als er in der Straßenbahn saß und durch das Fenster sah, wie der Regen an Stärke zunahm, dachte er so bei sich, dass der Tag nicht völlig

verloren war. Heute hatte er nicht bei diesem Hundewetter durch die Straßen laufen müssen, was ihm äußerst gute Laune bereitete.

Norbert Träger, ein Opportunist am Ruder

» Ah, Herr Nédellec, wie bin ich glücklich, Sie wiederzusehen! Ich erinnere mich gut an Sie, als ich im Sortierzentrum war. Arbeitsam, gewissenhaft, pünktlich ... Ich bin sicher, dass ich auf Sie zählen kann. Wir sind mitten in der Umstellung und die wirtschaftliche Lage ist weit davon entfernt, angenehm zu sein ... O.k.? Das ist eine Wette auf die Zukunft und ich hoffe, dass alle Kollegen in der Zustellung wissen, welche Schwierigkeiten uns bevorstehen ... O.k.? « sagte ihm Norbert Träger, der neue Chef vor Ort. Hervé war ein wenig überrascht von diesem Wortschwall. Welche Mücke mochte wohl diesen barschen und unter Dampf stehenden Mann gestochen haben? Skeptisch und misstrauisch, nach allem, was vorgefallen, wollte er diesem Füllhorn an Komplimenten keinen Glauben schenken.

»Er möchte mir Honig um den Bart schmieren, ich kann's kaum glauben. Aber nicht mit mir. Ich bin doch nicht von gestern. Mich haut man nicht übers Ohr«, murmelte der Franzose mit Wut im Bauch vor sich hin. Für Norbert Träger, dem Verantwortlichen für den Zugang, war – auch wenn er nicht *im Hause groß geworden* war – der Postdienst nicht völlig fremd, denn seine Eltern hatten einen Teil ihrer Karriere bei dem *gelben Giganten* gemacht. Besonders sein alter Herr hatte keinen guten Eindruck bei den Briefträgern hinterlassen. Als Kontrolleur bei der Zustellung hatte man ihn mit der *Schmutzarbeit* betraut, das heißt mit der Arbeit, die sonst keiner machen wollte. Man hatte ihn so gebeten, nachzuprüfen, ob die Postboten korrekt ihre Uniform trügen, ob sie sich nicht in den Kneipen herumtrieben und ob die Beziehungen mit den Kunden sich strikt auf die Ausübung ihrer Funktion beschränkten und innerhalb des von den internen Vorschriften bestimmten Rahmens blieb.

Mit Dirringer wusste man wenigstens, woran man war. Er benahm sich immer daneben und ließ sich reinlegen, während Träger ein ganz anderes Paar Schuhe war. Träger war kein Beamter der

Bundespost, und obwohl er die Mentalität und die Arbeitsmethoden seiner Vorgänger kannte, hatte er im Gegensatz die Hände frei und einen ausreichenden Handlungsspielraum, um das Steuer herumzuwerfen. Er war sozusagen der Transmissionsriemen zwischen *Großvaters Post,* verkrustet und traditionell, und einer modernen und privatisierten Post und er hatte ohne viel Firlefanz den Übergang zu bewerkstelligen. Folgerichtig musste man ohne Wenn und Aber Schritt halten. Dafür hatte Träger seine Methoden. Im Hause unbekannte Methoden. Methoden, die ihm seinen *guten Ruf* einbrachten. Warum Umwege gehen? Träger war ein Heuchler und falscher Fuffziger, der die Dunkelheit abwartete, um dich von hinten anzufallen. In den Versammlungen und in Gegenwart der Personalvertreter streichelte er nett seine Mitarbeiter mit Lob und Komplimenten, um sie dann mit Faustschlägen anzugehen, wenn sie allein waren. Dieser eilfertige Mann wollte ohne Zeitverlust Folgendes erreichen: den Ertrag verdoppeln, die Ausgaben um 20% verringern, den Krankenstand auf etwa 2% drücken und die Touren um 10% verlängern. Kurzum, mit einer Kröte aufzuwarten, die zu schlucken war. Mit einer jährlichen Vergütung in Abhängigkeit seiner erreichten Ergebnisse walzte er alle diejenigen nieder, die sich nicht der neuen Politik des Hauses anpassen wollten, folgerte Hervé.

Seit seinem ersten Erscheinen vor etwa zehn Jahren hat sich das Aussehen von Norbert Träger kaum verändert. Etwas aufgedunsener vielleicht, ein Zweitage-Bart, dazu etwas gepflegter aber immer noch diese adipöse Gesicht mit den vollen Augen und Wangen und als Krönung ein schweineartiger Mund, der auf den ersten Blick Ekel und Antipathie hervorrief. Um das Ganze abzurunden eine unangenehme Stimme und ein fettes Lachen. Bevor er ihm ein gutes »Weiter so« wünschen konnte und im Moment als Hervé sich erhob, um den Raum zu verlassen, kam ihm sein Stellvertreter Michael – Michael, der getreue und servile Manager – in T-Shirt mit einem Aktenordner unter dem Arm entgegen.

»Ach, sag mal, ich habe diesen Morgen Prospekte in deinem Spind gefunden. Du wirst besser aufpassen müssen«, wies er ihn mit einem aufgesetzten Lächeln zurecht, bevor dieser sich wieder an die Tastatur seines Computers, rechts von Schreibtisch seines Vorgesetzten, setzte. Michael hatte bei der Post als Briefträger begonnen und war auf der Stufenleiter des Erfolgs ein wenig bis zum *Qualitätsmanager* aufgestiegen. Voller Stolz über seine neue Funktion beschäftige er sich mit Beschwerden und der Organisation der Zustellung und kontrollierte Postboten an Ort und Stelle. Eine Aufgabe, die er nicht ohne Vergnügen ausfüllte, war gleichermaßen die Begrüßung und Einweisung der Neuankömmlinge (sprich: die neuen Rekruten). Dieser schüchterne und hinterhältige Rothaarige war gegenüber dem neuen weiblichen Personal von ungewöhnlicher Freundlich- und Liebenswürdigkeit. Was diejenigen anging, die sich für schlauer als er hielten, alle, die ihn überlisten wollten, diese kleinen Witzbolde, die er seit geraumer Zeit überwachte: **Pustekuchen! Nix da! Sie werden schon ihr Fett abbekommen!** Versteckt hinter einem der Fenster des Briefkastendienstes notierte Michael in seinem gelben Heft in blau die Namen derjenigen, die vor dem Ende des Hauptsortierens gingen. In sein Fahrzeug gekauert, beobachtete er auf einer Tour, denjenigen, der ihm am Morgen die Stirn geboten hatte. Heuchlerisch hinter einem Pfeiler im *Café Jacobs* stehend verfolgte er mit dem Blick einen Hitzkopf, bevor er ihn sich schnappte. Hatte er Zeugen? Peinliche Angelegenheit! Alle, aber auch alle in der Zustellung hackten aufeinander ein. Also rieben sich die Chefs die Hände. Und Träger? Träger lachte sich ins Fäustchen. All die notierten, registrierten und nach Beweisstücken klassifizierten Unregelmäßigkeiten, Auslassungen, Betrügereien und schweren oder geringfügigen Dienstvergehen dienten dazu, den Schuldigen mit einem ungünstigen Eintrag in seinem Verhaltensbogen zu sanktionieren. Als Instrument der Kontrolle und der Spaltung, aber auch des Drucks und der Erpressung, hatte dieser *postalische Nachweis* lange Zeit die Gemüter erhitzt und viel Tinte fließen lassen. Die Post wollte aussortieren, diejenigen ausfindig machen, die nicht mitspielten, oder mehr noch, nicht im Gleichschritt marschierten. Das Benotungsblatt war ein wenig wie das Fallbeil der Guillotine. Die billige Konkurrenz stand in den Startlöchern, es hieß die Postler zu opfern. Also drückte man die Benotung herunter! Und man musste sich nicht genieren zu drücken, zu drücken und zu drücken!

Der Countdown für den Ausverkauf am Jahresende und der Ansturm auf die großen Kaufhäuser lief wie abgezählt und die Blaubeersaison neigte sich dem Ende zu: Das war also der Moment, in dem das Verdikt fiel. Nach einigen Monaten Dienst unter der Befehlsgewalt von Norbert Träger wurde Hervé – im Bewusstsein mittelmäßig gearbeitet zu haben, nicht mehr und nicht weniger als jeder andere, und keine gravierenden Fehler begangen zu haben, kurz seine Arbeit wie gewohnt gemacht zu haben – ins Büro seines Vorgesetzten gerufen, um seinen Einschätzungsbogen in Empfang zu nehmen. Er erinnerte sich, dass er vor der Privatisierung, nachdem die Post das Prämiensystem eingeführt hatte, unter der Ägide des Herrn Ilgner zwei nacheinander folgende Jahre hindurch eine Prämie als Auszeichnung für seine Arbeit erhalten hatte, Aber jetzt, mit dem großen Kehrbesen, war das nicht das Gleiche. Wir waren nicht mehr in der Zeit der *Bundespost* und Vieles hatte sich geändert. Was man von nun an erwartete, um die Arbeit eines Postboten zu würdigen, bestand darin, von heute auf morgen flexibel, pünktlich, geschmeidig, verfügbar, mobil, anpassungsfähig, auswechselbar und gelegentlich eifrig zu sein. Also **im Alter von fünfzig Jahren verlangte man von ihm nur halb so alt zu sein!** Leistungsstärker, respektvoller mit den Vorgesetzten und dienstbarer mit der Kundschaft zu sein. Trotz seiner Gesundheitsprobleme musste er sich immer mehr hinunterbeugen, auf vier Pfoten laufen. Kriechen, wenn es notwendig war. Kuschen sozusagen.
»Ich weiß, Herr Nédellec, dass sechs Monate ungenügend sind, um mir ein genaues Bild über die Qualität Ihrer Arbeit zu machen und das um so mehr, als Sie nicht mehr ganz jung sind. Aber ich bin davon überzeugt, dass Sie es schaffen ... Okay? Dass Sie sich anpassen ... Koste es, was es wolle. Unterschreiben Sie bitte ... Okay?«
Sein Chef hielt ihm seinen Einschätzungsbogen hin und drückte seinen dicken fetten Finger neben die Note *befriedigend*. Hervé unterzeichnete und machte unbeirrbar auf dem Absatz kehrt. Er machte zwei Schritte. Dann plötzlich. Stolz? Blinde Wut? Oder beides zusammen? Auf jeden Fall ging er zurück. Ins Büro von

Träger. Er blickte diesem tief und ernsthaft in die Augen und fragte ihn ohne Beschönigung:
»Ja, einverstanden, aber Sie sagen mir jetzt, was ich machen muss, um die Benotung sehr gut zu bekommen, okay?«
Träger lächelte. Träger, kein Depp, hatte verstanden. Aber Träger war überhaupt kein Depp, er zog es vor zu schweigen. Gut zwanzig Sekunden verstrichen. Zwanzig lange Sekunden, in denen die beiden Postler sich beobachten und in denen sie abwechselnd eine verständnisvolle Grimasse schnitten. Zwanzig zu lange Sekunden für Michael, der, in einem unzuträglichen und hartnäckigen Schweigen gehüllt, seine Augen vom Computer löste und – um Sympathie und Ergebenheit für seinen Vorgesetzten zu bekunden – gegenüber dem Franzosen unbeholfen das Gesicht verzog. Träger, nun erholt, neigte sich mit dem durchtriebenen Lächeln eines alten Schweinehundes zu seinem Angestellten:
»Ach, Herr Nédellec, das ist nicht kompliziert, Sie müssen zwei Touren pro Tag machen, den ganzen Tag malochen, verstehen Sie? Okay? Die Ärmel hochkrempeln und malochen, zur vollen Zufriedenheit, schweigen und malochen, verstehen sie jetzt? Ist das okay?« Er lachte schallend los mit seinem Schweinelachen und schlug dabei mit der Faust auf den Tisch. Hervé schielte befremdet von der Seite zu ihm hin, ohne dass der andere aufgehört hatte zu lachen. Und sein Gesicht erhellte sich wie das von Kommissar Maigret, wenn dieser gerade die Aufdeckung eines Verbrechens zustande gebracht hat und zufrieden darüber, wieder einmal mehr die Hand auf einen Missetäter gelegt zu haben, mit einer ermunternden Zärtlichkeit seine liebgewonnene alte Pfeife in der Hand liebkost:
»Aber, mein Gott, Herr Träger, das ist wahr. Sie haben mir die Augen geöffnet. Vielen Dank und gern geschehen. *Auf Wiedersehen* ... Okay?« Dann ging er hinaus, ohne die Tür hinter sich zu schließen.

Im Verlaufe des zweiten Halbjahres zog es Träger vor, ihm seinen Einschätzungsbogen mit der Post zu senden. Note: *Ungenügend.* In der Tat war er gut eine Woche vorher gekommen, um ihm für sein fünfundzwanzigjähriges gutes und treues Eintreten für die Post zu beglückwünschen und ihm sein Diplom mit der signierten

Bemerkung wie folgt auszuhändigen: *Im Namen der deutschen Post beglückwünsche ich Sie für Ihre Treue und Ihre Arbeit während dieser fünfundzwanzig Jahre.*

Seitdem lärmende Maschinen das automatische Sortieren des Postaufkommens übernommen hatten, blieb nicht mehr als eine Handvoll unauffälliger Polinnen übrig zur manuellen Handhabung der Drucksachen und den vereinzelten nicht entzifferbaren Briefen. Um die Transportkosten zu reduzieren, wurden seitdem mehrere Touren motorisiert und dezentralisiert. Hervé sah gewisse Arbeitskollegen nicht mehr, die gegenwärtig in Filialen am Stadtrand malochten. Seine Tour wurde abgeschafft und gegen seinen Willen musste er aufs Geratewohl sein Team wechseln. Im *Postamt 1* gab es seitdem nunmehr nur etwa fünfzig verlorene Postboten im großen Saal in der ersten Etage. Trotz dieses ständigen Abbaus und dieser nicht gerade erbaulichen Leere gab Hervé sein Bestes, um keine Trübsal zu blasen. Zuerst traf er einige ehemalige Kollegen wieder: Bernd, Jutta, Peter und Heidi, die Ersatzfrau des Teams 16. Diese waren sicherlich etwas jünger und weniger rebellisch als er, aber es galt als sicher, dass er sich mit ihnen verstehen konnte. Die Tour 164 wurde ihm zugeordnet. Die Stammzustellerin hatte sich entschieden, aufgrund von Schmerzen in der Achillessehne in den Vorruhestand zu gehen. Folglich kam er wieder in das Viertel, in dem er angefangen hatte: *das Ostertor.* Im Ostertor hatte er seine Gewohnheiten, kannte seine Kundschaft, hatte die Qual der Wahl, um seine Pause zu machen und Kaffee zu trinken, aber vor allem – als nicht zu vernachlässigendes Detail – kannte er die Orte, an denen er seine Blase erleichtern konnte, was für ihn beruhigend war.

Aus Scham hatte er niemandem etwas gesagt. Er schämte sich zugeben zu müssen, dass er wie ein Hund an allen möglichen Straßenecken pinkeln musste. Seit einer gewissen Zeit bemerkte er tatsächlich, dass er immer mehr Schwierigkeiten hatte, seine Inkontinenz zu verbergen und *die unwillkürlichen Abgänge* wurden so häufig, dass er sich fragte, wie lange er noch den Beruf des Postboten ausüben konnte. Aus Erfahrung wusste er, dass er ungefähr jede Stunde ohne Wenn und Aber zur Toilette musste ... Außerdem waren die ständigen Ausweitungen der Touren, die nicht gerade zur Erleichterung seines Leidens beitrugen – dazu auch noch deren Zerstückelung –, so willkürlich geworden, dass er zum Beispiel fast einen Kilometer laufen musste, um die Post in einer entfernten Straße auszutragen, oder darüber hinaus noch die ganze Stadt durchqueren musste, um die Zustellung einer vakanten Tour zu bewerkstelligen.

»**ABER ALLEN WAR DAS SCHEISSEGAL**«, brummte er.

Wenn ein Taxifahrer (Taxis oder Privatunternehmen beförderten seitdem die Depotsäcke oder bewerkstelligten die Leerung der Briefkästen) es vorzog, nicht zu kommen oder sich einen gemütlichen Morgen machte, musste der Postler gemäß Vorschrift zwei Stunden draußen im Regen warten, bis jemand kam, um ihm den Depotsack auszuhändigen. In solch einem postalischen Sammelsurium wurden die Unterbrechungen auf den Touren immer häufiger.

»**SIE KÄUEN STÄNDIG WIEDER, DASS DIE QUALITÄT DER ARBEIT ERHÖHT WERDEN MUSS, ABER AUFGRUND VON PERSONALMANGEL TRAGEN WIR DIE POST VOM VORTAG AUS!**« rief Hervé völlig frustriert. Aber die Kunden fallen nicht immer drauf rein ...! Sie bemerken, dass etwas faul ist beim *Gelben Riesen*. Trotzdem nehmen einige, anstatt sich mit der Direktion der Post anzulegen, uns als Zielscheibe und glauben, dass wir Bummelanten, Nichtstuer geworden wären. Dass wir unsere Arbeit nicht kennen ... Das ist unglaublich! Dann telefonieren **DIESE UNZUFRIEDENEN IGNORANTEN**, um sich zu beschweren, dass eine Gartentür nach der Zustellung nicht geschlossen worden sei oder sogar, dass ein Brief etwas zerknittert oder nass wäre, oder besser noch, dass man zu spät sei und dass man sich herumtriebe. Aber dass man dann durchnässt bis auf die Knochen war, das **JA, DAS INTERESSIERT NIEMANDEN!** Wenn Sie von sechs Uhr morgens bis vier Uhr nachmittags gearbeitet haben, das, **JA, DAS INTERESSIERT NIEMANDEN!** Wenn mein schlimmer Fuß schmerzt und ich fußkrank bin, das **JA, DAS INTERESSIERT NIEMANDEN!**

Seitdem ist es ein Credo geworden. Bei jeder Personalversammlung machten die Verantwortlichen der Post ihnen etwas vor, bedrohten und erpressten sie:
»Ich hoffe, meine verehrten Kollegen, dass sie sich dessen bewusst sind, dass die Qualität der Arbeit gesteigert werden muss, dass Sie akzeptieren, mehr zu arbeiten und dass Sie mehr Verfügbarkeit und Verständnis gegenüber unseren (sprich: großen) Kunden unter Beweis stellen. Ohne dieses Engagement und den guten Willen Ihrerseits werden wir den Abbau von Arbeitsplätzen, eine Reduzierung des Vertretungspools und Versetzungen in andere Dienststellen nicht vermeiden können. In zwei Jahren werden die Privatunternehmen in den freien Markt für die Zustellung und die Beförderung von Postsachen eintreten, meine lieben Kollegen. Wenn wir uns nicht als fähig erweisen, uns zum Beispiel durch die Qualität unserer Arbeit durchzusetzen, werden wir verschwinden. Wir hoffen, dass Sie sich dessen bewusst sind! Ich bitte Sie also, ich flehe Sie an, das ist für Ihr Bestes.« Und bla bla bla.
Hervé zuckte mit den Schultern und schüttelte den Kopf, ohne zu verstehen. Wie er registrierte die Mehrzahl der angeekelten Postboten wütend die bedrohlichen Vorschläge der Direktion und wollte sich nicht beeindrucken lassen. Andere wie Helmuth Lohr und Heidi, die Ersatzfrau von Team 16, nahmen die Ereignisse in Ergebenheit hin und ließen sich plötzlich von Panik ergriffen durch diese Parolen einschüchtern.
»Das kotzt mich an, wie sie ihren Rücken krumm machen, ohne sich zu sträuben. Zu sehen, wie sie malochen, ohne aufzumucken oder die Vorgesetzten nur anzugrinsen, wenn sie dich fragen, unbezahlte Überstundenarbeit zu machen. Sie scheißen sich in den Frack, wenn sie einen Chef sehen!« rief Bernd aus, als er bemerkte, dass Heidi ein zweites Mal losging, aber dieses Mal in die seit zwei Tagen vakant gebliebene Tour 165. Peter selbst nahm im Gegensatz zu den *Gelben* kein Blatt vor den Mund:
»Und er, dieses Arschloch von Helmuth. Er bemerkt nicht, dass er, wenn er jeden Morgen beim Sortieren arbeitet, zum Abbau eines Arbeitsplatzes in diesem Dienst beiträgt. Die Sortiererinnen sind alle zusammen gegen ihn. Was er vor allem sieht, ist, dass das Sortieren schneller fertig ist. Es genügt, dass etwa zehn Postboten

es so wie er machen, damit Träger entscheidet, dass das morgendliche Sortieren von den Postboten erledigt wird. **VERDAMMTE SCHEISSE ... DIESE IDIOTEN HABEN NICHTS KAPIERT!**

Hampelmann muss zerbrochenes Geschirr reparieren

Eines Mittwochmorgens glaubte Tanja, die Gewerkschaftsvertreterin, ihren Augen nicht. Sie war gekommen, um den Postboten Mut zu machen, um an der für Ende des Monats vorgesehenen Informationsveranstaltung teilzunehmen. Karl Hampelmann, der Pressesprecher der Direktion gab pompös, begleitet von einem Journalisten des Lokalblatts *Die letzten Nachrichten* und einem Fotografen, im großen Saal des *Postamts 1* seine Aufwartung. Meistens wurden die Besucher, Postbeamte in Diensten der Bezirksdirektion und hohe Verantwortliche, immer vom Amtsleiter Träger begleitet. Aber dieses Mal wurde diese Ehre Karl Hampelmann zuteil. Neugierig und stutzig gemacht, hielten gewisse Postboten beim Sortieren der Post inne, überrascht durch diesen unverhofften Besuch. Mit einem Notizblock in der Hand folgte der Journalist im Schlepptau Karl Hampelmanns, der einem Verkehrspolizisten gleich Arme und Hände in alle Richtungen wirbelte und diesen mit Informationen bombardierte. Nachdem sie mehrere Male hintereinander einen Rundgang gemacht hatten, bewegten sie sich ermüdet zu den Reihen der Sortierspinde des Teams 18.

In der Lokalzeitung hatten die zahlreichen Protestbriefe, insbesondere von Bewohnern des Viertels *Schwachhausen* verfasst, die hohen Verantwortlichen der Post alarmiert, die ihr Erstaunen darüber ausdrückten, dass die Post mehrere Tage hintereinander nicht zugestellt worden war und dass die Briefkästen – zum Platzen voll wie auf der Straße zurückgelassene Diebesbeute eines Missetäters – nicht mehr geleert worden waren. In flagranti bei einer Unterlassung in seiner Funktion als Öffentlicher Dienst ertappt, befand sich der *Gelbe Gigant* in Person von Karl Hampelmann ganz plötzlich in einer schlechten Position. Auf der Anklagebank. Im Allgemeinen getreu seiner Devise: *Je weniger man mich sieht, desto besser,* hatte dieses kleine Kerlchen mit Bärtchen, gefälligem Kopf,

hager und nervös, mit lebhaftem Blick und in einem zu großen Anzug rudernd, die Gefahr vorausgesehen und war diesmal – im Sinne von „Angriff ist die beste Verteidigung“ – vorausgeeilt.
»Das ist eine verkehrte Welt, gewöhnlich sind es die Journalisten, die auf der Suche nach einer Meldung sich über ein technisches Versagen, über ein politisches oder gewerkschaftliches Ereignis informieren oder auch ganz einfach über einen Warnstreik berichten. In diesem Fall ist es die Post, die das Lokalblatt anruft, um sie anlässlich dieser Situation zu beruhigen.« rief Peter ironisch aus.
»Das sind alles nur Gerüchte! Man soll das nicht dramatisieren! Ach ja, wir haben ein kleines Personalproblem, aber das ist eine Ausnahme! ... Erkrankte Beamte, mehrere zur gleichen Zeit ... Das kann man nicht voraussehen! Das verstehen Sie doch! Nicht wahr?«
Hampelmann bemühte sich, seine Gesprächspartner zu überzeugen. Der Journalist stimmte seinerseits allem zu und kritzelte etwas in seinen Notizblock. Aber der Pressesprecher redete und redete, ohne allerdings seine Stimme zu erheben, um nicht die Aufmerksamkeit der Postboten zu erregen. Nachdem er einige lapidare Erklärungen über die Modernisierung der Postsortierung, über die außerordentlichen, in der letzten Zeit von UNSEREN Diensten gemachten Fortschritte, über den guten Gang des Unternehmens, über die Hingabe und das Engagement von UNSEREN Beamten in der Sortierung und Zustellung und blablabla ... gemacht hatte, lud der Sprecher den Journalisten, der weiterhin fieberhaft Notizen niederschrieb, ein, sich zu einem großen Dienstleister, dem Postboten der Tour 181, zu begeben.

Helmuth Lohr, der Vorzeige-Postbote

Was beim ersten Blick ins Auge stach, war sein kalter Blick. Meistens diskret, in den Fünfzigern, hatte Helmuth alle Dienste der Post durchlaufen, angefangen beim Nachtzugang, Geldtransporten sowie der Paketsortierung und dann nach der Privatisierung war er bei der Briefzustellung. Mit Stirnglatze, Sommer wie Winter immer wie aus dem Ei gepellt, kam er morgens stets pünktlich mit untadeliger Postuniform und der Tasche auf dem Rücken und er ging wie er gekommen war, *korrekt*, ernsthaft, genau nach Vorschrift, selbstvergessen und überzufrieden über die gut gemachte Arbeit. Insgesamt ein perfektes Vorbild für Seinesgleichen. Er kam deshalb gerade richtig, um als *Vertreter vor Ort* zu bestätigen, was sein Vorgesetzter einige Minuten vorher den Presseleuten erzählt hatten.

Diese vertrauensvolle Aufgabe betrachtete Helmuth als ganz und gar normal. Es war selbstverständlich, dass er für die Sache seines Unternehmens einstehen würde. Dieses hatte ihn eingestellt. Dieses hatte ihm jahrelang hindurch seine Arbeit verschafft. Warum sollte er seinen Arbeitgeber herunterputzen? Warum sollte er seinen Arbeitsplatz in Gefahr bringen, indem er bestätigte, was gewisse Kollegen unablässig verbreiteten, nämlich, dass seit der Privatisierung die Qualität der Dienstleistungen abgenommen hätte? Warum sollte er sich in den Rachen des Löwen stürzen, wo er doch wusste, was die Presse recherchierte? Was die Presse recherchierte, war **DER SKANDAL! DER SKANDAL**, um unsere Arbeit zu diskreditieren und so den Zugang von Privatunternehmen zum Markt der Briefzustellung zu erleichtern! Er war nicht blöde, unser Helmuth. Er blickte durch! Und übrigens war das normal, dass es da einige Logistikprobleme gab, wie überall übrigens. Es reichte doch, nur einen Blick in die Zeitung zu werfen! Jeden Tag gab es Entlassungen in der Automobilindustrie, in der Schwerindustrie und beim Bau. Das klemmte und knirschte doch überall, während *bei uns* doch noch nie jemand entlassen worden war! Somit verstand

Helmuth nicht so recht, warum seine Kollegen die Arbeit schlecht machten. Nein, sie waren sich überhaupt nicht darüber im Klaren, was sie eigentlich machten, diese Dummköpfe.
»Scheiße, wir müssen zusammenhalten, um unsere Arbeit zu verteidigen!« entgegnete er jedem, der es hören wollte.
»Herr Lohr ist nun schon so lange, wie man denken kann, bei uns; er weiß, wovon er redet. Und dann übrigens werden Sie ihn begleiten ... ja, ja. Sie werden mit eigenen Augen sehen, dass das, was man in letzter Zeit sagt, Bösartigkeiten, Lügen, Märchen und Versuche sind, um unsere Dienste zu diskreditieren. Sie werden sehen, wie unser sehr umsichtiger Helmuth geliebt und selbst von unseren Kunden verehrt wird. Das ist ein mustergültiger Bursche wie übrigens alle unsere Postboten.« Dieser letzten Satz, gerichtet an seine schwarzen Lackschuhe, war Hampelmann aus Versehen so herausgerutscht.

Dann sind sie alle drei auf Rundgang gegangen. Helmuth vorweg, den Weg weisend, der Fotograf und der Journalist ein wenig versetzt hinter ihm. Am nächsten Tag war Helmuth auf Seite eins der Lokalzeitung. Mit geschwellter Brust und einem kleinen Mops im Arm und an der Seite einer alten Frau, die darüber erstaunt war, ihren Hund in den Armen eines Fremden zu sehen. Aber das machte nichts, das Foto machte in allen Dienststellen die Runde und Helmuth war die Attraktion.
„Der Briefträger ist treuer Partner der Postkunden", konnte man als Untertitel des Artikels lesen. Gleichzeitig stolz und beruhigt, hatte Helmuth schwarz auf weiß die Bestätigung, dass seine Arbeit bei den Vorgesetzten, aber auch bei den Kunden, gut angesehen war. Die Kollegen und die Gewerkschaften hatten zweifelsohne die Lage dramatisiert. Das war Balsam für seine Seele und er entschied sich auf der Stelle, eine Solidaritätsaktion nach seiner Art zu starten, um sein Unternehmen zu unterstützen und den Weg zu weisen, für *diejenigen Bekloppten, die nichts verstanden hatten.*
»Es ist notwendig, dass jeder das Seine gibt, guten Willen zeigt, um die Qualität der Arbeit zu steigern«, wiederholte er unablässig für diejenigen Postboten, die es hören wollten. Der erste Gedanke, der ihm kam, war, zu kontrollieren, ob seine Kollegen die gleiche

Arbeitsmentalität wie er hatten. Eigenmächtig machte er sich daran, in den Karren derjenigen zu grabbeln, die gerade von der Zustellung kamen. Aber dabei blieb es nicht. Er schnüffelte überall, unter den Tischen, den Arbeitsspinden und den persönlichen Sachen. Er hätte gewiss weiterhin so seinen besonderen Beitrag zur Qualitätssteigerung der Dienstleistungen im Postamt geleistet, wenn nicht eines Tages Peter bemerkte hätte, dass sein Schrank aufgebrochen und ein Teil seiner Sachen verschwunden war. Das Gerücht machte die Runde im Postamt und Helmuth begriff dann zu seinem größten Bedauern, dass er seine Schnüffeleien einstellen und damit aufhören musste, übertriebenen Eifer an den Tag zu legen.

Heidi, eine dicke zerbrechliche Puppe

Viertel vor fünf im großen Postbotensaal in der ersten Etage des Postamt 1 in der *Domsheide* und Heidi, die Ersatzfrau von Team 16, ist schon da. Bevor alle da sind, ist Heidi eine halbe Stunde vor Arbeitsbeginn bereits voll in Aktion. Rund um die Sortierspinde hat sie Ordnung gemacht, die Behälter in die Karren und sechseinhalb Löffel Kaffee in den Filter der Kaffeemaschine getan. Wenn die Kollegen ihres Teams kommen, ist schon alles fertig. In dieser Zeit hat sich Heidi schon eines großen Teils ihrer Kleidung entledigt, weil sie loslegt wie ein Teufel und ordentlich in Schweiß kommt. Die meiste Zeit findet man ihre Hemden, Jacken und Mäntel, ihre Pullover und Schuhe ein wenig verstreut auf den verschiedenen Garderoben des Postbotensaals, an den Griffen der Fenster, aufgehängt an den Sortierspinden und in den Schubladen der Arbeitstische. Winterkleidung oder Sommerblusen, sie liegen herum und sammeln sich seit Monaten und Jahren ein wenig überall. Von der Krankheit genesen amüsiert sich Peter (Heidi hatte ihn drei Wochen lang vertreten) damit, auf einem Sortiertisch all die Kleidungsstücke aufzustapeln, die hier und da herumliegen. Genügend Klamotten, um einen Second-hand-Laden für etwas beleibtere Damen zu eröffnen.
»An dem Tag, an dem sie aufhört zu arbeiten, muss man das Rote Kreuz rufen, um ihre gesamte verstreute Kleidung einzusammeln«, kommentierte ein Postbote.

Wenn die Kollegen der Reihe nach ihren Dienst aufnehmen, dreht sich Heidi bereits wie ein Karussell. Sie legte nochmals los. Sie legt los. Sie legt los und schreit. Man hört nichts als sie. Ihre Stimme übertönt die Radios, wenn sie beginnt, lang und breit zu erzählen, warum sie in der Nacht kein Auge zugemacht hatte, warum es heute wieder soviel Post gibt, warum ihre Mutter wieder krank ist. Vor ihrem Spind gehen die Arme hoch und runter und peu à peu findet jeder Brief wie ein Intercity-Reisender mit Platzkarte einmütig den für ihn bestimmten Platz. Aber natürlich ermüdet sie sehr schnell und meistens dauert es nicht sehr lange, bis sie ihre erste Pause macht. Backwaren, Wurstwaren mit Mayonnaise, Joghurt mit Sahne für das Frühstück, dazu Coca Cola. Cola light und wenn es nicht im Automat ist, dann Fanta, aber vor allem nicht dieses langweilige Wasserzeugs ohne jeglichen Geschmack. Später dann deckt sie sich noch ein oder zwei Mal draußen in einem Lebensmittelladen ein. Jan Laue, der Postbote der Tour 162, schneidet eine Grimasse, sobald er ihre kreischende Stimme am anderen Ende der Reihe hört. Seit Heidi ihn vertritt, erzählt die Verkäuferin vom Möbelladen *Popo*, dass sie wie ein Elefant in den Laden trete und die Vasen und Lampen auf Schränken und Regalen umwirft. Nach einer Woche war es ihr, die immer kulant war, zuviel, die Scherben hinter ihr aufzusammeln. Aus verständlichem Grund hat sie, um diesen Scherbenhaufen zukünftig zu vermeiden, Heidi gebeten, zu klingeln und vor der Tür zu warten.

Nach dem Vorbild ihres Arbeitgeber ist Heidi gegenüber der Öffentlichkeit aufgeschlossen. Heidi hat keine Geheimnisse. Sie erzählt jedermann alles, was ihr in den Kopf kommt. Und was ihr durch den Kopf geht, das ist die meiste Zeit Wind. Sie ist nur Ersatzfrau, aber überall, wo sie hingeht, ist sie bekannt wie ein bunter Hund. Die Kunden duzen sie, necken sie und laden sie ins Café oder ihr Wohnzimmer ein und machen so indirekt die Bekanntschaft des Stammzustellers, der seit sechsundzwanzig Jahren anonym *unsere* Briefe in die Briefkästen wirft. Diese Offenheit, diese Art, alles in der Öffentlichkeit loszuwerden, ist vor allem nicht nach dem Geschmack aller Postler.
»Heidi, du musst wissen! ... Diskretion, Vorsicht, nicht ein Wort zuviel ... keinerlei falsche Geste. Immer höflich und liebenswürdig bleiben«, werden die Offiziellen nicht müde, ihr einzuschärfen. Mit dem einzigen Gedanken im Kopf, was sie alles links und rechts so erzählen könnte, schläft Jan Laue in der Nacht nicht mehr. Er schämt sich und hat es satt, immer die gleichen Überlegungen, die gleichen Geschichten und die gleichen Kommentare zu hören, wenn er am nächsten Tag wieder auf Tour geht. Er fühlt sich nackt wie ein Regenwurm und es macht ihn wütend, sich nicht wehren zu können. Seine Ratschläge verhallen ungehört, und anstatt dass die dicke

Postlerin schweigt, redet sie, plaudert sie, schwatzt sie, quasselt sie ohne Unterlass und erzählt jedem, der es hören will, ihr Leben und das der anderen im kleinsten Detail. Vor allem will niemand das wirklich hören. Wenn er sie am Ende einer Straße sieht – denn sie bleibt nicht unbemerkt – dann nimmt Hervé sogleich die entgegengesetzte Richtung.

Dieses Jahr hat die dicke Heidi wie im Vorjahr mit ihrer Mutter und ihrer Großmutter Urlaub auf Mallorca gemacht. Wie drei Freundinnen, im Trio, sind sie sich nicht von der Seite gewichen. Wenn sie ihren freien Tag hat, trifft man die Postlerin oft mit *Oma und Mama* im Stadtzentrum beim Shopping.
»Seite an Seite plappernd auf dem Bürgersteig in der *Obernstraße* bemerken sie nicht, dass man nicht mehr vorbei kann. Die Fußgänger sind gezwungen, einen Bogen zu machen, um zu vermeiden, dass die drei Mastodonten ihnen auf die Füsse treten, oder sie riskieren, von der Straßenbahn platt gefahren zu werden, wenn sie sich auf die Straßenbahnschienen wagen, um zu versuchen, die andere Straßenseite zu erreichen«, erzählt Volker, der Postbote von der Stadtmitte, der sie mit einem amüsierten Auge beobachtet, wenn er in der Zustellung ist. Nachdem sie einen Bummel durch die Einkaufsstraßen, einen Blick auf die vier Etagen des Kaufhauses *Karstadt* geworfen, die neuen Kollektionen und anderen Waren im Ausverkauf betrachtet, einen großen Café Crema getrunken, wennschon-dennschon, zwei Stücke *Käsesahnetorte* und einen *Erdbeerkuchen mit Sahne* bei *Horten* gegessen hat, kommt sie erschöpft mit roten Wangen, bekleckerter Bluse und lahmen Beinen zu Hause an. Nachdem sie ihr enormes und breit ausladendes Hinterteil auf jeder Etage angehalten hat, betritt sie schließlich ihre neue Wohnung. Erst einmal angekommen, schließt sie zweimal ab – heutzutage weiß man ja nie –, um den ganzen lieben Tag lang nicht mehr hinauszugehen.

Nach siebzehn Uhr guckt sie oft im Privatfernsehen die Programme für Kinder und Jugendliche.
»Ich weiß, dass sich die Leute darüber wundern, aber ist mir total egal«, gesteht sie Hervé, der sie gefragt hat, wie sie ihre

Nachmittage verbringt. Sie hat dank dreier Fernsehgeräte mit Großbildschirm in den Haupträumen ihrer Wohnung – einen im Wohnzimmer, einen im Schlafzimmer und einen anderen kleineren in der Küche – kaum Gelegenheit auch nur eine Minute ihrer Lieblingssendungen zu verpassen. Aber meistens liegt sie mit den Augen stundenlang am Bildschirm klebend auf ihrer roten Dreiercouch XXXL mit einer großen Tüte Popcorn in der Hand, dazu ein großes Glas Cola auf einem Tischchen, das Reißaus nimmt, wenn sie sich vorbeugt, und genießt die ruhige und warme Atmosphäre des Wohnzimmers. Dort findet sie *Daniel Küblböck, Doris Major* und all anderen Helden des *Starmagazins* oder der Geschichten von *Heidi* wieder, mit denen sie zittert, leidet und schließlich und letzten Endes triumphiert.
Als der Amtsleiter Träger ihr brutal verkündete, dass sie ihre Stelle als Ersatzfrau im Team 16 in der Folge eines Abbaus von zwölf Bezirken verlieren und sie von nun an Vertretungen in der ganzen Stadt sowie in den Filialen von *Gröpelingen, Hemelingen* und *Huchting* machen sollte, war sie konsterniert und sagte wochenlang nichts. Die Realität hatte sie überholt. Also hatte sie nur noch ihre Tränen als Trost. Sie, die sie sich doch soviel Mühe gegeben hatte, um korrekt zu arbeiten, damit keine Beschwerden kamen. Sie, die sie jede Woche freiwillig Überstunden gemacht hatte, fühlte sich als Opfer einer Ungerechtigkeit. Alles das hatte nichts genutzt. Sie hatte gehofft, nach zehn Jahren Vertretung schließlich Stammzustellerin zu werden, aber im Zuge der Zeit hatte die neue Restrukturierung ihre Chancen zunichte gemacht.

Eines Morgens, nachdem Hervé seine Post bei der Hauptsortierung abgeholt hatte, war er erstaunt, sie einige Meter von ihm entfernt ausstreckt auf dem Bauch liegend zu finden. Sie bewegte sich nicht mehr. Wie eine regungslose Masse zur Unbeweglichkeit bestimmt. Heidi war gerade über einen Haufen von Behältern gestürzt, als sie ihre Post in den Sortierspinden abholen wollte. Niemand hatte etwas gehört oder den Vorfall bemerkt. Weder die roboterhaften Polinnen, die unablässig mit einer atemberaubenden Geschwindigkeit die Briefe sortierten, noch die Postboten, die zu beschäftigt damit waren, das Stapeln der Post auf

ihren Arbeitstischen zu beenden. Da lag sie, in ihrer ganzen Länge auf dem Boden. Bernd, der gekommen war, um den Franzosen zu treffen, war auch erstaunt, die Ersatzfrau auf dem Boden liegen zu sehen.
»Aber was macht sie denn da?« fragte er ihn.
»Keine Ahnung«, antwortete Hervé.
Gut eine Minute war vergangen, bevor die Postlerin irgendwelche Anstalten machte, sich zu erheben. Als der Franzose zu ihr ging, um ihr aufzuhelfen, zog sie die Beine an und auf Knien gelang es ihr mit Unterstützung des rechten Arms, sich mühsam zu erheben. Sie stammelte, dass sie den Arm nicht mehr bewegen konnte. Den Tränen nahe und mit aufgestauter Wut war sie in ihrer Selbstliebe verletzt. Niemand hatte sie bemerkt. Ohne ein Wort nahm sie ihre Siebensachen und verschwand. Einige Minuten später erschien der Personalchef Karl-Heinz wütend auf der Bildfläche – Heidi hatte ihm gerade den Vorfall mitgeteilt – und mit einer Miene wie sieben Tage Regenwetter putzte er inmitten des Saals die Postboten herunter.
»Wie viele Male habe ich Ihnen schon gesagt, die Behälter in die zugehörigen Karren zu stellen. Ist das denn so schwierig? Oder muss ich mich anders bemerkbar machen, mein Gott? Wer sagt mir nun, wie ich einen Ersatz für Heidi finde?«

Im Saal wagte nicht einer, den Mund aufzumachen und noch weniger einen Kommentar über den Vorfall abzugeben. Zu gut waren die Launen und Wutausbrüche von Karl-Heinz bekannt, außerdem war es besser, nichts zu sagen und das Unwetter vorüberziehen zu lassen. Erst später während der Zustellung, als Hervé seinen Kollegen Bernd an der Ecke *Auf den Häfen* und *Gertrudenstraße* traf, da wo sich die beiden Touren überschnitten, fragte der Bretone ihn, was er denn von all dem dachte:
»Ich hab so was noch nie gesehen. Sie lag da total hingeschlagen, wie ein Seehund auf einer Sandbank«, Bernd fing an aus vollem Halse zu lachen.
»Ich verstehe nicht, wie man so schwerfällig und ungeschickt hinplumpsen kann. Scheiße ... Das ist doch keine alte Frau«, erwiderte ihm Hervé. Dann fing er an, seinerseits zu lachen.

»Das ist so komisch, diesen Fettproppen am Boden zu sehen, dass ich immer noch lachen muss«, pflichtete Bernd ihm bei.

Am nächsten Tag erfuhren die Postboten von Team 16, dass Heidi für eine Woche wegen einer leichten Verrenkung des Vorderarms krankgeschrieben war. Als sie nach einer Woche erneut erschien, war Hervé erstaunt, nicht ihre Stimme zu hören. Eine Stimme, die er aus allen anderen heraushörte. Eine so spezielle Stimme, die sich durch das Trommelfell in das Ohr Einlass verschafft, um dann in das Schädeldach einzudringen und das Nervenkostüm anzugreifen. Diese kreischende Stimme antwortete plötzlich nicht mehr. Sie war verstummt. Hervé dachte, dass sie ihnen böse wäre, weil sie sich während ihrer Abwesenheit nicht über ihre Genesung informiert hatten. Aber Annemarie, die mehrmals mit ihr telefoniert hatte, konnte alle beruhigen. Nachdem sie geheilt war, verspürte die Postlerin plötzlich Schmerzen an der Zunge. Sie ging zum Doktor und der diagnostizierte eine Entzündung des Frenulums der Zunge.
»Das ist das erste Mal, dass ich von so einer Krankheit höre. Aber was Heidi angeht, muss man sich über nichts wundern. Sie fängt sich alle möglichen und unmöglichen Blödheiten ein«, sagte sich Hervé. Als sie ihre Arbeit wieder aufnahm, war die Postlerin nicht mehr dieselbe. Sie hatte gänzlich die Lust verloren. Sie wollte, nachdem ihre Wohnung bezahlt war, aufhören zu arbeiten. In fünf oder sechs Jahren, dachte sie. Sie wusste, dass es ihr mit ihren hundertundzwei Kilo nicht mehr lange möglich sein würde, täglich Hunderte von Stufen hinauf- und hinabsteigen. Und dann erklärte sie dazu desillusioniert:
»Sowieso werden sie uns sicherlich alle vor die Tür setzen. Da bin ich sicher.«
Aber während sie in Warteposition ist, wird Heidi – kurzer Bürstenhaarschnitt, ausuferndes Gesäß und eine Brille mit einem überdimensioniertem Gestell, das ihr Gesicht verdeckt – schwitzen und ihre Kleider ablegen und mit den Schultern zucken müssen, wenn Peter, Bernd und Carsten und die anderen ihr die Nachreden ihrer Kunden mitteilen werden. Sie weiß, dass nicht alle Tage Sonntag ist und außerdem wird sie ihren guten Willen unter Beweis stellen und alles akzeptieren müssen, was die Chefs von ihr wollen,

und schließlich nach einen harten Arbeitstag nach Hause zurückkehren, um dort bei ihren Bildschirmidolen zu sein.

Da gibt's nichts, um sich vor Lachen zu bepinkeln

Trotz der Verschlechterung seines Gesundheitszustands gab sich Hervé Mühe, nicht daran zu denken. In seinem neuen Team fragte niemand seiner Kollegen, warum er so oft während des Sortieren kurz wegging oder sich zum Umkleideraum begab, um sich umzuziehen. Und warum er schließlich meistens allein auf Tour ging, wenn er dann zur selben Zeit wie sie mit dem Sortieren fertig war.

»Ich mache meine Arbeit, ich versuche meine gute Laune zu behalten und mache von Zeit zu Zeit einen Scherz. Kurz, ich versuche der Gleiche zu bleiben«, sagte er zu sich.

Wer hätte erraten können, dass hinter seinem angespannten Gesicht, seinem immer häufigeren Schweigen, seiner undurchdringlichen Diskretion und seinen zunehmenden Leiden der gehäufte *unwillkürliche Urinabgang* seine gesamte psychische Verfassung immer stärker in Mitleidenschaft zog? Wer hätte gedacht, dass ein enormer Druck auf ihm lastete und sein Leben vergiftete? Bis jetzt waren nur Sybille und die behandelnden Ärzte auf dem Laufenden über seine chronische Inkontinenz. Um ihn herum wusste man nichts von seinem Leiden, aber wie lange noch konnte er sein Schweigen aufrechterhalten? Wie lange würde er noch diesen häufigen Druck seiner Blase ertragen können, der ihn in helle Aufregung versetzte. Wie bei einem plötzlichen Aufheulen der Sirenen eines brennenden Schiffs musste er da, wo er sich gerade befand, sich wie ein Verrückter in eine Ecke stürzen, um zu vermeiden, dass er eine nasse Hose bekam. Wie lange noch?

Zehn, zwölf, fünfzehn Mal am Tag hinderte ihn dieser Druck an seiner Arbeit und an einem normalen Leben. Es vergiftete sein Leben und seine Nächte. Es machte ihn krank. Mit dem Bein, das er hinter sich herzog, seiner *unkontrollierbar und anarchisch* gewordenen Blase sowie als Opfer von wiederholten und unvorhergesehenen unwillkürlichen Urinabgängen war er von nun an dazu verdammt, jegliche sportliche Aktivität einzustellen. Er, der

passionierte Sportler, konnte nicht mehr joggen, spielte nicht mehr Fußball und ging nicht mehr ins Schwimmbad. Um dann von Zeit zu Zeit seine Wut verrauchen zu lassen, nahm er sein Fahrrad, um irgendwohin zur radeln, oder er trat wie ein Wilder in die Pedale, ihm die Puste ausging.
»Und wenn ich dann nass zurückkomme, Scheiße, dann pinkel' ich noch drauf!« wiederholte er wie ein Besessener.

Diese Situation zog seine Freundin sehr in Mitleidenschaft, die ihn ohne etwas zu sagen, mit betrübter Miene beobachtete. Sie las auf seinem Gesicht die Sorge, die ihn in ein hartnäckiges Schweigen hüllte. Er ging ihr aus dem Wege, vermied alle Gespräche und verschwand ohne Grund in den Toiletten. Im Allgemeinen war sein Verhalten in der letzten Zeit sehr verändert. In irgendwelche Träumerei versunken, war er manchmal abwesend und hörte nicht immer auf das, was sie ihm sagte. Überzeugt davon, dass er sie nicht ernst nehmen würde, war sie sauer auf ihn und erinnerte ihn daran, dass die Situation unhaltbar geworden war und dass sie darunter litt, aber er wollte nichts hören. Er unterbrach sie und legte los:
»Du musst dich mal an meine Stelle versetzen. Ich bin manchmal so auf meine Blase konzentriert, dass ich nicht mehr mitbekomme, was um mich herum passiert«, entschuldigte er sich. Sie verstand ihn schließlich, aber akzeptierte kaum seine plötzlichen Verhaltensänderungen oder seine schlechte Laune. Er wiederholte ärgerlich und in einem lauteren Ton: »Nach fünf Stunden Zustellung müsstest du verstehen, dass ich keine Lust mehr habe, Spaziergänge zu machen, an jeder Straßenecke anzuhalten und zu befürchten, dass ... na, du weißt schon. Warum willst du mich nicht verstehen? Wenn man mal richtig nachdenkt, ist das ein Hundeleben, das ich führe!« Er hatte das Gefühl, sich in einer Einbahnstraße zu befinden, und wenn er auch sah, dass er sich wie nie zuvor immer mehr in ein selbstzerstörerisches Abseits begab, lehnte er doch pauschal jede Hilfe ab.

Die Post war für ihn zum Fremdkörper geworden. Nichts interessierte ihn mehr wirklich. Gewiss verfolgte er die Entwicklung dieses öffentlichen Dienstes auf dem Wege der Privatisierung, aber er lehnte es ab, sich den Veränderungen anzupassen. Im Gegensatz zu der Mehrheit seiner Kollegen leistete er passiven Widerstand. Er nahm an Gewerkschaftsveranstaltungen teil, unterschrieb Petitionen und solidarisierte sich mit den Initiativen der Personalvertreter, welche die Verschlechterung der Arbeitsbedingungen und die Ausweitung der Arbeitszeit anprangerten, aber er war der Meinung, dass es nicht weit genug ging und dass ein harter Streik nötig wäre. Ein harter Streik wie der in Paris. Hart und lang, um sie zu zwingen, sich dem Willen des Personals zu fügen. Das Sortierzentrum lahmlegen und den Eingang der Post blockieren! Voilà, das wird sie zum Nachdenken bringen! Das wird sie dazu bringen, ihre Entscheidungen zu überdenken! Das war es, was er gerne gemacht hätte!

Sybille, die eine interessantere Anstellung in einem *Gymnasium* anstrebte, hatte sich beim Bildungsministerium von Niedersachsen erkundigt. Dort hatte man ihr gesagt, dass sie wenigstens zwei oder drei Jahre warten musste, um mit einem Kollegen zu tauschen. Sie hatte diesen Gedanken gerade an dem Tag gefasst, wo sie von einer Freundin in ihrem Gymnasium gehört hatte, dass eine Kollegin, Lehrerin für Französisch und Deutsch, für zwei Jahre in Elternurlaub ging. Als sie sich mit sechs anderen Kandidaten vorstellte, gestand sie Hervé, dass sie sich keine Illusionen machte.
»Die anderen haben sicherlich einen besseren Eindruck als ich gemacht.«
Aber wie immer war das Glück auf ihrer Seite. Zwei Wochen später musste sie postwendend bestätigen, ob sie nach den Ferien am *Bismarck-Gymnasium* in Hannover anfangen wollte.
»Ich bin ein bisschen überfahren worden. Was würdest du an meiner Stelle machen«, rief sie aus.
»Aber ich bin nicht an deiner Stelle. Du solltest keine Minute zögern, das ist eine Chance für dich.«
»Aber ... und du?«
»Sicherlich bin ich nicht davon begeistert wegzugehen, aber ich möchte, dass unser Abenteuer weitergeht.« Keinen Moment dachte er daran, dass eine erneute Versetzung Auswirkungen auf seine Arbeit haben könnte. Trotz seiner Gesundheitsbeschwerden war er

der Ansicht, dass die Arbeit als Postler überall die gleiche war. Er hatte schon so oft Ort und Stadt gewechselt, dass er sich daran gewöhnt hatte, ganz allein seine Orientierungspunkte zu finden, neue Freunde zu finden und mit neuen Kollegen zu arbeiten. Das Paar hatte drei Wochen Zeit über die neue Situation nachzudenken, über den Umzug aber auch eine neue Versetzung von Hervé nach Hannover.

Der Juli war im Handumdrehen vorbei. Sybille zog nahe dem Stadtzentrum ein, etwa einige hundert Meter von ihrer neuen Stelle entfernt. Weil soviel zu tun war, nahm sie eine große Wohnung. Während dieser Zeit wurde Hervé in einer Entfernung von hundertfünfzig Kilometern tätig.
»Ihre Versetzung? Schlagen Sie sich das aus dem Kopf! Ich an Ihrer Stelle würde das zu den Akten legen. In diesem Moment bei laufender Restrukturierung des Postdienstes gibt es überhaupt keine Personalbewegung«, erteilte man ihm kategorisch die Absage. Aber als er den Sozialbeauftragten in der Fluren der Direktion traf, ließ ihn dieser wissen, dass er sich mal darum kümmern wollte:
»Ich kann immerhin meinen Kollegen in Hannover fragen, ob es jemand gibt, der mit dir tauschen möchte.«
Ein winziger Lichtstrahl blitzte in dem Grau dieser schlechten Tage auf.

Seht zu, dass ihr euch einig werdet!

Als er gerade an einem Montagmorgen um acht Uhr auf Tour gehen wollte, rief ihn Hans, der Sozialbeauftragte, an, um ihm zu sagen, dass sein Antrag auf Versetzung *eine unerwartete Wendung* genommen habe, aber mehr sagte er nicht. Am nächsten Tag bemerkte Hervé nach seiner Rückkehr von der Zustellung das Blatt eines Notizblocks auf dem Tisch seines Sortierspinds mit einer kurzen, in Bleistift hingekritzelten Nachricht:
»Bitte so schnell wie möglich Hans anrufen, am besten vor vierzehn Uhr in seinem Büro am Flughafen (die abgespeckten Sozialdienste waren zum Flughafen verlegt worden) oder auf seinem Handy«
»Gut«, sagte sich Hervé. »Es gibt sicher etwas Neues.« Gleichzeitig neugierig und ungeduldig, mehr wissen zu wollen, wartet er nicht, bis er zu Hause war, sondern telefonierte von der Post aus:
»Ah ja, Hervé, das nimmt Gestalt an. Es handelt sich um eine Versetzung zu dritt.«
»Zu dritt? Wie das, zu dritt?«
»Ja, eine Postbotin aus Hannover, die jeden Tag nach Hameln pendelt, möchte in diese Stadt versetzt werden. Sie übernimmt also die Tour eines Briefträgers in Hameln, der vergebens auf seine Versetzung nach hier wartet, um mit seiner Freundin zu leben. Du selbst wirst dann diese Briefträgerin in Hannover ersetzen.«
In diesem Moment war der Postler perplex. Er konnte einfach nicht glauben, dass das so einfach war und dass die Oberpostdirektion von zwei Hauptpostämtern das Spiel mitmachte.
»Diese Arschlöcher, sie werfen Einem einen Knüppel zwischen die Beine für nichts und wieder nichts, für einen kleinen Fehler oder eine Blödheit, aber im vorliegenden Fall sind sie ganz plötzlich auf auf deiner Seite. Verständnisvoll und menschlich. Eine Berührung mit dem Zauberstab und huuuuii! Abrakadabra! ...
Wie ein Eilbrief finde ich mich fast von heute auf morgen in Hannover wieder! ... Heute schiebe ich meine Karre in der *Mozartstraße* am Ufer der *Weser* und morgen sitze ich gewiss auf

meinem Fahrrad und durchfahre die Straßen Hannovers. Wenn nichts leichter als das ist, warum nicht träumen!« jubilierte er. »Und träumen wir weiter ... Paris, ich komme ... und London und Rom, wo ich auch gerne Zusteller wäre. Da kommt Freude auf. Schluss mit der Kälte. Jetzt komme ich, ihr heißen Länder des Mittelmeers ...!« Auf der Stelle rief er Sybille an, um ihr die Neuigkeit zu anzukündigen. Begeisterung ... Gebrüll ... Größenwahn ... »Ich bin ein Gott, ich hab, was ich will«, dachte er.

Zwei Tage später am Mittwoch erneuter Anruf von Hans:
»Das nimmt Formen an. Der Personalvertreter macht Dampf, damit alles schneller geht.« Hervé war ein wenig verwundert. Er erwartete überhaupt nicht, dass sich die Gewerkschaft auf die eine oder andere Art für seine Versetzung interessierte. Übrigens hatte er sie überhaupt nicht von seiner Angelegenheit in Kenntnis gesetzt.
»Ich hatte gedacht, dass die Gewerkschaft anderes zu tun hat, als die Versetzung eines Postlers von einer Stadt in die andere zu erleichtern. In diesem ganzen Durcheinander darf ich trotzdem nicht den Kopf verlieren und vergessen, meinen zukünftigen Chef im Dienst, einen gewissen Reuschemeier, anzurufen. Ah, das geht ab wie die Post! Ich beende meine Nachsendepost, fülle meine Zustellungsurkunden aus, entledige mich des ganzen Papierkrams auf meinem Arbeitstisch und schnell *Auf Wiedersehen!* Ich bin schon im Keller ... auf meinem Fahrrad ... in Richtung meiner Wohnung.« Bevor er in Hannover anrief, zog er es vor seinen Anrufbeantworter abzuhören, ob es eventuell etwas Neues gab. Ja, da war eine Nachricht! ...
»Guten Tag, Herr Klöpper, der Sozialbeauftragte für das Gebiet Hannover. *Ja, es gibt ein Problem.* Die Postbotin aus Hannover hat keine Chance Stammzustellerin zu werden, da sie zu jung ist. Aus diesem Grund will sie nicht mehr nach Hameln. Aber rufen Sie mich an!« Sofort wählte Hervé die Nummer des Sozialbeauftragten. Glücklicherweise war der in seinem Büro.
»Was? Was soll diese plötzliche Kehrtwendung bedeuten! Diese barsche Zurücknahme! Sie halten mich alle für einen Idioten, diese Bekloppten!« Wütend wollte der Postler auflegen. Klöpper versuchte dann, ihm freundlich die Situation zu erklären und sagte ihm, dass

er seine Enttäuschung sehr gut verstehen würde. Dann reichte er ihn weiter an den Gewerkschaftsvertreter, der in seinem Büro war.
»Hier Herr Busse, Sie wollen immer noch nach Hannover, um mit ihrer Freundin zu leben, nicht wahr? Nun gut, dann lassen Sie sich doch nach Hameln versetzen, das ist nur fünfzehn Minuten mit dem Zug von Hannover entfernt. Aber Sie müssen sich schnell entscheiden, sonst können wir nicht mehr zu Ihren Gunsten bei der Direktion intervenieren. Hier ist meine Telefonnummer und die meines Handys (er nannte ihm zwei Nummern). Sie können mich dieses Wochenende anrufen. Warten Sie nicht zu lange, denn man muss das Eisen schmieden, solange es heiß ist! Das ist Ihre letzte Chance!« sagte er in einem recht rüden und unangenehmen Ton.
»Holla, Vögelchen!« sagte sich Hervé. »Ich versteh nicht recht ... Das geht alles viel zu schnell für mich ... Ich verspüre einen enormen Druck ... Ich weiß nicht mehr, was ich machen soll ... Ich bin unentschieden, total am Warten, ich verliere meine Pedalen ... Zu Hilfe! Her zu mir! Sicherlich würde es mir gefallen, dass die interessierten Parteien einverstanden sind, dass der Kerl in Hameln seine Verlobte hier wiederfindet, dass ich Sybille wiederfinde ... dass diejenigen, die mir bei meiner Eingabe helfen, bemerken, dass ich die allermöglichsten Anstrengungen mache ... dass ihre Freundlichkeit belohnt wird ... dass Hans sich freut ... dass alles gut ist, was gut endet, aber ... Aber das Happyend wäre zu schön, um wahr zu sein ...« Er berichtete dann dem Gewerkschaftler von seinen Problemen ... dass er das Wochenende benötigte, um darüber nachzudenken. Er konnte auf der Stelle keine Entscheidung treffen.
»Auf jeden Fall kommt Sybille. Wir wollen die Angelegenheit zusammen beraten. In völliger Ruhe ausbrüten.« Hervé hatte im Voraus einen Stadtplan von Hameln gekauft für alle Fälle ... Sybille hatte sich ihrerseits über die Zugverbindungen aus Hannover in diese Stadt informiert. »Wir beide werfen jeweils die Pros und Contras auf die Waagschale. Wir mutmaßen, wir analysieren, wir kalkulieren und dann schauen wir mal«, sagte er sich. Alles das für Pfeffernüsse? Niemals!
»Hameln ist eine schöne kleine Stadt und wir könnten dorthin ziehen, wenn dir die Strecke von Hannover nach Hameln zu viel ist«, flötete sie am anderen Ende. »Aber ich muss dir sagen, dass

der Kerl von der Gewerkschaft Mist redet. Hameln ist zweiundvierzig Kilometer von Hannover entfernt!«
»Ah, dieser Gauner! Warum hat er mir solch einen Blödsinn erzählt! Da steckt doch was dahinter! Etwas ist sicher, wenn ich nach Hameln gehen würde, hätte ich enorme Schwierigkeiten, dieses Kaff danach wieder zu verlassen, um dann meine Versetzung nach Hannover zu beantragen. In der Oberpostdirektion werden sie es natürlich nicht so sehen. Sie werden denken, dass ich nicht weiß, was ich will.« Hervé war rot vor Wut und sein Blut war am Kochen. Sofort quälte ihn eine Frage:
»Warum will der Gewerkschaftsvertreter unbedingt, dass ich nach Hameln gehe?«

In der Nacht hinderten ihn halluzinatorische Visionen am Schlafen. Er drehte und drehte sich im Bett. Er war schweißgebadet. Diese Frage verfolgte ihn bis zum nächsten Morgen. Seine Freundin, die nicht daran glauben wollte, war wütend, weil seine Geschichte wie das Hornberger Schießen ausgegangen war. Aber sie liebte ihn und sie verstand sein Zögern und seine Bedrängnis. Der Postler war in Rage ... Er grübelte ... Dachte an nichts anderes ... Die Wut überkam ihn von Neuem.

Am Montagmorgen stürzte er sich nach der Zustellung auf sein Fahrrad, um nach Hause zu radeln, und rief den Sozialbeauftragten in Hannover an:
»Ah ja, das ist wahr, Herr Nédellec, Sie haben absolut recht! Ich verstehe Sie sehr gut und dann das Gespräch mit dem Personalvertreter, *das war nicht in Ordnung,* das war nicht *fair*«, wiederholte er. »Er hatte Sie unter Druck gesetzt. So redet man nicht mit Menschen«, sagte er, um ihn zu beruhigen und ihm seine Unterstützung zu beteuern.
»Warum insistierte er dermaßen? Er hat mir nicht alles erzählt. Das ist verdächtig«, entgegnete Hervé. „Hat er die Wahrheit gesagt?«
»Ja ... Äh, nein! Er hat in der Vergangenheit einem Postboten, der versetzt werden wollte, Versprechungen gemacht, aber er hat sie nicht halten können. Er hatte einem Kollegen versprochen, seinen Einfluss geltend zu machen. Ein gutes Wort für sein Anliegen

einzulegen, um seine Versetzung zu beschleunigen, aber wirklich hat er sich niemals darum gekümmert. Es lag ihm deshalb am Herzen, sich zu rehabilitieren und nicht nochmals das Gesicht zu verlieren«, gestand ihm der Sozialbeauftragte.

Zwei Tage verrannen. Nichts Neues. Kein Anruf. Wie festgefahren. Totenstille.
»Die spielen mit mir, diese Leute! Und mit den Nerven zu Fuß! Und das gefällt mir nicht!« schrie Hervé. Dann erhielt er am Morgen des dritten Tages einen erneuten Anruf von Klöpper,
»Herr Nédellec, eine freudige Nachricht. Frau Müller (Das ist der Name der Postbotin in Hannover) hat lange nachgedacht. Sie hat schließlich eingewilligt, nach Hameln versetzt zu werden. Hingegen weiß man noch nicht genau, wann Sie genau abreisen können.« Es gibt immer zwei Versionen. Träger gab vor, dass alles arrangiert wäre, aber nicht mehr er, sondern sein Kollege in Hannover war nicht mehr Herr einer Situation, in der die Informationen, die Bestätigungen, die Rücknahmen, die Schwenks und die Widersprüche des einen und des anderen das Versagen eines öffentlichen Dienstes ans Tageslicht brachte, der sich in der Öffentlichkeit damit brüstete: *das Logistikunternehmen Nummer eins der Welt geworden zu sein.* Dann erfuhr er, wie vom Himmel gefallen, dass er zum Wochenende abreisen würde.

Wenn dies nur ihn allein betroffen hätte, wäre er von einem Tag auf den anderen abgereist, ohne seine Kameraden vom Team 16 zu benachrichtigen. Ohne auf Wiedersehen zu sagen. Aber Sybille, die am Wochenende gekommen war, sagte ihm:
»Aber das macht man doch nicht!« Und dann benutzte er seinen freien Tag, um einige Flaschen *Sekt* zu kaufen und eine *Spezialbestellung* bei Hermann zu tätigen. »Nein, das ist doch nicht wahr. Das kannst du uns doch nicht antun«, wiederholte Annemarie ständig mit misstrauischer Mine.
»Scheiße, du wirst uns so richtig fehlen«, sagte ihm Bernd.
»Hannover? Ah, aber ich komm dich besuchen! Meine Eltern wohnen in der Stadt«, entgegnete ihm Peter und klopfte ihm auf den Rücken.

»*Mon petit Franzose,* was werden wir ohne dich anfangen?« fragte Bernd ein wenig traurig, als er ihn weggehen sah.
Als alle Kameraden auf Tour gingen, räumte Hervé auf und betrachtete mit traurigem Herzen und zugeschnürter Kehle ein letztes Mal diesen Saal, in dem er viele Jahre gearbeitet, gute Freunde getroffen und unvergleichliche Augenblicke verbracht hatte, dann verschwand er, nachdem er einen Zehn-Euro-Schein in die Schublade von Hermann gesteckt und in seiner Erinnerung diese anheimelnden Zeilen des Autors von *Siddhartha* an sich vorüberziehen lassen hatte:

Und jedem Anfang wohnt ein Zauber inne,
Der uns beschützt und der uns hilft, zu leben.

DRITTER TEIL

Prospektverteiler bei der Deutschen Post World Net

Auf zu neuen Abenteuern

»Ich versteh nicht so richtig, wie du das machst. Verspürst du nichts dabei, wenn du einfach so weggehst? Macht dir das denn gar nichts aus, wegzugehen, und die Leute mit denen du Jahre hindurch gearbeitet hast, nicht mehr wiederzusehen? Du hast hier gern gelebt, du hast diese Stadt geliebt und dann hopp! Plötzlich haust du einfach so ab.«
Sybille hatte die Arme ausgebreitet, den Mund weit geöffnet und fixierte einen Punkt ganz oben im Himmel auf der anderen Seite der Windschutzscheibe, Ein wenig wie ein Kind, das seinen Luftballon über seinem Kopf entschwinden sieht.
»Hopp! Verschwunden ... in Luft aufgelöst ... Hervé, *er ist weg.* Er ist nicht mehr da! Er ist schon weit weg! Du willst nicht davon reden? Macht dir das wenigstens was aus?«
Sybille betrachtete ihn diesmal auf seltsame Art. Als wenn sie in ihm zum ersten Mal eine Gleichgültigkeit, ein erloschenes Interesse entdecken würde, das ihr unangenehm war. Sie verspürte in dem Moment ein Gefühl, das fast Mitleid war. Aber er, anstatt die Chance zu ergreifen, die sich ihm bot, anstatt durch die Tür, die sie ihm gerade geöffnet hatte, zu schreiten, anstatt sich mitzuteilen, zog er es vor, diese ausgestreckte Hand beiseite zu schieben.

Nach einem langen Schweigen, die Augen auf die Straße geheftet und die rechte Hand oben am Steuer, wandte er sich seiner Freundin zu und versuchte linkisch, ihr ein paar Erklärungen zu geben, ohne jedoch so zu antworten, wie sie es erwartete:
»Ja, ein bisschen hast du recht. Ich hätte nicht einfach so abhauen sollen. Aber, weißt du, bei der Post gibt es vor allem in den letzten Tagen so ein Drunter und Drüber. Ein unaufhörliches Kommen und Gehen. Und dann ist da diese bekloppte Arbeit als Postler, die das so will. Man ist einige Stunden zusammen und dann geht jeder seiner Wege. Stell dir vor, man sieht sich praktisch nicht mehr nach

der Arbeit. Das ist nicht mehr so wie früher. Vor allem in diesem Moment ...«

»Aber das ist nicht das, wovon ich rede. J'en fous moi des autres. Die anderen gehen mich nichts an. Was mich interessiert, das bist du.«

»C'est je m'en fous qu'on dit comme s'en foutre PLEIN... So sagt man das!«

»Na holla holla. Wir können Deutsch sprechen, wenn du willst? Aber ich glaube, du bist dabei vom Thema abzulenken«, dabei warf sie ihm einen vorwurfsvollen Blick zu.

»Nein, du hast ja recht. Eigentlich weiß ich es nicht. Das liegt an mir. Bei den Gefühlen, da hast du recht. Ich tue mich schwer damit. Da fällt's mir schwer, was zu sagen. Siehst du, ich stelle mir vor, um mich nicht in Frage zu stellen, mein Haus zu erschüttern und mein Image zu trüben, nicht einen Haufen von Gefühlen an die Oberfläche kommen zu lassen. Sie sind Hindernisse auf meinem Weg. Und übrigens will ich vorankommen.«

»Das ist ja eine witzige Art voranzukommen.«

»Ja, ich weiß. Aber das ist, wie soll ich das ausdrücken ... ein Mechanismus ... Ja, ein Mechanismus in mir. Das kann ich dir versichern. In ganz vielen Situationen weiß ich nicht wirklich, was eigentlich abläuft. Ich kann nicht sofort analysieren, warum ich dies oder das mache. Schließlich möchte ich sagen, ich weiß wahrhaftig nicht warum. Das geschieht aus einer plötzlichen Anwandlung heraus, wenn man so will. Um nicht den Eindruck zu haben, auf der Stelle zu treten, mache ich das eine lieber als was anderes. Ich habe keine Wahl. Ich habe nicht oft die Wahl gehabt. Ich musste oft allein entscheiden. Ich musste sehr früh im Leben allein entscheiden, dann ist das normal, dass man Fehler macht. Tatsächlich, ich brauche Abstand. Aber den habe ich nicht. So bin ich so was wie ein Bulldozerfahrer, der nicht richtig sieht, was rechts und links von seinem Fahrzeug geschieht, aber der nach vorne muss. Dann geht's nach vorn, nach vorn, er vermeidet gefährliche abschüssige Wege, umfährt die Wurzeln und Sträucher, die er sieht, aber der Rest ... Er könnte fragen, warum das geschieht und das nicht geschieht, aber er fragt nicht. Das kommt von der Gewohnheit.«

»Hast du das immer so gemacht?«

»Nun ... Ich hab nicht gelernt, das anders zu machen. Zu Hause war das nicht kompliziert, denn man redete nicht. Meine Eltern kennst du, ich hab dir davon erzählt. Und bei meinen Schwestern, da ist das nicht anders. Wir lebten zusammen, aber wir teilten niemals unsere Gefühle mit. Ich hab sozusagen bis zehn oder zwölf mit ihnen gespielt, aber danach. Nichts. Ich habe zum Beispiel nicht erfahren, dass sich Joseline mehrere Male fast umgebracht hätte. Sie hat es mir neulich am Telefon gesagt. Sie hat mir Sachen erzählt; ich bin aus allen Wolken gefallen. Meine jüngere Schwester Lidia, die im Großraum Paris lebt, lässt nie was von sich hören. Ich habe ihr nichts Böses getan, aber ich weiß nicht, warum sie mir nicht schreibt. Zu Weihnachten und Ostern schicke ich ihr eine kleine *bafouille*. Weißt du was eine *bafouille* ist? Das ist ein Brief. Eben gerade hab ich gesagt, dass ich seit zehn Jahren nichts bekomme. Ich weiß nicht mal, ob sie noch lebt. Verstehst du so was? Mit den Kumpel ist das nicht besser. Wir hatten so ziemlich oberflächliche Beziehungen. Ich habe Fußball gespielt, Kinder, Knaben, Junioren, aber ich hab nie persönliche Kontakte mit einem von ihnen gehabt. Du wirst es mir nicht glauben, aber wenn ich genau nachdenke, eigentlich kannte ich sie gar nicht.«

»Aber der Trainer?«

»Ach, der Trainer! Wir redeten über Taktik ... Fußball... Aber das war alles. Wir trainierten, wir duschten und jeder ging seiner Wege. Ich hab nichts anderes kennen gelernt. Vor allem, bei der zweiten Halbzeit habe ich mich schon nicht mehr da hinbegeben. Wegen meines Vaters. Ich ging nicht in die Cafés. Und wenn wir dann gewonnen hatten und wenn ich schlecht gespielt hatte, ich mochte das nicht. Das war nicht mein Sieg. Das war ihrer.«

»Du bist vielmehr ein Einzelgänger?«

»Nein, das kann ich nicht sagen. Ich bin gerne mit Leuten zusammen. Ich passe mich an, aber ich verlasse mich auf niemanden. Das ist so. Ich muss mich allein aus dem Schlamassel ziehen. So hab ich das nun mal gelernt.«

»Und in der Schule?«

»In der Schule genau das Gleiche. Ich hatte einige Freunde, so eben. Gewisse Sachen haben wir gemeinsam gemacht aber nicht alles. Sobald ich ein Lehrinstitut verlassen hatte, habe ich keinen mehr gesehen. Ich bin meinen Weg gegangen. Gleich nach dem Zeugnis für die abgeschlossene Berufsausbildung habe ich eine Annonce in der Zeitung gesehen: Man suchte Kupferschmiede da bei Orléans. Damals wusste ich noch nicht einmal, wo Orléans überhaupt liegt. Macht nichts. Ich habe meine Bewerbungsunterlagen abgeschickt und dann bin ich mit achtzehn los mit meinem Koffer, um zu arbeiten. Da sind mein Vater und meine Schwester Joseline mit zum Bahnhof gekommen. Ganz spät abends bin ich dann vor dem Werk angekommen. Das war eine Fabrik, die Güterwaggons für die französischen Eisenbahnen herstellte. Ich erinnere mich, es war sehr heiß, sehr trocken. Das musste ein Sonntagabend gewesen sein. Am nächsten Tag sollte ich arbeiten. Sie hatten gewisse Unterkünfte für ihre Arbeiter. Nachdem ich geklingelt hatte, öffnete mir ein alter Knacker eine vergitterte Tür und wies mich an, in eine Art Schlafraum zu gehen. Da drin war schlechte Luft und es war schmutzig. Der Alte roch nach Schweiss. Man sah fast nix. — Was hast du hier zu suchen? hat er mir gesagt. — Du bist bekloppt, hier zu arbeiten! Mach dich hier vom Acker. Sieh mal, du haust dich erstmal hier hin. Vielleicht wegen meiner Gestalt. Ich war ein mageres Hemd. Er hatte gedacht, dass ich nichts auf die Reihe bekomme. Er zeigte mir ein Etagenbett gegenüber von dem seinigen. — Du poofst da die Nacht. Morgen weck ich dich und dann verdrückst du dich, mein Kleiner. Das hier ist nix für dich. Ich hab nicht so ganz verstanden, warum er mir das alles sagte, aber ich hab‘s geglaubt und am nächsten Tag war ich weg. Als ich spät am Abend nach Hause kam, haben meine Eltern mich schief angesehen. Aber niemand hat mich gefragt, warum ich zurück bin. Sicherlich hatte ich Gründe zurückzukommen, haben sie gedacht. Aber welche? Ich glaube, das hat sie nicht interessiert. Oder doch, aber man sprach niemals von seinen Gefühlen. Ein wenig später habe ich dann eine Arbeit auf der Werft von Brest gefunden und alles war in Ordnung. Das war immer so. Ich war weg, wenn es mir nicht mehr gefiel, aber niemals habe ich mit jemanden darüber geredet. Vertrauen, das was man *Vertrauen schenken* nennt, war für mich damals Gejammer. Sein Herz ausschütten, das war für die Schwachen.«

Mitleidig schaute Sybille ihn jetzt sanft und zärtlich an. Ihre Augen lächelten. Sie streckte den Arm nach ihm aus, ergriff mit der Hand seinen Nacken und wollte ihn umarmen. Aber im selben Moment zwang eine lange Kurve, gefolgt von achtprozentigem Gefälle, Hervé dazu, sich loszureißen und abrupt zu bremsen.
»Wir sind bald da. In Hannover habe ich eine Woche *für die Einführung.*« Sie schauten sich an, um dann beide loszulachen. »Ich habe zu Hause Zeit, dir die Fortsetzung zu erzählen«, sagte er.

Aber in welcher Welt leben wir denn?

Während seines Urlaubs hatte Hervé mit Frau Pfefferkorn telefoniert, der Leiterin für das Personalwesen im Briefzustelldienst von Hannover, um zu wissen, wo und wann er genau seinen Dienst beginnen sollte.

»Ah ... Ja, Herr Nédellec. Ööh ... Ja ... Wann beginnen Sie? Nun ja, ich kann nichts sagen. Begeben Sie sich morgens ins Hauptpostamt. Ja, kommen Sie im Laufe des Tages und wir werden mit Herrn Wolf sehen, was wir für Sie machen können.«

Von der *Südstadt*, wo er von jetzt ab wohnte, war es ungefähr eine Strecke von dreizehn Minuten mit dem Fahrrad zur Hauptpost. Neben dem Bahnhof belästigte die glühende und drückende Hitze die Kunden, die es am Ausgang des Schalterraums vom Hauptpostamts vernünftigerweise vorzogen, im Schatten unter den Arkaden zu verweilen und an den Galerien der Kaufhäuser entlangzuschlendern, anstatt sich in diesen Backofen zu stürzen. Gewisse Hausfrauen nutzten die Gelegenheit, um zu den Auslagen zu gehen und drei Slips für den Preis von zwei, billige Hemden oder, wenn man will, kleine Belanglosigkeiten zu kaufen, die graziöse und beringte Hände, begleitet von argwöhnischen Blicken, sorgfältig in Plastiktüten packten, und welche von anderen stärkeren und behaarteren Händen, begleitet von einem strahlenden und liebevollen Lächeln, am Abend linkisch ausgepackt wurden.

Zwei uniformierte Wachmänner waren, ihm den Rücken zugewandt, im Gespräch vertieft. Hervé wollte sie also nicht stören. Aber nachdem er auf den Knopf *Auf* gedrückt und die Vorrichtung des Fahrkorbs in Betrieb gesetzt hatte, bot der eine, der plötzlich sein Wächterkabuff verlassen hatte, seine Dienste als Fahrstuhlführer an.

»Ich muss mich beim Personaldienst vorstellen.«

»Dritte Etage. Ich begleite Sie.«

Als sie den Fahrstuhl verlassen hatten, fand sich Hervé im großen Zustellersaal wieder. Die Spinde standen in alle Richtungen durcheinander verteilt, höchstwahrscheinlich in Erwartung eines bevorstehenden Umzugs. Große Körbe fast überall, voll mit Papier und Plastikverpackungen warteten vergeblich darauf geleert zu werden. Die stellenweise gelben und grauen Mauern waren sicherlich seit langer Zeit nicht mehr gestrichen worden. Vor ihm hielt der Wachmann vor einer geöffneten Tür an und gab ihm ein Zeichen, dass er da war. Frau Pfefferkorn hatte Schultern, die den Schwimmerinnen auf der anderen Seite der Mauer Deutschlands, – die mit den grünen Pillen aufgebaut worden waren, um schneller zum Ruhm des Sozialismus' beizutragen – zur Ehre gereicht hätten: Sie ergriff schonungslos seine Hand und stellte ihn Herrn Wolf, dem Hauptkoordinator der Filialen 44 und 41 und vorläufiger Hauptstellvertreter für den Zustelldienst in Hannover, vor.

In seinem beigefarbenen Hemd, bedeckt von einer hässlichen Krawatte mit aufdringlichen Motiven, und in seiner grauen auf Taille geschnittenen Hose mit zu kurzem Umschlag, mit deutlich sichtbarem Handy und schwarzen Schuhen Marke *Clark,* dazu blonden kurz geschnittenen Haaren, einer Puderquaste über dem kleinen kugelrunden Gesicht, kleinen braunen Augen, kleiner Himmelfahrtsnase, zwei rosa Öhrchen und mit einem blassen jugendlichen Teint, so ähnelte Frank Wolf wie ein Ei dem anderen der Comicfigur Tim, dem Held aus den Comics „Tim und Struppi".
»Ich bin wirklich untröstlich, aber als Ergebnis einer Reihe von Missverständnissen, für die ich nicht verantwortlich bin, können wir Sie momentan nicht in der Hauptniederlassung Hannover einsetzen. Ich möchte Sie sehr bitten, in dieser Hinsicht meine Entschuldigung entgegenzunehmen. Der Herr Generaldirektor für die Abteilungen des Briefzustelldienstes ist in Urlaub und ich vertrete diese Woche seinen Stellvertreter, der erkrankt ist. Die Tour, die Sie erhalten sollten, ist vergeben worden, vor allem fragen Sie mich nicht, wie das passiert ist. Ich habe keine Ahnung. Oder vielmehr doch. Wir haben das Problem vor Ort geregelt.«

Nichts wies vorher darauf hin, dass irgendetwas, vielleicht eine Magenverstimmung, Krampfschmerzen oder sicherlich die unvorhersehbare Reaktion auf eine übermäßige Anstrengung dieses

Gespräch zwischen zwei Männern stören würden. Jedenfalls war Wolf mit einem riskanten Manöver in einem Sekundenbruchteil zu einer höheren Geschwindigkeit übergegangen. Er lächelte nicht mehr und schien allergrößte Schwierigkeiten zu haben, sich zurückzuhalten, um nicht einen Furz loszulassen. Seine Stimme schraubte er eine Stufe höher und nun sprach er *in staccato*. »Aber ich weiß nichts mehr darüber ... Ich bin untröstlich ... Das liegt nicht in meinem Kompetenzbereich. Dagegen, wenn es sie beruhigt ... In der Filiale 44 in *Leinhausen* ... Man hat gedacht ... Man hatte daran gedacht, Sie einzusetzen... auf einer vakanten Tour.« Wolf starrte auf den Boden, seine Hand fummelte unentwegt an seinem Handy herum. Einige peinliche Minuten vergingen, ohne dass weder der eine noch der andere einen Blick auf seinen Gegenüber zu werfen wagte. Aber man kennt das. Solche Momente vergehen unausbleiblich und tatsächlich erholte sich der Hauptkoordinator von seinem Ungemach. Er hatte erneut die Situation und seine vor Erregung versagenden Organe im Griff.
»Das ist ein kleines Postamt ... Mit etwa zwanzig Postboten. Sie werden sehen, es gefällt Ihnen, da bin ich sicher. Mit Frau Krüger, das werden Sie feststellen, verstehen sich alle gut und die Atmosphäre ist ausgezeichnet. Wenn Sie einverstanden sind, können wir uns dort morgen früh um acht Uhr treffen. Kommt Ihnen das zupass?«
Frank Wolf bemühte sich während dieser Unterhaltung charmant und lächelnd zu bleiben. »Damit bin ich am Ende. Haben Sie noch Fragen. Gibt es einige Punkte, von denen Sie gerne hätten, dass ich noch einmal darauf zu sprechen komme?« Hervé hatte keine. Wie hätte er sie auch haben können, denn er kannte weder das Hauptpostamt noch die Filiale 44 und noch weniger seine neuen Arbeitsbedingungen.

Auf dem Radweg die *Hildesheimer Straße* entlang schien Hervé abwesend zu sein. Irgend etwas bedrückte ihn. Alles, was gerade geschehen war, bereitete ihm Sorgen. In Bruchstücken kam ihm das Gespräch mit Wolf wieder ständig ins Gedächtnis zurück. Er begriff, dass er in einer Stadt arbeiten sollte, in der sich die einzigen Orte, die er kannte, auf die Umgebung des *Marktes* und die umliegenden

Straßen beim *Stephansplatz* beschränkten, da, wo er von nun an mit seiner Freundin wohnte. – *Man hatte gedacht* ... Wer hatte gedacht? Wann und wie ist entschieden worden, dass er in diesem nördlichen Viertel in einer Filiale zwischen einer Sackgasse und dem Autobahnzubringer der Autobahn A2 arbeiten würde, entlang der Bundesstraße 6 mit neuen Kollegen unter Leitung einer gewissen Krüger? Das alles erschien ihm ein wenig undurchsichtig. Diese Versetzung weit weg vom Stadtzentrum glich sehr einer Kaltstellung, einer von oben verordneten Isolation, kurz einem abgekarteten Spiel, was sein Misstrauen nur noch weiter schürte. Wolfs Vorschläge mochten beruhigend erscheinen, trotzdem hatten sie ihn in keiner Weise überzeugt. »Dieser ausgekochte Lump hat mit der Wahrheit hinter'm Berg gehalten«, schimpfte Hervé.

Wie ein alter aus der Mode gekommener Mantel an einer Garderobe in einem Dachboden, zwischen einer niemals getragenen Postjacke und einem Trainingsanzug seines letzten Klubs, hatten sich seine Jahre der Betriebszugehörigkeit, seine angesammelte Erfahrung, kurzum, alles das, was er hier und da als Postler erlebt hatte, in Luft aufgelöst. Vor eine neue und unvorhersehbare Situation gestellt, enttäuscht von der ersten Begegnung mit seinen Vorgesetzten in diesem traurigen und kalten Raum und betroffen von dieser Atmosphäre der Gleichgültigkeit, die ihn den gesamten Tag nicht verlassen hatte, blickte er nicht mehr so richtig durch. Die Realität schien in seinen Händen zu zerrinnen. Ihm wurde klar, dass seine berufliche Erfahrung, sein Know-how nicht gerade schwer in der Waagschale wogen. Dass man sich sogar darüber lustig machte. Inmitten der Privatisierung hatte man ihn fühlen lassen, dass man gerne auf seine Dienste verzichtet hätte. Man hatte die Altgedienten belohnt, die anderen eingeschüchtert, *neue Kräfte* eingestellt und er, wie vom Himmel gefallen, war wie ein Eskimo in der Wüste. Das bereitete ihm Kummer und er fühlte sich traurig und allein. Allein und zugleich lächerlich klein und schwach. Schleichend fing alles in seinem Kopf an zu schwanken, zu wanken, zu taumeln, zusammenzubrechen. Das war, als hätte man ihm den Boden unter den Füßen weggezogen. Ihm wurde klar, dass sich nun Vieles gerade verändert hatte oder im Begriff war, sich zu verändern.

In der Hansestadt in einem etwas günstigeren Klima war er als Stammzusteller eines Bezirks nicht direkt von diesen Umwälzungen betroffen worden, aber hier ... Hier hatte man nicht die Hände in den Schoß gelegt! Hier hatte man nicht lange gefackelt! Man baute *das neue postalische Haus* mit Aushilfskräften, den Prekären zweiter Klasse, wie man sie hier nannte. Die Aushilfen, die dem Haus und den Traditionen fremd gegenüberstanden, hatten die Aufgabe, die Briefkästen voll von Prospekten zu stopfen und für weniger als zehn Euro die Schnauze zu halten. Angesteckt von diesem neuen allgemeinen und globalistischen Gemütszustand war die Oberpostdirektion, durch ihre Erfolge in Übersee, nicht geneigt, auf so einem guten Weg haltzumachen. Mit dezimierter Gewerkschaft und bei den abgebauten Arbeitsplätzen im Sozialdienst, wer konnte dann wissen, ob Hervé jemand an seiner Seite fand? Die Arbeitgeberseite war am Ball, wer wagte dann von Arbeitszeitverkürzung zu reden? Von Arbeitszeitgestaltung? Und wenn sich sein Gesundheitszustand verschlechterte, konnte er dann seinen Arbeitsplatz behalten? Alles das beunruhigte ihn. Machte ihm Angst. Diese Angst, die sich ihm bemächtigte, schien ein Gleichgewicht zerstört zu haben und der Zweifel begann, an ihm zu nagen. Er versuchte, so gut es ging, sich zu beruhigen, indem er sich sagte, dass das ganz normal wäre und es in der Natur der Sache läge, Veränderungen zu fürchten und mit Skepsis und Zweifel auf eine neue Situation zu reagieren. Er sagte zu sich selber, um sich zu festigen, dass er aus einer Mücke einen Elefanten machte und dass es nicht der Mühe wert sei, krank zu werden. Wenn er erst einmal wieder mit der Arbeit anfinge, würde alles verschwinden: der Zweifel, die Angst, das Misstrauen. Aber kaum hatte er die Schwelle seiner neuen Wohnung überschritten, als sein Gedächtnis wie ein Resonanzkörper einer schmerzlichen Vergangenheit ihm die schmerzlichen Bilder dieses jungen Mannes, der er damals war, retrospektiv sendete – kaum der Jugendlichkeit entwachsen und erstmalig dabei, die Welt der Arbeit durch die breiten Schultern, diese faltenzerfurchten Gesichter und diese geäderten, großen und starken Hände wie Pranken zu entdecken.

Diese Arbeiter der Marinewerft von Brest, vom *Chantier N*, von Papete und den Inseln, raubeinige und hartgesottene Burschen – Arbeiter eben – wurden gerühmt von den Admirälen und den Werksleitern wegen ihrer Leistungen und ihrer Hingabe sowie gleichermaßen respektiert von den Ingenieuren und Vorarbeitern und wie ihresgleichen behandelt aufgrund ihrer Arbeit und der Länge ihrer Betriebszugehörigkeit. Als kleiner Schiffsjunge und Matrose während der Lehrzeit gehörte Hervé noch nicht zu ihrer Welt. Man verlangte von ihm, ohne sich zu sträuben, das auszuführen, was man von ihm verlangte. Die Hierarchie zu respektieren, schnell zu kapieren, seinen guten Willen zu zeigen und sich niemals zu beschweren. Das war alles, Punktum. Dieser große und barsche Malocher, André Mével, war damit beauftragt, ihm den Beruf beizubringen. Aus ihm einen Malocher zu machen. Und er schuftete. Und er malochte. In diesem harten, barschen, ernsthaften aber gerechten Mann hätte Hervé gerne die Attribute eines Vater entdeckt, eines Vaters, den er nie gehabt hatte.

In Paris und in allen diesen Postämtern verbarrikadierten sich die Langgedienten hinter ihrem Status, ihren Rechten und ihren Vorrechten als Beamte. Das war für den Gewerkschaftler Hervé ein Punkt, den er nicht akzeptieren wollte. Seine Rechte zu verteidigen, ja! Aber ein Riesenbohei daraus zu machen, dass man länger in einem Postamt war als ein Soundso! Nein. Für ihn stand es bis zur Gegenwart außer Frage, darüber zu diskutieren, das hätte sein Selbstverständnis angekratzt. Seine Jahre bei der Post? Schon über die bloße Erwähnung machte er sich lustig! Und er wusste übrigens noch dazu sogar nicht einmal, seit wann er in dem Hause bereits tätig war. Heute auf dem Trockenen sitzend, ging er nolens volens dazu über, seine Meinung zu ändern. Man verlangte von ihm, verständnisvoll zu sein, sich anzupassen, so zu tun wie die anderen. Er fürchtete um seinen Gesundheitszustand. Der rebellische Geist, er wollte nicht dazu gebracht werden, sich von seinen Vorgesetzten auf die Füße treten zu lassen, und noch weniger dazu, sich von denen aus Bonn oder anderswo vom ferngesteuerten gelben Bulldozer plattmachen zu lassen. Dieses kleine reservierte

Inselchen, dieses geschützte Stückchen Erde, er würde es mit Haut und Haaren verteidigen, koste es was es wolle. Eifersüchtig um jeden Preis. Auch auf die Gefahr hin seinen Job zu verlieren. Von nun an sagte er sich: Ja natürlich bin ich ein Langgedienter! Ja natürlich habe ich noch Papas Post gekannt! Ja, natürlich bin ich stolz, ein Briefträger gewesen zu sein. Zu Tisch vor seinem leeren Teller versuchte er sich so richtig seinen ersten Arbeitstag in der Filiale 44 vorzustellen, aber sehr schnell wurde ihm klar, dass er nicht in der Lage war, sich auch nur eine Vorstellung davon zu machen, was ihn erwarten würde. Um sich zu schützen ließ er in seinem Innern kein unangenehmes Bild auftauchen, keinen Gedanken, der den Horizont und die Zukunft, die ihn mit Sicherheit erwarten würde, in ein dunkles Licht tauchen könnte. Stattdessen ließ er kindliche Gedanken in sein Inneres strömen.

Der Tag war so schön wie die Werbebroschüre eines Thermalbades, und als er dann auf der Karte nachgesehen hatte, wo sich sein Postamt befand, und er die Dauer der Strecke von ungefähr einer Dreiviertelstunde Weg abgeschätzt hatte, schwang er sich auf sein Fahrrad in Richtung *Markt*, fuhr den Fluss *Leine* entlang und durchquerte die hier *Kolonien* genannten Parzellen und den *Großen Garten*. Um fünf vor acht stand er vor der Eingangstür des Postamts. Als er auf die Klingel gedrückt und sich in der Sprechanlage angekündigt hatte, rief eine Frauenstimme »2315, erste Etage«. Wolf, der ihn vor dem Fahrstuhl erwartete, trug ein Hemd und eine Krawatte, genauso hässlich wie am vorigen Tag. Nachdem er ihn gesehen hatte, gab er ihm ein Zeichen, in das Büro von Frau Krüger einzutreten. In dem Raum gab es eine Unmenge von Sachen, die völlig durcheinander auf den Regalen und auf dem Schreibtisch lagen. Frau Krüger, eine ganz kleine Frauensperson mit struppiger Mähne und einem ganz und gar nicht angenehmen Gesicht, wenn man einmal von den blassblauen Augen absah, fragte ihn beim Händeschütteln, ob er Franzose wäre.
»Wenn sie mir diese Frage stellt, bedeutet das, dass sie etwas im Hinterkopf hat«, dachte Hervé. Er sagte ihr, dass er tatsächlich in Frankreich geboren war. Sie forschte in seinen Augen, machte eine kleine Grimasse, wollte etwas sagen, aber in einer Zehntelsekunde

holte sie sich wieder ein und setzte ein honigsüßes Lächeln auf. Vor ihrem Computer sitzend, ließ sie ihn seinen Namen buchstabieren und tippte auf der Tastatur die verschiedenen Informationen ein, die sie ihm abgefragt hatte. Dann versammelte Wolf die Postler in der Mitte des Saales. Er hatte ihnen etwas Wichtiges mitzuteilen. Die neuen Maßnahmen, die Sicherheit im Postamt betreffend.

Aufmerksam und diszipliniert hörten die Zusteller brav und wortlos zu. Der Bruchteil eines Moment reichte, damit Hervé konstatieren konnte, dass die Postler ausnahmslos Uniform trugen. Dann verwunderte und beunruhigte ihn ein wenig die fast religiöse Ruhe, die das Auftreten des Hauptkoordinators begleitete. Schließlich bemerkte er mit der Gewissheit, sich nicht zu irren, beim Betrachten der Versammlung, dass die Mehrzahl von ihnen jünger als er war (Später sollte er erfahren, dass er derjenige mit der längsten Dienstzeit war). Unter der Leitung von Träger trug Hervé die Zustellerjacke nur, wenn es zur Zustellung ging. Und was die Informationsversammlungen betraf, fanden sie meistens in einer anheimelnden Atmosphäre manchmal auch in einem Tohuwabohu statt. Bevor er seinen *Speech* beendet hatte, legte Wolf Wert darauf, zwei neue Kollegen vorzustellen.
»Herr Hoffmann, der während der Urlaubszeit im Postamt bleiben wird ...«
Dieser machte beim Aufsagen seines Namens einen Schritt vorwärts und hob den Arm wie ein Boxer im Ring, der sein Publikum begrüßt ... »Und Herr Nédellec. Er ist Franzose und arbeitet seit langem bei der Post.« Hervé stand auf, um seine Gegenwart zu bekunden. Vor dem Weggehen näherte sich ihm Wolf, begleitet von Lena Krüger und einem Briefträger.
»Das ist Herr Nagel. Das ist derjenige, der Sie eine Woche lang auf der Tour begleiten wird. Viel Erfolg!« sagte er ihm mit dem gleichen Lächeln, das man für ein Schulfoto aufsetzt. Dann ging er weg, aber nicht ohne zunächst mit einem Zusteller diskutiert zu haben, der ihn sprechen wollte.

Während des gesamten Morgens richtete der große magere Nagel nicht ein einziges Mal das Wort an ihn. Bei einer Gelegenheit legte

er kurz zwei Finger auf die Lippen, um anzudeuten, dass er rauchen wollte. Hervé staunte, dass die sehr großen Sortierspinde aus drei Teilen mit unbeweglichen Tafeln an der Seite bestanden. Die größten Fächer enthielten Briefe und Drucksachen. In einem Raum von etwa vier Quadratmeter in Form eines Halbkreises stehend und umgeben von perforierten metallischen Fächern, hatte Hervé den Eindruck, in einem Käfig zu sein. Die Minuten vergingen und in diesem Wirrwarr von Briefen, Zeitungen, Magazinen, Drucksachen, die sich auf seinem Tisch häuften, stapelten und ausbreiteten – kleine Hügel, die ständig anwuchsen, zu Gebirgen wurden und als Lawinen auseinanderliefen, und diese Fächer, die nummeriert, etikettiert, abgesteckt und in verschiedenen Farben unterstrichen waren, was die Bewandtnis zu haben schien, sich im Geiste jedes von ihnen fotografisch einzuprägen – fühlte er ganz plötzlich, wie er von einer Wärmewelle überrollt wurde. Daraufhin hatte er, bevor er die Englein im Himmel singen hörte, den Eindruck, dass sich sein Gesicht wie eine Weißbrotscheibe in einem Toaster von fahlweiß zu braun verfärbte. Auf einmal hätte er fast das Gleichgewicht verloren. Aber zum Glück gelang es ihm dank eines augenblicklichen und gewagten Manövers, sich an der Tischkante festzuhalten und sich auf seinen Hocker plumpsen zu lassen. Nach einigen Minuten kam er wieder zu sich und bemerkte, dass hinter dem Metallgitter sein rechter Nachbar die ganze Szene beobachtet hatte. Stumm, halb das Maul aufgesperrt und das Gesicht gegen die metallische Hinterseite des Spinds gedrückt, war die Ähnlichkeit mit dem Gorilla Ungo aus dem Zoo von Hannover frappierend. Durch das Erscheinen dieses ihn in Augenschein nehmenden Störenfrieds verwirrt, machte sich Hervé sogleich daran, den Anthropoiden nachzumachen, wobei er kleine Grunzer ausstieß. Der Postler war sichtlich schockiert und äußerte sich dahingehend:
»Geht es dir nicht gut?«
»Warum? Bist du etwa Arzt?« ließ Hervé trocken vernehmen.

Meistens erschien Wolf jeden Montag mit seinem grauen Polo vor der Zustellung in der Filiale. Aber zwei Tage später stand sein Auto erneut auf dem Parkplatz. Mit lächelnder Miene war er diesmal gekommen, um den Abschied einer Kollegin aus der Hauptsortierung zu feiern. Ilse. Ilse musste nach zweiunddreißig Jahren im Sortierdienst mit siebenundfünfzig Jahren in Rente gehen. Sie wollte noch zwei oder drei Jährchen arbeiten, aber das war nicht möglich. Die Automatisierung der Sortierung hatte sie ins Abseits geschoben. Wolf ergriff das Wort:

»Meine verehrten Kollegen und Kolleginnen, ich möchte Sie bitten, sich in der Mitte des Saals zu versammeln.« Nach gut fünf Minuten waren alle in der Hocke, stützten die Arme auf, ließen sich nieder, standen und saßen rund um ihren Vorgesetzten. Nachdem die Ruhe wiederhergestellt war, fuhr Wolf fort: »Es ist mir eine Ehre, liebe Kollegen, Ihnen den Abschied einer unserer treuesten Angestellten der Sortierung mitzuteilen. Ich möchte von Ilse sprechen (hier und da Gemütsbewegungen). Es berührt mich persönlich und besonders (Ilse ist den Tränen nahe), dass Ilse uns nun verlässt, und das umso mehr ... Und ich erinnere mich noch ... Das ist, als wenn es heute wäre (Ilse beginnt zu weinen). Ich habe meinen Dienst einst als Saalordner bei der Post in Leinhausen begonnen, in diesem Postamt, in dem Ilse gearbeitet hat. Von Neuen treffen wir uns in demselben Postamt, aber dieses Mal mit ein wenig Traurigkeit im Herzen (Er legt seine Hand auf seine Brust), weil ich ihren Abschied ankündigen muss. Ilse ist das VORBILD einer Angestellten (Stille). Immer hingebungsvoll, nicht zögerlich um anzupacken, bereit, wenn es nötig war, Überstunden zu machen, um den guten Ablauf des Dienstes sicherzustellen (Ilse hatte ihre Brille abgenommen und weinte in einer Ecke). Sie scheute vor keiner Aufgabe ... **Was man leider heute nicht immer von gewissen Leuten sagen kann!** Sie gab ihr Bestes und ich wünsche, dass es so in der Zukunft sein wird (unruhiges Schweigen im Saal). Um bei der Abwesenheit einer Kollegin der Sortierung abzuhelfen, hat sich Ilse bereit erklärt, heute und morgen noch mit uns zu arbeiten. Das zeigt uns, mit welcher Hingabe und welcher Herzenswärme sie die Arbeit bei uns liebt. Danke, Ilse ... Danke für alles ... Tausend herzlichen Dank (gedämpfter Applaus im Saal). Das war es für meinen Teil ... Aber ich glaube, Frau Krüger möchte dem etwas hinzufügen, nicht wahr?«

»Öh ... Jooh (sie hat ein Kaugummi im Mund und ihre Stimme war belegt). Ilse ... Öh ... Nochmals vielen Dank für deine Dienste und deine Freundlichkeit. Alle Kollegen und Kolleginnen bedanken sich aufs Herzlichste bei dir (jemand hustet im Saal). Aber vielleicht möchtest du etwas hinzufügen?« Ilse wendete den Kopf ab und gab ein Zeichen, dass sie nichts sagen wollte. Das war zuviel für sie. Sie, die sie vor ihren Sortierspind Jahre hindurch, Stunde für Stunde, Tag für Tag Tausende von Briefen sortiert hatte. Sie, die sie in ihrer kleinen Ecke hinter ihrem Sortierspind niemals etwas gesagt hatte. Die niemals etwas gefragt hatte. Sie, so hingebungsvoll geehrt und als Vorbild hingestellt, war zu bewegt, um den Mund zu öffnen.

»Ein Buffet ist in meinem Büro eröffnet!« brüllte Lena Krüger los und ein Teil der Briefträger stürzte sich mit Erleichterung in ihre Höhle. Hervé und Mathis fuhren, unbeeindruckt von diesem Wirbel, mit dem Sortieren fort. Dann hörten die beiden Postler plötzlich, als sich der Saal nach und nach leerte, eine klagende Stimme am Ende des Saals. Als sie sich näherten, bemerkten sie, dass die ganz junge Kristin, die Neue, gerade im Begriff war, die Nerven zu verlieren. Auf einem Hocker sitzend und mit der Hand an der Stirn, schien sie ihren Körper von all der am Morgen angesammelten Wut und den Emotionen zu leeren.

»Es gibt keinen einzigen Tag, ohne dass ich gezwungen bin diese Masse an Prospekten auszutragen. Seht mal! Seht doch mal! Überall sind sie. Ich kann nicht mehr, ich ... Ich komme um vier Uhr ins Postamt und wenn ich zwischen sechzehn und siebzehn Uhr von meiner Tour komme, kann ich mich nur noch hinlegen und am nächsten Tag ist es das Gleiche, Ich habe die Schnauze voll! Voll! Voll!«

Mathis näherte sich dem jungen Mädchen, um sie zu trösten. Dann sprach er mit äußerst sanfter Stimme:

»Hör mal, nimm es dir nicht zu Herzen. Du machst, was du kannst und wenn du beim Zurückkommen siehst, dass es nicht mehr geht, dann bleibst du morgen zu Haus«

»Ja, aber sie werden mich entlassen,« sagte sie schluchzend.

»Scheiße, jetzt hör mal zu, es handelt sich um deine Gesundheit. Du kannst nicht auf diese Art und Weise weitermachen,« hörte er nicht auf zu wiederholen, damit sie sich beruhigte. Hervé, der vor den Spinden der Hauptsortierung stand, erkannte durch die Fächer seinen Chef Wolf, der sicherlich die ganze Szene von der anderen Seite des Saals beobachtet hatte. Er nutzte die Abwesenheit der Sortiererinnen und der Zusteller und schlängelte sich hinter die Spinde und verschwand durch die Hintertür. In aller Eile stieg er die Treppen hinunter und man konnte aus dem Fenster der ersten Etage einen Mann ohne ruhiges Gewissen auf der Flucht beobachten, laufen und sich in einen grauen Polo hineinzwängen sehen.

»Was für ein Schweinehund,« dachte der Franzose.

Rududu laviert sich so durch

Begleitet von Frank Nagel machte der Franzose Bekanntschaft mit seiner neuen Tour zu Fahrrad. Eine Woche lang fuhren von *Leinhausen* zum Viertel *Stöcken,* dann entlang des *Mittellandkanals* in Richtung *Marienwerder,* dann wurde er krank.

»Sie haben eine Blasenentzündung. Sie müssen auf Ihre Nieren aufpassen, das kann gefährlich werden,« befahl ihm der Urologe. Er verschrieb ihm Antibiotika und riet ihm, eine Woche zu Hause zu bleiben. Als er seine Arbeit in der folgenden Woche wieder aufnahm, bemerkte Hervé, der einen beiläufigen Blick in Richtung Büro von Lena Krüger warf, dass Wolf nicht allein war. Er hatte zu seiner Seite einen relativ älteren Mann mit breiten Schultern und einem dicken Kopf mit dichtem Haar. Nachdem er den Postlern mitgeteilt hatte, dass er schlechte Nachrichten – besonders was die Zunahme des Arbeitsaufkommens anging – zu verkünden hatte, verschwand Wolf im Büro von Lena Krüger. Hervé, der nach Beendigung der Vorbereitungen an diesem Tag die Zählung der für die Schließfachverteiler zu sortierenden Briefe zu erledigen hatte, war so beschäftigt, dass er überrascht war, plötzlich seinen Chef in Begleitung dieses alten Herrn zu sehen, welcher auf ihn zuging, eine Hand militärisch ausgestreckt.

»Ich hoffe, dass es Ihnen besser geht, Herr ... Herr?«

»Herr Nédellec.« »Ah ja, das ist wahr! ... Öh, wie geht es Ihnen?«

»Es geht so.«

Der Herr mit dem Kopf eines Bären stellte sich mit Herzlichkeit vor.

»Ich bin der Generaldirektor. Mein Name ist Fingerhut. Ich bin auch verantwortlich für die Filiale 44. Sie müssen operiert werden, denke ich?« Fingerhut hatte die Hände in den Taschen und seine dicken violetten Wangen blähten sein Gesicht, wenn er lächelte.

»Ach nein, überhaupt nicht. Ich hatte eine Blasenentzündung wegen meiner Harnwegsprobleme, aber seitdem ich Medikamente nehme, geht es besser.«

»Ah, sehr gut. Also geht das in Ordnung?«

»Mir geht's besser, ja.« Wolf, der hinter Fingerhut stand, machte einen Schritt vorwärts und warf zu richtigen Zeitpunkt ein:
»*Toi, toi, toi.* Ich klopfe auf Holz.« Hervé dachte, dass sie ihren Weg fortsetzen würden, nachdem sie sich über seinen Gesundheitszustand informiert hatte, aber seine Vorgesetzten blieben unbeirrbar dort stehen, um ihn zu beobachten. Der Franzose drehte sich nicht um und tat weiter so, als wenn nichts wäre.
»Öh ... Wissen Sie, wenn Sie Probleme haben, zögern sie nicht mir diese mitzuteilen ... Ich bin hier, um Ihnen zu helfen«, sagte der Mann unbesonnen.
Fingerhut, scheinbar auf seinen zwei Beinen angewachsen, bemerkte nicht, dass er den Weg versperrte, jetzt gerade für eine Sortiererin, die die sortierte Post zu den Schließfächern im Erdgeschoss bringen wollte. Wolf versteckte sich hinter seinem Rücken und alle beide schienen es überhaupt mit dem Weggehen nicht eilig zu haben.
»Ja, danke. Nein, das geht so«, antwortete Hervé trocken mit gequältem Gesichtsausdruck und ging weiter seiner Beschäftigung nach. Er hatte Wind davon bekommen, dass die neue Oberpostdirektion, dass Kriegsbeil ausgegraben hatte, um die Fehlzeiten zu bekämpfen. Außerdem war es besser, nichts zu sagen oder zu sagen, dass er bei bester Gesundheit wäre und dass sich alles zum Besten wenden würde. Um die beiden Nervtypen loszuwerden, die sich vor seinem Spind aufgebaut hatte, sagte er ihnen als Zugabe:
»Entschuldigen Sie mich meine Herren, ich muss auf die Toilette.« Dann wandte er ihnen den Rücken zu. Als er wiederkam, waren seine Vorgesetzten verschwunden.

»Er macht ein wenig auf Taps und Tollpatsch, aber man muss sich davor in Acht nehmen. Er folgt buchstabengetreu den Direktiven der Zentrale in Bonn«, flüsterte ihm Mathis ins Ohr, der einzige Zusteller, der am Tag seiner Ankunft zu ihm gekommen war und sich vorgestellt hatte. Das war zutreffend, Fingerhut war grotesk und erschien linkisch in seinem karierten Jackett mit den braunen Lederringen, eingehüllt in seine graue Hose. Gutmütig mit denen, die er schätzte, ein wenig ungehobelt mit den anderen und reserviert in seiner Erscheinung, konnte er auch von überbordender

Höflichkeit sein, wenn es ihm notwendig erschien. Beim Sozialdienst sagte man über ihn, dass er *seinen Stil* hatte, ein wenig behäbig und niemals eilig, wenn es darum ging, zur Tat zu schreiten. Er vergaß geflissentlich, die notwendigen Maßnahmen zugunsten des Personals zu ergreifen, wie zum Beispiel die Erleichterung einer Tour für einen behinderten Kollegen, aber war unnachgiebig, wenn es sich darum handelte, den neuen Maßnahmen, die darauf abzielten, das Arbeitspensum zu erhöhen, Respekt zu verschaffen. Wenn auch das neue *Management* distanziert, gleichgültig, ja sogar arrogant mit dem Personal der Zustellung war, suchte Fingerhut – *ein veraltetes Modell* – im Gegensatz dazu den persönlichen Kontakt und unterhielt sich sogar mit seinen Angestellten. Hervé fragte sich, wenn er ihn sah, nach was sein Vorgesetzter wirklich aussah ... Diese steife Art des Gehens, sein trotteliges Gebaren, mit seinem gutmütigen Gesicht und seinen behaarten Armen, seinen dicken Wimpern und seinen frisierten Haaren – ja wahrhaftig ähnelte er einem Bär. Sogleich ist ihm der Spitzname Rududu in den Sinn gekommen.
»Rududu ist ein Name für ihn, der wie vom Himmel gefallen ist«, sagte er richtig belustigt zu sich selbst.

Seitdem sich die Veränderungen bei der Post vervielfachten und beschleunigten und die neuen Reformen hinsichtlich der postalischen Zustellung immer häufiger aufeinander folgten, wurden die Zusteller, sehr häufig vor einer Tour regelmäßig zu den vom Generaldirektor organisierten Informationsveranstaltungen in die zweite Etage der ehemaligen Kantine einberufen. Am Anfang amüsierten sich die Postler zuzuhören, wie Rududu minutenlang über dieses und jenes Projekt bezüglich des Abbaus mehrerer Arbeitsplätze schwadronierte, aber auf lange Sicht hatten sie es über, ihre Zeit damit zu verlieren, seinen ganzen Unsinn anzuhören. Tatsächlich gehörten Geduld und Nachsicht dazu, um nicht vor Wut zu platzen und diesen Blödmann herunterputzen, der damit drohte, den- oder diejenigen zu sanktionieren, zu bestrafen, zu versetzen oder rausschmeißen, welche es wagen würden, gegen das neue Reglement vorzugehen! Inmitten seiner schönsten Arie holte Hervé, der es nicht mehr aushielt, demonstrativ und raschelnd eine

Lokalzeitung aus seiner Tasche und fing an zu lesen, wobei er einen grünen Tee trank, der ja, wie alle Welt weiß, eine beruhigende Wirkung auf die Nerven hat.

»In Bonn hat das Management in der Marketing- und Zustellabteilung in der letzten Zeit viel über die Art nachgedacht, wie man die Qualität im Zustelldienst verbessern kann. Es muss, da pflichte ich Ihnen bei, die Anzahl der Orte für Depots von Taschen erhöht werden. Die Vergrößerung des Postaufkommens an gewissen Tagen stellt Sie vor ein Transportproblem. Wir müssen, da stimme ich zu, die Anzahl der Depots für die Postsäcke erhöhen. In dieser Hinsicht sind wir hier in Hannover vorgeprescht und haben mehrere Müllcontainer, die heute nicht mehr benutzt werden, requiriert. Von nun an können wir die Anzahl der Depots verdoppeln, ja sogar verdreifachen. Das ist eine gute Neuigkeit! Nicht wahr?« Rududu verbarg nicht, dass er über sich selber stolz war. Die Augen glänzten und er verteilte sein Lächeln mit voller Wucht. »Angesichts der Tatsache, dass die Postboten von nun an immer mehr Zeit für die Zustellung draußen benötigen, haben wir ebenfalls daran gedacht, dass es nun nicht mehr notwendig ist, die Wände im Zustellersaal neu zu streichen und die Toiletten zu reparieren. Das für diesen Behuf vorgesehene Geld erlaubt uns dann, unser Budget auszugleichen. Andererseits gibt es ein Projekt, dass sich im Versuchsstadium befindet. Ein Projekt, dass ich hundertprozentig unterstütze. Es handelt sich um einen Motorroller mit einem zugehörigen Anhänger, der es erlaubt, viel mehr Post zu transportieren als gegenwärtig. Gibt es einige unter Ihnen, die interessiert sind?« fragte er naiv, indem er die Stimme erhob.

Die Zusteller vermuteten einen schlechten Scherz und sahen sich gegenseitig an, aber wagten nichts zu sagen. Bevor Rududu mit seinen Hirngespinsten fortfahren konnte, wollte ein kleiner Dicker das Wort ergreifen:

»Ja, ich bitte Sie«, gab der Vorgesetzte zu verstehen.

»Ich habe einen Freund in Linden. Er hat einmal die Zustellung mit Ihrem Gefährt gemacht. Inmitten einer Steigung hatte er eine Panne. Das hat ihn zwei Stunden Verspätung gekostet. Er will Ihr Gefährt nun überhaupt nicht mehr ... Das ist Beschiss, Ihr Ding da.

Ich kann genauso gut mein Gespann ziehen, wenn ich richtig verstehe!« rief er aus.
»Tüüt, tüüt«, machte ein Postbote aus der Deckung heraus. Ebenso hatten alle langsam die Schnauze voll.
»Aber, aber, ich bitte Sie. Das gehört zur Erleichterung Ihrer Aufgabe, dass man das Material modernisiert ... Aber ... Aber, darf ich um ein wenig Ruhe bitten«, ereiferte sich Rududu. Dann spann er ohne Abstriche weiter. »Im Winter werden die Tage kürzer und und es wird schneller dunkel. So hat man dann auch daran gedacht die Zusteller mit einem Helm mit Lampe auszurüsten, um die Briefkästen zu beleuchten. Das Projekt befindet sich noch in der Erkundung.«
»Dieser Rududu ist überhaupt nicht blöde! Ein Helm wie die Bergleute! ... Da haben wir's! ... Damit können wir bis spät in den Abend arbeiten ... Einfallsreich! ... Potztausend! ... Schade, dass das Gesetz uns verbietet, mehr als zehn Stunden am Stück zu arbeiten, sonst würden wir sicherlich Freude daran haben, die nächtliche Zustellung zu erledigen. Hat denn das die Welt schon mal gesehen! Nein, gnädige Frau, ich spiele nicht an Ihrem Briefkasten, ich bin von der Post! Erkennen Sie mich nicht? Ich komme im Auftrag von Rududu, meinem Chef, der Ihnen alles Glück der Erde wünscht! Er wie ich wollen nur Ihr Bestes! Postlerehrenwort! Toll wie innovativ sie in Bonn sind! ... Und gleichzeitig voller Ideen ... Man sollte ihnen den Nobelpreis der Blödheit verleihen!« Hervé, der mit halben Ohr zugehört hatte, konnte es gar nicht fassen.
Eine Woche vorher war der Generaldirektor gekommen, um ihnen anzukündigen, dass er eine Angelegenheit von *brennender Aktualität* hatte, über die er sie gefälligst informieren wollte. Es handelte sich um die Sicherheit am Arbeitsplatz. Mit über den Lefzen hängender Zunge, die Hände in den Taschen und ungekämmten Haaren, wartete Rududu ungeduldig, dass die Ruhe wieder hergestellt wurde, bevor er das Wort ergriff:
»Meine **sehr** lieben Kollegen! Es handelt sich in der Sache um eine **sehr** wichtige Angelegenheit, die **sehr** ernst genommen werden muss. Sehen Sie mal, ich hatte die Ehre vor einigen Wochen an einem Seminar in Anwesenheit von **sehr** hohen Führungskräften des Schweizer Unternehmens Laroche und Co teilzunehmen, das

weltweit bekannt ist (Einige Postler sahen sich an oder zogen einen Flunsch). Eine Weltmacht, das sage ich ihnen, meine lieben Freunde. Hallo, Sie da unten, darüber scherzt man nicht. 0,3% der Arbeitsunfälle im Jahr! 0,3%, haben Sie mich richtig verstanden! Der Angestellte, der die Stufen hinuntergeht, ohne sich am Treppengeländer festzuhalten, wumms! Eine Abmahnung, wumms! Ein zweites Mal! Wumms! Entlassen! Wenn ein Abteilungsleiter einen Angestellten nicht bestraft, der keine Vorsichtsmaßnahmen ergreift, um einen Unfall zu vermeiden, gibt es keine Abmahnung, wumms! Sofort raus! Bei Laroche und Co scherzt man nicht! Man spaßt nicht mit der Sicherheit! Und wumms! ... Und nochmals wumms! ... Bei Laroche ist man unnachgiebig!«
»Ja, aber wenn alle vor die Tür gesetzt werden, wer macht dann noch die Arbeit?« fragte Mathis amüsiert, wobei er ein Lachen unterdrückte, das in der Versammlung unterging.

Rududu war in Rage. Rududu war schweißgebadet. Er hatte das Gebaren eines Dirigenten. Seine Haartolle fiel ihm über die Augen und der rötliche Teint seines Gesicht steuerte gefährlich ins Violette. Als sein Stellvertreter Wolf, der ebenso trotz seines bleichen Aussehens und der niedergeschlagen Miene, dieser Versammlung beiwohnte — er war die ganze Woche krank gewesen — bemerkte, dass sein Vorgesetzter in Schwulitäten war, sah er sich in der Pflicht, der Form halber auch etwas zu sagen und die Vorschläge seines Vorgesetzten zu bestätigen:
»Ein wenig Ruhe, bitte«, gab er vor einer sprachlosen Zuhörerschaft von sich. »Ja, Sie erinnern sich? Zur gleichen Zeit letztes Jahr haben wir diese Angelegenheit angesprochen?« Niemand im Saal äußerte sich. »Aber trotzdem waren einige von Ihnen da?« Immer noch tiefe Stille. Die Mehrzahl der anwesenden Zusteller war mehr damit beschäftigt, das Essen zu kosten, das auf den Fensterbänken ausgebreitet war. Der Bär Rududu und die Comicfigur Tim waren nicht mit leeren Händen gekommen. Am Heiligabend hatten sie Fischbrötchen, Hähnchen-Sandwichs sowie Getränke mitgebracht und als Chefs der Herzen hatten sie eine fahrbare Kantine angeheuert, die das Gericht des Tages transportierte: eine reichhaltige Gemüsesuppe. Wolf legte seine ganze Ehre darin, trotz

des Geklappers von Tellern und Löffeln, des Lachens und der Bemerkungen von einigen Zustellern, seinen Einwurf noch zu toppen:
»Nun gut, seien Sie doch einen Moment aufmerksam, ich bitte Sie. Vom Moment ab, in dem Sie morgens aufstehen, um zur Arbeit zu gehen, müssen Sie *aufmerksam* sein! Wenn Sie arbeiten, seien Sie aufmerksam! Wenn Sie nach Hause kommen, verhalten Sie sich aufmerksam!« gebot er, wobei er die Hände wie eine religiöse Autorität verschränkte:
»Erinnern Sie sich immer daran, sogar, wenn sie nicht daran denken! Überall! Vorsicht! Vorsicht!« fiel der Fettwanst Rududu in das Konzert ein. Hervé hatte allergrößte Schwierigkeit, sitzen zu bleiben. Um eine Haaresbreite nur hätte er ihn unterbrochen und angeraunzt.
»Wie soll ich das nun machen, wenn ich meine beiden Taschen vorn und hinten mit vierzig bis fünfzig Kilo voll mit Post habe und merke, dass ich die größten Schwierigkeiten habe, meinen Lenker gerade zu halten, wenn ich fünf Stunden lang im Schnee oder auf vereisten Straßen und manchmal gegen einen starken Wind in die Pedale treten muss. Ja, Rududu, mein Eisbär, du, der du sicherlich niemals deinen fetten Arsch auf einen Fahrradsattel gehoben hast und der du die meiste Zeit den Winter in deinem warmen Büro verbringst, sag mir, wie man das machen soll?« grummelte er. Im Moment verfolgte er mit den Augen zwei kleine Speckwürfel in seinem Teller, umgeben von Inselchen von roter, orange und gelber Farbe in einem dicken und grünlichen Meer. Gedankenverloren und die Augen auf die Suppe gerichtet, sah er aus dieser brühend heißen und dampfenden Flüssigkeit das Gesicht Rududus auftauchen, das Gesicht von Rududu und einen Brei von Gemüse der über seine Ohren und seinen Hals hinunter triefte.

Die Chefs geben sich die Ehre – mit großem Pomp

Privatisierung hier, Rationalisierung dort. Umstellung ja, Abbau nein. Umgestaltung? Entlassungen? Modernisierung? Haushaltskürzungen? Das Hin und Her der Reformen und zur gleichen Zeit ihre Dementis verwirrten die Geister. Mangels Informationen gab man sich Fantasiegeschichten hin. Das war wie im Krieg, wo jedes Lager im Radio jede Stunde Vorstöße und taktische Rückzüge ankündigte. Man wusste nicht mehr, wo man war. Auch um ganz sicher zu gehen und sich eine allgemeinen Vorstellung von dem Schlamassel, in dem er nun saß, zu machen, fasste der Franzose den Entschluss, aus der Nähe anzuschauen, was vor sich ging. Zu dieser in der ehemaligen Kantine von der Zentrale der Postgewerkschaft von Hannover organisierten Informationsveranstaltung über das Eingangs- und Zustellpersonal waren alle extra aus Pattensen gekommen, dort, wo sie residierten. Niemand blieb dem Aufruf fern. Alle lauschten. Gespitzte Ohren, ganz Gehör, mit großen Pomp, Anzug, Krawatte, gewichste Schuhe, tadellose Haare, in geschlossenen Reihen und in Schale geworfen wie für einen festlichen Sonntag. Dem großen Chef der Oberpostdirektion Hannover nachfolgend haben sie die Reise unternommen und es sich auf den Ehrenplätzen bequem gemacht. Auf den allersten Rängen, um besser zu hören und nichts zu verpassen, was nun folgen würde. Die große Familie war komplett. Drei Reihen von hohen Postbeamten, die Blüte des Hauses und alles, was Rang und Namen hatte im *postalischen Hannover*. Alles bereit zum Fest. In Wahrheit waren sie selber das Spektakel. Wie vor vier Jahrzehnten in der guten alten Zeit thronte vorneweg der oberste Chef mit seinen Nächsten und seinen engsten Dienern, im zweiten Rang die Filialleiter der Region. Inmitten dieser *crème de la crème* konnte man den großen Kopf vom Fettwanst Rududu mit seinem jungenhaften Lächeln bemerken. Er schien sehr erregt und seine Zunge hörte nicht auf zwischen den verkniffenen Lippen von einem Mundwinkel zu anderen zu fahren. Zuletzt saßen auf dem dritten Rang die stellvertretenden Direktoren. Wie in der Schule! Die besten

Schüler vorne, dann die Ausgezeichneten und schließlich die Ehrenpreise. Ach ja, aber zur Sache! Wo ist Wolf? Vorne? Nein ... Hinter Rududu versteckt? Auch nicht ... Aber wo bist du, mein Tim? ... Ach ja! Da ist er doch! Ganz hinten, zurückgezogen, nahe am Ausgang ... Auf Beobachtungsstation ... Lag auf der Lauer und war sicherlich auf der Hut. Aber warum war er nicht auf dem dritten Rang? Merkwürdig, seltsam ... Hatte er Anweisungen? War er das Objekt von schikanösen Maßnahmen. Da steckte doch etwas dahinter. Das Publikum jedenfalls bedauerte nicht, gekommen zu sein, denn vorne waren sie lebhaft, aufmerksam und ungeduldig. Als brillante Schüler warteten sie nur auf ein Zeichen des Chefs, um wie der Kasper aus seiner kleinen Kiste zu kommen und das Wort zu ergreifen. Als junge Beförderte mit zukünftiger Karriere tuschelten sie sich Bemerkungen zu, lächelten höflich. Sie waren Zuschauer und Akteure zur gleichen Zeit. Aber das Fest sollte endlich beginnen, mein Gott! Fettwanst Rududu schwebte auf Wolken inmitten dieser schönen Welt mit seinen Brüdern und Schwestern des niederen Hofstaats. Für ihn war alles in bester Ordnung. Es war fünfzehn Uhr, das Fest konnte beginnen.

Der regionale Gewerkschaftsvertreter für den Postdienst und den Zugang, Uwe Bergmeister, schnaubte vor Wut. Er zeigte mit dem Finger auf die Schuldigen. Er geißelte die Ehrengäste – seiner Meinung nach die Verantwortlichen, die das Unternehmen freiwillig an die Wand gefahren, die Verwaltungs- und Sozialdienste hintertrieben, den Transportdienst über Bord geworfen und die Hälfte des Zustellpersonals unter die Drohung der Entlassung gestellt hätten. Das war ein Skandal! Er appellierte also an die wenigen Postler – es waren gerade einmal etwa dreißig –, ihn zu unterstützen und sich mit der Gewerkschaft zu solidarisieren, um das destruktive Vorgehen dieser Privatisierung des Öffentlichen Dienstes zu stoppen. Etwas schüchterner und spärlicher Beifall begrüßte seinen Diskurs. Dann war der Generaldirektor der Region *Doktor Böse* an der Reihe, seinerseits das Wort zu ergreifen:
»Meine lieben Kollegen, unsere Ziele für das Jahr 2003 sind erreicht worden und dank Ihrer Unterstützung ... und blablabla ...« Er legte seine Folien auf den Projektor und belegte ohne Brillanz aber mit

Routine anhand von Zahlen: »Wir sind auf einem guten Wege und alles läuft gut. Sehen Sie bitte. Beim Zugang der innerstädtischen Briefe haben wir 92% erhalten. Das ist gut, aber da kann man noch mehr machen! Für die innerstädtischen Drucksachen sind das 98%. Das ist gut ... Bei der Anzahl der Vorschläge für die Verbesserung des Postdienstes ist Hannover ganz vorn, SPITZE, ganz vorn in Deutschland! Bravo, machen Sie so weiter ... Als Letztes ist die Anzahl Krankheitstage im Jahresverlauf auf 5,2% gesunken. Das erlaubt uns, für 2004 die Anzahl der Springer zu verringern. Somit ist jetzt alles perfekt. Danke für Ihre Aufmerksamkeit.«

Aha, ausgezeichnet! Er brillierte, ohne brillant zu sein. Er hatte das Publikum in der Tasche. Die Partie war gewonnen. Trotzdem war er ein jämmerlicher Wicht. Am Anfang des Jahres hatte er sich noch anlässlich einer Generalversammlung ausbuhen lassen müssen. Tatsächlich waren die mit der Zustellung beauftragten Postboten in Scharen gekommen. Mehr als zwei Tausend. Wütend. Die Schnauze voll. Wenn sie gekonnt hätten, hätten sie ihn gelyncht. Auf dem Podium bot er ein jämmerliches Bild. Er hörte nicht auf *seine getreuen Mitarbeiter* für ihr Engagement und ihre Arbeit bei Wind und Wetter zu danken. »Im Regen ... usw... usw... Danke ... Danke ... Tausend herzlichen Dank, nochmals vielen Dank.«
»Was für ein wunderbarer Schauspieler! Er lügt, wenn er nur den Mund aufmacht!« wetterte der Franzose. Wenn man ihm dagegen eine Frage über die unzureichende Belegschaft und die beträchtliche Erhöhung des Postaufkommens stellte, blieb er vage, oder er wiederholte ständig mit Leichenbittermiene wie ein Credo: »Das Budget ... Das Budget erlaubt nicht ... Das ist ein Imperativ ... Wir müssen uns strikt daran halten,« Uwe Bergmeister, der sich nicht mehr bremsen konnte, entgegnete ihm, dass SEIN Budget genau das Gleiche war wie eine Laterne für den Betrunkenen, die ihm erlaubte, sich aufrechtzuhalten und zu sehen, wo es lang ging. Alle lachten, eingeschlossen seine Stellvertreter und Rududu. »Aber Ruhe, ich muss doch sehr bitten! Jetzt ist es an Dr. Trittbretter, dem Verantwortlichen für das Humankapital, die Enquete über das Zustellpersonal vorzustellen.«

»Die Sondierung, die wir durchgeführt haben, ergibt eine Verbesserung der erhaltenen Resultate in Vergleich zum Vorjahr. Mehr als 50% der befragten Beamten hat die neue Restrukturierung begrüßt und ist zufrieden mit den Arbeitsbedingungen. In Hinsicht auf die Beziehungen von Vorgesetzten mit dem Personal erleben wir gewissermaßen eine Stagnation, nun ja, *nobody is perfect*, nicht wahr?«

Einer der Gewerkschaftsvertreter, Roman Szileski, hatte seinerseits auch eine kleine Untersuchung gemacht und ging, bestürzt darüber, solche Lügen zu hören, gleich zur Offensive über:
»Das alles ist völliger Quatsch. Wie ist dieser Fragebogen überhaupt erstellt worden? Wie viele Leute haben geantwortet? Niemand weiß das wirklich.« Über die niedrige Prozentzahl der Fehlzeiten hatte er sich seine eigenen klugen Gedanken gemacht:
»Die Beamten wurden nach ihrer Genesung zu ihrem Abteilungsleiter bestellt. Es handelte sich in Wirklichkeit um eine Gehirnwäsche, um ihnen einige Informationen zu entlocken. Das waren mehr oder weniger nichts als Einschüchterungsmaßnahmen, die demütigend und verwerflich sind. Diejenigen, die schwach und leichtgläubig sind, krachen zusammen und akzeptieren es, unter diesem moralischen Druck Urlaubstage zu nehmen, auch wenn es ihnen schlecht geht, oder sie unterbrechen ihre Genesung. Diejenigen mit einem Zeitvertrag haben keine Wahl, sie werden sofort entlassen.« Der erboste Fettwanst Rududu war bestürzt, solche Annahmen zu hören. Er ging auf das Podium zu und wäre, außer sich, fast gefallen. Er hielt sich am Mikro fest und mit einem Bein in der Luft schrie er wie ein Verrückter für jeden, der es hören wollte:
»Das ist ja alles blanker Unsinn! Wir sind nicht da, um unsere Postboten zu bestrafen, Wir machen uns ganz einfach Sorgen um ihre Gesundheit. Jeder Beamte meines Dienstes, der wieder gesund ist, bedeutet eine Sorge weniger für mich«, stammelte er. Das war Fraß für die Meute. Niemand verstand etwas. Dann ertönte Gelächter im Saal. Mit dem Gesichtsausdruck eines teddybärhaften Unschuldsengels sah er aus, als könnte er kein Wässerchen trüben. Das ging nun schon eine Woche und wie immer, wenn er das Wort

ergriff, war niemand überzeugt. Mit seiner verärgerten Miene und seiner bärbeißigen Art wusste man immer im Vorhinein, wenn er mit seinen Kloppern ankam, dieser ungehobelte Klotz.

Fettwanst Rududu suchte unter dem schüchternen Beifall seiner Kollegen wieder seinen Platz auf. Ein zweites Mal ergriff Dr. Böse das Wort, um zu sagen, dass er niemals von diesen angeblichen Befragungen gehört hätte, die seine Abteilungsleiter praktizieren sollten. »Dass man mich bittschön auf dem Laufenden hält, wenn das der Fall wäre!«, sagte er, wobei er die Stimme anhob. Dann blieb er noch einen Moment am Mikrofon, um liebenswürdigerweise auf Fragen aus dem Publikum zu antworten. Ein junger Zusteller erhob sich, um ihm mitzuteilen, dass er in drei Jahren siebenundzwanzig unbefristete Arbeitsverträge unterschrieben hätte und er in dieser Hinsicht gerne wissen möchte, ob diese skandalöse Praxis eines Tages ein Ende haben würde.
»Im Moment steht es außer Frage, Vollzeit-Arbeitsverträge unterzeichnen zu lassen. Man könnte wahrscheinlich in Ihrem Fall Ihnen einen Vertrag von sechs Monaten vorschlagen, aber ich bin untröstlich, das ist alles, was man im Moment machen kann«, antwortete er traurig. Er hatte dabei einen so traurigen Gesichtsausdruck aufgesetzt, dass man hätte meinen können, er würde gleich zu weinen anfangen. Ein anderer Zusteller gab sich nicht die Mühe, sich zu erheben, und blieb sitzen. Er stellte eine Frage, die niemand verstand. Ein anderer, verschmutzte Jeans, struppige Haare und schlecht rasiert, wollte eine Frage stellen, aber sein Handy fing an zu klingeln und er zog es nach einigem Gestammel vor, zum großen Amüsement des ersten Rangs zu schweigen. Für Mathis, der mit Hervé zu dieser Versammlung gekommen war, war das zuviel. Das war unerträglich, derartige Sachen zu hören.

»Ich weiß nicht, ob ich, nach allem was ich gehört habe, lachen oder in Wut ausbrechen soll«, rief er kopfschüttelnd aus. Für Hervé als alter Gewerkschaftskämpfer und Personalvertreter war es demütigend und ärgerlich zu sehen, mit welcher Arroganz und mit

welchem Misstrauen die Direktion gegenüber dem Personal und seinen Vertretern verfuhr.
»Komm, hauen wir ab«, sagte Hervé.
»Wir müssen uns in den kommenden Tagen warm anziehen«, entgegnete Mathis.
Die beiden Postler verließen die Kantine des Postdienstzentrums von Hannover 1, ein wenig entmutigt von dem, was sie alles zu hören bekommen hatten. Hervé ließ noch einmal vor dem Weggehen seinen Blick schweifen. Ganz träumerisch sagt er:
»Diese Kantine ist so was wie ein Symbol. Dieser soziale Ort, wo sich alle trafen, zeugte von dem Gedeihen des Unternehmens und der guten Atmosphäre, die dort herrschte. Von nun an gehört sie der Vergangenheit an. Die Kantine hat nach der Privatisierung das gleiche Schicksal erlebt wie alle Kantinen in den Postämtern von ganz Bundesdeutschland; sie ist geschlossen worden. Die Schlüssel unter die Fußmatte für immer. Dem Personal wurde gedankt, entlassen, vor die Tür gesetzt. Die gesamte vierte Etage ist leer. Als wenn eine Gang von Missetätern nach einer Blitzaktion alles geplündert und verwüstet hätte, es bleiben einige Stühle und zwei, drei Tische zurück.«

Eine unerträgliche Atmosphäre

Als dann die Stadt von Regen getränkt unter den Windstößen ächzte, manövrierte sich Hervé immer mehr in eine ständige Verdrossenheit hinein. Mit einem trockenen metallischen Klacken schloss sich hinter ihm die Tür des Fahrstuhls und sogleich vermutete er, dass ein schmutziger Tag auf ihn wartete. Die Oberzustellerin warf ihm mit leicht nach rechts geneigtem Kopf einen erbosten Blick zu, als sie ihr Büro verließ. Als er zwei ungeschickte Schritte in Richtung Stechuhr machte, versperrte ihm ein Briefträger mit einer Karre voller Prospekte den Weg. »Hast du keine Augen im Kopf?« bellte er ihn mit einem missbilligenden Gesichtsausdruck an. Nachdem er seinen Arbeitsplatz wieder erreicht hatte, suchte er mit dem Blick irgendwo im Saal hinter einem Spind aufgeweckte Augen, ein Lächeln auf den Lippen oder ein ansprechendes Gesicht. Vergebens. In dieser ungesunden Stille hätte er gerne eine beruhigende Stimme, ein freundliches „Guten Tag" gehört. Nichts. Die Feindseligkeit war offenkundig. Aber warum? Was ist bloß in sie gefahren? Hervé fühlte sich wirklich nicht wohl in seiner Haut. Das war wie ein kleines Unwohlsein, das ihn befiel und das ihm wie in einem heiklen Moment, wenn man von Fragen bestürmt wird, auf die man keine Antwort hat, den Boden unter den Füßen wegzog. Streng genommen hätte er sich sagen können, dass das nicht lange andauern würde, dass das nicht andauern könnte. Aber voilà, er hatte richtig gesehen. Als das Büro sich leerte, heckte man im Hinterzimmer einen Plan aus. Diese Feindseligkeit und diese konzertierte Verachtung wiederholten sich Tag für Tag. Das war, als wenn sich eine hungrige Bestie an ihm verbeißen würde. Sie verwundete ihn, sie tat ihm Gewalt an. Jedes Mal subtiler, jedes Mal feiger. Er hatte Mühe, es zu glauben, aber man beobachtete ihn, man kontrollierte ihn. Alle seine Gesten und Bewegungen im Postamt wurden registriert, studiert und vielleicht kommentiert. Nach einiger Zeit bestätigte sich sein Verdacht. Mehrere Male hatte er Gelegenheit, merkwürdige Szenen zu beobachten, die sich während des morgendlichen Sortierens abspielten. Drei oder viermal traf sich ein Grüppchen von Briefträgern entweder im Büro von Lena Krüger oder im Raucherzimmer. Meistens blieben sie etwa zehn Minuten zusammen. Und es waren immer dieselben.

Als Hervé einmal Nachsende-Umschläge im Büro seiner Chefin holen wollte, bemerkte er in dem Moment, als er ins Zimmer trat, dass die Gespräche abbrachen und kalte Blicke ihn spüren ließen, dass er störte. Einige Stunden später zurück von seiner Zustellung war das ein wenig das Gleiche. Nachdem sich die Tür des Fahrstuhls geöffnet hatte und er in den Saal getreten war, überraschte ihn nacheinander hinter der halbgeöffneten Tür des Büros Gelächter, dann ein langes Schweigen und danach war Gemurmel zu vernehmen.

»Im Verlaufe dieser Versammlungen im Büro muss man immer gewisse Voraussetzungen erfüllen. Und was dieses Geflüster und diese Tuschelei angeht, sie sind Teil der Methoden der Chefin«, offenbarte ihm Wolfram, der Gewerkschaftsvertreter. Das war einer der Gründe, weshalb er es ablehnte sie in ihrem Büro zu treffen.

»Man muss sagen, dass diese Arschkriecher seit Langem zusammen sind. Sie treffen sich privat. Für meinen Teil finde ich diese Kindereien, dieses Geflüster und diese Vorgehensweise unwürdig für eine Oberpostbotin. Aber was willst du machen, hier haben sich alle daran gewöhnt. Das hier ist leicht zu verstehen. Entweder du machst bei den Schützlingen mit, oder man lässt dich spüren, dass du nicht zur Familie gehörst. Sie haben sich auf gewisse Weise verabredet.« Zu Hause berichtete Hervé seiner Freundin davon:

»Das ist das erste Mal, dass ich den Eindruck habe, permanent bei der Arbeit beobachtet zu werden. In diesem Laden, der gerade soeben funktioniert, ist es merkwürdig, dass alle in der Defensive sind. Ein wenig misstrauisch, manchmal argwöhnisch. Die Burschen machen gewisse Anspielungen, nebulöse Scherze und immer spricht man hinter vorgehaltener Hand von der Post und der Arbeit oder da ist totales Schweigen. Nichts gesehen, nichts gehört. Bis auf Mathis und Wolfram sind die anderen, immer eingeweiht, wie Hemd und Hose.«

An einem Mittwochmorgen, als er sich gerade daran machte, seine Post zu sortieren, war Hervé überrascht, auf seinem Sortiertisch zwei Drucksachen zum ermäßigten Tarif mit der Bemerkung *Zurück an den Absender*, die von einem gelben Filzstift unterstrichen war, zu finden. Er musste sich nicht umdrehen, um die kreischige Stimme von Lena Krüger in seinem Rücken wiederzuerkennen.

»Du hast sie in den falschen Kübel geworfen, pass zukünftig auf«, gab ihm seine Vorgesetzte trocken zu verstehen.

»Ich, man hat mir immer gesagt, die Drucksachen in den selben Kübel zu werfen.«

»Nicht hier« Sie wollte wieder ihr Büro aufsuchen, als sie plötzlich umkehrte und ihm mit ablehnender Miene nochmals an den Kopf warf:

»Ah, dabei fällt mir ein, die Prospekte, sie müssen in die Briefkästen gesteckt werden,«

»Ja, ich weiß, warum?«

»Deine Vertretung hat welche in der Zeitungsrolle gefunden, in der *Alten Stöckener Straße 32.«*

»In der 32 gibt es einen Aufkleber *Keine Werbung, danke* auf den Briefkästen.«

»Valentin (der Springer des Teams) erzählt keinen Blödsinn. Du steckst alles in die Briefkästen, o.k.?«

Hervé hielt sich zurück, um keine Bemerkung zu machen. Er wusste, dass seine Chefin ihn aus der Reserve locken wollte und zog es somit vor zu schweigen.

»Sie hat die Mittel und die Unterstützung der Direktion, um Störenfriede und schwarze Schafe loszuwerden, warum verzichtet sie dann nicht auf das hier? Ich sehe, wie sie ständig den großen Gerdes verhört. Sie und ihre *Kriecher* setzen ihm der Reihe nach zu, durchwühlen permanent seine Spinde und Schubladen, spionieren auf seiner Tour. Sie sind ohne Unterlass hinter ihm her.«

»Aber wo bin ich denn gelandet? Wer hat mir solche Blödmänner beschert? Und Krüger, für wen hält sie sich?« Hervé hatte noch nie eine dermaßen verabscheuungswürdige Atmosphäre in einem Postamt gesehen. Trotzdem schien das einige seiner Kollegen nicht allzu sehr zu stören. Die anderen, die woanders arbeiteten, in anderen Diensten, fanden sich damit ab. Hatten resigniert, sich angepasst. Und das war es, wo der Schuh drückte, das war es, dass ihn außer sich brachte. Alles stämmige Kerle, richtige Kleiderschränke, die sich von diesem kleinen Frauenzimmer an der Nase herumführen ließen! Das ist unglaublich! Je mehr sich die Kabbeleien mit seiner Chefin wiederholten, desto mehr erhöhte sich der Druck, wie ein Schraubstock, der sich um ihn herum zuzog, bis die Konfrontation unausweichlich wurde. Ach natürlich, sie kam nicht mit dem großen Hammer! Um dich in aller Öffentlichkeit zu provozieren! Nein, sie war zu trickreich! Sie hatte dafür ihre Petzer! Ach nein, nein ... Auf Zeit, in der Art eines Verteidigers, der leicht die Schienbeine seines Gegners touchiert, suchte sie nach Fehlgriffen. Sie erreichte immer ihre Ziele. Sie hatte Beweise nötig? Nichts leichter als das. Sie griff auf die Spitzel des Kontrolldienstes der Post zurück, die regelmäßig für den Postbezirk datierte leere Umschläge in Umlauf brachten, um nachzuprüfen, ob das Absendedatum mit dem Zustelldatum übereinstimmte. Begierig nach Anerkennung, hielt die Oberzustellerin Krüger nicht auf solch einem guten Wege inne; sie kontrollierte, schnüffelte, inspizierte, überwachte alles, zu jeder Zeit, offen. Und dann konnte sie jederzeit auf ihr Netz von *Getreuen* zählen, die ihr behilflich waren. Diese Halunken rissen sich darum, diese schmutzige Arbeit zu machen.

Die Morgen verstrichen und nichts ließ zuerst erahnen, dass alles noch einen Gang schneller laufen sollte. Dass sich etwas hinter den Rücken der Zusteller zusammenbraute. Dass ohne ihr Wissen Veränderungen vor sich gingen. In der relativen Ruhe der letzten Tage ging man recht in der Annahme, dass die Konkretisierung der neuen Ideen zur Qualitätsverbesserung des Dienstes bevorstanden. Die Optimisten sagten sich:

»Wir haben soviel Arbeit, was kann uns noch passieren? Lass sie doch nur mit ihren neuen Ideen kommen! Wir haben nichts zu verbergen, ganz im Gegenteil, wir haben was zu berichten.« Dann sind sie gekommen, wie vorausgesehen. Die monatliche Besuche der Kontrolleure, Manager, Spezialisten und Experten fanden anschließend in der ersten Zeit wöchentlich, dann fast täglich statt und selbstverständlich zu unvermuteten Zeiten. Berichte über Abschaffung von Touren und Entlassungen machten die Runde.

Eines Morgens gerade vor der Pause von acht Uhr dreißig befand sich Hervé nach dem Verlassen des WCs, als er die Tür des Zustellersaals aufstieß, von Angesicht zu Angesicht mit Armin Halldorn, dem Verantwortlichen für die Planung und Verifizierung des Postverkehrs sowie für die Einteilung der Touren. Dieser fuhr ihn mit einer barschen Stimme an, ohne sich die Zeit zu nehmen, ihn zu begrüßen:
»Wir haben im letzten Semester eine auffällige Abnahme des Aufkommens in Ihrer Tour 12 gehabt.«
»Was soll das bedeuten?« fragte ihn Hervé, ohne mit den Wimpern zu zucken, da er zu sehr damit beschäftigt war, den auseinanderfallenden Berg von Prospekten und Magazinen auf seinem Tisch zu sichern.
»Das sagt ganz deutlich, dass Ihre Tour zu klein ist«, sagte er mit spöttischer Stimme, ohne die Augen von seinen Papieren zu nehmen. Hervé verspürte in diesem Moment eine tsunamihafte Wut in sich aufsteigen:
»Zu klein! ... Sie machen wohl Witze! Ich habe genau soviel Post wie die anderen. Meine Tour ist die entfernteste vom Postamt und ich habe mehr als tausend Haushalte zu bedienen.«
»Was ich hier sehe, sind die Zahlen. Und die Zahlen lügen nicht.«
Armin Halldorn zeigte ihm eine Tabelle mit in Kolonnen angeordneten Ziffern und Prozentzahlen und sagte ihm dann:
»Hier sehen Sie. Sie sind unterhalb des berechneten Mittelwerts, der bei zweiundvierzig Stunden dreißig in der Woche liegt. Bei Ihnen, da fehlen vier Stunden zwanzig Minuten.«
»Ihre Zahlen sagen nicht alles.«
»Nun hören Sie mir mal zu. Sie kommen in sechs bis acht Wochen zu mir. Nachdem diese Abänderungen vorgenommen worden sind, sind Sie besser in der Lage zu beurteilen, ob Ihre Tour so lang ist, wie Sie vorgeben«, antwortete er verärgert. Aus purer Gemeinheit grüßte ihn Hervé nicht, als er mit ärgerlicher Miene von ihm ging.

Der Abbau von zwei Arbeitsplätzen im Innendienst hatte Nachwirkungen auf die Dauer der Hauptsortierung und auf die Vorbereitungsarbeiten. Als der Fahrstuhl ausfiel – was ungefähr einmal im Monat passierte –, waren die Toiletten bereits verstopft, die Heizung nicht reguliert, das Material verfiel, der Pannendienst für die Fahrräder kam nicht mehr regelmäßig und die Zusteller konnten sich nur auf sich selbst verlassen. Man musste sich mit den vorhandenen Mitteln behelfen. Mathis hatte mit einem Anflug von Ironie im Blick die passenden Worte gefunden, um die aktuelle Situation einzuordnen:
»Zwischen den konkurrierenden Unternehmen der Zustellung und des Versands von Briefen und Paketen waren wir bis jetzt, was Bayern München für die *Bundesliga* war: jedes Jahr ein Anwärter auf den Titel. Heute sind wir das Schlusslicht vor dem Rausschmiss geworden.«
»Und dann drücken sie uns als Zugabe noch klammheimlich kleine Extraarbeiten auf und niemand protestiert! He! ... He! ... Jetzt aber Schluss, hör endlich mit dem Thema auf! « übertrumpfte ihn der Franzose noch.
»Wenn man ihnen den kleinen Finger gibt, nehmen sie gleich den ganzen Arm. Zuviel ist zuviel«, fing Mathis lakonisch wieder an. Man konnte eine gewisse Müdigkeit auf seinem Gesicht ablesen. Hervé hatte seinerseits den Eindruck, seine Zeit zu verschwenden, wenn er die Entscheidungen zur Diskussion stellte.
»Man sollte besser alles notieren. Den kleinsten Vorfall aufdecken. Die kleinste Unregelmäßigkeit, um sie in die Enge zu treiben und und ihnen dann zeigen, dass sie sich widersprechen, wenn sie sagen, dass sie die Qualität des Dienstes erhöhen wollen«, fügte er hinzu.
»Wenn es Ihnen hier nicht gefällt, steht es Ihnen frei, sich woanders umzusehen«, hatte Wolf bei einem seiner Besuche einer Ersatzfrau geantwortet, die darüber klagte, dass sie jeden Tag Überstunden machte.
»Hier haben wir aber eine merkwürdige Art, das Personal zu motivieren!« hatte ihm sofort Wolfram geantwortet. Wolf, wutschnaubend, wollte davon nichts wissen und trat unter Zuschlagen der Fahrstuhltür von der Bühne ab. Hervé, empört und

hermetisch abgeschottet, lehnte es ab, mit Krüger und Wolf einen Dialog zu führen. Über die Behindertenbeauftragte und mit Unterstützung des Gewerkschaftsvertreters verfasste er eine Eingabe zur Erleichterung seiner Tour aufgrund seiner Gesundheitsprobleme. Obendrein lehnte er es ebenso ab, einen Teil der Post eines erkrankten Kollegen zu übernehmen. Wenn er die Unterstützung von Wolfram und Mathis erhielt, die ihn darin bestärkten, sich nicht alles gefallen zu lassen, so sahen darin eine gewisse Zahl von Zustellern, insbesondere *der Clan von Krüger,* einen Mangel an Kollegialität von seiner Seite und einen Affront gegen diejenige, die, wie sie sagten, sich wie eine gute Haut dafür abrackerten, damit die Filiale 44 dank der Arbeitsqualität, der guten Teamarbeit und einem kaum erhöhten Prozentsatz von Fehlzeiten nicht sanktioniert und die Belegschaftsstärke nicht von neuem reduziert würde wie in der 23 oder 36.

»Ohne ihr Eingreifen und ihr Engagement würde das schlechter sein, das sag ich dir«, hatte ihm sein Teamkollege Dirk Lamparter geantwortet, als der Franzose erneut erstaunt war über die Passivität und Resignation der Zusteller.

»Was weißt du denn davon? Du hast weder in der 23, in der 36 noch sonst wo gearbeitet«, antwortet Hervé ihm entnervt. Mathis, der vorher Zeuge der Szene mit Halldorn geworden war, warnte ihn:

»Trotzdem solltest du selbst aufpassen. Sie werden dir von nun an das Leben schwer machen.«

»Ich bin lange genug in diesem Laden, um zu wissen, dass sie mich von nun pausenlos schikanieren und kontrollieren. Wie bei einer Hundemeute werden sich Wolf und Fingerhut sowie Krüger und ihre Meute an meine Fersen heften«, antwortete ihm Hervé lächelnd.

»Mich haben sie pausenlos kontrolliert und eines Morgens haben sie bemerkt, dass ich ohne Absicht zwei Briefe zuviel auf dem Abrechnungsblatt eingetragen hatte. Ich musste eine Strafe wegen Fälschung zahlen und bin sechs Monate aufgrund disziplinarischer Maßnahmen nach Löningen versetzt worden. Ich erinnere mich noch genau. Das war 1998. Ach, du kannst gar nicht wissen, wie man mir das Leben da schwer gemacht hat! Jetzt mache ich meine Arbeit und halte meine Schnauze. Wenn sie dich drankriegen wollen, glaub mir, dann lassen sie dich nicht mehr los!«

»Das ist überall genauso geworden«, sagte der Franzose mit leiser Stimme und zuckte mit den Schultern. Wenn auch in der *Domsheide* die Arbeitsbedingungen relativ besser waren, hatte sich dagegen genau seine Beziehung zu den Vorgesetzten ständig weiterhin verschlechtert. Dennoch hatte er nicht aufgegeben, ihnen Sand ins Getriebe zu streuen und ihnen die Stirn zu bieten.

»Da unten hielt man fest zusammen. In meinem Team war man wie die Matrosen, alle gleichgesinnt«, fügte er an die Adresse von Lamparter hinzu. Das war übrigens der Punkt, der ihm gegen den Strich ging. Einige setzten auf beide Seiten: Durch ihre Unterstützung für Krüger verteidigten sie ihre persönlichen Interessen. Hervé dachte dabei an das zweifelhafte und verdächtige Verhalten von Valentin und Josef Brezek, seinen Teamkollegen.

Valentin, gebürtig aus Tajikistan

»Dünn wie ich damals war, bin ich nicht doch in den Postdienst gegangen, um Räuber und Gendarm zu spielen! Ich bin kein Krimineller! Ich habe niemals gestohlen! Überall, wo ich war, habe ich meine Arbeit gewissenhaft gemacht, Und dann mag ich meine Kunden. Ich verstehe mich gut mit allen. Ich bin immer gut angenommen worden, Also warum dieser ganze Bohei! ... Warum diese Hexenjagd? Meine Mutter hatte recht, als sie mir sagte: »Mach was du willst, aber ich an deiner Stelle ...« Sie musste ahnen, dass es auf der anderen Seite des Rheins nicht wie in Frankreich war. Hier mögen sie nicht, dass man eigene Wege geht. Wenn man vom Weg abweicht, wird man für einen Saboteur gehalten. Sie lieben es, sie verehren es, in einer Gruppe zu sein. Sie fühlen sich stark. Aber ich, ich mag nicht im Rudel sein. Ich liebe alle diese Kerle nicht, die blindlings auf dasselbe Ziel drängen. In der Menge verschwunden fehlt mir schon der Sauerstoff. »Ach, das ist es, ich sehe sie ... Ich bin im Visier von Krüger, ich muss aufpassen, sonst bin ich einfach ...« Im Büro von Krüger verdoppelte Hervé die Vorsicht und auf seiner Tour die Aufmerksamkeit. Hinter jedem Passanten konnte sich ein Spitzel verbergen. Er warf einen forschen Blick in die Fahrzeuge, in denen sich so ein Schweinehund verbergen konnte und seine Fahrradtaschen kontrollierte. Es konnte sich dort ein Schnäpper verbergen. Er fühlte sich verfolgt, gehetzt. Welch Paranoia! Er war der Flüchtige, hinter dem die Polizei her war. Wie in dem Film von Jean-Luc Godard *„Elf Uhr nachts“* mit der Polente an den Fersen und einer Jazzmusik, die verrückt spielt ... »Scheisse, so was war doch nicht möglich!«

Wenn er zwischen fünfzehn und sechzehn Uhr von der Tour zurückkam, war es nicht selten, dass der Bretone von Zeit zu Zeit Valentin, den Springer des Teams, traf. Dieser, skrupelhaft und genau in seiner Arbeit, verlor unglaubliche Zeit dabei, immer wieder die gleichen Verrichtungen beim Sortieren, Zusammenbinden und beim Zählen und Verschnüren der Post vorzunehmen. Als er eines

Tages seine Zählung erledigt hatte, war Hervé erstaunt zu sehen, dass der Russe am Tisch gegenüber mit seinem Blick am Abrechnungsbogen klebend seufzte, fluchte und nervös regelmäßig mit dem Fuß auf den Boden trat. Einen Augenblick lang wollte Hervé zu ihm gehen, um ihn zu fragen, ob er Hilfe benötigte, aber im selben Moment erhob sich dieser und stürzte in Richtung Toilette. Seine Abwesenheit ausnutzend, kam der Franzose näher und war erschlagen von der Reihe von unentzifferbaren, ungeordneten Buchstaben, die sich auf seinem Abrechnungsbogen ausbreiteten. Zu seiner großen Verwunderung war die zögerliche Schrift, dieses fast unleserliche Geschreibsel, nicht sehr unterschiedlich von dem eines Erstklässlers. Die Modernisierung hatte ihn bestimmt überfordert, denn als man ein Laserabtastgerät für die Aufzeichnung von speziellen Objekten installiert hatte, brauchte Valentin eine wahnsinnig lange Zeit, um zu begreifen, wie es funktionierte. Er hatte die Bedienung der verschiedenen Funktionen nicht verstanden und gab vor, dass er sich die Augen verderben würde, wenn er damit herumtrödeln würde, die Anleitungen zu lesen. Er zog es vor, seine *Mentoren*, Josef Brezek und Lena Krüger, in Anspruch zu nehmen. Nach einigen Minuten hörte Hervé, wie die Drehtür sich bewegte. Jemand kam. Schnell nahm er seinen Platz wieder ein. Der Russe blieb erleichtert einen Moment lang sitzen. Dann, unschlüssig und zögerlich, erhob er sich und näherte sich schüchtern dem Franzosen.
»Sieh mal einer an, das ist ja lustig«, dachte Hervé. »Er ist misstrauisch. Ich bin für ihn derjenige, der nicht vom gleichen Schlag ist, der anders denkt, der Scherereien macht.«

Als Hervé ihn in den ersten Tagen in der 44 aus den Augenwinkeln beobachtend begrüßte, blieb Valentin stumm. Dann öffnete dieser nach einigen Wochen doch den Mund und sagte ihm »*He du!*« Hervé war verärgert und wütend und warf ihm an den Kopf:
»Ich habe einen Vornamen wie alle, du könntest dich etwas bemühen, ihn auszusprechen.« Letzterer, erstaunt, wusste nicht, was er sagen sollte und starrte ihn an. Am nächsten Tag hatte er Lektion verstanden. Als der Franzose in den Zustellersaal eintrat,

richtete Valentin schüchtern und mit kaum hörbarer Stimme ein liebenswürdiges »Morgen Hévé« an ihn.
»Wohin soll ich das Duplikat meines Abrechnungsbogens senden? An das Regionalzentrum in Leipzig oder eben mit dem Geld zum Schalterdienst?« wagte Valentin ihn zu fragen.
»Ja, du schickst es separat.« Hervé nutze die Gelegenheit der Abwesenheit seiner *Mentoren* – in ihrer Gegenwart wurde Valentin mutig und aufdringlich –, um ihn über seine Herkunft zu befragen.
»Ich bin überzeugt, dass er sich schämt, nicht in Deutschland geboren zu sein«, dachte Hervé. Valentin schaute ihm einen Moment lang in die Augen, was er selten tat, aber sagte kein einziges Wort. Die Mauer des Schweigens. Nichts durchdrang diesen Betonkörper und diesen hirnlosen Kopf. Im Postamt war seine Story hingegen nicht ganz unbekannt. Im Verlaufe der Pause um acht Uhr dreißig erfuhr Hervé Bruchstücke der Biographie von demjenigen, der ihn fast jeden Tag begleitete, aber über den er tatsächlich fast nichts wusste. Wolfram erzählte ihm – dieser hatte ihn einen Monat lang in den Beruf des Zustellers eingewiesen, als er zur Post gekommen war – den seltsamen Werdegang dieses aus Tajikistan stammenden Russen.

Geboren in einem kleinen Dorf in Tajikistan, hatte Valentin Siegler einen guten Teil seiner Jugend in Kasachstan verbracht. Als er erfuhr, dass man nach dem Zusammenbruch des Sowjetblocks durch die Westgrenze wie durch einen Schweizer Käse kommen und gehen konnte, entdeckte er, dass er entfernte germanische Ursprünge hatte. Also sagte er sich: »Warum nicht ich. Wollen wir doch mal die Chancen dieses Landes ausloten.« Und so war er fast von heute auf morgen mit seiner Familie hier, hiesiger Staatsbürger eben. Und in diesem Moment hat sein Gedächtnis alles beiseite gelegt, was auf der anderen Seite vor sich gegangen war. Er hat es sich häuslich eingerichtet auf einem Haufen von Sachen, die er am Ende verworfen und ins Tiefste seines Inneren zurückgedrängt hatte. Eine Sprache, die verleugnet und die er um nichts auf der Welt hören und sprechen will. Er hat sie sozusagen in den Mülleimer geworfen und Deckel drauf, damit sie nicht wieder emportaucht. Das Einzige, an das er sich erinnern mochte, waren die langen

Fischzüge in den Seen mit seinem Vater rund um sein Dorf. Er ist stolz, seit sieben Jahren die Postjacke zu tragen, und seit zwei Jahren voilà ist er Springer im Team des Bretonen. Die ersten Tage, als er allein auf Tour gegangen war, kam er nicht vor siebzehn Uhr zurück. Im Postamt waren alle überzeugt davon, dass er das Handtusch schmeissen und abdanken würde. Aber da kannte man ihn schlecht. Am nächsten Tag war der verbissene Kerl noch immer da.

Sein Milieu und seine Erziehung gewiss, seine Veranlagung vielleicht und ganz bestimmt die Situation, in der er sich mit seinen vierzig Jahren auf dem Arbeitsmarkt wiederfand, hatten mit Sicherheit aus ihm ein gehorsames Subjekt, einen *Untertanen* gemacht, der in Lena Krüger einen *Führer* gefunden hatte. Völlig zu Ihren Diensten (Böse Zungen fänden den Ausdruck *zu Ihren Stiefeln* passender). Ein jeder stimmt darin überein, dass die Mühe, die er sich auf der Arbeit gab, in keinem Vergleich zum Gehalt, das er bekam, stand. Penibel, übergenau, ängstlich und begierig, nicht den Zorn seiner Vorgesetzten hervorzurufen, stellte er von einem Briefkasten zur Gemeindekasse, von einem Spalt zu einer Türunterseite, von einer Kundin zu einem Verbraucher unbeirrbar die Post zu. Niemals sicher vor einer Unbesonnenheit, einer Vergesslichkeit, ohne Müdigkeit und Unvorhergesehenes zu zählen, entdeckte Valentin trotz seiner Mühe eines Tages ein verirrtes Einschreiben in den Tiefen seiner Tasche oder erhielt von einem Bewohner einen Brief, der nicht für diesen bestimmt war. Die Scham und die Angst, dass sich dies wiederholen könnte, fraßen ihn auf. Das war so etwas wie ein Damoklesschwert über seinem Kopf.

Diese Sorgfalt und diese Angst war kein Trumpf in einem Beruf, in dem die Mengen an Post zum ermäßigten Tarif ständig zunahmen. Die Post nahm unterdessen mit offenen Armen diese fügsamen Arbeiter auf, die nicht zögerten, zwei bis drei unbezahlte Überstunden zu machen. Valentin hatte zwei Finger der rechten Hand, die neunzig Grad zur Handfläche gekrümmt waren, und eine tiefe Narbe von mehreren Zentimetern Länge am Handgelenk, unauslöschliches Zeichen der schrecklichen Jahre, in denen er bei der russischen Eisenbahn geschuftet hatte und die sein Gedächtnis nicht wirklich eins zu eins im Staub der Zeit vergehen lassen konnte. Zehn bis zwölf Arbeitsstunden pro Tag, wenigstens dreißig Grad unter Null und einen Fußtritt als Lohn, wenn das Geld nicht zur Bezahlung reichte. Josef Brezek, der Schleicher mit einer Stimme, die die Räder eines Leichenwagens blockieren könnte, und der ohne Schwierigkeiten die Rolle einer schäbigen und abstoßenden Person in einem Gaunerfilm erhalten hätte, hatte seinen Freund Valentin gegen den Franzosen *aufgebaut.*

»Ah, du wirst sehen, im Winter! Die Taschen zum Platzen voll, und der Schnee und die Kälte! Und die Kilometer in den Beinen ... Du kannst dich anstrengen, wie du willst. Das wird dir nicht helfen!« Seine Dummheit wurde nur noch von seiner Niederträchtigkeit übertroffen. Keinen Tag ließ der Russe locker. Jeden Tag flüsterte er seinem Freund etwas in Ohr, der ihm vorgab, was dieser sagen sollte, um die Moral des Franzosen zu brechen. »Du weißt, die zweiundzwanzig Kilometer deiner Tour, in zwei Monaten spürst du das in den Beinen«, spöttelte er. Hervé zog es vor, ihm nicht zu antworten. Er war nicht blöde und wusste, dass hinter diesen Angriffen, diesen Provokationen Brezek und Lena Krüger standen, die die Fäden in der Hand hielten.

Das morgendliche Sortieren: der Tango der Schmähreden

Seitdem sie sich entschieden haben hart zuzuschlagen, sind die Brezeks, die Lamparter und Co. wie Hemd und Hose, spucken und kotzen bis zur Sättigung Schmähreden und Beleidigungen aus, stellte Hervé fest. In der 44 verging kein Morgen, ohne dass der Postler Zeuge von verbalen Attacken seitens gewisser Kollegen seines Teams war. Zu feige und oft böswillig zogen sie es vor, der Gewerkschaft die Schuld zu geben, suchten sie einen als Sündenbock unter ihnen oder motzten den ganzen Morgen, anstatt die Direktion als Verantwortliche des verabscheuungswürdigen sozialen Klimas anzuklagen, das sich ständig von Jahr zu Jahr verschlechterte. Die Hölle, das waren die anderen, also war es zwecklos, gegen die Verschlechterung der Arbeitsbedingungen anzugehen. Mit einer Klappe schlugen sie zwei Fliegen. Überlastet, gereizt, entmutigt und frustriert angesichts einer Situation, die sie nicht mehr im Griff hatten, wurden einige Zusteller misstrauisch, aggressiv und neidisch. In dieser ungesunden Atmosphäre wurde derjenige, der früher fertig war oder der es ablehnte, sich in dieses gefährliche Räderwerk einspannen zu lassen, alsbald als verdächtig betrachtet. Also gab man sich dem nach Herzenslust hin! Hervé war oft die Zielscheibe von Josef Brezek, der ihn eines Tages ohne Beweise beschuldigte, die für seine Tour vorgesehenen Prospekte hinter seinen Spind versteckt zu haben oder an einem anderen Tag nicht alle Prospekte verteilt zu haben.

Wenn die intensive Arbeit aufhörte, ließ die Spannung für einen Augenblick nach. Also wechselte man das Register; von harmlosen Scherzen ging man zu Äußerungen schlechten Geschmacks über, dann hagelte es vage Anspielungen, und wenn dann das erwartete Ergebnis erreicht war, endete es bei Beleidigungen und verbalen Attacken, wobei es vornehmlich darum ging, mit gutem Gewissen die Arbeit von Soundso abzuwerten oder einen anderen lächerlich zu machen. Das Szenario war oft das gleiche, die Akteure immer dieselben. Die Opfer auch. Einer der Hauptakteure war Dirk Lamparter. Er begann seinen Dienst vor den anderen und trat als erster in Szene. Um fünf Uhr dreißig durchquerte er den Zustellersaal, und nachdem er seine Post eingesammelt hatte, begann er mit dem Sortieren seiner Tour. Groß mit blonden Haaren, die ihm auf die Schultern fielen, das Handy am Gürtel seiner Hose befestigt, trug er Sommer wie Winter das blaue Hemd der Post. Er quasselte sehr schnell und immer mit lauter Stimme. Wenn er bei einem Chef etwas vorzuwerfen hatte, wurde er zu einem Vulkan. Sein Gesicht verwandelte sich in einem Augenblick von Rosa zu Bordeaux, sein Blutdruck stieg steil an und seine nervösen Augen kamen aus den Höhlen. Es wurde dann unmöglich, ihn aufzuhalten, und aus all dem, was er in so kurzer Zeit sagte, den Hintergrund seiner Gedanken herauszufinden. Eine Viertelstunde später öffnete Valentin die Fahrstuhltür und trat vorsichtig in das Büro von Lena Krüger ein.

»Morgen, Chefin«, rief er aus, wobei er sie fest in seinen Armen drückte.

»Guten Morgen, lieber Valentin, *mein treuer* Valentin«, antwortete sie ihm heuchlerisch und lächelte dabei. Wenn es dann nichts zu petzen gab, wenn ihm keine am Vortag bemerkte Unregelmäßigkeit in den Sinn kam, nahm er gutgelaunt seinen Arbeitsplatz ein. Als Springer, einen Tag hier und einen anderen da, kontrollierte der Russe immer die Spinde, bevor er anfing zu arbeiten.

»Guten Tag, Dirk«, bellte er seinem hinter dem Spind versteckten Kollegen zu.

»Ah, Valentin ... Wie geht es dir?« dröhnte der große Blonde, wobei er sich auf ihn stürzte und ihm wie in der Art eines amerikanischen Kosmonauten, der von neuem den Fuß auf festen Boden setzt, stark demonstrativ die Hand schüttelte. Wenn Hervé um Viertel vor sechs die Glastür der Garderoben durchschritt – er hatte gar keine Lust, am Büro von Lena Krüger vorbeizugehen – und in den Sortiersaal eintrat, erhielt er ein schüchternes *Guten Tag* von Valentin, der sich über die Unordnung beschwerte, die ihm Kolja Rudzig hinterlassen hatte.

»Du passt auf, dass Mathis seine ganze Post austrägt und dir nichts für morgen hinterlässt«, beeilte sich Lamparter zu sagen, wobei er sich dem Spind von Mathis näherte, der sich gegenüber dem seinigen befand. Valentin hatte seine Schuhe ausgezogen und mit

Sandaletten an den Füßen ging er den Briefbehälter gegenüber dem Spind von Lena Krüger holen. Bevor er die für die Tour 13 bestimmte Post an sich nahm, wollte er sich vergewissern, dass die Post der Tour 14 (die Tour von Mathis) geringer ausfiel.
»Mathis, das Artsloch, hat näx zu tun, he ...!«
»Nein, mein lieber Valentin, das heißt „nichts" und das ist nicht „Artsloch", das ist Arschloch«, berichtigte ihn Lamparter. »Alle wissen, dass er die kleinste Tour hier hat«, fügte er mit lauter Stimme hinzu. Dann trabte er davon, um die mit Zeitungen, Drucksachen und Fernsehmagazinen gefüllten Spinde zu leeren.
»Du hast recht, ah ... ah ... ah ...«, bestätigte der Russe. Inzwischen war Mathis gekommen. Er stellte seine Thermoskanne hin und legte seine Zeitung auf den Tisch sowie einen Plastikbeutel mit dem Frühstück.
»Wie geht es dir?« fragte der Bretone.
»Etwas müde ... Ich habe auf dem Sofa geschlafen ... Die Kleine war krank. Sie hat die ganze Nacht gehustet«, gähnte er mit durch die unterbrochene Nacht sichtbar geschwollenen Lidern.
»Ach, Mathis, das ist nicht immer lustig Familienvater zu sein ... He! ... Man sollte vorher darüber nachdenken... ah ... ah«, rief Lamparter aus, entzückt von seiner Bemerkung.
Valentin, auf den dieses Geläster Eindruck gemacht hatte, wollte seinen Senf dazugeben, aber er fand nicht die richtigen Worte und begann zu faseln und kleine Schreie auszustoßen.
»Uah ... Uah, Mathis auf dem Sofa uah ... uah ...« Mathis zog es vor, nichts zu sagen und Hervé schüttelte nur den Kopf. »Wenn es hier nicht viel zu tun gibt, zu Hause müssen die beschissenen Windeln gewechselt werden! Nicht wahr, Mathis?« beeilte sich der große Blonde zu sagen, bevor er schallend lachte. Valentin hielt sich seinerseits nicht zurück und lachte los. Im selben Moment fand sich Josef Brezek, Stammzusteller der Tour 11, mit betroffener Miene, Bürstenhaarschnitt, ganz kurz geschnitten, Brille mit großem, die Nase erdrückendem Gestell und mit immer verblüfften Augen auf seinem Arbeitsplatz ein. *Die Kröte* – so wurde er tituliert – stieß zwei *Krwa ... Krwa* ... aus, bevor er sich setzte. Ein Zusteller ging ihm zur Seite und begrüßte ihn mit einem *Kroa ... Kroa*..., bevor er hinter der Glastür mit schallendem Gelächter verschwand.

»Er stinkt nach Alkohol«, sagte sich Hervé, als er sich seinem Spind näherte. Valentin stürzte sich zur Begrüßung auf *seinen Freund* und flüsterte ihm etwas ins Ohr. Josef Brezek fing auch an zu lachen. Die Szene wiederholte sich mehrere Male im Verlaufe des Morgens. Auf das gemurmelte Flüstern folgten meistens fettes Lachen und spöttische Blicke.

»Ich frage mich, was er auf seiner Tour macht. Wenn ich die machen würde, wäre ich schon eine Zeitlang zu Hause«, ließ Josef Brezek an die Adresse von Mathis los. Gleichgültig blieb dieser stumm. Das waren nun schon fünf Jahre, dass er immer die gleichen Blödeleien, die gleichen Dummheiten und die gleiche Musik hörte. Josef Brezek wollte auf dieser Schiene weitermachen, aber er hielt inne, um sein Handy, das die Filmmusik von *James Bond* intonierte, aus der Tasche zu holen und ans Ohr zu führen.

»Wenn es nicht Tuscheleien sind, dann bedienen sie sich ihrer Handys, um sich, wenn sie einmal auf ihrer Tour sind, den Klatsch über Soundso zu erzählen, einen anderen anzuschwärzen oder um im Postamt einen Haufen wirres Zeugs zu erzählen«, ließ Hervé als Bemerkung fallen. Valentin und Josef Brezek waren seit einer gewissen Zeit untrennbar. Der Russe liebte es nach seiner Arbeit fischen zu gehen, während *die Kröte* durch die Kneipen des Viertels *Stöcken* zog. Seitdem sie sich kennengelernt hatten, vergrößerten sie das Arsenal ihrer nachpostalischen Aktivitäten. Verbunden wie Hemd und Hose gingen die beiden Postler angeln, dann saufen. An den Tagen großer Hitze – im erweiterten Sinne des Wortes – trafen sie sich nach Zustellung per Fahrrad für eine zweite Tour: Kneipentour. Nahe der Bundesstraße 6 zwischen Bergen von Muskeln mit Schirmmütze hauten sich unsere munteren Kumpane in der *Fernfahrerkneipe* fünf halbe Liter Biere rein, dann auf der Rückfahrt waren sie nach zwei Kilometern erneut durstig. Sie stiegen ab und hielten an einem Kiosk, um einige weitere Biere und eine Flasche *Korn* zu kaufen. Dann kamen sie gegen sechzehn Uhr dreißig im Postamt an, die meisten Zusteller waren schon weg. Im Postamt lachten, schrieen, sangen unsere beiden Gevattern im Beisein einer Sortiererin vom Dienst. Unter der berauschenden Wirkung des Alkohols lösten sich die Zungen, sie gerieten außer Rand und Band und die Flut von Beleidigungen und Bösartigkeiten

vervielfachte sich. Brezek hörte nicht auf, seine Wut rauszulassen und gegen diejenigen zu fluchen, die ranklotzten und viel früher als er fertig waren.
»Und er«, er zeigte mit dem Finger auf den Arbeitsplatz von Hervé – »du weißt gar nicht, dass er das ist, der auf seiner Tour alles Mögliche macht und eine Erleichterung haben will! ... **Fauler Sack** ... **Alles faule Säcke.**« Brezek warf ein Bündel Prospekte über die Spinde.
»Eine Erleichterung. Josef, eine Erleichterung ... der faule Sack!« wiederholte der Russe mit einer Grimasse. Tatsächlich hatte er Gründe, um dem *faulen Sack* böse zu sein. Valentin hatte noch nicht verdaut, dass der Franzose ihm die Tour 12, die er gleichermaßen begehrte, vor der Nase weggeschnappt hatte.
Am nächsten Morgen näherte sich die Sortiererin Lisa diskret dem Franzosen. Mit leiser Stimme berichtete sie ihm das Fazit des gestrigen Tages. Sie hatte die beiden Postler dabei überrascht, als sie seine Spinde, seine Schubladen sowie die von Mathis durchwühlten.
»Sie suchen nach einem Indiz, einem fehlgeleiteten Brief, einem in den Papierkorb geworfenen Prospekt. Einen Beweis, um uns zwei herauszufordern und uns bei Lena zu verpfeifen«, erzählte er seinem Freund Mathis.
»Ah! Du hast das Glück, zweiundfünfzig Jahre alt zu sein. Du musst nicht mehr so lange mit dieser Rattenbande arbeiten«, sagte ihm der andere.
»Wer weiß?« antwortete Hervé seufzend.

Andy wird von Angst und Stress zerfressen

Wirklich ging ihm dieser Gedanken schon seit geraumer Zeit durch den Kopf: in zwei oder drei Jahren die Flinte ins Korn zu schmeißen. Zwei oder drei kleine Jahre noch.

»In zwei oder drei Jahren brauchen sie mich nicht mehr. Sie werden sich meiner vor der Endphase der Privatisierung entledigen. Aber in Warteposition muss man sich gedulden, ertragen ... Mehr ertragen ... Wie lange Zeit noch dies alles ertragen«, wiederholte Hervé. Wie jeden Morgen arbeiten die Kollegen ohne Einhalt seit Tagesanbruch. Andy und die anderen arbeiten sogar eine Stunde vor dem allgemeinen Arbeitsbeginn. Nach dem Ende der Sortierung stürzen sie sich mit in den Taschen aufgestauter Post in Richtung Fahrstuhltür, um sich auf das Fahrrad zu werfen und los geht's auf Tour. Seit Jahren war das jeden Tag dasselbe. Das Postaufkommen vergrößerte sich, die Touren wurden ausgeweitet, der Stress nahm zu, aber anstatt zu sagen: »Halt, aufhören mit dem Blödsinn! Wir haben die Schnauze voll!« kamen Andy und die anderen immer früher, um nicht zu spät von der Tour zurückzukommen. Das war der absurde Wettlauf mit der Uhr. Ein von vornherein verlorener Wettlauf. Denn die Stunde der Rückkehr war nicht wie früher, als man in aller Seelenruhe wiederkam. Das war nicht mehr um zwölf oder ein Uhr mittags mit vollem Bauch und einem Lächeln auf den Lippen wie in der Korsarenstadt oder in seinen Anfängen in Deutschland. Ach nein, das war vorbei. Die Stunde der Rückkehr, das war von nun an die Kaffeezeit oder die Tagesschau mit dem Magen in den Knien und die Müdigkeit im Gesicht und als Zugabe eine Wut, die Einem alle Organe wegfraß und die Nächte verdarb. Wenn der Franzose in den ersten Stunden des Morgens kam, war sein Kollege Andy schon schweißgebadet und sein Hemd klebte ihm am Körper. Von der Arbeit ausgezehrt hatte er einen bösartigen Blick, aber er sagte nichts. Er fraß alles in sich hinein. An seinem verzerrten Gesicht konnte man den Schmerz ablesen, hervorgerufen von angesammelten Substanzen und Stoffen, die sich durch die ihn belastenden unterdrückten Aggressionen, die heruntergeschluckten Rohheiten und die Frustrationsgefühle in seinen Lebenssäften und Organen festsetzten. Manchmal öffnete er den Mund, um die Sortiererinnen anzublaffen, die verwundert über *diesen armen Heini* lachten. In Wirklichkeit handelte es sich vielmehr um einen Monolog, den er den ganzen Morgen – wie bei den verlausten Clochards an den Haltestellen der Straßenbahn – herunterleierte und den man kaum beachtete. Dieses Gesprudel von Wörtern aus seinem Mund war vielmehr eine Klage. Eine Klage, durch die er unaufhörlich wiederholte, dass er immer mehr Arbeit hatte und dass die Spinde immer voller Scheisse sind. Voller Scheisse und dass er die Schnauze voll hatte von der Scheissmaloche.

Die Wahrheit war, dass Andy schon seit mehr als zehn Jahren die Schnauze voll hatte. Mehr als zehn Jahre jeden Morgen schwitzen und schuften, ohne den Mut haben zu sagen, dass ihm der Mistjob obenhin stand. Dieser alte Knabe, der noch bei seiner Mutter wohnte, wollte niemals bei der Post arbeiten. Andy kam von der *Telekom*, wo er zu seiner Lehrzeit Techniker war. Die Privatisierung der *Telekom* hatte in seinem Leben alles über den Haufen geworfen. Seine ehemaligen Kollegen sind berentet worden, die jüngeren auf ein Abstellgleis geschoben. Sie kamen, um zu arbeiten, wenn man wegen einer Reparatur anrief, was allgemein selten war und dann gab es auch noch die anderen. Die anderen, das sind diejenigen, die von der neuen *Telecom AG* erneut eingestellt worden sind, oder die wie Andy weniger Glück gehabt hatten und wählen mussten zwischen Arbeitslosigkeit oder eben zur Post zu gehen. Mathis, der seinen Spind gleich neben seinen hatte und der ihn auf seiner Tour kreuzte, glaubte seinen Augen nicht:
»Ich ziehe es vielmehr vor, meine Augen zu schließen, anstatt ihn auf seiner Tour zu sehen. Das ist unglaublich, das muss man sehen. Er ist verrückt. Er haut rein, von Anfang bis Ende.« Mathis schüttelte den Kopf und zuckte mit den Schultern als Zeichen von Unverständnis. Der Techniker, verfolgt von einem Phantom, seine Beine, sein Muskel, seine Knochen, sein ganzer Körper, diese ganze schöne Mechanik – die er im Laufe der Tage und Wochen umzufunktionieren gelernt hatte – sträubten sich gegen die zusätzlichen Belastungen, die man ihm aufbürdete. Als Sisyphus

der Neuzeit raubte ihm jeder Tag, der verging, ein wenig Kraft, ein wenig Willen, ein wenig Hoffnung und er hegte den Verdacht, dass diese Hunderte von zu erklimmenden Stufen, diese abzureißenden Kilometer seine Gesundheit zugrunde richten würden und dass er sich schnurstracks auf den Zusammenbruch hinbewegt.

Eines Nachmittags zurück von einer Tour unter glühender Hitze, hat Hervé ihn in den Umkleideräumen im Untergeschoss überrascht. Er war im Slip und hatte gerade seine total durchnässte Kleidung ausgezogen.
»Du schwitzt ja enorm«, bemerkte er erstaunt. Andy wischte sich den Rücken mit einem Handtuch ab. Als er die Gegenwart des Franzosen bemerkte, warf er ihm alsbald einen bösartigen Blick zu. Mit seinen langen weißen Haaren, seinen bleichen Augen, seiner schweißbeperlten sommersprossigen rosa Stirn und seinem robusten Körper glich er ein wenig einem Albino. Die beiden Männer betrachteten sich einen Augenblick lang stumm. Hervé dachte, dass es seine Gegenwart im Keller – ein meistens verwaister Ort – war, die seinen Kollegen stutzen ließ. Aber in Wirklichkeit reagierte dieser so, weil er sich über seine Reaktion schämte. Dann entspannten sich plötzlich seine Lippen und ein leichtes Lächeln zeichnete sich auf seinem Gesicht ab. Nun wagte es der Albino, wieder beruhigt, das Wort an ihn zu richten:
»Ich weiß nicht so richtig, was das ist. Das kann der Blutdruck sein oder die Drüsen. Ich werde wohl Medikamente nehmen und mich in Behandlung begeben müssen. Aber ...« Andy zögerte einen Moment und lächelte dann freundlich. »Ich habe Angst, zum Arzt zu gehen«, sagte er beim Wiederankleiden. Andy war Fan vom *Hamburger SV*. Jeden Montag machte sich Lamparter und die anderen über ihn lustig. Während alle auf der Hinrunde waren, war der *HSV* das Schlusslicht der *Bundesliga*. Aber als sein Verein drei Spiele nacheinander gewonnen und sich auf den zwölften Platz hochgekämpft hatte, lächelte Andy häufiger und machte sogar langsam Kommentare über die Fußballspiele vom Samstag.

Ungefähr gegen acht Uhr dreißig schloss Hervé seine Depotsäcke, aber anstatt damit zu beginnen, die Post aus den

Spinden zu holen, um damit die Taschen zu füllen, nahm er in die eine Hand seinen Leinenbeutel, in dem er sein Frühstück hatte, und in die andere seine Thermoskanne und begleitete dann Wolfram in Richtung Treppen, die zur Kantine führten oder vielmehr zu dem leeren Raum, der als Kantine diente, als die Post noch ein Postamt war und man sich dort wohl fühlte. Nils und Mathis, mit den Füßen unter dem Tisch und die Augen in einem gütigen Himmel verloren, schienen zu träumen. Alle vier nahmen jeden Morgen von acht Uhr dreißig bis neun Uhr demonstrativ zusammen ihr Frühstück ein. Sie machten ihre Pause, erholten sich, bevor es in die Zustellung ging, während Andy und die meisten Zusteller wie die Verrückten in die Pedale traten, in aller Hast Treppen hinauf- und hinabflitzten und die Menge an Papier einsteckten, die sie so gut wie möglich auf ihrem Fahrrad verstaut hatten. Kurzum, sie gossen, ohne es zu wollen, weiter Wasser auf die Mühlen derer, die mit dem Taschenrechner in der Hand in ihrem gut geheizten Büro am Abbau ihrer Tour arbeiteten.

Der Zusteller Nagel hat seine Pedalen verloren

Im Sommer konnte die Sonne scheinen, die Vögel singen, die Müllmänner scherzen oder die Kinder auf Bierdosen hauen, nichts konnte seine Stimmung ändern. Nichts konnte ihn aufheitern seit dem Tag, als er seinen Fuß in dieses verdammte Postamt gesetzt hatte. Hervé war dem Heulen nahe und robbte unablässig gegen die Staumauer an, die Millionen von Kubikmeter aufgestauter Wut und Aggressivität in ihm zurückhielt. Aber was tun, um sich von diesen Knoten zu befreien, die sich überall ein wenig in seinem Verdauungstrakt gebildet hatten? Er hatte fünfzig Jahre hinter sich und von Bettnässen geplagt, hatte er nicht mehr den Mut und die Kraft, dem Tag in einem fairen Kampf die Stirn zu bieten.

Voilà, nun war er also mit dem Zusteller Frank Nagel unterwegs, *um das Terrain zu inspizieren und seine neue Tour kennenzulernen*, wie Wolf es ausdrücken pflegte. Am ersten Tag war das schmächtige Kerlchen mit dem Bürstenhaarschnitt schlechter Laune. Er begnügte sich damit, ihm in erster Linie einige Erklärungen über gewisse Besonderheiten der Zustellung in diesem Industriezentrum zu machen und auch die *schwierigen Kunden* zu benennen, die für jede noch so geringe Kleinigkeit das Postamt anriefen, um sich über diesen *Typ in Postuniform* zu beschweren: der es vergisst, die Gartenpforte hinter sich zu schließen, der immer zu spät kommt und sich nicht entschuldigt, der nicht mehr netterweise die Post auf die dritte Etage bringen will, der nicht unseren netten Hund mag, der niemand etwas tut, und der noch nicht einmal Briefmarken bei sich hat, der unfähig ist, Einem zu sagen, wo das nächste Postamt ist, der sogar nicht weiß, warum die Schalter plötzlich zwei Tage in der Woche geschlossen sind oder der auch schon am Morgen eine Floppe zieht, obwohl es doch so ein schöner Morgen ist.
Nagel hatte eine sehr spezielle Art, die Zustellung per Fahrrad zu erledigen. Er war sehr agil und setzte nur einen Fuß auf den Boden, wenn es unbedingt sein musste oder er hinfiel. Die Treppen, die

kleinen Wege, die Einbahnstraßen, die Hindernisse aller Art, nichts schreckte ihn ab. Er war nicht nur ein Akrobat auf dem Fahrrad, ein Weltmeister im Cross-Country, sondern in seinem Geschicklichkeit-wettbewerb auf dem Trapez hatte er auch die Gabe, um sich herum Leere zu schaffen. In Wirklichkeit war das keineswegs zum Missfallen von Hervé. Dieser konnte sich somit in aller Ruhe hinter einem Baum oder einer versteckten Mauer erleichtern. Es war der Gnade einer Pinkelpause für den einen und einer Zigarettenpause für den anderen (Nagel hatte vorher sein Querfeldein-Rennen hier und da in der Siedlung gemacht) zu verdanken, dass die beiden Postler schüchtern ein Gespräch begannen. Nagel auf den Wolken schwebend und mit dem Rücken zum Lenker auf dem Gepäckträger seines Fahrrads sitzend, summte eine bekannte Melodie, wobei er nervös und regelmäßig mit dem Fuß auf den Boden trat.

Als Hervé ihn fragte, ob er Junggeselle wäre, warf er ihm einen verblüfften Blick zu und wäre fast auf den Boden gefallen, aber er fing sich profimäßig am Sattel seines Zweirades. Der Springer holte sich nicht ein. Das war, als hätte man ihm einen Kieselstein mitten ins Gesicht geworfen. Plötzlich wusste er nicht, wo er anfangen sollte. Aber da er nicht im Postamt war und keine Flasche Bier zum Kippen hatte, warf er, nachdem er wie ein Junkie an seinem Glimmstängel gezogen hatte, seine Kippe weg, schien mit ernster Miene in den Tiefen seines Gedächtnis‘ zu graben und dann willigte er ein, etwas heiterer gestimmt, um nicht mit leeren Händen dazustehen, ihm *ein Stück seines Lebens* zu erzählen.
»Ich bin geschieden und seitdem meine Frau mit einem anderen Typen lebt, hat sie mir verboten, meine beiden Töchter, Zwillinge von dreizehn Jahren, zu sehen. **Das Miststück**.«
Aber du hast ein Besuchsrecht?«
»Ja, aber **das Luder** hat ihnen gesagt, mich nicht mehr zu besuchen. Ich seh' sie trotzdem von Zeit zu Zeit in der Stadt, weil sie nicht weit von *Linden* wohnt, wo ich meine Wohnung habe. Eine Wohnung, das ist zuviel gesagt. Das ist gerade ein Zimmer mit einer Kochnische. Seit der Trennung erlauben mir die Alimente, die ich ihr gebe, gerade so zurechtzukommen. **Das Arschloch**.«
»Bist du Beamter?«

»Ja, ich war mehr als zehn Jahre in der Paketzustellung, aber als der Dienst privatisiert worden war, wollten sie alle Beamten in den Vorruhestand setzen. Bei mir wollten sie auch, dass ich zuhause bleibe. Stell dir mal vor, mit achtunddreißig in den Vorruhestand! Mit 650 Euro in der Tasche! **Die Halunken**! Mein Vater hat früher aufgehört zu arbeiten, aber das war, weil er sehr krank war. Aber ich bin kein Nichtstuer. Ich kann noch arbeiten. Also habe ich die Angelegenheit vor die Sachverständigen gebracht, die mir recht gegeben haben. Die Post musste mich wieder einstellen, aber dieses Mal im Briefzustelldienst. **Die Mistkerle**.«
»Und trotz deiner langen Betriebszugehörigkeit bist du kein Stammzusteller geworden?«
»Ach, Weißt du ... Öh, ich hatte einen kleinen Autounfall ... Ich hatte Alkohol im Blut ... Das hat gereicht. Ja, stimmt, von Zeit zu Zeit genehmige ich mir einen kleinen Schluck. Aber nichts Schlimmes«, gestand er lächelnd. Aber er beeilte sich stolz hinzufügen:
»Aber hier, haben die Heijopeis gesehen, dass ich anpacken kann. **Die Arschlöcher**.«

Einer, der zupacken konnte, das war Nagel. Übrigens war er stolz darauf, das er einer der besten unter den Vertretungen im Postamt war und *flott* dabei. Einer, der fast alle Touren kannte und einer von denen, die sich immer freiwillig meldeten, wenn ein Kollege am Morgen anrief, um anzukündigen, dass er krank sei und nicht käme. Auf alle Fälle meckerte er der Form halber, aber er ging los wie immer und erledigte die vakante Tour. In dem Maße kleinmütig und beeinflussbar, in dem seine Chefin Lena Krüger über seinen Alkoholmissbrauch hinwegsah, konnte Nagel, in die Falle gelockt, nicht ablehnen. »Das war«, so sagte er »um ihr eine Gefälligkeit zu tun.« Sogar im Urlaub war er dienstbereit. *Wenn Not am Mann war.* Er beeilte sich den verwunderten Kollegen, die ihn sahen, hinzufügen, dass er gemäß dem Wahlspruch *im Urlaub auf Abruf* jederzeit seinen Dienst aufnehmen konnte, wenn jemand ausfiel.
»Man muss bekloppt sein, um sich auf diese Art hinters Licht führen zu lassen«, dachte Hervé. Aber nach gehörigem Nachdenken erkannte er: so machten es schließlich alle.

Am Samstag musste in der 44 der letzte Zusteller, der von der Zustellung kam, Fenster und Türen sowie das Portal hinter sich verschließen. Das war so vorgesehen, Lena Krüger wollte es so. Fast immer klotzte Frank Nagel, ohne zu wissen warum, mächtig ran, um unter den ersten zu sein, die fertig waren. Er kam erschöpft und schweißgebadet von seiner Tour zurück. Trat in das Büro der Chefin, rauchte eine Zigarette und trank eine, dann zwei, drei Flaschen Bier, eine nach der anderen. Während seine Chefin die Planung für die nächste Woche machte, ging Nagel zu den Briefträgern Gerdes und Schmidt, die gerade kamen. Zusammen leerten sie zwei Biere und meckerten, weil sie mehr als eine Stunde auf ihr Depot gewartet hatten. Gerdes regte sich über eine Sekretärin im Büro auf:
»Dieses Arschloch hat eine Riesenzeit gebraucht, um die Post durchzusehen. Als wenn ich nichts anderes zu tun hätte.« Ein Samstag unter dreien, wenn ihn die Trübsal ergriff, zog es Nagel vor zu warten, bis der letzte Kollege von der Tour zurück war, um das Gitter des Postamts abzuschließen. Was hätte er sonst auch in seiner kleinen Wohnung machen sollen, in der niemand ihn erwartete? Trübsal blasen? Grillen fangen? Seine Frau, *dieses Miststück,* war nicht mehr da, um ihm zu sagen, dass er sich um die Mädchen kümmern oder das Wochenende mit der Familie planen sollte. Also hatte er die Qual der Wahl zwischen dem Postamt und den vier Mauern seiner zwanzig Quadratmeter, den Arbeitskollegen oder der Einsamkeit, zwischen den Scherzen von Lamparter oder Brezek, den *guten Worten* und dem Schulterklopfen von Lena Krüger und der unerträglichen Leere, die sein Gewissen quälte, und er hatte sich entschieden. Wenn nun das Bier so seine Wirkung getan hatte, dass er nicht mehr in der Lage war, zur Straßenbahnhaltestelle zu gehen, während alles sich um ihn herum drehte, schwankte er, um dann auf dem Sortiertisch zusammenzuklappen, wobei er seinen Kopf auf seine Hände legte, und schlief dort schnarchend bis zum Morgen. Wenn er inmitten der Nacht aufwachte, wartet er auf die erste Straßenbahn am Sonntagmorgen und zwängte sich wie ein Unglücklicher mit leerem Magen in einen Wagen hinein, der seine Einsamkeit von Haltestelle zu Haltestelle bis zur Endstation schaukelte.

Nach drei Tagen hatte Lena Krüger entschieden, dass Hervé fähig war, sich allein auf seiner neuen Tour zurechtzufinden. Der Pool der Aushilfen war erschöpft und wie immer brauchte sie Nagel unbedingt. Nach der Pause stieg der Postler in Begleitung von Wolfram die Treppen der ehemaligen Kantine herunter. In voller Fahrt gestoppt, wunderten sie sich, dass die dünne Gestalt von Frau Waltraud, die zweimal in der Woche Treppen und Toiletten gereinigt hatte (Ihr Mann, Postler, war früh verstorben, sie füllte am Monatsende mit dem Putzen ihre Kasse auf), von einer fürchterlich dicken und kleinen Person ersetzt worden war. Von nun an schleppten zwei nackte Füsse in Sandalen mit Zehenriemchen eine zu einem erbärmlichen Hungerlohn entlohnte Aushilfe – riesiges Hinterteil und kaum sichtbarer Kopf – bis zur ersten Etage. Unterdessen machten sich draußen unter einem bedeckten Himmel ein Gutteil der Zusteller, Kopf auf den Lenker gebeugt und in den Pedalen stehend – Hunderte Kilowatt mit jedem wilden Pedaltritt – wie blind in dem Moment auf, in die Straßen der Stadt zu fahren, als Hervé gerade damit fertig war, seine Taschen zu füllen, und den Fahrstuhl nehmen wollte. Ein Blick durch das Fenster und er konnte *die Kröte*, seinen Tischnachbar, sehen, der pflichtgemäß seine Uniform zuknöpfte, bevor er auf Tour ging. Letzterer nahm denselben Weg wie er, um zu seiner Tour zu kommen. Aber Hervé, kaum geneigt ihn zu begleiten, drehte es immer so hin, dass er später abfuhr oder dass er strampelte wie ein Verrückter, wenn er die Gegenwart der *Kröte* in seinem Rücken verspürte.
Der Franzose musste die Straßenbahnlinie Zwei nach Garbsen entlang und dann drei Kilometer durch die *Alte Stöckener Straße* bis zu den Sozialwohnungen fahren, die nahe der Bundesstraße 2 aufgereiht sind. Ihre Bewohner, meistens Russen oder aus den Ländern der ehemaligen Sowjetunion stammend, verschmähten es, ihm zu antworten oder ihn zu grüßen, und er vermied es, sich zu lange an diesen Orten aufzuhalten. Die einzige Person, die ihm einen heiteren Blick zukommen ließ, war Frau Neumann. Eine der wenigen Deutschen, die in dieser Siedlung mit ihren Bruchbuden übrig geblieben war.

Bei Frau Neumann im *Parlweg 5 B*

Wie eine Schildwache mit dem Ellenbogen auf der Fensterbank grüßte sie ihn mit einer Handbewegung aus der ersten Etage. Egal, wie spät es war, sie war immer da, wenn er kam, um ihn mit einem freundlichen Wort zu empfangen. Schon seit fünf Jahren Witwe, wohnte sie allein in ihrer Zweizimmerwohnung am *Parlweg 5B*. Sie hatte wohl ihre kleine Tochter, die sich um sie kümmerte, wenn diese sie am Wochenende besuchte, aber in der letzten Zeit wurden ihre Besuche immer seltener, seitdem sie schwanger war. Frau Neumann hatte ein so sanftes, gelegentlich charmantes Naturell und versäumte es niemals, ihm ein Stück Schokolade oder einen Euro in die Hand zu geben, wenn er mit ihr ins Gespräch kam. Eine Morgens aber hatte sie zu seiner großen Verwunderung schlechte Laune. Mit den Ellenbogen auf dem Treppengeländer versuchte sie ihrem Nachbarn auf der zweiten Etage, dem riesenhaften Yurij Schtscherbakow zu erklären, dass die Blumen, die auf dem Geländer ihres Balkons standen, im Verlaufe der Nacht angesengt worden waren. Es war nicht das erste Mal, dass eine Party der benachbarten russischen Kolonie zu einem Wochenende bei den Schtscherbakows auserkoren wurde, um auf dem Balkon zu grillen. Sogar im Winter bei unter sechs Grad hatte sie sie bis zum Morgengrauen grölen und singen, trinken und lachen gehört. Es war nicht so, dass sie Klagen gegen sie hegte oder ihren Stil zu leben und zu feiern mit scheelen Augen ansah, aber wenn sie sich damit vergnügten, alles, was ihnen unter die Hände kam, von der zweiten Etage zu werfen, hatte sie es satt, am nächsten Morgen sauber zu machen und die auf den Rasen von gegenüber geworfenen Wodkaflaschen einzusammeln. Wenn die Jungen auch deutsch verstanden, unterhielten sich die Alten nur auf russisch, kauften russisch, aßen russisch, lebten russisch und soffen sich voll wie die Wilden. Es war also schwierig, von ihnen was auch immer zu erwarten. Sogar nicht einmal einen *Guten Tag*. Misstrauisch beobachten sie dich teilnahmslos mit *ihren Kartoffelköpfen.* »Als wenn du es wärest, der von einem anderen Planeten kommt«, beeilte sich Frau Naumann hinzuzufügen. Ihre Nachbarin vom Treppenabsatz Svihana Nadtochayeva, auch sie sagte nicht viel, wenn sie sie sah, aber wenigstens trafen sie sich im Kaufhaus *Plus*. Diese lächelte ihr zu und gab ihr mit Gesten und Mimik und den wenigen Wörtern Deutsch, die sie wagte auszusprechen, zu verstehen, dass sie ihr gerne helfen würde, ihre mit den eingekauften Lebensmitteln vollgestopften Einkaufstaschen nach Hause zu tragen. In Gegenwart dieser sowjetischen Familien, die grüppchenweise gegenüber dem Kaufhaus vor ihren Fahrzeugen zusammenstanden – die Männer mit ihren schwarzen Lederjacken und ihren Wollmützen auf dem Kopf, die Frauen meistens korpulent und in ihre Wintermänteln eingepackt – fühlte sich die alte Frau unwohl.

Als sie eines Morgens wie jeden Tag zur gewohnten Zeit ihre Einkäufe machte, hörte sie ein Bremsgeräusch von einem Fahrzeug, das in letzter Sekunde vor dem Fußgängerüberweg zum Halten kam. Ein gebückter alter Mann hatte urplötzlich auf unvorsichtige Weise die Straße überquert. Einer der jungen Männer, der sich mit seinen Kumpanen unterhielt, sagte mit lauter Stimme auf deutsch wie aus der Pistole geschossen:
»Scheiße, warum hat er gebremst. Das wäre ihm eine Lektion gewesen!«
Diese Worte hatten sie zutiefst erschüttert. Und das umso mehr, als dass sie aus dem Munde des Sohns von Wladimir Azawow kamen, den sie an der Stimme erkannte. Dieser lebte mit seinen Eltern am *Parlweg 5c*. Bis jetzt hatte sie ihnen während der vier Jahre, seit sie dort lebten, keinerlei Vorhaltungen zu machen. Von nun an änderte sich ihr Urteil, radikalisierte sich sogar, und sie, meistens diskret und zurückhaltend, hielt sich nicht mehr zurück, um zu sagen, was sie von den ganzen Russen hielt, die vorgaben mehr oder weniger entfernte deutsche Ursprünge zu haben, aber kein Wort in ihrer Sprache sprachen.
Und dann hatten sie von nun an nicht nur die gleichen Rechte wie sie, sondern sie wurden mit Privilegien, Vorteilen und günstigen Krediten empfangen. »Das ist wirklich abartig!« grummelte sie und empfand das Ganze als eine Ungerechtigkeit. Sie mit einer Rente,

mit der sie gerade mit allergrößter Not zurecht kam. Sie hatte auch in den Artikeln der *Bild-Zeitung* gelesen, dass die jungen deutsch-russischen Emigranten – kriminell in in ihrem Herkunftsland – den Prozentsatz der Delinquenten in Deutschland hochschnellen ließen. »Aber was machte die leutselige Regierung, verflixt nochmal? Alles Faulenzer!«

Seit sie sich einmal pro Woche mit einigen alten Nachbarinnen vom Viertel traf, um in der Kneipe *Zur geselligen Ecke* Karten zu spielen, gingen die Diskussionen flott los und die leisen Stimmen aus der Straße wurden, bei einem *Eierlikör* oder einem *Kaffee-Korn* in der Wärme des Hinterzimmers, indiskret und redselig.
»Der Fehler liegt vor allem bei der *Regierung Kohl*, die nach der Wiedervereinigung des Landes für alle die Grenzen offen gelassen hat und insbesondere für die Opportunisten jeglicher Sorte, die insbesondere aus den Ländern der ehemaligen Sowjet-Union kommen«, behauptete der Bäcker im Ruhestand, Edgar Schmidt.
Und Lutz Marten:
»Diese Leute wollen nichts machen und denken an nichts anderes, als sich auf unsere Kosten zu bereichern. Sie bekommen ihre Arbeitslosenunterstützung, aber leisten nie den Aufforderungen der Bundesanstalt für Arbeit Folge. Das erstaunt niemand, denn sie arbeiten schwarz! Außerdem meinen sie, dass es genügt, wenn sie die Hand aufhalten, um staatliche Hilfe zu erhalten. Sie wollen nicht verstehen, dass man auch hier im Schweiße seines Angesichts das Brot verdient.« Seine Frau, die gerade ihr *Brötchen* gegessen hatte, wandte dagegen mit vollem Munde ein:
»Ach nein, man kann das doch nicht verallgemeinern. Olena und Alexander Nikilina, meine Nachbarn, arbeiten wie die Verrückten, sogar sonntags, um selbst oder mit dem Onkel oder Cousin ihr eigenes Haus zu bauen. Sie opfern sich auch auf, um ihrer Tochter Tatjana privaten Musikunterricht zu bezahlen. Beide arbeiten im Industriezentrum und verpacken den ganzen langen Tag Käse und Yoghurt in Kartons. Eine Arbeit, die weder Sie noch ich akzeptieren würden. Und dann fährt er Taxi, während sie in der Nachbarschaft putzen geht. Julia, meine kleine Tochter, die mit Tatjana in die Schule geht, erzählt, dass diese oft traurig darüber ist, dass sie ihre

Eltern so wenig sieht. Sie isst die meiste Zeit allein in der Küche. Glücklicherweise bruzzeln sie zusammen ein warmes Gericht, wenn ihre ältere Schwester rechtzeitig von der *Realschule* kommt.«

Der Franzose hatte eine geteilte Meinung darüber, er hütete sich allerdings davor, in der Öffentlichkeit ein vorschnelles Urteil abzugeben. Die Freunde der jüngsten Zeit blieben bei allen Umgestaltungen und Umwälzungen vor allem doch einfache Kunden.
»Ich bin doch nicht verrückt! Die Russen sind doch überall, man kann nie wissen! Natürlich bin ich auch verwundert, bei der Postzustellung diese traurigen Gesichter mit den gleichgültigen und stumpfsinnigen Mienen zu sehen, wenn ich mit dem Fahrrad vorbeiradle. Nicht einmal ein *Morgen* noch ein *Dobry den'* auf russisch lässt sie aus ihrer Regungslosigkeit erwachen.« Hervé hätte liebend gerne eine boshafte Spitze in ihrem Blick entdeckt, ein spöttisches Lächeln, ein Quentchen Humor im Satz. Kurz, ein wenig menschliche Wärme, mein lieber Gott! Ein Lebenszeichen, irgendwas ... »Einmal böse ausgedrückt, würde ich sagen, dass alle Russen hier in ihrem Blick diese unendliche Traurigkeit haben, die zusammen mit dem Grau der trostlosen Tage meine tägliche Landschaft verunstalten und mich manchmal in eine längere Zeit dauernde Melancholie einhüllen. Aber das behalte ich lieber für mich. Fürs Erste muss ich mich daran gewöhnen. Andere Zeiten, andere Sitten.«

Hubertus, der Pförtner vom *Lauckerthof 12*

Mit Ausnahme von Samstag, dem freien Tag, erwartete Hubertus, der Pförtner vom *Lauckerthof 12* den Postler immer mit einem Lächeln vor der Batterie von Briefkästen. Dieses große Gebäude war von etwa sechzig armen Seelen bevölkert: Obdachlosen, Arbeitslosen, Rentnern und Ausländern. Hubertus war für die einen der rettende Engel und für Hervé ein Glücksfall. Mit vernünftigen Ansichten und wachsamem Blick war er Garant des Friedens und des guten Funktionierens *seiner kleinen Gemeinde.* Wenn ein Bewohner ein- oder auszog, verschied oder provisorisch hinter schwedischen Gardinen verschwand, kümmerte sich der Pförtner um die Post, indem er die Stelle für Postlagerndes oder als Briefträger vom Dienst ausfüllte. Ein Glücksfall für Hervé:
»Sollte Hubertus eines Tages seine Funktion als Postverteiler niederlegen, bin ich sicher, dass sie mein Fahrrad kaputt machen, wenn ich mir erlauben würde, ihren Scheck mit der Arbeitslosenhilfe zurückzuschicken«, dachte der Franzose. Nachdem er die Drogerie hinter sich gelassen hatte und im Gebäude verschwunden war, sah er sie von der Straße aus, zusammengedrängt vor der Briefkastenbatterie wie die Bienen um den Bienenstock. An jedem Ersten des Monats musste Hubertus eingreifen, um die Ordnung wiederherzustellen. Wohlmeinend riet er ihnen, zum Büro zu kommen, um die Miete zu bezahlen und in den Supermarkt *Plus* zu gehen, um einzukaufen, bevor sie in der Kneipe *Zur geselligen Ecke* verschwanden, um ihr Geld zum Fenster herauszuwerfen. Mit Ausnahme von Holger, dem Exzentriker und ältesten Rentner des Wohnheims, nahmen sie alle an dem einem oder anderen Tag Hubertus in Anspruch, wenn das und das nicht ging, wenn sie einen Rat benötigten, um *ein wenig Ordnung* in ihr Leben zu bringen, oder ganz einfach, weil sie einen großen Stein auf dem Herzen oder den Kopf voller Probleme hatten. In ihrer Einsamkeit schlugen sie sich

inkognito in ihrem Quartier durchs Leben. Hubertus schüttelte seinen Kopf darüber und konstatierte bitter:
»Seit zwei oder drei Jahren gibt es immer mehr solcher Hungerleider. Und immer mehr junge. Wir sind gezwungen einige abzuweisen, weil es hier keinen Platz mehr gibt.«

An einem verregneten Morgen musste Hervé, bevor er sich wieder auf sein Fahrrad schwang, auf den großen Holger warten, der ihm mit einem schelmischen Lächeln auf den Lippen entgegenkam.
»Guten Tag, Herr Postminister!« warf er ihm entgegen. Holger erhielt jeden Tag eine unglaubliche Menge an Reklame. Prospekte aus der ganzen Welt. Werbung, bloße Werbung – für neue Produkte, sensationell, billig, aufschneiderisch und gedruckt auf farbigem Hochglanzpapier, zu Schleuderpreisen, Räumungsverkauf, spottbillig. Werbung – in Form von Papierbögen in verschieden Formaten, zerknittert, angesengt, zerrissen, durchnässt, zusammengehäuft oder als Flugblätter auseinandergefaltet, am Gartengitter hängengeblieben, verstreut auf dem Flur eines Gebäudes. Werbung – die Rasenflächen der Supermärkte bedeckend, überquellend in den Mülleimern, wie kleine Teppiche den Rasen der Spielplätze bedeckend, aufgehäuft auf den Treppen. Werbung – geklebt auf Essensresten und entfärbt in den Tiefen der Müllschlücker. Werbung – ergänzt durch das Fernsehprogramm oder das Kreuzworträtsel und wöchentlich auf dem TV-Bord oder dem Regal der leichten Lektüre liegend und auf dem Nachttischchen ruhend, auf dem manchmal eine Brille, öfter ein Stift oder ein Papiertaschentuch zum Schnäuzen der Nase liegt. Werbung – von einem Fernsehstar angepriesen oder von einem textillosem Pin-up mit gefrorenem Lächeln. Werbung – in der Ecke einer Baustelle, eines Gehölzes, einer Latrine, für die eilige Notdurft, bedeckt mit Exkrementen.

Holger hatte die Manie, eine Unmenge an Sachen zu bestellen, die nicht nur schwerlich ihren Platz im Esszimmer fanden, weil sie doppelt waren, sondern die unglücklicherweise sehr schnell verstaubten, plötzlich im Weg waren oder infolge eines Defekts oder Konstruktionsfehlers verschwanden: Mini-Hi-Fi-Anlagen, Miniradios mit Multifunktionen, Papierschneider, Schlüsselanhänger mit Holgers Initialen, Postkarten, mit den Füssen gemalt, Visitenkarten oder Aufkleber mit seinem Namen. Kurzum, alle Sorten von Objekte, die er in einem Katalog, in einem Kaufhaus oder im Fernsehen gesehen hatte und die er gegen Nachnahme bestellte. Wenn Hervé zu ihm kam, um zu kassieren, gab Holger stets vor, dass er kein Geld hätte oder eben dass er überhaupt nichts bestellt hätte. Der Postler sah sich dann also gezwungen, die Sendung an den Absender zurückzusenden und musste sich zurückhalten, um nicht zu sagen, dass er nicht sein Lakai wäre. Mit seinem schlacksigen Gang, seinen kugelrunden kleinen Augen zu beiden Seiten einer Clownsnase ließ dieses große Lockenköpfchen mit dem Unschuldsblick – auch wenn er in einem Moment seines Lebens eine ehrenwerte Tätigkeit ausgeübt haben mochte – Betrug, Bosheit und Gaunerei durchschimmern.

Als Valentin eines Tages Hervé auf seiner Tour vertrat, kam ihm folgende Neuigkeit zu Gehör: Der Russe, der ein Paket von fünfzig Zentimeter Länge als Nachnahme für den ungehobelten Klotz hatte, bekam einen seiner Wutausbrüche, als dieser mit einem Lächeln auf den Lippen und, als wäre es das Natürlichste der Welt, vorgegeben hatte, dass er kein Geld bei sich, dann beim zweiten Durchgang sich damit entschuldigte, dass er kein Kleingeld hätte. Aber Valentin sollte am nächsten Tag wiederkommen, weil das eine wichtige Bestellung war! Sagte der andere. Am dritten Tag, eine Nacht überschlafen, hatte Holger nachgedacht und entschieden, dass er die Sendung nicht mehr haben wollte! Hubertus mit lauter Stimme:
»Wenn ich nicht rechtzeitig gekommen wäre, hätten sie sich in die Haare gekriegt.« Holger machte sich lustig darüber, als er den armen Valentin mit seinem Paket kommen sah, aber dieser verstand nicht, dass das alles ein Spiel war. Er biss nicht an, wollte nicht verstehen und ihn erwürgen.
»Valentin ist ein Russe und in Russland scherzt man nicht darüber«, sagte ihm Hervé. »Im Postamt ist das ein wenig ähnlich. Man muss aufpassen, was man sagt, weil der andere, empfindsam und unerfahren in diesen verbalen Spielchen wie er ist, sofort wutentbrannt die Fäuste ballt oder die Waffe zieht«, gab der Postler hinzu.

Bevor er seine Runde fortsetzte, ging Hervé einmal in der Woche ins Büro von Hubertus, um die neue Liste der Rentner im Heim zu erhalten. Dann machte er sich wieder auf den Weg. Wenn sein Depot da war, hielt er meistens an der Tankstelle inne, um sich zu erholen. Im gegensätzlichen Fall ging er bis zur Bäckerei weiter, wo er Kaffee trank und zwischen zwei eiligen Kunden ein paar Worte mit der Angestellten wechselte. Er wusste nicht besonders warum, aber jedes Mal, wenn er sich an diesem Ort befand, ergriff es ihn mit Macht. Er fühlte sich nicht so recht wohl. Das kollerte es seinem Bauch und es brodelte in seinem Kopf. Er war nicht auf der Höhe, ohne sehr zu wissen warum. Zweifelsohne Übelkeit. Dann ging er lieber hinaus, um allein zu sein. Aber allein zu sein, ist nun schnell gesagt, denn rechts neben der Bäckerei befindet sich das Kaufhaus *LIDL,* und alle diese Russen gingen dort mit ihren Einkaufswagen rein und raus, hin und her, bis oben hin gefüllt mit Tiefgefrorenem, Fertiggerichten und billigen Getränken, die sie überall in ihren Fahrzeugen verstauten, sogar auf den Knien der Kinder, die hinten saßen und sich auf die Coca-Cola-Flaschen stürzten. Der Postler hielt es dann für ratsam, sich zu verdrücken, bevor man auf dem von all diesen Leuten bevölkerten Parkplatz auf ihn losgehen würde.

»Scheiße! Was bin ich doch für Einer, dass ich das Ostertor, Peter, Annemarie und die anderen verlassen habe. Da gab es Leben, Atmosphäre. Es war immer schönes Wetter und die Leute grüßten mich, wenn sie mich sahen. Das war nicht so wie hier. Hier in *Stöcken* gibt es nichts als Alte und Russen im gleichen Alter ... Das ist die Wüste Gobi oder der Rote Platz. Man trifft niemanden ... Oder dann ist alles schwarz von Menschen. Und die Kollegen sprechen nicht davon ... Ach, welches Hundeleben, hier zu arbeiten! Man langweilt sich wie ein Nachtwächter. Ich treffe wohl Kinder, die zur Grundschule gehen, aber das ist alles. Wenn sie während der Pause im Hof spielen und alle auf mich zukommen, dann reicht es, dass ein einziges Kind mich fragt, ob ich Post hätte, damit die anderen aufkreuzen. Dann sind sie ein Haufen Gören, die mich nicht gehen lassen. Alle wollen sie Post haben, dabei können sie noch nicht einmal lesen!«

Beim Klingeln, das den Unterrichtsbeginn ankündigte, gelang es ihm, sich zu retten. Hatte er erst einmal die Post an der Schule abgegeben, einen kleinen Wald durchquert und die Briefe in der gottverlassenen Siedlung *Stöckener Bach* ausgetragen, machte er eine Pause und setzte den Fuß auf den Boden. Er setzte sich auf eine Treppenstufe und betrachtete die großen Bäume, die mit ihren Ästen große Zeichen in den Himmel schrieben, um einen erschienenen Engel zu begrüßen, und vieles hergaben, wenn der Wind sie neckte: einen Haufen von lästigen Dingen wie Nüsse, Rindenstücke, Blätter, Kiefernnadeln, Splitter, verschiedene Zapfen, Zweige und Maronen, die immer auf den Verdecks der Fahrzeuge aufprallten, weniger häufig auf der Straße und ganz selten auf den Köpfen der Leute. Er saß da, den Kopf zwischen den Händen, die Ellenbogen auf den Schenkeln. Träumerisch beobachtete er einen Moment lang den Platz neben dem Parkplatz, dort, wo gerade einer vom Stamm der Jäger und Sammler, ein *Flaschensammler* mit Hilfe eines Besenstiel, an dem ein Stück Stoff gebunden war, versuchte, leere Pfandflaschen aus den Müllcontainern zu fischen. Auf die Straße geworfen wie viele andere, überlebte er mit dem, was die Leute weggeworfen hatten. In der ganzen Welt wirft die Wirtschaftskrise mit vollen Händen: Verzweifelte Arbeitslose werfen sich in Japan vor die U-Bahn, man wirft mittellose Delinquenten in Brasilien ins Gefängnis, näher bei uns wirft man lästig gewordene Hunde auf die Autobahnen, man wirft Mutti mit ihrem Krimskrams in ein steriles Altersheim, man wirft *Papierlose* in schmutzige *Schuhkartons*, und man wirft unerwünschte Migranten ins Meer, aber man wirft auch großzügig mit Versprechen und schönen Worten um sich und ebenso wirft man Sand in die Augen, um ins Grübeln gekommene Einwohner zu beruhigen. Manager von Unternehmen werfen das Handtuch oder ihre Angestellten vor die Tür, die Regierung wirft Geld aus dem Fenster, um ein gewagtes Projekt zu unterstützen, oder wirft alles auf die Waagschale, um das Gesicht nicht zu verlieren. Überall werfen sie aus Herzenslust, und wenn sie damit aufgehört haben, sich alles an den Kopf zu werfen, was ihnen lästig ist, dann wirft man sich ins Bett, um nicht mehr daran zu denken.

Als das Kerlchen mit den grauen Haaren, über seinen Lenker gebückt, ihm erreicht hatte, fragte ihn der Postler:
»Wie viel bringt Ihnen das am Tag so, das Flaschensammeln?« Der kleine Mann dreht sich langsam um, lächelte und sagte:
»Zwei Euro am Tag, nicht mehr. Manchmal drei, aber das ist eher selten.«
»Sie können also davon nicht leben?«
»Nein, aber ich habe eine kleine Rente. Dieses Geld hier ist für meine Tochter. Um ihr zu helfen, ihre Lehrzeit als Pflegerin zu bezahlen.«

Er war gepflegt, das Gesicht rasiert und trug saubere Kleidung. Mit seinem alten Fahrrad mit den Plastikbeuteln an beiden Seiten des Lenkers und entsprechend links und rechts am Gepäckträger, vermittelte er den Eindruck, als würde er den Dreharbeiten eines Schwarz-Weiß-Films der Nachkriegszeit entsprungen sein und sich jetzt schleunigst nach Hause begeben, um diesen bei sich im Farbfernsehen zu schauen.
»Viel Glück«, rief ihm Hervé nach, als er ihn wegfahren sah. Der Alte hob eine Hand gegen den Himmel und verfolgte auf einem schmalen Weg im Zickzack zwischen Wasserpfützen, bei jedem sich bietenden Hindernis auf dem Sattel seines Rades hüpfend, seine Richtung – gleichgültig gegenüber den Fahrzeugen, die auf einer Seite in Richtung Stadt rasten, und taub gegenüber dem Spott der Gören, die auf dem Bürgersteig auf der anderen Seite Rabatz machten. Der Kerl machte sich über alles lustig, was um ihn herum geschah, hielt an jedem Container und setzte seinen Weg ohne einen Blick für den anderen fort. Ein anderer in einer anderen Stadt hätte ebenso gut sein Elendskompagnon sein können. Das war der große Magere, der immer die Hauptstraßen des *Ostertor-Viertels* in dem Augenblick durchwanderte, wenn der Franzose seinen Weg kreuzte. Einen Schlafsack unter dem Arm, lange und schmutzige Haare, Stoppeln im Gesicht, so führte er den ganzen Tag lang Selbstgespräche, wobei er sich an den Häusern entlangschlich. Manchmal geriet er auch in Wut, aber das war gegen sich selbst gerichtet. Der Kerl, er hätte keiner Fliege etwas zuleide getan. Mit einem Besen und Zeitungen reinigte er den ganzen Tag lang die

schmutzigsten Orte des Viertels: rund um die Mülleimer, in der Nähe der Verkaufsbuden, an den Kreuzungen sowie die Rinnsteine vor den Kneipen. Wer war er? Das war allen piepegal. Wovon lebte er? Niemand wusste es. Wo schlief er? Gewiss an der Seite des Gebäudes vom ehemaligen Fundamt. Sommer wie Winter fegte er ohne Aufzuhören in den Geschäftsstraßen, unterstützt in seiner Arbeit vom Wind, der nach Herzenslust blies, und beschenkt von einigen großzügigen Seelen, die ihm einen neuen Besen anboten, dessen kaum übliche Verwendung als Kleiderständer, erst einmal gegen eine Mauer gelehnt, ihn völlig zufrieden stellte.

In einer verlorenen Gegend in der Nähe der Autobahn

Bevor er die drei unendlichen Kilometer durchfuhr, die ihn vom Viertel *Auf der Horst* trennten, hatte der Postler immer die Gewohnheit, das Treiben der Wolken im Himmel zu beobachten. Auf einem Vorgebirge in der Nähe der B6 verfolgte er mit den Augen dieses unheilschwangere Wolkengetürm und entschied im letzten Moment, sich entweder in die Bäckerei zurückzuziehen und einen zweiten Kaffee zu trinken oder die Gefahr zu ignorieren, mit der Bekleidung von *Fantomas* zwischen den Tropfen hindurchzufahren und geradeaus zu strampeln. Einmal war er von einem Regenschauer überrascht und – bis auf die Knochen durchnässt, zähneklappernd und durchgefroren – schwer gestürzt. Eine Lenkerwendung im letzten Moment hatte ihn vor einem Sturz in den Kanal gerettet.

Das auch genau an derselben Stelle. gerade vor der kleinen Brücke, die die Autobahn in Richtung Berlin überspannt, wo er anfangs des Jahres auf Glatteis ausgerutscht war und umkehren musste. Im letzten Jahr gegen Mitte Februar war Nagel, der seit geraumer Zeit die Tour 12 bediente, Opfer der Sorglosigkeit und Unverantwortlichkeit seiner Vorgesetzten geworden. Er befand sich in der Mitte der Brücke, als ein Eisregen den Radfahrweg in eine wahre Rutschbahn verwandelt hatte:
»Ich konnte weder vor noch zurück. Mein Fahrrad war total überladen von Prospekten. Heute frage ich mich, wie ich es überhaupt habe halten können. Ich war allein. Niemand in Sicht. **Diese Halunken! Sie haben mich fahren lassen, obwohl der Wetterbericht Eisregen angekündigt hatte ...! Sie wussten es, aber sie haben nichts gesagt!** ... **Alles Gangster! Banditen!** Mit meinem Handy habe ich im Postamt angerufen, aber Lena war bereits weg, denn niemand antwortete. Ich glaube, dass ich fast vor Wut geheult habe in diesem Moment. **Diese Mistkerle!** Ich habe mich am Brückengeländer mit einer Hand angeklammert und mit der

anderen versuchte ich mein Fahrrad senkrecht zu halten, während ich mit meinem Vorderfuß das Vorderrad blockierte. Das geringste Ausrutschen und ich wäre mir mit der ganzen Post auf die Schnauze gefallen. Plötzlich hat dann auch noch dieser blöde Wind angefangen, **dieser Blödmann**! Das war wie in diesen Abenteuerfilmen, wenn es eine Szene über das Unwetter gibt; die echten Männer geizen nicht, sie machen keine halben Sachen.
Dann ist der Wind so stark geworden, dass sich meine Taschen geöffnet haben und die Bündel von Prospekten aufgegangen sind. Und alles ist in die Luft davongeflogen! Ah, das hättest du sehen sollen! **Wie Konfetti!** Die Prospekte haben sich in alle Richtungen verteilt und ich konnte nichts machen. Die leichteste Bewegung und ich wäre auf die Schnauze gefallen. *Die neuen unverwüstlichen Reifen für weniger als 170 Euros, die neue Generation von Handys zu unschlagbaren Preisen, elektrische Kamine aller Größen im Angebot, zahlbar auf Kredit.* Dieses gesamte Angebot, alles flatterte über die Brücke und landete auf der Autobahn. Die Typen da unten fuhren im Schritttempo wegen des Glatteises und dann dieser ganze Papierkram auf ihren Windschutzscheiben. Ah, du hättest mal den ganzen Krawall sehen sollen. Die Typen, sie hupten, bremsten. Sogar die Polizei ist dazu gekommen. Die Bullen rannten in alle Richtungen über die gesperrte Autobahn, kontrollierten die Fahrzeuge, drückten die Autofahrer gegen ihre Fahrzeuge, wenn sie den Anordnungen nicht Folge leisteten. Sie schauten auch mit stumpfsinnigen Augen in den Himmel und stürzten sich auf diese Werbebroschüren wie Kinder, die hinter Papierdrachen her sind. Vergeblich, auf einem Bein, rückwärts, akrobatisch, haben sie sich am Ende auf der vereisten Fahrbahn langgelegt, einige Meter weiter. Ich selbst wollte das Schauspiel gar nicht mehr sehen. Ich hatte nur an eins gedacht: abhauen. Und dann hab ich mir einen abgefroren. Ans Geländer geklammert wollte ich mich gleiten lassen und das Fahrrad hinter mir herziehen (Nagel ging zu einem Mäuerchen und spielte die Szene nach). Die Taschen und Post, was geht das noch mich an! **Diese gemeinen Kerle, sie haben mich allein gelassen! ...** Glücklicherweise hat mir ein Angestellter des *Heidehaus-Krankenhauses*, der die Brücke überquerte, um die Straßenbahn zum *Wissenschaftspark* zu nehmen, geholfen

umzukehren. **Ohne ihn hätte ich die ganze Nacht auf dieser verdammten Brücke verbracht! ... Alles Verbrecher!**«

Hervé erinnerte sich auch an einen einzigartig berühmten Tag. Im Postamt *Domsheide* warteten sie auf die Anweisung ihres Vorgesetzten, um auf Tour zu gehen. Draußen hörte man kein Auto mehr in der Straße. Es war, als wenn sich die Innenstadt plötzlich ihrer Schaulustigen entledigt hätte. Dann ist der Amtsleiter herausgegangen, um den Straßenzustand zu prüfen und sein grünes Licht zu geben. Hervé erinnert sich noch daran. Sie standen alle am Fenster, um ihn zu beobachten. Es war sicher, dass genau in diesem Moment bei dem Blödesten, dem Einfallslosesten wie beim Pfiffigsten und dem Hinterlistigsten unter ihnen die klammheimliche Hoffnung aufkeimte, dass diese Episode eine burleske Wendung nehmen würde. Nicht gefehlt! Als sich der Amtsleiter auf den Bürgersteig gegenüber gewagt hatte, haben alle Postboten angefangen zu applaudieren. Aber in dem Moment, als er umkehren wollte und ausrutschte und einen spektakulären Gleitflug machte, bevor er *plumps* auf dem Pflaster landete, in diesem Moment erhob sich eine großartige Ovation und Freudenschreie hallten durch das ganze Postamt. Entgegen aller Vorsicht hatte Torero inmitten der Arena ins Gras gebissen.
»Heute keine Zustellung, Sie können die Postboten nach Hause schicken«, stammelte der Amtsleiter bedrippelt, mit sichtlich mitgenommenem Gesichtsausdruck, dabei waren Hose und Jacke beschmutzt.

Längst der Bundesstraße 6 auf dem Radfahrweg, der den *Mittellandkanal* entlang führt, da, wo sich kaum jemand hinwagt, in diesem undurchschaubaren Terrain, in diesem *no man's land*, wie oft ist es ihm da schon in den Sinn gekommen, alles in den Kanal zu werfen. Seine drei Taschen voll bis oben hin mit Reklame und Katalogen, Fernsehmagazinen hineinzuwerfen und das Fahrrad gleich hinterher! **Alles in den Kanal!** So sehr hatte er die Schnauze voll. Mit zwanzig oder dreißig hätte er die Herausforderung angenommen! Damals war er bei voller Gesundheit! ... Und dann damit wie irrsinnig in die Pedale treten! In der Stadt nahe am Meer fuhr er die Küste von *Kerkado* hoch, die Taschen so voll, wie es ging, und ließ die beiden Kollegen, die im selben Viertel zustellten, weit hinter sich. Aber jetzt seitdem er immer mehr Zeit draußen auf seinem Fahrrad verbrachte, je länger die Stunden wurden, desto mehr fluchte er über den Regen, der die kalten Kleider an der Haut kleben ließ, und über diese Eisenfaust, die seinen schmerzenden Fuß umdrehte, als wenn man ihn in einen Behälter mit Eis getaucht hätte. Dieser schmerzte manchmal so sehr, dass er gezwungen war, anzuhalten und vom Fahrrad zu steigen, um sich irgendwohin zu setzen und seinen gefrorenen Fuß zu frottieren, zu massieren, zu pressen. Wenn er nicht daran dachte, kam seine Krankheit wieder. Eine Art Brennen, wie schneidend am Ende der Blase, das ihn quälte und vor Schmerz aufspringen ließ. Manchmal ließ der Schmerz nach ein paar Pedaltritten nach. Dann setzte er seinen Weg fort, als wenn nichts gewesen wäre, aber in dem Bewusstsein, dass es jeden Moment wiederkommen konnte. Er achtete aufmerksam auf die geringste Reizung im Bereich des Harnleiters. Dann sprang er in Sekundenbruchteilen vom Fahrrad und brachte sich hinter einem Haus, in einem kleinen Weg, in den Toiletten der Import-Exportfirma im Industriezentrum, unter einer Treppe, hinter einem Gebüsch oder Baum oder hinter einem Lastwagens in Sicherheit, knöpfte schnell, sehr schnell seine Hose auf und zog den Slip hinunter. Und dann wartete er. Ein von zwei Malen urinierte er. Einige Sekunden, nur ein kleiner Strahl. Selten länger. Manchmal kam nichts. Er knöpfte dann seine Hose wieder zu und kehrte um. Aber bald verspürte er erneut ein Verlangen, das ihn brutal überkam. Schnell! Die Beine auseinander. Das gleiche Szenario. Dieses Mal presste er den Bauch, drückte die Hoden mit seinen Fingern und wartete, dass etwas kam. In solch einem Moment wartete er darauf, *in flagranti* von einem Nachbarn oder einem Gaffer überrascht zu werden. In solch peinlicher Situation zog er es vor, nicht zu reagieren. Er stellte sich taub. Drehte den Kopf weg, um den anderen nicht zu sehen, Was hätte er sagen können? Wie erklären? Sich entschuldigen? Ja, von seiner Inkontinenz reden? Nein, niemand hätte ihn verstanden. Wenn der andere Blödmann insistierte und ihn als Schwein titulierte, weil er auf der Straße pinkelte, antwortete er gelassen mit einem leichten gequälten Lächeln.

»Ein Schwein? Nein, Sie irren sich! Wirklich, Sie irren sich! Ein Hund! Ja, ich bin ein Hund ... Ein Hund, der an die Straßenecken pinkelt!« Meistens ging der andere kopfschüttelnd weg und drohte seinen Dienstvorgesetzten anzurufen. Im Winter war es ihm besonders schwer, dem unwillkürlichen Urinabgang zuvorzukommen. Das kam so schnell, dass er nicht die Zeit hatte, einen Ort zu finden, um zu verhindern, dass er nasse Beine und Hose hatte. Mehr als einmal hatte er diesen Pissegeruch mit sich herumgetragen und dieses unangenehme Gefühl, dass der Slip an der Haut klebte. **Welch dreckige Arbeit! Welch Hundeleben!**

In *Marienwerder* zur Weihnachtszeit

In weniger als dreißig Minuten ist der Postler im Zickzack von einem Montageunternehmen zu einer Produktionsgesellschaft gefahren, nach einem verlassenen Büro in ein Modeatelier eingetreten, Treppen hinauf und hinunter gestiegen, hat einen schlecht geparkten Wagen umrundet, ist an Privatsolarien in einem schlecht beleuchteten Flur entlang gegangen, hat die Post auf einen Schreibtisch gelegt oder das Bündel einer schlecht gelaunten Sekretärin gereicht, die ihm vorwirft in dem Moment zu kommen, in dem sie gerade ihren Dienst beendet hat und ihm bösartig einen missbilligen Blick zuwirft, der in ihm ein lähmendes Gefühl verursacht, wie die unangenehme Empfindung, den Fuß auf polares Packeis zu setzen und in den Eismeeren zu versinken.
»Sie wartet sicherlich darauf, dass ich mich im Namen der Post entschuldige, dass ich soviel Arbeit habe! Das fehlte noch!« grunzte er. Schnell diesen in Eis gehüllten Gegenden entfliehen, diesem feindlichen Mannweib mit dem eingefrorenen Gesicht. Nur weg. Ohne eine Minute zu verlieren, so schnell er konnte, hatte er zwei Taschen seines Fahrrads geleert und radelte jetzt in Richtung *Marienwerder.*

Von diesen Türmen und seinen Gebäuden mit vier Etagen eingekreist, die alle gleich aussahen, alle eins wie das andere ebenso langweilig, sagte sich der Postler, dass er niemals *in diesem Kaninchenställen* leben könnte. Nachdem er eine Pause von einigen Minuten gemacht, seine Depotsäcke entleert und seine Taschen gefüllt hatte, stieg er wieder auf sein Fahrrad. Die Augen auf den Lenker gerichtet, wusste er genau in diesem Moment, dass ihn jemand beobachtete. Aus dem Fenster *Herkuleshof 3.* In der ersten Etage stellte sich Frau Gross, auf ihre Fensterbank gelehnt, zur Schau. Sommer wie Winter wachte Frau Gross, stets auf ihrem Posten, getreu über die Siedlung. Mit der Zigarette im Mundwinkel begrüßte sie die Nachbarn, befragte die

Müllmänner oder fragte den Postler, ob er einen Brief von ihrem Liebhaber hätte. In dieser verlassenen Siedlung – in der außer einigen alten Frauen, die ihren Hund Gassi führten, um die Notdurft auf den Grünflächen zu erledigen, Jugendliche, die sich und ihre unausstehliche Laune in Richtung Schulgebäude schleppten, einem oder zwei Alten, die zum zwölften Mal unter der Motorhaube ihres Fahrzeugs nachsahen, ob die Kerzen, eine Klappe, ein Ventil, eine Verbindung oder ein Kolben noch an derselben Stelle waren wie das letzte Mal – gab es eigentlich nur den Pförtner, der von seiner Gegenwart Kenntnis nahm.

Je näher Weihnachten kam, desto mehr bemerkte man dennoch eine gewisse Unruhe in der Siedlung. Die Schüler hatten Ferien und viele Eltern nahmen einige Tage Urlaub für die Vorbereitungen des Festes, wenn sie sich nicht schon aufgrund betriebsbedingter Kündigung in der Arbeitslosigkeit befanden (Die meisten arbeiteten bei VW oder bei *Iglufrost).* Hervé war ein wenig verwundert, diese originelle und bunte Zurschaustellung zu sehen. Weihnachten kam von allen Seiten und mit Macht in dieser Siedlung. Aus Stoff oder roter Seide, aus aufblasbarem Plastik, immens dick oder *en miniature*, glitzernd wie Werbespots, lächerlich und hässlich, hingen Weihnachtsmänner an den Fenstern, klammerten sich an die Balkongeländer, zogen sich an Schnüren eine Mauer hoch oder wandten sich hinter den erleuchteten Fenstern zum Klang von *Kling, Glöckchen, klingelingeling* ... In der Nacht blinkten kleine vielfarbige Lichterketten an den Eingängen der Gebäude und den Fenstern, Sterne glitzerten und wechselten unaufhörlich von blau zu rot und von rot zu grün. Manchmal konnte man auch an gewissen Eingängen Plastiktannen mit violetten Kugeln oder Krippen mit Personen aus geschnitztem Holz sehen. Dieses Jahr hatte es seit dem Monat Oktober geschneit. Dann war es kalt geworden. Aber wie in den anderen Jahren wechselten sich in diesem Teil von Norddeutschland zu dieser Zeit die von Winden begleiteten Schneeschauer oft mit schönen sonnigen und angenehmen Tagen ab. Das war die Gelegenheit für den Postler, seine Garderobe herauszuholen, sich gegen die Kälte, den Schnee und den Hagel zu schützen oder sich mit leichterer Kleidung auszustatten, um einem

Schauspiel wie beim Winterzirkus beizuwohnen: Sonne und strahlend blauer Himmel.

Eingezwängt zwischen dem Friedhof, der Industriezone und der Autobahn A6, zwischen den Städten Garbsen und Hannover an den Ufern des *Mittellandkanals* ist *Marienwerder* wie alle großen Siedlungen in welch auch immer großen Stadt Norddeutschlands ausgesprochen hässlich, trotz der Straßennamen, die zum Träumen einladen wie *Uranushof, Venushof, Planetenring.* Dennoch haben die betroffenen Gemeinden keine Mittel und Wege gescheut, um die drei- oder vierstöckigen Gebäude, die sich verschlungen an das Ende der zwei Städte anschließen, zu renovieren, auszuschmücken und zu verschönern. Mehrere Arbeitskolonnen, vom *Arbeitsamt* eingestellt, – weiß die Maler und Fliesenleger, in grüner Arbeitskleidung die Arbeiter zur Unterhaltung der Grünflächen oder der Wegplatten, dunkelblau die Arbeiter, spezialisiert in Holzverkleidungen und Isolierungen – waren für eine unbestimmte Dauer gekommen, um die Siedlung zu bevölkern. Es waren fast hundert Arbeiter, meistens Russen und Deutsche, aber auch aus Polen, dem Iran, Tajikistan und woanders her. Die Maler besetzten die Balkone und stiegen auf die Gerüste, um die Fassaden zu streichen, bevor sie sich an die Flure und Eingänge der Gebäude machten. Die russischen Arbeiter dekorierten die Eingänge mit blauen, gelben, grünen und roten Fliesen als Mosaik. Die anderen Arbeiter hoben Gruben aus, um später dort Pflanzen wachsen zu lassen, reparierten die Wege vor den Eingängen und befestigten zylindrische Gestänge als Fahrradständer.

Um sich vor der Kälte zu schützen, wärmten sich Letztere in Behelfszelten mit Propangas-Flaschen auf.
»Anstatt den Flur wiederherzustellen, sollten sie besser die Wohnungen renovieren«, murrte Herwin Schröder, der Mieter vom *Leierhof 7.* Er hob seinen Pudel hoch, wie man einen Kieselstein aufhebt, nahm ihn auf den Arm und schlängelt sich zwischen zwei Arbeitern durch. Von Tag zu Tag war es auch für Hervé immer gefährlicher und gewagter, sich mit seinem Fahrrad zu nähern, um die Post auszutragen, ohne zu riskieren, in einen Graben zu fallen

oder sich beim Stolpern über Werkzeuge zu verletzen, die verstreut auf dem Boden oder den Treppen herumlagen. So angenehm es am Anfang der Arbeiten auch im Sommer war, von einer Tür zur anderen zu gehen, umso geriet er zur Neujahrszeit für weniger als nichts aus der Fassung, wenn er die Grünflächen und alle Arten von Hindernissen auf seinem Weg zu umgehen hatte, um die Briefkästen zu füllen.

»Das ist ein wahres Labyrinth«, seufzte er, wenn er die Baustelle durchquerte. »Und was die Lieferanten und anderen Zusteller angeht, die keine Ortskenntnisse haben, möchte ich nicht an ihrer Stelle sein. Das ist das reinste chinesische Geduldsspiel. Dösig oder abgelenkt beim Fahren, nicht ganz bei der Sache und voilà im Nirgendwo zwischen Gräben in der Mitte der Baustelle, verloren in der Siedlung. Aber du musst weiter, denn du kannst hier nicht anhalten oder parken. Voilà und du sitzt in der Patsche! Aber warum denn aus dem Häuschen sein!«
Wer hätte sich denken können, dass die Begrenzungsschilder der Städte Garbsen und Hannover, die sich gegenseitig an den zwei Seiten einer Straße der Siedlung gegenüberstanden, diese Seltenheit seitens der Städte ankündigten? Wer wusste, dass die gerade Seite der Straße Plutohof Teil von Garbsen war, oder dass die Reihe von Gebäuden mit den ungeraden Nummern von 5 bis 15 sich an der Grenze der Stadt Hannover breit machte? *Um das Ganze zu vereinfachen*, wurde – keiner weiß warum – das Gebäude auf der anderen Seite der Straße mit den Türnummern 17 und von 20 bis 28 zwischen den beiden Städten von keinem Rathaus als zugehörig angesehen! Leicht schräg im Vergleich zu den anderen Gebäuden, ähnelte es einem auf freiem Feld bei der Autobahn vergessenen Zollamt: ein seltsam störendes Objekt, das diese betonierte Landschaft verhöhnt. Daraus konnte man nicht klug werden. Die neuen Bewohner der Siedlung, ratlos und verwirrt, weil sie nicht so recht wussten, in welcher Stadt sie denn nun wohnten, wandten sich an den Postler, um die Gründe für dieses Kuddelmuddel zu erfahren. Und wie der Teufel es so will, war der Repräsentant der Post gerade dabei die Post in dem Moment im Plutohof zu verteilen, als sein Kollege von Garbsen aus dem

Gebäude von gegenüber kam. Eine verdutzte Bewohnerin des Viertels war mit ihrem Latein am Ende und fragte ihn, ob er nun *der richtige Briefträger* des Viertels wäre. Sie argumentierte wie folgt:
»Es geschehen in der letzten Zeit so viele merkwürdige Dinge im Viertel, falsche Polizisten, falsche Gas- und Stromableser, farbige Weihnachtsmänner, warum denn nicht auch falsche Briefträger!«
»Rufen Sie doch die Polizei, wenn es Ihnen gefällt«, antwortete ihr Hervé verdutzt und zog ein schiefes Gesicht. Die Situation erschien ihm gleichzeitig grotesk und absurd. Als sie ihr Handy aus der Tasche zog und mit den Tasten herumfummelte, unterbrach er sie:
»Nein, genau überlegt, rufen Sie doch besser die 369-3420 an.
Mein Abteilungsleiter wird Ihnen sicher weiterhelfen.« Das wird den Blödmann Rududu beschäftigen, der doch immer so gute Vorschläge hat«, dachte Hervé.

In der Siedlung roch es angebrannt, je näher das Fest rückte. Die einen, gereizt und die Arme voll mit Plastiktüten und Kartons voll mit Lebensmitteln, strebten ihrer Wohnstätte zu, die anderen, gebeugt mit einem Weihnachtsbaum auf der Schulter, heruntergehandelt wegen einer leicht schiefen oder kahlen Spitze, erreichten schließlich nach einigen Umwegen als Ergebnis eines Sturzes oder eines Zusammenstoßes mit einem Nachbarn ermattet und mit schlechter Laune den richtigen Eingang. Erschöpft fielen manche auf das Sofa im Esszimmer oder auf eine Katze, die sie mit einem Kissen verwechselten und die sich schockiert aus dem Staube machte und sich bis zum Abend auf das Federbett im Kinderzimmer verzog. Die Auseinandersetzungen mit den Arbeitern, am Anfang des Sommers noch selten, vervielfachten sich gegen Mitte Januar. Ein unvorsichtiger und selbstmörderischer Ingenieur war eines Tages gekommen, um sich ein Bild über den Fortgang der Arbeiten zu machen.

Als er einem Bewohner ankündigte, dass diese noch mehrere Jahre andauern würden, hatte der Unglückliche nicht mehr die Zeit, auf dem Absatz kehrt zu machen, man ging nämlich gleich auf ihn los. Unter einer Lawine von Beleidigungen, Drohungen und Pfiffen musste er angesichts der wütenden Bewohner, die zur Verstärkung

kamen, sehr schnell den Rückzug antreten und kam erst zwei Wochen später mit Helm, eskortiert und wachsam, wieder.
»Die Arbeiter sind alle ehemalige Arbeitslose, die für zwei Euro fünfzig die Stunde arbeiten. Zu diesem Stundenlohn haben sie das Recht, in den Genuss von verschiedenen sozialen Hilfen zu kommen als da sind: Zuweisung von Wohnraum, Befreiungen, Erleichterungen usw... Stellen Sie sich das mal vor, Herr Briefträger. Es gibt einen Arbeiter, der mir neulich sagte, dass man ihnen gesagt hat, wenn der Plattenbelag vor den Eingängen fertig ist, es sehr gut möglich ist, dass sie alles wieder wegnehmen, um von vorne anzufangen! Das muss man gesehen haben, um daran zu glauben«, rief eine kleine Alte wütend. Sie zeigte dreimal hintereinander einen Vogel, machte *ping ping* und rollte erbärmlich mit den Augen.
»Wie das?« fragte sie der Postler fassungslos.
»Nun gut, das ist einfach. Man hat keine Arbeit für sie, aber man will nicht, dass sie das Heer der fünf Millionen Arbeitslosen vergrößern! Also stellt man sie ein, um Renovierungs- und Abbrucharbeiten zu machen!« fuhr sie fort und tippte sich diesmal mehrmals mit dem Zeigefinger an die Stirn.

Hervé verstand sehr gut ihre Wut, aber er hatte Wichtigeres zu tun. Seine Hauptsorge war es vor allem, die Briefkästen mit diesen Hunderten von Prospekten, die sich auf seinem Fahrrad türmten, zu füllen. »Auch Unglück ist zu etwas gut«, dachte der Postler. Alle hatten sie ein so großes Herz in der Siedlung: Die Müllmänner zuerst, die ihm sagten, *seine ganze Scheiße* in die Tonne zu werfen, dann die Jungs der Siedlung, die in ihrem Trikot vom türkischen Fußballklub *Galatarasay*, der kroatischen Nationalmannschaft, mit den Farben des Irans oder Polens im Tausch gegen Gummiringe (welche die Briefbündel zusammenhalten) sich einen Höllenspaß daraus machten, die Briefkästen vollzustopfen, und dann schließlich der Pförtner Hans-Uwe Look, mitfühlend und von einer so außerordentlichen Freundlichkeit, die die Bewohner der Siedlung dazu brachte zu sagen, dass *er ein Heiliger wäre.*
»Das ist doch nicht möglich so was! ... Wie machen Sie das denn, auf Ihrem Fahrrad diese Unmengen an Papier zu transportieren ...

Ach, Sie Ärmster ... Aber das wird Ihnen den Rücken kaputt machen, diese ganze Werbung ... Warten Sie mal, ich werde Sie von all dem befreien«, sagte er ihm mit betrübter Miene und unterdrückter Wut, was vieles über die Tiefe seiner Gedanken aussagte.

Postlerehrenwort! Das war ein Tag, wie er ihn liebend gerne hätte vergessen wollen. Ein Tag Ende März, an dem man lieber nicht die Nase vor die Tür gesteckt hätte. Ein grauer und schrecklicher Donnerstag, an dem sich alle Welt in der Nacht verabredet hatte, um ihm den schrecklichsten Moment seines Lebens zu bescheren. Er hatte soviel Post, dass die Spinde aus dem Leim gingen, und dann waren die nächtlichen Schmerzen, für einen Zeitraum verschwunden, wieder zurückgekehrt und er vermutete eine Harnwegsentzündung. Um dem noch die Krone aufzusetzen, strahlte der Schmerz in seinem Fuß bis zum Hals aus. Jupiter hatte entschieden, hart zuzuschlagen, und in der Siedlung ließ sich keine Menschenseele sehen. Wolkenbrüche gingen über den Postler nieder und ohrfeigten sein Gesicht. Die Briefbündel trieben in den von Wasser vollgesaugten Taschen. Mit den Füßen in den Pfützen kam er nur mühsam in dieser Mondlandschaft zwischen den Türmen von Venus und Jupiter voran. Als umherirrendes Phantom mit leeren Augen und bleichem Gesicht überquerte er die Rasenflächen, übersprang er die Gräben, marschierte durch den Schlamm und die Pfützen, trampelte, ohne es zu wollen, auf die Blumen und marschierte dann unerschütterlich bis zu den Eingängen. Nicht wiederzuerkennend öffnete er die Glastür, stopfte mechanisch die nasse und in Fetzen zerrissene Papiermasse mit seinen eingerissenen und geröteten Fingern in die Kästen. Dann ging es weiter mit betretener Miene auf seinem Kreuzweg. Nach drei Stunden von einer Tür zur anderen geschleppt, kehrte er um und fix und fertig, durchnässt bis auf die Knochen, zwischen zwei Fahrzeugen auftauchend, emporragend hinter einer Wasserfontäne, überquerte er eine Straße bei Rot, rollte wie ein Erleuchteter unter dieser Sintflut, dann zurück: das ist die Gestalt eines Fischdampfer-Matrosens, der ruhig durch den Sortiersaal geht. Mechanisch leerte er seine Taschen auf den Arbeitstisch wie ein Kran, der den

Fischfang auf das Deck eines Trawler kippt. Kam man näher, sah man dann einen Haufen entfärbtes und zusammengeklebtes Papier in einem kleinen See mit bräunlichem Wasser.

Das Regenwasser spritze wie aus Eimern gegen die Fensterscheiben, das leichte Grau des Himmels wurde zu einem Dunkelgrau, schwer wie Eisen, schwarz, ein böses Grau, als die Wanduhr über den jungfräulichen Gewerkschaftsschildern in der Filiale 44 anzeigte, dass sechzehn Uhr schon lange vorbei war. Eine Uhrzeit, zu der jeder sich bei diesem Wetter eigentlich beeilte nach Hause zu kommen, um sich zu trocknen und sich aufzurappeln, vielleicht, um sich ein warmes Mahl, einen guten Film zu gönnen und sich dann schnell hinzulegen, um den Tag zu vergessen, den man auf dem Buckel hatte, und das Lebewesen zu ignorieren, das sich direkt neben dir fragt, ob das alles irgendwann mal ein Ende haben könnte. Eine Uhrzeit, zu der sich keine Menschenseele zeigte, aber Pech für ihn, dass da jemand war. Ganz nahe bei ihm, bemühte sich Valentin abseits stehend seit sicherlich einer Ewigkeit auf dem Abrechnungsbogen einige Sätze zustande zu bringen. Als er diese Masse an entfärbtem Papier sah, von dem aus zwei kleine Rinnsale liefen, die sich Tropfen für Tropfen auf dem Boden bildeten, erhob sich der Russe diskret und suchte wortlos Lena Krüger auf, die zum Unglück für den Fischdampfer-Matrosen Schutz auf der Kommandobrücke gefunden hatte. Die Furie kreischte:
„Was hat das alles zu bedeuten? Das ist eine Behinderung der Arbeitsvorschriften! Das kann ich so nicht durchgehen lassen! Die Prospekte müssen am selben Tag noch ausgetragen werden! « Es folgte eine Flut von Beschimpfungen, die ihn umwarf.
»Ich bin krank«, sagte er ihr mit trockener Stimme. Die Vorschrift sah vor, dass er nach zehnstündiger Arbeit die Zustellung unterbrechen konnte. Das war ihm bekannt. Die Megäre konnte weiter brüllen, ihm drohen, ihn beleidigen. Er hatte das nicht zu machen. Vor Schmerz verzog er das Gesicht und er fühlte, wie die kalte Wut ihre Schatten warf, Hand in Hand mit dem Aufwallen einer immensen Zerstörungslust. Vor der wutschnaubenden Bestie konnte er sich gerade noch im letzten Moment zurückhalten. Er hatte daran gedacht, dass sie schweigen würde, nachdem sie alle die im Verlauf der Ausübung ihrer Funktion angestauten Pöbeleien ausgekotzt

hatte. Aber er täuschte sich. Dann nahm er kriegsmüde nach einem vergeblichen Versuch, sie zur Besinnung zu bringen, seine Sachen und ging weg.

Mit all diesen Deppen ist die Sortierung schnell fertig

Am nächsten Morgen legte sich Hervé, nicht ausgeschlafen und schlechter Laune, mit dem dicken Carsten Halldorn an – jetzt als Polizeiinspektor in eigener Sache, der mit einem digitalen Fotoapparat *Sony Disc* in der Hand seine Nummer abspielte. »Das kann doch nicht wahr sein!« sagte er sich, nachdem er sich wieder gefasst hatte. Er wollte nicht glauben, dass der gestrigen Vorfall der Anlass zu dieser ganzen Maskerade war. Hervé beobachtete amüsiert die Szene und täuschte, als wenn nichts gewesen wäre, Gleichgültigkeit vor. Er schnappte sich ein Bündel Post und begann zu sortieren. Flüchtig warf er einen spöttischen Blick zu Valentin, und als der Ersatzmann ihn lächelnd grüsste, beobachtete Hervé ihn, mit Strafe rechnend, einen langen Augenblick, ohne etwas zu sagen, als wenn er ihm zeigen wollte, dass er über den Dingen stände. Über den ganzen täglichen Anfeindungen. Immunisiert gegen all die kleinen unvorhersehbaren Messerstiche, die man ihm versetzte, angeekelt durch die konzertierte Verbissenheit, angewidert von der von seiner Chefin arrangierten, schweigsamen Verschwörung. Er sträubte sich *in petto* gegen die Entstehung eines Gefühls von Ohnmacht, gemischt mit Wut. All diese Mistkerle, vergnügte Zuschauer, die sich an seinem Unglück ergötzten, dieses saure Vergnügen, welches die Gelegenheit bot, jemand anderen auf frischer Tat ertappt zu sehen und sich auf der Seite derjenigen zu wissen, die auf der guten Seite sind, der Seite des Stärkeren. Er durchbohrte sie mit Blicken, er verachtete sie. Die Wut ließ ihn nicht mehr los. Sie ergriff Besitz von ihm und in diesem Moment fühlte er sich, mehr als je zuvor, allein. Das war, als wenn der innere Kampf mit diesem in ihm aufkeimenden Gefühl ihn, von den Lebewesen und den Sachen getrennt, an einen anderen Ort verschleppt hätte, weit weg von diesen gemeinen Schuften, weit weg von allem.

Inmitten der Arena würde er sich doch nicht von diesem Hyänen zerreißen lassen? »Nur zu, zeig ihnen, aus welchem Holz du geschnitzt bist!« Er machte auf dem Absatz kehrt, und mit

entschiedenen Schrittes ging er weg, um seine Fächer in der Hauptsortierung zu leeren. Um ihn herum war alles noch in Spannung, Stimmen murmelten, Blicke folgten ihm, aber er fühlte sich besser. Ausgesprochen besser jetzt. Während er seine Fächer leerte, konnte er sich nicht verkneifen, die Manöver von Generaldirektor Rududu zu beobachten, der versuchte, sich einen Weg durch die Sortiererinnen zu bahnen, gefolgt wie von seinem *treuen Hund* Halldorn, seinem Schatten.
»Wie können die doch gemein sein«, seufzte er, als er wieder seinen Arbeitsplatz einnahm und seinen Vorgesetzten auf sich zukommen sah.

Nichtwissen vortäuschend und auf hohem Ross sowie sich um Beredsamkeit bemühend, legte der Fettwanst sein Komödianten-Jackett an und in der Rolle von Kaiser Cäsar stürzte er sich auf die Vorderbühne.
»Nun ja .. Öh ... Wenn ich mich nicht irre, haben Sie nur einen Teil der Prospekte *Schirmer* von gestern ausgetragen.«
»Ja«, gab der Franzose mit zugeschnürter Kehle zur Antwort, ohne den Kopf abzuwenden.
»Diese Prospekte gaben den Empfängern das Recht, an einer Tombola teilzunehmen. Nun, durch Ihren feindseligen Akt haben Sie einige Empfänger um die Möglichkeit gebracht, bei dieser Tombola zu gewinnen.«
»Sie werden sie heute erhalten.«
»Aber Herr Nédellec, das ist nicht das Gleiche! Die Erfolgschancen reduzieren sich, denn sie erhalten sie mit einem Tag Verspätung. Sie werden nicht mehr unter den zehn ersten Gewinnern sein, wenn sie die richtige Lösung gefunden haben.«
Hervé wird später erfahren, dass sein Chef sich überhaupt nicht darum gekümmert hatte, dass am gleichen Tag zwei Touren nicht ausgetragen worden waren.
»Ich war krank.«
»Folgen Sie mir«, befahl Rududu mit einer übertrieben ernsthaften Stimme, gekreuzten Armen und dem umsichtigen Gesichtsausdruck eines Polizisten, der gegen seinen Willen an einer Kreuzung postiert wurde, an der die Ampel ausgefallen ist. Dann schwankte sein Kopf

in Richtung ehemaliger Kantine um. Dieser einfache Satz und die Art, mit der sein Vorgesetzter ihm den Befehl gegeben hatte, ihm zu folgen, dazu noch der Ton seiner Stimme, hatte eine brutale Wirkung auf den Postboten; Hervé fühlte sich plötzlich gekennzeichnet, mit dem Finger bloßgestellt, in der Haut eines Schuldigen.

Am Tisch sitzend hatte Hervé gegenüber zwei Beamten den Eindruck in der Haut eines Kriminellen bei einem Verhör zu sein.
»Wegen einiger Prospekte. Wegen einiger Prospekte, die ich nicht ausgetragen habe, bezichtigen sie mich der Unterschlagung, der Veruntreuung ... Das ist doch nicht möglich ... Das ist eine Marionettenallianz gegen mich. Diese Geschichte ist doch grotesk«, empörte er sich. Er wurde gewahr, dass die Machenschaften total abgekartet waren. Er hätte sich weigern können, ihnen zu folgen. Ein Anruf zur Personalvertretung hätte genügt, um diese Komödie zu beenden. Aber es war sowieso schon zu spät. Ihnen gegenüber, verkrampft und schwach, fühlte er sich schuldig und er fürchtete um seine Zukunft.

Im Angesicht dieser zwei kalten und anklagenden Blicke schwieg er, gab er auf, fiel in sich zusammen. Es war, als hätte man ihm eine Krankheit eingeimpft, die schlagartig seine aufrührerischen und rebellischen Instinkte neutralisiert hätte.
»Welchen Tag haben wir«, fragte der Generaldirektor und wandte sich zu seinem Angestellten:
»Öh ja ...Öh?« so unverhofft angesprochen hatte Halldorn seine Rolle offensichtlich nicht so richtig drauf. Glücklicherweise rettete Rududu in der Rolle eines Souffleurs unspektakulär die Situation. Er holte aus seinem Jackett seinen elektronischen Terminkalender *pda organizer Siemens* hervor – das Beste, was auf dem Markt war – , aber bevor er auf eine der Tasten drücken konnte, gab Hervé schüchtern, als wenn er nach einem langen Tauchgang wieder an die Oberfläche gekommen wäre, zu Buche:
»Der erste April.«
»Wollen Sie mich zum Besten halten?«
»Öh ... Ja, das ist wahr«, bestätigte der Kontroletti.

»Was ... er macht sich über mich lustig?« fragte der Direktor erneut mit Wut im Bauch und wandte sich zu Hervé mit dem Gesichtsausdruck eines Verrückten.
»Öh ... Nein, Herr Direktor.«
»Was denn nun?«
»Doch, doch, wie sind im April«, antwortete Halldorn untröstlich.
Der andere unterdrückte stumm ein Gähnen und schien nichts gehört zu haben. Er erhob sich mit einem Hüftschwung, aber er erinnerte sich, dass er nicht Vorsitzender irgendeines Gerichts war, und setzte sich wieder. Mit relativer Ruhe, von Hüsteln unterbrochen, las er ihm mit lauter Stimme vor, was er auf ein Blatt Papier seines vorher aus der Tasche geholten Oktavheftes gekritzelt hatte. Als er dieses Stück Papier, bedeckt mit Zeichen von mehr als zwei Zentimeter Höhe sah, begann der Franzose zu lächeln.
»Gehen Sie mit den Tatsachen konform, die Ihnen zur Last gelegt werden?«
»Aber das ist doch unentzifferbar«, rief Hervé aus, indem er sich mit einer Grimasse über das Papier beugte.
»Öh ... Das ist Ihre Sache, das ist, was ich Ihnen gerade vorgelesen habe.«
»Ja, wirklich?«
»Sicherlich ... Gut, nun mal seheeeeen«, Rududu war wieder zu sich selbst gekommen, das heißt, in seiner Rolle als Postbeamter. Er griff erneut zu seinem Bleistift und krakelte nervös mit zehn Zentimeter Länge etwas, was seine Unterschrift sein musste.
»Unterzeichnen Sie da«, sagte er ihm und hielt ihm das Blatt entgegen.

Am folgenden Tag hatte Hervé, zurück von seiner Tour, seinen Bericht noch gar nicht beendet, als Wolfram ihn anschrie:
»Aber was hat dieses Arschloch von Krüger da veranstaltet!«
»Das ist Valentin, der hat mich verpetzt«, antwortete ihm Hervé.
»Lena hat Geld nötig. Sie hat die Schulden für ihren ersten Mann zu bezahlen. Denk doch mal nach. Ich bin sicher, dass sie eine Prämie pro Nase bekommt! Die Post will uns für die geringste Kleinigkeit vor die Tür zu setzen ... Sie hat dich aufs Korn genommen... Sie sucht bei dir das Haar in der Suppe, dieses kleine Miststück.«

»Aber ich bin doch nicht blöd, Wolfram. Ich weiß, dass sie mir keinen auswischen kann. Aber das, was mich auf die Palme bringt, ist, dass sie in der Gewerkschaft ist!«
»Nein, sie ist nur Delegierte an der Basis.«
»Aber sie spielt das Spiel der Direktion!«
»Du musst mal auf die Delegiertenversammlungen kommen. Du wirst deinen Augen nicht trauen. Stell dir mal vor, sie denkt, dass man agieren muss. Sie glaubt fest daran! Sie wütet gegen die Erhöhung des Arbeitsvolumens und den Abbau der Beschäftigung bei der Post. Ja, ja ... das kannst du mir glauben!«
»Also, ich meinerseits glaube, dass sie in der Gewerkschaft ist, weil sie nur Hilfskraft ist und weil sie weiß, dass man sie vor die Tür setzen kann. Sie ist doch nicht blöd. Sie sichert sich nach allen Seiten ab. Sie hat in dieser Hinsicht keinerlei Skrupel. Sie kommt aus der DDR und in der ehemaligen DDR haben alle spioniert. Das war da gängige Münze für das Wohl der Familie und des Vaterlands. Einer von Dreien zeigte ein Elternteil, einen Nachbarn oder einen Freund an. In den Köpfen war das die krankhafte Angst: Man musste für die Staatssicherheit gegen die Feinde des Sozialismus' wachsam sein.«
»Nun glaube ich aber, du übertreibst.«
»Nein, sie kämpft in einem Spinnennetz, das sie sich selbst gewebt hat, aber weil ihr Ding nicht funktioniert, ist sie darauf bedacht, sich einen Notausgang zu bauen, auch auf die Gefahr hin, sich in Widersprüche zu verwickeln. Das ist wie bei Valentin. Er weiß nicht, was er macht. Er schmiert einen Kollegen an, weil er denkt, dass das seine Pflicht und dass es für das Wohl aller ist, alles diesem Biest zu erzählen.«
»Valentin kennt hier nichts. Die Gewerkschaft, die Solidarität, er weiß nicht, was das ist ...«
»Und ich, was wird bei all dem aus mir?«
»Ach, mach dir keine Sorgen. Ich kümmere mich drum«, gab Wolfram zu verstehen und klopfte ihm von seinen zwei Meter Größe herunter mit seiner Hand auf die Schulter – einer Hand, die mehr als einen Ball ins Tor und einige Handballtorwarte in Netz gejagt hatte.

Wolfram hatte sich darum gekümmert und die Gewerkschaftszentrale informiert, die unverzüglich reagierte. Die Oberpostdirektion ließ nach langen Schweigen etwas von sich hören. Sie hatte noch rechtzeitig bemerkt, dass das alles sehr verdächtig war. Dass diese lächerliche Geschichte aufgebauscht war, dass deshalb Einem nicht gerade der Kopf abgerissen werden müsste und dass es besser wäre, anlässlich des Vorfalls ein Auge zuzudrücken. Der Vorgang war zu geringfügig, die Beweise zu ungenügend. Aufgrund von Übereifer und offensichtlicher Unkenntnis war Rududu zu weit gegangen. Es wäre also besser, nicht die Presse auf dem Hals zu haben. Mit kurzen und präzisen Pässen das Spiel in andere Bahnen zu lenken, ohne den Gegner zu provozieren. Übrigens verlangte der alarmierte Behindertenbeauftragte Erklärungen, Sanktionen, eine Revision. Am Tag des Vorfalls hatte Hervé – auch nicht so ganz blöde – einen Umweg zum Doktor gemacht. Dieser bescheinigte ihm, dass er krank wäre. Die Abschürfungen und das Hämatom an seinem Knie bewiesen, dass er vom Fahrrad gefallen war. Plattgemacht, war es trotzdem dem Postler gelungen, das Steuer zu seinen Gunsten herumzureißen.

Nach zwei Wochen Krankschreibung hätte der wiederhergestellte Hervé nicht daran gedacht, eines schönen Morgens wieder von Angesicht zu Angesicht mit Rududu zusammenzutreffen. In Sonntagskluft wie ein Kommunikant gab dieser seinen Abschied. Er hatte infolge dieses Fauxpas' seinen Abgang verpasst und, ohne es zu bemerken, die Altersgrenze erreicht. Bevor er *seinen lieben Mitarbeitern* für die Qualität ihrer Arbeit und ihre Treue dankte, bekam er von Lena Krüger und *seinen treuen Mitarbeitern* einen Blumenstrauß. Nachdem er sie in der Mitte des Saales versammelt hatte, trat der Generaldirektor vor, um ihnen die Hände zu schütteln und ihnen zu danken. Er strahlte über das ganze Gesicht, die Augen voller Milde und schien auf einem anderen Planeten zu sein, wo alles gut und schön ist und die Leute nett sind. Als er auf Hervé zukam, um ihm eine freundliche und reuige Hand zu reichen, murmelte er mit windelweicher Stimme:
»Ich bin untröstlich über den Vorfall, aber ich konnte nichts anderes machen. Auch ich bin sehr traurig über die Wendung, die die Sache

genommen hat, aber ich hatte Weisungen von oben. Jedoch verstehe ich nicht, warum sie nicht mit Frau Krüger an jenem Tag über Ihre Gesundheitsprobleme gesprochen haben. Sie hätte Ihnen sicherlich zwei oder drei Tage für die Austragung *der speziellen Prospekte* eingeräumt?«

»Herr Direktor, ich habe Ihnen bereits in einem Brief meine Kommunikationsprobleme mit Frau Krüger mitgeteilt, oder genauer die ... wie soll ich sagen ... ja, die schweren Missverständnisse, die ...« Hervé hatte keine Zeit, den Satz zu beenden. Wie er es immer so gut verstand, spielte Rududu, der sich nicht mehr an diesen Brief erinnerte, den Überraschten.

»Ein Brief, wie, was ... und wann?«

»Öh, warten Sie Herr Direktor, ich habe eine Kopie in der Schublade meines Schreibtisches.« Rududu trat von einem Fuß auf den anderen. Nachdem er den Brief gelesen hatte, sagte Rududu ihm kurzatmig.

»Ach ja, ja, öh ...öff ... das ist wirklich ... das ist ärgerlich ... sehr ärgerlich ... Das ist kläglich ... Klagend ... Öh, nein, das ist beklagenswert, nun, Sie verstehen mich ...«

Aber seine Anwesenheit wurde im Postamt verlangt, und bevor er ging, streckte er erneut mit gesenktem Kopf kleinlaut eine Hand nach Hervé aus: »Öh ... Machen Sie's gut, Herr Nédellec«, wünschte er ihm, bevor er wieder auf seinen sonnenbeschienen Planeten zurückkehrte.

Das Springersystem war am Wackeln, die Köpfe rollten, einer nach dem anderen. Eine Woche nach seinem Vorgesetzten musste Wolf seinen Schreibtisch für einen anderen räumen. Als er erfuhr, dass er in den Norden der Stadt versetzt werden sollte und sich von nun an um vier Filialen und einen Teil des Bezirks Ost kümmern sollte, wurde der Unglückliche ernsthaft krank. Lena Krüger, die schlagartig zwei *ihrer Beschützer* verloren hatte, schien unterdessen nicht sonderlich von dieser Sachlage betroffen zu sein.

»Auf dem Schiff *Post*, das im Laufe der Meilen einen Teil seiner Mannschaft verliert, hat sie immer noch nicht begriffen, dass auch sie, wenn sie nicht mehr gebraucht wird, über Bord geworfen wird. Bis dahin flaggt sie auf dem Vordeck: Gute Freundin für die einen,

Chefin mit Herz für die anderen, also Gesamtpersonalvertreterin, ja sie ist in gewisser Weise *die Stimme ihres Herrn!* Aber wie bei jedem, auch ihre Stunde wird geschlagen haben«, wiederholte Mathis. Hervé gab hinzu:
»Die Direktion müsste sich die Hände reiben. Wie durch eine wunderbare Fügung haben sie ihre Frau gefunden. Lena Krüger tanzt von morgens bis abends auf zwei Hochzeiten, hat von nun an alle Befugnisse und sortiert diejenigen aus, die sich weigern im Gleichschritt zu marschieren!«

Zu Beginn des Frühlings dachte Hervé daran, sein Fahrrad zu nehmen und bis zum Postamt zu strampeln, aber da man sich nicht umziehen konnte, hatte er diesen Gedanken sehr schnell verworfen. Im Keller hatte man die Umkleideschränke in einer einzigen Garderobe zusammengepfercht. Der Franzose musste von nun an die seinige mit Josef Brezek teilen. Die nicht mehr benötigten Sortierspinde aus Holz waren einer auf den anderen gestapelt und versperrten den Eingang. Er beschloss also, sich in der ehemaligen Kantine umzuziehen. Aber unglücklicherweise hatte die Post ihren Mietvertrag mit der Telekom, die Eigentümer der Liegenschaft war, gekündigt. Er nahm also den Wagen.
»Dann brauche ich nicht mehr so früh aufzustehen. Wie dem auch sei, die beste Art, den Tag zu beginnen, besteht darin, ein wenig klassische Musik zu hören. *»NDR 2 Kultur. Meine Damen und Herren, unser Nachtkonzert ist beendet: Sie haben das Adagio in D Dur BWV 974 von J. S. Bach gehört. Ich wünsche Ihnen einen schönen Tag. Es ist genau sechs Uhr ...«* »Vier Minuten achtundvierzig Sekunden köstlichen Genusses in der Nacht, die nun zu Ende geht«, sagte sich der Briefträger.

Schon hörte er nicht mehr den Motors des Fahrzeugs. Die letzten Klänge dieses Konzert hatten ihn in eine süßliche Emotion versetzt. Auf den Hauptstraßen der Stadt und im Zentrum von Hannover begannen überall die Fahrzeuge zu strömen. Der Postler bemerkte plötzlich das Licht ihrer Scheinwerfer im Rückspiegel. Seit Anfang März brachte jede Woche eine Anzahl Tiefdruckgebiete von Norden mit Temperaturen so um die Null Grad und dann kamen jäh

erwärmte Luftmassen als Gegenpol für die Kältewellen.» *Das Wetter spielt verrückt«,* sagen die Leute hier. Das ist die ihnen eigene Art, eine Unterhaltung zu beginnen und ihre schlechte morgendliche Laune zu rechtfertigen.
»Ich weiß nicht, wie du das machst. Diese Feuchtigkeit und dieser alles durchdringende kalte Wind, vermitteln mir den Eindruck, dass ich bis auf die Knochen durchgefroren bin. Die Kälte dringt in die Poren, gelangt unter die Haut und lässt meine Glieder vom Kopf bis zu den Füßen für den ganzen Tag steif werden. Das ist, als wenn ich in einem Kühlschrank *dahinvegetieren* und aufhören würde zu existieren«, gestand ihm Sybille mit mitgenommenem Gesichtsausdruck.
»Ich habe keine Wahl, denn wenn man diesen Beruf ausübt, ist das Wetter Teil meiner Arbeitsbedingungen. Das ist mein täglich Brot. Weißt du, morgens bei Dienstanfang weiß ich niemals, was die Kapriolen des Wetters und die mehr oder weniger voraussehbaren Veränderungen des Postverkehrs so alles mit sich bringen. Mathis hatte recht, als er sagte, dass das Voraussehbare bei der Post das Unvorhersehbare ist. Das ist auch in gewissem Maße das Attraktive an diesem Beruf«, antwortete er lächelnd.
Das Unvorhersehbare war auch sein Fuß. Diese seltsame Extremität, auf der er sich kaum aufrecht halten konnte und die ihm Pein verursachte. Natürlich nicht ohne diesen Wasserhahn in seinem Unterleib zu erwähnen, den man hatte vergessen zu schließen. Eine Geschichte zum Lachen und zum Weinen, eine Geschichte, über die er eigentlich überhaupt keine Lust hatte zu sprechen. Er wollte nicht klagen. Dennoch ...

Dennoch wäre er liebend gerne wieder einmal bis zur Atemlosigkeit gelaufen, trunken vor Freude und Wohlergehen, sowie stundenlang bis an die Grenze der Müdigkeit gegangen. Die gute Müdigkeit. Die Müdigkeit, die den Appetit herbeibringt und den Körper stärkt. Lange und schnell laufen und gehen. Sich entfernen, den Kopf leer machen. Einen Haufen von unangenehmen Sachen hinter sich lassen: mit dem Gefühl, sich für immer davon loszusagen. Irgendein Akt der Säuberung. Den Körper reinigen und gleichzeitig den Kopf durch Beseitigung der Schlacken freimachen.

Diese beiden sportlichen Aktivitäten an der frischen Luft werden von nun an der Vergangenheit angehören. Sie hatten eine stärkende und beruhigende Wirkung auf ihn gehabt, somit bedauerte er, sie nicht mehr ausüben zu können. Er hatte dann ans Schwimmen gedacht, um die in ihm angespeicherte Energie zu entladen und zu verbrauchen. Aber die zwei Blasenentzündungen vom letzten Winter hatten ihn zur Vorsicht geraten und er ging nur sehr selten ins Schwimmbad. Wie immer hatte er das Fortschreiten seiner Krankheit ignoriert und bagatellisiert. Wenn man überhaupt von Krankheit sprechen konnte. Doch wie anders den langfristigen Aktivitätsverlust von einem oder mehreren Organen infolge der Degeneration von Nervenfasern bezeichnen? Eine Verletzung? Ein Unfall? Eine Krankheit? Ein Schicksalsschlag? Die Hand des Herrn?

Ein kleiner feiner Regen ließ sich auf der Windschutzscheibe des Wagen nieder. Hervé beschenkte sich mit einigen Minuten klassischer Musik aus dem Radio. Er summte die sanften Akkorde eines Pianos mit, die wie ein Leitmotiv ohne Unterlass in sein Gedächtnis zurückkehrten. Sie begleiteten ihn bis *„zu meiner Dienststelle"*. Die Stadt war von nun an schon weit hinter ihm, ebenso wie die *Großen Gärten.* Er fuhr zu seiner Linken an der *Brauerei Herrenhäuser* vorbei, überquerte die Straßenbahnlinie 4, um schließlich im *Winkelberg* einzutauchen.

Der Parkplatz war fast voll. Viertel nach sechs, der Tag begann. Unwillkürlich beeilte er sich, als wenn er Angst hätte, zu spät zu sein. Dabei war er zu früh. Seitdem er hier war, kam ihm niemals in den Sinn, den Arbeitstag eine Stunde später beginnen zu lassen. Als er im Hauptpostamt in der Nähe der Weser war, kam die Post ungefähr gegen fünf Uhr. Einige Minuten später nahm er vor seinem Sortierspind Platz und begann mit der Arbeit. Aber hier war es anders. Er wählte den Kode 0815, stieg die dreißig Stufen hoch, schob die Glastür auf und nahm seinen Arbeitsplatz ein, wobei er zu sich selber zu seiner Aufmunterung sagte: »Auch meine Tage sind gezählt.«

Lena Krüger ist überall und nirgendwo

» *Scheiße, was für eine Scheißkarre!* Wer hat mir solch ein Ding angedreht! «

»Sie hat heute Dienst«, sagte sich Hervé. Er hörte nur diese Stimme. Diese kreischende Stimme, die durch den ganzen Saal brüllte. Diese unangenehme Stimme*, diese Mülleimerstimme, Müllschluckerstimme, diese direkt der Gosse entfleuchten Stimme;* eine Stimme, die befahl, die misshandelte, die verprügelte, die drohte wie ein Gauner. Wenn sie da war, stand die Tür ihres Büros immer offen, damit man alles hören sollte. Sie kam pausenlos herein, ging heraus, kam und ging zwischen den Sortierspinden herum, und sie beeilte sich, um den einen oder anderen Zusteller zu sehen. Hervé konnte diesen vielen Ortsveränderungen kaum folgen. Wenn er dachte, sie wäre hinten im Saal, stand sie in Wirklichkeit direkt hinter ihm. Mehrere Male im Verlaufe des Morgens sortierte sie ihre Post, antwortete am Telefon, das den ganzen Morgen über klingelte, setzte sich vor ihren Computer, um die Urlaubsplanung zu kontrollieren, half bei der Verteilung der Prospekte, dann brüllte sie Gemeinheiten und Ausgekotztes ins Mikro:

»Kriegen Sie Ihren Hintern hoch und leeren Sie so schnell wie möglich die Sortierspinde« und auch »Danke Monika, dass du spontan bei den Sortiererinnen eingesprungen bist! Die anderen sind doch alle Drückeberger!«

Lena Krüger legte in seltenen Momenten eine Pause, eine Erholungsminute, ein. Das Postamt 44, das war sie, Lena Krüger, die es mit Armen und Beinen auf Hochtouren brachte – oder besser ausgedrückt – mit ihren gehässigen Bemerkungen, ihren Zoten, ihren Beleidigungen und Rüpelhaftigkeiten, die ohne Vorwarnung auf dir niederprasselten wie ein Faustschlag ins Gesicht, der dich k.o. zu Boden schickt. Wenn sie ihren freien Tag hatte, unruhig und permanent von einem Wunsch der Allgegenwärtigkeit beseelt, rief sie an, um zu erfahren, ob es nichts Außergewöhnliches gäbe, alles in Ordnung wäre, ob ihr Ersatzmann Erwin Eckhoff sich um alles gekümmert hätte, denn: »Ich will kein totales Durcheinander vorfinden, wenn ich morgen wiederkomme«, wie sie am anderen Ende der Leitung näher ausführte. Wenn man sie so herumwirbeln sah, fragte man sich, wie sie so lange Zeit soviel Energie freisetzen konnte, ohne das eine oder andere Mal erschöpft zu sein. Sie ähnelte einem Stummfilmkomiker, einer Art Stehaufmännchen, das ständig in den Szenen gestikuliert.

»Ich habe den Eindruck, dass sie in meinem Kopf herumläuft und sich in allen Ecken und Enden meines Schädels bewegt«, seufzte Hervé. Jörg, der Postbote des Viertels *Vinnhorst*, fand, dass sie wie eine *Varta-Batterie* in höchsten Tönen funktionierte. Jetzt stand sie vor ihm, wirbelte vor Ort, den Mund voll von Hefegebäck und Handy am Ohr. Niemals an ihrem Platz, begab sie sich in Richtung ihrer Freundin Monika, die hinten im Saal arbeitete. Dann brüllte sie ins Mikro: Zigarettenpause. Dann versammelten sich alle Raucher, alle, die sie umgaben und alle, die sie mochten oder fürchteten, was das Gleiche war – alle diese Angsthasen, die sie zärtlich Leni nannten und die ihre schnodderige Redeweise liebten, ihr fettes Neandertalerlachen und ihr ordinäres Benehmen, das ihren Gegner den Atem raubte –, in ihrem Arbeitszimmer, um einen Kaffee zu trinken und eine Zigarette zu rauchen. Zusammen prangerten sie diejenigen an, die nur auf einen einzigen Fauxpas ihrerseits warteten, um diejenige, die soviel für sie getan hatte, vom Podest zu stoßen.

Manchmal versammelte sich der *Leni-Stamm*, wie Wolfram es liebend gern ironisch anmerkte, nach dem Dienst, um sich zu unterhalten und zu intrigieren. Der Franzose hatte das rasch bemerkt. Wie viele Male hatte er sie überrascht, als er beim Verlassen des Aufzugs eine Stimme hörte, die ihm Büro flüsterte: »Achtung, er kommt.« Die Getreuen von Leni, sie waren all in ihrem Büro. Valentin, Mirko, Josef Brezek und auch Monika. Die blutjunge Monika, die auf sie schwur, nur auf sie. Diejenige, die sie immer unterstützt hatte, als es ihr nicht gut ging. Als sie ein wenig deprimiert war und Gesundheits- oder Geldproblemen hatte.

Diejenige, die ihr immer vollständig vertraut hatte und die nicht zögerte nach Dienstschluss im Büro zu bleiben, um ihr bei der Kontrolle zu helfen, ob Gerdes – dieser lausige Nichtstuer, wie sie zu unterstreichen pflegte – seine Rücksende-Anträge auf dem Laufenden hielt, oder ob *der Franzose* nichts in seinen Fächern gelassen und die Post, die an den Absender zurückging, richtig von der getrennt hatte, die in den Reißwolf ging.

Die beiden Mädchen trafen sich nach dem Dienst und bei schönem Wetter gingen sie – fest anliegende Shorts und weißes T-Shirt, das den Nabel freiließ – Skating auf dem Fahrradweg entlang dem *Leineufer*. Wenn sie sich langweilten, trafen sich die beiden Freundinnen ein- oder zweimal in der Bar des Sonnenstudios. Mit dreißig Jahren war Lena Krüger eine der Neuen im Postamt 44. Als kleine stämmige Frauensperson mit losem Mundwerk stammte sie aus Potsdam bei Berlin. Dort hatte sie ihre Lehre als Baumalerin gemacht, einen Beruf, den sie nie ausgeübt hatte. Ihr zweiter Mann hat eine Stelle als Automechaniker in der Region Hannover gefunden. Lena Krüger war ihm gefolgt. Nach einigen Monaten Arbeitslosigkeit fand sie eine Anstellung bei der Post.
Zunächst als Aushilfe eingestellt, dann als Hilfskraft im Postamt Hannover 33 in *Döhren* im Süden der Stadt, blieb sie dort nur zwei Jahre. Ehrgeizig, arbeitsam und gewissenhaft fiel sie ihrem Hauptkoordinator Wolf auf. Dieser wusste, dass sie nicht zögerte, unvorbereitet den erkrankten Hauptzusteller zu ersetzen. Sie ersetzte ihn dann anschließend drei Wochen lang, als er in Urlaub ging. Sie verstand sich schlecht mit einer Postlerin, die sie verdächtigte mit ihrem Mann zu flirten. Die ständigen Spannungen zwischen den beiden Frauen, die Intrigen und Machenschaften von denen und jenen, die Gerüchte, die im Büro nicht verstummten, kurz die Verschlechterung des allgemeinen Klimas im Personal zwangen Wolf im eigenen Interesse und vor allem, um nicht den guten Eindruck zu schmälern, den sie bei ihren Vorgesetzten hinterlassen hatte, ihre Versetzung in ein anderes Postamt der Stadt zu verlangen, der sie nur widerwillig Folge leistete. Da ihr Mann in der Zwischenzeit arbeitslos geworden war, musste sie, um die Finanzierung ihrer Wohnung zu sichern, die Überstunden

vermehren und sogar manchmal nachmittags nach der Zustellung in der Nachbarschaft putzen gehen. Ihre Versessenheit auf die Arbeit, aber auch ihr Eigensinn, ihre Dynamik und das blinde Vertrauen, das sie ihren Vorgesetzten entgegenbrachte, hatten Wolf verleitet, ohne einen Augenblick zu zögern, die Entscheidung zu treffen, dieser Betriebsnudel das Kommando über das Postamt 44 zu übergeben.

Die Post war vor der Privatisierung mit unterschiedlichen Beamten oder aufsichtsführenden Vorgesetzten im Dienste der Zustellung besetzt. Von jetzt ab hatte die Postdirektion Hannover und insbesondere *Fettwanst Rududu* und sein Stellvertreter Wolf, Verantwortliche für die Filialen, mit der Einstellung einer geringfügig verdienenden Hilfskraft für einen Posten im Stammpersonal zwei Fliegen mit einer Klappe geschlagen! Die Budget-Reduzierung im Zustelldienst vergrößerte die Chancen, ihre Jahresendprämie beträchtlich zu steigern, andererseits war Wolf nicht unzufrieden darüber, an Lena Krüger einen Teil seiner Funktionen delegieren zu können, besonders solche, die einen Gutteil seiner Abende in Anspruch nahm. Das Zweiergespann war überzeugt, dass sie trotz ihrer Unerfahrenheit und ihrer dreißig Jahre den Laden schmeissen würde und die Zusteller davon überzeugen könnte, sie in der Arbeitsorganisation zu unterstützen. Vom Willen beseelt, zuviel daraus zu machen, war sie in der ersten Zeit berauscht von dieser unverhofften Beförderung und weigerte sich, die Anzeichen von Ermüdung und Stress, die begannen ihre Gesundheit zu unterminieren, zu erkennen. Mit Bitterkeit und viel zu spät musste sie erkennen, dass diejenigen, die sich im Frühling mit ihr verbündet hatten, nach Ablauf einiger Monate, das Lager gewechselt hatten. Diese aus einem hinkenden Opportunismus geborene Freundschaft und dieses Vertrauen, das auf Hintergedanken beruhte, hatte ihr zur Hälfte die Augen geöffnet, aber hatte sie überhaupt noch einen Joker, um dieses vergiftete Geschenk abzulehnen?

Fürs Erste hatte sie sich dieses überdimensionierte Kostüm, das man ihr geschneidert hatte, übergezogen, ohne sich zu viele Fragen zu stellen. Natürlich, sie war eine Frau der Tat! Nachdem sie ihre

Tour gemacht hatte – eine leicht verkürzte Tour – und dann ein Großteil der Zusteller bereits das Postamt verlassen hatte, musste sich die Hauptzustellerin noch mit allerlei Verwaltungsaufgaben beschäftigen. So vergewisserte sie sich, ob die Bearbeitung der rückzusendenden Post korrekt durchgeführt worden war und ob die abzustempelnde Post sich auch richtig in den geeigneten Behältern befand. Dann studierte sie die Liste der Urlaubsabgänge und nahm die Beschwerden von Kunden unter die Lupe, bevor sie sie zu Wolf faxte. Außerdem informierte sie einen Springer über die bei der Zustellung festgestellten Unregelmäßigkeiten und zeigte der neuen Putzfrau die Arbeit, die diese zu tun hatte. Sehr oft verließ sie das Amt eine oder zwei Stunden nach Dienstschluss. Zu Hause wiederholte ihr *Typ*, wie sie oft zu formulieren liebte, ständig: »Bist du verrückt, so viel zu arbeiten? Was bringt denn das? Du bist nicht das Dienstmädchen dieser Leute dort! Siehst du gar nicht, wie sie dich ausbeuten?« Sie sagte. »Ja.« Machte sich ganz klein. Versprach, dass sich das ändern würde. Schnurrte wie eine Katze unter der Bettdecke, machte mit ihm Liebe, wie er es wollte, und er verstand sie gleich ein wenig besser. Aber am nächsten Tag begann alles von neuem. Trotzdem sagte sie sich in ihrem Kopf, dass sie auch gerne Vertretungen gemacht haben würde, um endlich Frieden zu haben, und nicht mehr den Mist von anderen zu machen – wie sie es oft zu wiederholen pflegte –, aber jedes Mal wenn sie soweit war, das Handtuch zu schmeißen, wenn sie nicht mehr konnte und am Rande eines Nervenzusammenbruchs war, kam Wolf, um sie zu überreden, wieder zuzupacken. Er machte ihr Mut, weiterzumachen, indem er versprach, ihr in Zukunft mehr zu helfen. Die Jahresendprämie, die Weihnachtseinladung für die Hauptzusteller beim Management auf dem Postbankett, der Händedruck des Generaldirektors des Postdienstes, dieser ganze Honig, der ihr um den Bart geschmiert wurde, hatte gereicht, dass sie ihre Entscheidung noch einmal mehr überdachte.

»Ich muss zufrieden sein, jetzt dort zu sein, wo ich bin, mein Gott! Ich habe Arbeit, manche haben das nicht«, wiederholte sie für sich. Sie machte sich sogar Vorwürfe, in einer Situation schlapp gemacht zu haben, in der sie hätte wieder zu sich kommen müssen. Wenn sie trotzdem den langen Weg überdachte, den sie seit ihren

Anfängen als Aushilfe, die von einer Woche zur anderen auf verschiedenen Touren eingesetzt wurde – in einer Stadt, die sie kaum kannte, und mit Kollegen, die nicht immer kooperativ waren oder die sie wegen ihres losen Mundwerks nicht liebten –, gegangen war, oder wenn sie nach sechs Stunden Zustellung völlig erschöpft ins Büro kam, sagte sie sich, dass es sie im Endeffekt und nach leidlicher Überlegung doch nicht so schlecht getroffen hatte.

Am Ruder des Amts 44, an der Spitze einer Mannschaft, die Jahr für Jahr mehr als die Hälfte ihrer Belegschaft verloren hatte, kannte sie von nun ab jeden Zusteller und diese ihrerseits wussten alle, was sie von ihnen erwartete. Sie hatte *die schwarzen Schafe* isoliert, ihnen das Leben schwer gemacht und ihren Abgang provoziert. Unterstützt von einer soliden und der Sache treu ergebenen Mannschaft hatte sie nur eine Handvoll von *Hitzköpfen* vor sich, die sie schon gleichschalten würde.
»Das bringt nichts, sich düstere Gedanken über die Zukunft zu machen, denn niemand weiß, was uns erwartet. Ebenso wenig gibt es keinen Grund pessimistisch zu sein, wenn was nicht geht. Die Defätisten sind keinerlei Hilfe für uns. Man muss die Reihen schließen und sich jeden Tag in die Arbeit reinknien. Zum *Teamwork* ermutigen. Unter diesen Bedingungen, kommen wir dahin, wo wir hin wollen«, hatte sie Mathis geantwortet, der ihr gesagt hatte, dass sie träumte und dass sie nicht die Realität sehen würde. Übrigens hatte dieser, überhaupt nicht überzeugt, nochmals nachgelegt:
»Die Oberpostdirektion rühmt sich mit enormen Gewinnen, die 2003 in der Briefzustellung erzielt worden sind. Stell dir das mal vor, zwei Milliarden dazu! Aber sie zögert nicht, uns das Weihnachtsgeld zu streichen. Das ist ein Skandal! Die Abteilungsleiter schwören nur auf das sakrosankte Budget, das es zu jedem Preis auszugleichen gilt, was immer auch passiert. In der Zeitschrift *Die Zeit* ...«
»Was ist das *Die Zeit?* Welche Tendenz hat dieses verdammte Käseblatt ...? Wenn unterstützen sie? Du hältst besser deine Schnauze!« antwortete sie ihm verärgert, um ein für alle Mal mit diesen blödsinnigen Diskussionen Schluss zu machen.

Wenn die meisten Zusteller kaum aufgewacht waren oder gerade frühstückten, wenn der Tag begann, war Lena Krüger schon durch das Gitter des Amts 44 geschritten und in ihr Büro eingetreten. In diesem geschmacklosen und unpersönlichen Raum, in dem sich unzählige Ordner auf den Regalen stapelten, in einer Ecke, Briefumschläge, Papierblocks, Formulare, Dokumente, zwei große Kartons, einer über dem anderen, ein ganzes Sortiment von Bleistiften, Kugelschreiber, bog sich nahe am Fenster ein Fotokopierer unter einem Haufen von Aktenordnern. Treu und vertrauenswürdig verrichteten Kaffeemaschine und ein Computer, einträchtig Seite an Seite auf einem Arbeitstisch lärmend ihr Arbeitsprogramm. Beim ersten Augenschein, nichts, was ins Auge fiel. Das war eine getreue Kopie des Büros eines Abteilungsleiters einer Provinzfiliale. *Die Ostberlinerin*, wie man sie hier nannte, hatte nicht damit gewartet, im Amt zu sein und die Örtlichkeiten in Augenschein zu nehmen, um in Aktion zu treten. Das hier war hässlich traurig, monoton, kurz beschissen, um ihre Wortwahl aufzugreifen. Sie entschied sich also in ihrem fast noch jugendlichen Elan, die scheußlichen und staubigen gelben Tapeten abzureißen, und alles mit fröhlicheren zeitgemäßen Tapeten von orangener Farbe zu bedecken, fröhlicher, zeitgemäßer, hier und da mit kleinen Sternen und Sternchenmotiven aufgelockert. Monika hatte nicht einen Moment gezögert und ihren freien Tag geopfert, um zu kommen und ihr zu helfen, die Tapeten abzureißen.

Nach einer arbeitsintensiven Stunde für das Abkratzen der Mauern mit einem Spachtel mussten die beiden sich der Gewissheit stellen: Mehrere Tage hätten nicht für die Fertigstellung dieser Arbeit genügt. Da beißt keine Maus den Faden ab. Anstelle von neu tapezierten Wänden wurde dann zuerst provisorisch für den Moment alles Schreckliche entfernt. Deshalb hatte sie zwei riesenhafte Schwarzweiß-Poster des Boxers *Vladimir Klitschko* aufgehängt, eins gegenüber vom Büro, das andere an der Seite der Eingangstür, auf dem der ukrainische Athlet allein inmitten eines Rings steht mit Schweißperlen auf dem Gesicht und seinem männlichen und muskulösen Oberkörper, auf dem anderen in Jeans mit nacktem Oberkörper und den Blick auf die Wolkenkratzer im Hintergrund

fixiert. In die Dutzende gingen die farbigen Postkarten – aus dem Urlaub von ihren Freundinnen und Kollegen gesendet – mit einer Gruppe von hinten fotografierten Männern, nackt und muskulös, dazu eine Nahaufnahme von gebräunten und sexy Hintern. Überall im Postbüro war das Gesicht und die Gestalt von Lena Krüger, allein oder umringt, präsent. Auf den Mauern, in ihrem Büro aber auch auf ihrem Sortierspind, im Postlersaal und im Ruheraum stellten mehrere Fotos sie einmal in Postleruniform lächelnd und Wange an Wange mit ihrer Freundin Monika dar, ein anderes Foto mit zwei ehemaligen Arbeitskolleginnen in Festkleidung mit weißer Robe, noch ein anderes umgeben von zwei anderen jungen Frauen in Sommerkleidung vor dem Postamt. Auf die Drehfenster zum Hof hatte sie *window colors* geklebt, die sie für ihr Schlafzimmer gezeichnet hatte. Ein braunes Pony, einen riesenhaften lächelnden Marienkäfer und einen netten Hund wie auf den Kalendern von Anno dunnemals. Das alles ähnelte in Wirklichkeit der kleinen Wohnung, die sie einige Meter vom Postamt entfernt bewohnte.
»Was soll man mit den Blumentöpfen und den auf den Regalen vergessenen großen Grünpflanzen machen?« »Du wirfst sie weg!» befahl die Postlerin. Als der neue Stellvertretende Direktor Vogel, zum ersten Mal zu Besuch im Postamt, einen misstrauischen Blick in den Raum geworfen hatte, konnte er nicht umhin, lächelnd zu betonen:
»Man könnte glauben, man wäre in einer Jugendherberge.« Die Oberzustellerin lächelte aus Höflichkeit, aber weil sie nicht so genau wusste, was er damit ausdrücken wollte, begnügte sie sich damit, mit den Schultern zu zucken und in Richtung Monika, die gerade zu ihr kam, mit dem Kopf zu schütteln. »Was für ein Idiot!« murmelte sie, wobei sie ihm ein strahlendes Lächeln entbot, das ihn dazu brachte, eine Treppenstufe zu verfehlen.

Siggi Jarkowski, Aushilfszusteller

Siggi Jarkowski war ebenso wie Monika ein großer Bewunderer seiner Oberzustellerin. Er bewunderte sie für ihr energisches Temperament, ihre Einfachheit und ihren Glauben an gut gemachte Arbeit. Wie Lena kam er *von der anderen Seite* (der Mauer) und wie die Berlinerin konnte er diese Zusteller nicht riechen, die dank ihrer langjährigen Dienstzugehörigkeit und der durch die Gewerkschaft erlangten Vorteile ihre Schäfchen im Trockenen hatten.

»*Diese Scheißbeamten*, überbezahlt, diese Privilegierten, die es unter dem Vorwand, dass sie Stammzusteller sind, ablehnen, mit Hand anzulegen und die gleich auf die Barrikaden gehen, indem sie damit drohen, die Personalvertreter zu benachrichtigen, wenn man von ihnen Überstunden fordert«, protestierte er. Ein wenig Trottel mit seinen Boxerschultern (er war mehrmals Regionalmeister im Boxen in der Kategorie Kinder und Jugendliche gewesen), mit gebrochener Nase und rasiertem Schädel, hatte Siggi Jarkowski nichts verstanden. Er hatte seine Lehre als Heizungsklempner abgebrochen, um zur Post zu gehen. Auf alle Fälle sagte er sich: »In dem Kaff, aus dem ich komme, wäre ich sicherlich arbeitslos geworden. Also dann besser abhauen und was anderes machen.«

»Eh, Siggi, du bringst die leere Palette runter und du holst ...« Lena Krüger kam nicht dazu, den Satz zu beenden, weil ihr Handy klingelte. Es klingelte morgens fast alle fünf Minuten. Wenn sie nicht antwortete, rief Wolf sie ununterbrochen an. Er wollte alles wissen. Er hatte absolut über alles, was Stunde für Stunde vor sich ging, auf dem Laufenden zu sein. Lena Krüger war auf irgendwelche Art sein Leuchtfeuer in der Nacht. Seine rechte Hand, wie er oft zu sagen pflegte. Seine treueste Mitarbeiterin ließ sich nicht bitten, seine Anweisungen auszuführen, sogar, wenn sie der Form halber protestierte: »*Er kann mich am Arsch lecken! ...*« Dann rannte sie im Zustellersaal in alle Richtungen auf der Suche nach ihrem Handy, das sie irgendwohin gelegt hatte, stürzte sich auf einen Spind, bewegte sich mit Trippelschritten von einem Fenster zum anderen.

Hervé hatte sich geschworen, es ins Klo zu werfen, wenn er es eines Tages finden würde.
»*Hier, hier, Leni*«, rief Monika aus, die ihr mit dem Handy in der Hand entgegenkam.
GutenTaghieristdasPostamt44KrügeramApparatSiewünschenbitte.
In diesem ununterbrochenen Wortgeklingel konnte Hervé nur den Namen Krüger und die Zahl 44 unterscheiden. Wenn seine Chefin ihn ansprach, war das fast genauso. Sie sprach so schnell, dass er gezwungen war, sie alles noch einmal wiederholen zu lassen. Manchmal fragte er sich, ob sie das wohl absichtlich machte, diese Schlampe. Sie sprang von einem Bein aufs andere. »Ja, du holst die Post, die ankommt«, schrie sie Siggi entgegen, der mit dem Ellenbogen an den Aufzug gelehnt auf ihre Anweisungen wartete. Gesagt, getan. Der Lakai, der nicht gezögert hätte, sich in seiner Rolle als bewundernde Fußmatte für seine Chefin vor die Räder eines Lastwagens zu werfen, nahm jeweils vier Stufen auf einmal und stürzte sich wie ein Verrückter auf die Post.

Er wurde zwei Mal hintereinander wegen eines Bandscheibenvorfalls und am Meniskus operiert, danach war Siggi Arbeitsinvalide. Er war von gewissen anstrengenden Arbeiten und der Ableistung von Überstunden freigestellt. Allerdings gefiel ihm diese Umstellung und Erleichterung der Arbeitszeit keineswegs, wie er sagte:
»Lena hat mich gebeten, diese Arbeit zu machen, also dann mach ich das, und übrigens, wer wird das sonst machen? Du doch nicht!« antwortete er dem Franzosen, wobei er mit dem Kopf schaukelte. Siggi verzichtete selbst auf seinen freien Tag. »Weil Wolf mich gebeten hatte zu kommen«, plusterte er sich auf. Im Büro hatten sich alle daran gewöhnt, ihn wie einen Bekloppten arbeiten zu sehen. Niemand mehr machte in dieser Hinsicht Bemerkungen. Nach mehreren Monaten fing man sogar an, Siggi zu vergessen. Man sah ihn nicht mehr im Büro und niemand, außer vielleicht Leni, wusste, was aus ihm geworden war. Bis auf den Tag, als Hervé einen Termin in der Urologie der Klinik *Friederikenstift* hatte und ihn im Eingangsgebäude traf.
»Was machst du denn hier? Hab dich schon lange Zeit nicht mehr gesehen«, sagte er ihm. Wenn Hervé sich zwischen einigen

Patienten, die aus der Klinik kamen, hätte quetschen können, hätte er vielleicht vermeiden können, ihn anzusprechen, aber trotz der Antipathie, die er für ihn empfand, dachte er, dass es interessant sein würde, zu erfahren, warum der ehemalige Boxer aus der Klinik kam.
»Eh, ja, das ist immer noch mein Rücken«, grummelte er mit weniger ausweichenden Stimme als gewöhnlich und ohne mit dem Kopf zu wackeln. Er war sichtbar abgemagert und hatte eine bleiche Gesichtsfarbe. Einige orange gefärbte Haarsträhnen und sein gelbes Posthemd gaben ihm ein dümmliches Aussehen, dachte Hervé.
»Du wirst in Zukunft kürzer treten müssen«, sagte Hervé mit Anspielung auf seinen Übereifer.
»Joh ...jooh«
»Seit wann bist du krankgeschrieben?«
»Seit zwei Monaten.«
»Und weißt du, wann du zur 44 zurückkommst?«
»Ich weiß nichts.«
»Viel Glück trotzdem«, Hervé fühlte sich richtig unwohl, gerade eben hatte er jemandem die Hand geschüttelt, der ihm alles vermasselt hatte.

Mehr als ein Monat verging und zufällig traf Hervé ihn erneut im Büro des Sozialberaters. Dieses Mal schien er niedergeschlagen zu sein. Schlecht rasiert und mit einigen Kilos weniger. Siggi hatte einen befristeten Vertrag und man hatte ihn prompt entlassen. Niemand, weder Wolf noch Leni, konnten etwas für ihn machen. Die Post hatte ihn wie einen dummen Jungen vor die Tür gesetzt.
»Du bist noch jung, du hast das Recht auf eine Umschulung, erkundige dich beim Arbeitsamt«, sagte ihm der Sozialberater, um ihn zu trösten.
»Du kannst Weihnachten mit uns feiern. Das wird dich aufmuntern, damit du auf andere Gedanken kommst«, teilte ihm die Berlinerin am Telefon mit, die nach dem Fiasko des letzten Jahres Postler suchte.

Um die Truppe zu versammeln und den Familiensinn zu stärken, veranstalteten Rududu und Wolf seit einigen Jahren ein kleines Fest zu Weihnachten und Ostern. Die Post zahlte die Getränke und das warme Essen. Am Anfang waren viele da, die aus Neugier kamen, aber von Jahr zu Jahr, als die Lebensmittel und der Alkohol durch einen Fruchtsaft und ein kümmerliches Würstchen ersetzt worden waren und dann, der Gipfel der Lächerlichkeit, als sie gebeten wurden ihr eigenes Essen mitzubringen, machten sich die Postler mehr und mehr rar. Im letzten Jahr hatten sich, wenn es hoch kam, noch sechs Personen bewegen lassen. Enttäuscht hatten die Verantwortlichen der Post klammheimlich entschieden, dass das Fest dieses Jahr nicht stattfinden sollte. Unterdessen war die Rechnung ohne dem Engagement und Temperament der hingebungsvollen Lena Krüger gemacht worden, die bei dieser Gelegenheit – einmal mehr – die Herausforderung annahm und ihre gesamte Truppe mobilisierte. Dank der Unterstützung von Monika, Valentin und Josef Brezek fand das Fest doch noch statt! Aber ohne Hervé, ohne Wolfram, ohne Mathis und mehreren anderen. »Das fehlte noch!« schimpfte Mathis. »Man hat das ganze Jahr die Nase voll davon und zu Weihnachten, gut Freund, macht man ein Fest! Das können sie ohne mich machen, ihr Fest!«

Am nächsten Morgen konnte man die Enttäuschung am Gesicht der Chefin ablesen. Sie, die jeden Morgen ihre Stimme erschallen ließ und ihre Leute feierlich begrüßte, schrie mit voller Lautstärke den Refrain eines Songs, der seit Monaten im Radio gespielt wurde, ins Mikrofon:
»Tell me momma, what is it? What' s wrong with you this time?« Sie, die glaubte, dass jeder sie lieben würde. Kleinlaut und niedergeschlagen verzog sie sich in ihr Büro. Die Mitglieder ihres Stamms kamen und gingen und verließen den Raum mit gesenktem Kopf. Diese Maskerade ähnelte der Zeremonie bei der Absetzung eines Monarchen und der Ankunft seiner Vasallen, die gekommen waren, um ihm ihre Sympathie zu bezeugen. Erst um acht Uhr, einige Minuten bevor die Zusteller auf Tour gingen, ergriff sie das Wort mit bewegter Stimme:

»Ööööhhh ... Ich fahre für drei Wochen in Urlaub. Wenn ich wiederkomme, werde ich nicht mehr in diesem Büro sein. Ich habe mich entschieden, das Amt der Oberzustellerin niederzulegen. Da ich hier nicht einstimmig angenommen werde, ziehe ich es vor zu gehen. Guten Tag.« (Langes Schweigen). Wolfram, der diese Musik kannte, ergriff die Gelegenheit beim Schopfe und gab seinen Senf dazu:
»Sie hat uns mehrere Male die gleiche Leier vorgespielt. Sie fällt zusammen und schluchzt bittere Tränen, dann kommt Wolf oder ein anderer, um sie zu trösten und uns unseren Mangel an Solidarität mit der Chefin vorzuhalten. Dann nach einigen Tagen des Nachdenkens, einer kleinen Sonderprämie zum Trost, und dann mal sehen! Sie lässt sich bitten, akzeptiert, ihre Entscheidung zu überdenken, und dann abrakadabra beginnt alles von vorne«, gab er zum Besten und näherte sich dem Franzosen.

Diese drei Wochen waren geruhsam, angenehm, das Klima freundlich und heiter. Man konnte wieder nachts schlafen und fand Freude an der Arbeit, erstaunt darüber, auf der Straße die Kunden ganz einfach anzulächeln.
»Die Petzer müssen sie für einen Moment auf kleiner Flamme ruhen lassen«, freute sich Hervé. Während der Abwesenheit seiner Chefin fühlte er, wie ihm Flügel wuchsen, wie er das Lächeln wieder fand. Jeden Morgen, Ehre den Langgedienten, schüttelte er die Hand von Erwin Eckhoff, der ihn persönlich begrüßte. Die Atmosphäre konnte nicht besser sein. Die Spannung war verschwunden, aber für wie lange noch? Die Ankündigung vom Erscheinen des gefürchtesten und schrecklichsten Generaldirektors der Region warf im Büro seine Schatten voraus. Man musste das Schlimmste befürchten und das Schlimmste nahm seinen Lauf.

Sturmveder in Aktion, waffenstarrend

Während mehrerer Minuten lauschte die Oberzustellerin, ausgeruht und gebräunt, aufmerksam in ihrem Büro den Ausführungen des neuen Chefs. Durch die Glasscheibe konnte man beide beobachten. Sie ganz klein, hörte zu. Er, mit rotem Kopf hatte einen bedrohlichen Gesichtsausdruck. Erst nach einer guten halben Stunde kamen sie gerade in dem Moment aus dem Büro, in dem Wolf (Wieder gesund: er gab seinen Abschied im Amt 44 und legte Wert darauf, den Neueingeladenen vorzustellen) die Zusteller aufforderte, sich in der Mitte des Saals zu treffen. Man trat schweigend beiseite, um ihn durchzulassen. Der neue Boss stieß wie ein in die Lüfte getriebener Heißluftballon ein riesiges Gebrüll aus:

»Ich habe gehört, dass die Aushilfen und die Neuen sehr schlecht angenommen werden! Sie erhalten überhaupt keine Hilfe! Das ist der Gipfel! Soviel ich weiß, ist das Büro 44 ein Vorbild, was die QUALITÄT angeht«, schrie Sturmveder, der neue Direktor mit weitergreifenden Kompetenzen und verantwortlich für die Zustellung in der Region Hannover.

»Was soll das heißen, ich habe gehört? Und dann ist das nicht so, dass wir nicht helfen wollen, aber wir können nicht!« heulte ein Zusteller, der sich persönlich auf den Schlips getreten fühlte. Aber Sturmveder ließ sich als Routinier nicht beeindrucken. Er setzte seine Stellungnahme fort und tat so, als wenn er nichts gehört hätte.

»Sehr oft von meinen Vorgängern als Beispiel angeführt, war die 44 das Gütezeichen für QUALITÄT ... das Beispiel, dem man folgen musste! ... und dann ist das in so kurzer Zeit heruntergekommen. Die 44 befindet sich am Schluss ...! Das Schlusslicht, das ist die 44 ...! Aber was soll das heißen? Sind Sie sich der Situation bewusst? Vor allem sagen Sie mit jetzt nicht, dass die Bedingungen nicht mehr die gleichen sind wie früher! Jedem von Ihnen möchte ich sofort sagen, dass wir uns nicht mehr in der Zeit der *guten Deutschen Post* befinden. Oh nein, das ist zu Ende! Ich hoffe, dass Ihnen das klar geworden ist! Wir dürfen nicht mehr träumen! Für die unter Ihnen, die es noch nicht wissen sollten: unsere Konkurrenz schläft nicht! Sie freut sich über jeden Fehler, den wir machen. Sie verfügt schon jetzt über eine Logistik, die unserer weit überlegen ist. Sie ist nicht aus Dummsdorf, mein Gott! Sie ist konkurrenzfähig, die da! Und deshalb müssen wir kämpfen! Sie beobachtet aufmerksam unsere Schritte und den geringsten Fehler, den kleinsten Fehltritt! Und schon hopp, sind wir geschluckt, zerstört, vernichtet! Wir existieren nicht mehr! Dreißig Prozent, haben Sie mich richtig verstanden? Dreißig Prozent des Postaufkommens wird in den kommenden Jahren in ihren Händen landen! Wissen Sie, was das bedeutet? Nein, Sie wissen es nicht? Nun gut, ich werde es Ihnen sagen: Ein Drittel der Arbeitsplätze wird verschwinden! Hopp! Eins, zwei, drei, sieben Arbeitsplätze WEG, VERSCHWUNDEN! (Er zeigte mit dem Finger auf die Zusteller in der ersten Reihe). Wenn sich die Gewerkschaft weigert, Überstunden abzuleisten und unsere Arbeit sabotiert, dann stürzt sie das Unternehmen in den Verlust und trägt zum Verschwinden einer bedeutenden Anzahl von Arbeitsplätzen bei!«

»Überstunden, die sind nicht vorgeschrieben!« wandte der Zusteller Lamparter ein. Mit rotem Gesicht sah er aus wie ein Luftballon, der gleich zerplatzen wollte. Sturmveder drehte wie von der Tarantel gestochen unwirsch den Kopf in Richtung des Spielverderbers, durchbohrte ihn mit einem Blick und fragte ihn:

»Das sind doch Sie, Lamparter?

»Öh...ja warum?« Der neue Boss machte eine Pause, beobachtete die Anwesenden und ergriff dann wieder das Wort:

»Die Gewerkschaft lehnt, anstatt unser Vorgehen zu unterstützen, den konstruktiven Dialog ab, den wir ihr vorschlagen. Ihre Forderungen sind unrealistisch! Verstehen Sie eigentlich die Lage?« (Langes Schweigen). Wie der Gendarm mit großem Knüppel im Marionettentheater war Sturmveder aufgetaucht: drohend, unruhig, zu allem entschlossen. Mit rasiertem Schädel, purpurner Gesichtsfarbe, einem großen Mund, aus dem falsche

Zähne blitzten, hatte der Ersatzmann für Rududu nicht vor, Schleichwege zu gehen, um ihnen das Leben sauer zu machen. Der Ton war entsprechend.

»Das kann doch nicht wahr sein«, sagte sich Hervé. nach *Prigent-zu-Befehl* jetzt *Sturmveder in Waffen.* Die Post wimmelt wirklich von Soldaten aller Couleur. Wolfram, der Gewerkschaftsvertreter, unbeirrbar, war gut einen Kopf größer als sein Vorgesetzter. Auch er hatte nicht vor, die Arme zu verschränken und ihn weiterhin seine Drohungen ausstoßen zu lassen. Bald unterbrach er ihn:

»Wir sind mit Arbeit überhäuft. Keiner von uns ist in der Lage, seinem Nachbarn zu helfen. Wir würden wohl gern, aber wir können nicht. Das ist so und das ist nicht ...« Wütend ging *Sturmveder in Waffen* zum Gegenangriff über. Mit schneidender Stimme drehte er sich zu seinem Publikum und sagte:

»Ich warne Sie sofort; derjenige, der bei mir große Töne spucken möchte, den bringe ich vor den Arbeitsrichter. Ich bin bereit, Sie anzuhören. Schreiben Sie mir, wenn Sie Vorschläge zu machen haben, aber derjenige, der auf die eine oder andere Art unsere Arbeit behindert, unsere Entscheidungen verwirft oder es ablehnt zu kooperieren, der wird mich kennenlernen.« Hervé hatte schon von diesem Roderich Sturmveder gehört. Sein Ruf hatte schon in allen Postämtern die Runde gemacht. Alle wussten, dass Böse, der Generaldirektor, jetzt alles auf eine Karte setzte, indem er *Sturmveder in Waffen* in die Hauptstadt von Niedersachsen katapultierte. Es war die letzte Gelegenheit für ihn, das Notwendigste zu erledigen und zur gleichen Zeit seinen Kopf zu retten. Sturmveder, der Direktor des Bereichs Rinteln, hatte drei Jahre lang den Zustelldienst reorganisiert, das Personal terrorisiert, die Personalvertreter eingeschüchtert, die Widerspenstigen vor die Arbeitsrichter gezerrt und billige Arbeitskräfte eingestellt, um unvorbereitet die unsicheren Zusteller zu ersetzen oder, wie er es oft zu sagen pflegte, diejenigen, *die das Spiel nicht mitspielten.*

»Ich zähle auf Sie, um in Hannover Ordnung zu schaffen. Sie haben ein Jahr, Sie haben mein Vertrauen und Sie haben meine Unterstützung«, hatte ihm der Generaldirektor versichert. Ein Jahr intensiver Arbeit für *Sturmveder in Waffen* und als Zugabe zwei Jahre als Belohnung im Erfolgsfall, das hieß, die Pensionierung im nächsten Jahr im Alter von sechzig Jahren anstatt zweiundsechzig. Aber in Warteposition hatte Roderich Sturmveder noch viel vor. Er, der – was er immer wieder stolz betonte – aus den Ämtern von Rinteln und der Scheißgegend gekommen war, die Zustellbereiche saniert, die schwarzen Schafe auf Trab gebracht und der die ihm untergeordneten Dienste auf höchstes Niveau gehoben hatte. Dank seiner Person gehörten sie von jetzt ab zu den besten des Bereichs Norddeutschland, dank seiner Person war der Feind auf dem Rückzug, dank *Sturmveder in Waffen* waren die Arbeitsplätze gesichert. Dieser Soldat schreckte vor nichts zurück. Er suchte die Herausforderung. Er liebte den Kampf. Vierzig Jahre im Dienst, das ist schon was.

Stolz darauf, alle Etagen des Hauses durchlaufen zu haben, krempelte der alte Haudegen Sturmveder die Ärmel auf.
Stolz und prahlerisch dichtete er einiges dazu:
»Auch ich war mal Zusteller. Die Zustellung hat keine Geheimnisse für mich.« Hervé hätte ihm gerne gesagt, dass die Postzustellung vor dreißig Jahren nichts mit dem Berg von Prospekten und Reklame zu tun hatte, die täglich transportiert werden muss.
Wolfram flüsterte ins Ohr des Franzosen:
»Was erzählt er da, der Blödmann? Das Aufkommen eines Tages heute entspricht der Post von einer Woche, als er seine kleine Tour mit dem Fahrrad machte!« Hervé lächelte, aber er wusste, dass man gegenwärtig nicht mehr auf diese Weise argumentieren konnte. Sturmveder wandte sich an die jungen Zusteller, die nur die Berge von Prospekten und Katalogen kannten, die jeden Tag auszutragen waren. »So waren die Anweisungen der Direktion und Sturmveder hat ein Jahr, um die Qualität unserer Dienste zu erhöhen, damit die erwünschte Rentabilität den Erwartungen unserer Kunden entspricht«, behauptete Böse stolz. Für Hervé war dieses Gerede nicht neu. Es entsprach einer insgeheim abgesprochenen Demontage. In dem Maße wie sich mit dem Fall des Monopols die komplette Privatisierung der Postdienste näherte, so sehr stieg der Druck.
»Seine Inszenierung war perfekt«, sagte er sich: schwarzes Hemd, graue Krawatte mit silberner Anstecknadel, schwarze Hose,

schwarze Schuhe. Mit einem verächtlichen Ton und bösartigen Augen wollte er, dass man ihn hasste, dass man ihn wie einen Feind fürchtete. Er war auf dem besten Wege, Erfolg zu haben. Mit ihm gab es keine Halbheiten: Es hieß gehen oder sich zu unterwerfen.

Mit roten Ohren vor Wut schleuderte ihm Mathis entgegen:
»Mit einer Belegschaft, die sich Woche für Woche bis zum Geht-nicht-mehr reduziert, wie wollen Sie da, dass ich meine achtundzwanzig Tage Urlaub vom letzten Jahr nehme?«
»Ich verstehe Ihre Besorgnis sehr gut, aber es obliegt Ihrem Abteilungsleitern, das zu untersuchen. Ich meinerseits habe ein Budget abzuschließen und ich schließe das ab, komme was wolle.«
Hervé hatte keinen Militärdienst gemacht und hatte weder die Kasernen noch die Schikanen noch die Befehle und noch weniger die militärische Hierarchie kennengelernt. Trotzdem erschien ihm die Inszenierung dieses militarisierten Durcheinanders, der strikte Ton und die starre Haltung so, als ob er einen Dienstgrad der Armee zu erwerben hätte.
»Das fehlte mir gerade noch. Wo haben sie denn den hergeholt?«, dachte er. »Streng genommen kann ich seinen kriegerischen Stil und seinen harten Blick sehr gut akzeptieren. Seine kriegerischen Schmähreden zeigen wohl eine Wirkung bei den Neuen oder auf Burschen wie Valentin oder Lena Krüger, die buchstabengetreu dem folgen, was man ihnen sagt, aber ich glaube, dass sein Gerede nur Bluff ist. Angeberei, nur eine andere Art und Weise, um uns einzuschüchtern«, sagte sich Hervé, um sich zu beruhigen.
Sturmveder hatte sicherlich seine Lektion gut gelernt. In Wirklichkeit machte er nichts anderes als alles das in anderen Worten zu wiederholen, was die Oberpostdirektion in alle vier Winde verbreitete. So konnte man im *Kurier*, dem offiziellen Blatt der Post, lesen:
»Wenn wir auf dem Gebiet der USA an Terrain verloren haben, wies die Offensive in Asien hingegen den berechneten Erfolg auf und wir sind von nun an sicher, das erste Logistikunternehmen der Welt zu bleiben.« Man ermutigte das Personal, mehr zu arbeiten, indem man es bedrohte:

»Wir müssen wachsam bleiben, nicht abrüsten, immer bereit sein zur Offensive, denn unsere Gegner schlafen nicht. Sie sind bereit, sobald wir ihnen den Rücken zugedreht haben, uns Niederlagen und Rückschläge beizubringen«, legte Sturmveder dar. Wolf, der mit ihm am Morgen gekommen war, hatte sich in eine Ecke zurückgezogen, um den Weisungen seines Vorgesetzten zu folgen, aber er hatte nichts beigesteuert. Nur als dieser den Saal verließ, versammelte er die Zusteller vor der Aufzugtür, um sie dazu anzuhalten, einen Blick auf das Organogramm der Urlaube zu werfen.

»Vor allem glauben Sie nicht, dass das, was Herr Sturmveder gesagt hat, leere Worte sind. Er setzt alles, was er sagt, in die Praxis um. Ah, und ich lege Wert darauf, Ihnen zu sagen, dass Frau Krüger wieder an ihren Posten versetzt worden ist. Ihre Kompetenz ist erweitert worden, und ich bin überzeugt, dass sie meine Abwesenheit wettmachen kann. Ich zähle auf Sie alle, um ihr bei ihrer Aufgabe zu helfen. Es ist in Ihrem Interesse. Machen Sie's gut!« sagte er, bevor er mit einem Sprung verschwand.

Zwei Tage nach der Ankunft von *Sturmveder in Waffen* war Hervé einige Minuten vor seiner Tour überrascht, zwei Gestalten in Postuniform durch den Notausgang in den großen Sortiersaal eintreten zu sehen – mit Stift und Formular in der Hand. Er wollte sich einem von ihnen diskret nähern, um das Motiv ihres Besuchs zu erfahren, als er bemerkte, dass der zweite in der Hocke um die Sortierspinde herumschnüffelte und sichtbar irgendetwas suchte.

»Haben Sie etwas verloren?« fragte ihn Hervé mit ein klein wenig Unverschämtheit in der Stimme und im Gesichtsausdruck. Aber der andere, immer noch unter den Arbeitstischen gekrümmt, antwortete nicht. Er erhob sich einige Sekunden später mit verlegenem Gesicht.

»Was machen Sie noch hier?« fragte der andere Fremde Hervé in barschem Ton. Angesichts der mit Post und Paketen von Prospekten bis zum Platzen gefüllten Taschen, die auf einem der Tische aufgereiht waren, machte der andere eine Wendung um 360 Grad und erklärte lächelnd mit entspanntem Gesicht, ausgestreckter Hand und freundlicher Stimme:

»Wir sind von der 33. Man hat uns geschickt, um eine Kontrolle durchzuführen.« Sicherlich wollte er keine anderen Erklärungen für ihren Besuch anführen, weil er sich vor dem verdutzten Postler ebenso wie ein Vierbeiner unter die Tische begab. Weil er sich nicht mehr zurückhalten konnte, schleuderte der Postler ihnen, bevor er auf Tour ging, entgegen:
»Mmm ... das riecht hier sehr angesengt!«
»Öh ... öh, wie bitte?«

In der folgenden Woche wurde der große Gerdes ins Büro gerufen. In Anwesenheit vom neuen Boss und Krüger. Derb forderte man ihn auf, sich zu erklären:
»Wir haben sie einbestellt, weil wir einen Mangel an Kooperation ihrerseits und eine gewisse Nachlässigkeit bei der Ausführung ihrer Arbeit festgestellt haben«, warf ihm Sturmveder vor.
»Was haben Sie dazu zu sagen, mein Lieber?«
»Ich habe meine Gründe, die Arbeit zu diesen Bedingungen abzulehnen! Das sind jetzt zwei Wochen, dass ich auf ein neues Fahrrad warte (Gerdes misst 2,07 Meter und das einzige für seine Größe passende Fahrrad ist in Reparatur). Ich habe Rückenschmerzen! Das kann doch nicht so weitergehen! Hören Sie auf, mich zu quälen!«
Der neue Boss betrachte ihn hart, klimperte mit den Augen wie ein wildes Tier vor dem Verschlingen seiner Beute.
»Ich habe Ihre Akte gesehen. Frau Krüger wirf Ihnen auch Ihre Frechheit vor. Was haben Sie dazu zu sagen?«
»Sie beleidigt mich und ...« Gerdes suchte seine Worte. Das alles ging zu schnell für ihn. Er war es nicht gewöhnt, dass man ihn so verschaukelte. Also zog er es vor, nichts mehr zu sagen.
»Ich habe Ihre Versetzung nach Hannover 1 in die Wege geleitet. Die Personalvertreter wissen Bescheid. Auf Wiedersehen.«

Allein während der Monate Januar und Februar war es *Sturmveder in Waffen* dank seiner Mitarbeiter, feinnasigen Spürhunden, gelungen, vier Zusteller aufgrund von unbedeutenden Beweggründen zu entlassen. Ein genervter Zusteller war ertappt worden, als er gerade einen Teil seiner Prospekte in einen Container warf. Ein anderer wollte, erschöpft nach zehn Stunden Arbeit unter strömenden Regen, in einem Kaffee seinen Durst löschen. Aus Versehen vergaß er die Taschen seines Fahrrads genau in dem Moment wieder zu verschließen, als ein zufällig vorbei gekommener Kontrolleur sich herabgebeugt hatte, um die Schäden festzustellen: Ein Teil der Post schwamm schon in einer Wasserlache. Ein anderer Zusteller war zum zweiten Mal innerhalb eines Jahres krank geworden.

Die Zunahme der Arbeitsbelastungen sollte gleichermaßen Auswirkungen auf den Gesundheitszustand von Hervé haben. Er musste als Notfall ins Krankenhaus eingewiesen werden. Eine Hüftdislozierung ließ ihn für mehrere Wochen der Arbeit fernbleiben. Als er erneut in der Lage war, die Arbeit wieder aufzunehmen, war es eine Blasenentzündung, die ihn erneut dem Dienst fernbleiben ließ.

»Dein ganzer Körper kann nicht mehr, du musst aufhören« sagte ständig Sybille zu ihm. Als er Kontakt zu dem Behindertenvertreter der Post aufnahm, riet ihm dieser, seinen Antrag auf Arbeitsunfähigkeit zu stellen.
»Das heißt jetzt oder nie, Wer weiß zur Stunde, was man Ihnen in zehn Jahren an Rente auszahlen wird? Wie jetzt die Sachen laufen, wer ist morgen noch seiner Rente sicher? Nein, und dann haben Sie ein Dienstalter von mehr als dreißig Jahren, Herr Nédellec! Die Zustellung, das ist die Hölle, jeder weiß das!«

Als er das Büro verließ, traf Hervé eine Zustellerin, die im Postamt 44 gearbeitet hatte, aber die er schon seit langer Zeit nicht mehr gesehen hatte.
»Guten Tag, Christa, wie geht es dir«, fragte er sie.
»Ich bin krankgeschrieben. Ich komme von Massin, dem Personalchef. Er möchte mich vor die Tür setzen. Mit meiner Migräne und meinen Allergien kann ich nicht mehr arbeiten. Ich habe die Schnauze voll. Und dann ist da Lena ... In der 44 würde ich es nicht mehr aushalten, dieses Arschloch von Krüger zu sehen. Das war so schön früher ...«

»Aber ich glaubte, du würdest dich gut mit ihr verstehen?«
»Ach, du machst Witze! Diese Schnalle!« Christa Lange hatte ein ganz rotes Gesicht, den Kopf gesenkt. Dann erhob sie ihn, schaute Hervé in die Augen, kam näher zu ihm und sagte mit leiser Stimme, als wenn sie ihn ins Vertrauen ziehen wollte.
»Du weißt, dass ich mit Lena gut befreundet war. Nach der Arbeit traf man sich privat. Bei den gemeinsamen Abenden mit *unseren Männern* in China-Restaurant oder der Weihnachtsfeier mit Monika und den anderen amüsierten wir uns gut. Wir haben Scherze gemacht. Spaß gehabt. Bei der Arbeit war die Atmosphäre ausgesprochen gut. Lena legte Wert darauf, dass sich alle wohlfühlten, wie sie es wollte, weil sie die nicht mochte, die als Einzelgänger handelten. Diejenigen, die einen eigenen Laden aufmachten. Sie hatte dieses Gruppengeist ... Du weißt ... Und dann weiß ich nicht, warum sie sich verändert hat. Fast von einem Tag auf den anderen war sie nicht mehr dieselbe. Monika sagte, dass sie Geldprobleme hätte, aber ich glaube, dass da etwas anderes ist ... ich glaube vielmehr, dass *von oben* Druck kommt ... Sie haben ihr gesagt, dass sie zu wählen hätte zwischen ihnen und uns ... und seit dieser Zeit macht sie die Schmutzarbeit für diese Leute da. Ich habe sie gebeten, in einem anderen Ton zu mir zu sprechen. **Ich bin Mutter und habe Familie, bin vierzig Jahre alt!** Ich spure nicht, wie sie will. Ich ziehe es vor zu gehen, auch wenn es für mich bitter ist zu sehen, wie es ihr durch ihr ständiges Herumwühlen mit dem Messer in der Wunde gelungen ist, dass sie schließlich hat, was sie wollte, meine Entlassung.«
»Ach, wie gut ich dich verstehe ... ich fühle das Gleiche wie du. Der Job als Briefträger hat mir gefallen. Ich mochte die Arbeit und dann, wie oft hat man bei der Post gelacht ... Dort waren die Kameraden und dann eine Menge sympathischer Leute, die ich kennengelernt habe. Heute ist das nicht mehr so wie früher. **Sie** haben alles kaputt gemacht: den Beruf, die Freunde, die befreundeten Kunden, die Atmosphäre. Alles ... Weisst du ... ich will dir was sagen. Bei der Post da waren wir wie die Hunde, die bei egal welchem Wetter draußen herumliefen, **aber wir waren frei!** Wir öffneten den Mund, um zu sagen, was wir dachten. Heute sind wir angekettete Hunde mit Maulkorb und dazu **gibt's Schläge mit dem Stock!**«

Nachwort

Fast ein halbes Jahr ist vergangen. Ein halbes Jahr, in dem er eine brennende Lustverspürte, darüber zu sprechen, was er erlebt hatte. Zu reden von seinen Chefs, seinen Kollegen, von der Post, von seinem Beruf als Briefträger und all den Schlägen, die er einstecken musste, seitdem er arbeitete. Er konnte sich nicht verkneifen, einer Angestellten des Postamts, die am Eingang in der Nähe des Briefmarkenautomaten Sonderbriefmarken verkaufte, beiläufig zu sagen:
»Das wenigstens hätte mir gefallen, Briefmarken zu verkaufen, anstatt wie ein Verrückter in der Zustellung zu arbeiten.«
»Sind Sie Briefträger?«
»Nein, ich war Zusteller von Prospekten en masse.«
»Ach ja, ich verstehe. Manchmal sieht man den, der hier in der Straße austrägt. Er hat keinen guten Gesichtsausdruck. Übrigens glaube ich, dass die Leute in der Straße ihn den *Traurigen* nennen. Wenn ich ihn mit seinen vollgestopften Taschen sehe, tut er mir richtig leid.« Sie wollte die Unterhaltung fortsetzen, aber sie wandte sofort den Kopf ab, als sie einen Alten bemerkte, der herankam. Hervé zog es dann vor, sich zu entfernen und als er hörte, wie der Alte etwas Unverständliches von sich gab, sagte er sich:
»Ich werde enden wie er, wenn ich immer die gleichen Sachen wiederhole.«

Mit Sybille vermied er es, zu oft von der Post und der Vergangenheit zu reden. Christa hatte einmal angerufen, um zu wissen, wie es ihm geht, seitdem er ausgeschieden war. Sie hatte

ihm Neues über gewisse Kollegen berichtet, die sie von Zeit zu Zeit sah, aber nicht mehr. Eines Abend erhielt er einen Anruf von Mathis, seinem Freund und ehemaligen Kollegen.
»Wie geht es dir?« fragte er ihn.
»Geht so, man tut, was man kann.«
»Weißt du das Neuste?«
»Nein,«
»Die Filiale 44 ist aufgelöst worden!«
»Wie das?«
»Ja, öh ... Es gab immer mehr Krankschreibungen. Mit der Arbeit, die so kam, war das kein Wunder. **Bis zu 21%!** Mach dir das mal klar! Einer von Vieren stand nicht auf der Matte ... Also Sturmveder bekam eine Krise! ... Aber eine wirkliche Krise ... Er blieb drei Wochen zu Haus. Krank war er. Als er wieder da war, hat er uns versammelt, um uns zu sagen, dass Schluss ist ... Ja, Schluss. Die Langgedienten wie wir wurden in weniger als zwei Monaten nach Hannover 1 versetzt und die jüngsten wie *Krüger* haben sich in Stadthagen oder Garbsen als Springer wiedergefunden. Mach dir das mal klar! Aber das ist nicht alles. Sie haben auf einem Info-Schild Anschläge gemacht, dass sie Postler suchen, um in Dänemark oder Holland zu arbeiten. Ja, das kannst du mir glauben. Sie zahlen die Konversationskurse und alles. Wenn du Beamter bist, kannst du dich gleich eintragen lassen. Aber wohin soll das noch führen! (Langes Schweigen). Verstehst du mich? He, Hervé, verstehst du mich?« Hervé hörte zu, ohne etwas zu sagen. Das war, als wenn ihn das alles nichts mehr angehen würde. Nun gut, er war auch dabei gewesen. Wenn er mit seinen Kumpel Mathis und Wolfram zusammen gewesen wäre, hätten sie sicherlich dieses Ereignis gefeiert. Aber er war nicht mehr da. Heute ist das nicht mehr wie früher. Heute interessierte das nicht mehr, und dann war das alles auch schon so weit weg.

In den letzten Monaten hatte er an nichts anderes gedacht. In der Presse und im Fernsehen wurde gefleht, wurde gebeten, wurde geraten, nicht das vom Gesundheitsministerium lancierte Programm zur Prävention des Krebses auf die leichte Schulter zu nehmen. Die Personen über fünfzig sollten *um jeden Preis* an der Früherkennung teilnehmen. Gemäß ihren Aussagen hatte der Krebs der Prostata oder des Dickdarm bereits eine große Anzahl seiner Artgenossen hingerafft und setze seinen tödlichen Weg fort. Alles das hatte ihn ein wenig erschüttert und er wählte die Nummer seines Arztes. Wie so häufig in diesen Fällen schlug ihm die liebenswürdige Stimme seiner Arzthelferin vor, seine Vertretung zwei Straßen weiter aufzusuchen. Also zögerte er. Da brannte kein rotes Licht. Wenn Gefahr im Verzug wäre, wüsste er es. Seit seiner Operation sind etwa zehn Jahre ins Land gegangen. Etwa zehn Jahre, in denen er hier und da gedacht hatte, mal hinzugehen, aber in seinem Inneren kämpften zwei Seelen mit Verbissenheit, ohne dass eine den Endsieg davongetragen hätte. Und dann erhielt er vor etwa einem Monat die E-Mail von Wolfram. Dieser konnte nicht zum geplanten Termin kommen. Er musste zu einer Kontrolluntersuchung. Eine einfache Untersuchung, eine Routine sozusagen. Nein, nichts Ernstes, das war Brustkrebs – sehr selten bei Männern – , den man vor einigen Jahren glücklicherweise rechtzeitig ausgebremst hatte, ein bösartiger Tumor mit Rezidivneigung, ein kriechendes Ungeheuer, das dir keine Ruhe lässt, denn wenn du ihm den Rücken kehrst, kann es erneut zuschlagen. Sogleich wurde die Entscheidung gefällt, der ehemalige Postler wollte Gewissheit haben.

Mit zugeschnürter Brust und ausgestreckt in einer halbrunden Mulde folgte er brav den Weisungen einer jungen, mit tollen Kurven ausgestatteten Krankenschwester, die ihm durch die Kopfhörer ihre Anweisungen durchgab: »Atmen Sie normal, jetzt nicht mehr bewegen«, bevor eine Serie von Bildern gemacht wurden. Sie erklärte ihm, dass es sich um eine Kernspintomographie handeln würde.

Vorgeschobene Ignoranz desjenigen, der machtlos dem Gang der Ereignisse gegenüber steht, und wohltuende Hoffnung, an der er sich klammert, ohne das Bevorstehende zu sehr zu verstehen. Wie dem auch sei, Hervé hatte keine Wahl. Seit seiner Unterhaltung mit Doktor Prinz und bis zu diesem Tag hatte er felsenfest daran geglaubt: Seine Beine lassen ihn nie in Stich. Niemals war ihm der Gedanke, an einen Rollstuhl gefesselt zu sein und gelähmt zu sein, in den Sinn gekommen. Sicherlich war er haargenau daran vorbeigekommen. Noch nicht mal einige Millimeter. Aber sein Rückenmark war ausgespart worden. Wenn er auch nicht das Schlimmste ins Auge gefasst hatte, so übersah er doch nicht, dass das Glück auch nicht auf seiner Seite hätte sein können. Er ging am Wartesaal vorüber ohne einen Blick für die Patienten, die hinter einer Glaswand sich liebevoll in die Magazine mit dem neuesten Klatsch der Stars dieser Welt flüchteten. Unbekümmerte Sperlinge verfolgten sich von einem Baum zum anderen und piepsten bei jedem Auffliegen. Die von Baustellen gebremsten Fahrzeuge rollten im Schritttempo. Kurz, jeder machte, hatte sein tägliches Allerlei und das war gut so. Er beobachtete in der Ferne, wie die Sonne einem Artisten gleich, der seine Nummer abspielt, am Himmel hing und alles in eine Flut von Orange tauchte. Genau in Richtung dieses Lichtes machte er zwei Schritte und stieß ungeschickterweise mit einer jungen Frau zusammen, die akrobatisch einen Sturz vermied, ihn beschimpfte, drohte, dann ihren Gang beschleunigte, aber sich mit den Füßen verhedderte und eine Bauchlandung in den Blumenbeeten machte, was Hervé ein Lächeln entlockte.

»Zieh nicht so ein Gesicht«, sagte ihm eines Tages Sybille auf der Terrasse des Cafés Ulbrich. Die beiden liebten es überaus, wenn es zu heiß in ihrer Wohnung war und die Liebe in der neuen Jahreszeit wieder aufblühte, vier Etagen hinunterzugehen und einige Meter weiter einen Kaffee auf der Straße zu trinken.
Voilà, das ist nun schon fast ein halbes Jahr her, dass er nicht mehr gegen fünf Uhr aufstand und seine Postleruniform anzog. Über ihren Köpfen oder - fast könnte man so sagen – in dem unendlich blauen Himmel, beinahe unerträglich blau, schienen zwei Flieger zusammen-zustoßen und in der Luft zu zerbersten. »Hast du das gelesen?« gab sie zu verstehen und deutet mit einem Finger auf eine Überschrift in der Lokalzeitung. Sybille las mit lauter Stimme vor: *»Die Verantwortlichen der Post beglückwünschen sich für die guten Ergebnisse in diesem Jahr. „Die Gewinne haben vor allem in Asien unsere Erwartungen übertroffen.“ Die günstige Konjunktur ist kein Fremdwort für das Unternehmen und für Doktor Zipfel. Von nun an wird dieser im Club der 886 deutschen Milliardäre sein.«*

Sie feuchtete sich die Lippen an der Tasse Kaffee an und wollte weiterlesen... aber auf der anderen Seite der Straße schaukelten unter Aufbietung aller Kräfte zwei Zusteller – der eine in gelb, der andere in blau, mit zur Farbe der Uniform passende Rädern und mit Taschen, die bis zum Überfluss mit Sendungen gefüllt waren – unsinniges Zeugs und bekamen die Beschimpfungen eines gedrungenen Mannes zu spüren, der sie mit einem Bündel Hochglanzpapier bedrohte, das er über ihrem Kopf hin- und herschwenkte. Auf dem Rücken des einen konnte man die Werbung eines Sonnenöls lesen, während eine entkorkte Flasche kleine blubbernde Bläschen auf die Jacke des anderen entließ.
»Glaubst du, dass sie im Winter mit einem Antigel- oder Après-Ski-Produkt aufkreuzen? fragte Sybille und entblößte dabei ein perfektes Gebiss.
»Möglich, möglich.«
»Jetzt weißt du, warum du nicht mehr arbeitest, he?«
»Jaaahh, ich, der ich am liebsten unbemerkt bleibe, das fehlte noch, mich als Sandwich-Mann für die schönen Augen meines Arbeitgebers durch die Straßen zu schaukeln.«
»Ich glaube, jetzt scheinen sie vertrimmt zu werden.«
»Heutzutage ist der Beruf riskant.«
Sie beobachteten amüsiert die drei Männer, die sich stritten, als ein Handy in einer Tasche anfing, nervös zu klingeln. Die Reaktion des ehemaligen Postlers war schnell. Eine weibliche Stimme wollte ihn sprechen:
»Herr Nédellec?«
»Ja, am Apparat.«
»Siegrun Lenz, Praxis Dr. Uhlig, Röntgenpraxis. sie können vorbeikommen, ihre Aufnahmen sind da.«
»Und nun?«
»Was denn nun?«
»Die Ergebnisse?«
»Oh... Kein Befund. Alles ist normal«
Hervé fühlte, wie ein warmer Wind plötzlich über seine Haut strich. Automatisch steckte er sein Handy in die Tasche. Dann strich er mit der Hand über die Schultern seiner Freundin.

»Ich, der angesichts der beiden Dummköpfe wieder anfange, Trübsal zu blasen, picke das Beste aus meiner Vergangenheit heraus, sicherlich ein wenig verbeult durch alles das, was mir zugestoßen ist, trotzdem sollte ich die Arme zum Himmel erheben und die Hände in den Schoß legen. Ich sollte alles vergessen. Die Zipfels, die Krügers, die Wolfs und alle diejenigen, die für das Wohl des Unternehmens den Buckel krumm gemacht haben. Alles in Ordnung, es tut trotzdem gut, das zu hören.« In seinem Herzen, da wo sich eine Unmenge von Steinen angesammelt hatte und immer schwerer wogen, in seinem Herzen da war alles voller Freude. Auch hatten sich im Laufe der Zeit seine Blasenprobleme gebessert, nicht zuletzt durch die Beendigung des Stresses, und es ging ihm gesundheitlich wieder gut. Er erhob sich mit einer plötzlichen Eingebung und ging ins Café. Mit einer Handbewegung wies er das Wechselgeld zurück. Ein Zehn-Euro-Schein, den ihm die dicke Hand von Toni entgegenstreckte. Mit beglückter Stimme wünschte dieser ihm guten Tag.
»Bist du sicher, dass das nicht zuviel ist, ich an deiner Stelle ...«
»Ja, ich weiß, aber du bist nicht an meiner Stelle, und übrigens stell‘ dir vor, ich bin gerade dabei meine Stelle zu finden.«
»Was willst du damit sagen?«
Hervé drückte ihr einen Kuss auf, denn legte er zärtlich eine Hand auf ihre Lippen, bevor er ihr ein Ohr anknabberte.
»Wildfang«, sagte sie, ein wenig ärgerlich, ein wenig auch im siebten Himmel.
»Komm, ich lad‘ dich ein ins Restaurant«, gab er ihr zu verstehen.
»Aber warum?«
»Keine Fragen, ich erklär dir‘s später.«
Toni begleitete sie bis zur Tür und wünschte ihnen erneut von ganzem Herzen all das Glück, das man Liebenden wünschen kann, die Herz haben.

ERSTER TEIL

Briefträger bei der französischen Post

ZWEITER TEIL

Postbote bei der Deutschen Bundespost

DRITTER TEIL

Prospektverteiler bei der Deutschen Post World Net